Colin de Silva wurde auf Ceylon (dem heutigen Sri Lanka) geboren und wuchs dort auf. Während des Zweiten Weltkriegs diente er als Offizier in der britischen Armee. Von 1946 bis 1956 war er im ceylonesischen Staatsdienst tätig und emigrierte 1962 nach Hawaii, wo er heute lebt.
Die ersten historischen Recherchen für seinen Roman »Die Winde von Sinhala« begann er schon 1957.

Ebenfalls von Colin de Silva als Knaur-Taschenbücher erhältlich:

»Die Winde von Sinhala« (Band 1674)
»Die Wasser von Sinhala« (Band 1675)
»Die Feuer von Sinhala« (Band 1676)

Deutsche Erstausgabe 1988

Titel der Originalausgabe »The Last Lions of Sinhala«

Umschlaggestaltung Adolf Bachmann
Umschlagillustration Fred Garwoino
Satz Compusatz, München
Druck und Bindung Elsnerdruck, Berlin
Printed in Germany 5 4 3 2 1
ISBN 3-426-01790-3

Colin de Silva:
Die letzten Löwen von Sinhala

Roman

SIMON ERIKA

Aus dem Amerikanischen von Judith Schwaab

Knaur

Gewidmet
Nala Devayani,
meiner erstgeborenen Prinzessin,

Nirmala Cherine,
meinem Prinzeßchen,

deren Liebe niemals versiegte.

Danksagungen

Folgenden Personen und Institutionen möchte ich meine besondere Anerkennung und meinen Dank aussprechen:

Grafton Books, meinem Verlag, für das Vertrauen, das er in mich setzte, und besonders meiner Lektorin, Anne Charvet, die mir mit unermüdlicher Freundlichkeit und Professionalität zur Seite stand; der gesamten Redaktion von Grafton Books für ihre hervorragende Leistung bei der Herausgabe meiner Bücher;

Dominick Abel, meinem Agenten, für seine unschätzbare Hilfe bei der Überarbeitung des Originalmanuskripts;

Heidi Helm für ihre Recherchen zur portugiesischen Geschichte, vor allem bezüglich historischer Schiffsnamen, Waffen und Kleidung;

Marcia Krüger, deren Engagement für meine Arbeit wieder einmal weit über die Pflicht hinausging, indem sie mehrere Überarbeitungen des Manuskripts abtippte, oft unmögliche Termine miteinander koordinierte und nützliche Vorschläge machte.

Wichtige singhalesische Herrscher

Vijaya, 483-455 v. Chr.
Siehe *»Die Wasser von Sinhala«*

Devam Piya Tissa, 247-207 v. Chr.
Er führte den Buddhismus in Lanka ein

Elara, 145-101 v. Chr.
Abhaya Gamini, 101-77 v. Chr.
Sadha Tissa, 77-59 v. Chr.
Siehe *»Die Winde von Sinhala«*

ANNO DOMINI

Königin Anula, 12-16 n. Chr.

Gajabahu, 174-196 n. Chr.

Bhatika Tissa, 202-227 n. Chr.

Mahasena, 334-361 n. Chr.

Buddhadasa, 380-409 n. Chr.

Mahanama, 409-431 n. Chr.

Dhatusena, 460-478 n. Chr.

Kassapa, 478-496 n. Chr.

Mogallana, 496-513 n. Chr.

Parakrama Bahu I., 1153-1186 n. Chr.
Gründer der Stadt Polonnaruva

Parakrama Bahu VII., 1484-1518 n. Chr.
Vorfahre von:
Dharma Parakrama Bahu IX.
Wijayo VI.
Bhuvaneka Bahu VII.
Maya Dunne
Raja Sinha I.
Siehe »*Die Feuer von Sinhala*«

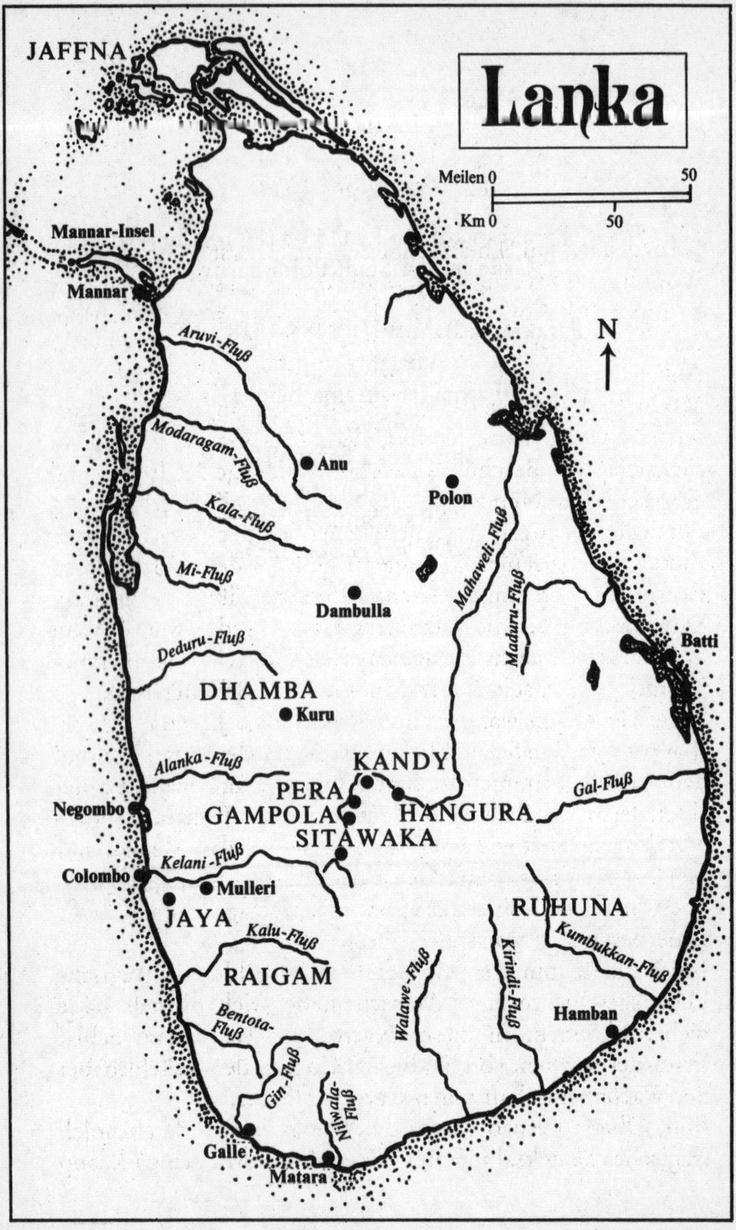

Lanka
JAFFNA
Meilen 0
50
Km 0
50
Mannar-Insel
Mannar
N
Aruvi-Fluß
Modaragam-Fluß
Anu
Polon
Kala-Fluß
Mi-Fluß
Mahaweli-Fluß
Maduru-Fluß
Dambulla
Batti
Deduru-Fluß
DHAMBA
Kuru
Alanka-Fluß
KANDY
PERA
Gal-Fluß
Negombo
GAMPOLA
HANGURA
SITAWAKA
Kelani-Fluß
Colombo
Mulleri
RUHUNA
JAYA
Kalu-Fluß
Kumbukkan-Fluß
Kirindi-Fluß
Walawe-Fluß
RAIGAM
Bentota-Fluß
Hamban
Gin-Fluß
Nilwala-Fluß
Galle
Matara

Prolog

11. November 1524

Fernao stand am Schlafzimmerfenster im ersten Stock seines Wohnhauses am Hügel von Mutu Vella; von seinem Platz aus konnte er die großen *nao*, die Kriegsschiffe, sehen, welche in den fernen silbrigen Wassern des Hafens von Colombo vor Anker lagen. Wieder einmal packte ihn der Gedanke an die Macht, die von ihren riesigen Kanonen ausging. 1503, im Jahr seiner Geburt, hatte Admiral Vasco da Gama mit seinem rücksichtlosen Beschuß Kalkuttas neue Wege der Eroberung eingeschlagen. Nun würde er, Fernao, die militärische Macht Portugals nicht nur dazu benutzen, sich den Weg zu seiner Zukunft freizuschießen – eines Tages würde er auch seinen Erzrivalen, den singhalesischen Prinzen Tikiri, vernichten. Die Grausamkeit, die in ihm freigesetzt worden war, ließ ihn innerlich frohlocken. Sie war das Gegenmittel für seine Zweifel und Ängste, sein Mißtrauen und seine Schuldgefühle.

Seine Gedanken wanderten zu seiner Frau Julietta, die, erschöpft von dem Schrecklichen, das ihr widerfahren war, auf dem großen Himmelbett hinter ihm lag, und dann zu der singhalesischen Bedienten Menika, die für Julietta seit dem Tag ihrer Geburt wie eine Mutter gewesen war. Menika, nur mehr ein schlaffes Häufchen Knochen und runzliger Haut, das unten im Dienertrakt des Hauses lag und auf seine Feuerbestattung wartete!

Julietta hatte ihm Menikas Geschichte erzählt – die tragische Lebensgeschichte eines Menschen, der sich niemals hatte wehren können. In dieser Nacht war Menika im Schlaf ermordet worden, von Feldwebel Correa, dem Befehlshaber der Wachmannschaft seines eigenen Hauses.

Ihm, Oberst Fernao Soarez de Albergaria, würde ein solch tragisches Schicksal niemals widerfahren. Mit seinen knapp zweiundzwanzig Jahren war er bereits Oberbefehlshaber der portugiesischen Regimenter auf Lanka und würde stets die Veranlagung und die Kraft besitzen zu kämpfen. »Niemand wird ungestraft das nehmen, was mir gehört«, war der Familienwahlspruch der de Albergaria, eines Geschlechts von königlichem Geblüt. Und Prinz Tikiri hatte etwas genommen, was ihm gehörte, nämlich das Herz seiner Frau. Er würde dafür bezahlen, der Bastard.

Feldwebel Correa hatte Julietta angeblich entführt, um sie zu schänden und wahrscheinlich zu ermorden, während er, Fernao, die Nacht in Bereitschaft in der Festung verbracht hatte. Einige singhalesische Soldaten aus der benachbarten Villa des Gouverneurs hatten sie gerettet. Als ihn die Nachricht in den frühen Morgenstunden erreicht hatte, war er sofort nach Hause geeilt; er war besorgt, aber auch verwirrt gewesen.

Wie konnte ein bewährter Soldat aus einem der Regimenter, die unter seinem Befehl standen, es gewagt haben, sich eine derartige Ungehörigkeit herauszunehmen, wenn nicht ...?

Noch während er Julietta getröstet hatte, hatte er sie befragt. Hatte sie, unter Umständen auch unbewußt, der Entführung Vorschub geleistet? Hatte der Frauenschänder seine Absicht in die Tat umsetzen können? Und wenn dies so war, konnte sie ein Kind von ihm empfangen haben?

Er wußte, daß er Julietta in einer Stunde schrecklicher Not im Stich gelassen hatte, doch es war ihm einfach nicht gelungen, den Dämon in ihm zum Schweigen zu bringen. Gott wußte, wie sehr er es versucht hatte. Dennoch, wenn er noch so gerecht sein wollte, konnte er den rohen Geruch, den er wahrgenommen hatte, als er Julietta zum erstenmal in die Arme genommen hatte, nicht aus seinen Gedanken verbannen. Und auch sonst war sie verändert gewesen. Richtig, ein Teil von ihr hatte sich zurückgezogen, wie es vor Jahren einmal gewesen war, als sie sich ihm aus Liebe zu Prinz Tikiri verschlossen hatte. Die Frau, die er nun in den Armen hielt, war die alte Julietta und doch zugleich auch ein neuer Mensch.

Während sie erschöpft auf dem Bett lag, jeder Teil ihres Körpers sie schmerzte und ihr Denken sich in einem einzigen Aufruhr befand, festigte sich in Julietta immer mehr die Gewißheit, daß sie in dieser Nacht von Prinz Tikiri ein Kind empfangen hatte. Dieser Gedanke erfüllte sie mit einem seltsamen Gefühl der Vorbestimmung. Obwohl die übrige Welt, und besonders Katholiken wie sie selbst, sie als Ehebrecherin verurteilen würden, wenn sie davon erführen, war sie davon überzeugt, daß das Kind, das zur Welt kommen würde, ein Geschenk Gottes war, das eines Tages bedeutende Geschehnisse in Gang setzen würde. Dies vor Fernao und dem Rest der Welt geheimzuhalten war der Preis, den sie zu zahlen hatte.

Der Rest der Welt! Ihre eigene Welt war gerade zusammengebrochen.

Fernao hatte sie im Stich gelassen, hatte sich als Mensch entpuppt, für den sich alles um die eigene Person drehte. All die Gefühle für ihn, die zu entwickeln sie begonnen hatte, waren mit einemmal verkümmert.

Und Menika, schon in ihren frühesten Erinnerungen eine Mutter, die Frau, mit der ihre Welt ihren Anfang genommen hatte, war tot, Opfer eines hinterhältigen Mordes.

Sie wanderte in ihrer Erinnerung zurück zu der Zeit, als ihre Welt begonnen hatte.

1505 hatte es den portugiesischen Marinekapitän Lorenzo de Almeida während eines Sturms in den Hafen von Galle gut siebzig Meilen südlich von Colombo verschlagen. Dort, auf einer Landzunge nördlich des Hafens von Galle, hatte er ein großes Steinkreuz errichten lassen, das die Quinas, das königliche Wappen von Portugal, mitsamt einer Inschrift trug, welche besagte, daß Lanka so lange unter dem heiligen Schutz Seiner Königlichen Majestät, des Königs von Portugal, stehen würde, wie das Steinkreuz dort seinen Platz hätte. Kapitän de Almeida hatte mit dem Großen König von Lanka einen Vertrag abgeschlossen, demzufolge ihnen eine *sesmaria,* eine Landkonzession, zur Errichtung einer Manufaktur in Colombo zugestanden worden war, und als er schließlich von

Lanka abgereist war, hatte er *a senhor* Duarte de Brito als Bevollmächtigten des Handels und die zwei katholischen Mönche Pater Juan und Pater Perez als Bevollmächtigte der Kirche auf der Insel zurückgelassen.
Bald darauf waren die drei Männer im Palast des Großen Königs in Jaya untergebracht worden, welcher ungefähr sieben Meilen vom Hafen von Colombo entfernt lag. *A senhor* de Brito hatte sich in eine Singhalesin niederer Herkunft verliebt und sie geheiratet. Julietta war dieser Verbindung entsprungen und deshalb eine *mestico,* ein Halbblut. Nachdem ihre leibliche Mutter bei der Geburt gestorben war, hatte Julietta nur in Menika, der Dienerin, eine Mutter gehabt. Zusammen mit ihr und ihrem Vater war sie in einem kleinen Haus im Palastgebiet von Jaya aufgewachsen, bis 1521 die Portugiesen zurückgekehrt waren; damals war sie vierzehn gewesen und verliebt in den singhalesischen Prinzen Tikiri, ihren Freund und Beschützer.
Fernao war Fähnrich zur See auf dem Flaggschiff seines Vaters gewesen, des Admirals Lopo Soarez de Albergaria, welcher mitsamt einer machtvollen Flottille von siebzehn großen *nao* zum Zwecke des Handels in Colombo gelandet war. Julietta erinnerte sich, daß sie drei Jahre befreundet gewesen waren, als Fernao ohne ihr Einverständnis eine Heirat in die Wege geleitet hatte. Nun begann der unterschwellige Unmut, den ihr Ehegelübde eine Weile zum Versiegen gebracht hatte, wieder in ihr zu brodeln. Es war ihr bewußt, daß dies zum Teil ihrem Wunsch entsprang, sich selbst reinzuwaschen – obwohl sie sich nicht als Sünderin fühlte –, doch konnte sie sich diesem Unmut ebensowenig entziehen. Wie alle ihre portugiesischen Landsleute in diesem Teil der Welt hatte Fernao das Spiel der Macht gespielt.
Erinnerungen. Sie trennten sie von der grauenhaften Wirklichkeit, ließen ihre Augenlider schwer werden, als hinge ein Gewicht aus Eisen an ihnen. Was ihr eben erst widerfahren war, hatte sie zu Tode erschöpft, und doch spürte sie, wie etwas in ihr sie beständig quälte, etwas, das sie jetzt, in diesem Moment, noch bevor sie einschlief, tun mußte, um die Zu-

kunft zu retten ... es hatte mit Fernao zu tun, mit dem Spiel der Macht ... etwas ... Plötzlich erkannte sie, was es war. Ergriffen von einer verzweifelten Entschlossenheit, setzte sie sich im Bett auf. »Fernao«, rief sie leise.
Er drehte sich auf der Stelle um. Sein ganzes Wesen schien beim Klang ihrer Stimme etwas sanfter zu werden.
»Bitte lege dich zu mir und halte mich fest«, bat sie ihn. »Ich möchte deine Arme um mich spüren.«
Ihr Gewissen begehrte kläglich auf, als sie sah, wie ein Leuchten in seine Augen trat.
Lieber Gott, vergib mir, aber ich muß dafür sorgen, daß die wahre Identität meines Kindes niemals ans Tageslicht kommt, selbst wenn du mich dafür in alle Ewigkeit verdammst.

Ich war Julietta nahezu vier Jahre aus dem Weg gegangen, bevor ich sie bei unserem ersten Wiedersehen in jenem dunklen Hain auf dem Hügel von Mutu Vella nahe Colombo aus den Händen eines Frauenschänders und Mörders rettete.
Ich bin Tikiri Bandara, Sohn und Erbe von König Maya Dunne, der Herrscher über Sita Waka, eines der drei Königreiche von Lanka, ist. Schon als Junge hatte ich Julietta geliebt und es auch all die Jahre hindurch getan, in denen ich glaubte, sie hätte mich verraten. Selbst nachdem sie die Ehefrau von Oberst Fernao Soarez de Albergaria geworden war, hatte ich nicht aufhören können, sie zu lieben. Die Ursache, wahre Liebe, hatte ihre Wirkung hervorgebracht – meine Überzeugung, daß ich noch immer für sie verantwortlich war und daß es meine Pflicht war, sie zu beschützen, auf daß ihr kein Leid geschehe.
»Was heute nacht geschieht, wird vielleicht niemals wieder geschehen«, hatte sie langsam gesagt, während ihr Blick ähnlich dem einer Seherin intensiver geworden war. »Und es wird ein Teil meines normalen Lebens sein. Ich sehne mich nach Reinigung, Tiki-tiki, und nur du kannst sie mir bringen. Ich brauche etwas, das mich rettet – rettet vor den Drachen der Angst, der Ungewißheit, der Qual und sogar des Todes.«
»Wie kann ich dir helfen?« fragte ich heiser.

»Indem du mit mir schläfst.«
Langsam begann sich der Hain um mich zu drehen. Ich hatte niemals mit einer Frau geschlafen, und meine einzige geschlechtliche Erfahrung bestand noch immer in jenem harmlosen Kuß Juliettas vor vielen Jahren. Und nun das. »Ich möchte keine Belohnung dafür, daß ich dich heute nacht gerettet habe«, murmelte ich, immer noch im wundersamen Bann ihres Blicks.
»Ich biete dir keine Belohnung, Tiki-tiki. Ich sage nur, daß unsere Liebe ihre Erfüllung finden muß, einmal und für immer, heute nacht, während ich noch einmal Juli bin und du Tiki-tiki.«
Ich verstand, was sie meinte.
So kam es, daß Juli, eine unberührte Frau, und ich, ein unberührter Mann, uns auf jenem Soldatenmantel im Halbdunkel einer kleinen Lichtung unter den Sternen von Mutu Vella liebten. Es gab kein Zagen und kein Zaudern. Es war eine vollkommene Vereinigung, die der Himmel geschaffen hatte.
Der Himmel. Ich blickte zu ihm auf und sah, wie er blasser wurde und die Sterne ihre Kraft verloren; es war vielleicht drei Stunden vor Morgengrauen. Juli mußte nach Hause gebracht werden.
Eine große Traurigkeit, das Verlangen, sie niemals gehen zu lassen, und die schreckliche Erkenntnis, daß ich es tun mußte, begannen, in mir zu wühlen und mir die Kehle zuzuschnüren. Menika, eine tote Dienerin, und ich, ein lebender Prinz, waren in dieser Nacht eins geworden, denn wir beide hatten nur eine kurze Zeit der Erfüllung unserer Liebe gekannt, die damit zur Ewigkeit geworden war, denn daß dieser kostbare Teil meines Lebens mit diesen Minuten begonnen und geendet hatte, dessen war ich mir sicher. Menikas Leidensweg war vorüber; der meine hatte seinen Anfang genommen.
Was ich erfahren hatte, war so rein und voller Rechtschaffenheit, daß ich mich, während Julietta und ich uns erfüllt in den Armen lagen, fragte, wie ich ihr, einer verheirateten Frau, die ihr Gelübde gebrochen hatte, diese Rechtschaffenheit zurück-

geben konnte. Die Antwort kam mir in einem blendenden Lichtblitz. Ich mußte diesen Momenten für den Rest meines Lebens treu bleiben.
In aller Stille legte ich das Gelübde der brachmachariya *ab. Selbst wenn das Schicksal mich einst zu einer Heirat zwingen würde, würde ich niemals wieder einer Frau auf diese Weise begegnen.*
So gab ich Juli und ihrem Gott die Rechtschaffenheit und die Reinheit zurück, in deren Zeichen die Erfüllung unserer Liebe gestanden hatte.
Nun war aus der Schönheit der Nacht ein kalter, trostloser Morgen geworden. An Schlaf war nicht zu denken, denn mein Herz pochte heftig, und noch immer pulsierten die Wonnen der geschlechtlichen Vereinigung in meinen Adern, zusammen mit der schrecklichen Erkenntnis, die endgültig und bitter war wie der Tod: daß alles vorüber war. Noch immer weigerte sich mein Verstand zu begreifen, daß ich, ähnlich Menika, die Liebe eines ganzen Lebens in einer einzigen Stunde hatte auskosten müssen; damit hatte die Liebe uns, die Dienerin und den Prinzen, gleichgemacht.
Auf meinem ruhelosen Weg über den Dielenboden meines Schlafzimmers im ersten Stock fiel mein von Schlaflosigkeit gequälter Blick auf den dunklen Hain, der sich unterhalb des Hauses erstreckte, wanderte unwillkürlich nach links zu dem Hang, wo zwischen grünen Zweigen Teile eines Daches aus roten Ziegeln hervorlugten. Dort mußte Julietta sein, im Hause ihres Gatten, während ich mich in der Villa des Gouverneurs befand. Der Raum zwischen uns, eine Seillänge zwischen Erfüllung und Verzweiflung, schien mir fast die Kehle abzudrücken. Dort unten würde gerade in diesem Moment Oberst Fernao Soarez de Albergaria mit seiner Frau zusammensein, mit meiner Julietta. Waren sie in ihrem Schlafzimmer … waren sie dabei … Bei allen *devas,* nein, dieser Weg war meinen Gedanken untersagt, niemals, niemals durften sie ihn einschlagen. Denn an seinem Ende wartete der Wahnsinn.
Plötzlich lagen die Gedanken des Obersten klar vor mir, wie

eine sonnenbeschienene Felsklippe, die man durch einen Nebel hindurch erkennt. In der Liebe war er schon immer mein Erzrivale gewesen, und so würde es auch im Krieg sein. Er haßte mich mit jeder Faser seines Wesens. Er würde alles, was in seiner Macht stand, tun, um mich zu töten.

Mein Land ist in drei Königreiche gespalten, von denen jedes von einem von drei Brüdern regiert wird: Jaya, unter König Bhuvaneka Bahu, der noch immer den Titel des Großen Königs trägt; Raigam unter König Raigam; und Sita Waka, das Herrschaftsgebiet meines Vaters, König Maya Dunnes. Alle drei Königreiche werden von weißen Fremden mit Kanonen und Musketen bedroht. Den Funken für die Feuer von Sinhala entzündeten die parangi, *Weiße aus Europa, als sie, angeführt von Oberst Fernao Soarez de Albergaria, in unser Land eindrangen, doch genährt wird das Feuer von unserer eigenen inneren Zwietracht.*

Seit meinen Kindertagen wurde prophezeit, daß ich, Prinz Tikiri Bandara von Sita Waka, einst zum Retter von Lanka werden würde. Ich bin der Mann, der die Feuer löschen und den Löwen von Sinhala ihre Macht zurückgeben wird.

Teil I
Der königliche Löwe

Kapitel 1

Als sie sich am Morgen nach der vereitelten Schändung Juliettas geliebt hatten, war dieser Akt wie das blinde Tasten zweier Menschen gewesen, die darin Trost und Vergessen suchten.

In den Tagen danach wünschte sich Fernao von ganzem Herzen, er hätte sich an jenem Morgen Julietta gegenüber anders verhalten, er hätte sie mit Verständnis behandelt, anstatt sie einer peinlichen Befragung zu unterziehen. Doch nun war es geschehen und nicht mehr rückgängig zu machen. Sein Einfühlungsvermögen sagte ihm mit schmerzlicher Deutlichkeit, daß ihm der Zugang, den er zu Juliettas Innerem gehabt hatte, teilweise wieder entzogen worden war.

Sooft er auch seiner Besorgnis und seinem Bedauern Ausdruck gab, schien nichts davon zu Julietta durchzudringen. Meist wollte sie von seinen Beteuerungen nichts wissen und verhielt sich ihm gegenüber sogar noch liebevoller und ergebener als zuvor, manchmal geradezu zärtlich. Nur jemand, der so feinfühlig war wie er, konnte ihren unauffälligen Rückzug als solchen erkennen.

Dann plötzlich begann sich Juliettas Zurückgezogenheit auf unerwartete Weise abzuschwächen, jeden Tag ein Stück mehr, wie Fernao mit wachsender Freude feststellen konnte. Eigenartigerweise hatte er für sich selbst jedoch wieder einen ersten Rückschlag zu verzeichnen, als Julietta ihm zwei Monate nach der verhängnisvollen Nacht mitteilte, sie sei schwanger. Von wem, flüsterte eine böse Stimme in ihm, doch dieses Mal ließ er sich seine Zweifel nicht anmerken. Und dies zahlte sich aus, denn als er mit der ganzen überströmenden Begeisterung eines werdenden Vaters reagierte, rückte Julietta noch ein Stück näher an ihn heran.

In der Zwischenzeit hatte er sich mit großer Energie auf den Bereich seines Lebens gestürzt, der ohne Komplikationen

verlief, nämlich seine Arbeit. Die Machtposition, über die er darin verfügte, hatte begonnen, ihn für die Hilflosigkeit in seinem persönlichen Leben zu entschädigen. Seine unermüdlichen Anstrengungen an der Seite der maurischen Händler Aisha und Abdul Raschid führten zu einem breiten Ausbau des Handels. Mittels ihrer Verbindungen zu Aishas Bruder Paichi Marcar, dem König des Handels im ostindischen Raum, der von Kalkutta aus operierte, wurden die wachsenden Gewinne, die Fernao im vergangenen Jahr dem Vizekönig Vasco da Gama vorausgesagt hatte, bald sogar übertroffen. Er dachte oft an den Vizekönig und wünschte, dieser hätte ihren Erfolg noch miterlebt, doch Großadmiral Vasco da Gama war am Weihnachtstag 1524 verstorben.
Zusätzlich zu der Tatsache, daß der Handel sich ausweitete und die Gewinne stiegen, erhielt Fernao nach langen Nachforschungen endlich auch die genauen Informationen, die er zur Ausdehnung ihres Stützpunktes, der Festung von Colombo, auf die wichtigsten Küstenhäfen von Lanka benötigte. Er wollte eine Klammer aus Eisen, aus portugiesischem Eisen, um das Land ziehen; außerdem strebte er die faktische Vorherrschaft über das zentrale Unterkönigreich von Kandy an, welches ihnen mit Hilfe der Kanonen und Musketen, die er Wira, dem König von Kandy, schicken würde, wenn sein Sohn, Prinz Kumara, zum katholischen Glauben übertrat, den Zugang zu den Festungen des Hügellandes verschaffen würde.
Seine Hauptantriebskraft blieb das alles beherrschende Verlangen, Prinz Tikiri und jeden, der mit dem Prinzen verbündet war, zu vernichten. Dies blieb sein Geheimnis, bestimmte jedoch all seine Pläne. Immer wieder rief er sich ins Gedächtnis, daß Prinz Vidiye vor kurzem die Tochter des Großen Königs Bhuvaneka von Jaya geheiratet hatte. Gewiß war dies ein Bündnis zwischen zwei Männern, die die gesamte Sippe der Maya Dunnes und ihren getreuen Anhänger, Prinz Raigam, haßten, denn diese hatten gemeinsam verhindert, daß König Bhuvaneka nach dem Tod des Großen Königs Wijayo alle drei Königreiche übernommen hatte. Und das Mädchen

war schwanger. Prinz Vidiye mit seinem großen, schlaksigen Körper und den riesigen rollenden Augen war ein Mann von unmäßigem Ehrgeiz; es mußte einen Weg geben, ihn für die portugiesischen Interessen einzuspannen.
Als Fernao zu Ohren kam, daß Prinz Vidiyes Gemahlin guter Hoffnung war, wußte er, wie er sein Vorhaben umsetzen konnte, und entschied, daß die Zeit für den nächsten Schritt gekommen war. Da der Große König in diesen Tagen in besonders freundlicher Stimmung war, wurde Fernaos Bitte um eine Audienz zum Zwecke der Überbringung seiner Glückwünsche an den Großen König anläßlich seiner zukünftigen Rolle als Großvater bereitwillig gewährt; sie sollte am Morgen des kommenden Samstages stattfinden.

Am 10. Februar 1525 nahm Prinz Kumara Königin Anula zur Gemahlin; es war eine private Feier in aller Stille, die dem Umstand Rechnung trug, daß die Königin erst vor einem Jahr beim Tod des Großen Königs Witwe geworden war. Die Hochzeit wurde in den königlichen Gemächern in der traditionellen Form einer buddhistischen *poruwa*-Zeremonie vollzogen; nur wenige auserwählte Adlige wohnten ihr bei.
Königin Anula sah aufregend schön und jungfräulich aus, wie es nur ihr gelang, und strahlte eine besondere Anziehungskraft aus, die ihn jedesmal, wenn ihre Blicke sich begegneten, von neuem erregte. Die ganzen Feierlichkeiten hindurch spürte Prinz Kumara, wie sehr ihn sein fetter, lüsterner Vater, König Wira, beneidete und sich im Geiste selbst an die Stelle des Bräutigams wünschte. Dieser Gedanke brachte Prinz Kumaras Blut in Wallung. Nicht mehr lange, dachte er, doch war sein Denken, ja sein ganzes Wesen, zu sehr von Vorfreude auf die Hochzeitsnacht erfüllt, um sich mit anderen Menschen zu beschäftigen.
Endlich befand er sich im Schlafzimmer der Königin und kostete schon im voraus die vollkommene geschlechtliche Vereinigung aus, nach der ihn gelüstete, seit er sie zum erstenmal erblickt hatte. Endlich würde er ihr Geheimnis lüften.
Sie lagen nackt nebeneinander auf den blaßblauen Kissen des

königlichen Bettes, über dem sich ein Baldachin aus geschnitztem Holz wölbte. Alle Wachslichter und Messinglampen waren angezündet, so daß er ihre ganze dunkle Schönheit, die schlanken Züge, die großen Brüste mit ihren purpurroten Höfen, die schmale Taille, die vollen Hüften und Schenkel bewundern konnte.
Obwohl er am Höhepunkt seiner Erregung war, ließ er die Momente verstreichen, um sie ganz auszukosten, indem er dem Atmen seiner Gemahlin lauschte, den Duft ihrer Haut einatmete und, ohne sich zu bewegen, das prickelnde Gefühl genoß, das die Berührung ihres Schenkels an seinem Bein in ihm auslöste. Sie ging auf seine Stimmung ein und blieb ebenso still neben ihm liegen. Er streckte eine Hand aus und nahm zärtlich ihre Finger. Im selben Moment drehte sie sich zu ihm hin und stöhnte, Erregung vortäuschend, in gespielter Leidenschaft. »Faß mich an, mein junger Hengst. Komm, fick mich. Ich halte es nicht mehr aus. Ich brauche dich, komm, ich brauche dich.«
Elend vor Enttäuschung und Wut, setzte er sich abrupt auf und stieß sie von sich. Sie sah ihn verwirrt an. »Warum, mein Prinz?« Auch sie richtete sich auf und setzte sich mit untergeschlagenen Beinen vor ihn hin. »Was ist los?«
Kühl, wohlüberlegt und mit einem Lächeln, das nur eine Geste war, schlug er sie heftig mitten ins Gesicht. Sie fiel zur Seite, rang um Fassung. Als sie ihn wieder anblickte, stand ihr eine Mischung aus Angst, Zorn und Bestürzung im Gesicht geschrieben.
»Dies war weder eine Bestrafung noch ein Akt der Grausamkeit. Es war ein Ausdruck der Liebe«, verkündete er leise. »Früher haben Eure Männer Euch gebraucht, um ihre Lust zu befriedigen. Alles, was sie wollten, waren Euer Körper, das Gefühl, sich in ihm zu bewegen, und den Triumph ihres Begehrens nach Euch davonzutragen.« Er hielt inne. »Das hier bin ich.« Er wies mit den Fingern auf sich selbst. »Ich bin anders. Ich liebe Euch. Was ich brauche, ist Euer wahres Ich. Also fangen wir noch einmal von vorne an.«
Er bog sie mit sanftem Druck nach hinten, streckte eine Hand

aus und begann mit den Fingerspitzen zärtlich über ihr Gesicht zu streichen, berührte ihr Haar mit federhafter Leichtigkeit und doch mit soviel Druck unter den Nägeln, daß er sie mit seiner Liebkosung erregte. Sie schloß die Augen, ihre Nasenflügel blähten sich. Er liebkoste ihren ganzen Körper. Langsam, einen nach dem anderen, küßte er ihre Finger, wobei er leise Geräusche verursachte, die wie eine zärtliche Melodie in der Stille des Raumes schwebten. Er küßte sie an jeder Stelle ihres Körpers, bis ihr Atem schwer wurde und ihr Mund sich öffnete. Seine Lippen streiften die ihren. Eine Hand legte sich sehr sanft und liebevoll hinter seinen Kopf und hielt ihn fest. Die andere Hand begann, ihn zu streicheln.

Ihre Vereinigung wurde in der Tat ein vollkommener Akt. Wieder und wieder kam sie, und nicht vorgetäuscht, wie sie es bei anderen getan hatte. Schließlich war sie so erschöpft, daß sie ihn aus verträumten Augen ansah. »Ich gebe auf«, flüsterte sie. Voll tiefer Dankbarkeit dafür, daß er mit Sanftheit und Verständnis, mit Geduld und Liebe bis zu ihrem tiefsten Inneren vorgedrungen war, wußte er, daß auch sie sein eigenes Geheimnis ergründet hatte.

Samstag, 11. Februar 1525

Während es in der Audienzhalle und dem Eingangshof des Palastes von Jaya von Höflingen gewimmelt hatte, herrschte im Audienzsaal eine friedvolle Stille, als Fernao gegenüber von König Bhuvanekas Schreibtisch Platz genommen hatte. Dessen schwarzer Schnurrbart in dem breiten, flächigen Gesicht bebte förmlich vor Erregung: offensichtlich war der Herrscher begeistert von seiner neuen Rolle als zukünftiger Großvater des Kindes, welches aus der Ehe seiner Tochter mit Prinz Vidiye entspringen würde.

»Ich hörte, Ihr werdet Vater«, strahlte der Große König.

»In der Tat, Majestät. Meine Gattin und ich stehen unter dem Segen Gottes.« Fernao wußte nun, welchen Weg er einschlagen würde. »Das führt mich zu dem anderen Grund für meine Bitte um Audienz. Darf ich ihn nennen?«

Die borstigen schwarzen Augenbrauen hoben sich. »Ich bitte darum, Oberst.«

»Gewiß sind Euer Majestät sich der Besorgnis bewußt, welche die kürzliche Teilung des Großen Königreichs von Lanka in drei Königreiche bei meinem obersten Herrn, Seiner Majestät, dem König von Portugal, sowie Seiner Exzellenz, dem Vizekönig, Hauptmann Oliveira und schließlich meiner Wenigkeit hervorgerufen hat. Obwohl wir nicht den Wunsch haben, uns in die Politik des Landes einzumischen, bewundern wir Eure Königliche Majestät als gerechten und gütigen Herrscher in solchem Maße, daß wir es vorgezogen hätten, Euch als Oberherrn über das ganze, geeinte Land zu sehen.«

»Auch ich hätte es vorgezogen«, bemerkte der Große König in grollendem Ton. Zum erstenmal grub sich eine tiefe Falte in seine Züge ein. »Aber wie Ihr wißt, wurde ich Opfer des Ehrgeizes anderer.«

»Ganz genau, Majestät. Aus diesem Grunde möchte ich mir auch die Freiheit nehmen, Euch einige Vorschläge zu unterbreiten. Ich hoffe, Ihr werdet mir meine Offenheit dabei verzeihen. Mein Vorgesetzter, Hauptmann Oliveira, ist einverstanden.«

»Bitte sprecht offen, Oberst.«

Als er den Ausdruck verstärkten Interesses in den wachen Augen des Königs bemerkte und den entschlossenen Zug, der sich um dessen Mund legte, fuhr Fernao gewandt fort: »Es ist unerläßlich, den Machtblock aufzubrechen, den die verbündeten Königreiche von Sita Waka und Raigam darstellen, da König Maya Dunne und Prinz Raigam stets in Einklang miteinander handeln werden.«

»Gewiß, aber wie können wir das erreichen?«

»Ich schlage vor, daß Ihr Eurem Enkel, sobald dieser auf der Welt ist, jenen Landstrich im Süden als Besitz zuteilt, der als Billigam Korle bekannt ist und bislang zu keinem Königreich gehörte, diesen dann zum Unterkönigreich macht und dem Kind die Oberherrschaft darüber zusprecht, während Ihr Prinz Vidiye zu seinem König ernennt.«

Die schwarzen Augen des Großen Königs weiteten sich und begannen, vor deutlich erkennbarer Freude zu glänzen. »Was für eine hervorragende Idee. Sie ist eines erstklassigen Staatsmannes in Europa würdig.« Er begann, mit sich selbst zu reden. »Ja, ja, Billigam liegt zwischen Raigam und dem südlichsten Territorium Lankas, Ruhuna. Was Ihr vorschlagt, wird die beiden Brüder davon abhalten, ihre aneinander angrenzenden Gebiete zusammenzuschließen und irgendwann in der Zukunft gar den gesamten Süden unter ihre Herrschaft zu bringen.« Ihm entfuhr ein Kichern. »Außerdem wird dieser Keil zwischen ihnen, noch dazu mit einem Mann als Herrscher, den sie nicht mögen, nämlich Prinz Vidiye, eine Quelle ständigen Ärgers für sie sein. Was Prinz Vidiye angeht, so wird er schon Wege finden, wie er das Gebiet von Billigam ausdehnen kann, wenn es erst einmal in seiner Hand ist.« Plötzlich überschattete sich sein mondförmiges Gesicht. »Aber was ist, wenn die beiden Schwierigkeiten machen?«
»Seid unserer Unterstützung versichert, Majestät. Ich hege auch noch gewisse andere Pläne, von denen ich hoffe, sie Eurer Majestät zur Zustimmung vorlegen zu dürfen, und dazu verfüge ich über die Schiffe und Soldaten, um Euch in dem betreffenden Unternehmen beizustehen.«
Vollauf zufrieden mit den Ergebnissen der Audienz, kehrte Fernao in die Festung zurück. Er würde den Plan, den er vorgeschlagen hatte, selbst vor Julietta und Hauptmann Oliveira geheimhalten.
Sobald er in der Festung angelangt war, sandte er einen Boten zu Pater Juan nach Kandy, um den anderen Teil seines Plans zur Verwirklichung zu bringen. Es war nicht nur der Zusammenschluß von König Maya Dunne und König Raigam im Süden, der als Machtpotential die Sicherheit der Portugiesen bedrohte – in gleichem Maß war das Unterkönigreich von Kandy zu schwach aufgrund seiner Gespaltenheit. Er hatte schon die ganze Zeit mit Prinz Kumara in zähen Verhandlungen gestanden, in denen er diesem das Mindestmaß an Unterstützung angeboten hatte, das nötig war, um ihn zu seiner

Taufe zu bewegen. Bislang waren ihm bereits dreimal geringe Kontingente gesandt worden, ohne daß der Prinz eingewilligt hätte. Nun würde er Prinz Kumara die Truppen schicken, die nötig waren, um die Bekehrung Prinz Kumaras abzusichern und die ehrgeizigen Pläne König Wiras zu unterstützen, welche, wie Fernao wußte, eines Tages Prinz Kumara zugute kommen würden. Da Prinz Kumara am gestrigen Tag Königin Anula geehelicht hatte, würde er auch Rückhalt bei deren Sippe in Kiri Vella besitzen, was ihm die Möglichkeit geben würde, ein starkes, relativ unabhängiges Königreich in Kandy zu errichten.
Nach Fernaos Überlegung würde es ihm mit einem starken Unterkönigreich in Kandy und vier gleichstarken Königreichen in Jaya, Sita Waka, Raigam und Billigam möglich sein, auf Lanka eine Politik des Teilens und Herrschens walten zu lassen.
Er merkte, daß ihn die Ausübung von direkter und versteckter Macht innerlich frohlocken ließ. Im Alter von zweiundzwanzig, weniger als vier Jahre, nachdem er in Lanka angekommen war, war er auf dem besten Wege, Prinz Tikiri zu vernichten.

Kapitel 2

Am frühen Morgen des 5. August 1525, an einem Samstag, wurde Julietta von einem kleinen Mädchen entbunden. Während er am Fenster des Hauses der de Albergaria außerhalb von Colombo stand und das zarte Bündel mit dem schlafenden Menschlein ungeschickt in den Armen hielt, blickte Fernao quer durch den Raum zu Julietta, die zurückgelehnt lag in die blaßrosa Kissen des Bettes, auf dem das Wunder der Empfängnis dieses kleinen Lebens seinen Anfang genommen hatte. Ihr Gesicht sah nun viel voller, fast ein wenig rundlich aus, doch der Ausdruck, der auf ihm stand, war der einer verträumten Zufriedenheit, auch des Stolzes über das Vollbrachte.

Sie tauften das Kind auf die Namen Julietta Catherina, nach Fernaos Mutter, und Menika, nach Juliettas Pflegemutter, de Albergaria. Sie kamen überein, sie Catherina zu rufen.

Montag, 7. August 1525

Neun Monate nach meiner Begegnung mit Julietta in dem dunklen Hain am Hügel von Mutu Vella war von jener Nacht kaum mehr als ein schöner Traum übriggeblieben. Nur ein gelegentlicher scharfer Schmerz, wenn mich etwas daran erinnerte, ein verirrter Gedanke in einem einsamen Moment, eine Enttäuschung, ein gewisses Verlangen, holten ihn für kurze Zeit in die Wirklichkeit zurück. Glücklicherweise hatten es mir die Belastungen und der alltägliche Trott der Arbeit ermöglicht, mit meiner Einsamkeit und dem Gefühl des Verlusts fertig zu werden. Nur jenes »Wenn doch ... wenn doch« war noch geblieben.

Mein Vater, König Maya Dunne, und ich hatten uns an jenem Abend kaum zu unserer gewohnten Unterredung auf den Rasen vor unserem Herrenhaus in Sita Waka gesetzt, als wir Hufedonnern vernahmen. Ein einzelner Reiter näherte sich im Galopp. Wir erkannten ihn beide, sobald er die letzte Straßenbiegung hinter sich gelassen hatte; in guter Reitermanier saß er aufrecht im Sattel.

»Ach, das ist ja Graf Wickrama Sinha, und er kommt allein!« rief mein Vater aus. »Eigentlich sollte er von seinem offiziellen Besuch in Jaya noch nicht zurück sein. Er muß dringende Nachrichten haben.«

Wir waren Graf Wickrama Sinha zu überaus großem Dank verpflichtet, denn er war es gewesen, der für die Einberufung des Rats der Edlen in Jaya gesorgt hatte, mit dessen Votum König Bhuvaneka Einhalt geboten werden sollte; dieser hatte entgegen der Übereinkunft mit meinem Vater und Prinz Raigam die Macht an sich gerissen, nachdem die drei ihren Vater, den Großen König Wijayo, durch eine Zurschaustellung von militärischer Macht, für die ich verantwortlich gezeichnet hatte, zur Abdankung gezwungen hatten. Am selben Morgen noch wurde König Wijayo unter ungeklärten Umständen ermordet, ganz allein und verlassen, nachdem seine königliche Gemahlin Anula, die seiner Absetzung in eigenem Interesse den Weg bereitet hatte, geflohen war, als klar wurde, daß ihr Plan gescheitert war. Mit Hilfe ihrer großen Schönheit und der Macht des Geschlechts hatte die junge Königin König Wijayo nämlich dazu überredet, ihren Sohn aus erster Ehe, Prinz Deva Raja, zu seinem Nachfolger auf dem Thron des Großen Königreiches zu ernennen, mit Königin Anula als Regentin, und die Ermordung der drei Brüder, der wirklichen Erben, zu planen. Dieses Vorgehen, mit dem er unserem *charlithraya*, unseren heiligen Traditionen, zuwiderhandelte, hatte dazu geführt, daß wir alle uns gegen den Mann, der mein Großvater war, zusammengeschlossen hatten, und zwar in dem Einvernehmen, daß das Land danach in drei Königreiche geteilt werden würde, bis der Rat der Edlen über die Thronfolge entschied. König Bhuvaneka und Prinz Vidiye aber hatten diese Übereinkunft gebrochen, wobei ihnen portugiesische Artillerie und Musketen Schützenhilfe geleistet hatten. Die dramatische Einberufung des Rats der Edlen, welche zu der Feuerbestattung König Wijayos nach Jaya gekommen waren, durch Wickrama Sinha und dessen glänzende Strategie während der Sitzung hatten zu der Teilung des Landes in drei Königreiche geführt, wodurch König Bhuvanekas Verrat die Spitze genommen worden war.

Ich hatte deshalb nur mit ganzem Herzen zustimmen können, als mein Vater sechs Monate zuvor Graf Wickrama Sinha zu seinem Ersten Minister und Befehlshaber der Armee ernannt hatte. In der kurzen Zeitspanne, die bislang vergangen war, hatte der Graf seinen großen Wert bereits unter Beweis gestellt.

Pferdeknechte in der rotweißen Livree unserer Familie kamen herbeigelaufen. Einer von ihnen hielt das Pferd am Zaumzeug, während Graf Wickrama Sinha abstieg. Seine weißen Hosen und die Tunika mochten mit Staub bedeckt

und schweißgetränkt sein, doch hatte sich Graf Wickrama Sinha trotzdem die Eleganz bewahrt, die seinem hageren Körper eigen war, als er auf uns zuschritt und lächelnd meinem Vater huldigte. »Ich bringe Neuigkeiten von großer Tragweite, Majestät!« verkündete er. »Ich bin Tag und Nacht durchgeritten, um sie Euch persönlich zu überbringen.«
»Das hat Zeit, bis Ihr Euch gesetzt und eine Erfrischung zu Euch genommen habt.« Wie gewöhnlich war mein Vater sehr kühl und selbstbeherrscht.
Ein Mann kam im Laufschritt aus dem Haus, um einen bequemen Stuhl zu bringen, während ein anderer rasch nach vorne trat und nur abwartete, bis der Graf sich gesetzt hatte, um ihn zu fragen, ob er eine Tasse von dem heißen Getränk wünschte, das mein Vater und ich gerade genossen hatten. Es handelte sich dabei um eine schwarze Flüssigkeit mit einem angenehm starken Aroma, die aus Arabien kam und die, zusammen mit Honig genossen, gleichsam köstlich und anregend war. Die Araber nennen sie *copi.* Dort trank man sie schon seit über einhundert Jahren, während sie in unserem Teil der Welt erst vor kurzem durch die maurischen Händler eingeführt worden war, und zwar nicht zu Handelszwecken, sondern zu ihrem privaten Vergnügen und dem der Könige. Wir plauderten in Muße, bis das Getränk gebracht wurde. Graf Wickrama Sinha nahm einen Schluck *copi.* »Ah, köstlich und belebend!« rief er aus. Vorsichtig stellte er die Tasse wieder auf den Tisch in unserer Mitte, lehnte sich zurück und streckte sich, wobei er eine Art zufriedenes Knirschen von sich gab. »Nun zu den Neuigkeiten. Prinz Kumara und mehrere Adlige aus Kandy sind zum katholischen Glauben übergetreten und getauft worden.«
»Das haben wir schon erwartet, aber was, glaubt Ihr, hat es zu bedeuten?« Mein Vater hob fragend die dicken schwarzen Augenbrauen.
Wickrama Sinha blickte grimmig drein. »Es bedeutet, daß nun, nachdem die weißhäutigen *parangi* in mehreren Anläufen versucht haben, mit dem geringsten Einsatz das Beste herauszuschlagen, König Wira die Verfügungsgewalt über

zwei *parangi*-Einheiten Infanterie und eine Anzahl von Kanonen erhalten hat, die in der Hauptstadt des Hügellandes stationiert sind.«
»König Wiras Truppen können also jetzt gegen die Unterkönige von Pera, Gampola und Hangura in den Krieg ziehen?«
»Pera haben sie bereits übernommen, ohne daß auch nur ein Schuß aus *parangi*-Musketen gefallen wäre. Immerhin war der Unterkönig ein naher Verwandter König Wiras und praktisch nur sein Lakai. Ich vermute, König Wiras Armee wird als nächstes auf Gampola zuhalten. Doch ich habe noch andere Neuigkeiten von sogar größerer Bedeutung.«
Mein Vater beugte sich aufmerksam in seinem Stuhl vor und blickte ihn aus seinen dunklen Augen scharf an. Auch ich ließ mich von seiner Gespanntheit anstecken.
»Prinz Vidiye ist Vater geworden. Seine Gemahlin, Eure Nichte und Tochter des Großen Königs, hat einem kleinen Jungen das Leben geschenkt! Sie haben das Kind Dharma Pala genannt. Leider verstarb die Dame während der Geburt.« Und dann rückte Graf Wickrama Sinha mit der größten Neuigkeit heraus, die einschlug wie eine Kanonenkugel: »Der Große König hat dem neugeborenen Prinzen die Herrschaftsrechte über das Gebiet von Billigam Korle überschrieben. Sein Vater, Prinz Vidiye, wird es mit dem Titel eines Unterkönigs regieren. Er wird schon bald mit einer Armee nach Billigam aufbrechen.«
Ich ächzte vor Wut, während mein Vater noch immer keine sichtbare Erregung zeigte, sondern nur nachdenklich geworden war. »Damit liegt König Raigam wie eine *areca*-Nuß zwischen zwei Schneiden – Jaya auf der einen, Billigam auf der anderen Seite!« brach es aus mir hervor. »Das können wir nicht zulassen.«
»Das werden wir auch nicht, Prinz«, versicherte mir König Maya Dunne mit ruhiger Stimme. »Das werden wir auch nicht.« Er wandte sich wieder Wickrama Sinha zu: »Wißt Ihr, welche Truppen Prinz … äh … König Vidiye mit sich nehmen will?«
»Dreitausend Fußsoldaten und Bogenschützen, eintausend

Reiter und dreißig Elefanten, Majestät. Sie werden das Gebiet von Raigam umgehen, in *parangi*-Schiffen nach Galle segeln, landen und sich dort mit einem Heer von fünftausend Mann vereinen, das Graf Samara Kon, unser eingeschworener Feind im Süden, aushebt. Offensichtlich stecken die *parangi* hinter diesem Plan und werden ihn bis zum letzten unterstützen.« Er zeigte mit einem sardonischen Lächeln auf die Innentasche seiner Tunika. »Hier drin habe ich alle Einzelheiten des Vorstoßes.«

»Wie zu erwarten!« rief mein Vater anerkennend aus. »Ein solch großes Heer mitsamt den fünftausend Männern von Graf Samara Kon wird eine direkte Bedrohung für König Raigam wie auch für uns darstellen. Wie gut, daß unser Waffenschmied Palitha uns endlich hundert Musketen angefertigt hat.« Er trommelte mit einem Zeigefinger eine Weile auf die Armlehne seines Stuhles, ein Zeichen dafür, daß er heftig nachdachte.

Als sich eine feste Linie um das Kinn meines Vaters legte, wußte ich, daß er eine Entscheidung gefällt hatte. »Ihr und Prinz Tikiri werdet heute nacht mit einem Stoßtrupp unserer Armee aufbrechen, um gegen Graf Samara Kon ins Feld zu ziehen. Wir müssen unter allen Umständen verhindern, daß er sich mit Prinz Vidiye zusammenschließt. Ruft auf der Stelle Eure Befehlshaber zu einer Planungssitzung zusammen.«

»Zuerst habe ich jedoch noch eine weitere Neuigkeit zu berichten, Majestät«, warf Graf Wickrama Sinha blitzschnell ein, wobei er mir einen so seltsamen Blick zuwarf, daß sich mein Magen instinktiv verkrampfte. »Vor zwei Tagen wurde Oberst de Albergarias Gattin, die Dame Julietta, vormals am Hof von Jaya, von einem kleinen Mädchen entbunden.«

Ich hatte von Juliettas Schwangerschaft gewußt, doch mein Herz schrie dennoch jammervoll auf, denn nun war sie für immer an ihren Ehemann gebunden.

Dienstag, 8. August 1525

Das Baby war erst drei Tage alt, doch Fernao hatte bereits festgestellt, daß er es kaum erwarten konnte, nach dem Dienst nach Hause zu kommen, um mit Julietta an seiner Seite auf das schlafende Kind hinabzublicken, zuzusehen, wie dessen Augen dem Licht zublinzelten, wenn es erwachte, und dabei die ganze Zufriedenheit auszukosten, die aus dem Gefühl erwuchs, eine Familie zu haben.

An diesem Nachmittag blickte er ungeduldig auf die Uhr, welche an der Wand hinter Hauptmann Oliveiras Schreibtisch in der Festung hing, als die Unterredung mit dem Hauptmann und dem maurischen Händler Abdul Raschid ihrem Ende zuging. Der kurze Zeiger stand auf der Vier, der lange auf der Zwölf, es war also vier Uhr, wie es in der neuen Ausdrucksform hieß. Die Stille im Amtszimmer, welche der Auflösung einer Konferenz vorausgeht, wurde nur von dem lauten Ticken der Uhr durchbrochen.

»Mein Herr, der Oberst ist in diesen letzten Monaten sehr hart und streng mit uns gewesen.« Abdul Raschid brach das Schweigen mit seiner hohen Stimme, die Fernao immer an die eines Eunuchen erinnerte, und wischte sich mit einem roten Leinentüchlein den Schweiß von dem dicklichen Gesicht. »Wir haben so viel Geld ausgeben müssen, um die Dinge in Rekordzeit zu erledigen, daß wir in diesem Geschäft einen Verlust verbuchen werden.«

Fernao lächelte. »Ich mußte Euch deshalb so über alle Maßen antreiben, damit unsere gemeinsamen Ziele erreicht werden«, stellte er fest. »Ihr hattet Eure direkten Ausgaben; wir hatten gewaltige Kosten, die es nötig machten, daß wieder Bargeld in unsere Kassen zurückfloß, sobald es die Situation ermöglichte. Daran darf sich nichts ändern, denn Zeit kostet uns ebensoviel Geld wie Eure Manufakturen und Waren. Wenn wir also gemeinsam mit der Zeit richtig wirtschaften, wird auch das Geld fließen!« Er nickte dem Händler zu und wischte sich das Gesicht mit dem leinenen Tuch ab, das bereits auf seinem Schoß gelegen hatte.

»Natürlich, natürlich, aber es sind doch stets wir Händler, die am meisten leiden, weil wir im Gegensatz zu den Königen aus unseren eigenen Quellen schöpfen müssen.«

»Der Oberst hat gute Arbeit geleistet«, mischte sich Hauptmann Oliveira ein. »Und Ihr werdet nicht einen dreckigen *cruzado* mehr aus uns herausbekommen, wenn es das ist, worum Ihr winselt. Und wenn Ihr darauf hinauswollt, daß der Oberst Euch anders behandelt hat, weil Ihr Händler seid, so seid Ihr erst recht auf dem Holzweg. Sein Vorgehen König Wira und Prinz Kumara gegenüber ist ebenso hart gewesen.«

»Ich weiß, Herr. Man erzählt es sich schon auf den Marktplätzen. Dreimal hat der Oberst seine Truppen über Land und See nach Kandy geschickt, und dreimal hat er sie wieder zurückgezogen. Darf ein einfacher Händler untertänigst fragen, warum?«

»Weil die königlichen Herrschaften ihre königlichen Versprechen nicht einhielten, die unserer Zustimmung zur Sendung von Truppen zugrunde lagen«, erwiderte Fernao.

»Ach so. Ich hörte davon. Und es war erst beim vierten Mal, als sich Prinz Kumara und die Adligen endlich taufen ließen, daß die Truppen blieben. Nun haben sie König Wira dabei geholfen, das Unterkönigreich von Pera zu erobern, nicht wahr? Wohin werden sie als nächstes ziehen? Gampola?«

»Das ist unser Geheimnis«, erwiderte Fernao rasch.

»Nun, ich habe gehört, Euer Töchterchen ist sehr hellhäutig«, wechselte Abdul Raschid das Thema.

»Ja, in der Tat«, antwortete Fernao herzlich. »Und sie sieht reizend aus in ihrer mit rosa Seide ausgekleideten Wiege, die Ihr uns zum Geschenk machtet, wofür sich meine Frau und ich nochmals bedanken.«

»Extra aus Persien bestellt, mein Herr«, rief Abdul Raschid stolz aus. »Allah schenkt solches Glück eben doch nur denen, die er liebt. Wo Ihr doch auch eine so wunderbare Gemahlin habt!«

»Von dem schönen Baby ganz zu schweigen!« erinnerte ihn Fernao geschmeichelt.

Mittwoch, 9. August 1525

In derselben Nacht kam es Prinz Kumara, auf dem Weg nach Gampola, das zwölf Meilen östlich von Kandy lag, so vor, als fließe ihm das Blut wie prickelndes Wasser durch die Venen, während er auf seinem großen Fuchs, dessen Hufe mit Stoffsäckchen gedämpft waren, vor seinen Männern her durch die Dunkelheit ritt.

So vieles war im vergangenen Jahr geschehen. Seine geliebte Mätresse Manel war überraschend an einer eigenartigen Magenkrankheit verstorben und hatte ihr ungeborenes Kind mit in den Tod genommen. Seine Ehe mit Königin Anula hatte ihn mehr als entschädigt. Dann war die Zeit des Taktierens mit Oberst de Albergaria gekommen, der ihm erst bei seinem vierten Anlauf ein Kontingent von Truppen gesandt hatte, das ihm groß genug erschien, um schließlich in seine Taufe einzuwilligen. Kurz darauf war Pera dem Königreich von Kandy angeschlossen worden, ohne daß ein Schuß aus den Musketen der *parangi* gefallen war. Und nun war er auf dem Weg zur Eroberung von Gampola.

Es ist seltsam, wie doch eines zum anderen gepaßt hat, seit ich Anula begegnet bin, überlegte er – sogar Manels Tod. Manel war eine Quelle des Unmuts für Anula gewesen, das wußte er, ein ernsthafter Hinderungsgrund für seine Heirat und ein Hemmschuh in seinen ehrgeizigen Vorhaben. Doch auf seine Weise hatte er Manel geliebt und trauerte insgeheim immer noch um sie. Sie war der einzige Mensch auf der Welt gewesen, der ihn über alles andere gestellt hatte, sogar über sich selbst, etwas, zu dem seine Frau nicht fähig war. Er zuckte die Achseln, während er dahinritt, doch irgendwo tief in seinem Inneren wußte er, daß er den Verlust eines so einzigartigen Menschen, wie es Manel, die Kurtisane, gewesen war, niemals verwinden würde.

Er schüttelte die Erinnerungen ab und kehrte zur Gegenwart zurück. Die Idee, die Hauptstadt von Gampola in einem einzigen nächtlichen Überfall zu erobern anstatt in einem formellen Einmarsch, der unweigerlich Schlachten nach sich

gezogen hätte, war die seine gewesen. König Wira, sein Vater, hatte ihm bereitwillig zugestimmt.
Nun führte er also sein Überfallkommando an: fünfhundert vollbewaffnete Männer, eine Elitetruppe der Armee, die er vor sechs Monaten aufgebaut hatte. Allesamt waren sie, wie er selbst, schwarz gekleidet. Sie folgten einer Route, die er sorgfältig ausgekundschaftet hatte und mit der er seine fünf bewährten Truppenbefehlshaber erst in der vergangenen Nacht vertraut gemacht hatte, indem er sie über das Gelände geführt hatte. Bis diese fünf Befehlshaber bei Sonnenuntergang ihre Befehle ausgegeben hatten, war man bei den Soldaten der Überzeugung gewesen, der nächtliche Bereitschaftszustand gelte nur einer Nachtübung.
In unabhängige kleine Gruppen aufgeteilt, war das ganze Kontingent dem Lauf des Maha Veli Ganga, des Großen Sandflusses, gefolgt, bis sie alle nach Pera gekommen waren, wo sie den Fluß überquert hatten und an ihrem Sammelpunkt zusammengetroffen waren. Hier hatte Prinz Kumara sie mit der Abteilung *parangi* erwartet, welche aus einer Einheit berittener Musketiere und einer Anzahl Kanonen bestand. Nur die *parangi* waren von der geplanten Aktion unterrichtet gewesen. Die Räder ihrer Kanonen waren geölt und ihre Felgen mit Säcken behängt worden, um die Geräusche ihres Rollens zu dämpfen.
Es war an der Zeit, sich ganz auf das zu konzentrieren, was vor ihnen lag. Prinz Kumara blickte zum Himmel empor, der mit dicken Wolken verhangen war; kein einziger Stern war zu sehen. Die Nacht war kühl, doch die Enge des Dschungels, den sie nun durchquerten, ließ ihn unter seinem Lederwams und den Schenkelschonern, beides Geschenke der *parangi*, so stark in Schweiß ausbrechen, daß ihm ab und zu eine Brise seines eigenes Geruches in die Nase stieg. Ekelhaft, befand er. Eines der Pferde hinter ihm stolperte über einen Stein, strauchelte, schnaubte. Sein Reiter fluchte leise vor sich hin. Der intensive, süßliche Geruch nach reifen *durian*-Früchten zeigte ihnen an, daß sie sich dem Rand des Dschungels näherten, wo ungefähr zwei Meilen vor der Hauptstadt das bebaute Land begann. Hier lag der Anfang der gefährlichen Zone.

Kapitel 3

Mittwoch, 9. August 1525

Als sie erst einmal die Deckung des Dschungels verlassen hatten, bestand ihre einzige Hoffnung, unentdeckt zu bleiben, darin, daß die Bevölkerung der Gegend schlief. Prinz Kumara hob die Hand und brachte sein Roß zum Stehen. Er spürte, wie die lange Kolonne hinter ihm es ihm gleichtat. Nur als Umrisse zu erkennen, tauchten jetzt die beiden Kundschafter vor ihm auf. Ihre Augen schimmerten in der Finsternis, als sie ihre Pferde anhielten.

»Die Dorfbewohner schlafen, und die Stadt liegt in Dunkelheit«, erstattete einer der Männer leise Bericht. »Alles in Ordnung.«

»Kehrt zu Euren Einheiten zurück«, befahl Prinz Kumara. Er wandte sich im Sattel halb zu dem Befehlshaber der Truppe um; das Leder knirschte hörbar in der Stille. »Laßt durchsagen, man möge die Hufdämpfer abnehmen.«

Leise wurden in der Dunkelheit Befehle weitergegeben. Zwei Knechte liefen herbei und begannen, die Hüllen um die Hufe des Pferdes von Prinz Kumara zu entfernen.

Zehn Minuten später erreichte er die Landstraße, wo er anhielt und wartete, bis die ganze Kolonne hinter ihm aufgeschlossen hatte.

Die Hauptstadt von Gampola war nicht mehr als eine Siedlung; der königliche Palast lag innerhalb der Zitadelle, einer Art Festung.

Prinz Kumara zog sein Schwert und zeigte damit in Richtung Hauptstadt, wobei er sein Pferd gleichzeitig vorwärts trieb. Er fiel in Galopp, die Kolonne folgte ihm. Schon bald brachten das Hufeklappern und das Rumpeln und Rattern der Kanonen die Luft zum Beben.

Vor ihnen tauchten die Erdwälle der Festung auf, ein riesiger, einheitlich dunkler Fleck, der sich über dem Fluß erhob. Prinz Kumara ließ sein Pferd in einen langsameren Trab fallen, dann in Schritt, um schließlich vor dem Eingang zu der

Brücke anzuhalten. Man hatte ihr Näherkommen gehört, denn auf der höhergelegenen Fläche in der Mitte der Festung, wo der Palast lag, begannen einzelne Lichter zu blinken.
Prinz Kumara sah zu, wie seine Kanonen in einer Reihe vor den Toren aufgestellt wurden, die Kavallerie in drei Kolonnen hinter den großen Geschützen Aufstellung nahm und die Bogenschützen mit Zielrichtung auf die Erdwälle in Stellung gingen. Sie alle bewegten sich mit der Leichtigkeit, die nur lange Übungen auf dem Paradeplatz hervorbringen konnten.
Die Art und Weise, wie die ganze Aktion ausgeführt wurde, erfüllte Prinz Kumara mit einem Gefühl des Stolzes, und er hoffte, die *parangi*-Offiziere würden seine Fähigkeiten bewundern.
Auf den Erdwällen wurden hier und dort Köpfe sichtbar, dunkle Kleckse unterhalb von *chulu*, von Fackeln, die man hochhielt in dem vergeblichen Versuch, die Finsternis zu durchdringen. Wie töricht von ihnen, dachte Prinz Kumara. Sie bieten uns auf diese Weise nur ein besseres Ziel.
Hinter ihm formierten sich die berittenen *parangi*-Musketiere.
Der hoch aufgeschossene Artilleriehauptmann der *parangi*, in eisernem Helm und Brustplatten, trat nach vorne. »Zielt!« befahl er mit ruhiger Stimme.
Das Quietschen und Knirschen von Rädern folgte.
»Fertig zum Feuern!«
»Feuer!«
Acht Blitze gingen einem donnernden Getöse voraus, in dem das Zischen der Kanonenkugeln kaum zu hören war. Dann, als die Kugeln auf die hölzernen Eingangstore trafen, hallte ein schreckliches Krachen über dem Fluß wider. Im selben Moment beschrieb ein Schwung Pfeile am Himmel einen dunklen Bogen wie von schräg fallendem Regen.
Die Treffsicherheit der *parangi* war perfekt. Prinz Kumara frohlockte, als er durch die zertrümmerten Tore Licht aus der Festung fallen sah. Gellende Schreie von den Schutzwällen waren Beweis für die ebenso großen Fähigkeiten seiner Bogenschützen.

»Fertig zum Angriff!« bellte der Prinz. Er zeigte mit dem Schwert auf die Festungstore. »Vor... wärts!«
Sein Roß sprang nach vorne. Die dreißig berittenen *parangi*-Musketiere folgten ihm schreiend, dahinter kamen die Reiter – schweigend, wie man es ihnen beigebracht hatte. Sie überquerten in wildem Galopp die hölzerne Brücke. Vor ihnen ragten die zertrümmerten Tore auf.
Prinz Kumara beugte sich tief über den Sattel und führte sein Pferd durch eine Lücke im Tor. Als er sich wieder aufrichtete, befand er sich im Innenhof. Er lachte laut hinaus und brachte sein Roß zum Stehen. Zwei der Musketiere hatten sich von ihren Pferden geschwungen und waren dabei, das, was von den Toren übrig war, zu öffnen. Die übrigen Musketiere kamen hereingeritten, stiegen ab und stellten sich mit dem Gesicht zur Hauptstraße auf. Bewaffnete Männer kamen die Straße herunter auf sie zu. Prinz Kumara führte sein Pferd zurück in den Schutz der Erdwälle.
»Fertig zum Feuern!«
»Feuer!«
Die Musketen feuerten. Die angreifenden feindlichen Soldaten gingen zu Boden wie Reispflanzen vor der Sense des Schnitters. Schmerzensschreie wurden laut. Eine dunkle Gestalt griff sich vergeblich in hervorquellendes Gedärm, bevor sie zusammenbrach. In den hinteren Reihen des Gegners stockte es.
»Greift ... an!« brüllte Prinz Kumara.
Seine Kavallerie preschte durch die offenen Tore, die Seitenkolonnen schwärmten nach rechts und links aus. Auf direktem Weg die Hauptstraße entlang hielt die mittlere Kolonne auf den Palast zu, Prinz Kumara an ihrer Spitze.
Endlich kam der Prinz vor den geschlossenen Eingangstüren abrupt zum Stehen. In mehreren offenen Fenstern brannte Licht, Menschen, die ängstlich hinausblickten, waren als Umrisse zu erkennen. Er schwang sich vom Pferd und warf den stets anwesenden Knechten, die hinter ihm hergeritten waren, die Zügel zu. Der Innenhof hallte vom Klappern der Hufe wider. Die Musketiere umstellten den Innenhof, wie es

geplant und eingeübt war. Schwer atmend schritt der Prinz auf die Tore aus braunem Teakholz zu und klopfte mit dem Schwertgriff heftig dagegen.
»Im Namen des Großen Königs von Kandy, macht auf!« rief er.
Er hörte das schabende Geräusch von Riegeln, die zurückgeschoben wurden, dann das Quietschen von schweren Bolzen, und trat für den Fall eines plötzlichen Angriffes zur Seite. Dann wartete er schweigend, das Schwert kampfbereit.
Langsam öffneten sich die Tore. Die Eingangshalle war überfüllt mit uniformierten Soldaten, die ihre Schwerter gezückt hatten. Es war die Palastgarde: grimmige, entschlossene Männer, die bereit waren, für ihren Herrn zu sterben.

Mittwoch, 9. August 1525

Galle lag ungefähr fünfzig Meilen südwestlich von Sita Waka. Als Sammelpunkt für mein Kavallerieregiment und unseren begleitenden Gepäckzug, die vor dem Angriff auf Graf Samara Kons Truppen zusammentreffen sollten, hatten wir eine sumpfige Ebene ausgewählt, die als Habara bekannt war und im Landesinneren ein paar Meilen südlich des Hafens lag, wo die *parangi* 1505 zum erstenmal gelandet waren. Die Örtlichkeit war gut gewählt, denn auf dem Weg erfuhren wir, daß der Feind sich auf dem großen *maidan* nördlich des Hafens von Galle versammelte.
Nach einem Gewaltmarsch erreichten wir den Sammelpunkt bei Sonnenuntergang. Meine Männer begaben sich sofort innerhalb eines zu unserer Verteidigung abgesteckten Geländes an die Errichtung von Biwaks und Feldküchen für die Nacht, während Spähtrupps in vier Richtungen ausgesandt wurden, um mögliche Aktivitäten des Feindes auszukundschaften. Unsere Pferde wurden von den Sätteln befreit und abgerieben, man sammelte Holz für die Lagerfeuer. Als die Dunkelheit hereinbrach, war die Ebene übersät mit rotgolden schimmernden, flackernden kleinen Flammen; Rauchwölk-

chen trugen den angenehmen Geruch brennenden Holzes zu uns herüber.
Das gesamte Dorf war auf den Beinen, um uns von außerhalb der Schutzumzäunung anzugaffen und den Wachposten Fragen zu stellen. Der Dorfoberste bat um ein Gespräch mit mir, als er von meinem Rang erfuhr. Er stellte sich als ein kleiner, dicker Mann mit einem vorstehenden Bauch heraus, der einen runden Kamm in seinem silbrigschwarzen Haar trug. Ich wußte schon vom ersten Moment an, daß er einer von Graf Samara Kons Leuten war und keine Zeit verlieren würde, seinen Herrn von unserer Anwesenheit und unserer Truppenstärke zu unterrichten.
Nachdem der Dorfoberste gegangen war, legte ich meine Lederrüstung ab und machte meine Runde im Lager, um mich zu vergewissern, daß die Männer zu ihrer Bequemlichkeit untergebracht waren. Danach kehrte ich zu dem einzelnen Baum in der Mitte des Lagers zurück, wo mein Adjutant, Hauptmann Wickram, das Hauptquartier eingerichtet hatte.
»Ich frage mich, warum Graf Wickrama Sinhas Boten noch nicht eingetroffen sind«, meinte der Hauptmann.
»Sie hätten sogar schon vor uns hiersein sollen«, erwiderte ich.
Da wir wußten, daß Graf Samara Kons Truppen auf Galle zuströmten, um mit König Vidiyes Armee zusammenzutreffen, wenn sie auf dem Seeweg eintraf, sollten unsere eigenen Truppen planmäßig in zwei Kolonnen nach Galle vordringen. Mein Kavallerieregiment von tausend Männern mit einhundert Musketieren und dem Gepäckzug hatte den direktesten Weg von Sita Waka her genommen, indem es die bewaldeten Berghänge hinab ins Flachland vorgestoßen war, um sich Galle von Süden her zu nähern. Graf Wickrama Sinhas zweitausend Fußsoldaten, fünfhundert Bogenschützen und fünfzig Musketiere hatten den südlichen Paß durch die Berge genommen. Sie sollten an der Quelle des Gin-Flusses Floße beschlagnahmen, sich auf ihnen zur Mündung des Flusses ungefähr drei Meilen nördlich von Galle begeben und Graf Samara Kon von Norden aus angreifen.

»Was werden wir tun, wenn Graf Wickrama Sinha nicht rechtzeitig eintrifft, Prinz?« wollte Hauptmann Wickram wissen.
»Allein angreifen.«
Voller Skepsis zog er eine Augenbraue hoch. »Wir werden zahlenmäßig schwer unterlegen sein. Und wir haben keine Infanterie oder Bogenschützen.«
»Wir gewöhnen uns wohl besser daran, gegen Schwierigkeiten zu kämpfen«, gab ich grimmig zurück. »Immerhin haben wir die Musketiere.«
Namothassa bagavatho arahato ... Die Worte des Gesanges, der die Entgegennahme des *pan-sil*, der fünf Gebote, einleitet, kamen zu uns herübergeweht. Welch scharfer Kontrast zu unseren kriegerischen Absichten. Die Frommeren unter unseren Männern hatten sich um ein Lagerfeuer in der Nähe versammelt. Offensichtlich bereiteten sie sich auf den morgigen Tag vor, an dem einige von ihnen einen frühen Tod sterben würden.
Mich schauderte, als ein aufkommender Wind mir die Wärme des Lagerfeuers wie einen Mantel um die Schultern legte.

Mittwoch, 9. August 1525

Die Palastgarde, eine Schar entschlossener Männer in Lederwämsen, stand schweigend, dicht an dicht und mit wurfbereiten Speeren in der Eingangshalle. Prinz Kumara machte einen großen Schritt vom Eingang weg. Anführer der gegnerischen Garde war ein riesiger Hauptmann, der in der Mitte der Gruppe stand. Die Fackeln im Innenhof zischten unter einem Windstoß auf.
»Feuer!«
Prinz Kumara konnte die Blitze nicht zählen, doch war das Rattern der Musketen quer durch den Hof ohrenbetäubend. Mit seltsamer Entrücktheit sah er zu, wie die Salve einschlug. Als der Geruch nach verbranntem Schießpulver Prinz Kumara in die Nase stieg, ertönte der Befehl von neuem: »Feuer!«

Weitere Männer in der Reihe brachen zusammen, andere versuchten, sich kriechend zu retten, einige auf Händen und Füßen; so mancher zog einen verstümmelten Körper hinter sich her.

Eine große Freude machte sich in Prinz Kumara breit, und plötzlich war er erfüllt von dem wilden Verlangen, mit gezogenem Schwert loszustürzen, alle feindlichen Körper niederzumetzeln und seine Macht und Herrschaft zu errichten. Es war freilich nicht nötig, ihn zurückzuhalten, denn plötzlich war die Halle leer bis auf die niedergestreckten Toten und die stöhnenden Verwundeten.

»Welche *pariah*-Köter wagen es, meinen Palast und mein königliches Heim zu entweihen?« Die Worte wurden mit schallender Stimme gesprochen, die das Kampfgetöse der Angreifer, welche gerade das Gebäude stürmten, übertönte. Prinz Kumara sah in die Richtung des Sprechers. Der König von Gampola stand auf dem oberen Absatz der Treppe, hinter sich eine Schar ängstlich geduckter Bedienter. Er war ein großer, wohlgestalter Mann von heller Haut, dunklen Augen und silbriggrauem Haar und Schnurrbart. In einen weißen, pludrigen *dhoti* gehüllt, stand er mit weit gespreizten Beinen und in die Seiten gestemmten Armen da, eine so imposante Gestalt, daß die Männer hinter Prinz Kumara innehaltend zu ihm aufblickten.

Prinz Kumara dagegen war keineswegs in der Stimmung, sich von dem majestätischen Auftreten eines anderen einschüchtern zu lassen. »Es gibt nur einen *pariah*-Köter hier«, rief er zurück. »Und er ist es auch, der diesen Palast und sogar seine eigene Person entweiht.«

Der König verzog hämisch die Oberlippe. »Im Gegenteil, Neffe, denn nun sehe ich, daß Ihr es seid, in lächerlicher Kostümierung! Ich höre, daß Ihr der Köter seid, der gehorsam mit dem Schwanz wedelt, wenn seine neuen Herrn, die *parangi*, rufen – eine Menschenrasse, die sich nicht wäscht, sondern ihren Kot nur abwischt.« Er schnüffelte voller Verachtung. »Der Geruch, der von Euch allen ausgeht, sagt mir, daß Ihr Euren Herrn alle Ehre antut. Laßt also dieses lächerli-

che Spiel und verschwindet.« Er schüttelte traurig den Kopf, drehte sich auf dem Absatz um und begann davonzugehen.
Prinz Kumara stieß einen Wutschrei aus und rannte die Treppen hoch, um den König zu verfolgen. Er spürte eine Bewegung in der Luft, hörte ein Zischen, dann ein dumpfes Aufprallen und blieb stehen. Dem König entfuhr ein lautes Seufzen. Er stolperte vorwärts, stöhnte auf, blieb stehen. In seinem Rücken steckte bebend ein Speer.
Prinz Kumara drehte sich um und blickte in die Halle hinab, die wieder voller Menschen war. Der Mann, der den Speer geschleudert hatte, war ein großer, dunkelhäutiger Adliger aus Kandy. Sein Lächeln, das hinter einem schwarzen Bart hervorblitzte, war teuflisch vor Zorn. »Niemand darf mich ungestraft einen Köter nennen!« rief er.
Ein Krachen auf dem Treppenabsatz ließ Prinz Kumara herumfahren. Der König lag ausgestreckt auf dem Holzboden, nur noch ein ungeordnetes Häufchen, wo zuvor ein tapferer Mann gestanden hatte. Der Anblick machte den Prinzen auf einen Schlag wieder nüchtern. Ich kann Euch nicht verübeln, Kamerad, was Ihr dem König angetan habt, dachte er, denn ich war ebenso bereit, es zu tun. Dennoch haben mich die *deva* davor bewahrt, den Herrscher von Gampola von hinten zu erdolchen. Ich hätte es bereitwillig getan, doch wie hätte ich mir dann den Respekt und die Unterstützung des Volkes in einem Land erwerben können, das ich unter meiner Herrschaft vereinen möchte?
Die Hitze der Schlacht umgab seinen Körper, doch Prinz Kumara spürte, wie ein Schauder ihn durchfuhr.

Mittwoch, 10. August 1525

Als die Boten Graf Wickrama Sinhas zum Beginn der Vordämmerungswache noch nicht eingetroffen waren, gab ich den Befehl, das Lager abzubrechen und zum Angriff zu blasen.
Nach einem harten Marsch erreichten uns gerade die ersten

Sonnenstrahlen, die hinter uns über die Wipfel der Kokosnußhaine und die Dächer der Gebäude des Hafenbazars krochen, als wir dem Feind gegenüber in Stellung gingen. Graf Samara Kons Leute waren zum Klang ihrer Trompeten und Conchmuscheln dabei, in Verteidigungsposition zu gehen. Wie ich erwartet hatte, war er zu dem Entschluß gekommen, uns auf dem grünen *maidan* gegenüberzutreten, wo er seine zahlenmäßig weit überlegene Truppe am besten einzusetzen hoffte.

Der Anblick Graf Samara Kons, der über seinen Truppen auf einem Hügel stand, löste eine sonderbare Reaktion in mir aus. Jene Heerschar von fünftausend Mann, die sich da vor mir erstreckte, ihre Waffen, der Wille zu töten, den sie ausstrahlten, vereinten sich dort in einer einzigen Person, ihrem riesenhaften Anführer. Ich war ihm nur ein einziges Mal begegnet, was mehrere Jahre zurücklag. Damals hatte ich ihn nicht gemocht. Nun haßte ich ihn. Ich verabscheute ihn mit einem leidenschaftlichen, verzehrenden Gefühl des Hasses, das seinen Ausdruck fand in einem schier wahnsinnigen Verlangen, ihn zu töten, einem Verlangen, das so stark war, daß meine Nasenflügel sich blähten, mein Atem stockte und ich am ganzen Körper zitterte.

Als meine Truppen in Stellung gegangen waren, führte ich mein schwarzes Schlachtroß Rama nach vorne in die Mitte meiner Reitersoldaten, die sich in drei Reihen hintereinander erstreckten. Unsere Trompeten bliesen zum Angriff.

Auf einen kurzen Trommelwirbel hin setzten sich die Reihen der Musketiere und ihrer Bannerträger mit einem Ruck in Bewegung und begannen, mit gleichmäßigen Schritten auf die gegnerischen Linien zuzugehen. In der plötzlich eingetretenen Stille hörte ich ein großes Schnalzen wie von einer einzigen, riesigen Bogensehne. Eine gewaltige Anzahl von Pfeilen setzte sich von den Linien des Feindes aus zu einem Bogen in Bewegung, beschrieb eine Linie über den blauen Himmel und zischte auf meine vorrückenden Leute zu, wo sie mit lauten Schlägen auf die Schilde trafen. Die beiden Bannerträger direkt vor mir schrien laut auf, stolperten,

fielen. Unsere angreifenden Musketiere stockten keinen Moment, doch ich wünschte, Graf Wickrama Sinha würde endlich zu uns stoßen, um uns mit unseren eigenen Bogenschützen Rückendeckung zu geben.
Die feindlichen Trompeten erklangen, und auf dem Schlachtfeld brach Kampfgetöse aus. Unsere Musketiere blieben stehen, zielten und feuerten. Das Knallen ihrer Schüsse durchdrang schmetternd den Schlachtentumult. Drei Meisterkrieger des Gegners fielen, ebenso viele Spießträger, von denen sich einige in blutige Wunden griffen. Erbarmungslos und erfüllt von einem Hochgefühl, beobachtete ich, wie die erste Reihe unserer Musketiere von neuem lud. Eine zweiter Hagel von feindlichen Pfeilen krümmte sich am Himmel. Mir stieg der Geruch von verbranntem Schießpulver in die Nase.
Dann: »Feuer!«
Die zweite Musketensalve erschütterte die Reihen des Gegners schwer, viele schrien tödlich getroffen auf. Ich hörte, wie ihre Befehlshaber scharf den Befehl zum Angriff gaben. Ihre Reihen schienen sich wieder zu festigen, dann begannen sie, auf uns zuzuströmen. Ich drängte Rama nach vorne, damit all meine Reiter mich sehen konnten, und hob die Lanze, deren rotweiße Wimpel flatterten. Dann legte ich die Lanze an und bohrte Rama die Fersen in die Flanken. Wie ein Geschoß aus einem Katapult schnellte er nach vorne.
»Greift … an!« schrie ich, als ich den peitschenden Wind in meinem Gesicht spürte.
»Greift … an!« wiederholten meine Männer, während wir durch die Reihen der Musketiere brachen und donnernd über das grüne Gras ritten.
Durch die Lücken in den Reihen ihrer Spießträger sah ich die feindlichen Fußsoldaten gleichmäßig voranmarschieren … Ich führte Rama mitten in die feindlichen Massen. Mein Blut geriet in Wallung. Ich zog mein Schwert und stürzte mich gegen die Mauer aus Menschen, die sich vor mir aufbaute. Ein weit ausholender Hieb durchtrennte einen Stiernacken, ein Schlag nach hinten drang tief in ein Lederwams ein und schleuderte den Soldaten gegen seine Kameraden. Allein

durch meine Wildheit kämpfte ich mir den Weg durch die Menschenmassen frei. Rama nahm an meinem Kampfeswahn teil, trampelte vorwärts, zermalmte Körper unter sich, die verzweifelt versuchten, seinen Hufen zu entkommen. Ich blickte in angstvolle Augen, lachte über Speere, die man vergeblich auf mich schleuderte, weil der Abstand zu gering war. Das ist der Weg des Unbesiegbaren in der Schlacht, dachte ich, als mir jemand eine scharfe Speerwunde im linken Schenkel beibrachte. Ich spürte den Schmerz kaum.
Rama begann an Schwung zu verlieren. Es war an der Zeit, von der Kampfhandlung abzudrehen, zu der übrigen Kavallerie zu stoßen und in unsere Stellungen zurückzukehren, damit die nächste Reihe ihren Angriff beginnen konnte, während wir uns für unseren zweiten Vormarsch neue Lanzen holten. Mit einemmal wußte ich, daß ich einfach nicht umkehren würde. Irgendein innerer Antrieb, der stärker war als ich, hatte sich meiner bemächtigt und zwang mich vorwärts, um Graf Samara Kon zu finden. Alles, was ich wollte, war zerfleischen ... töten, stoßen ... töten, aufschlitzen ... töten ... bis ich auf ihn traf.
Dann war es sowieso zu spät, umzukehren. Ich war von einer Schar wütender, verzweifelter, erschrockener Männer umgeben, die schrien, fluchten, ihre Waffen schwenkten, versuchten, zu mir durchzudringen. Krallende Hände legten sich um meine Beine. Ich trat um mich und merkte, daß ich zu Pferde ein Angriffsziel für zu viele und in meiner Kampfkraft eingeschränkt war. Ich sprang ab. Nun war ich allein, schwang mein Schwert wie eine Sense, fegte Raum um mich leer, brachte schlitzend und schlagend ein Dutzend Männer zu Fall. Bärtige Krieger, bartlose Knaben, schweißüberströmte Haut, furchtsame Augen. Keine Menschen. Keine singhalesischen Landsleute. Nur der Feind.
Ich bin Sinha, der Löwe, der Unbesiegbare.
Plötzlich trennte sich die Menge vor mir wie nasse Erde vor dem Pflug. Jemand rief: »Macht Platz für Graf Samara Kon!« War dies ein Schlachtfeld oder ein Königshof? Jeder hielt inne, als der Riese forsch auf mich zuschritt, ein wuchtiges

Schwert in der einen, den Schild in der anderen Hand. Er war offensichtlich vom Roß gestiegen, um mir im Zweikampf gegenüberzutreten. Ich hatte nur noch mein Schwert.
Graf Samara Kon stieß die Spitze seines Schwerts in das grüne Gras. »Wie könnt Ihr es wagen, in mein Gebiet einzudringen, *para balla*, dreckiger Straßenköter?« knurrte er. Seine Stimme war tief und so kraftvoll wie sein riesiger Körper.
Plötzlich war mein lodernder Zorn verschwunden und machte kalter Wut Platz. Das Bewußtsein meiner Herkunft und Verachtung für diesen Emporkömmling gewannen in mir die Oberhand. »Es gibt keine Hunde auf diesem Schlachtfeld«, erwiderte ich. »Ihr steht einem königlichen Pferd, Rama, und einem Prinzen königlichen Geblüts gegenüber, Tikiri Bandara, dem Sohn König Maya Dunnes, auf dessen Befehl hin ich gekommen bin, um Euer Land zu übernehmen und es von den Schakalen zu befreien, die sich gegen uns zusammengerottet haben.«
Zorn blitzte in seinen Augen auf. »Ich werde Euch in Stücke hacken und den Schakalen des Dschungels von Deniya zum Fraß vorwerfen!« bellte er.
Ich musterte ihn voller Verachtung. »Bevor Ihr sterbt, wisset, daß ich Euren Schakalskopf König Maya Dunne als Geschenk überbringen werde«, stellte ich ruhig fest.
Einen Moment lang stand er mit haßerfüllten Augen vor mir, im nächsten hatte er sich mit einem Satz, das gewaltige Schwert erhoben, auf mich gestürzt, um mich zweizuteilen. Seine Geschwindigkeit war unglaublich für einen Mann solcher Größe. Ich sprang mit einer Drehung zur Seite und spürte, wie sein Schwert haarscharf an meinem Gesicht vorbeizischte. Er unterbrach den Hieb und schlug seitwärts zu, bevor ich mich fangen konnte. Die flache Seite seines Schwertes traf heftig auf meinen linken Arm und schleuderte mich zu Boden.
Er wirbelte mit einem triumphierenden Gebrüll zu mir herum und hob das Schwert.

Kapitel 4

Donnerstag, 10. August 1525

Als Prinz Vidiye und seine Stoßtruppe sicher auf dem Weg nach Galle waren – man hatte sie wie einen Schwarm kleiner Fische auf ein *nao* verfrachtet –, trübte nur noch eine Wolke Fernaos Himmel. Er hatte es versäumt, die wirtschaftlichen Auswirkungen des Kräftespiels, das er in Gang gebracht hatte, in Betracht zu ziehen. Erstens hatte Prinz Vidiye darauf bestanden, daß alle Gewinne aus dem lokalen Handel, der durch die Häfen von Galle und Matara geschleust würde, in seine Schatzkammer als König von Billigam Korle fließen sollten. Zweitens hatte der Große König in verbindlichem Ton darauf hingewiesen, daß er ein ähnliches Monopol für den Handel benötigen würde, der in den Häfen von Colombo und Negombo, siebzehn Meilen weiter nördlich, umgeschlagen wurde, um die Kosten für den Feldzug tragen zu können, welchen er in Fernaos Interesse unternommen hatte.

König Wijayo hatte im vergangenen Jahr einen ähnlichen Versuch gemacht. Es würde ein harter Schlag für die Raschids sein.

Als Fernao an jenem Morgen in dem kleinen Amtszimmer im Festungsturm von Colombo Abdul Raschid einen Platz gegenüber seinem Schreibtisch anbot, wußte er nicht, ob er froh oder traurig darüber sein sollte, daß die Aufgabe, dem maurischen Händler so bald nach ihrer letzten Unterredung die schlechten Nachrichten zu überbringen, ihm zugefallen war, nachdem Hauptmann Oliveira plötzlich an der Ruhr erkrankt war.

Er rief sich seinen ersten Besuch im Haus Abdul Raschids im moslemischen Viertel in Erinnerung, der vor über drei Jahren stattgefunden hatte. Damals war er gerade erst auf dem Flaggschiff seines Vaters in Colombo eingetroffen, und sein Besuch hatte seinen Anlaß in einer schriftlichen Einladung gehabt, die ihm durch den Sohn der Raschids, den damals vierzehnjährigen Ali, überbracht worden war. Darin hatte man ihn aufgefordert, den schönen Knaben mit der goldenen Haut und den feinen Zügen seiner Mutter – nur die großen, schwarzen Augen warnten vor einer verborgenen Wildheit – als Geisel für seine unversehrte Rückkehr zu benutzen, doch er hatte den Jungen statt dessen mit sich genommen, zusammen mit einer Eskorte von fünfzig Musketieren.

Aus den Verhandlungen jenes ersten Besuches hatten sich die Exklusivhandelsrechte mit den Raschids ergeben, welche später, im Zuge von Fernaos Bemühungen, die ganze Insel unter portugiesischen Einfluß zu bringen, noch erweitert worden waren, was mit einem großen Ausbau des Handelsnetzes der Raschids einhergegangen war. Während Fernao sich nun schuldig dafür fühlte, daß die Handelsübereinkünfte zwischen ihnen einer drastischen Veränderung unterzogen werden mußten, konnte er für Abdul Raschid kein übermäßig großes Mitleid aufbringen, denn dieser war schon enorm reich gewesen, noch bevor die portugiesische Flottille überhaupt im Hafen von Colombo vor Anker gegangen war. Man konnte nicht zulassen, daß die Vergangenheit der Zukunft im Wege stand, wenn es auch da noch eine leise Stimme in ihm gab, die ihn an den Kodex der *cavaleiros* und an seine Ehre gemahnte.

Er kam unvermittelt zur Sache. »Nun, ich rief Euch zu mir, um Euch mitzuteilen, daß die Pläne des Königs, die auf eine Machterweiterung abzielen, uns dazu zwingen, unsere eigenen abzuwandeln. Wenn Prinz Vidiye König von Billigam Korle wird, wird er die Häfen von Galle und Matara unter Kontrolle bekommen. Er besteht darauf, auf unseren gesamten lokalen Handel, der über jene Häfen abgewickelt wird, ein Handelsmonopol zu erhalten. Ebenso benötigt der Große König Geld, um die Kosten für den Feldzug im Süden und die Aufrechterhaltung seiner vollen Oberherrschaft über jene Gegend zu decken. Seine einzige zur Verfügung stehende Einnahmequelle ist der Handel mit uns, weshalb er unseren gesamten Handel über Colombo und Negombo mit einem Monopol belegen wird.«

Einen Moment lang hatte es in den Augen des Mauren

wütend aufgeblitzt, doch wich der Ausdruck rasch einem bittenden Blick. »Wie der Vater, so der Sohn«, stellte er bitter fest, wobei er sich auf König Wijayos früheren Plan bezog. »Wo verbleiben wir in dieser Rechnung, Herr?«

»Euch wird das Geschäft bleiben, das über alle anderen Häfen läuft, besonders über Batti im Osten.«

»Und unsere Versprechen, unsere Abmachungen?« Die dicklichen Hände hoben sich in einer Geste der Hilflosigkeit.

»Müssen den Erfordernissen der Situation weichen. Handelsabkommen sind stets Veränderungen unterworfen.«

»Wir haben Euch vertraut, Herr. Wir haben viel Geld ausgegeben und viel Zeit investiert, um die Manufakturen entlang der Küste zu errichten, damit der Handel möglich wurde.«

»Ihr habt in dieser kurzen Zeit auch sehr viel Geld verdient.«

»Wir haben Wort gehalten, bis auf den letzten Buchstaben, Herr.«

»Das haben wir auch, einschließlich jenes riesigen Vorschusses von Gold-*cruzados.*«

»Könnten wir nicht einen Kompromiß finden?«

»Welcher Art?«

»Der Art, daß wir mit dem Handel fortfahren und dem Großen König einen Anteil davon geben.« Ein Hoffnungsschimmer leuchtete in den Augen des Mauren auf. »Vielleicht könnte Hauptmann Oliveira etwas in die Wege leiten.«

Fernao hatte sich schon darauf eingestellt, eine harte, eiskalte Haltung einzunehmen, weil dies die einzige Möglichkeit war, die Stimme seines Gewissens zum Schweigen zu bringen. Da der politische Plan von ihm stammte, fühlte er sich verantwortlich dafür, daß sie die Mauren nun fallenließen. »Es gibt keine wie auch immer geartete Möglichkeit.«

»Die Lagerhäuser, die Schiffe. Ihr werdet sie von uns brauchen.«

»Der Große König wird Eure Lagerhäuser beschlagnahmen. Es liegt bei ihm, ob er Euch dafür eine Entschädigung zahlt oder nicht. Was die Schiffe angeht, so werden wir sie bereitstellen können.«

»Bei Allah! Das wird uns ruinieren.«

»Nicht ruinieren, Maure. Ihr werdet nur ein bißchen weniger reich sein.«
»Stimmt der Hauptmann diesem ... diesem Verrat zu?«
»Hauptmann Oliveira ist an der Ruhr erkrankt. Er wird nach Portugal zurückkehren, sobald er gesundet ist.«
»Aber bis dahin wird er die Befehlsgewalt haben. Ich möchte mich an ihn wenden. Dazu hat jeder das Recht.«
»Ich bin der Handelsbevollmächtigte hier. Ich treffe alle Entscheidungen, die den Handel angehen.«

Donnerstag, 10. August 1525

Als sie das diskrete Klopfen an der Tür ihres Vorzimmers hörte, dachte Königin Anula, es handele sich um einen Boten von Prinz Kumara, und ihr Herz begann schneller zu schlagen. Sie war fast die ganze Nacht über aufgewesen und hatte sich gefragt, wie es ihrem Gatten bei seinem Überfall auf Gampola wohl ergangen sei. Dies war eine Rolle, die gänzlich ungewohnt für sie war. Es gab Momente, in denen sie sich vorstellte, daß ihr Prinz tot war; dann wurde sie von panischer Angst ergriffen, und kalter Schweiß brach ihr am ganzen Körper aus. Sie liebte und begehrte ihren Gemahl und empfand auf eine Weise für ihn, die ihr fremd war, doch sie brauchte ihn auch für ihre Sicherheit und ihre Zukunft.
Sie nickte ihrer Dienerin zu, um dieser zu bedeuten, daß der Besucher eintreten möge, und nahm eine würdevollere Haltung auf ihrer Ruhebank ein.
Die Tür ging auf. Zu ihrem Erstaunen war es der fettleibige König Wira, der hereingewatschelt kam. Sie hatte sich schnell gefangen und erhob sich, um ihm die Huldigung einer Tochter entgegenzubringen, wie es nun ihrer Stellung entsprach.
»Ah, ich habe Euch überrascht, nicht wahr?« Der König schimpfte sie neckisch mit einem seiner dicklichen Finger aus, während er seine Schweinchenaugen durch das Zimmer streifen ließ. »Ich bin noch nie hier gewesen. Ein recht angenehmer Ort.« Er blickte durch das Fenster auf die Bäume des

gebirgigen Hochwaldes, welche sich mit ihrem frischen Grün vor einem klaren blauen Himmel abhoben.
»Bitte nehmt doch Platz, mein Herr.« Königin Anula zeigte auf die Ruhebank gegenüber derjenigen, die sie gerade freigemacht hatte. Warum war der König in ihre Gemächer gekommen? Hatte er Nachricht von Prinz Kumara?
Der König machte es sich auf der Ruhebank bequem, schnaufte kurz auf und strich seine blauen Hosen glatt. »Setzt auch Ihr Euch ... äh ... Tochter«, bat er sie.
Sie verbeugte sich zum Dank, nahm Platz, straffte die Schultern und faltete die Hände sittsam in ihrem Schoß.
»Du kannst meine Tochter und mich jetzt allein lassen«, befahl der König der Dienerin, die die ganze Zeit neben der Eingangstür gekauert hatte. »Wir haben private Angelegenheiten zu besprechen und möchten nicht gestört werden. Wir rufen nach dir, wenn wir dich brauchen.« Er wedelte der Dienerin ungeduldig mit der Hand zu, worauf diese eilig den Rückzug antrat und die Tür hinter sich schloß.
»So ist es schon besser!« König Wira musterte sie mit lüsternen Augen. »Dies ist also das erste Mal, daß ich mit Euch allein bin. Ihr seht sogar noch schöner aus ... allein.« Sein Blick, der nun deutlich anzüglich geworden war, wanderte langsam über ihre vollen Brüste, die schlanke Taille, die üppigen Hüften. »Ihr seid wahrlich ein Bild von einer Frau, Anula.«
»Ich freue mich, daß Eure Tochter Euch gefällt.« Sie legte besondere Betonung auf das Wort »Tochter« und wechselte nach kurzem Nachdenken das Thema. »Habt Ihr Nachricht von meinem Gemahl, Eurem Sohn? Ist vielleicht das der Grund für die Ehre Eures Besuches? War der Überfall erfolgreich? Ist Prinz Kumara wohlauf?«
Er war aus dem Konzept gebracht. »Ja, ja, gewiß. Der Angriff war ein voller Erfolg. Dieser Hanswurst von Gampola ist tot. Nun bin ich Großer König von drei Königreichen. Morgen wird es das ganze *uda rata* sein, übermorgen ganz Lanka.« Ein Tropfen roten Betelsaftes wurde im Winkel seines kleinen Mundes sichtbar. »Aber kommt doch herüber

und setzt Euch neben mich.« Als er auf den Platz klopfte, der neben ihm auf der Ruhebank frei war, bemerkte sie, wie klein seine Hände waren. »Ich habe schon so lange auf diesen Moment gewartet, seit jenem Tag, an dem ich Euch Zuflucht gewährte. Nun könnt Ihr Eure angedeuteten Versprechen einlösen und meinen Ruhm mit mir teilen.«

Von wegen deinen Ruhm. Dein Bett, dachte sie kaltblütig. Eher werde ich dir deinen fetten Hals aufschlitzen. Sie beschloß, den geilen Bullen bei den Hörnern zu packen und den König seine Karten aufdecken zu lassen. »Herr, das wäre nicht recht«, erwiderte sie und täuschte Bedenken vor, indes sie ihm einen koketten Blick zuwarf. Sie seufzte betont. »Es gibt nichts, was ich lieber täte, als Euch all die Gefälligkeiten wiedergutzumachen.« Sie musterte ihn lange mit einem strahlenden Blick. »Auch ich habe zu lange auf diese Gelegenheit gewartet. Als Ihr sie nicht schuft, fragte ich mich schon, ob Ihr mich möglicherweise nicht mehr anziehend fändet. Ihr seid so … so … überwältigend, Herr. Welche Frau könnte Euch widerstehen?« Sie wußte, daß er nichts anderes im Sinn hatte als einen eiligen Geschlechtsakt auf dem Diwan, doch allein der Gedanke an eine körperliche Berührung von ihm erfüllte sie Ekel.

Eine Mischung aus Stöhnen und Krächzen entfuhr ihm; in seinen Augen leuchtete es begehrlich auf. Er machte Anstalten aufzustehen.

Sie hob abwehrend die Hand. Er fiel in seinen Sitz zurück. Sie seufzte noch eine Spur tiefer. »Doch es kann nicht heute geschehen, Herr. Ach, welch erbarmungswürdiges Geschöpf ich doch bin, daß ich diese großartige Gelegenheit verpassen muß, einen wirklichen Mann kennenzulernen, einen ruhmreichen König, einen *maha raja.*«

»Was meint Ihr?« fragte er mit heiserer Stimme.

»Ich würde Eure Ehre beschmutzen, wenn ich mich Euch heute hingeben würde.« Sie schüttelte den Kopf. »Gestern nacht hat mein monatliches Unwohlsein eingesetzt, und, wahrlich, es ist am Fließen«, log sie mit süßer Stimme.

Donnerstag, 10. August 1525

Ihr Gemahl Prinz Kumara kehrte am selben Abend voller Triumph zurück. Nach dem Abendessen ließ er keine unnötige Zeit verstreichen, sondern führte seine Gemahlin ins Schlafzimmer, wo sie sich ihm so vollständig hingab wie immer.

Als sie aus dem ersten genußvollen Schlaf erwachte, der stets ihrem Liebesakt folgte, blieb sie eine Weile still in der Dunkelheit liegen. Ihr fielen all die Menschen ein, die sie schon getötet hatte: einen Ehemann, einen Liebhaber, Prinz Kumaras Mätresse. Vielleicht hatte sie auch den Tod ihres letzten Gemahls, König Wijayo, auf dem Gewissen. Die Aussicht auf die herrliche Zukunft, die sich Prinz Kumara eröffnet hatte, erregte sie. Sie würde ihm helfen, eines Tages Großer König von Lanka zu werden. Dennoch, es war noch ein langer Weg bis zur Erfüllung jenes Ziels, weshalb der erste wichtige Schritt ohne Zögern unternommen werden mußte. Ihr ehrgeiziger junger Gemahl brauchte nicht gedrängt zu werden, doch ein wenig Ansporn konnte niemals schaden.

Sie streckte die Hand aus und strich ihm sehr sanft über das Gesicht, bis er sich schließlich regte. Sie richtete sich halb auf und drückte ihre nackten Brüste gegen seinen unbedeckten Oberkörper, küßte ihn auf den Mund, griff nach seinem Geschlecht. Es war bereits aufgereckt und hart.

Er war mit einem Schlag wach. »Was? Was ist los, Anula?«

»Ich habe Euch etwas Wichtiges zu sagen.«

Er war mit einemmal hellwach. Sie berichtete ihm leise von dem morgendlichen Vorfall mit König Wira.

Er hörte ihr kommentarlos zu, doch sie spürte, wie schon lange aufgestaute Wut in ihm hochstieg, was sie genoß.

Er schimpfte leise, als sie geendet hatte. »Er sei verflucht! Verflucht! Das wird er mir büßen müssen!« Er stieß sie zur Seite und setzte sich unvermittelt auf. »Seid Ihr sicher, daß Ihr Euch diesem fetten Schwein nicht hingegeben habt?«

»Wie konnte ich denn? Er glaubte, ich hätte meine Regel.«

»Was hättet Ihr denn getan, wenn er Euch trotzdem hätte aufs Kreuz legen wollen?«

»Hört mir zu. Euer Vater ist einer von den Männern, die es auch mit einer Kuh treiben würden, wenn es ihn packt. Dann ist es nur der Genuß des Zustoßens und der Höhepunkt, den er sucht. Von mir aber will er etwas anderes. Meine Schönheit ist es, die ihn reizt. Mich zu ficken ist nebensächlich gegenüber der Inbesitznahme meiner Schönheit, einer Art Besiegelung oder Sinnbild seiner Männlichkeit. Viele körperlich unansehnliche Männer denken auf diese Weise. Euer Vater hätte kein Verlangen nach meinem schönen Fleisch, wenn es blutbefleckt, beschmutzt wäre, denn er ist einer von denen, die es am liebsten aufessen würden. Er ist lüstern ohne Leidenschaft, also ist auch Eure Frage gegenstandslos.«

»Ihr habt sie immer noch nicht beantwortet.« Selbst in der Dunkelheit spürte sie die Kälte in seinem Blick.

»Ich hätte ihm eher seinen fetten Bauch aufgeschlitzt, ehe ich mich von ihm hätte auch nur berühren lassen. Ich gehöre Euch ganz allein.«

»Gut.« Sein Körper entspannte sich. Er streckte die Hand nach ihr aus, liebkoste zärtlich ihre Brüste und zog sie wieder auf sich. Sie spürte seinen Herzschlag an ihrer Brust. »Wir haben drei Tage, um zu handeln«, stellte er schließlich sehr, sehr leise fest.

Ihr eigenes Herz begann nun vor Erregung laut zu klopfen.

»Was meint Ihr?«

»Eure Regel wird doch in drei Tagen zu Ende sein, nicht wahr?«

Die Worte hatten so sanft geklungen, daß sie ein Zittern überkam. »Ich hatte gehofft, Ihr würdet das sagen«, flüsterte sie.

Donnerstag, 10. August 1525

Aisha Raschid war bei Freunden in der Küstenstadt Beruwala gewesen, die gute dreißig Meilen entfernt von Colombo lag, und wußte nichts von der Unterredung ihres Gemahls mit Oberst de Albergaria, als sie am nächsten Morgen nach Hause

kam. Abdul hatte gebeten, sie sofort bei ihrer Rückkehr sprechen zu können, weshalb es sich um eine Angelegenheit von äußerster Wichtigkeit handeln mußte. Sie spürte, wie sich ihr Magen zunächst instinktiv verkrampfte, als ihr der Gedanke an eine Krise kam. Doch wie immer brachte die schwierige Situation auch ihre Herkunft zum Vorschein. Mein Bruder Paichi Marcar, König des maurischen Handels im gesamten indischen Raum, und ich stammen von Mahmud von Ghazni ab, der vor Hunderten von Jahren in Indien einfiel und einen Großteil davon mit seiner Kraft, seiner Wildheit und seiner Grausamkeit eroberte, dachte sie. Ich fürchte weder Menschen noch widrige Umstände.
Sie stand auf, als ihr Mann in ihr Empfangszimmer hereingewatschelt kam; sie war nur drei Zoll kleiner als er mit seiner Größe von sechs Fuß und zwei Zoll und war sich dessen bewußt, daß ihre schlanke Gestalt mit ihrer makellos weißen Haut, ihr schmales, feingeschnittenes Gesicht und die großen schwarzen Augen einen unzähmbaren, mehr als männlichen Geist verbargen, ebenso wie der braune *chador* und der Schleier ihren Körper verhüllten. Wenn sie auch die Regeln des *purdah* so auslegte, wie es zu ihrer Überzeugung paßte, nach der sie ein Werkzeug Allahs war, das besonders dazu ausgestattet war, seinen Willen zu erfüllen, was die Interpretationen des Korans außer Kraft setzte, die von Männern erstellt worden waren, so war sie dennoch an erster Stelle Muselmanin.
Sie kniete in der traditionellen Haltung vor ihrem Ehemann nieder, als er im Eingang ihres Empfangszimmers stehenblieb.
»Wir sind ruiniert! Ruiniert!« Abdul Raschids normal schon hohe Stimme war noch eine Spur schriller als sonst. Er lief eilig zu seinem Diwan und griff automatisch, noch bevor er sich setzte, nach einem Stück türkischem Honig.
Nachdem sie einst entdeckt hatte, daß sein Lieblingsplatz auf dem Diwan und das zwanghafte Verzehren von Konfekt in ihrem Gemach ihrem Ehemann irgendwie Kraft schenkten, hatte Aisha, anstatt von der Gewohnheit abgestoßen zu sein,

begonnen, eine seltsame Art von Beschützergeist ihm gegenüber zu entwickeln. Jetzt liebte sie diesen Mann, nicht auf eine schwärmerische Art und Weise, sondern in tiefer Zuneigung, mit Respekt für seine Fähigkeiten und Wertschätzung für sein freundliches Wesen.

»Ihr müßt Euch fragen, was dies alles soll«, nahm Abdul seine Rede ruhiger wieder auf. Seine Wangen hörten auf zu zittern, und ein nachdenklicher Unterton trat in seine Stimme. »Seltsam, wie Eure Anwesenheit, mein Gemahlin, dies alles aus mir hervorbringt und ich wieder ruhiger werde. Eure Kraft gibt mir Kraft.«

»Wir sind eine Familie unter Allah. Nichts kann uns zu Boden zwingen, solange wir uns haben.«

»Wie wahr, wie wahr.« Ein zärtlicher Ausdruck trat in sein Gesicht. »Ihr seid Allahs größtes Geschenk an mich.« Er hielt mit gehobenen Augenbrauen inne. »Hauptmann Oliveira ist an der Ruhr erkrankt. Offensichtlich hat er Befehl, nach Portugal zurückzukehren, womit wir unseren einzigen zuverlässigen Befürworter verlieren. Nun, immerhin haben wir dafür gesorgt, daß er einen angenehmen Ort für den Ruhestand erhält.«

»Wer wird sein Nachfolger?«

»Im Moment ist Oberst de Albergaria mit seinen Aufgaben betraut.«

»Er ist unser Freund.«

»Ja, aber noch enger befreundet ist er mit seinem eigenen Ehrgeiz. Wie Ihr wißt, hat er eine beträchtliche Wandlung durchgemacht, seit er damals als junger Leutnant in dieses Haus kam. Ich habe ganz den Eindruck, daß die vereitelte Schändung seiner Frau etwas in ihm angerichtet hat. Manchmal bekommt man den Eindruck, daß da irgendein Schmerz ist, den er in sich hineinfrißt.«

»Wie könnt Ihr das wissen?«

»Ein Mann, der wirklich glücklich ist in seiner Familie, trägt ein Stück grenzenloser Freiheit in sich. Man könnte das ein vertrauensvolles, liebendes Herz nennen. Warum haben das Familienleben und die Geburt seiner Tochter das Mitgefühl

des Obersts nicht erhalten können? Was treibt ihn manchmal zu geradezu bösartigem Handeln? Es kann nicht nur sein Ehrgeiz sein. Nun hört, was geschehen ist.« Er berichtete ihr in allen Einzelheiten von der Unterredung. »Bisher habe ich noch nicht das Ausmaß unserer Verluste errechnet, weil ich gleich zu Euch kam«, schloß er. »Aber sie könnten gewaltig sein.«
Sie hatte ihn angehört, während die vertraute kalte Wut in ihr aufgestiegen war. Nun begann sie, die finanziellen Auswirkungen der neuen Situation einzuschätzen. »Berichtigt mich, wenn ich etwas Falsches sage«, antwortete sie. »Der Vorschuß, den die *parangi* gezahlt haben und auf dem Ihr klugerweise bestanden habt, wird unsere Kapitalkosten bei weitem decken. Nun kann der private Handel, den wir betrieben, bevor die *parangi* kamen, wiederaufgenommen werden. Unser einziger Verlust sind also die Gewinne, die wir aus dem Handel mit ihnen erwartet hatten. Wie können wir etwas verlieren, was wir nie besessen haben? In der Zwischenzeit haben wir uns und unseren Sohn Ali, der aus der Provinz nach Hause zurückkehren kann.«
Er sah sie erstaunt an, dann entfuhr ihm sein vertrautes, glucksendes Kichern. »Ihr habt ja so recht«, erklärte er. »Ihr habt die seltene Fähigkeit, die Nebel der Unklarheit zu durchstoßen und alles auf den einfachsten Nenner zu bringen.« Sein massiges Kinn nahm einen festen Zug an, und er fuhr sich mit der Handfläche über seinen glänzenden, kahlen Kopf. »Aber wir können es nicht dabei belassen, wißt Ihr.«
Aisha durchzuckte ein freudiger Schauder, als sie den drohenden Unterton in seiner Stimme hörte, welcher ihre eigenen innersten Reaktionen widerspiegelte. »Nein, wirklich, das können wir nicht. Es wird Zeit kosten, doch es gibt vieles, was wir tun können.«
»Zum Beispiel?« erkundigte er sich tonlos.
»Erstens müssen wir meinen Bruder Paichi Marcar verständigen, damit wir einen Plan entwickeln können, wie wir weiterhin unsere Manufakturen, Lagerhäuser, Schiffe und Verträge nutzen können, aber nun, um mit den Portugiesen

in Wettbewerb zu treten. In seinem letzten Brief spricht er von einer anderen europäischen Nation, die endlich bemerkt hat, welchen Reichtum Portugal durch seinen Handel in diesen Breiten angehäuft hat. Während England, Frankreich, Spanien, ja sogar Venedig die ganze Zeit über blind dafür gewesen sind, hat diese neue Rasse europäischer Händler, die sich Holländer nennen, ihre regulären Handelsunternehmungen verstärkt und richtet ihren Blick mittlerweile in unsere Richtung. Mein Bruder hat mit den Holländern Kontakt aufgenommen. Es ist nur eine Frage der Zeit, bis ihre Schiffe in indischen Gewässern aufkreuzen. Die anderen europäischen Mächte werden folgen – wie die Schakale, die die Beute des Löwen wittern. Während die Europäer sich in unserem Teil der Welt gegenseitig aufreiben, so wie sie es schon bei sich zu Hause tun, werden wir den Gewinn davontragen.«

»Wir werden die Einrichtungen, für die die Portugiesen bezahlt haben, dazu nutzen, um mit einer konkurrierenden Nation Geschäfte zu machen. Brillant! Absolut brillant!« Abdul lachte laut hinaus. »Welch süße Rache. Aber was ist mit dem Großen König, dessen Ehrgeiz uns schon so teuer zu stehen gekommen ist?«

Aisha wußte sofort, daß ihr Mann auch in diesem Punkt bereits Pläne geschmiedet hatte. »Hat nicht ein anderer Großer König bereits einen solchen Schachzug gegen uns versucht, mein Gemahl?«

Ein zufriedenes Grinsen leuchtete in seinem rundlichen Gesicht auf, und sein Doppelkinn begann vor stiller Freude zu zittern. »Ich hatte gehofft, Ihr würdet Euch daran erinnern!«

»Allah hilft stets denen, die nicht nur auf seine Gnade bauen.«

»Die Feinde unserer Feinde sind unsere Freunde.« Abdul zitierte die Redewendung mit fast verträumter Miene.

»Ja ... Die Handlungsweise des Großen Königs in der letzten Zeit, besonders seine Ernennung von Prinz Vidiye zum König von Billigam Korle, die formelle Adoption seines kleinen Enkelsohnes und nun sein Bestreben, die Bestände seiner Schatzkammer aufzustocken, offensichtlich, um eine starke Armee aufzubauen – mit alldem kann er sich König Maya Dunne nicht zum Freund gemacht haben. Wir müssen also mehr als schlau vorgehen. Wir müssen die Feinde des Großen Königs unterstützen und gleichzeitig einen Plan entwickeln, ihn ... äh ... unschädlich zu machen.« Ihre alte unnachgiebige, skrupellose Entschlossenheit hatte sich Aishas Seele bemächtigt. Ich bin eine Ghazni, dachte sie.

»Die Rache ist das wichtigste Gesetz bei unserem Volk«, erwiderte Abdul. »Sie ist unabdingbar für unser Überleben.«

Aisha holte tief Luft. »Es gibt noch einen weiteren Racheakt, den wir vollziehen müssen.«

»Was wäre das?«

»Wie Ihr wißt, haben mein Bruder und der Zamorim von Kalkutta sich Stück für Stück eine eigene Streitkraft mit Geschützen und Schiffen aufgebaut. Ich bin zu dem Schluß gekommen, daß unsere einzige Hoffnung, zu einem beständigen Handel direkt mit den *parangi* zu kommen, in einem Großen König besteht, der nicht geldgierig und zu stolz ist, als Händler aufzutreten.«

Abdul Raschids kleine Augen weiteten sich. »Und wer wäre das?« fragte er, doch Aisha wußte, daß er die Antwort schon kannte.

»König Maya Dunne«, behauptete sie. Als sie sah, daß er die Wahrheit ihrer Feststellung begriff und langsam nickend seine Zustimmung zu erkennen gab, fuhr sie fort: »Wir müssen unser Problem an den Wurzeln anpacken, um es zu lösen. Wir wollen, daß die *parangi* hierbleiben, aber nur zum Handel, nicht in einer politischen und militärischen Vormachtstellung. König Maya Dunne kann Großer König werden, wenn er militärische Unterstützung von außen erhält, um ein Gegengewicht zur Macht der *parangi* zu schaffen. Ich schlage vor, daß Ihr morgen mit unserem Schiff, das nach Kalkutta fahren wird, in See stecht. Ein Besuch von Euch bei meinem Bruder Paichi Marcar ist längst überfällig. In der Zwischenzeit werde ich persönlichen Kontakt mit König Maya Dunne aufnehmen, um herauszufinden, ob er für ein Bündnis mit dem alteingesessenen Herrscher von Kalkutta, dem Zamorim, offen ist, welche Unterstützung er benötigt und wieviel er dafür zu zahlen bereit ist. Seine Schatzkammer ist reich gefüllt.«

»*Ihr* seid *meine* Schatzkammer!« rief Abdul Raschid impulsiv aus. Sein vertrautes spitzbübisches Lächeln zerknitterte seine plumpen Wangen. »Nichts kann mich jemals von Euch trennen.« Er wurde ernst. »Welche Art von Unterstützung, glaubt Ihr, könnte der Zamorim geben?«

»Ich denke darüber schon eine Weile nach, doch nun hat diese Entscheidung der *parangi* die Notwendigkeit zum Handeln beschleunigt. Der Zamorim kann die Flotte der *parangi* in seinen Gewässern festhalten und damit behindern, was natürlich auch in seinem eigenen Interesse wäre, und ausreichend Schiffe zur Verfügung stellen, um jegliche Versuche der *parangi* zu unterbinden, über die sie militärische Verstärkung nach Lanka bringen könnten, wenn hier erst einmal die Schlacht begonnen hat. Was die lokale Unterstützung von seiten des Zamorim angeht, so scheint mir, daß, ausgehend von Informationen, die wir über die Stärken der Armeen der Könige haben, zehntausend Reiter und Fußsoldaten aus den bestvorbereiteten Truppeneinheiten des Zamorim schon genügen würden.«

»Was wird das König Maya Dunne kosten?«

»Ihr erwartet zuviel Wissen von mir, mein Gemahl.«

»Dann laßt mich mutmaßen.« Er legte seine dicklichen Hände auf seinen umfangreichen Bauch. »Ich würde sagen, der Zamorim wäre durchaus bereit, ohne Gegenleistung eine Sache zu unterstützen, durch die zwei Regimenter der *parangi*, zwei *terco*, und einige Kriegsschiffe hier beschäftigt wären, während er ihre Stützpunkte an der Westküste Indiens in Angriff nimmt.« Er schürzte die kleinen Lippen. »Die einzige Unterstützung, die er ohne direkten eigenen Nutzen leisten würde, wäre die Bereitstellung der Truppen für Lanka. Ich werde versuchen, dies gegen eine kleine Barzahlung und die Übernahme der Kosten für Unterkunft, Verpflegung und Sold für die Dauer der Anwesenheit der Truppen in Lanka zu erreichen.« Er hielt inne. »Woher werde ich wissen, ob König

Maya Dunne überhaupt bereit ist, eine solche Unterstützung anzunehmen? Ich meine, wäre es nicht besser, mich zuerst dessen zu versichern?«

»Allem Anschein nach ja; bei einem Herrscher wie dem Zamorim wäre es erfolgversprechender, ihm gleich einen handfesten Vorschlag zu unterbreiten, anstatt ins Blaue zu reden oder ihm Fragen zu stellen. Und die Zeit ist knapp.«

»Ihr habt nur allzu recht.« Er dachte eine Weile nach, wobei er sich zerstreut an der Wange kratzte. »Ich schlage vor, Ihr nehmt mit König Maya Dunne rasch genug Kontakt auf, um mir mittels unseres Sohnes Ali bereits nächste Woche, wenn wieder ein Schiff nach Kalkutta fährt, Nachricht geben zu können. Auf diese Weise werde ich dann in Kalkutta bereits den Boden bereitet haben und innerhalb von vier oder fünf Wochen, hoffentlich mit festen Zusagen, hierher zurückkehren können.« Seine Augen wurden feucht. »Vier oder fünf Wochen«, wiederholte er, fast an sich selbst gerichtet. »Ich habe mich noch nie für mehr als vier oder fünf Tage von Euch getrennt. Ich werde Euch vermissen.«

Kapitel 5

Donnerstag, 10. August 1525

Den Bruchteil einer Sekunde lang sah ich Graf Samara Kons riesige Schwertklinge über mir schweben, hörte seinen siegesgewissen Schrei. Dann sauste das Schwert herab. Ich rollte voller Verzweiflung zur Seite. Der Luftzug, den der gewaltige Hieb verursachte, peitschte mir übers Gesicht, die Wucht des Aufschlages brachte die Erde unter mir zum Beben. Ich war ihm um Haaresbreite entgangen. Zeit, um Furcht oder Erleichterung zu empfinden, blieb mir nicht. Indem ich die Hebelkraft meiner Rollbewegung nutzte, kam ich mit einem Ringersprung auf die Beine. Die zwei Sekunden, in denen sich der Hüne mit gesenktem Schild nach seinem Schwert bückte, um es herauszuziehen, genügten mir, um mit meinem

eigenen Schwert von unten her nach seinem Gesicht auszuholen. Er wich mit dem Kopf aus, nahm den Schlag auf seinen Helm, ächzte. Dann war sein Schwert von der Erde befreit, und er parierte einen erneuten Hieb von mir. Funken sprühten, als wir die Klingen kreuzten.
Wir begannen, uns zu umkreisen. Da ich keinen Schild hatte, war ich zusätzlich im Nachteil, doch bemerkte ich mit wilder Freude den Striemen, den mein Hieb auf seinem massigen Gesicht hinterlassen hatte.
Er hob das Schwert, sprang vorwärts, stieß nach unten zu, dann nach oben. Wieder und wieder rasselten unsere Schwerter aufeinander, indem ich seine Schläge parierte. Er war so stark, daß jeder Hieb von ihm meinen Körper erschütterte, ihn von Kopf bis Fuß durchbebte. Er verfügte über ungeheure Kraft. Wie konnte ich sie überwinden? Nur mit Durchhaltevermögen und Köpfchen, mit Technik und Geduld. Der Gedanke erfrischte mich, und ich machte einen Satz rückwärts, um Abstand zwischen uns zu schaffen.
Graf Samara Kon hielt keuchend inne. Er war in keiner guten körperlichen Verfassung. Ich würde es dazu bringen, daß seine eigene Kraft und seine Stärke ihn aufzehren würden.
Dann stürzte er erneut mit Gebrüll auf mich los, doch ich wich ihm tänzelnd aus und ließ seine Schläge wieder und wieder nur auf leere Luft treffen. Ich lachte laut hinaus, um ihn wütend zu machen. Die Minuten vergingen langsam, während sich unser Tanz wiederholte.
»Kämpft wie ein Mann, verflucht!« Sein Atem hatte zum erstenmal rasselnd geklungen. Er sprang plötzlich auf mich zu, stieß zu, tobte, hieb nach unten, sprang seitwärts, schlug erneut zu, ohne zu treffen. Jede Minute kraftvoller Angriffe laugte ihn mehr aus. Er war kurzatmig und brauchte nach jedem Schlag länger, um sich zu erholen.
Schließlich war der richtige Zeitpunkt gekommen. Ich entzog mich leichtfüßig einem nach unten gezielten Schwinger, wobei ich absichtlich einen Viertelkreis beschrieb, damit die aufgegangene Sonne ihm in die Augen schien, wenn er zu mir herumwirbelte. Er blinzelte in dem hellen Licht, wie ich es

vorausgesehen hatte. In diesem Moment sprang ich, das Schwert in beiden Händen, in seine Deckung, indem ich die Klinge zur Seite führte, bevor er noch seinen Schild heben konnte. Es war ein gewaltiger Schnitt in Halshöhe. Blut quoll aus der Wunde und legte sich ihm wie eine rote Kette um seinen bulligen Hals. Sein Gesicht verzerrte sich vor Schmerz. Im Handumdrehen hatte ich mein Schwert mit beiden Händen fester gepackt, hob es über den Kopf und ließ es mit höllischer Kraft herabsausen. Das Metall durchstieß mit einem großen Krachen Leder und Knochen. Die Wucht des Hiebs durchbebte meine Hände, lief die Arme hoch und hätte mir fast das Schwert aus den Händen fallen lassen. Dann hatte die Schwertspitze seine Stirnknochen durchdrungen. In einem klaffenden Schlitz zwischen den Augen hindurch bis hinab zur Nase blieb sie zitternd stecken, wie ein Speer im Nacken eines Wildschweins.

Der Hieb hatte ihn getötet, doch noch immer blieb er aufrecht stehen. Dann fielen sein Schwert und Schild rasselnd zu Boden. Er wankte wie ein riesiger entwurzelter Baum, brach dann krachend zusammen und entwand im Fallen das Schwert meinem Griff.

Ich hatte außer dem Kampf nichts um mich herum wahrgenommen. Nun hörte ich die atemlose Stille, die die Luft erfüllte, als ich einen Fuß auf die Brust des gefallenen Anführers setzte und mein Schwert herauszog.

Das Schlachtgetöse setzte wieder ein. Plötzlich vernahm ich den Ruf: »Zum Töten, Sinhala ... Zum Töten ...« aus Tausenden von Kehlen. Mein Verbündeter, Graf Wickrama Sinha, war angekommen.

Die Aussicht auf Sieg machte mich zum Berserker. Mit einem wilden Aufschrei und wirbelndem Schwert stürzte ich mich mitten unter die erschrockenen gegnerischen Soldaten. Neues Leben strömte mir durch die Adern, und ich tötete oder überrannte alle, die sich mir in den Weg stellten. In endloser Abfolge hieb ich, schlitzte, parierte, hackte. Wie durch Zauber öffnete sich vor mir ein Weg, während die Männer vor meiner Wildheit zurückschreckten, davonliefen. Zwischen

schweißüberströmten Lidern hindurch erblickte ich einen Fetzen blaugrünen Ozeans.
In dem verzweifelten Versuch, wieder zu Atem zu kommen, hielt ich, das Schwert noch in Kampfhaltung, schweißbedeckt und mit keuchenden Lungen inne. Nur noch der Ozean lag im Sonnenlicht schimmernd vor mir, ruhig bis auf die dicht aufeinanderfolgenden Reihen weißer Brandung, die auf die schwarzen Felsen der Küste zuschwappten. Sie hätten den feuchten Geruch von Algen mit sich bringen sollen, doch in meiner Nase steckte nur der Gestank nach Blut und Schweiß. Deutlich abgehoben vor dem blaugrünen Ozean sah ich das große graue Steinkreuz, das Kapitän Lorenzo de Almeida hier errichtet hatte, der erste *parangi*, der an unseren Gestaden gelandet war, auf den Tag genau vor zwanzig Jahren.
Während ich wie verzaubert darauf blickte, begann der Himmel, sich blutrot zu verfärben, begann das Licht, langsam aus der Sonne zu weichen. Blitze schossen herab, Donner rollte und krachte. Die Gestalt eines Mannes erschien am Kreuz; sie hing mit erschlafften Gliedern daran, erleuchtet von den unruhig flackernden Fackeln, die von Soldaten in Rüstungen gehalten wurden. Ein Speer blitzte in der Finsternis auf. Er traf den gekreuzigten Mann in die Seite. Sein Körper zuckte zusammen, erstarrte. Der Kopf, auf dem eine Dornenkrone saß, sank auf die Schulter. Aus der Speerwunde tropfte Blut, dessen Geruch mir in die Nase stieg. Meine Augen weiteten sich, das Herz pochte mir gegen die Rippen. Das war Jesus von Nazareth, der noch einmal gekreuzigt worden war.
»Vater, vergib ihnen, denn sie wissen nicht, was sie tun.« Die Worte waren ein heiseres Flüstern.
Die Blitze, die hinter Jesus zu Boden schossen, entwichen plötzlich den Mündungen von großen Geschützen, der Donner war der einer fauchenden Kanonade, das Knattern das von Musketen. Man hörte blutrünstige Schreie und die verängstigten Rufe sterbender Unschuldiger.
Lebhafte Bilder aus der Vergangenheit zogen vor meinem inneren Auge vorbei, kamen und gingen. Der gnadenlose Blick meines Erziehers, Pater Juan, der Körper einer Dirne,

die von dem abartigen Feldwebel Correa verstümmelt worden war, Palithas Vater Kodi, den man zu Tode gefoltert hatte, unschuldige Zivilisten von den Toren von Jaya im Geschützfeuer, portugiesische Soldaten, die in Kandy Einzug hielten. Der ganze Hochmut der Militärmacht, die die Schlacht des heutigen Tages verursacht hatte und die Erde meines Landes mit Blut tränken würde.
Das Fleisch des Mannes am Kreuz begann sich aufzulösen, zu schrumpfen, und ließ nur ein Skelett mit schrecklichen leeren Augenhöhlen zurück. Dies war kein Retter, sondern ein Mann, der von seinen eigenen Anhängern zur leeren Hülle gemacht worden war, ein Verratener, dessen Botschaft des Friedens und der Liebe mit Schwert und Gewehren verkündet wurde. Ein Mann, der täglich von denjenigen ans Kreuz genagelt wurde, die vorgaben, an ihn zu glauben.
Plötzlich begriff ich die ganze Wahrheit. Die Eroberung anderer Länder kann nur durch Liebe geschehen. Anhänger einer Religion, die mit der Waffe in der Hand Liebe predigen, wie das Christentum, der Islam, machten die Wahrheit zur Farce. Keine davon war die richtige für mich. Wenn mein Vater versuchte, die Lehre Buddhas, des Herrn, mit einem Schlachtruf zu verbreiten, so würde ich in seinen Ruf einstimmen, doch meine einzige Religion würden die Pflicht meines Amtes und die Vorbestimmung meines Schicksals sein.
Wenn dieses Kreuz hier vor mir wirklich für die Prinzipien stünde, für die man den Gottessohn daran nagelte, dann wäre ich der erste, der es anbeten und die Kunde davon im ganzen Land verbreiten würde.
Ich erkannte die Wahrheit jenes Kreuzes, das, indem es von Menschen errichtet worden war, zum Symbol der *Macht* der Kirche geworden war, nicht mehr ihrer *Liebe,* ein Symbol der Herrschaft Portugals und des weißen Mannes, ein Symbol, das einem freien Volk im Wege stand.
Ich hob einen gefallenen Speer auf und lief auf das Kreuz zu. »Folgt mir, all ihr treuen Sinhala!« rief ich.
Ich begann, um das Monument herum zu graben. Andere Patrioten schlossen sich mir an. Lachend und weinend zu-

gleich, begaben wir uns daran, das Fundament des Kreuzes anzugraben, Stücke loszureißen, die Erde mit unseren bloßen Händen wegzuschaffen. Ich riß mir die Fingernägel auf, sie bluteten.
Dann hatten wir tief genug gegraben. Wir lehnten uns gegen das Kreuz. Wir drückten und schoben, strengten uns mit aller Macht an, bis es begann nachzugeben.
Das Kreuz wankte. »Noch einmal, all ihr treuen Sinhala!« schrie ich.
Noch ein letzter, übermenschlicher Schub, und das riesige Steinkreuz kippte um. Wir sprangen beiseite, als es von der Landzunge herabfiel, um mit einem großen Platschen im Ozean zu versinken und die Gesichter von uns allen mit Meerwasser zu benetzen.

Samstag, 12. August 1525

Hauptmann Oliveiras Zustand hatte sich verschlechtert, weshalb die Ärzte vorgeschlagen hatten, er solle sich sofort mit dem nächsten Schiff nach Goa begeben, wo eine bessere medizinische Versorgung möglich war. Fernao hatte aus diesem Grund den Oberbefehl über die ganze Festung übernommen. Er war gerade damit beschäftigt, den Haushalt für das kommende Jahr zu errechnen, als die Tür aufging. Zu seiner Überraschung stand Pater Juan im Eingang, unangemeldet, hinter sich, mit schuldbewußter Miene, Aires, Fernaos Burschen und persönlichen Diener.
Fernao erhob sich und salutierte. »Pater, welch angenehme Überraschung. Ich wußte nicht, daß Ihr aus Kandy gekommen wart.« Fernao nickte seinem Burschen zu, er möge sich zurückziehen.
»Ich hatte nicht die Absicht hierherzukommen, mein Sohn, doch unser Schützling, Prinz Kumara, hat vor drei Nächten in einem brillant inszenierten Überraschungsangriff im Königreich von Gampola die Macht übernommen, und ich beschloß, Euch die Nachricht persönlich zu überbringen.«

»Aber bitte setzt Euch doch.« Fernao legte absichtlich einen ruhigen Ton in seine Stimme und zeigte auf den Hocker gegenüber seinem Schreibtisch.
Pater Juan setzte sich abrupt. Aus seiner Miene zu schließen, mußte er auch noch schlechte Nachrichten haben. Er kam sofort zur Sache. »Ein Sieg für unseren Herrn, doch auch einer für die Heiden«, stellte er fest. Seine ungewöhnlich laute Stimme dröhnte durch den kleinen Raum. »Die heilige Kirche verlangt sofortiges Handeln.«
»Was für Heiden? Was für ein Sieg, Pater? Würdet Ihr bitte von vorne anfangen und mir sagen, was dies alles zu bedeuten hat?«
Der Mönch holte mit einem Blähen seiner schmalen Nasenflügel tief Luft, um sich zu beruhigen. »Gestern am späten Abend kam ich in unserem Priesterseminar in Jaya an. Gerade als ich heute morgen zur Festung von Colombo weiterreisen wollte, traf einer unserer Sp… äh… Bekehrten aus Galle ein. Er brachte schreckliche Nachrichten.«
Fernao verspannte sich. Prinz Vidiye und seine Truppen, die auf dem portugiesischen *nao* nach Galle in See gestochen waren, sollten an diesem Tag zur Mittagszeit dort landen.
»Ich habe Euch vor Prinz Tikiri gewarnt!« brach es aus dem Mönch hervor. »Er hat in einem Gewaltmarsch mit seinem Kavallerieregiment das Gebirge durchquert, um Graf Samara Kons Truppen anzugreifen, bevor König Vidiyes Truppen zu ihnen stoßen würden. In der Zwischenzeit ließ sich eine Einheit Infanterie unter Graf Wickrama Sinha auf Flößen den Gin-Fluß herunterbringen, um Graf Samara Kon von der Flanke aus anzugreifen, schaffte es aber nicht, rechtzeitig einzutreffen. Prinz Tikiri schlug ohne ihn los. Die Schlacht fand auf dem *maidan* von Galle nördlich des Hafens statt. Obwohl sie fünf zu eins unterlegen waren, tötete Prinz Tikiri Graf Samara Kon im Zweikampf und schlug seine Armee in die Flucht. Graf Wickrama Sinhas Leuten gelang es in letzter Minute, zu ihnen zu stoßen, weshalb unsere Feinde nun den *maidan* in voller Truppenstärke besetzt halten.«
Fernaos Anspannung war zur Beunruhigung geworden. Kö-

nig Maya Dunne hatte offensichtlich die Initiative ergriffen, um zu verhindern, daß sich ihr Würgegriff um König Raigams Gebiet schloß. »Wenn Prinz Tikiris Truppen den *maidan* neben dem Hafen von Galle besetzt halten, bedeutet dies, daß König Vidiyes Truppen bis auf den letzten Mann niedergemetzelt werden, wenn sie heute nachmittag von den Schiffen an Land gerudert werden«, erklärte er.

»Macht Euch darüber keine Sorgen, Oberst.« Das Lächeln des Mönchs war selbstgefällig. »Dafür hat die heilige Kirche schon gesorgt.«

»Gesorgt? ... Ich meine ... wie denn?«

»Einige unserer überzeugtesten Bekehrten sind Fischer der Küstengegend. Unser Kontaktmann in der Gegend von Galle, Pater Philipp, hat dafür gesorgt, daß Fischerboote zu den *nao* hinausfahren und Prinz Vidiye warnen.«

»Gott sei Dank.« Erleichterung durchflutete Fernao.

»Es ist Gottes Wille, daß die Kirche katholische Verbündete am richtigen Ort und zur richtigen Zeit besitzt«, erwiderte der Pater in gewichtigem Ton. »Das zeigt, was wir erreichen können, wenn der Staat mit der Kirche zusammenarbeitet.« Sein Blick war ebenso betont wie seine Bemerkung selbst.

»Prinz Tikiris Sieg wird den Adligen der Gegend Angst eingejagt haben, weshalb selbst diejenigen, die sich sonst König Vidiye angeschlossen hätten, wahrscheinlich zögern werden.« Pater Juan sprach das aus, was auch Fernao gerade gedacht hatte. »Es würde ihnen wohl nicht gefallen, Graf Samara Kons Schicksal zu erleiden, ebensowenig wie das, was Prinz Tikiri mit seinem Leichnam gemacht hat.«

»Was hat er getan?« erkundigte sich Fernao.

»Er hat ihn enthauptet und den Kopf, entsprechend haltbar gemacht, seinem Vater als Beweis für den Sieg geschickt.« Der Mönch ließ ein bitteres Lachen hören. »Mein früherer Schüler.«

»Wie barbarisch!«

»Das war noch nicht alles. Meine letzten Neuigkeiten sind geradezu erschütternd. Erstens gehören zu Prinz Tikiris Truppen über einhundert Musketiere.«

Fernao war entsetzt. »Musketiere? Wie, um alles in der Welt, kann ...? Ihr meint, sie beherrschen mitterweile die Kunst der Herstellung von Musketen? Gerade die Geheimnisse der Waffenschmiedekunst waren es doch, die wir ihnen unter allen Umständen vorenthalten wollten.«
»Es hat ganz den Anschein«, sagte der Mönch bedauernd. »Die Handwerker der Sinhala sind sehr geschickt. Demnächst werden sie auch Kanonen anfertigen.«
Fernao war jetzt gänzlich in Unruhe versetzt. »Habt Ihr noch weitere Neuigkeiten, Pater?« fragte er.
Der Mönch setzte sich aufrecht hin und holte tief Luft. Fernao wappnete sich für den nächsten Schlag. »Die Heiden, diese barbarischen Sinhala, haben, angeführt von Prinz Tikiri, das Kreuz aus seinen Fundamenten gegraben, welches Lorenzo de Almeida 1505 auf der Landzunge von Galle errichtet hat, und es ins Meer gestürzt.« Pater Juans Stimme wurde zu einem Flüstern. »Jenes Kreuz ist ein Symbol, nicht nur der heiligen Kirche und des Auftrages, den wir zu erfüllen haben. Jenes Kreuz bedeutete, solange es stand, das Schutzversprechen unseres Herrschers, des Königs von Portugal, über dieses Land von Barbaren.« Er hob den Kopf und zeigte mit einem zitternden Finger gen Himmel, was ihn zusammen mit dem Ausdruck in seinen blaßgelben Augen zu einem Sinnbild der Drohung machte. »Jener göttliche Schutz ist nun durch die schändliche Freveltat Prinz Tikiris zunichte gemacht worden. Ich habe diese Viper an meinem Busen genährt. Die heilige Kirche fordert, daß Ihr diese Beleidigung in unser aller Namen rächt, daß Ihr diesen Emporkömmling von Prinzen vernichtet, ehe wir hier auch den letzten Boden unter den Füßen verlieren, den wir in Jahren geduldiger Arbeit bereitet haben.«
Fernao war seltsam unbewegt von der Nachricht. Also hatte eine Horde von Heiden ein Kreuz aus seinen Fundamenten gerissen, das niemals hätte errichtet werden dürfen. »Zu welchem Vorgehen in Galle ratet Ihr?«
»Schlagt den Heiden zum Krüppel, bestraft ihn, verbrennt ihn.« Pater Juans Stimme hob sich voller Leidenschaft.

»Führt die heilige Inquisition hier ein. Behandelt die Sinhala, wie wir in unserem Vaterland die Juden behandeln: Reinigt sie mit dem *auto-da-fé.*«

»Pater, Ihr seid nun schon so viele Jahre in diesem Land«, erwiderte Fernao mit sanfter Stimme. »Die ersten sechzehn davon müssen schrecklich gewesen sein, weil Ihr so wenig vorankamt in der Verbreitung von Gottes Wort. Nun steht Ihr an der Schwelle zum Erfolg. Ich frage Euch: Was könnte für die Sinhala verlockender sein als die Botschaft von der Liebe Christi in einer Zeit, in der ihre Anführer sich gegenseitig bekriegen, einer Zeit der Grausamkeit, des Blutvergießens und des Todes?« Er wollte den Mönch auf die Probe stellen.

»Habe ich recht gehört, Oberst?« fragte Pater Juan wütend. »Wißt Ihr denn nicht mehr, daß unser Herr die Schriftgelehrten und Pharisäer tadelte und die Geldwechsler aus dem Tempel vertrieb, den sie entweiht hatten?«

»Ich bitte Euch um Verzeihung dafür, daß ich versuchte, Euch das Evangelium zu predigen, Pater«, sagte Fernao mit fester Stimme. »Ich habe den Befehl über Truppen Seiner Majestät hier in diesem Land. Seid versichert, daß ich die nötigen Schritte einleiten werde, um die Interessen Seiner Majestät zu schützen, sobald ich zur Gänze informiert bin.« Er zögerte. »Und daß ich für das Wohl der heiligen Kirche sorgen werde.«

»Habt Ihr einen Plan, Oberst?«

Die wütende Reaktion des Mönches stachelte Fernao dazu an, mehr zu sagen, als er vorgehabt hatte. Er wollte diesen Mann an seinen Platz verweisen. »Ja, ich habe einen Plan«, sagte er fast bissig. »Wenn König Vidiye erst einmal die Macht über Galle erlangt hat, werde ich vom Großen König eine Landkonzession erhalten und dort eine gewaltige Festung errichten, die zwar als Handelsniederlassung dient, aber so weit mit Truppen bemannt wird, daß sie auch als Machtstützpunkt genutzt werden kann. Dann können wir fortfahren, ähnliche Festungen in jedem größeren Seehafen dieser Insel zu errichten.«

Pater Juans Augen weiteten sich. »Sie würde uns als Ausgangspunkt für die Bekehrung von Hunderten von Heiden dienen können. Ihr seid ein Seher, Oberst.« In seiner dröhnenden Stimme lag Erregung. »Ja, die ganze Küste wäre von Gläubigen umschlossen.«

»Ganz zu schweigen von der eisenharten Umklammerung durch unsere Militärmacht.«

Pater Juan überlegte eine Weile. »Ich denke schon länger über einen anderen Plan nach, wie wir die Eingeborenen bekehren können.« In seinen blassen Augen blitzte es schlau auf. »Und damit Seiner Majestät, unserem höchst edlen König, treue Untertanen schaffen können. Wenn die Festungen erst einmal errichtet sind, könnt Ihr es Euch leisten, nur noch von Katholiken Gewürze oder Waren zu kaufen.«

»O nein ...«, begann Fernao, dem schon allein die Vorstellung Übelkeit verursachte.

»O doch. Wenn Ihr es nicht tut, wird die heilige Kirche bei Seiner Königlichen Majestät vorsprechen, damit Seine Majestät einen solchen Erlaß herausgibt. Außerdem könnt Ihr mit einer echten militärischen Präsenz in all diesen Gegenden ein System der Landeintragung einführen. Diejenigen, die ihr Land registrieren lassen wollen, müssen Katholiken sein, wodurch sie sowieso einen christlichen Namen erhalten, oder einen portugiesischen Namen annehmen, um durch unsere Beamten identifiziert werden zu können.«

»Zu welchem Zweck?«

»Erstens, um für Glaubensübertritte zu sorgen. Zweitens, um die führenden Familien zu veranlassen, fremde Namen anzunehmen; indem diese Familien portugiesische Namen annehmen, schwächt man ihre Volkszugehörigkeit ab. Drittens, um die Kastentrennung zu verschärfen, die unter den Sinhala herrscht. Leute, die durch ihren Namen als einer geringen Kaste zugehörig zu erkennen sind, werden nur allzugern neue, fremde Namen annehmen.«

»Aber wie wird ein Mann zum loyalen Unterstützer, nur indem er einen portugiesischen Namen annimmt?«

»Wir vom Klerus sind schon die ganze Zeit dabei, die Eingeborenen dazu zu ermutigen, sich die aufgeschlossene Lebens-

art des Westens anzueignen. Ich habe eine Art Mode bemerkt, fast einen Kult, unsere Sitten und Gebräuche nachzuäffen, der sich innerhalb bestimmter führender Familien des Landes entwickelt. Wir müssen die Sitten und Gebräuche der Einheimischen zerstören, wenn wir ihre Interessen am besten vertreten wollen.« Er strahlte vor Siegesgewißheit. »Ein weiterer Faktor der Spaltung.«
»Aber ihre eigenen Sitten und Gebräuche sind althergebracht und voller Weisheit.«
»Der einzig wahre Weg ist der Weg des Westens, der Weg des Christentums.«
»Aber wie kann eine Namensänderung ...?« wiederholte Fernao.
Pater Juans Lächeln war fast boshaft. »Nehmt einem Mann seinen alten Familiennamen, und Ihr werdet einen der Grundpfeiler seiner Existenz zerstören: seine althergebrachte Identität.«

Samstag, 12. August 1525

Prinz Kumara hatte niemandem etwas von seinem Plan mitgeteilt; er war so einfach, daß es nicht nötig war, jemanden ins Vertrauen zu ziehen. Als Zeitpunkt hatte er die Wache des Sonnenuntergangs gewählt, weil sich dann die meisten Menschen im Palast von Kandy nach dem Abendessen ausruhten. Abgesehen von den gewohnten barbrüstigen Wachen und gelegentlich einem Diener, der ihn grüßte, waren die Palastveranden mit ihrem beißenden Geruch nach Fackelfeuer fast menschenleer, als er auf König Wiras Gemächer zuschritt. Ihm folgte eine bewaffnete Eskorte, handverlesene Mitglieder seiner neuen persönlichen Garde. Den jungen Wachsoldaten, der am Eingang zum Gemach des Königs stand, schob er mit einer flüchtigen Handbewegung zur Seite und ließ seine Männer in zwei Reihen vor der Tür Aufstellung nehmen. Wie auch die Diener, so glaubten selbst diese Männer, sie seien nur deshalb beordert worden, weil der König aus irgendeinem Grund eine Wache brauchte.

Prinz Kumara hob die Hand, um an die Tür aus braunem Teakholz zu klopfen, und hielt nochmals inne, um sein Atmen und sein klopfendes Herz zu beruhigen. Nur wenige Sekunden noch, dann würde es keinen Weg zurück mehr geben. Indem er sich zu gelassener Zuversicht zwang, pochte er an die geschlossene Tür. Sie wurde sofort von dem alten Diener geöffnet, der ihn erkannte und vor ihm in die Knie sank. Er drängte sich an dem knienden Mann vorbei.

Der Geruch von Curry hing in der Luft. König Wira saß wie gewöhnlich mit untergeschlagenen Beinen auf dem goldfarben gepolsterten Diwan und kratzte sich zerstreut die schwarzen Haare auf der Brust. Beim unfeierlichen Eintreten seines Sohnes kniff er die kleinen Augen zusammen und blickte ihn wütend an. Ihm entfuhr ein Rülpsen. »Ist Euer Kopf so voll von einem einzigen kleinen Sieg, daß darin kein Platz mehr ist für die Regeln des Anstandes, ganz zu schweigen vom gesunden Menschenverstand?« fragte er. Seine hohe Stimme hatte einen bedrohlichen Unterton.

Prinz Kumara warf dem Diener einen Blick zu und entließ ihn mit einem Rucken seines Kopfes. »Laß die Tür offen, *kollu*«, befahl er. »Ich möchte, daß unser König das Geschenk sieht, das ich ihm mitgebracht habe.«

Der alte Mann verbeugte sich und ging rückwärts aus dem Zimmer.

König Wira starrte seinen Sohn einen Moment lang an und sah dann durch die Tür. Seine kleinen Augen weiteten sich, als er die Gardesoldaten sah, die sich auf der Veranda aufgestellt hatten. »Was, zum Teufel …?« begann er.

Prinz Kumara schloß die Tür sorgfältig hinter dem Diener und wandte sich zu dem König um. »Von diesem Moment an hört Ihr auf, König zu sein«, stellte er schlicht fest.

König Wira lachte kurz auf. »Hört mit diesem *nadagam* auf, mit diesem Schauspiel, sonst lasse ich Euch auspeitschen, in Honig tauchen und den Fliegen zum Fraß vorwerfen.« Trotz seiner kühnen Worte war auch ein Anflug von Unbehaglichkeit in seiner Stimme.

»Dies ist kein Schauspiel. Wenn hier jemand Folter und

Hinrichtung anordnet, dann werde ich das sein.« Prinz Kumaras Lächeln war grimmig. Er hielt inne und legte bewußt einen tödlichen Ernst in seine Stimme. »Und wenn jemand eine solche Strafe erleiden wird, dann seid Ihr das. Also erhebt Euch von Eurem Platz, geht in Euer Schlafzimmer und packt Eure Sachen. Ihr werdet Euren Wachen sagen, Ihr würdet zu einer unvorhergesehenen Reise nach Jaya aufbrechen. Draußen vor den Toren erwartet Euch eine passende Eskorte: zehn Reiter der Palastkavallerie, hundert Fußsoldaten, sogar sechs Elefanten, mit den entsprechenden Schabrakken und *sesath*-Trägern, alles, wie es Eurer früheren Stellung gebührt. Ich habe Eurem Gefolge auch einen Wagen mit einigen Gegenständen aus der Schatzkammer beigefügt, dem Anschein nach Geschenken für den Großen König, in Wirklichkeit jedoch Werten, mit Hilfe derer Ihr Euch an einem Ort Eurer Wahl außerhalb der Königreiche von Kandy zur Ruhe setzen könnt.«

»Und wenn ich nicht gehe?«

Prinz Kumaras Stimme war kalt, seine Miene bitterböse. »Würdet Ihr die Konsequenzen auf Euch nehmen?« Er wußte selbst noch nicht, worin diese bestehen würden, wenn sein Täuschungsmanöver mißlang.

König Wira blickte ihn herausfordernd an. »Ja!«

Prinz Kumaras Herz setzte einen Schlag aus. Ohne etwas von seiner Beunruhigung preiszugeben, zog er mit einem sauberen Schwung sein Schwert und wandte sich halb der Tür zu. Sein Herz hatte heftig zu pochen begonnen.

»Wenn ich es recht bedenke, so wäre es vielleicht doch an der Zeit, meinem Cousin, dem Großen König von Jaya, einen Besuch abzustatten«, warf König Wira ein.

Erleichterung durchströmte den Prinzen wie ein großes, weißes Licht in der Dunkelheit. »Die Wahl des rechten Zeitpunkts ist eines der unverzichtbaren Elemente der Klugheit«, erklärte er.

»Meine Zeit wird kommen.« Noch immer lag etwas Drohendes in König Wiras Stimme. »Nun, jetzt ist es geschehen, aber keine Angst. Ich werde zurückkehren.«

»Ihr werdet höchstens in einem Sarg in das *uda rata* zurückkehren. Mein erster Erlaß als Großer König des *uda rata* wird Eure Verbannung aus diesem Gebiet sein, und zwar für immer. Ich verschone Euch nur deshalb, weil ich mein Gesicht bewahren will. Doch ich rate Euch, mich nicht zum Äußersten zu treiben.«
Ein nachdenklicher Ausdruck legte sich über König Wiras dickliche Züge. Er lächelte ironisch. »Könnten wir das nicht anders regeln? Letztendlich wollt Ihr Macht. Ihr könnt sie haben.« Er klang fast bittend. »Ich werde Euch zum Prinzregenten ernennen, und Ihr könnt herrschen ...«
»Ich kann ohne Euch als Großer König herrschen«, unterbrach ihn Prinz Kumara, der nun voller Verachtung war.
»Ich habe Euch selbst in die Hände gespielt. Jetzt endlich begreife ich es.« König Wira starrte ins Leere. »Eure Bekehrung zum Katholiken, die Unterstützung der Kirche und der Musketen und Kanonen der *parangi*, Eure fünfhundert Reitersoldaten, sogar Eure Heirat. Ihr habt nur den richtigen Moment abgepaßt. In der Tat, Eure Zeitplanung war perfekt.«
»Perfekter, als Ihr denkt.« Prinz Kumaras Ton war mit einemmal so gnadenlos wie der Ausdruck in seinen Augen, das wußte er. Sein ganzes Wesen war von diesem Gefühl erfüllt.
»Wieso?«
»Meine Gemahlin, die Königin, hat soeben ihre vorgetäuschte Periode beendet. Wagt es noch einmal, auch nur ein Auge auf sie zu werfen, und ich werde Euch das Gedärm aus dem Leib reißen, Ihr fetter Lüstling. In all den langen Stunden der Einsamkeit und des Exils könnt Ihr mit Reue daran zurückdenken, daß es Euer eigener Mangel an Klugheit und die Wahl des falschen Zeitpunkts waren, die Euch früher als vorgesehen in diese Lage gebracht haben.«

Samstag, 12. August 1525

Eine Stunde später blickte Königin Anula auf, als ihr Mann ihr Gemach betrat. An seinem Gesichtsausdruck konnte sie nicht ablesen, ob sein Vorhaben gelungen oder gescheitert war. Der schlanke und großgewachsene Mann blieb mit ungewöhnlich ernstem Gesicht vor ihr stehen. »Soll ich Euch huldigen als dem Großen König des *uda rata* oder Euch unter meinen Röcken verstecken, weil Euer Vorhaben gescheitert ist?«

Sein Gesicht verzog sich zu dem teuflischen Grinsen, das sie so liebte. »Ich würde mich jederzeit unter Euren Röcken verstecken, gleichgültig unter welchen Umständen, um die herrliche Blume Eurer Weiblichkeit zu betrachten, ihren Duft einzuatmen, ihren Honig zu naschen, o Große Königin«, antwortete er.

Seine Worte sagten ihr alles über seine neue Stellung. Sie sank mit einem glücklichen Lachen vor ihm in die Knie. Als sie sich erhob, spürte sie, wie er sie kraftvoll an den Armen packte. Er zog sie an sich, küßte sie auf die Lippen. Lange, himmlische Momente vergingen.

»Nun setzt Euch doch und erzählt mir alles.« Sie nahm seine Hand und führte ihn zu der Ruhebank.

»Es gibt nicht viel zu berichten, das Ihr nicht schon wißt.« Er lachte kurz hinaus. »Das Entscheidende war, der ganzen Sache einen Anstrich der Normalität zu geben, bis ich bei meinem Vater war, ihn dann durch die zur Schau gestellte Macht meiner Eskorte zur Abreise zu bewegen. Bevor die Nacht vorüber ist, werde ich im Palast die Nachricht verbreiten, daß der König freiwillig zugunsten seines Sohnes und Thronfolgers abgedankt hat. Wie Ihr wißt, unterstützen die meisten Leute einen König, der bereits im Amt ist!«

»Ihr seid so klug, daß man Angst bekommt!«

»Gut! Aber jetzt, wo ich der Große König bin, will ich auf der Stelle meine Belohnung.«

»Und die wäre, Herr?«

»Ich möchte im Bett der Königin der *uda rata*-Königreiche richtig königlich bedient werden.«

Kapitel 6

Montag, 14. August 1525

Das vergangene Jahr war für Julietta sehr ereignisreich verlaufen. Zuerst ihre Hochzeit, dann die vereitelte Schändung, Menikas Tod und schließlich die Geburt ihres Kindes. Nun war Hauptmann Oliveira als schwerkranker Mann nach Lissabon zurückgekehrt, und Fernao war zu seinem Nachfolger als Oberbefehlshaber über alle portugiesischen Unternehmungen in Lanka ernannt worden.

Wenige Tage vor Catherinas Geburt war Juliettas Vater, Duarte de Brito, nach einem Herzanfall überraschend gestorben. Zwanzig Jahre lang war er der Handelsbevollmächtigte Portugals auf der Insel gewesen, doch Fernao hatte beschlossen, keinen Ersatz für ihn zu benennen; er selbst würde als Bevollmächtigter auftreten und somit die Gesamtheit der Aufgaben wahrnehmen.

Die Endgültigkeit, die der Tod ihres Vaters hatte und die noch schmerzlicher wurde durch den Umstand, daß er sein Enkelkind niemals zu Gesicht bekommen würde, hatte Julietta erst bewußtgemacht, wie sehr sie an ihm als der einen Wurzel ihres Lebens gehangen hatte. Nun, da er sie verlassen hatte, war auch die letzte Verbindung zu ihrer Vergangenheit durchtrennt worden. Von Prinz Tikiri, dem letzten verbleibenden Bindeglied zu ihrer Vergangenheit, hatte sie selbst dann nichts gehört, als ihr Vater gestorben war, und als Ursache dafür nahm sie an, daß er sie Fernao gegenüber nicht in Verlegenheit bringen wollte. Zudem mußte die Geburt ihres Babys für den Prinzen ein schmerzliches Ereignis gewesen sein. Er konnte nicht einmal ahnen, daß die kleine Catherina seine und nicht Fernaos Tochter war.

Manchmal wünschte sich Julietta, das Kind wäre ein Junge geworden und hätte Prinz Tikiri ähnlich gesehen. So oft tauchte in ihrer Vorstellung Prinz Tikiris schlanker, sechs Fuß großer und mit harten Muskeln bedeckter Körper auf, den sie doch nur ein einziges Mal auf so intime Weise kennengelernt hatte. Sein Haar war glänzend und schwarz, das Gesicht feingeschnitten, seine Züge elegant und von typisch arischer Prägung mit straffen Muskeln, einer geraden Nase und leicht ausladenden Nasenflügeln. Ein tiefes Grübchen gab seinem Kinn einen energischen Zug. Seine Haut hatte den Goldton der Sinhala, und insgesamt ähnelte es sehr seinem Vater, nur daß König Maya Dunne größer und breiter gebaut und sein Haar bereits silbrig durchzogen war.

Doch es wäre keineswegs gut für ihr Kind gewesen, wenn es Prinz Tikiri ähnlich gesehen hätte, und es gab Zeiten, in denen schon allein die Möglichkeit dazu sie mit panischer Angst erfüllte. Die Identität des wahren Vaters des Kindes durfte niemals ans Tageslicht kommen, weshalb es am besten war, wenn Catherina ihr selbst ähnlich wurde, zumal Fernao Julietta erzählt hatte, daß sie, Julietta, ihn an seine Mutter erinnerte.

Eine Quelle des Trostes, die ihr noch aus der Vergangenheit geblieben war, war Appu, ihr *major domo,* der sich als Getreuer Prinz Tikiris herausgestellt hatte. Es war Appu mit seiner Wachsamkeit gewesen, der als erster Feldwebel Correas schändliche Absichten aufgedeckt hatte. Trotz ihres Schreckens und des Abscheus, die sie für den Frauenschänder, eine undeutliche rohe Gestalt in einem dunklen Hain, empfand, konnte sie jedesmal, wenn sie an das Schicksal dachte, das ihm widerfahren war, einen Schauder nicht unterdrücken, denn seinen stinkenden Leichnam hatte man zwei Tage später in demselben Hain aufgefunden; er war an zahlreichen Messerstichen gestorben. Doch Appu war mehr ein Wachhund als eine greifbare Verbindung zu Prinz Tikiri. Würde sich über ihn jemals eine greifbare Verbindung herstellen lassen? Sie schob die Frage jedesmal beiseite, wenn sie in ihrem Denken auftauchte. Das war mehr als unwahrscheinlich, es war unmöglich. Und doch, irgendein Gefühl der Vorahnung blieb, während sie die rosa- und flammenfarbenen Veränderungen am Westhimmel beobachtete, Boten der Abenddämmerung, die vom Hügel von Mutu Vella aus stets ein schönes Schauspiel bot, und das besonders dann, wenn man am Fenster ihres Schlafzimmers im ersten Stock stand.

Sie rief sich die Zeit ihrer Schwangerschaft ins Gedächtnis. Als ihr klargeworden war, daß sie ein Baby erwartete, hatte für sie kein Zweifel mehr daran bestanden, daß Prinz Tikiri und nicht Fernao sein Vater war. Dies hatte es noch schwerer gemacht, ihren inneren Rückzug vor Fernao, der an dem Morgen nach der versuchten Schändung seinen Anfang genommen hatte, zu überwinden. Das Bewußtsein, daß sie am sichersten war, wenn Fernao in der Nähe war – wenn er die Nacht in der Festung verbringen mußte, wurde das Haus von Hauptmann Rego, Fernaos Treuzeugen bei der Hochzeit, bewacht –, hatte ihr dabei sehr geholfen, und nach ein paar Wochen hatte sie gespürt, daß sie begann, sich aus ihrer Zurückgezogenheit zu lösen. Bis es ihr allerdings gelungen war, mit den Ängsten fertig zu werden, die sie manchmal packten, wenn sie allein war, vergingen viele Monate.
Nach der Geburt des Babys hatte Fernaos Liebe zu dem Kind, die in den vergangenen Tagen offen zutage getreten war, dazu geführt, daß sie begann, in dem Gefühl der Zusammengehörigkeit als Familie, das die Geburt wunderbarerweise geschaffen hatte, wieder Zuneigung zu ihm zu fassen. Beherrschend war in ihr freilich das noch heftigere Bedürfnis, Catherina zu beschützen. Sie würde ihr Kind um jeden Preis vor der Schande bewahren, als eine *mestico*, ein Halbblut unehelicher Geburt, aufzuwachsen. Dieses Geheimnis würde sie jedem, auch Prinz Tikiri, gegenüber bewahren, besonders aber gegenüber Fernao – koste es, was es wolle. Ihre Verstellung schmerzte sie, doch Fernao mußte weiterhin glauben, daß er der Vater des Babys war. Gott mochte ihr ihre Sünde vergeben.
Aus irgendeinem Grund, den sie nicht näher bestimmen konnte, wurde ihr Schuldgefühl besonders stark, während sie an diesem Abend in Erwartung von Fernaos Rückkehr die Straße im Auge behielt, die zu ihrem Haus führte. Er war ungewöhnlich spät dran, und ihr wurde bewußt, daß sie ihn vermißte.
Das leise Weinen des Babys durchbrach die Stille des Raumes. Sie ging zur Wiege, nahm Catherina heraus und trug sie zum

Fenster, wo sie wieder Platz nahm und das Kind in ihren Schoß bettete. Das kleine Mädchen, dessen Augen nun ganz offen waren, hob seinen Blick zu ihr hoch. Als das Sonnenlicht in einem ungewohnten Winkel auf das Gesichtchen fiel, krampfte sich plötzlich eine eiskalte Hand um Juliettas Magen. Die dunkelbraune Iris der Augen war von kleinen blauen Ringen umgeben. Nur zwei Menschen auf der Welt hatten solche Augen: Tiki-tiki und sein Vater, König Maya Dunne. Julietta erstarrte, sah sich die Augen des Babys genauer an und betete darum, daß es nur eine Täuschung des Lichts gewesen war, was sie gesehen hatte. Die kalte Hand der Furcht in ihr wurde zur Gewißheit, schloß sich eisig um sie, immer fester und fester. Der Säugling war hellhäutig und sah sehr europäisch aus, doch würden nicht die Augen Fernao und dem Rest der Welt das Geheimnis verraten? Ihre Anspannung teilte sich dem kleinen Würmchen mit, das erschrocken laut zu weinen begann. Sie küßte das winzige, runzlige Gesichtchen, das rot angelaufen war, und begann, das Kind zu wiegen, bis es wieder still war. Innerlich aber zitterte sie heftig.

Wie nahendes Unheil drang langsam das Klappern von Pferdehufen in ihr Bewußtsein vor. Sie blickte auf die kopfsteingepflasterte Straße hinab und empfand Erleichterung, als es nicht Fernao war, sondern ein portugiesischer Soldat auf einem kastanienbraunen Roß, der im Trab auf das Haus zukam.

Einige Minuten später trat Maria, die Amme, ein. »Herrin, ein Bote ist aus der Festung gekommen, um auszurichten, daß Herr Fernao erst spät nach Hause kommen wird. Er ist nach Jaya geritten, um einer unvorgesehenen Audienz beim Großen König mit anschließendem Abendessen beizuwohnen.« Maria, eine rundliche, angenehme Person, lächelte und zog sich zurück.

Julietta empfand das Bedürfnis zu beten.

Sie durchquerte das Zimmer, legte das Kind in seine seidenbezogene Wiege zurück und ging zu dem kleinen Altar am anderen Ende des Schlafraums. Auf dem *prie-dieu* vor der in

Weiß und Blau gehaltenen Statue der Heiligen Jungfrau Maria kniete sie nieder.
»O Maria, Gesegnete Jungfrau, du gütige Mutter, wache mit Augen voller Gnade über dein Kind ...«

Montag, 14. August 1525

Nach der Begeisterung über unseren Sieg über Graf Samara Kon stellte die Nachricht, daß die *parangi*-Schiffe vor der Küste Galles wieder abgedreht hatten, eine bittere Enttäuschung dar. Ich hatte vorgehabt, Prinz Vidiyes Truppen vernichtend zu schlagen, sobald sie den Versuch machten, im Hafen von Galle zu landen; nun aber blieben sie eine potentielle Bedrohung. Graf Wickrama Sinhas Eintreffen in Galle hatte sich aus dem Grund verzögert, weil der Fluß stromaufwärts von feindlichen Adligen gestaut worden war, weshalb er dreimal die Flöße hatte verlassen müssen, um sich an Land den Weg freizukämpfen. Nur der endgültige Sieg über Prinz Vidiye würde jene Adligen auf unsere Seite bringen.
Als offenkundig wurde, daß die *parangi*-Schiffe mitsamt Prinz Vidiye und seinen Männern nicht zurückkehren würden – Fischer hatten sie auf ihrem Rückweg genau beobachtet –, beschloß ich, daß meine Anwesenheit in Galle nicht mehr vonnöten war. Zwei ältere Prinzen aus Sita Waka und ihre Truppenkontingente, die einen Teil von Graf Wickrama Sinhas Einheiten darstellten, waren bereits nach Hause zurückgekehrt und hatten Graf Samara Kons Kopf, der mit Heilkräutern haltbar gemacht worden war, als Geschenk für meinen Vater mit sich genommen. Ich ließ Graf Wickrama Sinhas Leute zurück und machte mich mit meinem Regiment und den Musketieren auf den Weg nach Sita Waka.
Vier Tage nach der Schlacht ritt ich am späten Abend an der Spitze meiner Kavallerieeskorte zwischen brennenden Fackeln hindurch die Auffahrt entlang, die zu unserem Palast in Sita Waka führte. Eine jubelnde Menschenmenge hatte sich zwischen den Fackeln aufgestellt. Ihre Rufe: »*Jaya-wewa!* ...

Ape Kumaraya Jaya-wewa! ... Sieg! ... Möge unser Prinz siegen ...« stiegen zum Himmel empor, an dem es dunkelte. Überall in den Fenstern des Palastes schimmerte das Licht der Lampen. Zu meinem Erstaunen stand mein Vater zum erstenmal, seit er König geworden war, umrundet von Höflingen in herrlichen Gewändern, an der Eingangsveranda, um mich zu begrüßen. Er trug eine prächtige Tunika aus weißem Satin, ebensolche Hosen und einen Turban, die alle mit Edelsteinen verziert waren, und dazu goldene Schuhe. Mit seiner schlanken, großen Gestalt, eine Hand leicht auf den Griff seines Schwertes gelegt, sah er mehr als schneidig aus – er wirkte wahrlich königlich.

Ich hätte gewünscht, nicht so verschwitzt und staubig zu sein, als ich rasch abstieg und Ramas Zügel einem Knecht übergab. Als ich zur Huldigung vor meinem Vater niederkniete, streckte er eine Hand aus und legte sie sanft auf meinen geneigten Kopf. Die so seltene Berührung jagte mir Schauder durch den Körper. Ich stand auf. Er nahm mich entschlossen an der Hand und zog mich in seine Arme.

Schließlich ließ mein Vater mich los und hob die Hand, um die Jubelschreie, die sich erhoben hatten, zum Verstummen zu bringen. »Meine treuen Untertanen und ergebenen Freunde, hört, was Euch Euer König aus diesem glücklichen Anlaß zu sagen hat.« Er sprach so laut, daß ihn auch die Menge auf der Rasenfläche hören konnte. »Ihr alle habt von dem Sieg gehört, den wir in Galle über einen Erzfeind errungen haben. Ihr habt auch von dem Mut und der Waghalsigkeit der Truppen gehört, die wir in die Schlacht geschickt haben. Doch sie werden die ersten sein, die zugeben, daß niemand von ihnen es mit ihrem Anführer aufnehmen kann, diesem Prinzen hier, den meinen Sohn nennen zu dürfen ich stolz bin. Zwei meiner arischen Vettern, die dabei waren und mir die Geschichte seiner Kampfeswut in der Schlacht erzählt hatten, fügten hinzu: ›Es ist nicht einfach ein Sohn, den Ihr aufgezogen habt, Majestät, sondern ein wahrer Prinz, der Löwen bändigen wird.‹ In meinem Stolz über diese Worte hielt ich inne und dachte nach. Prinz Tikiri Bandara ist nicht nur ein großer Soldat, sondern auch mein Nachfolger. Ihm wurde geweissagt, daß er einst über ein freies, geeintes Lanka regieren würde, das zu schaffen ich selbst gelobt und dem ich meine heilige Ehre geweiht habe.«

Mein Herz schlug schneller, als ich sein Gelöbnis vernahm. Jubelschreie erhoben sich von der Veranda und stiegen bis zum Palastdach empor, draußen gar bis zum Himmel.

Mein Vater hob erneut ruhegebietend die Hand. »Wie Ihr wißt, wurde dieser Prinz Tikiri Bandara genannt, weil er der jüngste meiner drei Söhne war. Es ist nicht angebracht, daß ein Löwenbändiger den Namen seiner Kindheit beibehält. Welcher Name würde einen solchen Prinzen, den königlichsten aller Löwen, ehren?«

Die Menge antwortete ihm: »Raja Sinha ... Raja Sinha ... der königliche Löwe, der königliche Löwe!«

Mir stockte der Atem, und das Blut pochte mir in den Ohren. Durch einen Schleier hindurch hörte ich in der Stille, die plötzlich eingetreten war, die Worte meines Vaters, König Maya Dunnes: »Prinz Tikiri Bandara von Sita Waka, als Euer Vater und Euer König verleihe ich Euch hiermit für immer den Namen und Titel, den Ihr Euch verdient habt – Raja Sinha. Mögen Euer *kharma* und die Segnungen der Drei Juwelen Euch mit Erfolgen krönen, die jenes Namens würdig sind; Euer ganzes Leben hindurch und auf all Euren Wanderungen durch das *samsara,* das ewige Rad der Wiedergeburt. Seid hinfort bekannt als Prinz Parakrama Bahulage Maya Dunne Raja Sinha von Sita Waka.« Er hielt inne, und ein prophetischer Unterton brachte seine Stimme zum Beben, als er hinzufügte: »Eines Tages werdet Ihr der Große König Raja Sinha I. von Lanka sein.«

Montag, 14. August 1525

Für das Abendessen beim Großen König im Palast von Jaya hatte Fernao die Uniform aus weißer Seide angelegt, die er für solch unvorhergesehene Anlässe in seiner Unterkunft in der

Festung von Colombo verwahrte. Aus der Tatsache, daß er die Einladung erst am selben Nachmittag erhalten hatte, schloß er, daß es sich um eine persönliche und dringende Angelegenheit handeln mußte. Dennoch war er darauf vorbereitet, dem König seine eigenen Pläne vorzulegen, und nahm sogar die notwendigen Dokumente mit.

An König Bhuvanekas Verhalten waren keine Anzeichen von Unruhe zu bemerken gewesen, als sie nebeneinander im Speisesaal gesessen waren und ein üppiges Mahl, bestehend aus singhalesischen Currys und portugiesischen Leckereien, genossen hatten. Darauf waren zwei Stunden der bei den Sinhala üblichen Unterhaltung gefolgt. Formbewußt, wie man in diesem Lande war, wurden Gastlichkeit und Geschäft streng voneinander getrennt, weshalb man sowohl während des Essens als auch im Verlauf des unterhaltenden Teils nur Konversation betrieben hatte. Fernao war aus diesem Grunde erleichtert, als ihn der Große König endlich zu einem »ruhigen Plausch« im Audienzgemach aufforderte.

Der große König setzte sich an seinen Schreibtisch aus Ebenholz und bedeutete Fernao, den Platz ihm gegenüber einzunehmen. Der Duft jenes Teufelsgebräus namens *copi,* über das Seine Heiligkeit, der Papst, den Bann gesprochen hatte, hing in der Luft und vermischte sich mit dem durchdringend scharfen Geruch nach Kampferweihrauch, der von den Messingbecken ausging, welche vor den zwei goldenen Buddhastatuen aufgestellt waren.

»Ein passender Abschluß für eine große Mahlzeit«, bemerkte der König und hob seine Tasse, aus der es leicht dampfte. Er schürzte die Lippen und nahm schlürfend einen Schluck *copi.* »Wie schade, daß Eure Kirche darüber den Bann gesprochen hat, Oberst. *Copi* hat eine so beruhigende Wirkung auf den Magen.« Er nahm noch einen Schluck. »Mhmm ... Köstlich. Er ist mit Honig gesüßt. Ich hoffe, Eure Kirche wird es eines Tages gestatten, daß Ihr ihn probiert.«

»Im Moment ist er mir ebenso zuwider wie einem guten Buddhisten der Alkohol.«

»Und Ihr seid sicher, daß Ihr nicht etwas Portwein nehmen

wollt?« König Bhuvaneka, der, wie alle frommen Buddhisten, keinen Alkohol trank, wollte offensichtlich seine zivilisierte Toleranz zur Schau stellen.
Fernao hob ablehnend eine Hand. »Nein danke, Majestät.«
Der Große König hob eine seiner struppigen Augenbrauen. »Diese schönen Sitten, gleichgültig welcher Rasse, sind so wichtig in der heutigen Welt, in der man vor Rang, Stellung und Umständen keinen Respekt mehr hat.«
»Da stimme ich voll und ganz zu.« Fernao beschloß, die Unterhaltung in offiziellere Bahnen zu lenken. »Warum sonst sollte ein junger Prinz mit einer Armee losziehen und dem Kandidaten seines Onkels, des Großen Königs, eine Schlacht liefern?«
»Richtig, Oberst. Man sagte mir, daß Pr... äh ... König Vidiye nach fünf Tagen auf See heute abend in Colombo zurückerwartet wird.«
»Ja, Majestät. Ich hatte Euer Majestät gerade um eine morgendliche Audienz ersuchen wollen, um zu hören, welche Pläne Euer Majestät in Eurer Weisheit haben und wie wir dienlich sein können, als Eure gnädige Einladung zum Abendessen eintraf.«
»Sagt mir, Oberst, was ratet Ihr?«
Fernao entschloß sich zur Vorsicht. »Die Handlungsweise von König Maya Dunne und Prinz Tikiri ebenso wie ihre Fähigkeiten in der Schlacht haben unsere Einschätzung bei weitem übertroffen. Dieser Sieg und die Entweihung unseres Kreuzes, auf die ich besonders hinweisen möchte, werden ihre Beliebtheit bei den singhalesischen Buddhisten in jenem Gebiet verstärken. König Vidiye sollte aus diesem Grund nur mit einem ausreichend starken Heer nach Billigam Korle zurückkehren, um sich die Herrschaft über die Region zu sichern.«
»Wie kann das erreicht werden?«
»Ich möchte Eure königliche Aufmerksamkeit auf die Tatsache lenken, daß wir, das portugiesische Volk, eine starke Vorherr... äh ... Präsenz in Colombo geschaffen haben, indem wir unsere Festung bauten und eine Manufaktur er-

richteten.« Er beugte sich vor, um seinen Worten Nachdruck zu verleihen. »Dort, auf der Landzunge von Galle, wo Admiral de Almeida das Steinkreuz errichtete, gibt es ein Stück Land, das von seiner Lage her wie geschaffen wäre für die Errichtung einer starken Festung, von der aus König Vidiyes Macht in jener Region unterstützt werden könnte. Es ist auf seiner westlichen Seite vom Meer, im Süden vom Hafen und im Norden von einem Fluß begrenzt. Wir sind bereit, eine solche Feste zu bauen, wenn Euer Majestät uns die Erlaubnis dazu erteilen.«

Der Große König ließ ein lautes »Ha!« ertönen und schlug sich mit der rechten Handfläche auf seinen plumpen Schenkel. »Ihr seid ein ausgezeichneter Stratege, Oberst!« rief er aus. »Wie konntet Ihr erraten, daß ich genau denselben Plan hatte?«

»Weil ich weiß, daß Ihr ein noch größerer Stratege seid, Majestät«, erwiderte Fernao, indem er um des Wohls seines Landes willen tapfer log. »Darf ich also davon ausgehen, daß Ihr uns die nötigen Landkonzessionen gewährt?«

»Natürlich werde ich das für unsere Handelspartner tun, mit denen ich eine Übereinkunft über exklusive Zulieferrechte treffen werde.« Der Große König stellte somit geschickt eine Bedingung.

Es überraschte Fernao nicht, vom Großen König daran erinnert zu werden, daß er erwartete, bei der wirtschaftlichen Seite des Unternehmens die Exklusivrechte zum Einkauf zu erhalten. »Wir müssen rasch handeln, um zu verhindern, daß die Kräfte des Feindes wachsen und die unseren versiegen«, verkündete er. »Es gibt da auch eine Angelegenheit des Stolzes und des Ansehens, in der wir Eure Majestät um Unterstützung bitten. Ich beziehe mich auf die Entweihung unseres Kreuzes. Diejenigen, die die schreckliche Freveltat begangen haben, unser Kreuz, das heilige Symbol unserer Religion, in den Ozean zu stoßen, müssen auf der Stelle bestraft werden. Bitte nehmt dies als formellen Protest im Namen meines königlichen Herrschers und der heiligen Kirche an, Euer Majestät.«

»Seid versichert, Oberst, daß solch barbarische Taten dem *charlithraya,* den Gebräuchen und der Religion des singhalesischen Volkes, das Ihr gewiß als tolerant und respektvoll anderen Religionen gegenüber kennengelernt habt, fremd sind. Diese Zerstörer werden in der Tat bestraft werden ... und zwar schnell ... mit Eurer militärischen Hilfe.«

»Unsere Mönche ...«

»Ich verstehe voll und ganz«, unterbrach ihn der Große König und hob eine Hand. »Unsere Mönche, die *bhikku,* sind genauso. Immer versuchen sie, sich in die Regierungsgeschäfte in diesem Königreich einzumischen. Mein Bruder, König Maya Dunne, hört auf sie und hofft auf ihre Unterstützung, ich aber stehe eisern auf der Seite dessen, was richtig ist, nicht auf seiten derer, die recht haben. Ich würde lieber von Freunden wie Euch abhängen als von einem Haufen unwissender Priester. Wo wir gerade davon sprechen: Welche Pläne habt Ihr in bezug auf den katholischen Prinzen ... äh ... König von Kandy, Oberst?« Der Große König hatte das Thema des entweihten Kreuzes geschickt beendet. »Ihr wißt sicher bereits davon, daß er in einer unblutigen Aktion die Macht von seinem Vater übernommen hat? *Cha,* gar nicht gut, oder?«

»Ich hörte heute morgen von dem Vorfall. Bitte begreift aber, daß das Vorgehen des Prinzen sehr gut in unseren Plan paßt.« Fernao schlug einen weichen, beruhigenden Ton an. »Ihr und ich, wir brauchen gegenüber König Maya Dunne ein geeintes, starkes Hügelkönigreich. Da König Kumaras neues Gebiet an Sita Waka angrenzt, wird er versuchen, seine Macht dorthin auszudehnen. Wir werden König Kumara in diesem Ansinnen unterstützen, denn das wird König Maya Dunne dazu zwingen, seine Kräfte in eine neue Richtung zu lenken, und die Sicherheit unserer eigenen Herrschaft festigen.«

»Tztzt!« schnalzte der Große König unwillig. »Ich vertraue den Leuten aus Kandy nicht, noch weniger einem Mann, der seinen eigenen Vater entmachtet ...« Er hielt mit einem ironischen Grinsen inne. Offensichtlich war ihm eingefallen, wie er seinen eigenen Vater, König Wijayo, abgesetzt hatte, denn er fügte hinzu: »... ohne Grund zumindest.«

Fernao beschloß, das Thema zu wechseln und zum entscheidenden Schlag auszuholen. »Wie Ihr wißt, Majestät, bin ich nur der Vertreter meiner Regierung. Wenn ich auch Ratschläge aussprechen kann, bin ich doch hier, um die Befehle meines Königs durchzuführen, welche mir durch unseren Vizekönig mitgeteilt werden. Mit den stärksten Einfluß auf Seine Königliche Majestät übt die heilige Kirche aus.« Fernao hielt inne, um sich zu vergewissern, daß er die höchste Aufmerksamkeit des Großen Königs hatte. »Es gibt einen Weg, Euch der uneingeschränkten Unterstützung der heiligen Kirche und meiner Regierung zu versichern.«
Das Gesicht des Herrschers wurde angespannt; in die dunklen Augen trat ein Ausdruck der Wachsamkeit.
»Da Ihr keine Söhne habt, mögt Ihr den Wunsch haben, Euren Enkelsohn, das Kind, das aus der Verbindung zwischen König Vidiye und Eurer Tochter, die, Gott hab' sie selig, unglücklicherweise bei der Geburt verschied, entsprungen ist, zu Eurem Nachfolger zu ernennen.«
Die dunklen Augen blinzelten einmal, eine Hand strich wie von selbst über den schwarzen Schnurrbart. Fernao brachte sein Anliegen zu Ende. »Ihr könntet doch Seiner Majestät Dom João III in Lissabon eine Botschaft übersenden, in der Ihr um den göttlichen Schutz des Herrschers über Euren Thronfolger bittet.«
Langsam trat ein Lächeln in die breiten Züge des Großen Königs. »Eine wundervolle Idee, die nur das unterstützt, was ich bereits erwogen hatte«, erklärte er hochtrabend. Dann dachte der Große König ein paar Minuten nach, wobei er mit seinen Fingern auf dem Schreibtisch aus Ebenholz einen raschen Trommelwirbel schlug. »In Wirklichkeit hatte ich sogar an eine Verbesserung dieser Idee gedacht«, log er. »Ich werde von dem Kind, dem Prinzen Dharma Pala, ein Abbild in Gold anfertigen lassen und es Seiner Majestät, Eurem König, zu einer Vorkrönungszeremonie nach Lissabon schicken. Euer Herrscher wird auf diese Weise stets eine wertvolle Erinnerung daran besitzen, daß er sein gütiges Einverständnis dazu gab, dem rechtmäßigen Nachfolger auf diesem Thron seinen göttlichen Schutz zu gewähren.«

Bestechungsgeld in Goldwährung, dachte Fernao zynisch. Warum nicht. »Ein großartiger Gedanke«, verkündete er. Er zögerte, beschloß aber, noch weiter zu gehen. »Kommen wir nun aber zu dem so dringend benötigten Rückhalt bei der heiligen Kirche, Majestät. Es wäre von enormem Vorteil, wenn Ihr meinem Herrscher auch mitteilen könntet, daß das Kind im katholischen Glauben unterrichtet werden wird.« Als er bemerkte, wie sich die buschigen Augenbrauen erneut hoben, beeilte er sich hinzuzufügen: »Das wird in kleinem Ausmaß eine Wiedergutmachung für die Entweihung unseres Kreuzes in Galle sein.«
Im Gesicht des Großen Königs malte sich offene Bewunderung aus. »Ein glänzender Vorschlag! Ich bin entzückt, feststellen zu können, daß Ihr die Feinheiten des *manta yuddhaya*, des diplomatischen Krieges, zu schätzen wißt, den wir erleuchteten arischen Monarchen schon seit mehr als zweitausend Jahren der Schlacht vorziehen!«
»Ihr seid überaus freundlich, Majestät. Ich fühle mich durch Eure Zustimmung geehrt und durch Euer Lob angespornt.« Fernao beschloß, die Sache nun ganz zum Abschluß zu bringen. »Dürfte ich auch mit allem Respekt vorschlagen, daß Ihr meinen König bittet, dem kleinen Prinzen einen portugiesischen Adelsnamen zu verleihen? Dies würde gewiß noch größere persönliche Gefühle wecken.«
»Einen portugiesischen Namen? Wozu?«
»Wir leben in einer Zeit, in der die Stellung eines Mannes um so edler ist, je mehr Namen er hat. Wir werden in Kürze in den Gegenden, in denen wir Handel treiben, ein System der Landeintragung einrichten, damit unsere Vertreter, von denen die meisten nicht die dortigen Sprachen sprechen, unsere Zulieferer identifizieren und die Qualität ihrer Produkte sichern können. Wir werden nur von denjenigen kaufen, die eingetragene portugiesische oder spanische Namen haben. Zum katholischen Glauben Bekehrte werden natürlich bereits ihre christlichen Taufnamen tragen. Es würde eine enorme Ermutigung für Euer ganzes Volk darstellen, wenn Ihr mit Eurem Enkelsohn und Erben ein Beispiel setzen könntet.«

Fernao hatte mit Bestürzung bemerkt, wie das Lächeln langsam aus dem Gesicht des Großen Königs gewichen war. Nun sah er, wie sich eine feste Linie um das breite Kinn legte. »Das wäre der Anfang der Zerstörung unserer uralten Ordnung. Ich kann nicht zulassen ...« Der Große König hielt inne und dachte angestrengt nach. Schließlich nickte er. »Vielleicht ist das doch gar keine so schlechte Idee«, grübelte er.
»Es könnte in den Herzen derjenigen, die jetzt noch Euren Bruder unterstützen, eine Veränderung hervorrufen, Majestät«, machte Fernao einen kühnen Vorstoß. »Wenn Ihr dem Plan Euren königlichen Segen gebt, könntet Ihr in Betracht ziehen, diese Politik auf alle Teile des Landes, gewiß aber die Küstenstriche auszudehnen. Je mehr singhalesische Katholiken Ihr auf Eurer Seite habt, um so weniger singhalesische Buddhisten hat König Maya Dunne.«
»Wahr, sehr wahr. Wirklich eine famose Idee.« Die breiten Züge entspannten sich wieder zu einem Lächeln. »Ich habe Euch heute abend zum Essen eingeladen, Oberst, weil ich mit Euch die bitteren Früchte der Niederlage von Galle kosten und Pläne zu ihrer Versüßung schmieden wollte.« Er unterbrach sich, und ein aufrichtiger Unterton trat in seine Stimme. »Statt dessen habt Ihr uns die noch süßere Aussicht auf zukünftige Siege gebracht.«
»Ein angemessener Nachtisch, Majestät«, beschloß Fernao die Metapher. »Nun, was Galle anbelangt, so hört meinen Plan.« Er teilte dem Großen König mit, was er vorhatte, wobei er auch die wirtschaftlichen Aspekte des Festungsbaus und das Problem der Zulieferung von Material durch den Großen König bereits genau durchdacht hatte. Als er geendet hatte und bemerkte, daß mit dem Einverständnis des Großen Königs zu rechnen war, griff er in sein Wams. »Ich habe bereits drei Dokumente mitgebracht, die Ihr unterzeichnen und mit Eurem Siegel versehen könnt, Majestät«, erklärte er und legte die Pergamentrollen, die er am selben Abend vorbereitet hatte, auf den Tisch.
Der Große König war verblüfft. Dann brach er in schallendes Gelächter aus und schüttelte heftig den Kopf. »Ihr Weißen,

wenn ihr etwas wollt, dann verschwendet Ihr keine Zeit mit dem Protokoll.« Er hielt inne. »Aber warum drei Dokumente?«
»Das erste ist die Landkonzession, das zweite Eure königliche Billigung unseres Systems der Landeintragung in den Küstenregionen, wo wir Handel treiben, und das dritte ist Eure Bitte an meinen König, er möge Eurem Enkelsohn und Thronfolger Prinz Dharma Pala, dem der portugiesische Adelsname Dom Juan von Lanka verliehen werden wird, seinen göttlichen Schutz gewähren. Gleichzeitig wird darin König Vidiye für den Fall Eures Ablebens, das Gott verhüten möge, zum Prinzregenten eingesetzt, solange Euer Thronfolger noch nicht volljährig ist.«
Der Große König starrte ins Leere. Seine Gedanken galten nicht der Vergangenheit, das wußte Fernao, sondern sie strebten zur Zukunft. Schließlich ließ er ein großes Seufzen hören. Eine sonderbare Traurigkeit war in seine Augen getreten. »Ich werde Eurer Promptheit in nichts nachstehen und die Dokumente sofort unterzeichnen, sobald meine Berater sie durchgesehen haben.«
Die Unterhaltung wandte sich wieder den Plaudereien zu, die solche Gelegenheiten einleiteten und abschlossen. Der Große König beschrieb voller Stolz seinen Enkel und befragte Fernao anschließend genau nach dem Aussehen seiner Tochter. »Hat das Kind blaue Augen?« fragte er. »Bei uns findet man blaue Augen sehr schön. Und hat sie eine sehr helle Haut?«
»Nein, Majestät. Wie Ihr wißt, verbringen Säuglinge in diesem Alter die meiste Zeit mit Schlafen, doch *a senhora* und ich sind uns einig, daß die Augen des Babys dunkelbraun sind. Ihre Haut ist so hell wie die ihrer Mutter.«
»Das ist gut. Ein weiser *bhikku* hat mir einmal gesagt, daß ich niemals Menschen trauen soll, die blaßbraune Augen oder jene seltsamen Ringe um die Iris besitzen, die in Kontrast zu der Augenfarbe stehen.« Er schien etwas sagen zu wollen, lächelte recht verlegen, zögerte. »Nun, wo wir so enge Verbündete geworden sind, kann ich Euch jenen traurigen Sachverhalt ja anvertrauen. Ihr mögt es vielleicht nicht be-

merkt haben, aber mein Bruder, König Maya Dunne, und sein Sohn, Prinz Tikiri, haben beide die gleichen einzigartigen Augen, worin möglicherweise unsere arischen Vorfahren wieder zum Durchbruch kommen. Ihre Farbe ist dunkelbraun, doch die Ringe darum blau. Wirklich ziemlich hübsch, doch wenn das, was der *bhikku* mir sagte, stimmt, könnte dies ein Beweis – oder auch der Grund – dafür sein, daß man ihnen nicht trauen darf.«

Montag, 14. August 1525

Später an jenem Abend, nachdem unsere Gäste sich verabschiedet hatten, zogen mein Vater König Maya Dunne und ich uns in sein Arbeitszimmer in unserer Residenz in Sita Waka zurück, die nun sein Palast war. Wie gewöhnlich saß er hinter seinem Schreibtisch aus *nadun*-Holz, und ich nahm auf einem Hocker an der Seite Platz und lehnte mich gegen die Wand.

»Als ich jung war, habe ich so manche Schlacht gegen die Tschola gewonnen«, stellte mein Vater fest, nachdem ich ihm in allen Einzelheiten von dem Kriegszug in Galle berichtet hatte. »Heute stehen wir mächtigeren Feinden gegenüber, besonders den *parangi*. Es ist offensichtlich, daß sie hinter den Kulissen der Macht arbeiten und die Schwächen und den Ehrgeiz von Männern wie dem Großen König und Prinz Vidiye für ihre Zwecke ausnutzen. Das Traurige daran ist, daß der Große König, Prinz Vidiye und Prinz Kumara umgekehrt versuchen, die Macht der *parangi* in ihrem Interesse einzusetzen. Wenn die *parangi* erst einmal Geschmack an der Macht gefunden haben, werden sie nicht mehr lockerlassen, um ihren Handel voranzutreiben, nicht zuletzt deshalb, weil sie hier eine Lebensart genießen können, auf die sie in ihrem heimischen Portugal nicht einmal hoffen durften. Wie Ihr wißt, leben sie in Colombo auf großem Fuß, in einer Weise, der selbst ihr großer Zuchtmeister, Vasco da Gama, in Goa nicht Einhalt gebieten konnte. Einige von den Männern haben damit begonnen, ihr Geld für die Unterhaltung von Harems aus einheimischen Frauen zu verwenden. Sie werden Mischlingskinder zur Welt bringen, die nur ihnen gegenüber loyal sein werden. Schlimmer noch, sie haben unsere Bevölkerung in Colombo mit ihren Sitten, Gebräuchen, ihrer Kultur angesteckt, ganz zu schweigen von der Syphilis, weshalb viele Sinhala zu braunhäutigen Portugiesen geworden sind.«

»Dann laßt uns doch anstelle unserer singhalesischen Landsleute die *parangi* angreifen, Majestät.«

Er schüttelte den Kopf, und ein trauriges Lächeln überschattete seine feinen Züge. »Leichter gesagt als getan, *putha*, Sohn. Da uns die Feuerkraft fehlt, werden wir warten müssen, bis sie ihre Truppen hier vermindern. Für die Zeit bis dahin gilt, daß eine geeinte Nation es mit jedem aufnehmen kann. Denkt aber daran, daß solche Einigungsversuche ihre eigenen Konsequenzen nach sich ziehen. Krieg kostet Geld. Er blutet das Volk aus und zehrt all unsere Reserven auf.« Er hielt inne. »Außerdem sind wir nur eine kleine Insel, und ich befürchte, es ist unser Schicksal, für immer um unsere Unabhängigkeit zu kämpfen. Meine Sorge Euch als empfindendem Wesen gegenüber gilt Eurem *kharma*.«

Ich haßte es, wenn er so sprach … »Empfindendes Wesen« … *»kharma«* – all dies waren Begriffe der *bhikku*, die keinen Platz im Wortschatz von Kriegern und Freiheitskämpfern hatten, doch ich enthielt mich wie immer eines Kommentars. »Was versucht Ihr mir zu sagen, *tha?*« fragte ich.

Er sammelte seine Gedanken. »Würdet Ihr Eure Gefühle in der Hitze des Gefechts als diejenigen eines Kriegers oder als diejenigen eines tötenden Wesens bezeichnen?«

Die unerwartete Frage traf mich, stieß mit der Wucht eines Dolchstoßes in mein Denken vor. »Ich … äh … das ist …« Ich hielt hilflos inne und nahm Zuflucht zu wildem Nachdenken.

»Als ich in die Schlacht ritt, war ich ein Krieger«, erwiderte ich schließlich. »Dann sah ich Graf Samara Kon, hoch über seinen Männern. Ich erinnerte mich an das Gelübde, Euch seinen Kopf auf einem Spieß zu schicken, das ich insgeheim geleistet hatte. Irgend etwas in mir setzte aus. Ich war gänzlich erfaßt von tiefem, alles verzehrendem Haß, dem seinen wie dem meinen. Ich wollte ihn töten, wollte die Freude empfinden, wenn ich mein Schwert in seinen fetten Bauch stieß, wollte sein Blut fließen, seine Gedärme hervorquellen sehen, während ich ihn in Stücke hackte.« Ich hielt inne, schwitzend bei einem Akt der Erinnerung, der doch auch eine Enthüllung war.

»Dann ist in Euch ein Rest Eures früheren *kharma,* der das *vipaka,* die Wirkung hat, Euch zu einem tötenden Wesen zu machen. Nur die Lehre kann Euch retten. Versucht stets, ein Krieger, ja sogar ein Henker zu sein, ohne Euer *kharma* zu beflecken, indem Ihr die Denkungsart des tötenden Wesens in Euch entfesselt, die jeder von uns in sich trägt. Ihr müßt lernen zu töten, ohne ein tötendes Wesen zu sein.«

Ich wußte seine Worte wie auch ihren Ursprung – seine tiefe Liebe zu mir – sehr zu schätzen, doch in meinem Inneren hatte ich genug von solchen Empfindungen. Die Lehre übte keine besondere Anziehung auf mich aus. Die Hindu, besonders diejenigen, die dem Gott Siva folgten, hatten die richtige Anschauung, nämlich die gänzliche Aufopferung an das *dharma,* die Pflicht eines jeden in seiner Lebensstellung, selbst wenn das bedeutete, daß man seine Gegner umbringen mußte. Der Buddhismus konnte dagegen die Menschen derart zu Sklaven der Selbstvervollkommnung machen, daß die Sache der Nation leiden mußte.

Ich hatte ein Ziel, ein Schicksal zu erfüllen, das mich in der Schlacht unbezwingbar machte. Ich würde jede Religion annehmen, die mich diesem Ziel zutreiben würde, ohne daß ich dafür heucheln mußte. In jenem Moment schien mir der Hinduismus dafür einen besseren Weg zu zeigen als die Lehre Buddhas, des Herrn.

Kapitel 7

Dienstag, 15. August 1525

Fernao, der nach seinem Abendessen und der Audienz beim Großen König erst weit nach Mitternacht in ihr Haus in Mutu Vella zurückgekehrt war, wachte am nächsten Morgen spät auf, wollte aber dennoch nicht auf die Zeit verzichten, die er jeden Tag in der Frühe mit dem Baby verbrachte, bevor er sich zur Festung auf den Weg machte.

Zu Fernaos Freude war das Baby wach und ließ seine Augen unruhig hierhin und dorthin wandern, als versuchte es, etwas zu erkennen. Mit einem Lächeln, das seinen eigenen Fertigkeiten als Vater mit zehntägiger Erfahrung galt, der es am ersten Tag nicht einmal gewagt hatte, das Kind überhaupt zu berühren, beugte er sich hinab und hob das kleine Mädchen aus der Wiege. Er bettete es in seiner rechten Armbeuge und ging zum Fenster, wobei er aus dem Stegreif ein Wiegenlied summte. Am Fenster angekommen, hielt er Catherina hoch und schaukelte sie in der Hoffnung, daß sie vielleicht bereits den hellen, silbrigen Sonnenschein wahrnehmen könnte, hin und her.

Die Augen des Kindes wandten sich dem Licht zu, blinzelten in seinem hellen Schein und wanderten schließlich, weit geöffnet, zur Seite. Fernao stockte der Atem. Hatten die dunkelbraunen Augen blaue Ringe? Angst durchfuhr ihn, scharf wie ein frisch gewetztes Messer. Er sah sich die Augen genauer an. Nein, sie trugen überhaupt keine Ringe um die Iris. Eine Welle der Dankbarkeit durchflutete ihn.

Unten rief ein Gärtner nach seinem Gehilfen, das rauhe Krächzen einer Krähe mischte sich unter das Vogelzwitschern. Die Augen des Babys veränderten ihre Stellung. Zweifellos, da lagen zwei dünne, kaum wahrnehmbare Ringe um die Iris, und sie waren blau.

Wie konnte das sein? Liebte Julietta Prinz Tikiri so sehr, daß sie seine Augen, den Spiegel seiner Seele, in ihrem Kind von neuem erschaffen hatte? Nein, das war absurd. Wie also kam das Baby zu den Augen der Maya Dunnes? Sein Puls raste, während jene Frage wie eine brennende Zündschnur auf das Pulverfaß von Fernaos früheren Verdächtigungen zulief, die in ihm geschlummert hatten, so tief, tief in ihm, daß er sie fast vergessen hatte ... und eine Explosion verursachte.

Er achtete kaum mehr auf das Baby, als er in Gedanken die Tatsachen vor sich abspulen ließ. Julietta Catherina Menika war am fünften August zur Welt gekommen. Er rechnete rasch zurück. Sie mußte also in der ersten oder zweiten Woche des November gezeugt worden sein. Er hatte am Tag der vereitelten Schändung mit Julietta geschlafen, und in der Zeit danach noch häufiger als sonst. Also konnte er auf jeden Fall der Vater sein. Da durchzuckte ihn der gezackte Blitz einer Erinnerung und machte die Erleichterung in ihm zunichte. Der rohe Geruch nach dem Erguß eines Mannes ... Julietta, die ihn an jenem schrecklichen Morgen gebeten hatte, mit ihr zu schlafen ...

Aber wie hing dies alles mit Prinz Tikiri zusammen? Um der Vater des Kindes zu sein, hätte er um diese Zeit in Colombo sein müssen. Aber er war in Sita Waka gewesen ... war er das wirklich?

Trotz allem schämte er sich über seine haltlosen Verdächtigungen, und so küßte Fernao die weiche, rosa Wange des Babys, hielt den winzigen Körper warm und eng an sich gedrückt und wiegte ihn hin und her.

Dienstag, 15. August 1525

Der Große König hielt Wort und stand Fernaos Schnelligkeit in nichts nach. Die drei Abkommen, die ihm Fernao in der vergangenen Nacht überreicht hatte, wurden schon am folgenden Abend in der Festung abgegeben, formgemäß vom Großen König unterzeichnet und mit seinen eindrucksvollen Siegeln versehen. Fernao war in Hochstimmung. Normalerweise brauchte man Monate, um solche Verträge zu erhalten, sehr oft wurden sie abgewandelt, verändert oder modifiziert und traten nicht selten gar nicht in Kraft.

Doch es war nicht die Freude über die Verträge allein, die ihn dazu veranlaßte, noch am selben Abend seine Regimentskommandeure und die Kapitäne der sechs großen, vollgetakelten *nao* und der drei schnellen, der Flottille zugehörigen Karavellen, die allesamt im Hafen von Colombo vor Anker lagen, zu einer Stabssitzung in den großen Besprechungsraum der Festung einzuberufen.
Allem voran war es die Aussicht auf einen Schlag gegen König Maya Dunne, der seine Pläne im Süden zunichte gemacht hatte, und gegen Prinz Tikiri, der sich irgendwie zwischen ihn und Julietta geschoben hatte, die ihn zum sofortigen Handeln antrieb.
Die Entsendung einer Flottille von neun Schiffen auf eine solche Mission gute siebzig Meilen entfernt von Colombo bedurfte der genauen Planung. Obwohl alle Seekapitäne und die Armeekommandeure innerhalb einer Stunde versammelt waren, schickte Fernao Nachricht an Julietta, daß er in dieser Nacht nicht nach Hause kommen würde; Hauptmann Rego würde sich zu ihrem Schutz bis in den Morgen im Haus aufhalten.
Der Besprechungsraum bildete einen Teil der Mannschaftsunterkünfte, weshalb es warm und stickig darin war, doch da Fernao bereits die nötigen Landkarten und Pläne angefertigt hatte und die Männer, die um den flachen Tisch aus gelbem Jak-Holz versammelt waren, allesamt mit derartigen Planungen vertraut waren, ging die Sitzung zügig voran. Eine Landung von Fußsoldaten war für die zeitliche Abstimmung der Handlungsschritte entscheidend, weshalb Oberst Felipe Gonzales, der älteste der Regimentskommandeure, das Oberkommando erhielt.
Vom taktischen Gesichtspunkt aus war die gewählte Örtlichkeit auf der Landzunge – mit dem Hafengewässer im Süden, dem Ozean im Westen, einem Fluß im Norden und einem offenen *maidan* im Osten – ideal. Alle militärischen Operationen konnten so unter dem Feuerschutz der großen Geschütze auf den Kriegsschiffen stattfinden.
Die Konferenz setzte den 29. August, also zwei Wochen

später, als den frühesten Termin an, zu dem die Flotille in See stechen konnte; die Verzögerung war vor allem der Tatsache zuzuschreiben, daß für den nötigen Proviant und Lagermöglichkeiten in den Schiffen gesorgt werden mußte, damit Schiffe und Soldaten so lange in ihrer Versorgung selbstgenügend sein konnten, bis sie sich in Galle eingerichtet hatten.

Es war fast Mitternacht, als die Konferenz zu Ende ging. Als die Offiziere gegangen waren, stand Fernao alleine vor seinen Gemächern und atmete genüßlich die kühlere, frischere Nachtluft draußen ein. Er befand sich in Hochstimmung angesichts all dessen, was sie vollbracht hatten. Als er ein entschuldigendes Hüsteln hörte, drehte er sich um. Sein Bursche Aires war aus seinem Quartier getreten, ein schmaler Schatten, der sich vor dem blassen Laternenlicht hinter ihm abzeichnete. Er hob grüßend einen Finger an den Schopf und lächelte.

»Ah, Aires, bist du meinetwegen aufgeblieben?« fragte Fernao. »Das hättest du aber wirklich nicht gebraucht.«

»Iss meine Pflicht, Herr.« Aires hielt inne und trat von einem Fuß auf den anderen. Offensichtlich hatte er etwas auf dem Herzen. »Hatte eigentlich zu Eurem Haus gehen wollen, Herr Oberst, um *a senhora* bewachen zu helfen, hab aber keine Erlaubnis gehabt. Hoffe, daß *a senhora* in Sicherheit iss.«

»Oh, ich bin sicher, es ist alles in Ordnung. Ich habe Hauptmann Rego hingeschickt, damit er heute nacht Wache hält.«

»Hab's gehört, Herr Oberst.« Aires trat wieder von einem Fuß auf den anderen, wobei er verlegen zu Boden blickte. Dann sprudelte es aus ihm heraus: »Herr Oberst, bitte um Verzeihung, aber iss meine Pflicht. Muß was gestehen.«

»Worum geht es, Aires? Du weißt, daß du offen mit mir sein kannst.«

Die dunklen Augen des Burschen, die dieser nun fest auf Fernao gerichtet hielt, glitzerten in der Finsternis. »Als ich mich gefragt hab, ob *a senhora* heut nacht in Sicherheit iss, Herr, iss mir wieder die Nacht eingefallen, wo Feldwebel Correa se entführt hat. Ich komm mir so schlecht vor, daß ich glaub, ich muß es dem Herrn sagen, auch wo so viele Monate vergangen sind.«

Fernao erstarrte. »J-ja.«

»In der Nacht habt Ihr Dienst in der Festung gehabt. Ich geh, nachdem ich Euch beim Zubettgehen geholten hab, mein Mädchen, eine Sinhala, besuchen, die auf der anderen Seite vom Mutu-Vella-Hügel wohnt. Und wie ich da ne Abkürzung nehm, seh ich Prinz Tikiris Männer in der Nähe von den Haustoren. Ich geh so leise hinter ihnen her, daß se mich nich sehn. Ich kann Singhalesisch, hat mir die Frau beigebracht. Die Männer sprechen von nem Schwein von *parangi,* der meine Herrin entführt hätt. Und daß Prinz Tikiri ihm zur Strafe die Eier abgehackt hätt. Und daß se das gut fänden so. *A senhora* wär in Sicherheit, und der Feldwebel Correa läg im Hain. Ich bin sehr wütend, Herr Oberst, und lauf zum Hain. Ich such den Feldwebel und find ihn, wie er zu Tode blutet. Ich nehm mein Messer und stech zu, noch mal und noch mal.« Aires unterbrach sich. Er atmete schwer. »Möglich, daß Se mich jetzt bestrafen, Herr, weil ich den Feldwebel umgelegt hab.« Seine Stimme wurde hitzig. »Aber wenn's noch mal passiert, mach ich's noch mal.«

Prinz Tikiris Leute, hatte Aires gesagt ... Prinz Tikiris Urteilsspruch! ... Es waren also nicht die Leute des Gouverneurs, sondern die Männer Prinz Tikiris gewesen, die Julietta in jener Nacht gerettet hatten. Und es war auf Befehl des Prinzen geschehen, daß man Correa entmannt hatte. Was hatten sie dort zu suchen gehabt? Wann waren diese Befehle gegeben worden? Wo war Prinz Tikiri gewesen? Er starrte Aires mit kaltem Blick an. Sein Hirn war wie wund. Dann bemerkte er das Unbehagen des Mannes und kehrte in die Gegenwart zurück. »Du brauchst dir keinen Vorwurf zu machen, Aires«, erwiderte er ruhig. »Ich danke dir dafür, daß du Manns genug warst, die Wahrheit zu sagen.«

»Ihr bestraft mich nicht, Herr Oberst?«

»Natürlich nicht. Der Feldwebel hat das bekommen, was er verdient hatte, nicht nur aufgrund dessen, was er *a senhora* antat, sondern weil er ein Leben der Perversion und des

Mordes hinter sich hatte. Das rechtfertigt nicht, das Gesetz selbst in die Hand zu nehmen, aber da du nichts anderes getan hast, als den Tod von Feldwebel Correa zu beschleunigen, war es vielleicht sogar noch ein Akt der Barmherzigkeit.« Er nickte ihm aufmunternd zu, und das trotz des Tumults der Gefühle in seinem Inneren. »Es wird also unser Geheimnis bleiben.«

»Danke Euch, Herr Oberst.« Aires nickte mehrfach respektvoll. »Danke, wirklich. Bin so froh, daß Ihr's endlich wißt.«

»Und ich danke dir nochmals für deine Ehrlichkeit, Aires«, sagte Fernao. »Du kannst jetzt schlafen gehen.«

Fernao ging an dem Mann vorbei und betrat seine Gemächer. Er konnte es kaum abwarten, daß es Morgen würde; dann würde er sich auf die Suche nach der Antwort auf die brennende Frage begeben, die auf seinen Verstand einhämmerte.

In den darauffolgenden Tagen bewahrte Fernao nach außen hin die Ruhe, ließ Julietta gegenüber nichts von seinem Verdacht verlauten und benahm sich wie ein ergebener Ehemann und Vater. Es gab einige Momente, in denen er versucht war, herauszuplatzen und Julietta seine Beschuldigungen ins Gesicht zu schleudern, doch stets hielt er sich dann mit übermenschlicher Kraft zurück. Er entdeckte, daß jedesmal, wenn er sich wieder unter Kontrolle bekam, es das nächste Mal leichter war. Ich werde erwachsen, dachte er. Doch die quälenden Zweifel, das schreckliche Mißtrauen, sein Schmerz und sein tief verletzter Stolz zehrten schwer an ihm.

In der Zwischenzeit mußten seine Nachforschungen über Prinz Tikiris Aufenthaltsort in der Nacht der Entführung durch seine Spitzel und andere Kontaktleute im Handelsbereich langsam und mit Bedacht durchgeführt werden. Seiner Ungeduld zum Trotz konnte er so die verstreichende Zeit immerhin dazu nutzen, sich zu überlegen, was er tun würde, wenn Prinz Tikiri in der verhängnisvollen Nacht tatsächlich im Haus des Hafengouverneurs gewesen war.

Eines jedenfalls wußte er bereits jetzt mit Gewißheit: Wenn sich sein Verdacht bestätigte, dann würde er seinen Schmerz lindern und seine Schande überwinden, indem er an Prinz Tikiri Rache üben würde. Bei Gott, mit all der Macht, die ihm zur Verfügung stand, würde er den Prinzen zugrunde richten.

Mittwoch, 23. August 1525

Der Kurier, der auf dem schnellsten Wege von Colombo nach Sita Waka geritten war, war einer unserer besten Spitzel und Verbindungsmann zwischen unseren Kontaktleuten im Palast von Jaya, dem Hafen von Colombo und der *parangi*-Festung. Er kam am Abend in unserem Palast an und wurde sofort zu meinem Vater König Maya Dunne geführt, der in seinem Arbeitszimmer saß. Graf Wickrama Sinha und ich waren ebenfalls anwesend und saßen unter dem goldenen Lichtschein der Lampen, die bereits angezündet worden waren, nebeneinander auf Hockern.

Der Bote hatte alle Einzelheiten bezüglich der Verträge bei sich, die zwischen dem Großen König und den Portugiesen geschlossen worden waren. Wir studierten sie in erschrockenem Schweigen.

»Diese Abkommen stellen einen schlimmeren Verrat am singhalesischen Volk dar als die Taten meines Vaters, König Wijayo«, bemerkte mein Vater nüchtern. »Sie werden das Gebäude unserer singhalesischen Gesellschaft zerstören und uns zu einem Volk von Bastarden machen. Die *parangi* werden wohl bald an die Durchführung ihrer Pläne gehen.« Seine dunklen Augen richteten sich auf das Gesicht des Kuriers.

»Mehr als bald, Majestät«, antwortete der Kurier. »Auf der Stelle.« Er zog einen Stapel Papiere aus seiner Tunika. »Hier sind Zusammenfassungen ihrer Pläne, Majestät.«

»Gut gemacht.« Mein Vater studierte die Pläne mit grimmiger Miene und reichte sie dann Graf Wickrama Sinha. Ich sah dem Grafen über die Schulter, und das Blut in meinen Adern begann zu sieden. Was die *parangi* vorhatten, war nichts

anderes als eine Invasion in Galle. Wir starrten uns finster an und schwiegen.
»Wenn sie erst einmal eine Festung in Galle errichten, wird das Prinz Vidiye die Macht über den Süden geben«, stellte mein Vater schließlich fest. »Graf Wickrama Sinha, Ihr und Prinz Raja Sinha werdet ohne Verzögerung mit einem Stoßtrupp nach Galle ziehen, um Euch dort mit unseren verbliebenen Truppen zu vereinen. Ihr müßt Galle unter allen Umständen rechtzeitig erreichen, um Euch der Landung der *parangi* zu widersetzen. Es wird nötig sein, genügend Truppen in Sita Waka zu halten, um jeglicher Bedrohung von seiten des Großen Königs oder König Kumaras begegnen zu können. Das wird Eure eigene Truppenstärke begrenzt halten. Außerdem werdet Ihr dafür sorgen müssen, daß Euer Angriff auf die *parangi* zeitlich so abgestimmt ist, daß große Verluste durch deren Schiffskanonen vermieden werden können.« Er erhob sich zu seiner vollen Größe, und wir alle standen mit ihm auf. »Ruft Eure Befehlshaber zu einer Stabssitzung zusammen, die in einer Stunde im Kriegssaal stattfinden wird.« Sein vertrautes draufgängerisches Lächeln huschte über sein Gesicht. »Bis dahin laßt uns zu Abend essen, meine Herren. Es wird eine lange Nacht werden.«

Am 26. August erfuhr Fernao durch die Spione des Großen Königs, daß ein Stoßtrupp, bestehend aus Prinz Tikiris Kavallerieregiment, eintausend Bogenschützen und zweitausend Fußsoldaten, am selben Tag von Sita Waka aus aufbrechen sollte, um König Maya Dunnes siegreichen Truppen, die in Galle geblieben waren, zur Verstärkung zu dienen.
Zwei Tage später fand Fernao dann endlich über Abdul Raschid heraus, daß Prinz Tikiri die Nacht von Juliettas Entführung tatsächlich im Haus des Hafengouverneurs auf dem Hügel von Mutu Vella verbracht hatte.
Die Nachricht bohrte sich tief in sein Denken ein. In jener Nacht beschloß er, in der Festung zu schlafen.
Am nächsten Morgen stattete er seinem Zuhause einen kurzen Besuch ab, zusammen mit Aires, der seinen Seesack

packte. Er spielte Julietta und dem Baby gegenüber den liebenden, ergebenen Ehemann und Vater, doch in Wirklichkeit war er erfüllt von bohrender Wut, die dauernd zum Ausbruch zu kommen drohte. Wie konnte Julietta, die er von einem verachteten Halbblut zu einer Frau in angesehener Stellung gemacht hatte, die er mit Liebe überschüttet hatte, ihm das nur angetan haben? Unter dem Vorwand, es habe unter den Kommandeuren Streitigkeiten gegeben, die es notwendig machten, daß er persönlich die Invasion in Galle, wie er es nannte, leitete, brach er bald darauf zur Festung auf.
Am 29. August 1525 stach Fernao an Bord des großen, voll getakelten *nao*, das den Namen *Flower of the Sea* trug, als seinem Flaggschiff an der Spitze seiner Flottille von neun Kriegsschiffen nach Galle in See. Im Blau seiner Augen spiegelte sich die Mordgier, die sein Herz erfüllte.

Dienstag, 29. August 1525

Mit Rückenwind, der ihnen Geschwindigkeiten bis zu zehn Knoten bescherte, erreichte die Flottille, die mit der Morgenflut in Colombo losgesegelt war, kurz nach Sonnenuntergang Galle. Die sechs großen, voll getakelten *nao* und die drei schnellen Karavellen, die ein vollständiges Infanterieregiment von eintausend Mann plus Ersatzkanonen, Baumaterial, Verpflegung und genügend Wasser an Bord hatten, gingen vor dem Hafen vor Anker.
Nach dem Abendessen stand Fernao allein auf dem Poopdeck seines Flaggschiffs, auf dem einst der große Admiral de Albuquerque gesegelt war, und blickte über das dunkle Gewässer hinüber zu den Lichtern, die in der Ferne schwach auf der dunkel abgehobenen Landmasse schimmerten. Seit er beschlossen hatte, den Feldzug gegen Galle selbst zu leiten, war er erfüllt von einer eiskalten Zielstrebigkeit, die für den Moment den schreienden Schmerz zum Verstummen brachte, der von der erlittenen Wunde in ihm ausging. Er betete darum, daß er, früher oder später, endlich seinem Todfeind

Prinz Tikiri, dem Mann, der ihn zum Hahnrei gemacht hatte, gegenübertreten könnte.

Und doch stellte er, obwohl er geglaubt hatte, sich über Juliettas Untreue und sein eigenes zukünftiges Vorgehen diesbezüglich im klaren zu sein, fest, daß er sich erneut in verbissenes Nachdenken verstrickte und insgeheim doch noch nach einer Möglichkeit suchte, die ihn glauben lassen konnte, daß sein Leben nicht in seinen Grundfesten erschüttert war. Wie nur konnte er die Wahrheit erfahren? Warum nur hatte Julietta ihm nicht gesagt, daß es Prinz Tikiris Leute gewesen waren, die sie gerettet hatten? Vielleicht hatte sie es nicht gewußt, vielleicht war sie zu verzweifelt gewesen. Prinz Tikiri brauchte noch nicht einmal persönlich in dem Hain gewesen zu sein.

O Jungfrau Maria, ich danke dir für diesen Lichtschimmer in meiner trostlosen Dunkelheit. Hilf mir, dieses niederträchtige Mißtrauen beiseite zu schieben und mich wieder an meiner Familie zu freuen, die doch alles ist, was ich im Leben habe.

Er versuchte, das Bild des Kindes vor seinem inneren Auge entstehen zu lassen. Dasselbe dunkelkastanienbraune Haar wie Julietta, dieselbe helle, zarte Haut, die feinen, kleinen Gesichtsknochen, die versprachen, den seinen ähnlich zu werden. Doch sosehr er es auch versuchte – die Augen konnte er sich nicht vorstellen. Sie waren leer, Totenaugen mit leeren Höhlen.

Kapitel 8

Mittwoch, 30. August 1525

Beim ersten Schimmer der Morgendämmerung erblickten Graf Wickrama Sinha und ich die neun Schiffe, die direkt vor dem Hafen von Galle in einer Reihe vor Anker gegangen waren.

Wir hatten unsere Truppen aufgeteilt, um den *parangi* entgegentreten zu können, wo auch immer sie landeten;

unser Ziel war es, die Bildung eines Brückenkopfes durch den Gegner zu verhindern.
Graf Wickrama Sinha versteifte sich in seinem Sattel und zeigte mit einem Finger über den Ozean. »Schaut, Prinz. Die Schiffe bewegen sich.«
Ich blickte über das Wasser. Weiße Segel wurden ausgerollt, gestrafft und begannen sich zu blähen. »Sie haben nicht die Absicht zu landen!« rief ich aus. »Was können sie vorhaben?«
»Sie haben wahrscheinlich Lotsen, die sie in den Hafen führen«, sagte Graf Wickrama Sinha voller Abscheu. »Seht nur, sie sind noch immer in einer Reihe, kommen aber langsam auf das Ufer zu.«
Minuten des Schweigens vergingen, in denen wir die Schiffe nicht aus den Augen ließen. »Sie kommen!« hörte ich einen unserer Männer ausrufen. Ich spürte die Anspannung in unseren Reihen.
Ich sah zuerst die Blitze, die wie horizontale, gezackte Linien über den Ozean jagten, gefolgt von Rauchwölkchen, dann hörte ich das Donnergrollen, das sich über die Wasser wälzte und mir in den Ohren dröhnte. Plötzlich schossen direkt vor dem Strand eine Reihe von gewaltigen Fontänen aus dem Meer in die Luft.
»Sie beschießen uns!« rief Graf Wickrama Sinha. Er wandte sich zu unseren Männern um. »Zurück! Zurück! Außer Schußweite!«
»Stellt Euch in derselben Formation am hinteren Ende des *maidan* auf!« rief ich den Offizieren hinter mir zu. »Bringt den Truppen im Hafen schnell Nachricht, es ebenso zu tun!«
Befehle gingen hin und her. Während unsere Männer einen geordneten Rückzug begannen, ging ich mit mir selbst darüber zu Gericht, daß ich meine Truppen zu Kanonenfutter für hundert und mehr Geschütze gemacht hatte. Die Tatsache, daß ich niemals zuvor einen Beschuß durch Kanonen mitgemacht hatte, war nur eine geringe Entschuldigung. Ein guter Befehlshaber mußte stets jede Möglichkeit in Betracht ziehen.
Während ich Rama herumriß und vorwärts trieb, kam das

nächste donnernde Grollen über den Ozean auf uns zu. Wie Blitzstrahlen aus dem Himmel fielen die Kanonenkugeln direkt vor unseren sich zurückziehenden Truppen nieder. Die schmerzerfüllten Schreie der Soldaten und das schrille Wiehern der Pferde stiegen gen Himmel.

»Sie verbreitern ihren Beschuß, um die richtige Entfernung zu treffen!« rief ich den Offizieren zu, die mir am nächsten standen. »Die Infanterie soll ihre Linien ausdehnen und eine Drehbewegung nach links vollziehen!«

Es war wie der Versuch, einen großen Strom zur Seite zu drängen, doch schließlich gelang der Infanterie ihre Drehbewegung; sie schob sich hastig in Richtung Norden.

Den Einschlag der nächste Salve konnte ich beobachten. Kanonenkugeln fielen mitten unter unsere Männer, zermalmten einige zu Brei, zertrümmerten Gliedmaßen, ließen Blut, Gedärme und Knochensplitter auf das grüne Gras regnen. Ich wirbelte mit Rama zu jenen teuflischen Schiffen herum und schüttelte ihnen in ohnmächtiger Wut meine Faust entgegen. »Ihr Unmenschen!« schrie ich. »Eines Tages werde ich Eure Lebern fressen!«

»Kommt, Prinz. Wir müssen leben, damit das geschehen kann.« Der befehlende Unterton in Graf Wickrama Sinhas Stimme drang in mein Bewußtsein vor.

Ich wandte mich mit starrem Blick zu ihm um. Mund und Kehle waren mir wie ausgetrocknet, es dröhnte in meinen Ohren. Seine hageren Züge waren angespannt, als er mich am Arm packte und mich sanft mit sich fortzog.

»Unsere Männer«, begann ich und sah benommen auf die zerfetzten Körper hinab, die im Gras lagen. Ein Mann saß aufrecht da und starrte auf die blutigen Überreste eines zertrümmerten Beines, ein kopfloser Körper lag neben ihm flach auf dem Bauch.

»Schaut nicht dorthin«, drängte Graf Wickrama Sinha. »Seht dorthin, wo unsere Lebenden uns Ansporn sind.«

Meine Augen wandten sich unseren Truppen zu, die in ordentlichen Reihen über das grüne Gras hasteten, den heilkundigen Helfern, die nach vorne eilten, um den Verwunde-

ten beizustehen, ohne sich um ihre eigene Unversehrtheit zu kümmern. Eine weitere große Salve hallte aus der Ferne wider. Kanonenkugeln wisperten, zischten und trafen donnernd auf der Erde auf wie himmlische Hammerschläge. »Ihre Geschütze haben den richtigen Abstand gefunden, aber wir haben ihnen kein Ziel mehr gelassen!« rief Wickrama Sinha triumphierend aus.
Ich ließ die Zügel hängen und gab sanften Druck mit den Schenkeln. Rama bewegte sich wie von selbst vorwärts. »Kehrt zu unseren Männern zurück«, befahl ich Graf Wickrama Sinha. »Ich werde Euch folgen.«
Verwundert über den ruhigen Mut meines Pferdes, ritt ich auf die Verwundeten zu.
Über zwei Dutzend unserer Fußsoldaten lagen tot am Boden. Über einhundert waren verwundet, und es gab nichts, womit ich ihnen helfen konnte.
Die Schiffe, die noch immer eine Reihe bildeten, machten Anstalten abzudrehen. Als mir klar wurde, daß es ihnen damit möglich wurde, auch ihre Heckgeschütze abzufeuern, wußte ich mit einemmal, was sie vorhatten: sie würden sich vor der Küste hin und hin bewegen und uns und die Stadt nach Belieben beschießen. Wie lange würden sie das tun? Ich erinnerte mich an die schrecklichen Berichte von anderen Beschußangriffen der Portugiesen im indischen Raum.
Mein Blick fiel auf die Landspitze, auf der einmal das Kreuz gestanden hatte, das ich ins Meer gestoßen hatte. Die erste Salve hatte sie in einen Haufen Schutt verwandelt. Die Botschaft des Kreuzes, dachte ich verbittert.
Während ich langsam zu meinen Truppen zurücktrabte, fielen immer noch Kanonenkugeln neben mir zu Boden. Ich achtete nicht auf sie, denn ich wußte, daß sie mir nichts anhaben konnten.

Mittwoch, 30. August 1525

Fernao war Spielball gewaltiger Kräfte in seinem Inneren. In ihm wüteten Teufel, die er nicht unter Kontrolle hatte.
Es erfüllte ihn mit einem Gefühl der Macht, den ganzen Tag lang vor der Küste hinauf- und hinunterzufahren und seinen Kanonier, Leutnant Nantes, eine akkurate Salve nach der anderen aus den großen Kanonen abgeben zu lassen, um Galle dem Erdboden gleichzumachen. Niemals zuvor hatte es in diesem Land etwas Derartiges gegeben. Ja, dieser Beschußangriff würde ihn in der Geschichtsschreibung an die Seite der Admirale Vasco da Gama und de Albuquerque stellen. Sein persönliches Leben war ruiniert; einzig die Zerstörung des Feindes war es, die zählte.
Der Beschuß ging genau nach Plan vor sich. Zuerst der *maidan*, dann die Uferlinie, als nächstes der Bazar, der an ihr entlanglief, schließlich die Häuser an der Küste. Wieder und wieder.
Während er die Verwüstung betrachtete, die die Kanonen anrichteten, zusah, wie Gebäude in sich zusammenstürzten, Erde aufspritzte, Bäume umfielen, war ihm bewußt, daß er unschuldige Zivilisten tötete. Verschwommen wußte er auch, daß er selbst ein Opfer war, das von dem brennenden Bedürfnis erfüllt war, wieder und wieder zuzuschlagen, bis seine Feinde, die Sinhala, am Boden zerstört waren. Dann erst würde er seine Ehre gerächt haben, dann erst würde Julietta nur noch ihm allein gehören. Er liebte Julietta über alle Maßen und wog seinen Haß auf Prinz Tikiri gegen diese Liebe auf.
Und was ist mit dem kleinen Bastard? fragte er sich wieder und wieder.
Ich bin Soldat. Ich ziehe nicht gegen kleine Kinder in den Krieg, kam die Antwort.
Und was ist mit deiner unsterblichen Seele? flüsterte eine noch leise Stimme in ihm.
Ich widme diesen Feldzug Gott und der heiligen Kirche. Diese Menschen werden dafür bestraft, daß sie das Kreuz entweiht haben.

Und der wirkliche Teufel unter allen anderen in ihm wütenden Teufeln lachte so leise, daß er es kaum hören konnte.
Endlich, als die Nacht hereinbrach, befahl er, den Beschuß zu beenden und die Schiffe wieder vor Anker gehen zu lassen. Die Hände auf die Reling gestützt, stand er auf der Brücke und blickte übers Wasser auf eine Stadt, in der nur mehr an wenigen Stellen Licht zu sehen war.
Langsam wich das Dröhnen in seinen Ohren dem Plätschern der Wellen, die gegen die Schiffsseiten schlugen, doch noch immer hing der Geruch von Schießpulver in seiner Nase. Er begann, den gedämpften Stimmen der Männer auf dem Deck unter ihm zu lauschen, und langsam wurde ihm bewußt, daß sie über ihn sprachen, daß sie ihn in einem neuen Licht sahen, als harten, grausamen, skrupellosen Befehlshaber. Der Teufel in ihm lachte, dieses Mal so laut und deutlich, daß Fernao selbst in Jubel ausbrach.
Ich habe gesiegt. Ich habe meinen Feind geschlagen. Alles, worauf es im Leben ankommt, ist der Sieg.

Sonntag, 3. September 1525

Während des ersten schrecklichen Beschusses vier Tage zuvor hatte ich den weißen Sandstrand der Landzunge als ein Symbol des Friedens und der Reinheit angesehen. Ein paar Stunden später, als wir all unsere Truppen ins Landesinnere zurückgezogen hatten und ich erkannte, daß es angesichts des gnadenlosen Feuerschutzes, über den der Feind aus den Kanonen der Kriegsschiffe verfügte, keine Möglichkeit für uns gab, uns der Landung zu widersetzen, selbst mit hundertmal soviel Truppen, war die Erinnerung an jenen weißen Sandstrand in mir Quelle der Inspiration und der Hoffnung. Wenn wir die *parangi* nicht von der Landung abhalten konnten, so konnten wir ihnen zumindest einen vielsagenden Schlag versetzen. Sie würden mit ihren Schiffen im Hafen ankern, ihre Landung durchführen und zu einem bestimmten Zeitpunkt ihre Boote zu jenem weißen Sandstrand ausschik-

ken, um frisches Wasser zu holen, weil sie befürchteten, das Wasser in der Stadt könnte vergiftet sein.
Wenn sie überhaupt kommen würden, dann geschah das sicherlich im Morgengrauen. Graf Wickrama Sinha und ich standen Seite an Seite auf einem kleinen Hügel direkt über dem Strand. Während auf dem Wasser die ersten Spiegelungen der Sonne zu schimmern begannen, die sich noch weit entfernt jenseits der Bäume zu unserer Linken in ihrem Bett räkelte, spürte ich die erhöhte Wachsamkeit der Männer um uns herum.
»Zumindest wird dieser barbarische Beschußangriff die singhalesischen Patrioten in dieser Gegend auf unsere Seite bringen«, meinte Graf Wickrama Sinha nachdenklich.
»Vergeßt allerdings nicht, daß, während wir jenen singhalesischen Patrioten einen Befreiungskampf und Aufopferung zu bieten haben, die *parangi* sie mit Arbeit und Handelsmöglichkeiten, mit Wein und Musik, mit einem scheinbar glücklicheren Leben locken können.«
Bevor er antworten konnte, merkte ich auf. Hatte ich da das leise Knirschen von Dollen und das Klatschen von Rudern gehört?
Es war eine Spur heller geworden. Über unseren Köpfen hatten Vögel mit ihrem ersten zaghaften Pfeifen, Tschirpen und Zwitschern begonnen.
Mein Blick wanderte in die Richtung, aus der die Geräusche gekommen waren, und blieb an acht dunklen Silhouetten hängen, den Booten, deren eintauchende Ruder im Meer ein leises Plätschern verursachten. Ich streckte ruhig die Hand aus und berührte den Arm meines Adjutanten, des Hauptmanns Wickram, der schweigend zu meiner Linken stand. Er hatte das Zeichen verstanden, was er mit einem Nicken zu verstehen gab, und ließ es die Reihe entlang weitergeben. Mein Herz begann schneller zu schlagen. Die Ruderboote wurden größer, während sie auf den Strand zukamen. Ich strengte mich an, ihre Insassen besser zu erkennen, und zählte im ersten Gefährt zehn dunkle Köpfe. Jedes Boot mußte mit jeweils zwei Mann an den Rudern, vieren, die die

Wasserfässer, welche an zwei Stangen aufgehängt waren, trugen, sowie vier Musketieren zum Begleitschutz bemannt sein. Das bedeutete insgesamt eine Truppe von achtzig gegnerischen Soldaten. Ich fuhr mir mit der Zunge über meine plötzlich ausgetrockneten Lippen. Wir waren zweihundert.
Das führende Boot erreichte den Strand, lief auf Sand auf. Nun konnte ich die *parangi* erkennen, bleiche Gesichter, blonde und braune Bärte unter eisernen Helmen, die Körper riesig wirkend in den Rüstungen. Zwei Männer sprangen an Land und hielten das Boot, während die vier Musketiere mit schußbereiten Waffen herauskletterten. Als sie den Strand und die kleine Lichtung mit Blicken absuchten, tönten ihnen nur die Geräusche des Waldes entgegen. Mit einem Rucken ihres Kopfes gaben sie den Männern im Boot ein Zeichen. Vier Wasserträger rollten die Fässer aus dem ersten Boot. Alles verlief so, wie ich es vorausgesehen hatte.
Die übrigen Boote liefen auf Grund und scharrten ein Stück den Strand hinauf. Die Musketiere strömten aus und liefen an den Quellen und Teichen vorbei, um rund um die Lichtung in Verteidigungsstellung zu gehen; sie waren nun schon so nah, daß ich meinte, die Luft anhalten zu müssen, weil sie mich sonst hören würden.
Es war fast ganz hell, als die Gruppe, die nun unter dem Kommando eines Mannes mit einem Langschwert an der Seite stand, welcher sich abseits hielt, in eine lässige Routine verfiel. Die Wasserträger, die ihre Fässer an den Teichen aufgefüllt hatten, ächzten, als sie sich ihre Last auf die Schultern luden.
Zu dem Zeitpunkt, als die zweite Abteilung von Fässern in die Boote gerollt wurde, hatten sich die *parangi* so entspannt, daß sie sogar begannen, miteinander zu sprechen. Einer von ihnen machte einen Scherz, die Umstehenden lachten.
Als die Wachen begannen, mit den Wasserträgern, auf deren Gesichtern mildes, streifiges Sonnenlicht lag, zu plaudern, wußte ich, daß der Zeitpunkt gekommen war. Ich ahmte den Ruf der Ringeltaube nach, hörte das Kratzen von Zunder, sah neben mir winzige Flammen von Zündhölzern aufleuchten.

Die *parangi*-Wachen, die sofort aufmerkten, drehten sich um und sahen in unsere Richtung. Fünfzig Musketenschüsse zerrissen die Stille. Die erste Salve war auf die Posten gerichtet, die wie bei einer Massenhinrichtung zu Boden gingen, manche in Todesangst schreiend, einige mit klaffenden Löchern im Bauch, andere mit zerfetzten Gliedern. Die Treffsicherheit unserer Schützen war bemerkenswert.
Es gab nicht mehr als dreißig Überlebende am Strand. Die sechzehn Bootsmänner, die in ihrer Verzweiflung die Boote ins Wasser gelassen hatten, hielten sie nun für ihre in Panik versetzten Kameraden, die auf sie zustolperten, ruhig. Ich trat aus der Deckung, zog mein Schwert, hob es über den Kopf und schrie: »Greeeift an!« Neunzig singhalesische Fußsoldaten, fünfundvierzig auf jeder Flanke, folgten meinem Befehl so genau, als wären sie ein einziger Mann.
Wilde Schreie ausstoßend, rannten wir auf die Wasserträger zu, denen der Weg zu den Booten abgeschnitten war.
Wir erreichten den Uferrand zu spät. Der Strand war mit blutigen Leichen übersät, seine weißer Sand getränkt mit Blut. Unsere Truppen an den Flanken hatten die restlichen *parangi* bis auf den letzten Mann massakriert. Sie nahmen jetzt die acht Boote, zogen sie in tieferes Wasser und hielten sie fest.
Graf Wickrama Sinha und ich blieben keuchend nebeneinander stehen. »Ein Schlag gegen den Feind, der Signalwirkung haben wird! Das ganze Land wird ihn hören!« frohlockte er. »Achtzig Feinde tot und nicht ein Kratzer an einem von uns!«
»Er wird Vergeltungsmaßnahmen nach sich ziehen«, kommentierte ich in grimmigem Ton.
Unsere zehn Beilträger, die in der Reserve geblieben waren, liefen an uns vorbei. Das Geräusch von Eisen, das Holz zum Splittern bringt, erfüllte die Luft. Kurz darauf kamen gurgelnde Laute von den Booten. Sie begannen zu schaukeln, dann versanken sie langsam im Wasser.
»Zurück jetzt, Männer!« brüllte ich.
»Seht, Herr«, rief einer meiner Männer. »Wir haben Geschichte gemacht. Das erste *parangi*-Blut, das unsere heiligen Gewässer beschmutzt!«

Ich antwortete ihm mit einem triumphierenden Lachen, während ich in den Schutz des Dschungels zurückkehrte, immer tiefer in ihn vordrang. Wir hatten den Hügel erst halb erklommen, als wir die Antwort aus den Kanonen der feindlichen Schiffe im Hafen vernahmen. Kanonenkugeln wisperten über unseren Köpfen.

»Wie Ihr vorausgesehen habt, sind die *parangi* durch unser Musketenfeuer aufmerksam geworden und beschießen den Strand und die Hügelkuppe!« Graf Wickrama Sinha neben mir rang um Atem.

»Währenddessen haben wir uns bereits gut verteilt und sind auf dem Rückweg ins Lager«, erwiderte ich grinsend. »Wir haben ihnen eine Lehre erteilt, die sie niemals vergessen werden. Wir haben bewiesen, daß sie nicht unbesiegbar sind!«

Dennoch warnte mich eine innere Stimme, daß der Krieg gerade erst begonnen hatte.

Kapitel 9

Mittwoch, 13. September 1525

König Kumara hatte es sich zur Gewohnheit gemacht, die Entscheidungen im Regierungsgeschäft allein zu treffen und Berater höchstens zur Beschaffung von Informationen heranzuziehen. Wenn er überhaupt jemandem traute, so war das seine Gemahlin, und das nicht nur, weil es nicht in ihrem Interesse lag, ihn zu hintergehen, sondern auch, weil er wußte, daß sie mehr Köpfchen hatte als alle seine Berater zusammengenommen.

An diesem Nachmittag hatte er es eilig, in die Gemächer seiner Frau zu kommen, denn er wollte, daß sie die erste Person sein würde, der er die Neuigkeiten mitteilte, die ihn gerade erreicht hatten.

Obwohl es ihre mittägliche Ruhestunde war, empfing ihn Königin Anula sofort. »Welchem Umstand verdanken wir die Ehre dieses unerwarteten Besuches, Majestät?« erkundigte sie sich, als sie schließlich Platz genommen hatten – sie auf ihrer Ruhebank aus Ebenholz, er auf dem gewohnten Hocker am anderen Ende des Zimmers. »Es ist mir zu jeder Zeit eine Freude, meinen Herrn und Meister zu sehen, doch daß er seinen geheiligten Tagesablauf unterbricht, nur um mich zu sehen, ist wahrlich ein Privileg.« Sie lächelte. »Eure Einigung der Unterkönigreiche des *uda rata,* des Hügelkönigreiches, unter Eurer Oberherrschaft hat Euch einen Platz in der Geschichte gesichert. Eure Sturmangriffe auf meine Person sichern Euch einen Platz in meinem Herzen.«

»Es ist wichtig, daß ich mehr als nur einen Platz in Eurem Herzen habe, Majestät.«

»Ihr besitzt es ganz, Majestät, denn wie ein Schrein trägt es Euch in sich.«

Seine Augen glänzten, dann wurde er plötzlich nachdenklich. »Zwei Dinge mindern die Vollkommenheit des Erreichten.«

»Und die wären?«

»Erstens frage ich mich trotz der langen Zeit, die seither verstrichen ist, warum ich zugelassen habe, daß mein Vater Wira, dieses fette Schwein, mich am Ende doch übers Ohr gehauen hat? Er hat nicht nur die Elefanten mitgenommen, die ich ihm zugestanden hatte, sondern stahl sich mit dem Königlichen Bullen davon! Er riß sich nicht nur den königlichen Thronschatz unter den Nagel, sondern nahm auch gleich noch die Königskrone mit! Verflucht sei er! Bestimmt lacht er jedesmal, wenn er diese Geschichte am Hof von Sita Waka erzählt, wo König Maya Dunne ihm Zuflucht gewährt hat.«

»König Maya Dunne hat Eurem Vater nur einen Ort in den Bergen zur Verfügung gestellt, wo er in faktischem Exil leben kann und an dem er harmlos und und ohne Einfluß auf das Geschehen bleiben wird, bis es seinem Wohltäter beliebt, ihn für seine Zwecke zu benutzen. In der Zwischenzeit wird König Maya Dunne freilich durch sein Handeln bei den singhalesischen Buddhisten Stimmung gegen Euch und die *parangi* machen, wodurch er sich im ganzen Königreich, das sich dem buddhistischen Begriff des Mitleids verschrieben hat, mehr Anhänger schaffen wird.«

»Genau. König Maya Dunnes großartige Geste wird ihn der Menge von singhalesischen Buddhisten, die Mitleid predigt, weil sie hofft, es möge ihr selbst widerfahren, lieb und teuer machen. Und was bekomme *ich* dafür, daß ich ein guter Katholik bin?«

»Was, mein Herr?«

»Ich bin sicher, daß der Beschuß von Galle durch die *parangi* und deren geglückte Landung, die den Zweck hatten, dort eine Festung zu errichten, allein zur Unterstützung des Großen Königs Bhuvaneka Bahu geschah, obwohl man vorgab, es handele sich dabei um eine Vergeltungsmaßnahme für die Entweihung ihres ... äh ... unseres Kreuzes. All das ist Teil eines Komplotts der Kirche, das angeführt wird von diesem Erzteufel Pater Juan. Traut niemals einem Mann, der blaßbraune Kiesel anstelle der Augen hat.« Er verzog den Mund zu einem wölfischen Grinsen. »Nun, das letzte, was man hörte, ist, daß Prinz Tikiri zurückgeschlagen und achtzig Portugiesen getötet hat, die von Oberst de Albergaria zum Wasserholen geschickt worden waren. Der Oberst hat daraufhin zur Vergeltung in Galle achtzig Zivilisten festnehmen und auf dem *maidan* öffentlich hängen lassen. Er scheint sich in der letzten Zeit verändert zu haben – vielleicht deshalb, weil er jetzt in Lanka der Alleinverantwortliche gegenüber seiner Regierung ist. Diese skrupellose Handlungsweise wird den Widerstand aller echten Sinhala gegen ihn im besonderen und gegen die Katholiken im allgemeinen verhärten! Da König Bhuvaneka sein Vorgehen allem Anschein nach billigt, wird sich das Volk wahrscheinlich auch gegen ihn wenden, indem es die Forderung nach einem Retter erhebt und damit nach genau der Rolle verlangt, die König Maya Dunne so gerne spielen möchte. Es wird von Interesse sein, zu sehen, wie weit die *parangi* König Vidiye in seiner Rolle als König von Billigam Korle noch treiben werden.« Er hielt inne und dachte nach. »Prinz Vidiye ist ein so ehrgeiziger Mann, daß er uns allen als Königen gefährlich werden kann. Für König

Maya Dunne ist er eine wirkliche Bedrohung, weil er ein fanatischer singhalesischer Buddhist geblieben ist.«

»Aber gewiß werden doch die *parangi* in jedem Fall siegen, oder? Selbst einhunderttausend singhalesische Buddhisten sind nichts gegen hundert Kanonen und tausend Musketen?«

Er lächelte anerkennend. »Hübsch formuliert, meine Liebe, doch Waffen können vielleicht ein Land unterjochen, aber halten können sie die Macht niemals. Und wie wir auch wissen, hat König Maya Dunne selbst einige Musketen und wird bald vielleicht auch Kanonen besitzen. Die *parangi* haben uns jetzt all die Truppen und Feuerwaffen versprochen, die nötig sind, um gegen König Maya Dunne vorzugehen, aber wenn wir uns erst einmal auf eine solche Vorgehensweise eingelassen haben, werden wir gänzlich abhängig sein von ihren Geschützen. Können wir ihnen trauen?« Er unterbrach sich, um seine langen Beine auszustrecken, und sah nachdenklich aus dem offenstehenden Fenster. »Ich habe beschlossen, ihr Hilfsangebot nicht anzunehmen. Statt dessen werde ich das Erreichte in Pera, Gampola und Hangura festigen und versuchen, mit den abtrünnigen Elementen, die im *uda rata* noch übrig sind, fertig zu werden. Ich werde den *parangi* nicht die Jak-Samen aus dem Feuer holen.«

»Fremde Eroberer machen sich nie einen Begriff davon, wie die Eingeborenen wirklich geartet sind, aber wie steht es mit Euch, mein Herr? Kümmert Euch das Volk?«

»Nur in dem Ausmaß, das nötig ist, um meine eigene Herrschaft aufrechtzuerhalten«, verkündete er in ernstem Ton. »Einer Sache könnt Ihr Euch sicher sein: Ich werde immer das tun, was richtig ist – um Macht zu gewinnen! Beständigkeit ist tödlich für einen Herrscher, denn sie macht sein Handeln voraussehbar und ihn selbst damit verletzlich. Ihr wißt von den Verträgen, die der Große König unterzeichnet hat und in denen er den *parangi* gestattet, nur mit denjenigen Sinhala Handel zu treiben, die ihr Land bei den *parangi* eintragen lassen und portugiesische Namen annehmen. Diese Politik werde ich in diesem Königreich nicht übernehmen – nicht, weil ich ein Prinzipienreiter bin, sondern weil ich das Prinzip

benötige, um mir die Unterstützung derjenigen zu sichern, die dem Nationalgefühl ergeben sind.«
Sie musterte ihn voller Bewunderung, dann veränderte sich plötzlich ihr Ausdruck. Ihre großen, dunklen Augen weiteten sich zu einem starren, glasigen Blick, den sie auf ihm ruhen ließ. »Ihr bleibt immer derselbe so köstlich amoralische Mensch, und das macht Euch stark. Wenn Ihr jemals schwächer werdet oder Euch verändert, weiß ich nicht, was ich tun werde. Da ich Euch so sehr liebe, möchte ich Euch sogar vor Euch selbst beschützen, vor jeglicher menschlichen Schwäche wie Beständigkeit, Loyalität, Integrität, die Euch als Person zerstören würden. Ich würde Euch lieber als Zyniker sterben denn als Gläubigen auf der Erde verweilen sehen.«
Ihre Worte jagten ihm einen eisigen Schauder durch den Körper.

Mitttwoch, 13. September 1525

Noch am Morgen unseres geglückten Überfalls auf die Wasserholer der *parangi* hatte Oberst de Albergaria eine Abordnung seiner Truppen ausgesandt, die wahllos achtzig singhalesische Männer in der Stadt aufgriff und sie auf dem grünen *maidan*, der dem Brückenkopf der *parangi* gegenüberlag, aufhängte. Ab jetzt wird das Leben eines jeden portugiesischen Soldaten mit dem eines der Euren vergolten werden, hatte er als Warnung dazu bekanntgemacht.
Als wir von den Hinrichtungen hörten, hatten sich Graf Wickrama Sinha und ich von unserem Lager in Habara aus zum *maidan* in Galle auf den Weg gemacht, wo uns ein schrecklicher Anblick erwartete. Von achtzig notdürftig gezimmerten Galgen hingen achtzig erschlaffte Körper herab, die sich langsam im Wind drehten. Ich war bis in die Tiefen meines Wesens mit einer solchen Wut erfüllt, daß ich innerlich bebte. Wir hatten nicht gewagt, so nahe heranzukommen, um die Toten zu identifizieren, doch wenn alle treuen Sinhala dieselbe bittere Empörung wie ich empfanden, dann

würde Lanka ganz gewiß eines Tages von aller Fremdherrschaft befreit werden. Meine ohnmächtige Wut grenzte an Verzweiflung. Was waren wir, daß wir nicht auf einen solch barbarischen Akt der Unterdrückung reagieren konnten – ein Volk von Sklaven?

Ich werde die Bevölkerung um Unterstützung bitten, dachte ich. Doch es dauerte zehn Tage, bis die Unterdrückten es wagten, auf unsere wiederholten Aufforderungen um Gespräche zu reagieren. Die Antwort kam schließlich in Form einer Abordnung der Bewohner von Galle. Wir trafen uns unter dem ausladenden *cassia*-Baum, bei dem Graf Wickrama Sinha und ich unser Hauptquartier eingerichtet hatten. Es war eine stille, finstere Nacht, und während wir uns im Gras niederließen, war um uns bloß das Prasseln der Lagerfeuer zu hören, von dem das unablässige Quaken der Ochsenfrösche übertönt wurde.

Statt uns ihren Beistand in unserem Kampf anzubieten, flehten sie uns an, abzuziehen und den *parangi* keinen weiteren Grund mehr für solche Repressalien zu geben. Ich versuchte mit allen Mitteln, sie umzustimmen, doch konnte ich sie nicht überzeugen. Alles, was sie von uns verlangten, war, daß wir die Gegend verlassen sollten. »Besser ein lebender Sklave als ein toter, denn Sklaven sind wir allemal«, erklärte ihr Anführer.

Mit krankem Herzen beobachtete ich, wie sie in der Dunkelheit verschwanden, aus der sie gekommen waren. Das also war die Unterstützung des Volkes. In meiner Verzweiflung beschloß ich, diesen Einheimischen eine Lektion zu erteilen, indem ich trotzdem mit meiner Armee in Habara bleiben würde, doch mein Plan wurde hinfällig, als ich eine Nachricht meines Vaters erhielt, in der er mich umgehend nach Hause rief.

Mit großen Hoffnungen waren wir nach Galle, dem Ort unseres früheren Sieges, geritten, doch zurückkehren mußten wir in der Verbitterung der Niederlage. Wir marschierten im Eiltempo auf Sita Waka, wo die Vorhut meiner Kavallerie am

Nachmittag des 16. September nach christlichem Kalender eintraf. Ich erfuhr, daß mein Vater auf Besuch bei Graf Madu Wan von Panamur, einem der mächtigsten Adligen in Sita Waka, weilte und nicht vor dem späten Nachmittag zurückerwartet wurde.
Mein allererster Blick auf meinen Vater, der an jenem Abend hinter dem Schreibtisch aus braunem *nadun*-Holz in seinem Arbeitszimmer saß, enthüllte mir einen neuen Menschen. Seine Augen waren lebhaft, sein ganzer Körper schien zu vibrieren wie der eines Schlachtrosses vor dem Angriff. Blitzartig wurde mir bewußt, daß dramatische Ereignisse ins Haus standen.
»Gute Nachrichten, *putha.* Aber zuerst Euren Bericht.«
Er hörte mir aufmerksam zu, als ich ihm in Einzelheiten von den Vorgängen in Galle berichtete, von unserem Rückzug unter Beschuß bis hin zu dem Hinterhalt. Von der Hinrichtung der achtzig Männer wußte er bereits, doch als ich ihm die grausigen Einzelheiten mitteilte, wurde sein Körper vor Entsetzen steif, und er krallte die Finger so fest um die Kante seines Schreibtisches, daß die Knöchel ganz weiß wurden. Ich fuhr fort, ihm auch von der Reaktion der Leute aus der Stadt zu berichten, und er schüttelte traurig den Kopf.
Dann hatte ich meinen Bericht beendet und sah ihn erwartungsvoll an.
»Ich glaube, wir haben jetzt die Mittel, um diese unschuldigen Männer und ihre Familien zu rächen«, stellte er in grimmigem Ton fest. »Abdul Raschids Frau hat vor über fünf Wochen über einen vertrauenswürdigen Kontaktmann bei mir anfragen lassen, ob wir ein Bündnis mit dem Zamorim von Kalkutta erwägen wollen, um die *parangi* in Schach zu halten und ein vereintes Lanka zu schaffen. Die Sache schien zu Beginn nur reine Theorie, nahm aber Gestalt an, als ich erfuhr, daß Abdul Raschid bereits auf dem Weg nach Kalkutta war; wie Ihr wißt, ist sein Schwager Paichi Marcar einer der mächtigsten Männer im indischen Raum und geht beim Zamorim ein und aus. Ich antwortete, daß wir einem solchen Bündnis tatsächlich nicht abgeneigt seien, und vernahm mit

Freude, daß auch Abdul Raschids Sohn kurz darauf nach Kalkutta aufbrach. Nun, vorgestern sind die beiden zurückgekehrt und haben mir gestern abend die Neuigkeiten überbracht.« Er hielt mit leuchtenden Augen inne, spannte mich absichtlich auf die Folter.

»Was für Neuigkeiten haben sie denn nun gebracht, Majestät?« rief ich ungeduldig.

»Der Zamorim wird in Kürze die *parangi*-Kriegsschiffe durch Kampfhandlungen in seinen Gewässern festhalten. Außerdem wird er einen Teil seiner Schiffe zu uns entsenden, um zu verhindern, daß die Verstärkung der *parangi* Lanka erreicht.«

»Was ist sein Preis, Majestät?« erkundigte ich mich, denn die Angst vor dem, was es uns möglicherweise kosten würde, überwog erst einmal meine eigene wachsende Erregung.

»Nichts, außer daß wir uns verpflichten, so viele *parangi*-Truppen wie möglich hier zu beschäftigen. Nun aber zum Besten an der ganzen Sache. Der Zamorim schickt uns zehntausend erstklassige Reiter und Fußsoldaten, allesamt Rajputs, schon seit Jahrhunderten die wildesten Krieger der Welt, dazu zweihundert Streitwagen. Wir übernehmen alle Ausgaben für dieses Kontingent, einschließlich Unterkünften, Essen und Sold, solange sie hier sind. Für den Moment verlangt der Zamorim, gleichsam als Akt des guten Willens, nur eine Vorauszahlung von hundert Elefanten plus zwei Schiffsladungen voll Reis, sobald er uns bestätigt hat, daß uns die Truppen zur Verfügung stehen werden. Wenn ich erst einmal Großer König geworden bin, wird er außerdem auf fünf Jahre jährlich zwei weitere Schiffsladungen Reis und vom besten Zimt erhalten.«

»Warum benötigen wir Söldner, Majestät?« Mich beunruhigte die Nachricht, während mein Vater erwartet hatte, ich würde begeistert sein. »Durch unsere ganze Geschichte hindurch sind es loyale Patrioten gewesen, die das Land von Fremdherrschaft befreit haben.«

Ein Schatten der Enttäuschung legte sich über das Gesicht meines Vaters, dann wurde es lebhaft vor Eifer. Er beugte sich

in seinem Stuhl vor. »Seid Ihr einverstanden damit, daß die Flotte des Zamorim es in unseren Gewässern mit den *parangi*-Schiffen aufnimmt?«
Ich zögerte, weil ich wußte, worauf er hinauswollte.
»Besteht denn nicht die Gefahr, daß ein Sieg den Zamorim in Versuchung führen könnte, den Platz der *parangi* in Lanka einzunehmen?« fuhr er fort.
»Doch, Majestät«, erwiderte ich voller Unbehagen.
Ein wissendes Lächeln nahm seinen feinen Zügen die Anspannung. »Dennoch würdet Ihr dieses Risiko auf Euch nehmen, um Eure Ziele zu erreichen?«
»Ja, Majestät.«
»Nun, was ist denn der Unterschied zwischen dem und der Tatsache, daß wir uns Söldner nehmen, die von uns anstelle einer fremden Macht bezahlt werden, die unter unserem direkten Befehl und unserer Kontrolle stehen, Männer, die wir loswerden können, indem wir sie einfach auszahlen, und die für genau dieselbe Sache kämpfen werden?«
Ich blickte zu Boden, ohne etwas erwidern zu können, da mir bewußt wurde, daß es nur eine Art Stolz gewesen war, die mich zu der Äußerung getrieben hatte. Doch mein Instinkt sagte mir immer noch, daß Freiheit nur durch Menschen erkämpft werden konnte, die für ihr eigenes Land kämpften. Merkwürdigerweise formulierte mein Vater in diesem Moment einen ähnlichen Gedanken: »Wie Ihr Euch wahrscheinlich schon gedacht habt, war der Grund meines heutigen Besuches bei Graf Madu Wan die Tatsache, daß er die einzige sichere Quelle darstellt, von der wir die hundert Elefanten beziehen können. Allem Anschein nach war es ein Ratschluß der *devas*, daß er ausgerechnet in diesem Jahr seinen nur alle fünf Jahre stattfindenden *kraal* zum Einfangen wilder Elefanten veranstaltet. Was für ein schönes Omen! Wie ich Euch sagte, haben wir sechs Monate Zeit, um unsere Armee zu ihrer vollen Kampfkraft auszuheben. Wir brauchen Patrioten aus den Gegenden, aus denen schon die Könige von einst ihre Freiheitskämpfer bezogen, kühne Krieger aus Ruhuna, ähnlich denen, die für Abhaya Gamini kämpften, und aus dem

Raja Rata, ähnlich den siegreichen Truppen von Parakrama Bahu dem Großen. Eure Befehle, die ab jetzt Geltung haben, lauten folgendermaßen: Ihr stockt Eure Kavallerieeinheiten auf zehn vollständig ausgebildete und ausgerüstete Regimenter auf, hauptsächlich mit Männern aus der Gegend von Ruhuna, und gesellt ihnen ein neues Regiment von zweihundert Streitwagen und vierhundert Musketieren zu. Graf Wickrama Sinha wird den Befehl erhalten, unsere Fußsoldaten auf eine Anzahl von dreißigtausend Mann zu bringen.«
Plötzlich hörte ich das Grollen von fernem Donner. Ich sah durch das offene Fenster, wo ich nur den grünen Rasen erblickte, der in abendlich goldenes Sonnenlicht getaucht war.
Mein Vater bemerkte meinen Blick und verzog die Lippen zu einem Lächeln. »Ihr wundert Euch über den Donner an einem klaren Tag?«
»Ja, Majestät, aber das ist zu dieser Jahreszeit keine ungewöhnliche Erscheinung.«
»Diese besondere Erscheinung allerdings ist nicht nur ungewöhnlich, sie ist einzigartig«, erwiderte er in nüchternem Ton. »Ich habe beschlossen, unsere Kanonen ins Freie zu bringen, näher zu ihrem Bestimmungsort, und dies ist ihre erste Übungssalve, die zu hören eine besondere Ehre für Euch ist. Die Zeiten, in denen die Sinhala mit Steinkatapulten schossen, sind endgültig vorbei!« Er lächelte, weil ich vor freudiger Überraschung zusammengezuckt war, konnte aber nicht wissen, daß meine Erinnerung auch zu jenem Morgen meines sechzehnten Geburtstages zurückgewandert war, als ich zum erstenmal von Pater Juans Zimmer im Palast von Jaya aus der Ferne Donnergrollen von *parangi*-Kanonen gehört hatte. Jener Tag war ebenso klar gewesen.
Ich hielt es vor Erregung kaum mehr aus. »Wann beginne ich mit meinen neuen Aufgaben, Majestät?«
»Sofort. Die Zeit ist knapp.«
»Ich will nur aufrichtig hoffen, daß wir nicht etwas Ähnliches erleben wie vor kurzem mit den Vertretern der Stadt Galle.«
»Macht Euch darüber keine Sorgen. Städter sind wegen ihres

engen Zusammenlebens verletzlicher für Vergeltungsmaßnahmen und haben deshalb mehr Angst. Unsere Bauernschaft wird sich anders verhalten.« Er lächelte. »Ihr braucht in den nächsten zwei Wochen noch nicht persönlich nach Ruhuna aufzubrechen. Schickt Euren Adjutanten Hauptmann Wickram, um Euch den Weg zu ebnen. Außerdem möchte ich, daß Ihr an dem *kraal* teilnehmt, den Graf Madu Wan in Kürze veranstaltet, um uns mit den hundert Elefanten zu versorgen, die wir für den Zamorim brauchen.«

»Ihr habt ja mit dem Besuch bei Graf Madu Wan keine Zeit verloren.«

»Ja, in der Tat. Ich wollte auch seinen Rückhalt für die Neuernennung, die ich veranlaßt habe.«

»Welche Ernennung, Majestät?«

»Die Eure. Ihr seid ab jetzt General Raja Sinha, Befehlshaber der mobilen Streitkräfte und Musketiere von Sita Waka.«

Ich schnappte vor Überraschung nach Luft, erhob mich und kniete mit geneigtem Kopf vor ihm nieder. »Majestät, ich bin Euer Diener.« Ich geriet unwillkürlich ins Stottern und mußte mich erst wieder fassen. »Ich werde Euch folgen bis in den Tod.«

»Ihr bietet mir von neuem Eure Treue an, und ich bin sehr bewegt, General, aber Ihr habt noch gar nicht gefragt, gegen wen wir in die Schlacht ziehen wollen«, stellte er mit leiser Stimme fest.

Ich hob errötend den Kopf. »Ich nahm an, es ginge gegen die *parangi*, Majestät.«

»Nein, General.« Seine Stimme klang entschlossen. »Wir werden auf Jaya marschieren, gegen den Großen König.«

Montag, 18. September 1525

Zwei Tage später teilte ein Bote König Maya Dunnes den vertrauenswürdigen Mittelsmännern von Abdul Raschid die Zustimmung des Königs mit, was diese sogleich an den Mauren weitergaben.

Abdul Raschid, der aus Kalkutta zurückgekehrt war, überbrachte die Nachricht, welche er am späten Abend erhalten hatte, sogleich seiner Frau Aisha, die sich in ihrem Gemach aufhielt. Er gluckste glücklich vor sich hin, als er ihr gegenüber Platz genommen hatte, ohne auch nur einmal zum Konfekt zu greifen.

Als er geendet hatte, sah sie ihn an. Eine gewaltige Woge der Liebe zu ihm hatte sie erfaßt. »Wie Ihr schon vor vier Jahren sagtet, sind wir beide ein tolles Gespann, o mein Gemahl«, erklärte sie.

»Ihr plant, und ich führe aus.«

»Nun haben wir auch unseren Sohn wieder.« Ihr Lächeln unter dem *yashmak* hervor war grimmig. »Da der Große König und die *parangi* ihn gemeinsam einer Arbeit beraubt haben, werden wir ihm eine geben, nicht wahr? Er wird unser Kurier nach und von Kalkutta sein, jemand, dem wir vollkommen vertrauen können.«

»Er wird auch selbständig handeln, keine Angst.«

»All das ist der Wille Allahs. Besonders die Tatsache, daß der Elefanten-*kraal* Graf Madu Wans gerade in dieses Jahr fällt.«

»Allah hat seine Werkzeuge.« Abdul Raschids Grinsen war verschmitzt. »Was glaubt Ihr wohl, wie die Frage der Elefanten als Teil der Bezahlung zur Sprache kam?«

Sie zeigte mit einem Finger auf ihn. »Ihr meint, daß Ihr ...«

Er zuckte, nun verlegen, die Schultern. »Die Zamorims hat es immer schon nach dressierten Elefanten gelüstet. Erinnert Ihr Euch noch, wie der frühere Zamorim von Vasco da Gama verlangte, er solle ein singhalesisches Schiff kapern, das Elefanten an Bord hatte? Nun, ich erinnerte mich daran und bot ihm den Köder an, und er hat ihn geschluckt!«

»Ein reichlich schwergewichtiger Köder!«

»Der aber für König Maya Dunne in diesem Jahr leicht zu finden ist.« Er hielt inne und sah sie mit seinen Schweinchenaugen liebevoll an. »Findet Ihr, ich bin schlau gewesen?«

»O ja, das finde ich.«

»Könnte ich dann heute nacht im Bett meiner Frau eine kleine Vorauszahlung bekommen?«

Kapitel 10

Dienstag, 19. September 1525

Fernao war nun schon seit genau drei Wochen unterwegs, und sie hatte in der ganzen Zeit nicht einmal von ihm gehört. Jeden Tag hatte sie auf einen Brief gehofft, doch die Karavellen, die regelmäßig zwischen Galle und Colombo verkehrten, hatten nie etwas für sie mitgebracht.

Auch an diesem Morgen, während sie den Rasen ihres Hauses auf dem Hügel von Mutu Vella entlangschritt, konnte Julietta nicht umhin, sich daran zu erinnern, daß ihr Fernao bei den letzten beiden Malen, die sie getrennt gewesen waren – jenes erste Mal, als er nach Jaya gefahren war, und später bei seiner Fahrt nach Goa –, jeden Tag geschrieben hatte, auch wenn einige seiner Briefe aus Goa erst nach seiner Rückkehr eingetroffen waren. Sicher, damals war er nur ein junger Leutnant gewesen, während er nun Oberst und Befehlshaber über die gesamte Garnison auf Lanka war und siebzig Meilen von ihr entfernt einen wichtigen Auftrag zu erfüllen hatte. Gewiß aber hätte er ihr wenigstens einmal eine kurze Nachricht schicken können. Seit jenen früheren Zeiten hatte sich so manches auf drastische Weise verändert.

Ihre Gedanken wandten sich den Nachrichten zu, die sie aus Galle erhalten hatte. Prinz Tikiris geglückter Hinterhalt, bei dem achtzig portugiesische Soldaten niedergemetzelt worden waren, war irgendwie noch eher zu billigen als Fernaos Beschuß der Stadt, dem jene schrecklichen Vergeltungsmaßnahmen gefolgt waren. Wie konnte ihr Ehemann, der sanfte, sensible Mann, den sie noch immer liebte, nur solch abscheuliche Maßnahmen angeordnet haben?

Sie schaute nach dem fernen Süden, der hinter den weißen und roten Dächern jenseits des schimmernden Sees lag. Irgendwo dort draußen waren die beiden Männer ihres Lebens – der eine, in den sie verliebt war, und der andere, den sie liebte – miteinander verbunden in einem Kampf um Leben und Tod. Plötzlich fühlte sie sich verantwortlich dafür, denn zumindest was ihren Ehemann betraf, war sie der Preis, um den es ging. O Gott, hilf mir, betete sie, denn ich bin nichts anderes als das unschuldige Opfer der Liebe Fernaos zu mir. Einen Moment lang brodelte in ihr wieder der alte Unmut darüber, daß er sie in die Heirat gezwungen hatte, doch wich diese Regung bald der Dankbarkeit für seine Güte und dem Schuldgefühl darüber, daß sie ihrem Gemahl ein Kind geschenkt hatte, das sie von einem anderen empfangen hatte. Was nur konnte sie tun? Als einziges blieb ihr die Hoffnung, daß Fernao niemals die Wahrheit erfahren würde.

Als wären ihre Gebete erhört worden, wußte sie plötzlich, daß sie beide Männer schützen mußte, so gut sie konnte, und zwar ihrem eigenen Gewissen und ihrem Empfinden für Richtig und Falsch zum Trotz. Besonders Fernao bedurfte der Hilfe in einer Zeit, in der sein Verhalten in Galle offenbart hatte, daß er dabei war, seine unsterbliche Seele aufs Spiel zu setzen. Eine große Ruhe überkam sie. Ich danke dir, o Gott, daß du mir den Weg gezeigt hast.

Sie wünschte sich, Fernao würde bald zurückkehren, damit sie mit ihrem neuen Vorhaben beginnen konnte: ihm das Gefühl zu geben, als ihr Mann aufrichtig geliebt und verehrt zu werden.

Sie hörte den lauten Anruf des Wachpostens an den Eingangstoren und drehte sich um. Die Tore öffneten sich mit einem Quietschen, und das rasche Klappern von Pferdehufen drang an ihr Ohr. Eine schwarze Militärkutsche, die von zwei Grauschimmeln gezogen wurde, fuhr gerade um die letzte Biegung der Auffahrt. Noch bevor sie zum Stehen gekommen war, wußte sie, daß Fernao nach Hause gekommen war. Seine Rückkehr war so gänzlich unerwartet, daß etwas in ihr entfesselt wurde. »Fernao! O Fernao!« rief sie und begann, uneingedenk guten Benehmens, über den Rasen zu laufen.

Die Kutschräder kamen knirschend auf den Pflastersteinen zum Stehen. Fernao stieg aus: hager, sonnengebräunt, ein stattlicher Anblick in seiner weißen Uniform. Sie warf sich in seine Arme. Er drückte sie verblüfft an sich. »Was? Was ist los, Juli ... Juli, Liebling?«

Sie barg ihr Gesicht an seiner breiten Brust, spürte das Kratzen der Goldtressen. »Nichts, Fernao ... gar nichts! ... Nur, daß ich so froh bin, dich wiederzuhaben!« Seine Arme schlossen sich heftig um sie, seine Lippen suchten begierig, fast fiebrig, die ihren. Als er sie küßte, spürte sie, daß er zitterte. In diesem Moment konnte sie einen kurzen Blick auf den Wahnsinn in seiner Seele werfen, auf die restlose Einsamkeit, die in ihm herrschte. Mit der Wucht eines Donnerschlages wurde ihr bewußt, daß sie allein seine schreckliche Grausamkeit verursacht hatte. Furcht legte sich wie eine Klammer um ihren Magen.

Fernao sah ängstlich auf sie herab. »Was ist, Juli, meine Geliebte?« Es war, als hätte auch er all seine Zurückhaltung aufgegeben und wäre wie durch Wunder wieder der alte, sanft und zärtlich.

»Nichts ... nichts, Fernao.«

Sie kannte ihre Rolle sehr genau. Was sie und Tiki-tiki erfahren hatten, war nicht Teil dieses Lebens, außer daß es das einzigartige neue Leben geschaffen hatte, das friedlich schlafend in seiner Wiege lag. Von nun an würde sie Fernao, ihren Ehemann, lieben und ehren, ihn respektieren und ihm gehorchen, bis daß der Tod sie scheiden würde. Danach, im Himmel, würde sie zu ihrem Tiki-tiki zurückkehren, zu der von Gott geschenkten Liebe ihrer unsterblichen Seele.

Dienstag, 19. September 1525

Fernao war auf der *Flower of the Sea* nach Colombo zurückgekehrt, und zwar sofort nachdem man die Grundpfeiler der Festung gesetzt und mit deren Bau begonnen hatte und als offenkundig geworden war, daß sich die singhalesischen Truppen nach Sita Waka zurückgezogen hatten. Während der vergangenen drei Wochen waren seine Stimmungen einem Wechselbad ausgesetzt gewesen: Sie hatten geschwankt zwischen bemühter Gelassenheit, dem Drang, Julietta die Wahrheit zu entringen, und den unvermeidlichen Gewissensbissen jedesmal dann, wenn er sich überlegte, ob es richtig gewesen war, Galle zu beschießen und unschuldige Zivilisten als Vergeltung für Prinz Tikiris Hinterhalt zu hängen. Er hatte gehört, daß man den Prinzen nun Raja Sinha nannte, doch für ihn würde er nie jemand anderes sein als Prinz Tikiri.

Während die meisten militärischen Befehlshaber ohne Bedenken skrupellos gehandelt hätten, gab es an Fernao eine empfindsame Seite, die sich die Frage nach Moral, nach Ritterlichkeit und nach Ehre stellte. Und da gab es eine ehrliche Seite, die manchmal protestierend aufschrie, wenn ihm bewußt wurde, daß seine Grausamkeit nicht der Notwendigkeit entsprungen war, seine Ziele zu verfolgen, sondern einem wunden Herzen. Es war leichter für ihn, diese Fragen beiseite zu schieben, weil er das Lob seiner Offiziere, die unverhohlene Bewunderung seiner Männer erhielt und auch erkennen konnte, daß all seine Ziele erreicht worden waren – einschließlich des Rückzugs der singhalesischen Truppen.

Alles in allem war es für Fernao eine Zeit des inneren Aufruhrs gewesen. Den Befehl, mit dem Flaggschiff nach Colombo zurückzusegeln, hatte er in einem jener Momente gegeben, in denen er all dem nur noch entfliehen und nach Hause zurückkehren wollte.

Als an jenem Morgen seine Kutsche vor seinem Haus am Hügel von Mutu Vella vorfuhr und er Julietta allein auf dem Rasen stehen sah, neben sich das Baby in der Wiege, war sie ihm so rein, so makellos erschienen, in einem so großen Kontrast zu dem Schmutz und dem Schlamm in seiner eigenen Seele, daß sich eine neue Erkenntnis in ihm aufgetan hatte. In diesem Moment sah er in ihr die Zuflucht für seine verwüstete Seele. Da stand die vollkommene Frau und Mutter, die ihren Pflichten und Verantwortungen ergeben war. Dann war sie auf solch selbstverständliche Weise in seine Arme gekommen, und während er sie umarmt hielt, war es ihm vorgekommen, als hätte man ihn aus einem schwarzen, stinkenden, erstickenden Sumpf gerettet, der ihn beinahe verschlungen hätte.

Er nahm sie an den Armen und hielt sie etwas von sich weg,

um sich ganz in ihren Anblick zu versenken. Seine Augen verweilten auf ihrem Gesicht, ihrem glänzenden Haar, wanderten über ihren schlanken Hals zu den bebenden Brüsten. Sie errötete, und zwei winzige Lachfältchen legten sich um ihre Mundwinkel. »O Juli, Juli, ich habe dich so vermißt, nicht nur seit drei Wochen, sondern schon viel länger. Es ist so gut, wieder *wir* sagen zu können. Wir dürfen uns niemals, niemals geistig so voneinander entfernen. Bitte vergib mir, was ich dir jemals angetan habe, wie ich gewesen bin, welchen Schmerz ich dir zugefügt habe. Laß uns noch einmal von vorne anfangen.«
Ihr Blick war ganz so wie früher. »Nur du und ich, Fernao«, wisperte sie. »Die ganze Welt soll draußen bleiben.«
»Du und ich und unser Baby, weißt du nicht mehr?« korrigierte er sie zärtlich.
Ihr Gesicht zog sich schmerzlich zusammen, Tränen begannen zu fließen. Er nahm sie als Belohnung und küßte sie ihr vom Gesicht. Dann zog er das weiße Leinentüchlein aus seiner Tasche und trocknete Juliettas Wangen mit sanften Bewegungen. »Siehst du!« sagte er und steckte das Tüchlein wieder zurück. Dann ging er frohen Herzens neben Julietta auf den Spathodea-Baum zu, neben dem die kleine Wiege im Schatten stand.
An der Wiege blieb er stehen und blickte auf das zarte Körperchen hinab, das, von rosa Leinen bedeckt, friedlich darin lag. Das war *sein* Baby. Liebe und Zärtlichkeit begannen, in ihm zu sprudeln, ihn zu durchfluten. Sein Kind, Fleisch von seinem Fleisch, Blut von seinem Blut, Knochen von seinen Knochen. Plötzlich fiel helles Sonnenlicht in die Wiege, und das kleine Mädchen öffnete die Augen. Ohne sie wirklich wahrzunehmen, bemerkte er ihre Farbe: dunkelbraun, fast schwarz, mit dem Ansatz von kleinen blauen Ringen darum. Ihm fielen die Bilder ein, die er an Bord des Schiffes heraufbeschworen hatte, als er sich schier zerfleischt hatte in seinen Bemühungen, die Augen des Babys vor seinem inneren Auge wirklich zu *sehen*. Er begann wieder zu sinken, hinab in jenen verhaßten, schwarzen, schleimigen Sumpf. Er

hörte einen verzweifelten Schrei und wußte im selben Moment, daß er von seiner Seele herrührte und niemals nach außen gedrungen war. Etwas in ihm würde gleich zerspringen.
Vielleicht war es das Wunder seiner Liebe zu Julietta, vielleicht ein Überlebensinstinkt, die ihn die Fassung behalten ließen, ihn retteten. Er schluckte, holte tief Luft und entzog sich entschlossen der Gefahr. Und er schaffte es, entrang sich ihren Fängen schweißgebadet, beklommen, doch mit der Gewißheit des Sieges in der Brust.
»Fernao, was ist geschehen? Was ist los?«
Es war so schwer gewesen. Dennoch ließ ihn die Bestürzung und Verzweiflung in ihrer Stimme wieder die Hand nach ihr ausstrecken. »Nichts ist los«, keuchte er heiser. »Jetzt, wo ich zu Hause bin, ist alles wieder gut.«
Seine Augen schlossen sich, und er hielt sie lange Momente an sich gedrückt, während die Kälte in seinem Herzen langsam einer Wärme wich, ähnlich der des Sonnenscheins auf seinem Gesicht. Schließlich ließ er sie los, legte dem Baby behutsam die Hände unter die Ärmchen und hob es hoch. Es fing an zu schreien.
»Du warst so lange weg, sie ist nicht mehr an dich gewöhnt«, neckte ihn Julietta. Sie nahm ihm das Baby ab und beruhigte es. »Ja, ist ja gut.«
Fernao wurde von dem Verlangen gepackt, ebenso getröstet zu werden. Er wartete, bis das Weinen des Kindes versiegte. In diesem Moment stieg eine Eingebung in ihm auf. Er würde Julietta schwängern, wieder und wieder. Dieses Mal, wenn sie ein Kind bekam, würde es ganz sicher seines sein. »Bitte Maria, auf das Kind achtzugeben, und komm mit mir nach oben«, bat er Julietta leise.
Oben im Schlafzimmer liebten sie sich, wie sie es niemals zuvor getan hatten, da beide versuchten, die Nebel zu durchstoßen, die die Umstände um sie herum hatten aufsteigen lassen, ein paar Momente der Ewigkeit zu genießen, um die Vergangenheit vergessen zu können. Beide befanden sich noch in den Fängen alter Ängste, doch für jeden von ihnen auf

jeweils eigene Weise war der Höhepunkt zum Teil Erlösung, zum Teil Kitzel, zum Teil Schmerz, nicht aber vollkommene Erfüllung.

Als es vorüber war, rollte Fernao auf den Rücken und fühlte sich plötzlich seltsam leer. Er wandte sich Julietta zu, die wie er auf dem Rücken lag. Den nackten weißen Körper halb von einem blaßblauen Seidengewand bedeckt, starrte sie zur Dekke. Einfühlsam, wie er war, spürte er, daß sie seine Empfindungen dort unten auf dem Rasen erraten hatte. Arme Julietta. Er war nicht gerecht gewesen ihr gegenüber.

Er seufzte und zog sie an sich. Während er ihren Kopf auf seine Schulter bettete, hob sie ihm ihre aquamarinblauen Augen zu. Sie trugen den Ausdruck derselben Gequältheit in sich, die er in seiner Seele verspürte.

Vielleicht haben wir endlich wieder gemeinsamen Boden unter den Füßen, festen Felsgrund im alles verschlingenden Sumpf.

Kapitel 11

Montag, 14. Mai 1526

Nach seiner Rückkehr aus Galle wartete Fernao acht Monate lang auf den richtigen Zeitpunkt und bereitete seine Truppen auf eine Konfrontation mit König Maya Dunne vor, die ihn natürlich unweigerlich auch auf Prinz Tikiri treffen lassen würde. In der Zwischenzeit unterrichteten ihn seine Spione fortlaufend vom Aufbau der Streitkräfte von Sita Waka, Informationen, die auch Pater Juan und der Große König bestätigten; er wartete nur noch die zu gleicher Zeit stattfindende Verstärkung der Truppen des Großen Königs und von Prinz Vidiye ab, bevor er sich an die Durchführung eines neuen Planes machen wollte, den er zur Herausforderung König Maya Dunnes im Süden entwickelt hatte. Die Festung in Galle war bereits zu einem Drittel fertiggestellt und würde bald sicher genug sein, um als Stützpunkt für kriegerische

Handlungen zu dienen. Obwohl die Kriegsschiffe häufig zu Patrouilleneinsätzen unterwegs waren, hatte er immer noch die sechs *nao* und drei Karavellen zu seiner Verfügung.
In der jüngsten Vergangenheit war die Nachricht, daß der Zamorim von Kalkutta, unterstützt vom König des maurischen Handels, Paichi Marcar, eine große Kriegsflotte zusammengezogen hatte, einhergegangen mit Berichten, nach denen die ostindische Flotte der Portugiesen zu Gegenschlägen ausgeholt hatte. Diese Entwicklung weckte in Fernao die Befürchtung, daß seine Flottille abgezogen werden könnte, weshalb er sowohl seine eigenen Anstrengungen wie auch den Druck auf seine Verbündeten verstärkte, seinen Plan in Lanka zur Durchführung zu bringen.
Als er schließlich das Versprechen erhielt, daß seine Streitkräfte Verstärkung erfahren würden durch sechs weitere *nao*, die sich bereits auf dem Weg von Goa zu ihm hin befanden und sechs zusätzliche *terco*, sechs Regimenter, mit sich führten, hatte Fernao schließlich den darauffolgenden Montag als den Tag festgelegt, an dem mit dem Einmarsch in Galle die Dinge ins Rollen kommen sollten.
Nun wurde er gerade zum Postschiff *Berrio* hinübergerudert, das im Hafen von Colombo vor Anker gegangen war. Er spürte starke Beklommenheit, die sich in seiner Magengrube breitmachte. Mit Bestürzung musterte er den geknickten Mast der *Berrio,* ihre zerfetzten Segel, die gesplitterte Reling. Das Schiff, das kleiner, langsamer und schlechter mit Waffen ausgerüstet war als die *nao,* hatte einen schrecklichen Kampf hinter sich. Das wurde ganz besonders deutlich, wenn man dagegen die schnittigen Linien der Schlup *Curaçao* betrachtete, die neben der *Berrio* vor Anker lag und nach einer friedlichen Fahrt von Java her unversehrt zurückgekommen war.
Fernao wurde mit Pfeifensignalen an Bord der *Berrio* empfangen und von Kapitän Morales, einem dunkelhäutigen Halbspanier, begrüßt. Während der dem Kapitän in seine Kabine folgte, bemerkte er, daß auch die Decks einige Treffer abbekommen hatten und die Mannschaft sehr ernst dreinblickte.

Sie hatten kaum an dem eingebauten Tisch einander gegenüber Platz genommen, als der Kapitän Fernao seine Geschichte erzählte. »Wie ihr wißt, Oberst«, hub er mit grimmiger Miene an, »bringen wir diese Fahrt routinemäßig ohne Eskorte hinter uns. Durch die Gnade der Heiligen Jungfrau beschloß seine Exzellenz Don Alfonso de Noronha, unser Vizekönig, als er von den Flottenbewegungen des Zamorim hörte, daß wir uns dieses Mal unter dem Schutz von sechs *nao* nach Colombo begeben sollten, welche unter dem Befehl von Admiral Miguel Ferreira standen, um Eure gegenwärtige Truppenstärke aufzustocken.«
»Admiral Ferreira? Ich dachte, er sei bereits in den Ruhestand gegangen. Er muß siebzig Jahre alt sein.«
»Der Admiral ist noch immer ein alter Seewolf.« Kapitän Morales lächelte kurz und zuckte die Schultern. »Er wird niemals in den Ruhestand gehen. Tatsächlich war es nur seine ausgezeichnete Strategie, die uns und unsere Schiffe gerettet hat. Wir waren schon hinter Cochin, als die Flotte des Zamorim, bestehend aus zwölf Kriegsschiffen, am Horizont auftauchte. Uns wäre nicht im Traum eingefallen, daß die feindlichen Schiffe mit Kanonen ausgerüstet waren.« Er lehnte sich mit einem bitteren Lächeln zurück. »Die Schlacht nahm ihren Lauf, und wir kämpften den ganzen Tag, wobei wir versuchten, einer Auseinandersetzung im Nahbereich auszuweichen. Die Taktik des Admirals ermöglichte es uns, vier gegnerische Kriegsschiffe zu versenken, doch verloren wir dabei zwei unserer eigenen. Als die Dunkelheit hereinbrach, ließ der Feind von uns ab, wendete und verschwand in Richtung Osten. Der Admiral begutachtete die Schäden an der *Berrio* und befahl mir, allein nach Colombo weiterzufahren, um das Schiff wiederherzurichten und Euch diese Depesche zu überreichen.« Er händigte Fernao ein aufgerolltes Pergament aus, das auf dem Tisch lag.
Fernaos Mut war gesunken, während er den Ausführungen des Kapitäns gelauscht hatte. Nun rollte er den Pergamentbogen auf und überflog rasch dessen Inhalt. Darin wurden kurz die Hintergründe der Situation im Indischen Ozean beleuch-

tet und einige Einzelheiten zur Seeschlacht bei Cochin berichtet. Der Brief schloß folgendermaßen:

> Im Namen Seiner Exzellenz des Vizekönigs habe ich die folgenden Entscheidungen getroffen: 1.) Mit meiner Flottille, die nur mehr aus vier Schiffen und vier *terco* besteht, zusätzlich aus den Überlebenden der verlorenen Regimenter, die wir aus dem Wasser fischen konnten, werde ich nach Goa zurückkehren. 2.) Ihr werdet das Flaggschiff *Flower of the Sea* zum Schutz der Festung von Colombo und das Kriegsschiff *Sao Maria* für den Feldzug gegen Galle behalten. 3.) Ihr werdet die *Berrio* zur Reparatur in Colombo behalten. 4.) Die *Curaçao* wird auf ihrer Rückfahrt nach Java die Pflichten eines Postschiffes übernehmen. 5.) Ihr werdet, in Alleinverantwortung, diejenigen militärischen und strategischen Entscheidungen treffen, die Ihr für den kombinierten Feldzug gegen Galle und das südliche Lanka für richtig erachtet. 6.) Gleichzeitig werdet Ihr uns die verbleibenden sieben Kriegsschiffe und zwei *terco,* die Infanterieregimenter, dann so bald als möglich nach Goa zurückschicken, wo sie sich der Flotte anschließen werden, die wir zu einem massiven Angriff gegen und zum endgültigen Sieg über die Seestreitkräfte des Zamorim in die Schlacht führen werden …

Verraten! Im Stich gelassen! Monate, fast Jahre sorgfältiger Planung und diplomatischer Verhandlungen zunichte gemacht. Die gesamte Zukunft des machtvollen Portugal stand auf dem Spiel. Wie würde er seinen Verbündeten vor Ort diesen Verrat erklären, nachdem er so große Versprechungen gemacht hatte?

Wie nur sollte er mit der Situation umgehen? Da er wußte, daß Kapitän Morales ihn aufmerksam anblickte, bewahrte er nach außen hin eiserne Ruhe. Konnte er überhaupt noch in Galle einmarschieren? Und wie? Mitten in seinen wild kreisenden Gedanken blitzte eine Idee auf. Ja, das war es. Er überflog erneut die Depesche. Da stand es: »… die verbleibenden sieben Kriegsschiffe und zwei *terco* dann *so bald als möglich* nach Goa zurückschicken …«

Gleich nachdem er sich von Kapitän Morales verabschiedet hatte und noch bevor seine Barkasse den Kai erreicht hatte, war Fernao dazu übergegangen, die Einzelheiten eines neuen Planes auszuarbeiten. Als er in seinem Amtszimmer in der Festung ankam, rief er nach Aires, den er vor kurzem zum Stabsunteroffizier befördert hatte. »Die Befehlshaber der Einheiten sollen sich auf der Stelle hier einfinden«, befahl er. »Bitte den Kapitän der Schlup *Curaçao*, die gerade aus Java eingelaufen ist, zur sofortigen Berichterstattung hierher. Benachrichtige den Großen König und König Vidiye in Jaya, daß ich sie noch heute nachmittag in einer Angelegenheit von höchster Dringlichkeit im Palast aufsuchen werde. Ich werde ein schnelles Pferd und eine Eskorte von zehn Mann brauchen, die unter deinem Kommando stehen wird.«

»Jawohl, Herr Oberst.« Die Aussicht auf Taten brachte Aires' Augen zum Funkeln. Er salutierte, vollzog eine schnittige Drehung und eilte davon.

Fernao blickte seinem früheren Burschen mit entschlossener Miene hinterher. Er würde den Großen König und König Vidiye über die Schlacht vor Cochin unterrichten. Er würde ihnen sagen, daß die versprochenen Truppenverstärkungen auf sich warten lassen würden, bis eine große Seeschlacht, zu der Admiral Miguel Ferreira die gesamte portugiesische Flotte des indischen Raumes versammeln würde, ausgefochten und gewonnen war. Anstatt dieses Ereignis abzuwarten, sollten sie ihre Pläne beschleunigen, um der zeitweiligen Abwesenheit der Flottille, die sich gegenwärtig im Hafen von Galle aufhielt, zuvorzukommen. In der Zwischenzeit würde er die *Curaçao* mit einer Botschaft für den kommandierenden Kapitän der Flottille nach Galle schicken, diesen dazu auffordern, nach Colombo zurückzukehren und die Angriffstruppen nach Galle zu befördern, ehe die Flottille nach Goa zurückkehren mußte. Es war ein riskantes Spiel, das vielleicht aussichtslos war, doch würde er mit diesem einen letzten und vernichtenden Schlag, den er gegen den Feind führen würde, bevor man seine Truppen verringerte, die Zeit gewinnen, die sie brauchten.

Donnerstag, 17. Mai 1526

Es kam selten vor, daß Königin Anula ihrem Gemahl, König Kumara, bei seinem Mittagsmahl im Speisezimmer des Palastes von Kandy Gesellschaft leisten konnte. Sie hatten gerade ihre Mahlzeit beendet, als ihnen Pater Juan gemeldet wurde.

»Ich werde ihn im Empfangssaal begrüßen«, befahl König Kumara dem knienden Diener. Er wandte sich an seine Gemahlin. »Es könnte wichtig sein, also werdet Ihr mich begleiten.«

Als sie wie gewohnt auf ihrer Ruhebank im Empfangssaal Platz genommen hatte, rief sich Königin Anula jenen ersten Tag in Kandy in Erinnerung, als sie auf genau demselben Platz gesessen hatte, allein, verängstigt, ohne Zukunft. Sie blickte über die Veranda hinweg in den Innenhof, über dem helles Sonnenlicht lag. Sie seufzte.

»Warum das Seufzen, meine Dame?«

»Ich weiß nicht, warum, Herr. Es ist mir einfach so entglitten, vielleicht wegen meines körperlichen Zustandes.«

»Fühlt Ihr Euch nicht wohl?«

Sie stellte mit Freude den besorgten Unterton in seiner Stimme fest. »Eine andere Art des Unwohlseins, mein Herr, nämlich das einer werdenden Mutter.«

Sie hatte erwartet, ihn vor Freude strahlen zu sehen. Statt dessen blickte er sie überrascht, ja bestürzt an. »Seid Ihr sicher?« fragte er. »Vielleicht ...« Er zögerte, war zum erstenmal verwirrt.

»Vielleicht was, mein Herr?« erkundigte sie sich enttäuscht. »Könnte es etwas Natürlicheres geben, wo ich fruchtbar und Ihr so potent seid?«

»Ich hatte angenommen, daß Ihr, nachdem Ihr all diese Jahre einer Schwangerschaft entgangen wart, wahrscheinlich ...«

»Daß ich unfruchtbar wäre?« ließ sie sich hinreißen zu fragen. »Ihr scheint alles andere als erfreut zu sein über die Nachricht, daß ich nicht unfruchtbar bin.«

»Nein, nein! Ich bin entzückt. Bloß gilt Euch meine Sorge. Neun Monate des Austragens, Unbequemlichkeiten, die Gefahren der Geburt. Ihr seid mir zu kostbar, um Euch zu verlieren.«

Ihre Beunruhigung wurde zu einem eisigen Schauder der Furcht, als ihr ein anderer Gedanke kam. »Werdet Ihr Euch einer anderen zuwenden, wenn ich Euch nicht mehr die Dienste leisten kann, die ich Euch zuvor leistete?«

»Das ist ein häßliches, unfeines Wort für unsere Liebesakte«, erwiderte er in festem Ton.

Sie fühlte sich etwas beruhigt, doch die Furcht blieb. »Ein Mann braucht seine Entspannung«, begann sie.

»Ich bin nicht irgendein Mann, meine Dame, sondern Euer Gemahl und Liebhaber.«

Der runzlige, alte Oberste Diener stand im Eingang, verbeugte sich und geleitete Pater Juan in den Raum.

»Wenn Ihr Euch eine andere Frau nehmt, werde ich Euch töten«, zischte sie so leise, daß nur ihr Ehemann es hören konnte.

Sein Gesicht war undurchdringlich, in seinen Augen stand leichter Spott. »Nicht Ihr solltet nun einen Rivalen fürchten, sondern ich«, erwiderte er leise.

Eine Welle des Begreifens durchflutete sie, während sie zusah, wie der Mönch eintrat und sich tief verbeugte. Ihr Ehemann war jetzt schon eifersüchtig auf das Kind, das sie unter ihrem Herzen trug. Noch immer kreisten ihre Gedanken um seine vorherige Reaktion, und so nahm sie den Austausch von Höflichkeiten zwischen ihrem Gemahl und Pater Juan kaum wahr, wobei sie es dennoch nicht versäumte, an den passenden Stellen zu nicken und zu lächeln, eine Fähigkeit, die sie sich in langen Jahren in der Welt der Diplomatie angeeignet hatte.

»Und welchem Umstand verdanken wir die Ehre dieses Besuches, Pater?« König Kumaras Frage brachte sie mit einem Ruck zu ihrer vollen Aufmerksamkeit zurück.

»Ich befürchte, daß ich schlimme Kunde bringe, Majestät.« Die sonst dröhnende Stimme war bewußt gedämpft, hatte den gleichen Klang wie bei offiziellen Trauergästen, die aus Anlaß eines schmerzlichen Verlusts sprechen.

»Und wie lautet sie?«
Der Pater berichtete ihnen in Kürze von der Seeschlacht bei Cochin. »Oberst de Albergaria ordnete an, ich solle auf schnellstem Weg nach Kandy reisen und Euch persönlich das Wesentliche an Befehlen mitteilen, die er vom Admiral erhalten hat.«
König Kumara, der sehr gelassen wirkte, bedeutete dem Pater mit einem kurzen Anheben seines Kinns, daß er fortfahren solle.
»Der Oberst muß sieben der großen *nao*, die gegenwärtig unter seinem Kommando stehen, nach Goa zurückschicken, zusammen mit zwei der *terco*, der Infanterieregimenter. Somit bleiben ihm nur noch zwei *nao* und ein *terco.*«
»Und was bleibt uns?«
Pater Juan veränderte seine Haltung im Stuhl und blickte den König an. Die schwarzen Pupillen seiner Augen waren hart wie Achate. »Der Oberst wird die Truppeneinheit, die Ihr hier in Kandy habt, nicht zurückziehen. Er wird unsere Interessen in Colombo und Galle mit einem *nao* und einem Regiment von Fußsoldaten in der jeweiligen Stadt verteidigen und dabei auch auf die Geschütze zu Land zurückgreifen.«
»Dann bleibt noch eine weitere Einheit Infanterie. Was schlägt der Oberst diesbezüglich vor? Sollen wir sie zur Verteidigung von Jaya zur Verfügung stellen, wo es doch den Anschein macht, als hätten die militärischen Aufbauarbeiten, die in Jaya und Sita Waka im Gange sind, ihren Höhepunkt erreicht? Wie wird er diejenigen beschützen, die er zu Kriegsvorbereitungen angehalten hat, um gegen einen Angriff aus Sita Waka gewappnet zu sein? Und was ist mit jenen geheimen Plänen, von denen ich hörte und wonach ein weiterer Feldzug gegen Galle geplant ist?«
Der Pater hob protestierend die Hände. »So viele Fragen, Majestät.« Die blassen Augen leuchteten, während er sich mit einer Hand über den kupferbraunen Bart strich. »Erstens wird die verbleibende Infanterieeinheit nach Kandy verlegt, zu Eurem Schutz und Euren Diensten.«
»Eine wahrlich großzügige Geste.«

»Gewiß.« Ein triumphierender Unterton trat in die Stimme des Mönchs. »Mit zwei Einheiten unserer Infanterie und Eurer Armee von tausend Mann, zwei Kavallerieregimentern und einhundert Elefanten könnt Ihr mit Leichtigkeit Eure Vorhaben gegenüber König Maya Dunne durchführen und das Königreich von Sita Waka erobern, während er mit seinen Truppen in Jaya gegen den Großen König kämpft. Oberst de Albergaria hat auch noch einen anderen Plan, der später aufgedeckt werden wird, mit dem aber die Streitkräfte von Sita Waka voll beschäftigt bleiben.«

»Wie sollen wir ohne die zwei kompletten Regimenter angreifen, die uns aus den Verstärkungen versprochen waren, welche der Oberst aus Goa erwartete?«

»Es wird Probleme geben, Majestät. Doch denkt daran, große Gelegenheiten bergen immer große Risiken in sich. König des gesamten *uda rata* seid Ihr bereits aufgrund unserer Hilfe. Seid versichert, daß unsere zukünftige Hilfe und unser Schutz Euch zum Großen König von Lanka machen werden. Dies ist der Wunsch der heiligen Kirche, da Ihr der einzige katholische König in diesem Land seid. Ich möchte Euch deshalb mit allem Respekt daran erinnern, daß Ihr Euch verpflichtet habt, die Ausdehnung der Macht des portugiesischen Weltreiches zu unterstützen. Und Eure Stellung in Kandy wird gesichert sein, Majestät, solange Ihr abwesend seid, denn hier gibt es eine ausreichende Zahl an Christen, die bereit wären, für die Sache zu Märtyrern zu werden.«

»Genau das ist es, was ich fürchte, Pater.«

»Was meint Ihr, Majestät?«

»Ihr wißt, was das Wort Sinha bedeutet, nicht wahr?«

Der Pater war offenkundig entsetzt über diese unerwartete Reaktion, die seiner inbrünstigen Bezugnahme auf das Evangelium folgte. »Warum ... äh ... gewiß. Es bedeutet Löwe.«

»Also sind die Sinha die Rasse der Löwen?«

»Wieso ... ja.«

»Denkt daran, Pater, daß schon seit den Tagen des alten Rom überall, wo es Löwen gibt, die Christen ihnen zum Fraß vorgeworfen werden.«

Freitag, 18. Mai 1526

Als wir von der Seeschlacht bei Cochin erfuhren, waren wir begeistert. Kurz darauf traf die Nachricht von der drohenden Verminderung der portugiesischen See- und Landstreitkräfte ein, und wir beschlossen, sofort zuzuschlagen. Es war ein Fehler, daß wir uns damals nicht fragten, warum die letztere Information uns so problemlos in Sita Waka erreicht hatte. Wir hätten eine Falle vermuten sollen, doch begierig darauf, anzugreifen, bevor die Monsunregenfälle einsetzten, machten wir uns zu unserem Überraschungsangriff nach Jaya auf. Wir mußten verblüfft feststellen, daß man uns keinen Widerstand entgegensetzte, selbst als wir die Stadt am Abend des 17. Mai umzingelten.

Nun war es Abend, vierundzwanzig Stunden später, und wir hatten, nachdem wir uns fest genug verschanzt hatten, den Großen König in einer Botschaft aufgefordert, sich zu ergeben. Im demselben Hain, von dem aus fünf Jahre zuvor die *parangi* ihre Kanonen auf die Hauptstadt von Lanka abgefeuert hatten, saßen wir auf unseren Rössern und blickten über das schimmernde Gewässer des Wassergrabens. Die Schutzwälle dahinter leuchteten rosa im schräg einfallenden Licht der untergehenden Sonne. Schwarze Punkte, die dicht an dicht die Mauern säumten, waren Hinweis darauf, daß die Wälle voll bemannt waren.

Mein Vater neben mir drehte sich halb und machte eine weite Bewegung mit dem Arm hin zu unseren Soldaten, die in dem Hain ihr Lager aufschlugen, Feuer machten, ihre Pferde abrieben, ihre Musketen reinigten. »Hier sind wir endlich«, erklärte er nüchtern. »Die größte singhalesische Armee, die seit über einem Jahrhundert versammelt worden ist. Zwanzigtausend Fußsoldaten, fünftausend Reiter, zweihundert Wagenlenker, zweihundert Musketiere, eine ganze Artillerieschwadron mit zwölf Geschützen. Soldaten, Adlige, Prinzen, aus Ruhuna, Raja Rata, Raigam und Sita Waka.«

Trotz meiner Hochstimmung wagte ich einen Einwand: »Ihr vergaßt die hundert Elefanten und eintausend Rajput-Söldner, Majestät.«

Er zog die Stirn in Falten, denn er wußte, daß ich kein Befürworter der Söldner war; dann lachte er laut hinaus. »Gut gesagt, Prinz.« Er hielt inne und hob einen Finger. »Aber seht Ihr nicht ein, daß genau hier der Beweis für meinen Standpunkt liegt? Weder die Elefanten noch die Pferde, noch die Söldner, nicht einmal die Marketender und Gepäckträger, diese ganze Truppe, die sich im Umkreis von Meilen um die Hauptstadt erstreckt, sind hier um eines Prinzips willen. Sie sind hier wegen eines Anliegens oder kraft eines Anliegens, selbst wenn dieses Anliegen nur Geld ist.«

»Was dabei eine wichtige Rolle spielt, Majestät, ist, daß sie alle hier sind aufgrund Eures Weitblickes und Euer Weisheit. Wenn es eher eines Anliegens denn eines Prinzips bedarf, um uns an die Schwelle eines großen Sieges zu tragen, der uns die Durchsetzung all unserer Prinzipien ermöglichen wird, so sei es. Wir werden siegen. Die *parangi* stehen im Tal der Verzweiflung, während wir uns auf den Anhöhen befinden und in das Gelobte Land hinabblicken. Ich gebe zu, das Warten hat sich gelohnt.«

Ein Quietschen und Knirschen erschütterte die Luft. Mein Vater blickte gespannt in die Richtung der Eingangstore der Hauptstadt. Sie waren dabei, sich langsam zu öffnen. »Ah, da kommt die Antwort des Großen Königs.«

Freitag, 18. Mai 1526

Als sich die riesigen Stadttore zur Gänze geöffnet hatten, blickten mein Vater und ich voller Verwunderung auf eine einzelne Gestalt, die sich einen Moment lang vor dem dunklen, gähnenden Spalt des Eingangs abzeichnete. Der Mann, der auf uns zugelaufen kam, trug nur ein weißes Hüfttuch, sein Oberkörper war nackt. Dies war kein Bote des Königs. Noch bevor er das hintere Ende des Damms erreicht hatte, schlossen sich die Tore wieder mit einem Knirschen, und mein Vater und ich erkannten ihn im selben Moment.

»Dharma!« rief mein Vater aus. »Was, um alles in der Welt, kann er wollen?«
Dharma war es gewesen, der vier Jahre zuvor, als wir den Großen König Wijayo zur Abdankung zwingen wollten, das Volk zu unserer Unterstützung aufgerufen und damit ein Blutvergießen vermieden hatte. Wir hatten den frommen Mann heimlich nach Sita Waka eingeladen, als wir mit der Ausarbeitung unserer Pläne begonnen hatten, um ihn wieder für uns zu gewinnen, doch damals hatte man uns Bescheid gegeben, daß er zu einer Pilgerreise nach Buddha Gaya in Nordindien unterwegs sei. Wir beobachteten ihn schweigend, während er nun näher kam. Voller Gelassenheit und furchtlos, erreichte er den Hain und war gleich von unseren Soldaten umringt, die ihn zu uns geleiteten. Er hatte sich überhaupt nicht verändert: die breiten, glattrasierten Züge von klassischem Zuschnitt, die Zähne blitzend weiß, wenn er lächelte, die dunklen Augen bezwingend, der mit Muskeln bepackte Torso strotzend vor Gesundheit. Als er sich vor meinem Vater verbeugte, war es wie schon einmal ein Akt des Stolzes, nicht der Unterwerfung.
»Ich freue mich, Euch zu sehen!« behauptete mein Vater, indem er den Gruß vom Sattel aus erwiderte, mit aufeinandergelegten Handflächen, die er etwas höher hielt, als es dem Rang des anderen eigentlich gebührt hätte. »Ich schickte schon vor Monaten nach Euch, doch sagte man mir, Ihr wäret nach Buddha Gaya gegangen. Ich hoffe, die Pilgerfahrt war eine lohnende Erfahrung für Euch.«
»Das war sie in der Tat, Majestät.« Dharmas Stimme war so tief und sanft, wie ich sie in Erinnerung hatte. »Eine rechtzeitige Erinnerung an die wirklichen Früchte des Lebens und die wahre Heiligkeit eines Gebietes.«
»O ja. Die Heiligen Gärten, der Heilige Schrein, der Heilige *bodhi*-Baum, unter dem Buddha, unser Herr, die Erleuchtung erfuhr und verstarb.«
»Nein, Majestät. Ich bezog mich auf die innere Heiligkeit der Länder, die der Erleuchtete durch seine Lehre der Gewaltlosigkeit segnete.«

Ich hatte gedacht, er würde zu uns kommen, um uns seine Unterstützung zuzusagen, aber irgendwie klangen seine Worte nicht danach.
»Die Heiligkeit eines Landes, ob es nun konkreter oder geistiger Art sei, muß manchmal durch Gewalt gesichert werden«, erwiderte mein Vater ernsthaft, denn auch er hatte verstanden.
»Die Lehre des Heiligen Achtteiligen Pfades geht nicht in diese Richtung.«
»Es ist der Weg zur Freiheit und zur nationalen Einheit, der in diese Richtung führt.«
»Wozu sind sie noch gut, wenn sie auf Kosten geistiger Werte durchgesetzt werden? Eine Politik, nach der der Zweck die Mittel heiligt, kann nichts bleibend Gutes verheißen.«
»Und doch habt Ihr einmal Gewalt unterstützt, als es um eine Sache ging.«
Er antwortete mit einem breiten, sanften Lächeln und mit mitleidigen Worten: »Im Gegenteil, Majestät; bitte erinnert Euch, daß ich eine gewaltfreie Bewegung anführte, um ein Ziel zu erreichen, zu dessen Durchsetzung Ihr gerade Gewalt anwenden wolltet. Bei diesem Versuch wurde nur eine einzige Person getötet, und das geschah durch die Hand von Prinz Tikiri, der nun den Namen Raja Sinha trägt aufgrund seiner Tapferkeit im irdischen Kampf, zusätzlich zu dem unterscheidenden Merkmal, daß er der erste Sinhala war, der einen anderen Sinhala oder einen *parangi* durch eine Feuerwaffe getötet hat.«
Selbst voller Ärger, bemerkte ich, wie es auch in den Augen meines Vater wütend aufblitzte. »Eine wohlformulierte Ansicht.« Die Stimme meines Vaters hatte einen überraschend harten und entschiedenen Ton angenommen. Er läßt keine Kritik an mir zu, dachte ich voller Freude. »Doch nun sind wir hier und haben vor, Jaya einzunehmen – mit physischer Gewalt, wenn nötig. Ich will Euch nicht mit Erklärungen beleidigen, warum dieser Schritt nötig ist. Wenn Ihr etwas gegen die Mittel habt, die wir einsetzen werden, dann benutzt den Einfluß, den Ihr habt, um den König zur Abdankung zu

bringen, damit wir der singhalesischen Rasse und der Lehre Buddhas zu ihren Rechten verhelfen.«

Dharmas Augen leuchteten vor Mitleid. »Die Sonne geht gerade unter, Majestät«, stellte er fest. »Seht, wie die Dunkelheit sich über die Erde zu legen beginnt. Die Geräusche des Tages werden langsam leiser, ersterben. Bald, von irgendwoher, wird der Duft einer Königin-der-Nacht die Luft erfüllen. Wie friedlich das alles, wenn der Geruch nach Kanonenöl die Düfte der Nacht durchbrechen wird, wenn die Exkremente Eures Lagers die Grenzsteine einer Stadt verschmutzen werden, in der hilflose Männer, Frauen und Kinder voller Angst davor leben, daß Ihr ihnen den Tod bringt. Und wißt Ihr, warum, Majestät?«

Mein Vater fuhr nur fort, Dharma grimmig zu mustern, doch ich wußte, daß er innerlich vor Wut kochte.

»Da Ihr mir nicht antworten werdet, will ich es Euch sagen«, fuhr Dharma fort. »Es ist, weil die Menschen noch nicht bereit sind, für Eure Sache zu kämpfen. Wenn sie es sein *werden*, dann braucht Ihr keine Soldaten mehr, auch keine Waffen. Ich werde dann nicht da sein, wie einst, um sie anzuführen, denn ich werde diese Woche nach Lumbini aufbrechen, wo ich für den Rest meines Lebens in dem Hain Buddhas, des Herrn, bleiben möchte, doch die Menschen werden sich um Euer Banner scharen, habt keine Angst. Dann werdet ihr gewiß keine fremden Söldner mehr brauchen! Denkt daran, Majestät, es ist nicht genug, daß *Ihr* einen Grund zum Kämpfen habt. Das *Volk* muß ihn haben. Es wird sich gegen einen Tyrannen erheben, doch niemals wird es gegen einen Herrscher aufbegehren, der nur schwach ist.«

Ein nachdenklicher Ausdruck war in das Gesicht meines Vaters getreten. »Der Große König ist mehr als nur schwach gewesen«, konterte er. »Er hat unser Land Zug um Zug den Fremden ausgeliefert. Euch müssen doch die drei Verträge bekannt sein, die er mit den Portugiesen abgeschlossen hat und in denen unser heiliges Land, unsere Kultur und unsere Religion angegriffen werden. Er hat sogar seinen Thronfolger unter den Schutz eines fremden Königs gestellt.«

»Gibt Euch diese Handlungsweise denn das Recht, den Großen König zu beseitigen, wenn dies wiederum zur Folge haben kann, daß der fremde Herrscher seinen sogenannten Schutz auf das ganze Land ausdehnt, Majestät? Gewiß wäre es besser, abzuwarten, anstatt die Dinge ins Rollen zu bringen.«

»Nein«, erwiderte mein Vater entschieden. »Die Wahrheit ist, daß wir heute hier in genügender Truppenstärke angerückt sind, um eine neue Ordnung in diesem Land zu errichten.« Er unterbrach sich, lockerte seinen Sitz im Sattel und sah in Richtung der Stadt, die langsam von der Dunkelheit eingehüllt wurde.

»Nun, so tut es mir leid, Euch zum Überbringer schlechter Nachrichten zu werden«, kam es da ruhig von Dharma. »Denn Ihr seid keineswegs in einer Position der Stärke, wie Ihr meint.«

»Weil wir nicht die Unterstützung des Volkes haben?«

»Nein, Majestät. Weil der *parangi*-Oberst de Albergaria Euch überlistet hat. Nachdem er die Nachricht von der Seeschlacht zwischen der Flottille des Admirals und der Flotte des Zamorim vor Cochin erhalten hatte, deutete alles darauf hin, daß der Oberst sein *nao* und seine Regimenter aus Galle zurückziehen würde, um den Großteil davon nach Goa zu schicken. In Wirklichkeit tat er das nicht.«

Dharma unterbrach sich kunstvoll. Mir wurde eiskalt.

»Nur wenige Stunden nach der Ankunft des beschädigten Postschiffes in Colombo am 14. Mai«, fuhr Dharma fort, »sandte der Oberst eine Schlup, die gerade von Java gekommen war, mit den Anweisungen nach Galle, daß alle *parangi*-Kriegsschiffe, die dort vor Anker lagen, bis auf eines nach Colombo zurückkehren sollten, und zwar leer und unter Vortäuschung der vollen Bemanntheit durch ein paar Fußsoldaten, die an Deck Aufstellung nahmen. Mit den Berichten, die man Euch schickte, hat er Euch bewußt in die Irre führen lassen. Ihr werdet Euch gefragt haben, warum man Euch bislang noch keinen Widerstand entgegengesetzt hat. Kurz bevor Ihr in Jaya ankamt, sind König Vidiyes Heer von über fünftausend Mann und ein *parangi*-Regiment heimlich bei Nacht an Bord der Schiffe gegangen, die sie nach Galle bringen. Man hat Euch mit einem Trick zur Erfüllung Eurer Vorhaben gedrängt! Gerade eben habe ich von meinen Zuträgern erfahren, daß der Plan des Obersten dahin geht, mit diesen Truppen in Galle zu landen, zusammen mit der Infanterie der *parangi* die Stadt einzunehmen und Prinz Raigam in einem Überraschungsangriff zu schlagen. Die *parangi*-Schiffe werden von dort aus dann direkt nach Goa weiterfahren, wenn Prinz Vidiyes sieghafte Truppen erst einmal den Süden unter seine Kontrolle gebracht haben.« Er schüttelte traurig den Kopf. »Ihr seht also, Majestät, wenn Ihr die Gesetze von *kharma* und *vipaka*, von Ursache und Wirkung, nicht beachtet, werdet Ihr am Ende zur rechten Zeit am falschen Platz sein, oder am rechten Platz zur falschen Zeit!«

Kapitel 12

Samstag, 19. Mai 1526

Die Raschids waren zunächst begeistert gewesen von der Wendung, die das Geschehen genommen hatte. Die Seeschlacht vor Cochin und der darauf folgende Rückzug der portugiesischen Flottille aus Lanka bedeuteten, daß die Seestreitkräfte des Zamorim eine wirkungsvolle Blockade gegen Lanka errichten konnten.

Nun aber saßen die Raschids in Aishas Gemach und besprachen mit düsteren Mienen die letzten Berichte, die sie über Oberst de Albergarias Plan erhalten hatten, nach dem er Raigam erobern und den Süden König Vidiye ausliefern wollte. Ihr Spitzelnetz hatte sie zwar von König Vidiyes plötzlicher Abreise, nicht aber von seinem Ziel und seinen Absichten in Kenntnis gesetzt.

»König Vidiye wird unserem Handel im Süden ein Ende setzen«, erklärte Aisha.

»Bestecht ihn!« warf Ali gelassen ein.

Die Offenheit des Jungen ließ Aisha innehalten. »Nun gut, also, wir können es versuchen«, sagte sie in festem Ton. »Unser eigentlicher Gegner wird allerdings der Große König bleiben.«

»Wir werden den Großen König ermorden lassen«, stellte Ali fest. Seine blaßbraunen Augen blickten ausdruckslos drein. Er hätte ebensogut davon sprechen können, auf dem Bauernhof einem Hähnchen die Gurgel durchzuschneiden, damit man *pilau* aus ihm kochte. Aisha konnte einen Schauder nicht unterdrücken.

»Das wird Zeit kosten, doch ich werde mich morgen darum kümmern, daß es in die Wege geleitet wird«, fügte der junge Mann hinzu.

Aishas Entsetzen währte diesmal nur einen Moment. Langsam gewöhnte sie sich an die Skrupellosigkeit ihres Sohnes. Ihr kam ein Gedanke. »Sollten wir nicht einen Ausweichplan entwickeln für den Fall, daß unsere Sicherheit hier in Colombo gefährdet wird?« fragte sie.

Ihr Gemahl runzelte die Stirn. »Wie könnte das denn geschehen?«

»Der Große König und Oberst de Albergaria haben uns sicher in Verdacht, daß wir als Mittelsleute zwischen König Maya Dunne und dem Zamorim fungieren. Mit dem Glauben, daß der Zamorim eine große Kriegsflotte nur zu seinen eigenen Zwecken zusammenstellt, wird es zu Ende sein, wenn er über Colombo eine Blockade verhängt und mehr von seinen Truppen hier landen, um König Maya Dunne zu unterstützen. Wenn König Maya Dunne erfolgreich ist, ist alles in Ordnung. Doch wenn er scheitert, werden wir in beträchtlicher Gefahr sein. Ich glaube, daß Oberst de Albergaria uns aus Loyalität und aus dem Grund, daß wir seine Handelsinteressen voranbringen, unterstützen wird, doch müssen wir der realen Möglichkeit ins Auge blicken, daß uns der Große König zumindest des Verrats anklagt. Selbst wenn er nicht genügend Beweise hat, würde er es dennoch mit Freuden tun, um uns auf diese Weise aus dem Handel auszuschalten.«

Ihr Ehemann erbleichte, während es in den Augen ihres Sohnes nur zu glitzern begonnen hatte. »Was für eine Art Ausweichplan schlagt Ihr vor?« wollte Abdul Raschid wissen.
»Einen, der einer wirklich verzweifelten Situation Rechnung trägt, wenn unsere Festnahme und die Konfiszierung unseres Eigentums ins Haus stehen.«
»Ihr denkt auch an alles«, erklärte Abdul bewundernd.
»Es ist die einzige Möglichkeit, um zu überleben. Wir müssen darauf vorbereitet sein, in aller Eile fliehen zu können, mit genügend Geldmitteln, um zur Ostküste zu kommen. Dort sollte jederzeit ein Schiff bereitliegen, um uns nach Kalkutta zu bringen, wo sich mein Bruder um uns kümmern wird.«

Samstag, 19. Mai 1526

In den Tagen, die auf das Eintreffen der Befehle des Vizekönigs folgten, hatte Fernao allen Grund gehabt, über die Wahrheit des Sprichwortes nachzudenken, nach dem ein Unglück selten allein kommt. Es war auf seinen Rat hin geschehen, daß man König Maya Dunne bei seiner Belagerung von Jaya keinen Widerstand entgegengesetzt hatte, um ihn abzulenken, während König Vidiye den Süden unter seine Kontrolle brachte, doch noch immer konnte er nicht darüber hinwegkommen, daß sein ursprünglicher Plan, die Vernichtung von König Maya Dunnes Armee durch portugiesische Truppen, ausgesetzt worden war. Die langen Monate der Planung waren umsonst gewesen, und nun konnte er nur hoffen, daß bald gute Nachricht aus Galle kam, die ihm über das Gelingen seines kühnen Streichs Mitteilung machte.
An diesem Abend kam er, sprühend vor Neuigkeiten, eilig aus der Festung nach Hause und saß Juli voller Begeisterung im Lampenlicht ihres Schlafzimmers gegenüber.
»Ich habe dich galoppieren hören, Fernao, was ist los?« Sie blickte forschend in sein Gesicht. Ihre Augen leuchteten auf, als sie sah, in welcher Stimmung er war.

»Nichts«, rief Fernao. »Alles ist in Ordnung. O Juli, alles wird gut werden. Eine richtige Aufhellung nach der Düsterkeit der letzten Woche.« Er berichtete ihr von dem Gelingen seines Planes in Galle und im Süden.
»O Fernao, ich bin so stolz auf dich«, erklärte sie, als er geendet hatte. »Sind das *alle* Neuigkeiten, die du hast?«
»Ist es nicht genug?«
Sie blickte ihm offen ins Gesicht. »Nicht, wenn auch ich gute Nachrichten für dich habe, o Fernao, mein Gemahl. In ungefähr sieben Monaten werde ich dir ein weiteres Baby schenken. Ich hoffe, daß es diesmal ein Junge wird.«
Sein Herz machte einen Sprung. Nun gehörten Julietta und er wirklich untrennbar zusammen.

Samstag, 19. Mai 1526

Die versprochene Einheit von *parangi*-Musketieren war spät an jenem Abend angekommen und wurde in den Baracken der Stadt Kandy untergebracht. Nachdem er ihre geheimen Abgesandten befragt hatte, nahm König Kumara gemäß dem Tagesplan der arischen Monarchen sein zweites Bad und empfing den Tagesbericht seines Armeebefehlshabers. Als der stämmige General Dunu sich verabschiedete, war der König fast schon bereit zum Schlafengehen. Anstatt jedoch die vorgesehene Stunde der Meditation abzuhalten, veranlaßte ihn ein Gefühl der Ruhelosigkeit dazu, in die Gemächer seiner Gemahlin zu eilen.
Königin Anula wirkte blaß und lustlos, als sie sich erhob, um ihm zu huldigen.
»Stimmt etwas nicht, geliebte Dame?« fragte er besorgt. Er setzte sich wie üblich auf seinen Hocker und streckte die schlanken Beine aus, während die Königin wieder ihm gegenüber Platz nahm. »Ihr seht gar nicht gut aus.«
»Nichts, Majestät.« Ihre Stimme klang weniger kraftvoll als sonst.
»Bekommt Ihr etwa die Zitterkrankheit? Solltet Ihr nicht

besser etwas *kottha-mali,* Koriandertee mit viel Ingwer und Knoblauch, trinken? Soll ich die *veda rala,* die Heilkundigen des Palastes, rufen lassen?« Keiner von ihnen beiden war je krank gewesen, seit sie miteinander verheiratet waren, und er war schon zu dem Schluß gekommen, daß sie gegen alle Krankheiten gefeit seien.

Sie lächelte ihn ziemlich müde an. »Ich bin nicht krank, nur unwohl, Herr.«

»Im Magen?«

»Ich bezweifle, daß es so tief geht. Die Übelkeit steckt meist im Rachen. Ihr kennt ihre Ursache.«

»Von solchen Dingen verstehe ich nichts«, murmelte er. »Nun, dann also zum Geschäftlichen«, fügte er rüde hinzu.

Sie setzte sich mit einiger Willensanstrengung aufrecht hin, die schlanken Schultern gerade, die Hände im Schoß gefaltet. »Ich bin bereit, Majestät.«

Er berichtete ihr von der Belagerung Jayas und von König Vidiyes Landung in Galle. »Es scheint also, daß einem Angriff auf Sita Waka nichts mehr im Wege steht«, schloß er.

»Was, wenn König Maya Dunne von Jaya abläßt und auf Kandy marschiert, während Ihr Sita Waka erobert?«

Er warf ihr einen anerkennenden Blick zu. »Wirklich ein sehr kluger Gedanke, Herrin meiner Träume. Ich habe nicht gesagt, daß ich Sita Waka erobern werde, nur, daß einer Eroberung nichts mehr im Wege steht. Der Zeitpunkt muß stimmen, um einen derartigen Feldzug durchzuführen.« Er spürte, wie sein Glied vor Erregung steif wurde angesichts des Verstandes, der sich hinter ihrer makellosen Schönheit verbarg. Plötzlich kam ihm ein Gedanke. »Es ist gut, zu wissen, daß Ihr selbst keine Pläne hegt, Herrscherin zu werden.«

»Ich muß zugeben, daß ich solche Pläne durchaus hege, Majestät«, erwiderte sie mit sittsam niedergeschlagenen Augen.

Er war erschrocken. »Was?« fragte er.

Ihr Lächeln war honigsüß. »Ich möchte in Eurem Herzen regieren.«

Innerlich entfuhr ihm ein Seufzer der Erleichterung. »Und das tut Ihr auch, das tut Ihr wirklich, o schönes Weib und Königin meines Herzens.« Er hielt voller Bewunderung ihrem Blick stand, bis die Luft zwischen ihnen zu beben begann.

»Ich liebe Euch«, fügte er hinzu.

»Ich liebe Euch«, flüsterte sie. »Oh, wie ich Euch liebe. Ihr seid so schön, Herr. So vollkommen stark, so selbstsicher, so natürlich.« Ihre Stimme erstarb.

Er grinste vergnügt. »Nun sprecht Ihr wieder ganz wie die Dame, die ich liebe.« Er machte eine betonte Pause. »Nun, und hier ist sie also, *meine* Stärke.« Er streckte die Beine aus, öffnete seine Hosen und zog seinen prallen Penis heraus. »Jetzt zeigt mir die *Eure*.«

Sie erhob sich und kam rasch zu ihm herüber, kniete nieder und nahm seinen Penis in die Hand. Sie liebkoste ihn, bis er fast an seinem Berstpunkt angelangt war, schaute mit glänzenden Augen zu ihm auf, damit er ihre ganze Schönheit in sich aufnehmen könnte. Dann entspannte sie die weichen, roten Lippen, beugte sich über ihn und bedeckte sein Glied mit so leichten Küssen, daß er vor Wonne seufzte. Es war die reine Ekstase, denn er liebte nichts so sehr wie den Anblick perfekter Schönheit, der sich nun mit der vollkommenen Sinnlichkeit seiner Wahrnehmungen paarte.

Langsam öffnete sie ihren feuchten Mund und ließ den pulsierenden Penis behutsam hineingleiten. Ihre Lippen waren warm, weich. Ihm entfuhr ein Stöhnen. Plötzlich, unerwartet, würgte sie, entzog ihm ihren Mund und wandte sich, von heftigem Brechreiz gequält, zur Seite.

Er starrte sie voller Entsetzen an, enttäuscht und bestürzt. Zum erstenmal hatte die unglaubliche Schönheit, die ihren Liebesakten stets eigen gewesen war, einen rüden Bruch erfahren, war es zu einem schier ekelerregenden Ende gekommen. Der schwache Geruch nach Erbrochenem in ihrer Kehle stieg ihm in die Nase. Es war, als hätte er in einem Spiegel eine wunderschöne Szene beobachtet, und das Glas wäre plötzlich blind geworden.

Sonntag, 20. Mai 1526

Ich kam drei Tage zu spät, um meinem Onkel König Raigam gemäß dem Befehl meines Vaters zu helfen. Als ich den Gin-Fluß mit meinen sechs Kavallerieregimentern überquerte und zum Schlachtfeld, einer von Hügeln umgebenen Ebene am südlichen Ufer des Flusses, kam, sah ich als erstes Hunderte von Rabenkrähen, die krächzend über uns ihre Kreise zogen und den blauen Morgenhimmel auf der Suche nach Leichenresten verdunkelten. Die Ebene bot zahlreiche Hinweise auf das schreckliche, schicksalshafte Geschehen, darunter unzählige Aschehaufen von den Bestattungsfeuern, in denen die Dorfbewohner der Umgegend Tausende tapferer Sinhala, die mit meinem Onkel gestorben waren, in Massen verbrannt hatten.

Nach den Aussagen der Dorfobersten hatte eine vereinte Streitkraft von Tausenden Singhalesen und *parangi*, die letzteren mit Musketen bewaffnet, König Raigams Armee von fünftausend Mann in jenen Kessel getrieben und überfallen, indem sie plötzlich auf der Hügelkette erschienen war, während sich König Raigam und seine Männer in der Ebene befanden. Die *parangi*-Musketen hatten ihr tödliches Werk begonnen. Die meisten von König Raigams Männern hatten, angespornt durch sein Beispiel, bis zum bitteren Ende gekämpft. Der Feind hatte keine Gefangenen gemacht.

Es war unmöglich, herauszufinden, welches Aschehäuflein zu meinem Onkel gehörte, weshalb es nichts gab, das ich mir zur traurigen Erinnerung hätte mitnehmen können. Mit krankem Herzen, erschöpftem Geist und schrecklich niedergeschlagen, versuchte ich, mich selbst mit dem Gedanken zu trösten, daß seine Leistung, sein Wert als Mensch ihm das schönste Monument errichtet hatten. Während ich das leise Murmeln und die Ausrufe meiner Männer, die sich hinter mir herandrängten, kaum wahrnahm, starrte ich schweigend in die graugrünen Wasser des Flusses. Ich hatte einen kurzen Blick auf die Sinnlosigkeit des Ganzen geworfen. Die schlimmsten Minuten meines Lebens waren angebrochen.

Mittwoch, 23. Mai 1526

Umgehend kehrte ich, wie mein Vater es vor meinem Aufbruch zu dieser Rettungsaktion befohlen hatte, nach Jaya zurück, und erreichte unser Lager am Abend drei Tage später. Man sagte mir, daß der König an dem Rand des Hains aufzufinden sei, der dem Westtor gegenüberlag. Mir genügte ein Blick in sein angespanntes Gesicht, um zu wissen, daß er die schlimme Nachricht bereits erhalten hatte. Ich konnte spüren, in welchen Qualen sich seine Seele wand, als wir schweigend am Rand des Hains standen und über den Sumpf zu der dunkler werdenden Masse der Stadtmauern blickten. Ochsenfrösche hatten zu quaken begonnen, in der Luft hing ein schwerer Geruch nach Fäulnis.

Lange Momente verstrichen, nachdem ich meinen Bericht bereits beendet hatte. Schließlich nickte er zur Stadt hin. »Nun sind nur noch wir drei übrig«, bemerkte er traurig. »Mein Bruder, der Große König, Ihr und ich.«

In jenem Moment erkannte ich, daß diesem so selbstgenügsamen Mann, meinem Vater, der da so aufrecht und groß neben mir stand, auf dem feingeschnittenen Gesicht noch immer jenen draufgängerischen Ausdruck, immer auch ein Anflug von seelischer Einsamkeit angehaftet hatte. Wieder fühlte ich mich an die Sinnlosigkeit unseres Tuns gemahnt.

Wir unternahmen fast täglich Angriffe auf Jaya, doch gelang es uns nicht, uns Einlaß in die Stadt zu verschaffen, weil mein Vater entschlossen war, unsere wenigen Kanonen nicht zum Einsatz zu bringen. Unsere einzige Hoffnung bestand darin, die Verteidiger der Stadt auszuhungern, bis sie sich ergaben. Die Rajput-Söldner, die es nach Blut und nach Beute gelüstete, wurden bald aufsässig. Unsere eigenen Truppen schienen langsam entmutigt zu werden. In der Zwischenzeit erreichte uns eine Nachricht nach der anderen, in der von den Siegen die Rede war, die König Vidiye gegenüber jenen Adligen erzielte, die es wagten, sich ihm zu widersetzen. Schon bald hatte er seinem Ruf als hervorragendem Krieger, der in der

Schlacht ohne Furcht war, und dem eines großen Heerführers Rechnung getragen. Ohne König Raigam als Opponenten war er dabei, seine Macht über den Süden langsam auszudehnen. Mein Vater lehnte wiederholt meine Bitten ab, gegen ihn in die Schlacht zu ziehen. »Wenn wir erst einmal den Kopf der Schlange zertrümmert haben, die genau hier sitzt, wird auch ihr Körper absterben«, hatte er bei meinem letzten Bittgesuch prophezeit.
In all diesen Wochen war in mir die Vermutung entstanden, daß sowohl seine brüderliche Liebe zu König Bhuvaneka als auch sein Widerwillen gegen eine Beschießung einer singhalesischen Stadt mit Kanonen, wodurch er das Leben von unschuldigen Zivilisten aufs Spiel gesetzt hätte, die Beweggründe für das Zögern meines Vaters darstellten. Er schien sich seinem Bruder in einer Weise verbunden zu fühlen, die ich nie von ihm erwartet hätte.
Vier Wochen lang lagen wir vor der Hauptstadt, als der Monsun von Südwesten her losbrach. Das gesamte Land war ständig von Wolken verdunkelt, Blitze sausten herab, Donner rollte, unablässig ergoß sich der Regen über uns wie aus Kübeln. Das Wasser der Sümpfe stieg. Unsere Männer waren bis auf die Haut durchnäßt, weil es in den Zelten keine Möglichkeit gab, trocken zu bleiben. Überall begann man zu schniefen, schließlich waren alle an schlimmen Erkältungen erkrankt, und das bellende Husten der Männer war im ganzen Lager zu hören. Tag und Nacht dampften riesige Kessel mit *kottha mali,* Koriandertee, auf den glühenden Feuern, über denen man hastig Schutzdächer aus Kokosgeflecht errichtet hatte. In einigen Teilen unserer Truppen grassierte die Zitterkrankheit, die in Gegenden mit stehenden Gewässern sehr weit verbreitet ist.
Unsere Bedingungen besserten sich erst, als die Regenfälle abklangen und schließlich ganz aufhörten. Bald gaben goldene Tage des Sonnenscheins den Blick auf eine grün bewachsene Gegend frei, die sich inmitten eines Chors zwitschender Vögel und des Gestanks von verwesenden Blättern, versunkenen Abfällen und abgestandenem Schlamm ausbreitete.

Sonntag, 1. Juli 1526

Es war bei Tagesanbruch, als ich draußen Unruhe bemerkte und aus meinem Zelt trat, das neben dem meines Vaters errichtet war. Um unser Hauptquartier herum hatte das Lagerleben gerade begonnen, und der Duft nach Reis, den man zum Frühstück kochte, kam durch die Bäume geweht. Mehrere Wachsoldaten hatten einen Boten auf die kleine Lichtung gebracht und standen, eifrig bemüht, ihre Neugier zu verbergen, um ihn herum.

Mein Vater lächelte mir zu und erbrach die Siegel an der Schriftrolle, die ihm der kniende Bote überreicht hatte. Sein Gesicht wurde ernst, als er den Brief las. Er kam zum Ende, las nochmals, dann sah er mich an und reichte mir schweigend das Pergamentstück. »Eine Botschaft von Abdul Raschid«, kommentierte er knapp.

Die Worte verschwammen vor meinen Augen. Abdul Raschid hatte die Nachricht von dem Kapitän eines kleinen maurischen Handelsschiffes erhalten, das erst vor kurzem im Hafen von Colombo eingelaufen war. Die Flotte des Zamorim, bestehend aus 51 Schiffen mit 500 Kanonen und 2000 Männern, die unsere Blockade errichten geholfen hatte, war auf die verstärkte Ostindische Flotte der Portugiesen unter dem Kommando ihres brillantesten Schiffsoffiziers, Admiral Martin Alfonso de Sousa, getroffen, die man von Lissabon aus geschickt hatte, sobald dem König die Nachricht von der Aufstockung der Flotte des Zamorim zu Ohren gekommen war. Das Zusammentreffen hatte vor Vedalai, nahe Rames Waram an der Südwestküste Indiens, stattgefunden. Die Portugiesen hatten die Flotte des Zamorim vernichtend geschlagen und sogar einen schönen, perlenbehängten seidenen Schirm erbeutet, den der Zamorim als Geschenk an seinen »Freund, Bruder und Verbündeten, König Maya Dunne von Sita Waka, den zukünftigen Großen König von Lanka« entsandt hatte. Der Kapitän des Handelsschiffes hätte davor gewarnt, daß die portugiesische Flotte sich sogleich auf den Weg nach Colombo aufmachen würde, wenn sie erst die

Verfolgung der in alle Winde verstreuten Kriegsschiffe des Zamorim beendet hätte.
»Zu spät«, murmelte mein Vater. Er wandte sich mir zu. »Wir haben es zu lange aufgeschoben.« Er drehte sich um und ging langsam in sein Zelt zurück. Sein Kopf war ungebeugt, doch ich wußte, daß sein Herz in den tiefsten Tiefen versunken war.

Da wir zu Krisenzeiten stets die größten Kräfte entwickelten, brauchten weder mein Vater noch ich allzu lange, um uns von der Erschütterung zu erholen, die die Nachricht in uns ausgelöst hatte. Noch in derselben Stunde saßen Graf Wickrama Sinha, mein Vater und ich im Zelt meines Vaters um den rohen Tisch aus weißem *gini sapu*-Holz herum. In das Gesicht meines Vaters war wieder Ruhe eingekehrt. »Ich rechne damit, daß die *parangi* mindestens zehn Regimenter einschließlich Artillerie in Colombo an Land bringen«, stellte er fest. »Wir können Jaya auf der Stelle angreifen und uns den Einlaß erzwingen, doch das kann Zeit kosten, und wir würden in jedem Fall einem Angriff der Portugiesen ins Auge blicken müssen. Deshalb gehen wir am besten so vor, daß wir uns sofort nach Sita Waka zurückziehen. Gleichzeitig aber dürfen wir die Gesamtlage nicht außer acht lassen, weshalb Ihr beide, meine Herrn, heute noch erneut mit Euren Angriffstruppen nach Süden aufbrecht. Euer Ziel ist es, König Vidiye und seine Armee zum Kampf zu fordern und zu vernichten.«
Ich warf Graf Wickrama Sinha einen raschen Blick zu. Sein hageres, wohlgestaltes Gesicht war so von Anspannung gezeichnet, daß die hellhäutigen Wangen ausgehöhlt und bleich aussahen. »Nehmen wir an, die *parangi* und der Große König schließen sich zusammen, um in Sita Waka einzumarschieren, Majestät?« fragte er. »Wäre es nicht klüger von uns, unsere Truppen nicht aufzuteilen?«
Mein Vater schüttelte mit Entschiedenheit den Kopf. »Es wäre große Überzeugungskraft vonnöten, um meinen Bruder, den Großen König, zu einer Invasion in mein Stammland

zu bringen, zumal er weiß, daß er es niemals lange halten kann. Auf der anderen Seite wird Euer Vorstoß, Graf Wickrama Sinha, dazu führen, daß König Vidiye davon abgehalten wird, sich mit seinen Verbündeten zu vereinen und uns damit erst recht überwältigende Schwierigkeiten zu bereiten.«
»Und nehmen wir an, König Kumara beschließt, gemeinsame Sache mit dem Großen König und den *parangi* zu machen, Majestät?« fragte ich.
»Das ist ein Ausnahmefall, dem wir begegnen müssen, wenn er sich ergibt. Es ist so schade, daß König Raigams ... König Raigams ...« Er hielt inne und zuckte die Achseln, um seine Fassung wiederzuerlangen.
Ohne ein Wort zu sagen, kamen Graf Wickrama Sinha und ich überein, daß es Zeit war zu gehen. Ich erbat des Königs Erlaubnis, uns zurückziehen zu dürfen. Wir erhoben uns, huldigten ihm und gingen hinaus. Die Sonne hatte sich noch immer nicht blicken lassen.

Donnerstag, 12. Juli 1526

Für die Jahreszeit ungewöhnliche Regenfälle hatten die drei Flüsse über ihre Ufer treten lassen, die wir auf unserem Weg nach Galle überqueren mußten, weshalb wir fünf Tage brauchten, bis wir zu den Ausläufern der Stadt kamen. Unsere Spione hatten uns mitgeteilt, daß König Vidiye mit seiner Armee nach Süden in Richtung Hamban weitergezogen war, das zweiundsiebzig Meilen entfernt lag, um einen größeren Aufstand niederzuschlagen. Wenn ihm das gelang, würde es die unabhängige Region von Ruhuna unter seine Kontrolle bringen.
Da wir uns nicht ins Schußfeld der *parangi*-Kanonen bringen wollten, machten wir einen großen Bogen um Galle. Nach drei weiteren Flußüberquerungen und den letzten dreißig Meilen, die wir durch die niederdrückende Hitze dichten Dschungels zurücklegen mußten, erreichten wir schließlich am elften Tag nach unserem Aufbruch von Jaya die Küste mit

ihren Sanddünen und den Salzpfannen von Hamban und machten auf einer offenen Ebene am Meer halt. Wir waren weit genug westlich von der Stadt, um rechtzeitig vor einem drohenden Angriff durch König Vidiyes Truppen gewarnt werden zu können.
Wir schlugen unser Lager auf offenem Buschland auf, schufen einen Schutzring rund um uns herum und sandten Spähtrupps in Richtung Stadt aus, die in Erfahrung bringen sollten, wo König Vidiyes Truppen standen. Seit wir Galle und Matara verlassen hatten, waren wir gänzlich ohne Nachricht geblieben.
Unsere ersten Kundschaftertrupps kehrten in derselben Stunde zurück. Graf Wickrama Sinha und ich empfingen sie an dem mit grünem Unterholz gesäumten weißen Sandstrand, wo man unser Zelt aufgeschlagen hatte.
»Mehrere große *parangi*-Kriegsschiffe sind gestern morgen in die Bucht von Hamban gesegelt und vor der Reede vor Anker gegangen«, berichtete der Anführer der Späher aufgeregt. »König Vidiyes gesamte Armee ist an Bord gegangen und am selben Abend davongesegelt! Da er wußte, daß Ihr hinter ihm her wart, Prinz, hat er für Euch eine Botschaft bei dem Distriktobersten zurückgelassen.« Er verneigte sich und hielt mir ein *ola* entgegen.
Ich sah zu Graf Wickrama Sinha hinüber, der einen fragenden Ausdruck auf seinem hageren Gesicht trug. Ich entließ die Späher, öffnete die *ola*-Rolle und las gerade laut genug vor, daß es Graf Wickrama Sinha hören konnte:

> »An Prinz Tikiri Bandara, nun bekannt als Raja Sinha, sendet Vidiye Bandara, König von Billigam und Raigam, Grüße.
> Wir bedauern, daß unser Zusammentreffen aus einem dringenderen Anlaß verschoben werden muß.
> Keine Angst, wir werden zurückkehren. Es steht in den Sternen geschrieben, daß wir Euch eines Tages besiegen werden, wenn Ihr überhaupt noch so lange lebt ...«

Ich umklammerte die Schriftrolle, zerdrückte sie vor Wut.
»Was machen wir jetzt?« Graf Wickrama Sinha lächelte sein vertrautes, liebenswürdiges Lächeln. Er war ein Mann der Tat, nicht der große Worte.
»Wir haben keine andere Wahl, als nach Sita Waka zurückzukehren«, erwiderte ich.
»Wie wäre es mit einem weiteren Überfall auf die *parangi* in Galle, Prinz?«
»Wir können nicht noch einmal den Beschuß der Stadt riskieren. Außerdem sollten wir uns beeilen, zu König Maya Dunne zurückzukehren, denn es könnte sein, daß er an der Heimatfront jede Unterstützung brauchen kann. Trommelt die Kommandeure noch in dieser Stunde zusammen, damit sie ihre Befehle entgegennehmen. In der Zwischenzeit ist für unsere Vor- und Feldposten der Alarmzustand beendet; unsere Spähertätigkeit wird eingestellt.«

Montag, 16. Juli 1526

Vier Nächte später lagerten wir auf einer langgestreckten Lichtung entlang des Südufers des Menik-Flusses. Die meisten unserer Männer waren still und nachdenklich wie ich, der ich auf meiner Decke lag und zu den Sternen hochblickte, die an einem dunkelblauen Himmel glitzerten.
Ich stützte mich auf einen Ellbogen, als ich das Geräusch von Stimmen hörte. Zwei Wachen traten aus der Dunkelheit in den flackernden Widerschein des Feuers; sie führten eine dunkle Gestalt in ihrer Mitte. Als sie näher kamen, erkannte ich einen hageren, großen Mann in einem schwarzen Tunikamantel und weißen Hosen, der sich tief vor mir verbeugte.
Eine der Wachen stellte den Neuankömmling vor. »Das ist Banda, Prinz. Er sagt, er sei der Dorfoberste von Embil, dem Dorf zwischen hier und Sita Waka. Er behauptete, Neuigkeiten von größter Tragweite zu bringen.«
»Ihr mögt sprechen«, befahl ich dem Dorfobersten. Als ich das Knirschen von Schritten hörte, wandte ich den Kopf und

erblickte Graf Wickrama Sinha, der auf uns zukam. Er nickte mir zu und blieb neben mir stehen.

»Eine große Anzahl *parangi* hat sich der Armee des Großen Königs angeschlossen und einen überraschenden Vorstoß in unser Königreich unternommen«, berichtete Banda. »König Maya Dunne, mögen die Segnungen der Drei Juwelen stets bei ihm sein, ist gestern abend mit seiner ganzen Armee gegen sie vorgerückt. Es hat eine furchtbare Schlacht stattgefunden.«

»Was war das Ergebnis der Schlacht, Mann?« unterbrach ich ihn, wobei ich meiner Ungeduld mit einem Fingerschnippen Ausdruck verleihen mußte. »Wer hat gesiegt?«

»Wir haben keine endgültigen Informationen, Herr, weil wir so weit weg sind, doch im Dorf geht das Gerücht, daß König Maya Dunne siegreich war.« Sein Ton war begeistert, sein Grinsen fast triumphierend. »Wer sonst auch?«

Ich mußte mich vor Enttäuschung über das Geschehene fast abwenden, dankte statt dessen aber dem Mann, befahl, daß man ihm ein Geldgeschenk mache, und schickte ihn nach Hause. Schließlich blieben Graf Wickrama Sinha und ich allein stehen. »Wenn ich eine kluge Bemerkung machen darf, so haben wir entweder gesiegt oder verloren«, stellte Graf Wickrama Sinha fest. »Wenn wir gesiegt haben, brauchen wir nicht mehr zur Rettung zu kommen. Wenn wir verloren haben, ist es wohl besser, wir überstürzen nichts.«

Dienstag, 17. Juli 1526

Den ganzen nächsten Tag durchlebte ich in einer Art Betäubung, denn nach den ersten Berichten zu urteilen, die wir von vorbeifahrenden Fuhrleuten bekamen, war unsere Armee in der großen Schlacht besiegt worden und hatte sich unter dem Kommando meines Vaters, des Königs, zurückgezogen. Ich dankte den *devas,* daß er, den Berichten zufolge, unverletzt war, doch meine Seele weinte, wenn ich daran dachte, wie jener stolze Mann, der einst unbesiegbar gewesen war, unter der Schande der Niederlage wohl leiden mußte.

Als wir unserem Ziel näher kamen, wurden auch die Nachrichten schlechter. Männer in den Dörfern und vorbeiziehende Reisende sprachen von einer vernichtenden Niederlage unserer Truppen, denen ein Sperrfeuer der Artillerie und die Brutalität der *portugiesischen degredados* schlimmere Verluste beigebracht hatten als alle Gewitterstürme der Welt zusammengenommen.

Der erste spürbare Hinweis auf ein wirkliches Desaster, das noch schlimmer sein mußte als alles, was ich mir vorgestellt hatte, bestand in einem seltsamen Geruch, den ich bei Sonnenuntergang wahrnahm, als wir uns dem Zugang zu dem Bergpaß näherten, von dem aus man einen Blick auf die Stadt hatte. Graf Wickrama Sinha schnüffelte und bemerkte: »Ich könnte schwören, daß das Brandgeruch ist.«

»Brandgeruch!« rief ich aus.

Wie auf Kommando trieben wir unsere Pferde an und trabten rasch den dunklen Pfad entlang, der zwischen hohen Nutzbäumen hindurchführte und von dichtem Gebüsch gesäumt war. Als ich das wütende rote Glühen am Himmel sah, noch bevor wir den Kamm des steilen Anstiegs erreicht hatten, verfiel ich in Galopp. Schwarz-grauer Rauch türmte sich in der Ferne auf, als wir uns der Lücke näherten, die der Paß bildete.

Wir durchbrachen den Zwischenraum und hielten unsere Pferde an. Der Anblick, der sich uns bot, war entsetzlich.

Weniger als eine Meile taleinwärts war die ganze Stadt Sita Waka ein Flammenmeer, ein großes Rechteck aus glühendem Rot, das heftig loderte und stoßweise dicke Rauchwolken gen Himmel preßte. Ein Brüllen ähnlich dem Grollen der Erde vor einem Beben kam auf uns zugeweht und brachte einen heißen Windstoß mit sich. Winzige schwarze Punkte, Menschen, die sich vor der Feuersbrunst abzeichneten, liefen eilig hin und her. Ich glaubte ihre Schreie zu hören. Der schreckliche Gestank nach Verbranntem war nun so stark, daß er mir in der Kehle kratzte.

Mein ganzes Leben ist dort in jenen Flammen aufgegangen, dachte ich. Mein Geburtsort, mein Zuhause, meine wenigen

geliebten Besitztümer, meine Vergangenheit. Sogar meine Gegenwart und meine ganze Zukunft.
Ich hörte, wie Graf Wickrama Sinha leise fluchte.
Er murmelte: »Niemals in der Geschichte unseres Landes ist etwas Derartiges geschehen, außer, als die Tschola-Eroberer Anu und Polon in Brand setzten. Nur die *parangi* können eine so entsetzliche Tat vollbracht haben.«
Ich konnte nicht sprechen, weil mir die Worte fehlten. Meine ganze Willenskraft war darauf ausgerichtet, nicht in Tränen auszubrechen. Ja, ich hatte wahrlich Tränen zu vergießen.
Ich hörte ein Rascheln im Unterholz seitlich neben dem Pfad. Mein Herz klopfte schneller, als ich blitzartig mein Schwert zog und auf Rama zu dem Urheber des Geräusches herumwirbelte.
Ein Mann zu Pferde kam zwischen den Bäumen nach vorne. Seine Gestalt hätte ich an jedem Ort der Welt erkannt. Es war mein Vater, der auf seinem Braunen auf uns zukam, allein, den Kopf mit einer weißen Bandage umwickelt, den rechten Arm in einer Schlinge. Graf Wickrama Sinha und ich beobachteten in versteinertem Schweigen, wie er näher kam. Er war schweißgebadet, blutig, erschöpft. Aber sein Kopf war ungebeugt.

Kapitel 13

Dienstag, 17. Juli 1526

Zur selben Zeit in jener Nacht stand Fernao auf der offenen Veranda seines Quartiers, einer großen Villa auf dem gegenüberliegenden Berghang, der die Stadt Sita Waka über ihren westlichen Ausläufern überragte. Er sah sich dem Zorn des Großen Königs Bhuvaneka Bahu ausgesetzt; Zuschauer des Streitgespräches war ein allem Anschein nach amüsierter König Kumara.
»Oberst de Albergaria, Ihr habt einen der am meisten geheiligten Glaubenssätze des singhalesischen *charlithraya*, der

Traditionen, verletzt. Als König Maya Dunne heute nachmittag seinen Palast mit weißem Tuch verhängte und sich aus der Stadt zurückzog, so tat er dies zum Zeichen dafür, daß er um einen Waffenstillstand bat. Ich selbst habe Euch heute nachmittag gesagt, daß wir den Waffenstillstand einhalten und auf die Abgesandten meines Br... von König Maya Dunne warten sollten, genauso wie man auch in Europa auf eine weiße Fahne reagiert, die anzeigt, daß der Gegner sich ergibt.« Der Schnurrbart des Großen Königs knisterte förmlich vor Empörung, seine plumpen Wangen bebten. »Nun haben Eure Leute König Maya Dunnes Palast niedergebrannt, der auch mein eigenes Elternhaus war. Er barg so viele Erinnerungen für mich.« Ein Zittern war in seine hohe, rauhe Stimme getreten. »Dennoch ist es nicht das, was meine Empörung ausgelöst hat. Vielmehr ist es der Bruch unseres heiligen Kodex, vor dem jeder treue Sinhala zurückschrecken würde. Und was wird die Geschichte von uns sagen?«

»Daß wir als Eroberer skrupellos waren und daß kein Mensch, sei es König, Prinz, Adliger oder Befehlshaber, es wagte, uns in die Quere zu kommen«, bemerkte König Kumara mit einem zynischen Grinsen.

Fernao dankte König Kumara mit einem Blick von der Seite her, doch im Moment fühlte er sich nur erhitzt und müde von den schnellen Märschen und den Schlachten; alles, was er sich wünschte, waren ein Bad, eine Mahlzeit und Schlaf. Seine Gereiztheit war der Grund dafür, daß er beschloß, dem plumpen Herrscher gegenüber hart zu bleiben, der zwar mit seiner Armee in die Schlacht geritten war, selbst aber nicht an den Kampfhandlungen teilgenommen hatte. »König Maya Dunne hat nicht die Flagge der Kapitulation gehißt, Majestät«, gab er zurück. »Er hat nur seinem Wunsch nach Waffenstillstandsverhandlungen Ausdruck gegeben, und selbst wenn seine Geste Symbol dafür war, daß er ein Gespräch wünschte, so sind wir doch keineswegs in der Laune, irgend etwas anderes anzunehmen als die bedingungslose Aufgabe. Denkt daran, daß der König mitsamt seinen Kanonen, Musketen und dem noch verwendbaren Schießpulver

das Weite gesucht hat. Und er hat seine Schatzkammer geleert. Denkt auch daran, daß vor der Landung in Colombo die meisten meiner Männer vier Tage lang auf bewegtem Ozean unterwegs gewesen waren, nachdem sie an der großen Seeschlacht gegen die Flotte des Zamorim teilgenommen hatten. Dabei waren Kameraden von ihnen verwundet und getötet worden. Ihr Blut ist in Wallung. In einem solchen Zustand kann sie weder die weiße Verkleidung eines Palastes noch irgendeine verworrene Sitte aufhalten.«
Dem großen König fiel die Kinnlade herunter, und sein Gesicht, das von der Hitze glänzte, die aus der brennenden Stadt aufstieg, verzerrte sich vor Wut. Er zeigte mit einem zitternden Finger auf die brüllenden Flammen unter ihnen. »Ihr gebt den Befehl zu einer solchen Tat und wagt es, so mit mir zu sprechen?« fragte er.
»Hört mir zu, Großer König«, erwiderte Fernao in befehlendem Ton. Seine hellblauen Augen blickten frostig drein. »Die Zeit ist gekommen, daß wir beide, Ihr und ich, einander verstehen. Die Idee zu dieser ganzen Operation ist in einer Zeit entstanden, als Ihr innerhalb Eurer Stadtmauern in der Falle saßt und in einer schweren Zwangslage wart. Ich habe sie geplant und die Unterstützung meiner Regierung für sie erhalten.« Er zeigte mit seiner rechten Hand auf sich selbst. »Meine Männer und ich haben unser Leben aufs Spiel gesetzt, um uns alle so weit zu bringen. Wofür? Wir haben nicht den Wunsch, die singhalesische Lebensart zu verändern, doch wir werden Eure Sitten und Gebräuche nur so lange würdigen, wie sie nicht mit unseren Interessen in Widerstreit treten. Meine Männer bekommen ihren Sold, dazu Essen, Kleider und Unterkunft. Ihre Hoffnung auf einen friedvollen Ruhestand liegt freilich in der Kriegsbeute. Meine Truppen haben die Stadt aus Wut darüber in Brand gesetzt, daß sie sie leer vorfanden. Ich habe sie nicht davon abgehalten, weil sie sich auf diese Weise abreagieren konnten und zugleich das Skorpionsnest aushoben.«
Die Augen des Großen Königs waren vor wachsendem Zorn langsam aus den Höhlen getreten, doch nun mischte sich

König Kumara ein. »Vielleicht wäre die Höhle des Löwen ein besserer Vergleich«, bemerkte er gewandt und drehte sich dann um, um anscheinend unbeteiligt auf den Berghang zu blicken.
»In welcher Situation auch immer wir sein mögen«, stellte Fernao fest, »wir werden Euch stets den Respekt zukommen lassen, der Eurer Stellung gebührt, doch Euren Wünschen nachgeben, wenn die Situation es anders verlangt, werden wir nicht.«
Zu Fernaos Überraschung erlangte der Große König mit einemmal seine Fassung wieder. Er lächelte sogar, zwar nicht mit den Augen, aber mit den Lippen. »Sehr gut, Oberst de Albergaria«, erwiderte er freundlich. »Ich danke Euch dafür, daß Ihr mich rechtzeitig daran erinnert habt. Versichern wir uns also der Tatsache, daß wir uns recht verstehen.« Er hielt inne. »Ihr sprecht offensichtlich aus einer Position der Stärke heraus, doch denkt bitte daran, daß Eure militärische Stärke nur deshalb aufrechterhalten wird, um den Handel voranzutreiben, der umgekehrt wieder Euch und Eurem Militär zugute kommt. Wir, die Könige, sind es, die die Gewalt über die Erzeugnisse haben, die Ihr so dringend benötigt, um Eure Truhen wohlgefüllt zu halten, damit ihr Schiffe und Waffen bauen und Eure Soldaten bezahlen könnt. Wir, die Könige, sind es, denen das Volk die Treue und Unterstützung schenkt, welche ihre moralische Stärke ausmachen. Ihr habt Euch soeben eine Position der Macht erobert, aber es wird Euch niemals gelingen, die ganze Insel Lanka unter Eure Herrschaft zu bringen, wenn Ihr nicht mehr militärische Stärke aufbringen wollt, als unser ganzes Land sie besitzt.« Er wandte sich König Kumara zu. »Und was Euch angeht, Cousin, so überrascht es mich gar nicht, daß Ihr über diese schreckliche Tat nicht empört seid. Immerhin seid Ihr nicht gerade berühmt für Eure Moralität.«
König Kumara lächelte. »Nichts würde mich mehr empören, Cousin, als wenn man mich der Moralität beschuldigte. Da Ihr den Gedanken jedoch zu schätzen scheint, fragt Euch doch einmal, wie es sich mit einem Großen König verhält, der

sein Land einer fremden Macht verkauft, um seine Souveränität zu erhalten. Pah! Was habt Ihr in Wirklichkeit erhalten, Cousin? Was die Tradition angeht, so ist sie nichts anderes als ein paar Löffel schlüpfriges Okra-Gemüse, das die Sieger den Verlierern in den Weg legen, um ihre Versklavung zu besiegeln, und die Verlierer umgekehrt den Siegern zwischen die Füße werfen, damit sie auf ihrem eigenen Vorteil ausrutschen! Ich stimme dem Oberst von ganzem Herzen zu. Immerhin haben die großen Eroberer der Geschichte, Dschingis-Khan, Mahmud von Ghazni, Alexander der Große, ganz zu schweigen von den Kreuzrittern, immer wieder die Zentren des Widerstandes zerstört und sich an der Kriegsbeute gütlich getan. Seid doch vernünftig, Cousin. Oberst de Albergaria hat die gegenwärtige Situation fast im Alleingang herbeigeführt. Er hat für die Entsendung von Verstärkungstruppen aus Portugal gesorgt, ließ sie nach Lanka kommen, hat das Ablenkungsmanöver unseres Cousins, König Vidiye, geplant und hat Euch aus einer brenzligen Situation gerettet. Es war der brillante Plan des Obersten, durch den wir König Maya Dunne zur offenen Schlacht in einer weiten Ebene zwangen, wo es möglich wurde, mit einem Artilleriebeschuß, wie ihn das Land noch nicht erlebt hat, die Elefanten des Königs in Angst und Schrecken zu versetzen und seine Streitwagen und Kavallerie zu nutzloser Staffage zu machen. Oh, und vergessen wir auch nicht, wie der Oberst die Macht König Maya Dunnes eindämmte, indem er mit König Raigam und seiner Armee aufräumte. Ihr schuldet dem Oberst alles und Eurem Bruder, König Maya Dunne, nichts. Der Oberst ist der Mann der Stunde, und Ihr solltet ihm jede nur erdenkliche Unterstützung und Zusammenarbeit gewähren, ganz zu schweigen von Bewunderung und Ehre.«

»Meint Ihr, ich sollte dem Oberst auch den Hintern abputzen?« erkundigte sich der Große König in rüdem Ton.

Fernao war von der Roheit der Frage verblüfft, die so gar nicht dem Charakter des Großen Königs entsprach. »Wir haben alle einiges durchgemacht«, mischte er sich in sanfterem Ton als vorher ein. »Was geschehen ist, ist geschehen. Laßt uns darüber schlafen.«

»Ja, tun wir das«, stimmte König Kumara gutgelaunt zu.
»Welches Vorgehen schlagt Ihr denn bezüglich Sita Wakas vor, Oberst?« erkundigte sich der Große König, indem er das unangenehme Thema unvermittelt wechselte.
»Wir werden bald abziehen und eine Besatzungstruppe zurücklassen.«
»Bestehend aus Euren eigenen Leuten?«
»Nein, aus Euren Leuten und denen König Kumaras, nur zum Schein von uns unterstützt.«
»Die Besatzungstruppe sollte allein ich stellen«, unterbrach König Kumara sie rüde. »So waren wir übereingekommen, Oberst. Ich sollte Sita Waka angreifen, und im Falle eines Sieges sollte ich als rechtmäßiger König hierbleiben, denn schließlich war meine Mutter eine Maya Dunne.«
»Niemals!« widersetzte sich der Große König mit Nachdruck. Er wandte sich mit wütendem Blick an Fernao. »War das Euer Plan? Wenn das der Fall ist, so begreift bitte, daß es Euch nicht zusteht, über Sita Waka zu verfügen. Es ist Teil Lankas, und der Große König bin ich. Nur *ich* habe die Macht, neue Könige zu ernennen.« Die Miene des Großen Königs wirkte jetzt sehr entschlossen. Er straffte die Schultern und blickte in aufrechter Haltung, die Beine fest nebeneinander aufgestellt, auf die brennenden Gebäude hinab, dann hoch zu den Rauchschwaden, die zu dem bewölkten Himmel emporstiegen. Seine hervorquellenden Augen nahmen plötzlich einen traurigen Ausdruck an. »König Maya Dunne ist mein Bruder«, sagte er. »Heute hat man ihn seiner Stadt und seiner Würde beraubt. Das Königreich von Sita Waka ist keine Ware, um die man Verträge abschließt oder handelt, wie um Fisch am Strand oder Zimt auf dem Marktplatz.« Er warf König Kumara einen verächtlichen Blick zu. »Oder sogar wie um das Fleisch einer Königin. Wir sind schon weit genug gegangen. Meinen Befehlen wird gehorcht werden – auf Todesstrafe.«
König Kumara klatschte ihm höhnisch Applaus. »Eine großartige Vorstellung, Cousin«, sagte er. »Ihr spielt Eure Rolle so gut, daß es fast echt klingt. Alles, woran es ihr noch

mangelt, ist Wirklichkeitsnähe, eine Ware, die Euch wohl im Moment ausgegangen ist.«

»Vielleicht war mir bislang auch der Mut ausgegangen«, gab der Große König bissig zurück. »Die Handlungsweise des Obersten hat mich bei beiden Waren etwas mit Nachschub versorgt.« Er wandte sich ganz zu Fernao hin. »Habt Ihr vor, eine Garnison in Sita Waka zu lassen, Oberst?« Er hatte die Frage in herrischem Ton und unter stolzem Anheben des Kopfes gestellt.

Fernao konnte nicht leugnen, einen Anflug von Bewunderung für den Mann zu empfinden, der da in neu erwachsender Würde vor ihm stand. Jahre der Ergebenheit Autoritäten gegenüber kamen in ihm zum Durchbruch. »Nein, Majestät«, erwiderte er. »Ich kann die Männer nicht entbehren, und einige der Kriegsschiffe und Regimenter müssen nach Goa zurückgebracht werden, wenn dieser Feldzug hier erfolgreich beendet ist.«

Der Große König lächelte verbindlich. »Nun gut, dann haben wir uns ja verstanden. Die Audienz ist hiermit beendet. Ich wünsche Euch beiden *ayubowan.*« Mit diesen Worten drehte er sich abrupt um, ohne König Kumara auch nur eines Blickes gewürdigt zu haben, und trat mit gesetzten Schritten ins Haus.

Fernao fühlte den glühenden Blick König Kumaras auf sich gerichtet. »Und was sagt Ihr dazu, Oberst?«

»Ich sage, daß meine Regierung und ich auf Eurer Seite sind.« Fernao brachte es nicht fertig, dem enttäuschten König ins Gesicht zu sehen. »Doch am allerwichtigsten ist der Faktor der Zeit. Wir haben dafür gesorgt, daß Ihr heute hier als einer der großen Sieger dasteht. Das wird Euch im ganzen Land Anerkennung verschaffen. Wie ich dem Großen König gerade eben gesagt habe, können wir keine Besatzungstruppe hier in Sita Waka unterhalten, deshalb können wir auch einer Machtergreifung durch Euch hier nicht Rückendeckung geben. In dem Moment, wo wir abziehen, wird die Armee des Großen Königs in der Lage sein, Euch in Stücke zu reißen. Wenn er sich mit seinem Bruder verbündet, was er gewiß tun wird, wenn wir ihn dazu anstacheln, werdet Ihr hoffnungslos unterlegen sein.« Er hielt inne, dann senkte er die Stimme. »Denkt aber daran, daß der Große König alt und Ihr sehr, sehr jung seid. Außerdem sterben Könige auch.« Er blickte König Kumara bedeutungsvoll an. »Dem jetzigen wird eine Marionette auf den Thron folgen, nämlich Prinz Dom Juan. Wir werden Euch dann helfen, Eure Herrschaft auf andere Königreiche auszudehnen, das verspreche ich Euch.«

»Da könnt Ihr mir gleich die Jungfräulichkeit einer Hure versprechen!« Aus König Kumaras Stimme sprach eine Mischung aus kontrollierter Bosheit, Abscheu und Spott. Er wurde nachdenklich. »Ist das Euer letztes Wort, Oberst?«

Fernao trat unruhig von einem Fuß auf den anderen. Er hatte schon öfter mit der Macht von Unterkönigreichen jongliert, doch die Rolle des Königsmachers war ihm neu. Er streckte in einer Geste der Hilflosigkeit die Hände aus. »Was kann ich Euch sonst sagen?«

»Nutzt Eure gegenwärtige Truppenstärke, um den Überresten der Armee König Maya Dunnes zu folgen und sie alle zu vernichten.« Ein schlaues Glitzern trat in König Kumaras Augen. »Einschließlich der noch unversehrten Kavalleriekorps und Infanterieregimenter Eures Rivalen, Prinz Raja Sinha.«

Fernao wich zurück, als hätte man ihn ins Gesicht geschlagen. Wie konnte diese Ausgeburt des Teufels von der Wunde in seinem Herzen wissen? »Ich kann die Truppen Seiner Königlichen Majestät für einen solchen Zweck nicht einsetzen«, erwiderte er. »Mein Befehl lautet, die Oberherrschaft des Großen Königs über seine Gebiete wiederzuerlangen und den Großteil der Land- und Seestreitkräfte nach Goa zurückzuschicken.«

»Offensichtlich ist für meine Interessen hier kein Platz mehr, jetzt, wo Ihr Eure begrenzten Ziele erreicht habt, die Ihr so schlau vor mir verborgen habt, Oberst.« Das hübsche Gesicht war in entschlossene Linien gelegt. »Ich bin kein Bettler, der um eine Gunst fleht, am allerwenigsten von denjenigen, die keinen wirklichen Sinn für Loyalität und Ehre besitzen.

Ich bin ein unabhängiger Herrscher. Ich werde meiner Armee den Befehl geben, morgen bei Tagesanbruch nach Kandy zurückzukehren.«
Fernao errötete und unterdrückte nur mit Mühe den Drang, den König zu ohrfeigen. »Mit oder ohne meine beiden Einheiten von Musketieren?«
»Das liegt bei Euch, Oberst.« König Kumara drehte sich um, stapfte die Verandatreppe hinab und quer über die Lichtung vor der Villa auf seine Unterkunft, ein kleineres Landhaus, zu.
Fernao blickte zu einem Himmel empor, den noch immer die Rauchschwaden des Brandes verdunkelten, den er selbst auf dem Gewissen hatte. Plötzlich fühlte er sich haltlos und sehr müde. Großer Gott im Himmel, gib mir Kraft, betete er.
Einer Antwort gleich kam ihm plötzlich der Gedanke an Julietta und das Kind, das sie von ihm in ihrem Leib trug, in den Sinn. Nichts sonst zählte, nicht einmal die Möglichkeit, daß Catherina ein Bastard war. Seine Frau trug nun ein Stück von ihm unter dem Herzen, wo es als Beweis seiner Liebe verewigt bleiben würde, in ihr, der Frau, die er liebte. Alles, was er sich wünschte, war, morgen mit seinen Truppen abzuziehen, fort von den verkohlten Überresten der Hauptstadt der Maya Dunnes und nach Hause, in die friedliche Stille seines Heims am Hügel von Mutu Vella.

Während König Kumara die Lichtung durchquerte, versuchte er, seine Wut und seine Enttäuschung zu verbergen. Seine beiden Adjutanten, die im Dunkel gewartet hatten, salutierten und schlossen sich ihm an. Er erwiderte zerstreut ihren Gruß und ging zu den wartenden Pferden hinüber. Ein Mitglied seiner Eskorte, die zu seinen Diensten bereitgestanden hatte, hielt den Kopf seiner grauen Stute, er stieg auf, machte es sich im Sattel bequem und trieb das Pferd an. Das Tier begann, sich seinen Weg entlang des Pfades zu suchen. Seine Hufe klapperten hell auf den kleinen Steinen. Die Eskorte folgte in einer Reihe.
Die gesamte Armee von Kandy und Jaya hatte ihr Lager in der

großen, schüsselartigen Ebene aufgeschlagen, in der die Stadt lag, während sich die Portugiesen an der näheren westlichen Seite des Passes niedergelassen hatten. Der Befehlshaber der Armee von Kandy hatte das die Stadt umgebende Parkland zu ihrem Lagerplatz erkoren. Geräusche von Feiernden, Trommelschlag, das Klimpern einer *sitar*, gefolgt von einem Lied, drangen durch den erstickenden Rauch hindurch an König Kumaras Ohr.

Plötzlich riß das gellende Schreien einer Frau, gefolgt von derbem Männergelächter, den König jäh aus seiner Gedankenversunkenheit. Er sah in die Richtung, aus der die Geräusche gekommen waren: ein bescheidenes, fackelbeleuchtetes Haus. Er sah seine Adjutanten über die Schulter hinweg an.

»Was war das?«

»Wahrscheinlich eine Frau, die … äh … Schwierigkeiten macht«, erwiderte der eine mit einem verschlagenen Grinsen.

»Wessen Leute werden das sein?«

»Wahrscheinlich Soldaten des Großen Königs, Majestät.«

»Folgt mir!« befahl König Kumara und preschte auf das Haus zu, sprang ab und klopfte mit dem Griff seines Schwerts mehrmals an die Tür.

Die Rufe im Haus waren plötzlich verstummt. Die Frau begann »Hilfe! Hilfe!« zu schreien, doch ihre Rufe wurden gleich darauf erstickt.

»Im Namen des Königs, öffnet!« brüllte der Adjutant hinter König Kumara. Er war bereits abgestiegen, und die Eskorte trat einer nach dem anderen in den Garten.

König Kumara holte mit seinem stiefelbewehrten Fuß aus und trat mit der Sohle fest gegen die Tür. Sie gab nur leicht nach. Als er nochmals zutrat, schwang sie nach innen auf. Er trat vom Eingang zurück und widmete sich dem Anblick, der sich ihm bot. Drei Soldaten standen, ohne Hosen und mit aufgerichtetem Penis, um eine nackte Frau herum, die am Boden lag. Beim Licht einer Öllampe war die ganze Szene für ein paar Sekunden zur Regungslosigkeit erstarrt, ähnlich einem Stilleben.

Dann brach es los.

Einer der Soldaten, ein großer, fleischiger Mann mit einem schwarzen Bart und bösen Augen, sprang nach seinem Schwert, ergriff es und machte einen Satz auf die Tür zu. König Kumara rührte sich nicht vom Fleck und parierte voller Verachtung den Hieb, indem er das Schwert hob und seine Spitze um die Klinge des Gegners kreisen ließ. Dann vollzog er mit gebeugtem rechten Knie einen Ausfallschritt. Sein Gegner fiel dem klassischen Stoß zum Opfer; des Königs Schwert bohrte sich tief zwischen seine Rippen und traf mitten ins Herz. Der Mann gab nur ein Ächzen von sich und brach zusammen. Er war tot, bevor er auf den Boden traf. Sein Schwert fiel rasselnd auf den gefliesten Boden.

Der zweite Mann war bereits einigen raschen Schwerthieben der hinzugetretenen Adjutanten zum Opfer gefallen. Den dritten, der bislang im Hintergrund geblieben war, verließ angesichts des Schicksals seiner Kameraden der Mut; er ließ das Schwert fallen und ging vor dem König in die Knie, um sich zu ergeben.

»Nehmt ihn und hängt ihn!« befahl der König seinen Adjutanten.

»Aber Majestät, das sind alles Soldaten des Großen Königs«, stammelte einer seiner Vertrauten.

Dann hängt den Großen König gleich daneben, dachte König Kumara. Laut sagte er: »Versuchte Schändung ist auf der ganzen Insel ein Verbrechen. Nehmt diese beiden Leichen und hängt sie gleich dazu – als Exempel.«

Er trat auf eine Ruhebank zu, auf der ein blaues Gewand lag, nahm das Kleidungsstück und warf es der nackten Frau zu, die mittlerweile mit hochgezogenen Knien dasaß und versuchte, ihre großen, cremigweißen Brüste mit der Hand abzudecken. »Hier, bedeckt Eure Blöße«, befahl er. »Haben sie Euch etwas angetan?«

Sie schüttelte den Kopf. »Nein, Herr. Ihr seid rechtzeitig gekommen.« Sie stand auf, schlang sich das Gewand um den Körper, ohne die Augen von ihm zu lassen. »Und ich segne Euch dafür.«

Erst als die Adjutanten den Vergewaltiger nach draußen

gedrängt und die Leichen weggezerrt hatten, sah sich König Kumara die Frau genauer an. Ihn verblüffte, was er sah. Kaum mehr als zwanzig Jahre alt, war die Frau das leibhaftige Abbild seiner toten Mätresse Manel. Sie hatte dieselbe helle Haut, die nun vor Schweiß glänzte, große, dunkle, mandelförmige Augen, hohe Backenknochen und einen klassisch geschwungenen Mund. Seine Augen wanderten an ihrem Körper hinab, und er bemerkte, daß sie auch die gleichen gewaltigen Brüste, eine schmale Taille und volle Schenkel besaß.

»Wie heißt Ihr?« fragte er.

»Sita«, antwortete sie. Furcht und Schrecken wichen erst jetzt langsam aus ihren Augen. »Darf ich fragen, wer mein edler Retter ist, Herr?«

»Ich bin König Kumara aus dem *uda rata.*«

Ihre Augen weiteten sich. Sie sank huldigend in die Knie und verharrte in dieser Haltung, die Stirn an den Boden gepreßt.

»Steht auf und sagt mir, warum Ihr hier allein seid«, befahl er.

Sie stand voller Anmut auf. »Dies ist mein Zuhause, Herr«, stellte sie fest. »Ich stamme aus Ruhuna, doch mein Mann Ravi war ein Hauptmann in König Maya Dunnes Armee.«

»War?«

»Ja, Herr.« Die Worte kamen nur noch in einem heiseren Flüstern. Ihr entfuhr ein Schluchzen, Tränen traten ihr in die Augen. »Heute morgen hat man mir mitgeteilt, daß er in der gestrigen Schlacht gefallen ist, getötet von den Soldaten des Großen Königs.«

»Das tut mir leid.« Irgendwie empfand er tatsächlich Mitgefühl für sie. Er schwieg einen Moment, dann hatte er einen Entschluß gefaßt. »Ihr und ich, wir könnten heute nacht beide etwas Trost brauchen«, erklärte er. »Möchtet Ihr jemanden, der Euch Trost schenken kann?«

Sie wich erschrocken vor ihm zurück und blickte ihm fragend ins Gesicht. Er lächelte sie wehmütig an. »Wenn Ihr es lieber nicht möchtet, dann werde ich Verständnis haben und Euch in Ruhe lassen, indem ich Euch ein paar von meinen Männern hierherschicke, die Euch beschützen können, während Ihr schlaft. Teilt mir Euren Beschluß mit, wenn ich zurückkehre. Das alles muß schrecklich für Euch gewesen sein.« Er wischte sein blutiges Schwert an seinem großen Taschentuch ab und trat nach draußen. Er begab sich in sein Hauptquartier, wo er seinem Armeebefehlshaber General Dunu Order gab, den gesamten Rückzug der Armee von Kandy am folgenden Morgen in die Wege zu leiten.

Als er in Begleitung von zweien seiner zuverlässigsten Männer zu Sitas Haus zurückkehrte, öffnete sie bei seinem Klopfen die Tür. Er blieb am Eingang stehen und sah sie sanft und fragend an.

Sie erwiderte lange seinen Blick, schüttelte mehrmals schnell den Kopf, als wollte sie Ordnung in ihre Gedanken bringen und die Versuchung von sich abstreifen. Schließlich sah sie auf ihre bloßen Füße hinab, hob ihm den Blick wieder entgegen. Ein Ausdruck eigenartiger Verletzlichkeit huschte über ihr Gesicht und ließ sie gequält aussehen. Sie seufzte und nickte langsam. »Ich sehe, Ihr seid heute nacht so einsam, wie ich es bin, Herr«, sagte sie leise. »Das Leben scheint plötzlich so lang zu sein, wenn man einen Verlust erlitten hat. Ich habe meinen verstorbenen Ehemann nicht geliebt. Unsere Ehe war von anderen geschlossen worden, doch ein ganzes Jahr lang ist er immer gut zu mir gewesen. Ich nehme an, er ist bereits zur Erinnerung geworden, wem sollte ich also treu sein, wenn nicht mir selbst?« Sie lächelte traurig. »Eine kurze Zeit des Vergessens ... eine kurze Zeit ...«

Er trat langsam in den Raum und stieß die Tür mit dem Fuß hinter sich zu. Als er sie in die Arme nahm, merkte er, daß sie zitterte. So müde er auch war, sein Glied wurde hart, und er wußte, daß es ihm buchstäblich den Weg dahin zeigte, wo er seiner Unzufriedenheit und seinem Ärger Erleichterung verschaffen konnte. Niemals zuvor hatte er im Geschlechtsverkehr Erleichterung suchen müssen, war er doch stets greifbar gewesen, besonders nach seiner Heirat mit Anula.

Anula bringt mich um, wenn sie das je erfährt, dachte er, während er begann, Sitas kühlen, weichen Körper zu streicheln.

Während er und Sita sich auf dem Boden liebten, entdeckte er, daß Sita eine Frau ohne jegliche Erfahrung war. Dennoch war sie entgegenkommend, darauf bedacht, ihn zu verwöhnen und verwöhnt zu werden, damit auch sie vergessen konnte. Ihr Körper roch sauber nach Sandelholz, nicht nach irgendeinem exotischen Parfüm, und er genoß den reinen Duft frischen Schweißes in ihren Achselhöhlen, die Frische der Jugend auf ihrer Haut. Er hatte eine seltsame neue Welt betreten, eine Welt, die frei von den Künsten einer Kurtisane und einer erfahrenen Frau war. Dies ließ ihn auch seine eigene kühle, wenn auch leidenschaftliche Kunstfertigkeit vergessen.

Als es vorüber war, fühlte er sich gereinigt. Er lag dösend auf ihrem nachgiebigen Körper, als wären sie und er nur irgendein normales junges Liebespaar. Er spürte, daß er endlich seine Jugend, seine Unschuld entdeckt hatte.

Kapitel 14

Dienstag, 17. Juli 1526

Es überraschte Aisha nicht, als ihre Dienerin ihr die Aufforderung ihres Mannes überbrachte, ihm an jenem Abend in ihrem Empfangsgemach ihre Aufwartung zu machen. Die neuen Entwicklungen der letzten Tage waren schrecklich gewesen; sie war froh, daß der Ausweichplan, den sie vorgeschlagen hatte, unter Dach und Fach war. In der raschen Erledigung von dringlichen Aufgaben war Abdul ein wahrer Meister.

Dennoch mußte sie das Gefühl einer bösen Vorahnung unterdrücken, während sie sich hastig das Gesicht wusch und ihr arabisch-exotisches Parfüm auftrug. Zum erstenmal in ihrem Leben war ihre Welt durch Ereignisse vom Einsturz bedroht, über die sie selbst keine Kontrolle mehr hatte.

Ali saß bei ihrem Gemahl im Empfangszimmer. Sie kniete vor ihrem Gatten nieder und küßte ihm die Hand. Als sie sich erhoben hatte, nahm sie Alis Gruß entgegen und bedeutete ihm, wieder auf seiner Ruhebank Platz zu nehmen, während sie sich auf dem Diwan am anderen Ende des Zimmers niederließ.

»Ich habe schlimme Nachrichten aus Sita Waka erhalten, geliebtes Weib«, teilte ihr Abdul Raschid mit. Er saß sehr aufrecht da, die Handflächen auf den Schenkeln, und machte keinerlei Anstalten, sich von dem Konfekt zu bedienen, das auf einem Beistelltischchen stand. »König Maya Dunne hat gestern morgen in einer Schlacht gegen die vereinten Truppen der Portugiesen und des Großen Königs, denen eine Armee unter dem König von Kandy zur Seite stand, eine bittere Niederlage erleiden müssen.« Er berichtete ihr im einzelnen von der Schlacht.

»Was wird mit uns geschehen?« fragte sie mit gänzlich ruhiger und gefaßter Stimme.

»Meine Spitzel berichten, daß Oberst de Albergaria und der Große König am Abend vor der Schlacht über uns gesprochen haben. Ihr hattet recht; sie haben keinen Beweis dafür, daß wir mit König Maya Dunne zusammengearbeitet haben, vermuten es aber. Der Oberst wollte uns eine Zeitlang einsperren und einiges von unserem Besitz beschlagnahmen, um schließlich darin fortfahren zu können, mit uns Handel zu treiben. Er war auch gewillt, uns den Besitz dieses Hauses zu lassen, quasi als Zugeständnis an unsere frühere Freundschaft. Der Große König dagegen bestand darauf, daß wir des Verrats schuldig seien und gehängt werden sollten.«

Aisha zog scharf den Atem ein. Ein kalte Hand hatte sich ihr ums Herz gelegt. Repressalien, ja sogar Bestrafung, hatte sie erwartet, doch dies hier war niederschmetternd.

»Was habt Ihr vor zu tun, mein Gemahl?«

»Wir werden unseren Fluchtplan durchführen. Wie Ihr wißt, ist alles bereit, damit wir zur Ostküste fliehen können. Das sollten wir auf der Stelle tun.«

Sie zögerte, entschied aber dann, daß die Zeit gekommen war, ein Thema anzuschneiden, das sie schon seit einer Weile erwogen hatte. »Darf ich einen anderen Vorschlag machen?«

»Gewiß.«
»Seit Jahren nun gehen wir einen Schritt vorwärts und einen zurück, schlagen wir uns auf die Seite der Gewinner, weil wir an unser Geschäft denken, machen wir aus Verlierern Gewinner, wenn es nur möglich ist, doch niemals haben wir bislang Stellung bezogen, weil wir fürchteten, damit unseren Reichtum und unser Leben aufs Spiel zu setzen. Ich meine, daß es an der Zeit ist, daß wir zu dem Mann halten, hinter dem wir auch unter all den widrigen Bedingungen standen, die gerade unsere Unterstützung ihm schuf. Sollten wir nicht jemandem treu und loyal zur Seite stehen, wenn er an einem Tiefpunkt angelangt ist? Von allen Königen und Unterkönigen in diesem Land ist König Maya Dunne der einzige Herrscher mit Prinzipien. Wo immer er im Moment stehen mag, wird er zurückschlagen und siegen.«
Abdul Raschids kleiner Mund blieb einen Spaltbreit offenstehen, und in seine Augen war ein so verwunderter Ausdruck getreten, daß er ganz und gar aussah wie ein Fisch. Er begann, schwer zu atmen, wobei seine erschlaffte Brust sich hob und senkte. Dann schloß er den Mund langsam wieder. Er nickte bedächtig. »Ihr sprecht Worte der Wahrheit, mein Weib.« Ein bewundernder Unterton war in Abdul Raschids Stimme getreten. »Ebenso lobe ich Euren Idealismus. Zeigen wir also endlich einmal, daß ein Freund in gemeinsamer Not auf uns als treue Freunde zählen kann.«
Sie lächelte. »Wir werden heute nacht noch aufbrechen. Verkleidet. Niemand wird wissen, wohin wir gegangen sind. Wir werden den Dienern sagen, daß wir nach Kalkutta fliehen. Sie können hier bleiben und, überwacht von unserem Geschäftsführer, nach dem Haus sehen, bis wir zurückkehren. Wir werden König Maya Dunne aufsuchen, wo auch immer er sich aufhält, und ihm anbieten, unsere Verbindungen in Ruhuna und an der Ostküste für seine Sache zu nutzen.« Mit einem tiefen Gefühl der Zuneigung bemerkte sie, wie die Augen ihres Mannes glänzten, und lächelte ihn an. »Nun, worauf warten wir noch. Beeilen wir uns.«
Ali hatte sich respektvoll erhoben, als sie dies getan hatte. Er

war sehr schlank und aufrecht, in seinen enganliegenden weißen Hosen und der dunklen Weste sah er in jenem Licht fast schön aus. »Ich werde Euch nicht begleiten, meine verehrten Eltern«, stellte er ruhig fest.
»Was?« Die Frage schoß aus ihr heraus.
»Ihr habt mich gehört.« Seine Stimme war tief und entschlossen. »Es ist an der Zeit, daß ich selbständig werde. Außerdem habe ich hier noch einen Auftrag durchzuführen.«
Ihr Magen krampfte sich vor Furcht zusammen, doch sie wußte, daß sie ihren Sohn seinen Weg gehen lassen mußte.

Dienstag, 17. Juli 1526

Mein Vater blieb neben Graf Wickrama Sinha und mir stehen und bedeutete uns, nicht von unseren Pferden abzusteigen. Zum erstenmal sah ich sein von Schweißperlen überzogenes Gesicht abgespannt und verhärmt. »Ich hatte mir ein anderes Willkommen für Euch vorgestellt«, sagte er. »Doch die Trommler und Tänzer, die Peitschenknaller und *sesath*-Träger sind unterwegs verlorengegangen!«
Wir lauschten schweigend, als er uns in Einzelheiten von der großen Schlacht berichtete. Er hatte beschlossen, sich dem Feind in der Ebene zu stellen, ohne zu ahnen, daß König Kumara ihn von der rechten Flanke her angreifen würde. Fast gänzlich eingekreist, waren seine Männer frontal von Kanonen und Musketenfeuer regelrecht niedergemäht worden, während wiederholte Angriffe von beiden Flanken sie aufgerieben hatten. Am Abend hatte er, um ein totales Desaster abzuwenden, den Trompetern befohlen, zum Rückzug zu blasen. Ein Schwertschnitt am Kopf und eine Speerwunde an seiner Schulter, die allerdings nicht ernst waren, erklärten die Bandage und die Schlinge. Zum Glück hatte der Gegner seinen Sieg nicht sofort zur Vollendung gebracht, weshalb er Zeit genug gehabt hatte, die Stadt zu evakuieren, einen Großteil seiner Schatzkammer und der Waffen zu retten und sich in die Berge im Osten zurückzuziehen. Er hatte den

Palast vor der Flucht mit dem traditionellen weißen Tuch verhängt, um seinem Wunsch nach einem Waffenstillstand Ausdruck zu geben, welchen aus einer Position der Stärke aushandeln zu können er geglaubt hatte, da er noch immer eine betrachtliche Anzahl von Soldaten, Kanonen und Musketen besaß.
Ich war entsetzt, als ich ihn von einem Waffenstillstandsgesuch sprechen hörte. Unser Heim, unsere Burg, unser Palast, all das würde der Gnade des Feindes ausgeliefert werden? Wieder blickte ich auf die brennende Stadt hinab und konnte die Worte nicht zurückhalten: »Hätten wir nicht besser bleiben und bis auf den letzten Atemzug um Heim und Herd kämpfen sollen, Majestät?« Schon als ich die Worte aussprach, bedauerte ich sie bereits, denn sie waren grausam angesichts seines elenden Zustandes.
Er verlor nicht die Ruhe. »Wenn es nur um mich gegangen wäre, dann hättet Ihr mir eine solche Frage nicht zu stellen brauchen, Prinz. Aber zum Regieren eines Königreiches gehört mehr als nur die leidenschaftliche Verteidigung einer Heimstatt. Jenes Heim ist nur eines unter Hunderttausenden im ganzen Land, und wir müssen überleben, um diese zu beschützen.«
Ein höfliches Hüsteln unterbrach ihn. »Verzeiht mir, Majestät, aber darf ich mich zurückziehen, um unseren Männern Mitteilung zu machen, da diese gewiß auf Nachricht warten?« Es war Graf Wickrama Sinha, der uns, diskret wie immer, mit seinem Eingreifen Verlegenheit ersparen wollte.
»Gewiß.«
Mit einem letzten langen Blick auf die Flammen in dem Talkessel unter uns wendete Graf Wickrama Sinha sein Pferd und galoppierte davon.
»Wißt Ihr, im Gegensatz zu Euch wurde ich in jenem Haus dort unten geboren und habe den größten Teil meines Lebens dort verbracht«, nahm er seine Rede wieder auf. Ich begriff, was das Haus ihm bedeutete. Es war ursprünglich von unserem großen Vorfahren König Parakrama Bahu VI. erbaut worden. Mein Vater hatte es in einen Palast umgewandelt, die

Hauptstadt darum herum gebaut und damit eine zweite Stadt außerhalb der ursprünglichen Siedlung geschaffen. »Was Ihr dort seht, ist mehr als das Ende meiner Hoffnungen, es ist die Zerstörung eines Lebenswerks.«

Seine Stimme erhob sich voller Leidenschaft. »Dennoch weiß ich, daß ein Haus, ein Heim, ein Palast, eine Stadt nur Symbole sind. Man stirbt nicht für ein Symbol, sondern bewahrt sein Leben für all das, was es symbolisiert. Das ist der wahre Krieg, *putha*, mein Sohn. Wir müssen für die Sache kämpfen, die uns das Recht gibt zu leben, die unser Streben nach Glück fördert, die uns die Freiheit gibt, den Grundsätzen zu folgen, die wir verehren, die es uns ermöglicht, unter dem Banner unserer heiligen Lehre eine geeinte Nation zu errichten. Die Sache muß stets unser erstes Prinzip sein.«

»Ich bedauere, Euch da nicht zustimmen zu können, *tha*, Vater, und Majestät«, erwiderte ich, zum erstenmal enttäuscht über die Art, wie er über Prinzipien sprach. »Jeder Mann, der für das Prinzip von Heim und Herd kämpft und stirbt, kämpft auch für die Sache, die sinnlos ist, wenn sie nicht hehren Prinzipien entspringt. Bitte gebt mir Erlaubnis, meine Männer in die Stadt hinabzuführen und sie heute nacht noch anzugreifen, um entweder unsere heiligen Stätten zurückzuerobern oder bei dem Versuch zu sterben.«

»Ich werde zu einem solch tollkühnen und verantwortungslosen Vorgehen weder den Befehl geben noch es billigen«, erklärte er barsch. »Ihr habt kein Recht, in dem Streben nach irgendeinem edlen Ideal mit Menschenleben zu spielen. Ihr seid ein Prinz, ein zukünftiger König, nicht ein Christ auf der Suche nach dem Heiligen Gral.«

Das waren die ersten harten Worte gewesen, die er je zu mir gesagt hatte. Sie trieben mir Tränen in die Augen. »Nun gut, Majestät«, erwiderte ich bitter. »Dann werde ich Euch also bis in den Tod folgen, zu dem Ihr mich führen werdet, denn ich ehre auch das Prinzip der absoluten Treue und des Gehorsams gegenüber meinem Vorgesetzten, meinem Vater und meinem König.«

Er war bewegt, aber noch nicht zufrieden. »Ich hoffe, Ihr

werdet auch bereit sein, unserer Sache jedes Opfer zu bringen.« Er hielt inne. »Mein gegenwärtiger Plan ist, abzuwarten, was der Feind tun wird. Ich habe Spitzel und Kundschafter ausgeschickt und an günstigen Punkten postiert, wodurch ich auch von Eurer Ankunft erfuhr und in der Folge hierher zurückkam, um Euch zu treffen. Ihr werdet Eure Truppen an ihrem gegenwärtigen Standort kampieren lassen und auf weitere Befehle warten.«

In stillschweigendem Einvernehmen warfen wir einen letzten Blick auf die brennende Hauptstadt, wo die Flammen langsam zu schwinden begannen. Ich hörte das Klappern von Hufen, bevor ich die geisterhaften Gestalten von mehreren Reitern sah, die auf die Paßhöhe zukamen. Bald waren sie deutlicher zu erkennen: es waren drei Männer, die weiße Fahnen trugen. Sie wurden von einer Gruppe Kavallerie meines Vaters eskortiert, die unsere Seite der Berge bewacht hatte.

Der Befehlshaber der Eskorte, ein junger, glattrasierter Hauptmann, salutierte. »Diese drei Männer sind Abgesandte des Großen Königs, Majestät«, erstattete er Bericht. »Sie behaupten, eine wichtige und dringende Botschaft für Euch zu bringen.«

»Sprecht!« befahl mein Vater kurz angebunden dem weißhaarigen Adligen, der offensichtlich der Anführer der Abordnung war.

»Der Große König wünscht ein Treffen mit Euch, Majestät, und zwar noch in dieser Nacht«, antwortete der Mann. »Es ist von größter Wichtigkeit und Dringlichkeit, daß Ihr sofort und alleine mit uns kommt.«

»Allein? Welche Sicherheitsgarantie will mir der Große König geben?«

»Sein Wort, Majestät.«

»Sein Wort?« Das höhnische Lachen meines Vaters hallte bis zum Berggipfel wider. Er zeigte zur Stadt hinab. Die Flammen waren erloschen und hatten schwelende Ruinen zurückgelassen. »Das dort war einst eine lebendige, atmende, schöne Stadt. Ist das der Beweis dafür, wie unantastbar dem Großen König sein Wort ist?«

»Das war das Werk der *parangi*-Barbaren, Herr.« Die Worte hatte Graf Siri, ein junger Edelmann mit hagerem Gesicht, gesprochen, den ich erkannt hatte. »Es ist eine Tat, die wir alle verabscheuen.«
Mein Vater dachte nach, kratzte sich am Kinn. »Sagt dem Großen König, daß ich ihn innerhalb dieser Stunde auf halbem Wege bergab treffen werde. Bergauf für ihn! Er soll langsam auf mich zureiten, allein, während ich langsam und ohne Begleitung hinabreite. Zur gleichen Zeit werde ich all meine Vorposten auf dieser Seite des Berges zurückziehen und erwarte, daß er das gleiche mit seinen Spähtrupps tut. Wenn es nur den geringsten Hinweis auf Verrat gibt, wird kein Treffen stattfinden. Meine Leute sind durchaus in den entsprechenden Stellungen, um wirkungsvoll Vergeltung üben zu können.«

Dienstag, 17. Juli 1526

Für Königin Anula war es kein guter Tag gewesen, und auch in den vergangenen Tagen, seit ihr über dem Glied ihres Mannes übel geworden war, hatte sie sich viele Sorgen gemacht. Mit ihrem unfehlbaren Instinkt wußte sie, daß der Vorfall König Kumara mehr berührt hatte, als er zugegeben hatte, bevor er sich zu seinem Angriffsfeldzug nach Sita Waka auf den Weg gemacht hatte.
Nun, während sie in ihrem Schlafzimmer im Palast von Kandy vor dem Spiegel saß und zusah, wie ihre Dienerin ihr langes schwarzes Haar mit einer goldenen Bürste, einem Geschenk von König Kumara, für die Nacht ausbürstete, war sie auf seltsame Art froh, daß König Kumara nicht da war. Sie würde ihr Unwohlsein überwunden haben, wenn er zurückkam, und dann würde zwischen ihnen alles wieder wunderschön sein.
Plötzlich durchlief sie ein eisiger Schauder, der sie unwillkürlich erzittern ließ.
»Was ist, Herrin?« fragte die Dienerin besorgt und ließ die

Bürste auf halber Höhe in der Luft schweben. »Ist Euch nicht gut?«

»Nein, nein! Es ist nichts.« Die Königin starrte ausdruckslos in den Spiegel. Ein Gefühl der Trostlosigkeit hatte sich ihres ganzen Wesens bemächtigt. Oh, ihr *devas,* plötzlich fühle ich mich allein, so allein. Kann es sein, daß mein Geliebter tot ist? Etwas in ihr sagte ihr, daß er nicht tot war und daß zumindest er wahrscheinlich nicht allein war. Er ist mir untreu, sagte sie plötzlich zu sich selbst. Und gleich darauf war sie völlig überzeugt, daß ihr Verdacht richtig war. Sie erinnerte sich an den Geliebten, der ihr vor einigen Jahren untreu gewesen war.

Dienstag, 17. Juli 1526

Ich sah meinem Vater hinterher, als er, aufrecht im Sattel sitzend, die Anhöhe hinab in der Dunkelheit verschwand. Dann wendete ich Rama mit einem Seufzen und führte ihn in der entgegengesetzten Richtung den Berg hinunter.

Im Lager angekommen, übergab ich Rama der Obhut eines Knechts, der ihn vom Sattel befreite und trockenrieb, woraufhin ich zusammen mit Graf Wickrama Sinha zwei Stunden lang damit beschäftigt war, dafür zu sorgen, daß unsere Soldaten ihre Feldration bekamen und, wenn auch unbequem, für die Nacht untergebracht wurden. Ich selbst war vom Reiten wund und sehr müde und fragte mich, wie sich erst mein Vater fühlen mochte.

Nachdem ich Graf Wickrama Sinha die Aufsicht über unsere wild verstreuten Biwaks überlassen hatte, ging ich zu Fuß zu dem Paß am Gipfel zurück. Es dauerte nicht lange, bis ich das Klappern von Hufen hörte. Eine dunkle Gestalt zu Pferde tauchte vor dem Dschungelrand auf. Es war mein Vater, der vor mir sein Pferd anhielt. Ich huldigte ihm. Er stieg mit steifen Bewegungen ab.

»Es ist alles entschieden«, stellte mein Vater fest. »Um es kurz zu machen: Mein Bruder, der Große König, hat sich einverstanden erklärt, all seine Truppen mit Beginn des morgigen Mittags zurückzuziehen, damit wir ohne weitere Behinderung in die Stadt zurückkehren und uns an die Wiederaufbauarbeiten begeben können. Allem Anschein nach wollen die *parangi* nicht länger hierbleiben, und König Kumara hat den vergeblichen Versuch unternommen, sich Sita Waka einzuverleiben, was aber mein Bruder nicht zuließ.«

»Wunderbar!« rief ich aus. »Ihr habt einen Sieg zu verbuchen, ohne einen einzigen Schuß abgefeuert zu haben, Majestät. Wann werden die *parangi* und die Truppen König Kumaras abziehen?«

»Morgen bei Tagesanbruch.«

»Und sie werden wirklich dorthin zurückkehren, woher sie gekommen sind ... ganz und gar?« fragte ich mißtrauisch.

»Ganz und gar, Prinz. Auf Befehl des Großen Königs. Er wird mit seiner eigenen Armee folgen, sobald sichergestellt ist, daß die anderen Truppen fort sind.«

»Aber die Bedingungen, Majestät? Er muß doch Bedingungen gestellt haben.«

»O ja, die Söldnertruppen müssen aufgelöst und ohne Verzögerung nach Indien zurückgebracht werden. Der Große König wird dafür sorgen, daß die Maurenschiffe, die sie transportieren, freies Geleit erhalten.«

Da war etwas am Verhalten meines Vaters – eine Steifheit oder Anspannung, als hielte er etwas zurück –, das mich plötzlich mit Unruhe erfüllte. »Was sind die anderen Bedingungen, Majestät?« wollte ich wissen.

Er blickte weg in die Ferne, zum erstenmal in seinem Leben unfähig, mir in die Augen zu schauen. »Der Große König hat eine Geisel verlangt, um sicherzugehen, daß wir in Zukunft unsere Grenzen einhalten.«

»Wen will er, Majestät?«

»Den Menschen auf der Welt, den ich am meisten liebe.« Er sah zum Himmel empor. »Euch.«

Ich trat einen Schritt zurück, als hätte er mich geohrfeigt. Die Erde unter meinen Füßen schien zu schwanken. »Natürlich habt Ihr nicht zugestimmt?«

»Nein, das habe ich nicht.«
Ich stieß einen Seufzer der Erleichterung aus. Die Erde hatte aufgehört zu beben. »Wie habt Ihr Euch schließlich geeinigt?«
»Ich habe mich, auf mein heiliges Ehrenwort, damit einverstanden erklärt, daß Ihr ... äh ... zu Eurer Tante Kamini zieht, die in Gam Paha, der Stadt der fünf Dörfer, wohnt, die zwanzig Meilen nördlich von Colombo liegt und neutrales Territorium ist, und zwar für fünf Jahre oder bis der Große König stirbt.« Er brachte es immer noch nicht fertig, mich anzusehen. »Ihr werdet ... äh ... die ganze Zeit innerhalb ihrer Einfriedung bleiben müssen, könnt aber ein Wochenende pro Monat Euren Onkel Prinz Maitri, den Hafengouverneur, in seiner Villa auf dem Hügel von Mutu Vella besuchen. Ich habe diese Übereinkunft auch mit Eurem Ehrenwort besiegelt.«
»Wie konntet Ihr das ohne meine Zustimmung tun, *tha?*« Ich suchte verzweifelt nach einem Fluchtweg aus diesem schrecklichen Schicksal, das faktisch das Exil bedeutete.
»Ihr habt mir gerade heute abend erst bedingungslosen Gehorsam versprochen.«
Ich war meinem eigenen Versprechen in die Falle gegangen! Man hatte mich verhökert wie irgendeine Ware auf dem Markt! Zuerst war ich verblüfft, dann völlig am Boden zerstört.
»Ihr seht, Prinz, die Sache hat stets Vorrang vor allem, einschließlich den Interessen des einzelnen«, erklärte mein Vater.
Irgendwo in mir begannen in diesem Moment Schmerz und Verzweiflung zu gären, doch eine Stimme hörte nicht auf, in mir zu flüstern: Denk an dein Schicksal, denk an dein Schicksal. An diesen Worten hielt ich mich fest. Sie waren meine einzige Zuflucht.
»Ihr werdet diesen Pakt einhalten, Prinz, nicht wahr?« Ich hörte meinen Vater wie aus der Ferne zu mir sprechen.
»Ja, Majestät«, erwiderte ich mechanisch, dann hielt ich inne und blickte ausdruckslos zu Boden. »Bitte erlaubt mir, daß ich mich jetzt zurückziehe.«

»Das dürft Ihr, Prinz, aber nehmt es nicht so schwer. Wir werden siegen, wenn wir zusammenhalten.«
Ich huldigte ihm und stieg stolpernd den Hang hinab.
Ich bin verraten und verkauft. Ein menschliches Opfer.

Mittwoch, 18. Juli 1526

Ich lag allein auf meiner Decke – nicht um zu schlafen, sondern um zu weinen.
Eher wollte ich sterben, als dem Ende meiner Träume entgegensehen, der Schande und der Schmach, die vor mir lagen. Was würden meine Soldaten, was würden meine singhalesischen Landsleute von mir denken? Einen Tag noch ein nationaler Held, am nächsten schon im Exil.
Und doch würde es keine Schande geben, wenn ich mir nur meinen Stolz bewahrte, den Kopf hochhielt, ganz gleich, wie elend mir war.
Immerhin würde ich Julietta einmal im Monat näher sein können, wenn ich die Residenz des Gouverneurs auf dem Hügel von Mutu Vella besuchte.
Mein Leben war einsam gewesen; außer Julietta hatte ich keine Frau gekannt. Sie hatte mir alles geschenkt, was sie hatte, selbst wenn es nur für eine Nacht gewesen war. Sie würde jenen Akt der Liebe in Ehren halten und vielleicht ihr ganzes Leben lang die Last der Schuld dafür auf ihren Schultern tragen.
Niemals konnte ich den beiden Menschen, die ich auf der Welt am meisten liebte, Julietta und meinem Vater, weniger geben als das, was mir Julietta in jener verzauberten Nacht geschenkt hatte.
Oh, wie sehr ich Julietta liebte. Plötzlich erschien mir diese Liebe die einzige Gewißheit in meinem Leben zu sein. Ich begann zu begreifen, wie sich Julietta in all den Jahren der Ungewißheit gefühlt haben mußte, als ich sie im Stich gelassen hatte, um meinem Schicksal zu folgen.
Was war Schicksal?

König Maya Dunne, einen Tag noch beinahe ein Sieger, der draußen vor den Mauern der Landeshauptstadt steht, bereit, sie zu stürmen, war heute nacht ein König ohne Stadt und ohne Heim. General Prinz Tikiri Bandara Raja Sinha, Befehlshaber einer Armee und vor zwei Tagen noch auf dem besten Wege, der Retter der Nation zu werden, war in dieser grauen Morgendämmerung nichts anderes als ein armseliger Exilant.
Am liebsten hätte ich gebrüllt und geschrien vor Wut und Verbitterung, hätte mir die Haare gerauft, auf den Boden getrommelt. Doch meine Erziehung zu einem Prinzen gewährte mir nicht das Recht auf solche Erleichterung. Auch wenn ich in diesem Moment ein Nichts von Prinz war, so würde ich mich doch immer wie ein solcher betragen.
Was war der Sinn des Lebens? Mir wurde mit deutlicher Klarheit bewußt, daß Sinn nichts als ein menschlicher Begriff war, der im Reich des Ewigen und Unendlichen gar nicht existierte.
Im Lichte dieser Erkenntnis sah ich plötzlich wieder jenes schwarze Loch des Nichts. Wie konnte jemand *nichts* sehen? Nur wenn ihn die vollkommene Sinnlosigkeit des Lebens angerührt hatte. Es mußte mehr in meinem Leben geben als ein Schicksal, das, wenn es sich einmal erfüllt hatte, ein Nicht-Schicksal sein würde, wenn man es im Licht dessen betrachtete, was ihm folgen würde. Was also konnte es sonst noch geben?

Dienstag, 24. Juli 1526

Erfüllt von Wut, die in seinem Inneren brodelte, hatte König Kumara seine Truppen nach Kandy zurückgeführt. Obwohl da auch ein zärtliches Gefühl für Sita in seinem Herzen war, hatte er es sich entschieden aus dem Kopf geschlagen, sie noch einmal zu sehen. Er war an Königin Anula gebunden, er liebte sie und würde seine Reaktion auf ihr Unwohlsein überwinden. Und auf praktischer Ebene brauchte er jetzt

auch die Unterstützung der Königin und ihrer Sippe in Kiri Vella zur Weiterverfolgung seiner Ziele.
Er kam zusammen mit seiner Vorhut am späten Abend in Kandy an und ging direkt zum Palast, wo er sofort die Königin von seiner Rückkehr in Kenntnis setzen ließ und seiner Hoffnung Ausdruck gab, sie könnten in ihren Gemächern gemeinsam zu Abend speisen.
Als er schließlich Königin Anulas Empfangszimmer betrat, fühlte er sich erfrischt, in einer besseren Stimmung und freute sich auf ihre Gesellschaft, die er vermißt hatte.
Ganz in ihre Lieblingsfarbe Blau gekleidet und mit farblich passender Halskette, Armreif, Ohrringen und Haarschmuck aus Aquamarinen geschmückt, sah sie bei dem goldenen Licht der Wachskerzen, die an den Wänden aufgesteckt waren, berückend schön aus. Jetzt, nach ein paar Tagen Abwesenheit, bemerkte er, daß ihre Wangen ein klein wenig hagerer wirkten, während ihre Gestalt voller, weicher geworden war. Man hatte die Lampen aus Messing noch nicht entzündet, weshalb es in dem Raum etwas kühl war. Sie begrüßten sich auf formelle Weise und setzten sich einander gegenüber.
König Kumara spürte sofort eine Veränderung an ihr. Sie war nicht sichtbar, doch es war etwas, das um ihre Augenwinkel herum lag.
»Ich habe Euch vermißt, schöne Königin«, sagte er und schenkte ihr einen innigen Blick, um ihre Reaktion zu beobachten.
»Oh, habt Ihr das, Majestät?« Sie schien kühl; aus der Frage sprach nur eine Spur von Herausforderung.
Das hatte er nicht erwartet, doch wollte er sich nichts anmerken lassen. »Natürlich. Ich habe Tag und Nacht an Euch gedacht.«
»Nachts auch?«
Was war nur mit ihr los? Einen verzweifelten Moment lang dachte er, daß sie auf irgendeine Weise von seiner Untreue erfahren hatte. »Ich sagte Tag und Nacht.«
Plötzlich lächelte sie ihn an. Es war mehr ein Lächeln mit den Zähnen als mit den Augen, und etwas daran, eine kaum

wahrnehmbare Spur von Künstlichkeit, störte ihn. Draußen zischelte eine Eidechse: »Tschuk … tschuk … tschuk.« Eine raschelnde Brise aus dem bewaldeten Hochgebirge kam seufzend durch die gelb und rot lackierten Gitterfenster hereingeweht und trieb ihm den Duft von Sandelholzweihrauch in die Nase.
»Ich bin glücklich, Euch wieder hier zu haben«, sagte sie in wollüstigem Ton. Sie erhob sich. »Vielleicht sollte ich Euch eine königliche Begrüßung angedeihen lassen, um Euren Appetit für das Abendessen und natürlich den Nachtisch anzuregen.« Sie kam mit anmutigem Hüftschwung auf ihn zu, kniete und machte sich an den Knöpfen seiner Hose zu schaffen. Als ihre kühlen Finger ihn berührten, begann sein Penis sich zu versteifen, doch König Kumara konnte das Gefühl nicht loswerden, daß sie ihn irgendwie auf die Probe stellte. Sie liebkoste ihn, nahm seinen nun ganz erigierten Penis heraus und hauchte darauf. »Na, bist du in einem anderen Mund gewesen?« fragte sie, an das Glied gerichtet, mit sanfter Stimme, als spräche sie zu einem bösen Kind.
Die Wahrheit traf ihn wie ein Schlag. Sie war aus irgendeinem Grund mißtrauisch ihm gegenüber. Die Gewißheit, daß sie ihn nur auf die Probe stellte, vermischte sich mit dem Geruch ihres Atems und brachte die Erinnerung an das Geschehnis vor vier Tagen zurück, den Gestank nach Erbrochenem. Sein Glied begann zu erschlaffen.
Zu seiner größten Überraschung sprang sie auf. »Seht Ihr!« rief sie. »Habt Ihr das gesehen? Ihr seid so übersättigt, daß er noch nicht einmal mehr stehen kann. Dreckiger Hurenbock, Ihr habt es mit anderen Frauen getrieben.« Sie wurde hysterisch. »Du Bastard … du Bastard … ich werde dich töten …«
Wenn er sie weniger geliebt hätte, hätte er sie mit ein paar Ohrfeigen zur Vernunft gebracht. Er war zwei Tage geritten, hatte eine wichtige Schlacht geschlagen, hatte eine der größten Enttäuschungen seines Lebens erfahren, war noch einmal zwei Tage geritten. Körperlich und geistig war er bereits müde gewesen. Nun hatte sich die Erschöpfung auch seiner

Seele bemächtigt. Irgend etwas in ihm zerbrach. Voller Schrecken und Abscheu wurde ihm bewußt, daß diese Szene nur der Anfang war. Seine Königin würde mit derselben Intensität, die sie für die Verfolgung ihrer anderen Ziele aufbrachte, ihrem Mißtrauen ständig neue Nahrung geben. Er blickte zu ihr auf, hörte kaum die beleidigenden Worte, sah nur ihre schönen Züge, die jetzt verzerrt und häßlich waren; ihre glänzenden Augen sprühten vor Haß.

Nichts würde wieder so sein wie früher. Er dachte an die sanfte, unschuldige Sita und erkannte, daß sie ihm instinktiv das geschenkt hatte, was auf der Welt er am meisten brauchte, nämlich Respekt, die Art von Respekt, die nur der Unschuld entwachsen konnte.

Er knöpfte seine Hose wieder zu, seufzte und stand auf. Nur durch die schiere Kraft seiner Persönlichkeit gelang es ihm, die Königin zum Schweigen zu bringen. »Ich gehe jetzt«, sagte er. »Ich werde zurückkehren, wenn Ihr Herrin Eurer selbst seid.« Seine Stimme wurde streng. »Denkt in Zukunft daran, den nötigen Respekt walten zu lassen, wenn Ihr mit einem König sprecht, und Euch in seiner Anwesenheit mit der entsprechenden Würde zu betragen.«

Samstag, 1. September 1526

Fernao war drei Tage nach der Brandschatzung Sita Wakas nach Colombo zurückgekehrt. Er fühlte sich auf dem Höhepunkt einer Woge des Erfolges, denn nun konnte er seine Machtposition im Land festigen, bevor die portugiesischen Regimenter nach Goa zurückkehrten. Selbst seine Enttäuschung über den Waffenstillstand des Großen Königs mit König Maya Dunne, einschließlich des Rückzuges der Armee von Jaya aus Sita Waka, war durch die Verbannung Prinz Raja Sinhas nach Gam Paha aufgewogen worden. Obwohl er es vorgezogen hätte, seinen Rivalen tot zu sehen, erfüllte die Tatsache, daß man dem Prinzen all seine Macht genommen und ihn erniedrigt hatte, Fernao mit einem Gefühl wilder

Genugtuung, wenngleich er dies niemals offen zeigen würde, am allerwenigsten Julietta gegenüber.
Als er nach Hause kam, war Julietta liebevoll wie früher gewesen, hatte sich bei ihm über den Feldzug und über sein Wohlergehen erkundigt. In den Tagen, die folgten, dachte er oft daran, wie er sich in der Nacht nach seiner Rückkehr gefühlt hatte, als er sie im Bett in den Armen gehalten hatte, versucht hatte, ganz in ihr aufzugehen, sie in sich aufgehen zu lassen. »Deine Sanftheit ist wie ein heilender Balsam nach der Grausamkeit der Schlacht, Julietta.« Er erinnerte sich, das leise gesagt zu haben. »Gott, wie habe ich dich vermißt. Der Gedanke daran, zu dir zurückzukehren, zu dem Frieden und der Ruhe unseres Heims, stand des Nachts wie ein Stern über dem blutigen Schlachtfeld. Mir taten die Männer so leid, auf die nur ein leeres Zimmer in einer Baracke wartete. Selbst dein Körper fühlt sich weicher an.«
Nun lag da also eine Depesche vom Vizekönig vor ihm. Er hatte gerüchteweise davon gehört, hatte aber nicht glauben können, daß es geschehen würde. Auf Befehl Seiner Königlichen Majestät, des Königs von Portugal, hatte der Vizekönig ihn zum Gouverneur der portugiesischen Besitzungen auf Lanka ernannt. Er würde den Rang eines Generals bekleiden.

Teil II
Kriegerinnen

Kapitel 15

Auszüge aus dem persönlichen Tagebuch von General Fernao Soarez de Albergaria, Gouverneur von Portugiesisch Lanka.

Dienstag, 21. Dezember 1529: ... Mein Sohn, genannt Lopo nach seinem Großvater, ist heute drei Jahre alt geworden. Er ist mein ganzer Stolz. Lopo sieht schon jetzt wie ein richtiger de Albergaria aus, mit denselben ausgeprägten Zügen wie mein Vater, von dem ich schon seit fast sechs Jahren nichts mehr gehört habe. Er versäumt so viel, indem er sich uns fernhält, doch habe ich durch meinen Sohn etwas von dem zu verstehen begonnen, was mein Vater für mich empfand ...

Donnerstag, 10. Februar 1530: Die Ereignisse der vergangenen vier Jahre zeigen, wie sehr wir in Lanka von den Geschehnissen in Europa abhängig sind. Als Portugal im Mutterland noch ohne außenpolitische Schwierigkeiten war, hatten wir im indischen Raum die militärische Unterstützung zur See wie zu Lande zur Verfügung, die wir benötigten, um über die verschiedenen Länder, mit denen wir Handel treiben, Herrschaft zu errichten. Jedesmal, wenn sich die europäischen Rivalen gegenseitig an die Gurgel gingen, wurden unsere Truppen zurückgezogen, blieben wir uns selbst überlassen. Da es aber zu allen Zeiten unverzichtbar war, auf Goa eine möglichst starke Präsenz zu erhalten, hat Lanka stets den kürzeren gezogen. Aus diesem Grund haben wir uns stets in einer höchst empfindlichen, unbeständigen Lage befunden. Alles, was wir tun können, ist, unsere Pflicht zu tun gegenüber unserem König und dem Land, auf das wir so stolz sind. Es war genau diese Unsicherheit unserer Situation, die

mich dazu veranlaßte, unsere starke militärische Präsenz in all den Jahren, die entscheidend dazu beigetragen hat, den Frieden auf Lanka zu bewahren, dazu zu nutzen, daß eine neue Festung gebaut wurde, die die ganze Stadt von Colombo umschließt. Schutzwälle und Zinnen bilden nun einen großen Halbkreis entlang der östlichen Stadtgrenze, von den Sümpfen im Süden, die ich in einen See umwandeln ließ, bis hin zum Kalyani-Fluß im Norden. Mit dem Ozean, der sich im Westen erstreckt, ist die gesamte Stadt somit uneinnehmbar.
Die ursprüngliche Festung hatten wir als Stützpunkt zum Schutze unseres Handels im Hafen von Colombo errichtet; wenn nötig, sollte sie auch einer Belagerung standhalten, bis Unterstützung von Goa eintraf. Da nun die ganze Stadt befestigt ist, stelle ich mir die innere Festung als eine Art letzter Bastion vor. Wenn sich jemals eine solch verzweifelte Lage ergeben sollte, so könnte sogar ein einziges *nao* den Hafen unter Kontrolle halten und seine Kanonen benutzen, um denen in der inneren Festung beizustehen, indem es die Belagerer in einer sicheren Entfernung hält. Dann überlegte ich mir, daß es eine Möglichkeit geben müßte, die Festung unter solch extremen Umständen direkt vom Hafen aus zu versorgen. Da der Wasserpegel des Sees an diesem Punkt höher liegt als der des Meeres, das ursprünglich nur von einer Landspitze davon getrennt war, ließ ich einen Kanal nach Süden zur inneren Festung hin graben, damit Schiffe durch einen Durchbruch im Riff den Kanal entlang bis in den See nahe der Eingangsbrücke der Festung segeln konnten. Auf diese Weise können selbst dann, wenn nur ein *nao* im Hafen liegt, kleinere Schiffe und Boote die innere Festung daraus versorgen, und selbst wenn es kein *nao* gibt, können solche kleineren Gefährte immer noch durchkommen, solange sie nicht von einer feindlichen Seestreitkraft abgefangen werden.
In der Zwischenzeit haben wir die hölzerne Festung von Galle fertiggestellt und vor zwei Jahren voll bemannt.

Außerdem haben wir auch in anderen Küstenstädten, die gute Häfen besitzen, Befestigungen errichtet. Der Ring aus Eisen, den ich mir rund um die Insel immer vorgestellt habe, beginnt langsam Form anzunehmen.
Dies alles ist möglich gewesen, weil die vergangenen Jahre Jahre des Friedens waren, den ich durch die Niederschlagung der Bemühungen König Maya Dunnes geschaffen habe.
In den vergangenen Jahren hat König Maya Dunne, dessen Sohn noch immer Geisel des Großen Königs ist, den Großteil seiner Zeit damit verbracht, seine Hauptstadt noch herrlicher wiederauferstehen zu lassen, wobei er sich von der wachsenden Macht König Vidiyes im Süden scheinbar nicht beeinträchtigen läßt. Aus Kandy sind mir Berichte zu Ohren gekommen, nach denen es einen Bruch in der Ehe von König Kumara und Königin Anula gegeben habe, der sich durch die Geburt ihrer Tochter eher verschlimmert als gebessert habe. Offensichtlich hatte die Königin ihren Gemahl in Verdacht, sich während der einen Nacht, die wir alle in Sita Waka verbrachten, eine andere Frau genommen zu haben, und bearbeitete ihn unentwegt mit ihrem Mißtrauen, so daß er sich schließlich so unglücklich zu Hause fühlte, daß er nach dieser Frau schicken ließ und sie nun in der Nähe von Kandy als Geliebte unterhält. Derartige Geschichten lassen mich Gott danken für meine vertrauensvolle, sanfte Julietta und für unsere Tochter und unseren dreijährigen Sohn, die mir nach wie vor besondere Freude in diesem Leben bereiten.
Heute habe ich ein Schreiben von Abdul Raschid erhalten. Er und seine Frau Aisha sind umgezogen und genießen nun die Bequemlichkeiten eines kleinen, neuen Hauses, das König Maya Dunne als Geste des Dankes für ihre treue Unterstützung extra für sie bauen ließ. Ich vermisse den dicken maurischen Schurken und seine allzu charakterstarke Frau. Ihr Sohn Ali soll sich immer noch in Kalkutta aufhalten, wohin er vor nunmehr vier Jahren geflohen war, um im Haus seines Onkels Paichi Marcar Aufnahme zu finden.

10. Februar 1530, Mitternacht: Ich schreibe dies in meinem Amtszimmer in der Festung nieder – mit fast zitternder Hand.
Heute abend hat sich ein höchst schrecklicher Vorfall ereignet. Der Große König Bhuvaneka Bahu und sein Gefolge hatten das Wochenende auf der singhalesischen Grenzfestung in Kalyani verbracht, welche auch ein Kontingent portugiesischer Soldaten beherbergt. Während er unsere Truppen inspizierte, die gerade beim Abendessen saßen, fiel aus den Baracken ein Schuß, und der Große König ging tot zu Boden. Es ist uns nicht gelungen, die Identität des Mörders herauszufinden, doch da es ein Musketenschuß war, deutet alles auf einen unserer Männer hin. Niemand unter ihnen hat einen Groll gegen den Großen König hegen können, weshalb der Soldat, der die schändliche Tat vollbrachte, von jemandem gedungen worden sein muß. Doch von wem?
Gott bewahre uns alle vor den schrecklichen Konsequenzen, besonders jetzt, wo wir nicht mehr die militärische Stärke aufweisen, die wir noch vor einem Jahr hatten …

Kapitel 16

Freitag, 11. Februar 1526

Während der Krise, die sich zusammenbraute, war Fernaos Platz in seinem Amtszimmer im Turm der inneren Festung, doch er hatte sich die Zeit genommen, schnell nach Hause zu fahren und sich der Sicherheit seiner Familie zu vergewissern. Es war kaum auszudenken, was die Sinhala tun würden, wenn sie erfuhren, daß der Große König ermordet worden war, sehr wahrscheinlich durch einen Schuß aus einer portugiesischen Muskete.
Das ganze Haus schlief, als er eintraf. Er weckte Julietta und teilte ihr die Neuigkeiten mit. Sie stand vor ihm und hörte ihm in erschrockenem Schweigen zu. »Der Mord war also gut

geplant«, bemerkte Julietta, als er geendet hatte. »Wird das nicht das ganze Land gegen uns aufbringen?«
»Ja, wenn es uns nicht gelingt, es als Tat der Sinhala hinzustellen, von König Maya Dunne vielleicht, oder von König Vidiye. Sie haben ein Motiv. Wer sonst hätte es tun können?« Er hielt inne. »Nun, das ist auf jeden Fall die Geschichte, die ich vorhabe verbreiten zu lassen. Repressalien uns gegenüber können wir uns nicht leisten in einer Zeit, in der unsere Truppenstärke im Land vermindert worden ist. Es ist meine Pflicht, unsere Interessen um jeden Preis zu schützen.«
Er spürte, wie sie sich verspannte.
»Aber das wäre nicht recht, Fernao!« rief sie aus.
Ihre Reaktion ärgerte ihn. Hielt sie den Sinhala immer noch die Treue? »Gewiß nicht, aber es ist dennoch wünschenswert«, erwiderte er.
Sie seufzte, erschauderte kurz. »Was wird nun geschehen? Wer wird Großer König werden?«
»Unser kleiner Prinz Dom Juan natürlich«, stellte er tonlos fest. »Der Junge steht unter dem Schutz unseres eigenen Königs Dom João III. und wir werden sein Thronrecht erzwingen. Sein Vater, König Vidiye, wird Regent sein, eine Ernennung, die ihm eine Position großer Macht verschaffen wird. Ich fürchte, die Zeit des Friedens und der Ruhe, die wir erlebt haben, ist vorbei. Dies ist eine Krisensituation, weshalb ich vorhabe, auf der Stelle Verstärkung aus Goa anzufordern.«
»Auch du wirst in einer Position großer Macht in diesem Land sein, nicht wahr?«
Fernao konnte die Erregung, die er verspürte, nicht aus seiner Stimme verbannen. »Ja. Ich werde der neuen Doktrin folgen, die Kardinal Wolsey von England für seinen Herrscher, König Heinrich VIII., entwickelt hat. Man nennt sie das Gleichgewicht der Kräfte. Dieses will ich zwischen den verschiedenen Herrschern von Lanka, König Vidiye von Jaya und Raigam, König Maya Dunne von Sita Waka und König Kumara vom *uda rata*, aufrechterhalten.« Er unterbrach sich, da er zögerte, das auszusprechen, was ihn am meisten be-

schäftigte, doch dann konnte er dem Drang nicht widerstehen: »Das bedeutet, daß Prinz Tikiri Bandara Raja Sinha nun aus dem Exil befreit wird.«
Sie blickte scharf auf. Die Erleichterung in ihrem Gesicht machte ihn irgendwie wütend. So viele Jahre waren vergangen, und noch immer konnte ihn der Gedanke an seinen Erzrivalen peinigen, doch hatte er gelernt, seine Gefühle wenigstens nicht zu zeigen. »Es trifft sich gut, daß der Prinz sich heute nacht in der Residenz seines Onkels aufhält. Ich glaube, es ist nur allzusehr in unserem Interesse, wenn wir ihn heimlich entführen, vor morgen noch, ehe er vom Tod des Großen Königs erfährt.«
Er achtete genau auf ihre Reaktion. Es war keine zu sehen, nur daß sich ihre Augen ein klein wenig weiteten.

Freitag, 11. Februar 1530

Das bescheidene Haus, das König Kumara für seine neue Mätresse Sita ausgewählt hatte, lag in Hangura, dreißig Meilen südöstlich von Kandy, und war, ursprünglich dem jungverheirateten Neffen des früheren Unterkönigs zugedacht, nahe beim Palast errichtet worden.
König Kumara hatte ein ganzes Jahr der Anschuldigungen, der peinlichen Nachfragen, der Versuche, ihm ein Geständnis abzuringen, hinter sich gebracht, ehe er zu dem Schluß gekommen war, daß eine Ehe, die nicht mehr von beständigem Frieden und Eintracht geprägt war, dem Untergang geweiht war. Er kannte Königin Anula gut genug, um zu wissen, daß sie niemals aufgeben würde und daß sie, wenn er seine Untreue eingestünde, die Wahrheit niemals ertragen würde. Deshalb hatte er am Jahrestag seines ersten und einzigen Zusammentreffens mit Sita einen Boten zu ihr geschickt und sie gefragt, ob sie seine Mätresse werden wollte, wenn sie noch frei war. Sie war tatsächlich frei gewesen, und so hatte er sie in dem Häuschen in Hangura untergebracht, das weit genug von Kandy entfernt war, um im Palast keine

Gerüchte aufkommen zu lassen. Hier verbrachte er jeden Monat während seines offiziellen Besuches in Hangura zwei Tage mit ihr. Jene Besuche waren wichtig, da er nach seinem Rückschlag in Sita Waka beschlossen hatte, drei bis fünf Jahre damit zu verbringen, sein Königreich zu konsolidieren und genügend militärische, politische und wirtschaftliche Stärke zu entwickeln, um von jeglicher Unterstützung unabhängig zu sein. Er war jung und konnte es sich erlauben zu warten.
An diesem Samstag war es schon fast Mitternacht, als er mit Sita beisammensaß. Sonderbar, mit ihr konnte er ganze Stunden nur im Gespräch verbringen, weil er sich bei ihr ganz natürlich geben konnte. Sie war wie eine richtige Familie für ihn. In den letzten drei Jahren waren seine Besuche bei Sita das einzig Gewisse in seinem Leben gewesen. Sita respektierte ihn, liebte ihn, erwartete von ihm nichts anderes, als ein Teil seines Lebens zu sein. Er hatte begonnen, sie auf eine stille und tiefe Art zu lieben.
Er war gerade erst angekommen. Sie saßen gemütlich nebeneinander auf der Ruhebank im Wohnzimmer; über sein spätes Eintreffen hatte sie noch nicht einmal geschmollt.
»Ihr müßt sehr müde sein, Majestät«, sagte sie. »Habt Ihr einen harten Tag hinter Euch?«
»Ich habe mit zwei hiesigen Adligen zu Abend gespeist«, erwiderte er. »Es war langweilig, aber wie du weißt, bin ich niemals müde. Ich bin mit einer Eigenschaft gesegnet, die man Durchhaltevermögen nennt. Der Gott der Christen hat sie mir wohl als Vorausgabe meiner Bekehrung geschenkt.«
»Pst, Herr. Ihr solltet keine Gotteslästerei betreiben.«
Ihre großen, dunklen Augen waren rund und ernst. Er liebte es, wenn sie ihn für solche Äußerungen tadelte. Er fühlte sich dann wie ein bösartiges Kind, das es dazu trieb, sie erst recht zu schockieren. »Siehst du eine solche Gotteslästerung also als *akusala*, als Sünde, an, meine *sundari*, meine Goldene? Du glaubst doch als gute Buddhistin nicht an Götter, wo ist dann also in meinen Worten die Gotteslästerung?«
»Es ist die Absicht, die zählt. Selbst wenn man nicht an Götter glaubt, so hat doch Buddha gesagt, daß man nicht lästern sollte.«

»Mein eigener Glaube, was Religionen anbelangt, beschränkt sich dagegen auf einen einzigen Glaubenssatz, den die Christen aufgestellt haben«, stellte er mit einem verschmitzten Lächeln fest.
»Und was wäre dieser?«
»Die Erbsünde! Das ist der einzige Glaube, der alle Zeiten überdauert und ihren Prüfungen standgehalten hat.« Er hatte ihr die Grundlagen der christlichen Religion beigebracht.
Sie nahm seine Äußerung ernst und erwog sie, erneut mit gerundeten Augen, den Kopf anmutig zu einer Seite geneigt. »Ich weiß nicht genug über Religionen, um das nachzuprüfen«, erklärte sie schließlich. »Doch mir scheint, Euch geht es wieder einmal mehr um das Geschick mit Worten als um die Wahrheit.«
Er unterdrückte ein Lachen. Auf diese halb neckende, halb ernste Weise unterhielten sie sich noch eine Stunde lang. Er erzählte ihr aus seiner Kindheit. Sie beobachteten die Motten, die um die Öllampen herumflatterten, lauschten dem Rauschen des Windes, das hoch über dem Plätschern des Flusses zu hören war. So war es schon immer gewesen: Sie hatten über dem Reden die Zeit vergessen, und wenn sie sich danach liebten, so war es wie die natürliche Folge der großen Nähe, die zwischen ihnen entstanden war.
Sein Blick fiel auf die Sanduhr auf dem Ebenholztisch, die er ihr geschenkt hatte. »Oh, es ist schon weit nach Mitternacht«, rief er aus, streckte sich, gähnte.
»Zeit, zu Bett zu gehen.«
In diesem Moment wurde die Vordertür aufgestoßen.

Freitag, 11. Februar 1530

Ich schlief an jenem Donnerstag in ziemlich trauriger Stimmung ein, weil ich wußte, daß mit dem nächsten Tag auch mein Geburtstag herandämmern würde. Ich würde fünfundzwanzig Jahre alt werden. Das Leben ging vorüber, und ich konnte nicht verhindern, daß mir andere Geburtstage – vor meinen mehr als drei Jahren Exil – in den Sinn kamen, besonders mein sechzehnter Geburtstag, den ich in diesem selben Haus zusammen mit meinem Vater gefeiert hatte, an jenem geschichtsträchtigen Tag. Nun ja …

Ein ungewöhnliches Geräusch riß mich aus dem Schlaf. Ich war auf der Stelle hellwach. Bevor sich meine Augen noch auf die Dunkelheit eingestellt hatten, hörte ich das Geräusch wieder, ein vertrautes, kratzendes Rasseln direkt am Fenster, das mich erneut an die Nacht von Juliettas Entführung erinnerte. Jemand warf vom Hof unten Kieselsteinchen hoch. Wer konnte es sein? Ein Feind hätte gewiß nicht meine Aufmerksamkeit erregen wollen. Dennoch begann mein Herz schneller zu schlagen, als ich mein Schwert packte, aus dem Bett sprang und leise zu dem Fenster links von mir tappte. Ich mußte sehr deutlich in der Fensteröffnung zu sehen sein, als ich in den Hof hinunterspähte.

Ein großer gelber Mond, der mit grauen Wolkenfetzen verhangen war, war gerade dabei, am westlichen Horizont zu versinken; es mußte also nach Mitternacht sein. Direkt unter mir, im bleichen Licht des verlassenen Innenhofes, stand eine dunkle Gestalt, die zu meinem Fenster hochblickte. Der Mann mußte gewußt haben, daß ich dort stand, denn er gab mir drängende Winkzeichen. Es konnte ebensogut ein Mörder sein, der mich dazu aufforderte, meinem eigenen Unglück in die Arme zu laufen, doch dieses Risiko mußte ich eingehen. Ich trat wieder an mein Bett und tauschte rasch meinen Sarong gegen dunkle Hosen und eine Tunika aus. Das Schwert zugbereit im Gürtel, eilte ich zum Fenster, kletterte hurtig die Weinranken an der Fassade hinab und kam mit heftig pochendem Herzen und gezogenem Schwert auf dem Boden auf.

»Ich bin's, Herr.« Die Worte waren leise gesprochen, kaum mehr als ein Flüstern. In einem schmalen Streifen Mondlicht erkannte ich das sehr gewöhnliche Gesicht und die unauffällige Gestalt von Appu, dem ausgebildeten Spitzel, den ich in Julis Haus untergebracht hatte und der vom ersten Tag an als ihr *major domo* fungiert hatte.

»Was ist los, Appu?«
»Wichtige Neuigkeiten, Herr, und eine dringende Botschaft von meiner Herrin.« Die Worte kamen leise und hastig. »Der Große König wurde heute abend in der Festung von Kalyani erschossen; mit einer *parangi*-Muskete, die von den Baracken aus abgefeuert worden ist, während der Große König die Soldaten inspizierte, die gerade ihr Abendessen einnahmen.«
Dem ersten Schrecken folgten Bestürzung, Momente der Trauer und der Empörung. Dann durchlief es mich heiß. Ich war frei ... frei ... endlich frei, nach nicht enden wollenden Tagen der Einsamkeit, manchmal solchen der Hoffnungslosigkeit und der unerbittlich harten Selbstdisziplin, damit ich mich wie ein Mann betrug. »Das sind erschreckende Neuigkeiten.« Fragen sprudelten in einem wirren Durcheinander aus mir heraus: »Haben sie den Mörder gefangen? Oder war es ein Unfall? Woher habt Ihr die Nachricht?«
»Niemand weiß, wer es getan hat, oder warum, aber es war kein Unfall. Ich habe es von meiner Herrin erfahren. Der General hat beschlossen, daß der kleine Prinz Dom Juan Großer König wird, mit seinem Vater König Vidiye als Regenten, gemäß den Wünschen des toten Herrschers.«
»Das war zu erwarten.«
»Der General ist nach Mitternacht im Haus eingetroffen und hat meiner Herrin die Nachricht gebracht. Er kehrte in die Festung zurück. Sie weckte mich sofort und schickte mich zu Euch, um Euch zu warnen. Der General plant, Euch heute nacht zu entführen.« Er überbrachte mir diese bedeutungsvolle Nachricht, als handelte es sich dabei um einen Bund Gemüse! In meinem Kopf dröhnte es vor Beunruhigung, doch mein Herz jubelte vor Freude. »Die Dame Julietta hat Euch zu mir geschickt, um mich zu warnen?«
»Ja, Prinz.«
Im selben Moment hörte ich ein Rascheln und einen leisen Aufprall, dann einen zweiten, einen dritten, vom anderen Ende des Hofes. Appu und ich erstarrten und drückten uns tiefer in die Schatten. Er legte eine Hand auf meinen Arm und

beugte sich an mein Ohr. »Seht Ihr. Es ist so, wie ich Euch gesagt habe«, murmelte er.
Wir wagten kaum zu atmen, als wir drei dunkle Gestalten erblickten, die sich duckten und rasch über den Hof auf uns zukamen, direkt auf mein Schlafzimmerfenster zu. An der Mauer richteten sie sich auf, alle drei großgewachsene Männer, weshalb es keine Sinhala sein konnten. Gewiß waren sie mit den Örtlichkeiten vertraut, denn einer von ihnen prüfte leise den Halt genau der Weinranke, an der ich gerade eben hinabgeklettert war.
»Wenn wir Alarm schlagen, könnte das den General Verdacht schöpfen lassen, woher wir von der Aktion wußten«, flüsterte ich Appu zu. »Das könnte die Dame verraten. Wir haben keine andere Wahl, als es allein mit ihnen aufzunehmen.«
Er nickte. Seine Zähne blitzten weiß auf, als er zustimmend lächelte. Er zog eine schwarze Kordel aus seinem Taillengurt und hielt sie mit beiden Händen hoch. »Also, dann leise, Herr«, sagte er kaum hörbar.
»Wartet, bis der erste Mann schon fast am Fenster ist«, hauchte ich ihm ins Ohr.
Als die erste Gestalt sich wie eine riesige Spinne auf halber Höhe an der Mauer abzeichnete, begann ich, das Schwert in der Hand, auf leisen Sohlen auf das Haus zuzulaufen. Appu blieb, ebenso geräuschlos, an meiner Seite. Die beiden Männer, die unten stehen geblieben waren, schauten zu ihrem Kameraden hinauf, der nun fast am Fenster angekommen war. Nur kurz darauf hätte sich das Messer, das er zwischen den Zähnen hielt, in meine Rippen gebohrt.
Als wir fünf Schritte von den Männern entfernt waren, trat ich auf ein trockenes Blatt. Es war nur ein winziges Knistern, doch reichte es, um die Mörder auf uns aufmerksam zu machen. Sie wirbelten herum.
Appu sprang wie ein Gepard auf den Mann zu, der ihm am nächsten stand. Während ich schwertschwingend auf den anderen Mann zustürzte, hörte ich, wie die Garotte durch die Luft zischte.
Für ausgefeilte Schwertkunst war dies keine Gelegenheit.

Mein machtvoller Hieb ging quer durch seinen Hals. Ihm entfuhr ein ersticktes Gurgeln, dann brach er zusammen. Ich wirbelte zu dem zweiten Mann herum. Appu brauchte keine Hilfe: seine Garotte hatte den Mann schon halb in die Knie gezwungen. Er keuchte und krallte vergebens die Hände in die Luft, die nicht mehr zu seinen Lungen vordrang.

Ich blickte auf. Der dritte Mörder hatte aufgehört zu klettern und spähte herunter, um zu erkennen, was vorging. Er schien sich noch im unschlüssigen zu sein, ob er weiterklettern oder herabspringen sollte. Ich beschloß, seiner Entscheidung nachzuhelfen. Ich packte die Weinranke mit einer Hand, zog daran, durchtrennte sie mit meinem blutigen Schwert und machte einen Satz nach hinten.

Im nächsten Moment empfing er im Fallen einen sicheren Schwertstoß in die linke Niere und traf auf dem Boden auf. Er stöhnte vor Schmerz. Indem ich mein Schwert mit beiden Händen packte, hob ich es hoch über meinen Kopf und ließ es mit all meiner Kraft auf ihn herabsausen. Es war ein von Wut beflügelter, machtvoller Hieb, der ihm den Schädel aufspaltete und erst an seinem Nackenwirbel steckenblieb. Er fiel zu einem unordentlichen Haufen in sich zusammen, wobei der Ruck mir schier die Arme auskugelte. Ich stellte meinen Fuß auf seinen Rücken und zog. Das Schwert löste sich unter einem Knirschen der Knorpel. Dunkles Blut und weiße Gehirnmasse quollen aus der klaffenden Wunde hervor.

Appus Kampfgegner lag ausgestreckt und mausetot auf dem Boden. Er stank erbärmlich. Appu hakte die Garotte wieder in seinen Gürtel ein. »Ich bin aus der Übung, Herr«, flüsterte er. »Doch das ist besser als das tägliche Einerlei als Hausdiener.« Er hielt inne. »Laßt mich diese Bastarde einen nach dem anderen wegzerren und im Hain verstecken, während Ihr Eure Sachen holt und verschwindet.«

»Aber nein«, erwiderte ich. »Diese Männer sind *parangi.* Laßt sie, wo sie sind, damit ihr General morgen sich erst einmal eine Erklärung ausdenken kann und das singhalesische Volk erfährt, wo sein Feind steht. Ihr kehrt jetzt in das Haus des Gouverneurs zurück, und ich werde in die Freiheit entschlüpfen.«

Er huldigte mir, erhob sich und sah mir aufmerksam in die Augen. »Lebt wohl, Herr. Mögen die *deva* Euch beschützen.«
»Danke, Appu. Und danke, daß Ihr mir das Leben gerettet habt. Ich werde das nicht vergessen.«
»Ich bete darum, daß ich einst die Gelegenheit habe, unter Euch als meinem Führer gegen die *parangi* zu kämpfen.«
Der Vorfall und seine Worte hatten all die Jahre des Nichtstuns, der Verbitterung und der Unzufriedenheit mit einemmal verschwinden lassen. Ich hatte sie nur mit einem genauen Ziel vor Augen und der Aufwendung der größten Selbstkontrolle überstanden, doch würden sie mir noch einmal nützlich sein, wenn ich endlich mit Männern wie Appu in die Schlacht reiten würde.
Ich hatte eine lange Weile gelitten. Nun konnte ich mich erheben und den Kampf wiederaufnehmen.

KAPITEL 17

Freitag, 11. Februar 1530

König Kumara sprang auf und stellte sich schützend vor Sita. Seine Hand griff zum Schwert. Es war jedoch nur zur Hälfte gezogen, als er die Gestalt erkannte, die mitten im Eingang stand, die Hände auf den Hüften.
»Anula!« rief er aus, steckte sein Schwert wieder weg.
»Anula!« äffte sie ihn nach, die Lippen zu einer häßlichen Fratze verzogen, einen Ausdruck der Härte und der Wut in den Augen. »Es überrascht mich, daß Ihr mich überhaupt erkennt, mich, die Mutter Eures dreijährigen Töchterchens, die Frau, der Ihr es regelmäßig besorgt, wenn Ihr nicht gerade hier seid und es mit dieser Hure treibt.« Sie musterte Sita mit einem hämischen, abschätzenden Blick. »Auch noch eine *junge* Hure, wie ich sehe.«
Der König hatte seine Fassung wiedererlangt. Er hatte wohl schon hundertmal Auseinandersetzungen mit Königin Anula

gehabt, doch niemals auf diese Weise. Er richtete sich zu seiner ganzen Größe auf. »Was tut Ihr hier?« fragte er hochmütig. »Frau oder Mutter, habt Ihr doch nicht das Recht, in meine Intimsphäre einzudringen.«
»Wenn es um deinen Intimbereich geht, dann schon, du dreckiger Betrüger!« Etwas in ihr setzte aus. »Du Hurensohn! Du treibst es ja mit deiner eigenen Mutter, du *yakka*, du Teufel. All diese Jahre hast du immer geleugnet, daß du etwas mit dieser Hure zu tun hast. Und ich habe es die ganze Zeit *gewußt*. Du hast mich angelogen, du Hurenbock. Du mit deinem Gerede über Treue und deinen gefühlsduseligen Versprechungen. Du hast mich benutzt.«
»Vielleicht haben wir uns gegenseitig benutzt«, gab er ruhig zurück. »Vielleicht hätten wir uns statt dessen lieben sollen.«
Sie sah aus, als würde sie ihn gleich ohrfeigen, bekam sich aber plötzlich, mit einem tiefen Atemzug, in die Gewalt. Ein Lächeln breitete sich langsam auf ihrem Gesicht aus, die Verspannung in ihrem Körper löste sich. »Ja, wirklich, Ihr könntet recht haben, Herr. Bitte bleibt hier und genießt Euer Zusammensein. Ich werde im Palast auf Euch warten ... mit Liebe.« Sie deutete eine Verbeugung an, drehte sich um und tat, den Kopf hoch aufgereckt, ein paar Schritte zur Tür hin. Irgendwie sprach sie ihm mit ihrer schrecklichen Ruhe eine noch größere Drohung aus.
Sie hielt an der Tür inne, wandte sich um. Ihre Augen glänzten wie Achate. »Seid Ihr Euch dessen bewußt, daß Ihr Euch ohne meine Unterstützung keine Hoffnung mehr darauf zu machen braucht, Großer König zu werden?«
Plötzlich wußte er die Antwort. Sie war so einfach, daß er hätte laut hinauslachen können vor wohltuender Erleichterung. »Die Hoffnung auf die Krone des Großen Königs im Tausch gegen einen Hauch von Unschuld!« erklärte er. »Und warum nicht? Ein Herrscher ist zuallererst ein Mann.«
Sie war verblüfft, krallte die Hand um die Klinke, um sich festzuhalten. Dann stieg neue, heftigere Wut in ihr auf, die sie jetzt jedoch besser unter Kontrolle hatte. »Ihr spracht von Liebe. Begreift, daß jeder von uns auf verschiedene Art liebt,

aber letztendlich ist es doch stets Eigenliebe.« Sie nickte vor sich hin. »Ihr habt eine idealistische Ader in Euch, Majestät, die ich in dem Zyniker, für den Ihr Euch immer ausgegeben habt, niemals erwartet hätte. Das macht aus Eurem Zynismus Heuchelei. Im Herzen seid Ihr ein Bauer aus Kandy, mit all den Schwächen eines Bauern, doch will ich Euch trotzdem mit der Liebe begegnen, die Ihr braucht.«

Ihre Worte trafen ihn schmerzlich, bis er merkte, daß sie es darauf anlegte, ihn zu verletzen. »Dann erlaubt bitte einem Bauern aus Kandy, eine bäuerliche Metapher anzuwenden.« Seine Stimme war glatt und erhaben, wie er sich plötzlich auch fühlte. »Meine Erfahrung mit den Menschen hatte aus meinem Glauben eine zerfetzte Vogelscheuche gemacht, die sich nur noch mit Hilfe der trockenen Stecken des Mutes und der Willenskraft auf den Beinen hielt. Sita, ein feines, menschliches Wesen, das eine Hure zu nennen Ihr Euch erdreistet, hat diesen Glauben in mir wieder aufgerichtet.«

»Ich hätte nie gedacht, Euch jemals so sprechen zu hören – wie einen dahergelaufenen Hanswurst«, konterte sie mit gesenkter Stimme. »An Euch, der niemals, selbst als Kind nicht, an irgend etwas oder irgend jemanden glaubte, ist dieser wiedergefundene Glaube nichts anderes als mitleiderregend.« Ihre Stimme wurde zu einem nachdenklichen Flüstern. »Ihr müßt vor Euch selbst gerettet werden, Majestät.« Sie drehte sich wieder um und schloß die Tür hinter sich.

Der Mond war hinter den Bergen im Westen untergegangen, weshalb Königin Anula den Weg vom Haus zum Tor, wo ihre beiden Diener in einem Wagen auf sie warteten, durch die kühle Luft der Dunkelheit zurücklegen mußte. Ihr Zorn hatte sich gelegt und nur eine kalte Härte in ihr zurückgelassen, die eine sonderbare Loslösung von sich selbst, ja vom Leben mit sich brachte. Genauso hatte sie sich auch in jener Nacht gefühlt, als sie entdeckt hatte, daß ihr Geliebter, der Mann, dessen Sohn sie geboren hatte, während sie noch mit einem anderen Mann verheiratet gewesen war, sie betrogen und erniedrigt hatte; als sie ihren Ehemann vergiftet hatte; als

sie die Ermordung von Manel, der Geliebten des damaligen Prinzen Kumara, veranlaßt hatte. Nichts ändert sich, dachte sie träge.
Die Schwachstelle ihres ersten Gemahls war seine Grausamkeit gewesen, die ihres Geliebten seine Untreue. Der alte Bock, König Wijayo, war dem Trunk und der Macht der Geschlechtlichkeit verfallen gewesen, die Frau Manel einer Art von Hurentum. König Kumara war anders. Sie hatte ihm alles von sich offenbart, einschließlich ihrer Menschlichkeit. Er mußte ein anderes Schicksal erleiden, ein weitaus schlimmeres.
Wem oder was war König Kumara verfallen? Nichts, außer seiner neuen Hure. Oder seinem Ehrgeiz? Nein. Seinem Geltungsbedürfnis? Ja, das war es. Selbst seine Neigung zum Anstand entsprang seinem Bedürfnis nach Geltung. Ja, wirklich, die Hoffnung auf die Krone des Großen Königs für einen Hauch Unschuld. Eine seiner schlauen Bemerkungen, doch der Umgang mit der Unschuld würde ihn selbstzufrieden machen. Nun …
Tief aus ihrer Kehle drang ein Glucksen hervor und verhallte in der kalten Dunkelheit. Kein Mann, der sich dem Anstand verschrieben hatte, würde jemals einen bedeutenden Herrscherthron besteigen.

Montag, 14. Februar 1530

Es war unhöflich von mir, mich nicht persönlich von meiner Tante in Gam Paha zu verabschieden, die in den Jahren des Exils, die ich unter ihrem Dach verbracht hatte, von überwältigender Freundlichkeit und Aufmerksamkeit gewesen war, doch nach der versuchten Entführung aus Mutu Vella hatte ich das Gefühl, nur zwei Wahlmöglichkeiten zu haben: entweder war ich unhöflich und am Leben oder höflich und tot. Der sicherste Ort für mich und gewiß auch der einzige, an den es mich im Moment zog, war Sita Waka, wohin ich noch in derselben Nacht aufbrach, indem ich meinem Onkel, dem

Hafengouverneur, und meiner Tante in Gam Paha Nachricht hinterließ. Welch glückliche Weise war es doch, meinen fünfundzwanzigsten Geburtstag zu beginnen, indem ich mein Exil beendete und nach Hause ritt, auch wenn das auf Umwegen geschah.

Drei Tage später erreichte ich die neuerbaute Stadt und den Palast von Sita Waka. Schon auf den allerersten Blick sah man, daß mein Vater aus den Erfahrungen gelernt hatte. Die Befestigungen der ganzen Stadt waren verstärkt worden, und man hatte sie mit gerodeten Flächen als Beschußfeldern und einem Wassergraben umgeben. In regelmäßigen Abständen waren Wachtürme aufgestellt worden, zwischen den Zinnen lugten die Schnauzen von Kanonen hervor. Überall waren Soldaten zu sehen, die Uniformen in unseren Farben Rot und Weiß trugen. Ohne gewaltige eigene Verluste war Sita Waka von keinem Gegner mehr einzunehmen.

Ich hatte einen Boten vorausgeschickt, der meinen Vater von meiner Ankunft unterrichten sollte. Zu meiner Überraschung kam er mir schon auf dem *maidan* vor der Stadt entgegen. Er war um mehr gealtert als die Jahre unserer Trennung, seine feinen Züge wirkten angespannt, das schwarze Haar war reichlich mit Silberfäden durchzogen. Als er mich vor allen Leuten umarmte, war wie durch ein Wunder ein Großteil meines Schmerzes und meiner Enttäuschungen wie weggeblasen.

Mein Vater bestand darauf, mich persönlich im Palast herumzuführen, auf den er offensichtlich und zu Recht stolz war. Danach zogen wir uns allein zu unserem gewohnten abendlichen Plauderstündchen zurück, jetzt in den Palast-Innenhof, denn die große Rasenfläche war den Erneuerungsarbeiten zum Opfer gefallen. All die Gefühle, die ich einst empfunden hatte, wann immer ich mich dort mit ihm niedergelassen hatte, die Erinnerungen und, ja, die Erneuerung meiner Liebe zu ihm gingen zu tief, als daß ich Worte dafür gefunden hätte. Oh, es war schön, wieder zu Hause zu sein.

Zuerst sprachen wir in gedämpfter Stimme über meine Flucht. Er empfand es als glücklichen Zufall, daß ich gerade

an meinem Geburtstag aus Colombo geflohen war. Als wir zur Ermordung des Großen Königs kamen, bemerkte ich, welches Leid und welchen Schmerz sein Tod in meinem Vater ausgelöst hatte. »Sonderbar, nun ist von meinen Brüdern und Schwestern niemand mehr übriggeblieben«, stellte er traurig fest. »Ihr seid dank der Hilfe der *devas* noch da, doch man fühlt sich trotzdem sehr allein.« Er seufzte tief. »Nun gut, mein Bruder hatte beschlossen, mit dem Teufel zu Abend zu essen, also mußte er seine Suppe auch auslöffeln.«
Ich spürte, wie ich schlucken mußte, und schwieg.
Unsere Stimmung war mit einemmal sehr gefühlsbeladen.
»Gefällt Euch der neue Palast?« erkundigte sich mein Vater, indem er abrupt das Thema wechselte.
»O ja, das tut er, Majestät. Es ist eine wahrhaft herrschaftliche Behausung, die eines Königs würdig ist.«
Ich vermißte die alte, vertraute Umgebung, doch wie konnte ich mich über die neue beschweren? Die Böden aus weißem Bergkristall waren mit kostbaren Pahlava, das heißt persischen Teppichen, belegt, welche Abdul Raschid ins Land gebracht hatte; die Türen, Fenster und Rahmen waren aus Teakholz geschnitzt, die Möbel hauptsächlich aus dunkelbraunem Tamarindenholz, das so gereift war, daß es wie mit goldenen Flammen durchzogen schien; die Hänge- und die vielteiligen Stehlampen waren aus verziertem Messing gefertigt.
»Dieser Palast ist durch den persönlichen Reichtum unserer Familie möglich geworden«, bemerkte mein Vater. »Nur der verstorbene König Bhuvaneka und nun sein Enkel und Erbe besitzen noch größeren Reichtum. Jene Schätze, die die Sinhala-Könige von Generation zu Generation weitervererbt haben, haben schon einen so legendären Ruf, daß sie gewiß bald die Aufmerksamkeit geldgieriger Fremder auf sich ziehen werden.«
»Das könnte ich mir vorstellen, Majestät.« Auch ich wechselte nun das Thema. »Da wir gerade von Schätzen sprechen: Ich habe bemerkt, daß Ihr viele von jenen neuen Zeitmessern gekauft habt, die man Uhren nennt.«

»Abdul Raschid hat sie für mich aus Europa besorgt. Ich habe unsere altes System, bei dem man den Tag in Wachen aufteilte, abgeschafft und es durch die neue Einteilung in Stunden und Minuten ersetzt. Am Anfang war es verwirrend, doch nun, da jedermann damit vertraut ist, zeigt sich, daß es sinnvoll ist.« Er hielt einen Moment nachdenklich inne. »Trotzdem fürchte ich, daß unsere alte Nation schließlich doch dazu übergehen könnte, die Sitten und Gebräuche, die Einrichtungen und Überlieferungen des Westens nachzuahmen.« Ein entschlossener Ton trat in seine Stimme. »Das müssen wir unter allen Umständen vermeiden! Wenn wir auch die neuen Erfindungen des Westens anwenden, so sollten wir doch in unserer Lebensart arische Sinhala bleiben, um dem Volk ein Beispiel zu geben und unsere nationale Identität zu bewahren.«

Freitag, 29. April 1530

Als ich bei Morgengrauen auf Geheiß von König Maya Dunne dessen Audienzgemach zu einer Unterredung betrat, hätte ich mir nicht träumen lassen, wen ich dort vorfinden sollte. Ich erblickte meinen Vater, der mir von seinem Platz hinter dem großen Schreibtisch aus Tamarindenholz zulächelte, und zu seiner Linken Graf Wickrama Sinha, bevor ich die riesige, schlaksige Gestalt bemerkte, die sehr aufrecht, gekleidet in eine dunkelblaue Tunika, zur Rechten meines Vaters saß. Mein Puls begann schneller zu schlagen. Was, um alles in der Welt, mochte König Vidiye hier zu tun haben? Wie konnte König Maya Dunne einen eingefleischten Gegner mit so offenkundiger Höflichkeit empfangen?
Ich setzte mich kühl auf den Stuhl rechts von König Vidiye.
»Guten Morgen, Prinz. Ich hoffe, Ihr habt wohl geruht«, setzte der König mit den üblichen Höflichkeiten ein.
»Danke, Majestät.«
»Es überrascht Euch vielleicht, meinen Cousin König Vidiye hier anzutreffen«, sagte der König an mich gerichtet. »Er ist

die ganze Nacht durchgeritten und erst vor wenigen Minuten eingetroffen. Obwohl er aus anderen Gründen gekommen war, hat er uns die neuesten Nachrichten mitgebracht.« Er blickte zu König Vidiye.

»Die Ernennung meines Sohnes Prinz Dom Juan Dharma Pala zum Großen König und meine eigene Einsetzung zum Prinzregenten sind von dem portugiesischen General de Albergaria im Namen Seiner Königlichen Majestät Dom João III. von Portugal bestätigt worden.« König Vidiyes große, tiefliegende Augen loderten vor Wut. »Wie kommt es, daß die Thronfolge einer unabhängigen Nation der Absegnung eines ausländischen Königs bedarf?« Er blickte uns der Reihe nach an. »König Bhuvaneka Bahu hat damit begonnen. Er hat die Nation an die Portugiesen verkauft. Und General de Albergaria dürstet es nach Macht. Er hat bereits vergessen, daß Ihr es wart, der unser Volk beruhigt und es davon abgehalten hat, gegen Colombo zu marschieren, um an den *parangi* für den Tod seines Großen Königs Rache zu üben. In den ersten Tagen hat er sich noch zurückgehalten, wahrscheinlich wegen seiner geringen militärischen Stärke, doch alles hat sich geändert, seit er erfahren hat, daß der portugiesische Vizekönig Don Alfonso de Noronha in Kürze mit einer Flotte eintreffen wird.« Er rollte wütend mit den Augen. »Offiziell behauptet der Vizekönig, daß der Grund seines Besuches die Untersuchung des Mordes am Großen König sei, doch ich glaube, daß es in Wirklichkeit seine allseits bekannte Geldgier ist, die ihn hierhertreibt. Er hat es auf unsere Schatzkammer abgesehen.«

»Gewiß werdet Ihr ihm keinen Zugang dazu gewähren?« Die Frage meines Vaters klang wie ein Befehl.

»Niemals!« König Vidiye verzog den Mund zu einem schiefen Grinsen. »Wenn sie überhaupt existiert!«

»Was uns auf den Grund des jetzigen Besuches von König Vidiye bringt«, stellte mein Vater fest. »Er hat den Eindruck – und ich stimme ihm zu –, daß es für uns an der Zeit ist, die vergangenen Meinungsverschiedenheiten zu begraben und den Portugiesen eine geeinte Front gegenüberzustellen. Von

denen in Kandy können wir keine Unterstützung erwarten. Die Tschola oben im Norden sind zur Insel innerhalb der Insel geworden, mit faktischer Autonomie. Somit bleiben nur noch König Vidiye und wir. Er schlägt eine Teilung unserer Einflußgebiete in freundschaftlichem Einvernehmen vor. Sein Herrschaftsgebiet als Regent wird die Königreiche von Jaya und das von Raigam bis Galle umfassen. Mein eigenes wird sich auf Sita Waka und die Region von Ruhuna südlich von Galle erstrecken. Ich habe diesen Vorschlag angenommen, weshalb Graf Wickrama Sinha auf der Stelle mit seinen drei Infanterieregimentern nach Matara aufbrechen wird, um sein Hauptquartier dort aufzuschlagen und Ruhuna in meinem Namen zu regieren. Prinz Raja Sinha, Ihr werdet Graf Wickrama Sinhas Aufgaben als Erster Minister hier übernehmen, zusätzlich zu Euren gegenwärtigen Pflichten als Armeekommandeur. Graf Panni wird Euer Stellvertreter sein.«
»Somit haben wir alle wichtigen Persönlichkeiten in unser Bündnis eingeschlossen«, bemerkte König Vidiye, dessen Verschlagenheit so offenkundig war, daß es mir schier schlecht wurde.
König Maya Dunne räusperte sich. »Unser Bündnis bedarf einer Festigung durch familiäre Bande. König Vidiye hat gütig darin eingewilligt, mein Angebot der Hand meiner Tochter Prinzessin Padma anzunehmen. Die Hochzeit wird unverzüglich und ohne Aufhebens stattfinden, sobald die Prinzessin aus Anu eintrifft.«
Gestern noch Mörder meines Onkels König Raigam morgen schon mein Schwager, dachte ich verbittert. So ist der Lauf der Dinge bei Prinzen, Königen und bei Zuhältern.

Freitag, 29. April 1530

Aisha hatte den Ruf zum Gebet sehr vermißt, als sie und Abdul Raschid sich in ihrem Versteck auf dem Land aufgehalten hatten. Deshalb war sie froh gewesen, nach Sita Waka zu kommen, das eine kleine Moschee besaß, die in vertrautem Grün und Rosa gestrichen war und an ihrer Vorderfront einen Brunnen für die Waschungen aufwies. Obwohl sie die Religion nicht brauchte, um sich gegenüber schlimmen Zeiten zu wappnen, hatte sie entdeckt, daß die ständige Erinnerung an den Willen Allahs, den der Islam beinhaltete, eine Quelle der Kraft für sie darstellte. Das Unumgängliche in Zufriedenheit anzunehmen kostete ebensoviel Kraft wie das Schmieden des eigenen Glücks.

Die Predigt des *imam* an diesem Freitag hatte, nur allzu passend, auf die Herrschaft Allahs über das Schicksal des einzelnen als Individuum und als Teil der Gesellschaft abgehoben. Sie war danach ruhiger als schon seit langem nach Hause zurückgekehrt, doch als sie erfuhr, daß König Maya Dunnes Sohn, Prinz Raja Sinha, ihnen noch am selben Abend einen Besuch abstatten würde, war sie plötzlich von gewaltiger Unruhe erfaßt.

Sobald sie das Klappern von Hufen hörte, das an den Toren haltmachte, zog sich Aisha in den gemeinsamen Schlafraum zurück, der an das Wohnzimmer des vierräumigen Hauses grenzte. Abdul Raschid eilte nach draußen, um den Prinzen zu empfangen. Aisha ließ die Tür des Schlafzimmers einen Spaltbreit offen, damit sie die Unterhaltung mithören konnte, die man im Wohnzimmer führen würde.

Der Prinz ging ihrem Gatten durch die Eingangshalle voraus. Im goldenen Lampenlicht sah er größer, hagerer, zäher aus, als sie ihn in Erinnerung hatte, seine Gesichtszüge waren schärfer eingegraben, wodurch er seinem Vater noch ähnlicher sah. Seine Haut war leicht gebräunt, die dunklen Augen glitzerten. Er hielt sich mit Stolz, den Kopf fast auf hochmütige Weise gerade, wohl um seinen schmerzlichen Erfahrungen und seinen Enttäuschungen etwas entgegenzusetzen, dachte sie mit einem Anflug von Mitgefühl für ihn.

Der Prinz setzte sich auf den Diwan, der dem Eingang gegenüber stand, so daß sie nur sein klar geschnittenes Profil mit der breiten Stirn, den vollen Brauen, der geraden Nase und dem entschlossenen Kinn sehen konnte. Ihr Gemahl verfrachtete seine Fleischmassen vorsichtig auf einen Hocker ihm gegenüber.

Eine Eidechse zischelte in einen Moment der Stille hinein. Als der Prinz zu sprechen anhub, schien für Aisha die Welt um ihn herum plötzlich zu versinken, und nur er und seine Worte blieben. »Mein Vater, König Maya Dunne, gab mir den Befehl, Euch diese Botschaft persönlich zu überbringen, zum Zeichen seiner Wertschätzung für die Hingabe, mit der Ihr und Eure Gemahlin Aisha Euch in all diesen Jahren unserer Sache gewidmet habt.« Seine Stimme war leise und ernst. Warum? »Er wäre selbst gekommen, wenn er nicht heute abend einen Ehrengast, König Vidiye, den Regenten von Jaya, in seinem Haus hätte, der uns auch die Nachricht überbrachte, die ich Euch nun mitteilen werde.«

Aisha kämpfte gegen das Gefühl einer Vorahnung an, das sich in ihrem Magen zusammenballte. Einen Moment lang fühlte sie sich so benommen, daß sie sich mit einer Hand an der Wand abstützen mußte.

»Ich bedauere, Euch mitteilen zu müssen, daß Euer Sohn Ali tot ist.«

Sie hörte Abdul Raschids Schluchzen, und die Erde begann sich um sie zu drehen. Sie brach am ganzen Körper in Schweiß aus. Das sind nur Worte, dachte sie. Der Prinz spricht von jemand anderem. Dann sah sie, wie das dickliche Gesicht ihres Mannes in sich zusammenfiel, wie er die kleinen Augen schloß, der winzige Mund offenstehen blieb. Die breiten Schultern hingen schlaff herab. »Bitte erzählt mir, wie es geschehen ist, Prinz«, bat er in einem heiseren Flüstern.

»Ich habe die Nachricht aus dem Munde von König Vidiye erfahren.« Die Stimme des Prinzen verhärtete sich, wurde lauter. »Um es kurz zu machen: Euer Sohn hatte einen portugiesischen Soldaten gedungen, den Großen König zu ermorden. Man vermutet, daß ein Teil des Mordgeldes im voraus bezahlt wurde und der Rest nach vollbrachter Tat folgen sollte. Nur Euer Sohn und der Soldat wußten von dem Komplott und kannten die Identität des anderen. Man glaubt, daß der Soldat, wohl um sich vor Entdeckung zu schützen,

Euren Sohn tötete, sobald dieser ihm das restliche Geld ausgezahlt hatte.«
»Wann ist dies geschehen, Herr?« fragte Abdul, der mit den Tränen kämpfte.
»In derselben Nacht, als der Große König starb, soweit König Vidiye unterrichtet war.«
Es folgte eine lange Pause. »Wie wurde er getötet?« Abdul Raschids Stimme war zu einem Flüstern geworden.
»Wollt ihr es wirklich wissen? Warum wollt Ihr Euch mit den Einzelheiten quälen, jetzt, wo alles geschehen ist und Euch nur die Trauer bleibt?«
»Ich bitte um Verzeihung, Herr, aber ein Vater möchte diese Dinge wissen. Außerdem bleibt uns Moslems immer noch die Rache.«
»Er muß noch in dieser aussichtslosen Situation den Kampf aufgenommen haben, denn er wurde erschlagen.«
»Bei Allah, dem Großen! Das ist Allahs Strafe!« hörte Aisha Abdul Raschid mit gebrochener Stimme erklären. »Mein Sohn hat auch andere Morde in die Wege geleitet, so den des Verschwörers Kandura, des Meisterhandwerkers Kodi ...«
»Was?« Die Frage war aus dem Prinzen herausgeschossen wie ein Bolzen aus einem Katapult. »Kodi?«
Abdul Raschid nickte traurig. »Ja, auch Kodi, Herr. Es war eine Tat, die im Namen der katholischen Mönche vollzogen wurde.«
Der Prinz schien sich nur durch eine Willensanstrengung von den Überlegungen losreißen zu können, die in ihm eingesetzt hatten. »Mein Vater König Maya Dunne hatte einen derartigen Verdacht ... aber Kodi? Ich hätte mir nicht träumen lassen ...« Der Prinz schüttelte heftig den Kopf, beruhigte sich. »Nichtsdestotrotz bittet mich König Maya Dunne, Euch mitzuteilen, daß Eure Dienste an ihm alle vergangenen Rechnungen begleichen.«
Tränen strömten nun Abdul Raschids Wangen hinab, doch Aisha, deren Augen trocken geblieben waren, spürte nur einen bitterkalten, harten Knoten in ihrer Brust. Vor ihren Augen waberte ein roter Schleier. Ihr schöner, schöner Kna-

be erschlagen. Rache! Ein Portugiese hatte die Tat begangen. Rache! Jeder Portugiese würde dafür bezahlen. Rache! Sie würde den Rest ihres Lebens darauf verwenden, alle, aber auch alle ungläubigen Portugiesen zu vernichten. Rache!
Plötzlich, ohne daß sie es wollte oder bemerkte, wich die zähe Nachkommin von Mahmud von Ghazni in ihr der maurischen Mutter, die ihr Kind verloren hatte. Ohne sich dessen bewußt zu sein, begann Aisha Raschid mit der Totenklage.

Kapitel 18

Dienstag, 3. Mai 1530

Wie die meisten Menschen im Estado da India wußte Fernao von der Geldgier des neuen Vizekönigs, Don Alfonso de Noronha, der seine Ernennung nur deshalb erhalten hatte, weil er ein großer Günstling des Königs war. Die erste Begegnung mit diesem großen, geierhaften Mann, von dem er am vorangegangenen Morgen auf dem Poopdeck des Flaggschiffs im Hafen von Colombo begrüßt worden war, hatte Fernao davon überzeugt, daß diese Erzählungen der Wahrheit entsprachen. Geiz und Verschlagenheit hatten ihre Spuren tief in sein Gesicht eingegraben, was sein hagerer Körper und die bucklig gebeugten Schultern noch zusätzlich betonten. Seine Neigung zur Großspurigkeit war an seiner Kleidung zu erkennen. Das Wams war aus feinstem Samt, das Hemd aus weißer Seide mit Spitzenrüschen, und das alles wurde gekrönt von einer riesigen goldenen Halskette, die mit Rubinen übersät war, während an seinen knochigen Fingern juwelenbesetzte Ringe prangten. Aus dem hageren, knochigen Gesicht blickten dem Betrachter tiefliegende, schlaue Augen entgegen. Vervollständigt wurde das Bild eines Raubvogels durch eine große Nase, die in ihrem Schwung über dem schmallippigen Mund nur zu verweilen schien, um dann ihren Weg zu dem hervorstehenden Kinn fortzusetzen.
Der Vizekönig war mit einer Flottille von zehn schwerbewaff-

neten *nao* und acht *terco*, Regimentern aus Infanterie und Musketieren, eingetroffen. Der offizielle Grund für seinen Besuch war die Untersuchung des Mordes an dem Großen König, der das Werk eines portugiesischen Soldaten hätte sein können, doch nur wenige Minuten der Unterhaltung mit ihm hatten Fernao davon überzeugt, daß der Vizekönig nicht wirklich an einer solchen Nachforschung interessiert war. Sein Hauptanliegen bestand offensichtlich darin, die Wahrheit über die Reichtümer des Großen Königs herauszufinden, weshalb er diesen noch am nächsten Tag um eine Audienz ersuchte.
Fernao hatte im vergangenen Jahr eine Gratwanderung unternommen, indem er zwischen den sich im Widerstreit befindlichen Bestrebungen von König Kumara, König Vidiye und König Bhuvaneka Bahu ausgleichend gewirkt hatte. Als König Bhuvaneka getötet worden war, wußte er, daß die Situation sich zuspitzen würde. Deshalb hatte es ihn nicht überrascht, als seine Spitzel ihm von König Vidiyes Besuch in Sita Waka berichtet hatten. Er war dann auf amtlichem Wege von der Heirat des Königs mit König Maya Dunnes Tochter, Prinzessin Padma, unterrichtet worden, welche man zu diesem Zweck in aller Eile aus Anu, der alten Hauptstadt, gerufen hatte. Offensichtlich hatte man ein Bündnis geschlossen, dessen Auswirkungen auf das Kräftegleichgewicht er schon lange gefürchtet hatte, bevor der Vizekönig nun mit so gewaltiger militärischer Stärke eingetroffen war.
Der Bitte um eine Audienz wurde auf der Stelle nachgegeben. Vizekönig Alfonso de Noronha und seine Abordnung, der auch Fernao angehörte, wurden in zwei Pferdekutschen und in Begleitung einer berittenen Eskorte nach Jaya gefahren. Es war ein klarer, strahlender Morgen; am Eingang zur Hauptstadt Jaya wurden sie von dem Haushofmeister Graf Tammitta Rala, einem stämmigen, pausbäckigen Mann, in Empfang genommen und mit dem gewohnten Pomp zum Palast geleitet.
Eine bewaffnete Ehrengarde und ein lautstarkes Konzert aus singhalesischen Trommeln, Trompeten und Feuerwerkskör-

pern empfing sie im Palast-Innenhof. Nachdem sie die Wache inspiziert hatten – flüchtig, wie es singhalesische Sitte war –, stiegen sie die Treppe zur Versammlungshalle hinauf, die mit Prinzen und Adligen bevölkert war. Es war ein schillernder Anblick.

Der Große König und sein Gefolge hatten ihren Platz auf der Thronempore am anderen Ende des Saales eingenommen. Auf dem goldenen Thron der Sinhala-Könige, unter einem hohen, mit Troddeln behängten Baldachin aus burgunderfarbenem Samt saß die verschwindend kleine Gestalt eines dünnen, dunkelhäutigen Knaben, der in Goldstoff gekleidet war und einen goldenen Turban trug. Seine Füße reichten kaum auf den goldenen königlichen Fußhocker hinab. Die herrliche, mit Juwelen besetzte Krone der Sinhala-Könige, die offensichtlich noch zu groß für den kleinen Kopf war, lag zusammen mit dem Reichsapfel und dem Zepter neben dem Thron auf einem goldenen Ständer, der mit burgunderrotem Samt ausgeschlagen war. Selbst im Alter von nur vier Jahren deutete bereits alles am Äußeren des Großen Königs Dom Juan Dharma Pala – seine breiten Züge, seine großen, rollenden Augen und sein schlaksiger Körper – darauf hin, daß er einmal genau wie sein Vater, der Regent, aussehen würde, welcher in Hosen und Tunika aus Goldbrokat neben dem Thron stand.

In dem Moment, wo sie vor den Stufen stehenblieben, die zur Empore hinaufführten, verstummten auf einmal die Trompeten und Trommeln, und nur mehr deren Echo stieg schwach zu der hohen Decke empor. Don Alfonso verbeugte sich tief vor dem Thron. Der König streckte nur die Hände aus, die Fingerspitzen aufeinandergelegt, um ihren Gruß entgegenzunehmen.

»Ich freue mich, Euch im Namen der Prinzen, Adligen und des Volkes des berühmten Landes von Lanka willkommen zu heißen«, deklamierte der kleine, vierjährige König in einstudiertem Portugiesisch. Seine Stimme war hoch und flötend. Man hatte ihn offensichtlich sorgfältig auf die kleine Rede vorbereitet. »Bitte nehmt Platz, meine Herren.« Er zeigte mit einer angeboren anmutigen Geste seiner rechten Hand auf zwei Stühle, die auf der Empore standen. Dann nickte er, offenkundig erleichtert, daß er seine Aufgabe hinter sich gebracht hatte, einmal kurz zu Graf Tammitta hinüber.

Der Haushofmeister stieg die Treppe hinauf und nahm seinen Platz auf der rechten Seite des Podiums ein. »Meine Herren, wir möchten Euch den ehrenwerten Regenten von Lanka, König Vidiye Bandara, vorstellen«, stellte er in fließendem Portugiesisch fest.

König Vidiye nickte nur steif und setzte sich auf den kleineren Thron zur Linken seines Sohnes, der normalerweise der Königin vorbehalten war.

Man begann mit dem unvermeidlichen Austausch von Höflichkeiten. Als man mit diesen zu Ende gekommen war, griff der König nach einem kleinen goldenen Glöckchen, das auf einem Hocker neben ihm lag. Kaum war das leise Klingeln verhallt, als Bedienstete in weißen Satinhosen und Tuniken aus Goldstoff, die mit mehreren Gürteln und roten Schlitzen versehen waren, durch die Türen eintraten, welche sich auf beiden Seiten der Empore an der Rückwand des Audienzsaals befanden. Sie trugen Goldtabletts mit geschnitzten Trinkkelchen und goldenen Tellern, auf denen eine Auswahl an Konfekt ausgebreitet lag.

»Bitte nehmt doch ein paar Erfrischungen«, forderte der König sie auf.

Unter den Fruchtgetränken befand sich die Milch der Königskokosnuß, in der zarte, weiße Kernstückchen schwammen, dann roter Granatapfelsaft und der unvermeidliche Melonensaft mit einem Hauch Limonen, den sowohl Fernao als auch der Vizekönig wählten. Fernao nahm sich auch eines der schwarzen Konfektstücke, die man *kalu dodol* nannte und welche er besonders gerne mochte. Sie wurden aus erhitztem Honig hergestellt und waren von weißen Cashewnüssen durchzogen. Er bemerkte, daß der König sich stets von den gleichen Erfrischungen bediente wie seine Gäste, wahrscheinlich eine wohlerzogene Geste, um ihnen zu zeigen, daß man sie garantiert nicht vergiftete.

Andere Diener kamen mit goldenen Schüsselchen voll duftenden Wassers, auf dem Jasminblätter schwammen, und leinenen Mundtüchern, was beides zur Waschung der Hände gedacht war. Als schließlich alle wieder den Raum verlassen hatten, beugte sich der König in seinem Thron vor und nickte einem älteren Diener zu, der den goldenen Amtsstab hielt. »Alle sollen jetzt gehen«, befahl der König.

Der Diener trat nach vorne an den Rand der Plattform und klopfte dreimal mit dem Stab auf. »Ahey! Ahey! Ahey!« rief er mit schallender Stimme aus. »Auf Befehl unseres gnädigen Herrschers, Seiner Majestät des Großen Königs Dom Juan Dharma Pala, des Herrn über Lanka, mögen alle, die jetzt in diesem Audienzsaal versammelt sind, sich hinausbegeben.«

Als auch der letzte rückwärts aus dem Saal hinausgegangen war, blickte der Große König zu seinem Vater König Vidiye, der nickte und die Gesprächsleitung übernahm. »Ihr batet um diese Audienz, Euer Exzellenz«, stellte König Vidiye in seiner tiefen, brummenden Stimme fest. »Bitte seid so frei zu sprechen. Graf Tammitta wird weiterhin als Übersetzer fungieren.«

Der Vizekönig räusperte sich. »Eure Majestäten, ich würde diese Unterredung gerne mit einem höchst wichtigen Gesichtspunkt Eurer Besteigung des Thrones von Lanka beginnen«, erklärte er mit seiner trockenen, eintönigen Stimme. »Mein Herrscher sendet Euch und dem Regenten seine Glückwünsche. Er befahl mir, Euer Majestät zur Kenntnis zu bringen, daß er, bevor er Euch in Portugal und überall in seinen Gebieten offiziell zum König von Lanka erklärt und Euren Vater König Vidiye zum Regenten, noch gespannt auf die Erfüllung der Bedingung wartet, die in der Übereinkunft mit Eurem verehrten Großvater, dem verstorbenen Großen König Bhuvaneka Bahu, beinhaltet gewesen war.«

Fernao war verblüfft.

»Welche Bedingung?« fragte König Vidiye nach einem Schweigen in herrischem Ton.

Die dünnen Lippen des Vizekönigs verzogen sich seitwärts zu einer Art Lächeln. »Euer Majestät Taufe zum katholischen Glauben.«

Es war König Vidiye, der sich zuerst von seinem Schock erholte. »Eine solche Bedingung hat es nicht gegeben«, knarrte er.

»Im Gegenteil, mein Herr.« Der Vizekönig griff in seine Weste und zog eine kleine Schriftrolle daraus hervor, die gebrochene Siegel und Bänder aufwies. »Ich habe hier eine beglaubigte Abschrift der Übereinkunft.« Er lehnte sich bequem in seinen Stuhl zurück und hielt dem Haushofmeister die Rolle hin.

Lange Minuten des Schweigens vergingen, während der Hofbeamte das Dokument einer Prüfung unterzog, es dann erneut las. Während der ganzen Zeit hielt König Vidiye seinen wilden Blick auf ihn gerichtet.

»Das kann niemals geschehen«, platzte König Vidiye mit einemmal heraus. »Eine derartige Bekehrung würde uns die Unterstützung nehmen, die wir bei den singhalesischen Buddhisten besitzen.«

»Aber Ihr werdet einen mehr als wirkungsvollen Ersatz dafür erhalten«, konterte der Vizekönig. »Ihr werdet die Macht Portugals hinter Euch haben.«

»Aus Tausenden von Meilen Entfernung? Was die Wirksamkeit Eurer bewaffneten Streitkräfte angeht, so habe ich keinerlei Zweifel, Euer Exzellenz.« Ein grimmiges Lächeln huschte über König Vidiyes dunkles Gesicht. »Es ist vielmehr ihre Beständigkeit, die ich in Frage stelle. Wenn der Große König einen fremden Glauben annimmt, würde das einen Verrat am Volk bedeuten, welches in jedem Königreich die einzige beständige Quelle der Macht darstellt.«

»König Kumara hat es im *uda rata* mit Erfolg durchgesetzt, wie ich hörte«, warf der Vizekönig milde ein. »Ohne unsere Hilfe hätte er nichts zuwege gebracht.«

In diesem Moment wußte Fernao, daß Pater Juan hinter dieser Forderung aus Lissabon steckte.

»Und König Kumara ist nur so weit gekommen, wie Ihr es zuließt«, gab König Vidiye unverblümt zurück. »Wenn wir diese Bedingung annehmen, würden wir ein Vasallenstaat Portugals werden, denn unser Großer König würde dem

Herrschaftsbereich der katholischen Kirche unterstehen.« Ein seltsamer Glanz trat in König Vidiyes riesige Augen, und er entspannte sich plötzlich. »Vielleicht können wir uns entgegenkommen. Vielleicht haben wir etwas anderes, das … äh … vielleicht wertvoller für Euch und Euren Herrscher ist als eine Bekehrung.«

Der Vizekönig nickte zu der Schriftrolle hin, die Graf Tammitta immer noch schlaff in seiner Hand hielt. »Wir würden in jedem Fall erwarten, daß Ihr die Übereinkunft respektiert, mein Herr. Immerhin wurde sie zwischen zwei souveränen Herrschern getroffen, und wir sind bereit, unseren Teil davon zu erfüllen.«

König Vidiye zeigte auf die Rolle. »Jenes Dokument dort basiert offensichtlich auf einem Mißverständnis in der Übersetzung. Mir ist die damalige Absicht des Großen Königs bekannt. Er meinte, daß sein Nachfolger die katholische Kirche *anerkennen*, nicht aber, daß er ihren Glauben annehmen würde. Abgesehen davon sind Übereinkünfte zwischen Herrschern immer Änderungen unterworfen, weil keine Regierung ihre Nachfolger an Entscheidungen binden kann.«

König Vidiye klang plötzlich so versöhnlich, daß es Fernao stutzig machte. »Wichtig ist nur die Grundabsicht. Euer König möchte die Thronfolge unterstützen. Wir wünschen die Unterstützung Eures Königs. Wir verstehen voll und ganz, daß Euer König die Bekehrung unseres Großen Königs braucht als Symbol unseres Bünd… äh … unserer Freundschaft, und auch als Beitrag zum Glauben, um die machtvolle Kirche Eures Landes zu beschwichtigen. Ich schlage Euch deshalb als Kompromiß vor, daß wir aus der Schatzkammer des verstorbenen Großen Königs eine beträchtliche Tributzahlung an Seine Königliche Majestät leisten werden, im Angedenken unserer Dankbarkeit. Wir werden auch offiziell bekanntgeben, daß unser Großer König die katholische Religion studiert und allen katholischen Bekehrten in unseren Königreichen die freie Ausübung ihres Glaubens gestattet. Im Gegenzug hoffen wir, daß Euer König gnädigerweise seine Annahme der souveränen Thronfoge unseres Großen

Königs proklamiert und uns von Zeit zu Zeit die nötige militärische Rückenstärkung gewährt.«

Fernao hatte bemerkt, wie es bei der Erwähnung der Schätze im Gesicht des Vizekönigs gierig aufgeleuchtet hatte und er die Hände so fest um seine Armlehne gekrallt hatte, daß die Knöchel weiß geworden waren. König Vidiye, Ihr seid ein listiger Fuchs, dachte er.

»Dies scheint mir gewiß ein gerechter Kompromiß zu sein, mein Herr«, stellte Alfonso de Noronha fest. »Ich werde Seine Königliche Majestät persönlich über die Probleme unterrichten, mit denen Ihr befaßt seid, und meine guten Beziehungen zu ihm nutzen, um ihn zu einer Annahme der geänderten Übereinkunft zu bewegen. Dies wird es nötig machen, daß wir länger als vorgesehen Streitkräfte von ausreichender Stärke hier belassen müssen. Deshalb wird Euer gütiges Angebot eines Tributs, vorausgesetzt, er wird ausreichend umfangreich sein, es uns ermöglichen, in diesem Rahmen den Frieden zwischen uns in … äh … Ehren zu erhalten.«

Freitag, 6. Mai 1530

Als er nach dem Zwischenfall in Hangura zurückkehrte, stellte König Kumara zu seiner Überraschung fest, daß Königin Anula wieder zuvorkommend und gesprächsbereit war wie früher. Ihre ungewohnte Freundlichkeit hatte etwas deutlich Falsches, Salbungsvolles an sich, das ihn stutzig machte. Da er sich allerdings mit Schuldgefühlen niemals lange abgab und sich auch um die Ermahnungen der katholischen Kirche nicht scherte, brachte er Sita in einem bescheidenen Haus in der Nähe des Palastes unter und begann, ihr seine Besuche gänzlich unverhohlen abzustatten.

Von dem Mord an dem Großen König hatte er mit großem Interesse gehört. Irgendwie lag hier eine Gelegenheit, die er ergreifen mußte. Aber wie?

An dem Abend, nachdem ihm seine Spione die Nachricht überbracht hatten, daß der Vizekönig Alfonso de Noronha mitsamt einer Flottille von zehn *nao* in Colombo eingetroffen war und am folgenden Morgen eine Unterredung mit dem Großen König gehabt hatte, saß er mit Sita nach dem Nachtmahl zusammen. Sie hatten gemeinsam auf ihrem Lieblingsdiwan Platz genommen; Sita hatte ihm zum Nachtisch auch reife *durian*-Früchte aufgetischt. Ihr voller, süßer Geschmack lag ihm noch immer auf der Zunge, doch auch ihr Geruch, der dem menschlicher Verdauungswinde ähnelte, hing noch schwach in der Luft.

»Mein Herr braucht *durian* zu nichts als zu seinem Vergnügen zu essen«, bemerkte Sita mit schelmischem Grinsen.

Sie sah bei dem goldenen Lampenlicht so jugendlich frisch aus, während es in ihren mandelförmigen Augen geheimnisvoll dunkel schimmerte, daß er unwillkürlich die Hand nach der ihren, die sehr hellhäutig war, ausstreckte und sie streichelte. »Welchen anderen Grund sollte ich haben?« erkundigte er sich zärtlich, obwohl er die Antwort schon kannte.

Sie errötete. »Nun ... Herr, man sagt, daß Männer *durian* essen, um im geschlechtlichen Sinne aufgeweckter zu sein«, wagte sie mit gesenktem Blick vorzubringen.

»In einem solchen Fall hättest du sie allerdings bei Nacht eine Meile weit weg tragen und heimlich im Garten deines Lieblingsfeindes vergraben sollen, damit er ihren Gestank erdulden muß«, gab er scherzhaft zurück, indem er sie an den zweiten Teil der alten Überlieferung erinnerte.

»Ich habe keine Feinde«, erwiderte sie sittsam.

»Du hättest sie in der Nähe der Gemächer der Königin im Palast vergraben sollen.«

Überraschenderweise nahm sie ihn ernst und drehte sich halb zu ihm hin. »Glaubt Ihr wirklich, daß die Königin meine Feindin ist?«

»Ja«, erwiderte er nüchtern. »Sie wird niemals bereit sein, etwas aufzugeben, was sie als das Ihre betrachtet, und ich war ihr liebster Besitz.«

»Solange sie freundlich zu Euch ist, ist es mir gleich, was sie denkt.«

Er begann zu grübeln. »Ich muß wieder zur Tat schreiten. In

welches Königreich soll ich einmarschieren? Sita Waka ist für meine Truppenstärke zu mächtig. Jaya wird von den *parangi* beschützt, die sich keinen zähen, unabhängigen Großen König wünschen, und sie wissen, daß ich ein solcher sein werde. Das läßt mir nur ein paar Alternativen. Jaffna ist eine davon, aber es ist eine Angelegenheit der ... Bei den *devas,* ich hab's!« Er stand abrupt auf. »Ich muß schnell in den Palast, meine *sundari,* meine Goldene.« Sein Lächeln war verschmitzt. »Die Auswirkungen der *durian* müssen hinter anderen Dingen nachstehen, die ich schon zu lange aufgeschoben habe.«

Freitag, 6. Mai 1530

Ihre erste Reaktion auf die Nachricht vom Tode Alis, die auf ihr ungewolltes Ausbrechen in die Totenklage gefolgt war, war ein Zustand der Betäubung gewesen. Verschwommen hatte sie begriffen, daß eine solche Betäubung Allahs Mittel war, um die Menschen vor solch schrecklichen Nachrichten zu schützen, ähnlich den Wundheilern, die einem Patienten Opium gaben, bevor sie ihn schmerzhaften Behandlungen unterzogen. Aus diesem Grund beließ sie sich selbst in diesem Zustand. Da keine Leiche vorhanden war, der sie eine Bestattung hätten angedeihen lassen können, und die Endgültigkeit von Alis Tod ihr aus diesem Grund nicht vor Augen geführt worden war, weigerte sie sich auch weiterhin, seinen Tod zu akzeptieren, doch schlimm waren die Momente, wenn sie an die Art und Weise dachte, wie er zu Tode gekommen war – an seine Gedanken, seine Gefühle, seine Angst, seine Verachtung für den Mörder. Dann wurde ihr die Kehle ganz trocken, das Denken schmerzte sie, sie begann, schneller zu atmen, und glaubte so manches Mal, sie würde verrückt werden.

An jenem Freitag abend hatte der *imam* darauf bestanden, sie und Abdul Raschid einmal nach Hause zu begleiten, nachdem sie der letzten der fünf Gebetssitzungen des Tages beigewohnt hatten. Sein Name war Mohamed Shafir, und er war ein kleiner, graubärtiger Mann mit langem grauem Haar, einem vogelähnlichen Gesicht und scharfen Augen.

Nach einem Abendessen aus Hühner-*pilau* saßen der *imam* und Abdul Raschid im Wohnzimmer zusammen und schlürften süßen, schwarzen *copi,* dessen Duft den ganzen Raum erfüllte. Entgegen den Gebräuchen hatte der *imam* Aisha gebeten, sich zu ihnen zu setzen.

»In dieser traurigen Zeit, lieber Bruder, liebe Schwester, möchte ich Euch gerne an die drei Glaubenssätze unseres islamischen Glaubens erinnern«, begann er mit seiner trockenen Stimme. »Die drei Begriffe, die die Grundlagen unseres Glaubens ausmachen, sind *imam,* der Glaube selbst, *islam,* die praktischen Auswirkungen auf das Leben desjenigen, der den *imam* annimmt, und *ishan,* was umgekehrt die Auswirkungen der religiösen Erfahrung auf das Leben beschreibt. Den Glauben habt Ihr beide schon. Indem Ihr zu allen Zeiten das grundlegende Glaubensbekenntnis empfangt und erklärt – besonders in der täglichen Abfolge von Gebeten, denen Ihr frommerweise stets folgt, indem Ihr den *zakat,* die weltliche Steuer, bezahlt, indem Ihr in der vorgeschriebenen Zeit im Jahr fastet und indem Ihr Eure Pilgerfahrt nach Mekka unternehmt –, erfüllt ihr die Pflichten des Islam. Deshalb seid ihr beide gute Moslems.«

Abdul Raschid neigte den Kopf in stummer Entgegennahme der Feststellung. »Das haben wir versucht zu sein«, meinte er feierlich. »Was auch der Grund ist, warum ich zumindest nicht verstehen kann, daß Allah diese ...« Seine Stimme brach und kam nur noch in einem halben Flüstern zum Vorschein. » ... diese Strafe über uns verhängt hat.« Er hielt inne und straffte die breiten Schultern. »Doch zeigen wir unsere Ergebenheit noch mehr, wenn wir Allahs Willen annehmen, ohne ihn zu verstehen.«

»Das zeigt, daß Ihr wirklich gute Moslems seid«, erwiderte der *imam.* »Denn es bedeutet, daß Ihr den wahren Inhalt des Begriffes *ishan* erfaßt habt, welcher die Erkenntnis und Annahme der wirklichen Bedeutung darstellt, die die äußeren

Formen Eurer religiösen Praxis, des *islam*, für Euer Inneres haben. Im *ishan* wird der Geist frommer Ergebenheit besonders betont, denn in ihm spürt man, daß man Allah zu allen Zeiten nahe ist, in Freude wie in Schmerz.«

»Aber damit von Tag zu Tag zu leben ist so ... so ... schwer«, sagte Abdul Raschid.

Die Worte ihres Gemahls waren in Aisha auf ein Echo gestoßen. »Gibt es denn irgendeine neue Weisheit in dieser Welt, die uns helfen kann, mit unserem tragischen Schicksal fertig zu werden?« rief sie. »Gibt es denn neben dem unerschütterlichen Glauben, den alle Religionen fordern, etwas, das die Heimgesuchten tröstet?« Sie bemerkte die verwirrten Blicke ihres Mannes und des *imam*, fuhr aber fort. »Der Islam kennt den Begriff des *kismet*, des Schicksals, das niemand ändern kann, weshalb wir nur mit den Schultern zucken und weitermachen können, ganz gleich, wie groß das Leid in unseren Herzen ist. Die katholische Religion predigt die Hinnahme des Willens Gottes. Beide Glaubensrichtungen versprechen uns die Wiedervereinigung mit unseren Lieben im Himmel. Die Buddhisten sollen ihre Toten nicht beweinen, weil ihrer Lehre nach der Tod nur eine Veränderung in der Substanz des *kharma* sei. Die Hindus glauben an das *kharma* im Sinne einer Vergeltung. Vielleicht ist das der Gedanke, der für uns heute am passendsten wäre angesichts dessen, was aus unserem Sohn geworden war und wozu wir ihm den Weg eröffnet hatten. Man nahm ihm ein Auge für ein Auge, Zahn um Zahn. Wie kann all dies uns helfen? Wie hohl sind doch die Angebote des Trostes, die die Religionen den in Trauer Hinterbliebenen gewähren! Warum sollte es gut für uns sein, zu leiden?«

Die beiden Männer hörten nicht auf, sie anzustarren, waren voller Entsetzen über ihre gotteslästerlichen Äußerungen und den Bruch des Anstandes. Niemandem war es erlaubt, so zu sprechen, am allerwenigsten einer Frau. Sie kümmerte sich nicht einen Deut um das, was sich gehörte.

Plötzlich, aus ihrer Umnachtung, ihrem Kummer heraus, und ganz gewiß auch aufgrund der Worte des *imam*, wich die

Betäubung von ihr, und die Antwort erstrahlte vor ihrem inneren Auge wie ein großer, weißer Lichtblitz. »Endlich kenne ich die Wahrheit«, erklärte sie feierlich. »Sie liegt in den Worten und im Verhalten des Propheten.«
»Worin besteht sie?« fragte der *imam* mißtrauisch.
»*Ishan* bedeutet die umformende Wirkung unseres Handelns als Moslems auf die Seele. Somit ist die Vergeltung, Auge um Auge, Zahn um Zahn, nicht nur Allah allein vorbehalten. Auch wir Sterblichen müssen dieser Regel folgen, um unseren Kummer beherrschen zu lernen. *Das* ist das Beispiel, das der Prophet uns in seinem eigenen Leben vor Augen hielt, mit Feuer, Schwert und dem Heiligen Koran.« Sie bannte Abdul Raschid in einem tödlichen Blick. »Den Tod unseres Sohnes als Ausdruck des Willens Allahs zu akzeptieren wird allein unser Elend nicht lindern. Nur wenn wir als Werkzeuge der Rache Allahs wirksam werden, wird unser Schmerz gestillt. Ich werde nicht auf den *chador* verzichten, noch auf all das, was er bedeutet, aber morgen werde ich in den Palast gehen und König Maya Dunne bitten, mich an den Waffen ausbilden zu lassen, damit ich an der Seite seines Sohnes kämpfen kann, um den meinen zu rächen. Ich werde meinen eigenen *jihad*, meinen eigenen Heiligen Krieg gegen die *parangi* führen.«
»A... Aber das könnt Ihr nicht tun, Weib!« stammelte Abdul Raschid. »Und mit wem wolltet Ihr reiten? Ich meine, wer wollte Euch in seine Armee aufnehmen? Und was ist mit dem Schleier?«
»Dies sind in erster Linie praktische Schwierigkeiten«, warf der *imam* ein. »Viel wichtiger ist jedoch die religiöse Frage. Wie könntet Ihr solches Handeln mit den Lehren des Propheten vereinigen? Frauen ist es nicht gestattet, solche Rollen einzunehmen.«
»Wer verbietet es uns?« fragte sie hitzig.
»Das versteht sich von selbst. Wir müßten Euch als Ungläubige abstempeln, wenn Ihr den Schleier und die traditionellen Gewänder ablegtet.«
»Ich werde weder den Schleier noch die traditionellen Ge-

wänder ablegen. Ich werde mein ganzes unauffälliges Äußeres beibehalten, selbst wenn ich in die Schlacht reite. Reiten nicht auch unsere arabischen Krieger im Burnus und in langen Gewändern in den Kampf?«
»Die verschleierte Rächerin«, bemerkte der *imam* trocken, doch mit einem Anflug von Erregung in der Stimme. Er strich sich nachdenklich über den grauen Bart. »Warum nicht? Es wird dem Feind einen gewaltigen Schrecken einjagen.«
Aisha bemerkte, daß die Wangen ihres Ehemanns plötzlich zu beben begonnen hatten. »Ich fürchte um Eure Sicherheit und Euer Wohlbefinden, geliebtes Weib«, stellte er fest und zeigte auf seinen eigenen erschlafften Bauch. »Außerdem wäre ich nicht in der Lage, mit Euch zu reiten.«
Aisha fühlte, daß ihre Augen brannten, und kämpfte gegen die in ihr aufsteigenden Tränen an. »Eure Sorge rührt mich, verehrter Gemahl, doch geistiges Wohlbefinden ist wichtiger als körperliche Unversehrtheit.« Sie hielt inne und nickte ihm langsam zu. »Ich weiß, daß ich als Einzelperson niemals in die Armee König Maya Dunnes aufgenommen werde, weshalb ich selbst einen Trupp Kavallerie aufstellen und ihn aus unseren eigenen Mitteln ausrüsten werde. Wenn er voll ausgebildet ist, wird ihn, wie ich annehme, Prinz Raja Sinha gerne zum Teil seines Kavallerieregimentes machen, denn ich bin eine Ghazni, und das Kämpfen liegt mir im Blut. Wer weiß, vielleicht werde ich einst sogar gemischte Schwadronen aus Männern und Frauen anführen.« Schon jetzt, da ihre Entschlossenheit sich mit dem Geist ihrer Vorväter mischte, war etwas von dem Schmerz in ihr schwächer geworden.
»Ihr könntet vorher getötet werden«, machte Abdul Raschid, den Tränen nahe, einen letzten Vorstoß.
»Das, mein lieber Gemahl, wäre dann der Wille Allahs!«
Der *imam* sollte das letzte Wort haben. »Eins ist gewiß: Wenn Ihr im Kampf gegen die Ungläubigen fallt, werdet Ihr Euch sofort darauf im Paradies wiederfinden.«

Kapitel 19

Samstag, 10. September 1530

Die vier Monate des Tauziehens um den versprochenen Tribut hatten Fernao beinahe zur Verzweiflung gebracht. Der geldgierige Vizekönig hatte nicht nur unablässig versucht, herauszufinden, an welchem Ort der legendäre Schatz der Großen Könige lag, sondern hatte auch seine große Hakennase in jeden Teil von Fernaos Arbeit hineingesteckt, bei der er die Ausbeute auch nur eines einzigen *cruzado* für sich selbst gewittert hattc. Als offenkundig geworden war, daß König Vidiye entschlossen war, für die Unterstützung durch die Portugiesen nur den Mindestbetrag zu zahlen, hatte der Vizekönig sogar eine unerwartete und reichlich unangebrachte Inspektion der Schatzkammer von Jaya unternommen, bei der sich allerdings herausgestellt hatte, daß König Vidiye sie geräumt und ihren Inhalt anderswo untergebracht hatte.

Als er am Samstag nachmittag zu einer Unterredung mit dem Vizekönig an Bord seines Flaggschiffes gerufen wurde, spürte Fernao, daß Don Alfonso mit seiner Geduld am Ende war.

Don Alfonso schritt unruhig im Zimmer auf und ab, die Hände auf dem Rücken gefaltet, wobei ihn sein buckliger Rücken mehr denn je einem Geier ähneln ließ. Er blieb vor Fernao stehen. »König Vidiye hat eine unerträgliche Situation geschaffen, General«, hub er in streitbarem Ton an. »Ich habe die Änderung unseres früheren Abkommens durchgeführt und in gutem Glauben Seiner Königlichen Majestät eine Abschrift geschickt. Nun sind wir die Dummen, weil der Tribut, den König Vidiye uns ständig anbietet, aus Flitter und Tand besteht.«

»Unglücklicherweise hat König Vidiye zuviel Wind von unseren Absichten bekommen«, kommentierte Fernao.

»Und doch drängt er uns ständig bezüglich der Proklamation Unserer Königlichen Majestät. Er hat seinen Druck noch verstärkt, indem er begonnen hat, gegen die katholischen

Bekehrten im Königreich Stimmung zu machen. Gerade letzte Woche erst hat er einige von unseren kleineren Kirchen plündern und brandschatzen lassen. Gestern aber ist er zu weit gegangen. Er hat die große Kirche in der Stadt Mahara, die Pater Juan untersteht, ausrauben und zerstören lassen. Der gute Mönch suchte mich gestern nacht ... äh ... privat auf, um eine offizielle Beschwerde anzubringen. Er fordert im Namen der heiligen Kirche, daß Entsprechendes gegen - den Regenten unternommen wird. Was, glaubt Ihr, sollten wir tun?«

»Wir können im Königreich einmarschieren und Vergeltungsmaßnahmen durchführen.«

Ein verneinendes Kopfschütteln ließ Fernao mit einemmal erkennen, daß dem Vizekönig nach mehr der Sinn stand als nur nach Rache. »Wir müssen unsere Ziele erreichen, ohne auf militärische Mittel zurückzugreifen. Ein sofortiger Einmarsch in Jaya würde für uns weder zu der Bekehrung des Knaben führen, noch zu dem ... äh ... Schatz, den König Vidiye unter Kontrolle hat und den er verschwinden lassen würde, wo auch immer er ihn versteckt hat.«

In Fernaos Hirn begann es heftig zu arbeiten. Er hatte die ganze Zeit über diesen Schatz eines Königreichs als Sache nachgedacht, obwohl es doch der Mensch war, der in diesem Fall ausschlaggebend war. König Vidiye hatte die Macht über den Schatz! Wie die Sonne, die hinter einer schwarzen Wolke hervorblitzt, hatte er plötzlich eine Eingebung. »Ich habe die perfekte Lösung gefunden!« rief er aus.

Sonntag, 11. September 1530

Er hatte die sieben Männer mit großer Sorgfalt ausgewählt. Eine Wahl, die auf der Hand lag, war die des kaltblütigsten, entschlossensten Mannes in der ganzen Festung: Hauptmann Diogo de Mello. Dazu kamen der Musketier Feldwebel Costa, Anführer von Fernaos persönlicher Leibwache, Aires, Fernaos treuer Bursche, und vier *degredados*, die für ihren

Mut und ihre Zähigkeit bekannt waren. Alle waren sie magere, große Männer, niemand von ihnen aber von so riesiger Statur, daß es besonders auffallen würde.
Es war Sonntag, doch am Hofe des Großen Königs, der offiziell buddhistisch war, folgte man dem üblichem Tagesablauf. Wie immer zwischen sechs und sieben Uhr dreißig morgens würde sich der Regent in dem kleinen Audienzsaal aufhalten und die Berichte seiner Minister und Finanzberater entgegennehmen.
Sie ritten vor Morgengrauen in leichtem Galopp nach Jaya. Hauptmann de Mello und Feldwebel Costa trugen Musketen, Fernao und die anderen fünf Männer nur ein Schwert an der Seite. Die Gruppe schien als Eskorte des Generals durchaus angebracht zu sein, besonders, da Aires ein überzähliges Pferd am Zügel führte, einen edlen spanischen Grauschimmel mit herrlicher Ausrüstung, dem Anschein nach ein Geschenk des Vizekönigs an König Vidiye.
Es wurde gerade hell, als ihnen Wachsoldaten, die an häufige Besuche des portugiesischen Generals im Palast von Jaya gewöhnt waren, lächelnd freien Zutritt in die Stadt gewährten. Dasselbe geschah an den Toren zur Palaststadt. Es mußte fast sechs Uhr sein, als sie in dem gepflasterten Innenhof anhielten und von den Pferden stiegen. Ohne auf die überraschten Blicke der Wachen und Bediensteten und das neugierige Starren von Passanten zu achten, schritten sie die Treppen zur Audienzhalle hinauf und traten in deren kühlen Schatten. Die Halle begann sich bereits mit Adligen, Höflingen und Bittstellern zu füllen, und das lange vor Beginn der Audienzzeit, die von sieben Uhr dreißig bis neun Uhr dauerte und während der die Öffentlichkeit Möglichkeit zum Kontakt mit ihrem Herrscher hatte. Die Wachslichter waren noch nicht gelöscht worden; goldene Ornamente und Juwelen glitzerten und funkelten in ihrem Licht.
Ein stämmiger, glattrasierter Wachhauptmann und zwei riesige Wachsoldaten kamen allesamt mit gezogenen Schwertern herbeigelaufen und bauten sich in dem Mittelgang auf. Sie wirkten entschlossen und mißtrauisch. Fernao spürte, wie

sein Herz heftig zu klopfen begann. Sie waren ihrem Ziel schon so nahe gewesen, und plötzlich schien es in so weite Ferne gerückt wie das Mondlicht. Wie sollten sie diesem unerwarteten Hindernis begegnen?
Hauptmann de Mello wußte, wie. »Laßt Euch jetzt durch nichts aufhalten, General«, flüsterte er drängend. Fernao nickte dem Wachhauptmann herablassend zu und lächelte ihn an. Alle Blicke richteten sich mit einemmal auf den Vorgang, als wäre der Hauch einer dramatischen Entwicklung durch den Saal gefegt. Obwohl die Sinhala nur ungefähr fünfzig Fuß entfernt waren, kam Fernao der zwischen ihnen liegende Raum wie eine Unendlichkeit vor.
Sie marschierten stetig weiter, zielgerichtet, als geschähe es mit Zustimmung des Königs selbst. Noch zwanzig Schritte ... Die Sinhala rührten sich nicht von der Stelle ... Noch fünfzehn Schritte. Fernao lächelte und nickte wieder, herrisch diesmal ... Zehn Schritte noch. Der erste Zweifel flakkerte in den Augen des Wachhauptmanns auf ... Fünf Schritte ... Mehr angeborene Höflichkeit als Überzeugung ließ den Hauptmann lächeln, sich verneigen und zur Seite treten. Die riesigen Wachsoldaten taten es ihm nach. Fernao stieß leise seinen angehaltenen Atem aus und versuchte, sich Hauptmann de Mellos Gesicht vorzustellen, auf dem sich jetzt wohl ein Ausdruck diebischen Vergnügens breitgemacht hatte.
Sie winkten ein paar aufgeregte Diener beiseite, öffneten die Tür zum Audienzsaal und traten ein, einer nach dem anderen, Fernao als erster. Der riesenhafte Regent, der an seinem Schreibtisch saß, und Graf Tammitta, der zu seiner Rechten stand und ihm ein paar Dokumente zeigte, waren die einzigen Menschen im Raum. Graf Tammittas dröhnende Stimme erstarb mitten im Satz.
Die beiden Männer blickten im selben Moment auf. König Vidiye straffte sich. Seine großen, starrenden Augen blitzten vor Wut. Wie geplant schloß Feldwebel Costa die Tür und blieb davor stehen. Fernao nahm vor dem Schreibtisch Aufstellung, Hauptmann de Mello zu seiner Rechten, etwas

hinter ihm. Beide Männer zogen Zunder aus ihren Wämsen. »Wie könnt Ihr es wagen, unangemeldet hier hereinzuplatzen?« König Vidiyes tiefe Stimme klang wie das Aufbegehren eines wütenden Bullen. Er rollte die großen, starrenden Augen zu den Musketen hin.
»Ich wage so manches im Namen Seiner Königlichen Majestät Dom João III. von Portugal«, erwiderte Fernao gelassen. »König Vidiye, Ihr seid angeklagt der Verbrechen gegen die heilige Kirche von Lanka, Rom und Portugal, und ich bin hier, um zu verlangen, daß Ihr mich an den Ort begleitet, an dem man Euch den Prozeß machen wird.«
Ein leiser Aufschrei entfuhr Graf Tammitta. Einen Moment lang starrte König Vidiye Fernao verständnislos an, dann loderte heller Zorn in seinen Augen auf. »Ihr seid wohl von Sinnen, General«, bellte er. »Dies ist *mein* Palast. Er ist mit *meinen* Wachsoldaten voll besetzt. Macht diesem törichten Spiel ein Ende und verschwindet, bevor ich die Sache ernst nehme und Euch arretieren und in Stücke reißen lasse.«
»Im Gegenteil, Herr Regent, ich bin hier im Namen meines königlichen Herrschers, um *Euch* unter Arrest zu stellen!« verkündete Hauptmann de Mello mit fester Stimme.
Um König Vidiyes massives Kinn legte sich eine harte Linie. In einer raschen Bewegung stieß er sich von seinem Schreibtisch ab und schob seinen Stuhl knirschend über den Boden aus Bergkristall. Er griff nach seinem großen Schwert. Hauptmann de Mello sprang mit einem Satz von der Geschmeidigkeit eines Panthers um den Tisch herum und richtete mit vorbereitetem Zunder seine Muskete in wenigen Zoll Entfernung auf den Kopf des Herrschers. Sein Lächeln blitzte wie ein weißer Streifen zwischen dem schwarzen Schnurrbart und dem Bart auf. »Zieht dieses Schwert dort, und ich puste Euch das Hirn aus dem Schädel«, warnte er in einem Ton, der freundlich und gelassen und damit um so bedrohlicher war.

Sonntag, 11. September 1530

Die anjanam, eine Weissagerin, die aus dem Licht ihr Wissen bezog, lebte in einer Höhle im Hochwald über dem Palast von Kandy. Es bedurfte des frühen Morgenlichts, damit sie in der Vergangenheit lesen konnte, dagegen des Lichts einer einzigen Wachskerze, um in Gegenwart und Zukunft zu schauen. Königin Anula hatte sie des öfteren aufgesucht, indem sie durch einen geheimen unterirdischen Gang entschlüpft war, den nur die herrschenden Könige und Königinnen kannten, weil er den Fluchtweg für den Fall eines feindlichen Angriffs darstellte.

Es war Königin Anula zur Gewohnheit geworden, jenen geheimen Gang, den ihr Jahre zuvor ihr Gemahl König Kumara selbst gezeigt hatte, zu Besuchen bei der Weissagerin zu nutzen, seit es den Anschein hatte, als würden ihre Ehe und damit auch all ihre Pläne in die Brüche gehen. Die Königin war eine entschlossene Frau, die dazu neigte, selbst an ihrem Glück zu schmieden, doch schaden konnte es nicht, sich etwas Anleitung von den Mächten des Lichts und der Finsternis zu holen, besonders seit ihr Gemahl vor kurzem nach Jaya aufgebrochen war, um es zu erobern.

Sie schritt mit ihrer alten Dienerin Nona unter dichtem Astwerk entlang, von dem der Tau tropfte; dabei folgten sie einem kaum wahrnehmbaren Pfad, der mit abgestorbenen Blättern bedeckt war. Als sie auf einen besser zu erkennenden Weg traten, der direkt zu Kusumas Höhle führte, stieg ihnen der Gestank eines Tierkadavers in die Nase. Die Stadt, die nun weit unter ihnen lag, war noch immer an einem gelegentlichen gelben Schimmer zu erkennen, der zwischen dunklen Ästen und grauen Stämmen aufblitzte.

Man erwartete sie, weshalb ein blasses Licht am Eingang der Höhle brannte. Ein magerer, leichenhaft aussehender Mann mit langem weißen Haar, das er im Nacken zu einem Knoten zusammengefaßt hatte, stand mitten in dem Eingang zu der Höhle, wobei er gerade den obersten Knopf eines schwarzen Tunikamantels schloß. Er legte die Handflächen zum Gruß aufeinander. Nonas Fackel beleuchtete ein ausgezehrtes, glattrasiertes Gesicht mit vorstehenden Backenknochen und tief eingesunkenen Augen, das große Ähnlichkeit mit einem Totenschädel hatte. »Willkommen, meine Damen«, begrüßte er sie. Er hatte sich nie danach erkundigt, wer die Kundinnen seiner Tochter waren. »Kusuma ist heute voll des Geistes.« Er streckte ihnen eine schwielige Hand entgegen, auf die Nona drei Silbermünzen legte. »Ah! Das wird dem Gott sicher gefallen und ihn die Wahrheit enthüllen lassen.« Sein meckerndes Lachen endete in einem trockenen Husten. Er trat beiseite und wies auf das Innere der Höhle.

»Warte draußen!« befahl Königin Anula ihrer Dienerin.

Das Licht einer einzigen hängenden Öllampe fiel auf eine zwanzig Fuß lange und zehn Fuß breite Aushöhlung. Räucherstäbchen glühten auf einem Regal mit Blumenopfern, die Hanuma, dem Affengott der Hindulegenden, dargebracht worden waren, dessen primitives Abbild die Wand am anderen Ende der Höhle schmückte. Die Einrichtung bestand aus einem aufgebockten Bett, auf dem sich Kusuma angeblich von ihrem eigenen Vater beschlafen ließ, einem roh gezimmerten Tisch und zwei Hockern. Auf dem Tisch befand sich ein nicht brennendes Wachslicht in einem kleinen Messingständer, hinter dem ein kreisrunder Schirm aus poliertem Metall aufgestellt war.

Kusuma, eine dünne, fast abgezehrte Gestalt, an der weder Brüste noch sonstige sichtbare Formen zu erkennen waren, trat aus dem Hintergrund. Sie trug einen weißen Rock nebst Jäckchen und war ihrem Vater wie aus dem Gesicht geschnitten, nur daß sie zartere, weiblichere Gesichtsknochen hatte. Die schwarzen Augen waren nicht so tiefliegend, blickten aber wie abwesend drein, als hätte sie eine Droge eingenommen. Sie begrüßte die Königin mit aneinandergelegten Handflächen und zeigte stumm auf den Hocker, der neben dem Tisch stand. Dann ging sie zum Eingang und ließ den Vorhang herab, der aus einer Art Fell bestand, wodurch die äußere Welt völlig den Blicken entzogen wurde. Sie kam zum Tisch zurück, brachte Zunder zum Brennen und steckte damit das Wachslicht an. Dann wandte sie sich um, ging auf die Hängelampe zu und blies sie aus.

Als sich die Augen der Königin an das Kerzenlicht gewöhnt hatten, begann Kusuma mit ihrem Gesang an den Gott Hanuma, den sie anflehte, in der Flamme zu erscheinen und ihr die Zukunft zu zeigen. Innerhalb des begrenzten Raumes der Höhle klang ihre Stimme so schrill und durchdringend, daß sie sich damit gewiß Gehör bei ihrem Gott verschaffte. Wie ein Hase im Bannblick einer Kobra ließ sie dabei die Mitte der Flamme nicht aus den Augen.

Lange Minuten gingen vorüber. Plötzlich begann die Kerze zu rauchen und einen seltsamen, aber angenehmen Geruch abzugeben, der eine beruhigende Wirkung auf den Geist hatte. Die Königin blickte in das hagere Gesicht der Frau, das nun vor Schweiß glänzte. Die großen Augen waren weit aufgerissen. Plötzlich schienen sich die Pupillen zu weiten.

Kusuma brach ihren Gesang unvermittelt ab. »Oh! So bist du mir also schließlich erschienen?« Sie murmelte eine Beschwörungsformel.

Auf einmal trat absolute Stille ein, die fast erschreckend war, wozu das ferne Miauen einer Katze noch ein übriges tat.

»Der Affengott gibt mir Zeichen«, wisperte Kusuma. »Stellt Eure Frage.«

»Mein Gemahl zieht in die Schlacht. Wird er siegen?«

»Der Gott nickt. Es wird einen Sieg geben.«

Königin Anula hörte sich selbst zischend Atem holen. »Wird er zu mir zurückkehren?« Sie hielt die Luft an, als sie auf die Antwort wartete.

»Der Gott nickt. Es wird eine Rückkehr geben.« Plötzlich erstarrte Kusuma. »Aber wartet. Der Gott zeigt nach oben. Ich soll dorthin schauen. Was ist das?« Die Frau erschauderte. »Ah... h...h ! Ein Augenpaar in der Ferne. Sie kommen näher und näher. Große, starrende Augen. Sie rollen im großen, dunklen Antlitz eines Dämons mit schlaksigem Körper und langen Armen. O Gott Hanuma, ich fürchte mich vor diesem Teufel.«

Die Königin verspannte sich, lehnte sich aufmerksam und erwartungsvoll nach vorne.

Kusuma wurde steif und zog mit einem rauhen Geräusch tief

den Atem ein. »Es ist kein Teufel, sondern ein Mann. Hah! Eine Krone erscheint über ihm.« Sie ließ den Atem abrupt entweichen wie aus einer durchstochenen Trommel und sank über dem Tisch zusammen. Die Kerzenflamme wurde plötzlich gelöscht.

In der erstickenden Dunkelheit saß Königin Anula da und lächelte verträumt vor sich hin.

Kapitel 20

Sonntag, 11. September 1530

König Kumara lockerte seine Haltung im Sattel und blickte die Landstraße hinunter, wobei seine Augen versuchten, den schwarzen Schatten zu durchdringen, den die Stadttore dreihundert Ellen von ihm entfernt darstellten. Die Hauptstadt des Unterkönigreichs von Dhamba Deniya, bekannt als Kuru, lag ungefähr fündundzwanzig Meilen nordwestlich von Kandy an der Landstraße. Er bemerkte mit Genugtuung, daß auf den Schutzmauern keinerlei Wachposten zu bemerken waren.

Er wandte den Kopf, als das leise Knirschen von Sand unter Pferdehufen zu hören war. General Dunu, Oberbefehlshaber seiner Truppen, kam herangeritten – eine stämmige Gestalt, die untrennbar mit dem schwarzen Pferd unter sich verbunden zu sein schien. »Nach dem Bericht aller Befehlshaber sind die Männer komplett in Bereitschaft, Majestät«, stellte er fest. »Auch General Ratwatte müßte jetzt in Position sein.«

»Gut«, gab König Kumara leise zurück. »Wir haben noch ungefähr eine halbe Stunde Wegs vor uns.« Er blickte zur Stadt. »Ich hoffe, König Vikrama wird sich gefällig zeigen und uns nicht dazu zwingen, ihn ins Jenseits zu befördern.«

»Bei allem gebührenden Respekt, Euer Majestät, aber König Vikrama ist besser bekannt für seine Frömmigkeit als für seine Tapferkeit, weshalb er es auch vorzog, im Palast zu bleiben, während seine ganze Armee zu Gefechtsübungen in der

Gegend von Anu weilt. Die Wahl des Zeitpunkts für diesen Vorstoß war ein Geniestreich, Majestät.«
»Ich danke Euch. König Vikrama wird zweifellos fieberhaft versucht haben, seine Armee zurückzurufen, sobald er erfuhr, daß wir auf dem Weg von Kandy hierher sind, doch werden sie zu spät kommen. Und was Euer Vertrauen in König Vikramas Frömmigkeit anbelangt, so denkt immer daran, daß die wirklich Frommen die gefährlichsten Gegner von allen sein können. Frömmigkeit ist eine Pose, und wie alle Menschen, die eine Pose einnehmen, wissen die Frommen am Schluß nicht mehr, wer sie wirklich sind. Dies läßt sie eine fast manische Neigung zum Märtyrertum entwickeln. Ich möchte nicht, daß mit König Vikrama dessen altes Herrschergeschlecht ausstirbt. Wir brauchen seine Unterstützung, bis Königin Anulas Armee aus Kiri Vella zu uns stößt.«
Der General lachte kurz auf, dann wurde er ernst. »Welche Garantie habt Ihr, daß die Armee von Kiri Vella sich mit uns zusammenschließt, Majestät?«
»Das werden wir noch früh genug erfahren, wenn Graf Unan der Königin meine Botschaft überbracht hat. Wenn man in Kiri Vella allerdings mit den Tatsachen vertraut ist, so hat die Sippe dort keine andere Wahl, wenn sie sich nicht zwei Gegnern auf verschiedenen Flanken, nämlich Jaya und uns selbst, gegenübersehen will, und als die neuen Herrscher von Dhamba wären wir ein noch gewaltigerer Gegner. Sie werden uns unterstützen, und das nicht aus Liebe zu unserer Königin, sondern aus dem Bedürfnis nach Selbsterhaltung heraus, das ihre Politik schon seit Generationen beherrscht. Die Bitte der Königin würde ihnen nur die Gelegenheit geben, das Gesicht zu wahren, wenn sie sich unserem Siegeszug noch schnell anschließen wollen.«
Der General nickte bedächtig. »Eure Planung diese Feldzuges war so perfekt geheimgehalten, Majestät. Wir alle dachten, unser Ziel wäre Jaya. Ich muß zugeben, daß ich als Euer Oberbefehlshaber mich etwas erniedrigt fühle. Dennoch begreife ich Eure Zurückhaltung.«
»Es sollte keine Beleidigung sein, General, aber keine Men-

schenseele hat meinen wirklichen Plan gekannt, nicht einmal die Königin, und auch nicht diejenigen, die vor zwei Tagen heimlich in diese Stadt eingeschleust wurden; sie haben ihre endgültigen Befehle erst kurz vor unserem Abmarsch durch Boten erhalten. Völlige Geheimhaltung war unverzichtbar.«
König Kumara hielt inne. Er hatte die Augen noch immer scharf auf die gerodete Fläche zu beiden Seiten der Landstraße gerichtet, welche zu den fernen Stadttoren führte. Langsam wurde es heller. Er dachte einen Moment nach. »Ich kann es Euch ja auch ebensogut jetzt sagen, General, um Euch … äh … zusätzliche Erniedrigung zu ersparen.« Er grinste. »Ich bin in Verbindung zum König von Jaffna getreten, der unser Verbündeter gegenüber Jaya und Sita Waka werden wird, sobald wir durch die Eroberung Dhambas unter Beweis stellen, daß wir genügend Stärke besitzen.«
»Die Tschola unsere Verbündeten? Sicher scherzt Ihr nur, Majestät? Die Tschola sind seit über zweitausend Jahren unsere Erbfeinde.«
»Was genau der Grund ist, General, warum sie dieses Bündnis eingegangen sind: sie wollen die singhalesische Nation teilen und überleben. Die Tschola sind ein Machtfaktor, den wir nicht einfach wegwischen können. Solange wir ihnen für ihre Religion und ihre Sprache, ihre Kultur und ihre Traditionen eine gleichberechtigte Stellung einräumen, wird es ihnen nichts ausmachen, als Gegenleistung den Großen König von Lanka offiziell anzuerkennen. Heute werden sie sich mit Freuden mit einem katholischen König gegen ihre ernsthafteste Bedrohung, König Maya Dunne, einen eingefleischten singhalesischen Buddhisten und Nationalisten, zusammenschließen.«
Ein »Huuu…uuu…uuu…« aus Richtung Stadt erregte seine Aufmerksamkeit. »Das ist unser Signal!«
Er zog das Schwert und schwenkte es über seinem Kopf. Hinter ihm brach die vordere Kampflinie aus der Deckung der Bäume hervor, drang zur Landstraße vor und donnerte auf die Festung zu, ohne einen Schrei oder Schlachtruf ausgestoßen zu haben.

Sie waren ungefähr hundert Ellen von ihrem Ziel entfernt, als König Kumara sah, daß die Tore offenstanden. Sein Plan hatte funktioniert. Bald schon sah er Bewaffnete auf beiden Seiten des Einganges Aufstellung nehmen. Das waren seine eingeschleusten Männer, die die Wachen zur Stunde des tiefsten Schlafes überrumpelt und die Tore geöffnet hatten. Als er durch den Eingang galoppierte, grüßte er die Männer mit einem Schwenken seines Schwerts.
Eine wildes Gefühl der Freude bemächtigte sich seiner. Nun würde seine Kavallerie die Stadt einnehmen, wobei man wohl kaum mit Widerstand rechnen mußte, wenn die gesamte Armee von Kandy, samt Kampfelefanten, Rammböcken, Katapulten, Fußsoldaten und Reitern, Gepäckzügen und Feldgefolge, ihren Einzug hielt. Wenn die anderen Gruppen der Eingeschleusten am entfernten Nordtor ebenso gute Arbeit geleistet hatte, würde General Ratwatte genau wie geplant vor dem Palast zu ihm stoßen. Es war ein Meisterwerk gewesen, von der Planung über die Abstimmung bis hin zur Durchführung, eine Herausforderung an seinen Intellekt.

Sonntag, 11. September 1530

Wenn König Vidiye in diesem Moment Angst verspürte, so zeigte er sie nicht. Statt dessen lächelte er plötzlich, als hätte Hauptmann de Mello eine Höflichkeit gesagt und als wollte er sie erwidern. Fernao konnte einen Anflug der Bewunderung für den Mut des Mannes nicht unterdrücken.
Ohne weiter auf den Hauptmann zu achten, richtete König Vidiye seine großen, starrenden Augen auf Fernao. »Mir scheint, Ihr laßt mir keine andere Wahl, als mich Eurem Willen zu beugen, General«, sagte er mit seiner brummenden Stimme leise. »Oh, und nehmt doch bitte dieses Ding da weg, Hauptmann«, fügte er gelassen hinzu. »Ihr seid nervös. Wenn Ihr hier mit einer so furchterregenden Waffe herumfuchtelt, könnte sie glatt losgehen.« Sein Blick zu Fernao nahm einen ebenso ironischen Ausdruck an wie seine Worte.

»Gewiß können wir Eure Wünsche auch auf zivilisierte Weise besprechen.«
»Eine Diskussion wird sowieso nur in unserer Festung stattfinden, wo Seine Exzellenz, der Vizekönig, bereits auf Euch wartet«, stieß Fernao zwischen den Zähnen hervor. Er war vor Anspannung in Schweiß ausgebrochen.
»Ihr w-würdet e-es g-gewiß n-nicht wagen, einen H-Herrscher vor ein ...«, stotterte Graf Tammitta, bevor seine Stimme ganz erstarb.
»Dies hier sind entschlossene Männer, die für Reichtum und aus persönlichem Ehrgeiz alles tun würden, Herr Haushofmeister«, unterbrach ihn König Vidiye. Eine Spur Hohn färbte seine Stimme. »Denkt Euch den Vizekönig und den General als Abenteurer, *degredados* des Königreichs der Moral, die sich als Adlige verkleidet haben, in keinem Land eine Heimat haben und noch nicht einmal sich selbst treu sind.«
Hauptmann de Mello versteifte sich bei der Beleidigung. Fernao warf ihm einen warnenden Blick zu.
»Ihr seid in einer etwas schwierigen Situation«, stellte König Vidiye ruhig fest. »Nur so wenige von Euch, und Hunderte von meinen Soldaten im Palast. Werdet Ihr den Zunder für Eure Musketen offen mit Euch herumtragen, wie Statuen in einer Festprozession? Ihr seid sicher hereingekommen. Kommt Ihr auch sicher wieder hinaus?«
Fernao gewann wieder die volle Kontrolle über sich. »Wir werden diesen Saal gemeinsam verlassen: Ihr, Regent, geht voran, Graf Tammitta links hinter Euch, wie es der Anstand gebietet. Ich werde direkt hinter Euch folgen, mit Hauptmann de Mello zu meiner Rechten und Feldwebel Costa als Rückendeckung. Man braucht nur Sekunden, um den Zunder an die Zündschnur zu halten. Bei der kleinsten falschen Bewegung werden wir Euch die Köpfe abschießen.«
Fernaos Blick wanderte zu Graf Tammitta, der heftig schwitzte und dessen dicke Wangen bebten. »Noch eine letzte Ermahnung, Herr Haushofmeister«, warnte er. »Im Hof haben wir ein Pferd für den König stehen, offenkundig

ein Geschenk an ihn, doch wir werden noch ein Pferd für Euch brauchen. Sobald wir draußen angelangt sind, werdet Ihr einen Knecht rufen, der Euch ein Pferd bringen soll. Wir werden nett miteinander plaudern, bis es da ist, und danach werden wir auf höchst freundschaftliche Weise miteinander wegreiten, damit der Regent sein neues Pferd ausprobieren kann.«

»Ihr habt an alles gedacht, General«, wagte König Vidiye zu äußern.

»Also, dann los jetzt. Auf, Regent. Ihr geht voraus, lächelnd, entspannt, Sicherheit ausstrahlend. Gehen wir!«

König Vidiye legte die Hände auf den Schreibtisch und erhob sich langsam. Graf Tammitta trat ehrerbietig an seine Seite. Sie alle stellten sich so auf, wie Fernao es befohlen hatte.

»Öffnet jetzt die Tür, Feldwebel«, befahl Fernao.

Feldwebel Costas Hand näherte sich dem Türgriff.

»Lächelt, Herr Regent«, forderte Fernao die alle überragende Gestalt auf. »Denkt daran, Euer Leben für ein Lächeln!«

Ein Gewirr erregter Stimmen von einer Schar verängstigter Wachen und Diener, die im Gang zur Halle standen, kam ihnen entgegen, sobald sie die Tür geöffnet hatten, doch als man den lächelnden Regenten erblickte, schien sich Entspannung breitzumachen, und man verbeugte sich tief vor ihm, als er vorüberging.

Graf Tammitta räusperte sich. »Gerade eben hat unser Regent vom König von Portugal ein Pferd zum Geschenk erhalten«, verkündete er, wobei er versuchte, seiner Stimme einen würdevollen Klang zu geben, während sie weiterschritten. »Er möchte es auf der Stelle ausprobieren.« Er gab einem der Diener ein Zeichen mit dem Kopf. »Lauf voraus, Goda, und laß die Knechte ein Pferd für mich bringen, damit ich ihn begleiten kann. Eine Eskorte werden wir nicht brauchen.«

Sie betraten die Halle. Fernaos Nerven waren bis an die Schmerzgrenze gespannt. Dies war die letzte Runde. Die Audienzhalle war mittlerweile noch voller geworden. Als die Aufmerksamkeit derer, die dem Mittelgang am nächsten standen, auf die Gruppe gelenkt wurde, wichen die widerhal-

lenden Stimmen einem Schweigen, das sich langsam zum Vordereingang fortpflanzte.
»Keine falsche Bewegung«, zischte Fernao mit einem huldvollen Lächeln auf den Lippen.
Jeder Schritt entsprach einem gefesselten Moment der Zeit. Gott sei gedankt für den Gehorsam, dachte Fernao, während seine Augen die Menge auf das geringste Anzeichen von Mißtrauen absuchten.
Sene Aufmerksamkeit wurde von der besonderen Ausstrahlung eines großen, braunhäutigen Edelmannes mit regelmäßigen Zügen und leuchtenden Augen gefesselt. Fernao ließ sich von dem herrischen Blick des Mannes gefangennehmen. Auch sein herablassendes Nicken nutzte nichts: Der hagere Körper des Edelmanns verspannte sich, er schien jeden Moment bereit vorzutreten. Der Regent blieb abrupt stehen.

Sonntag, 11. September 1530

Am selben Morgen in der Frühe saßen Aisha Raschid und ihr Gemahl im Audienzsaal des Palastes von Sita Waka König Maya Dunne und Prinz Raja Sinha gegenüber und warteten auf dessen königliche Antwort auf Aishas Bitte. Der König hatte ihrem Verlangen nach einer Privataudienz gerne nachgegeben. Obwohl es Aishas erster Besuch im Palast war, hatte sie kaum seine Schönheit bemerkt, denn ihre einzige Sorge galt den Aufgaben, die vor ihr lagen. Man hatte auf ihre Bitte mit betroffenem Schweigen reagiert. Zum erstenmal war sie froh um den schwarzen *chador*, der ihren angstvollen Blick verbergen konnte.
In diesem Moment suchten König Maya Dunnes Augen die ihren über dem Schleier und musterten sie mit einem so durchdringenden Blick, daß sie das Gefühl hatte, er könne durch sie hindurchsehen. Die Spannung im Raum stieg. Als er endlich sprach, tat er es mit leiser Stimme, doch klang es wie Donnergrollen vor einem dunklen Himmel. »Auch ich habe Menschen verloren, die ich liebte, ohne Trost in der

Rache zu suchen, die die Lehren Buddhas, des Herrn, verbieten«, erklärte er, noch immer den glänzenden Blick auf sie gerichtet. »Ich kann Eure Bitte voll und ganz verstehen, meine Dame, weil sie Eurem Glauben entspringt, der Auge um Auge, Zahn um Zahn fordert. Dennoch steht jene Weltanschauung in krassem Gegensatz zu unserem buddhistischen Glauben.« Ein Lächeln legte sich um die Winkel des straffen Mundes. »Nach der Lehre Buddhas, des Herrn, schafft sich jeder sein eigenes *kharma.* Obwohl niemand für das *kharma* eines anderen verantwortlich gemacht werden kann, stellt Ihr mich vor das ewige Dilemma, ob ich jemanden ermutigen oder es zulassen soll, daß er *akusala* begeht, schlechte Taten, und damit sein *kharma* belastet. In diesem Fall bin ich geneigt, den Regeln des *ahimsa,* des Mitleids, zu folgen. Es ist offenkundig, daß Ihr Eurem Kummer Erleichterung verschaffen müßt, oder Ihr geht daran zugrunde. Ich habe deshalb beschlossen, Euch in unsere Reihen aufzunehmen. Es wird zu gewaltigen Schwierigkeiten führen, nicht zuletzt durch die Reaktion der Soldaten, ja des ganzen Landes, wenn wir eine Gruppe von moslemischen Kriegerinnen in eine Einheit der singhalesischen Armee aufnehmen.« Sein Blick wanderte zum Antlitz seines Sohnes. »Dennoch bin ich sicher, daß Prinz Raja Sinha mit Freuden jeden in sein Kavallerieregiment aufnehmen wird, der ihm helfen kann, die Ideale, die ihm am Herzen liegen, in die Tat umzusetzen.«

Sonntag, 11. September 1530

In all den Jahren hatte Königin Anula die meisten ihrer Kontaktleute im Palast von Jaya beibehalten, indem sie sie mehr in der Funktion von Nachrichtenübermittlern als in der von Spionen auf ihrer Ausgabenliste verzeichnet hielt. Da sie fest davon überzeugt war, daß ihr Gatte nach Jaya unterwegs war, hatte sie einen vertrauenswürdigen Diener mit einer Nachricht zu ihrem besten Kontaktmann in Jaya, einem Höfling namens Graf Dissa, geschickt, welcher wiederum die

Anweisung erhielt, den Brief an die richtige Stelle weiterzuleiten. Dies würde den direkten Kontakt schaffen, den sie zur Weiterführung ihres Plans benötigte. Die Beschaffenheit ihrer Information, ihre Schnelligkeit und die Quelle, sie selbst, würden dann zu dem Ergebnis führen, das sie wünschte.

Während sie nach dem Morgenmahl allein in ihrem Gemach saß, fragte sie sich zum wohl tausendsten Mal, welche Antwort sie aus Jaya erhalten würde. In diesem Moment ging die Tür auf.

»Graf Unan harrt der Gnade Eurer Majestät.« Es war die Stimme von Nona, ihrer Obersten Dienerin. »Er bringt eine Nachricht von Eurem Königlichen Gemahl.«

Was für eine Nachricht konnte ihr Mann ihr geschickt haben, wo er doch noch auf dem Weg nach Jaya sein mußte?

Graf Unan war ein Mann von fünfunddreißig Jahren mit eiförmigem Gesicht und einem ebensolchen Körper, bleicher Gesichtshaut und kleinen, unruhigen Augen, die ständig blinzelten.

»*Ayubowan*, mein Herr.« Die Begrüßung der Königin war formell; auch lächelte sie nicht dabei. »Wie ich höre, habt Ihr einen Brief für mich.«

»Keinen Brief, meine Herrin.« Graf Unans Stimme war weich, fast weiblich. »Ich bringe eine Botschaft, die nur für Eure Ohren bestimmt ist.«

»So nehmt also Platz.« Sie zeigte auf einen Hocker, der ihrem gewohnten Diwan gegenüberstand, setzte sich und bedeutete Nona zu gehen.

Graf Unan nahm mit einem Seufzer der Zufriedenheit Platz. »Mein Herr befahl mir, Euch von einer Änderung seiner Pläne in Kenntnis zu setzen«, begann er.

Ein Schauder der Vorahnung durchbebte rasch ihren Körper, doch nach außen blieb die Königin stumm und hob nur fragend die zart geschwungenen Augenbrauen.

»Anstatt auf Jaya zu marschieren, rückt er in diesem Moment gegen Kurune Gala vor, die Hauptstadt des Königreichs von Dhamba. Mein Herr bittet Euch, Boten nach Kiri Vella zu den Angehörigen Eurer Sippe zu entsenden, um sie in Alarmbereitschaft zu versetzen, damit sie sich, sobald er sie ruft, mit ihm an dem Ort zusammenschließen können, den er auswählt.«

»Das sind großartige Neuigkeiten, Graf Unan«, log sie, ihre Bestürzung geschickt verbergend. »Ich nehme an, Ihr werdet Seiner Majestät persönlich meine Zusicherung übermitteln, daß ich unsere Unterstützer in Kiri Vella alarmieren werde.«

Sonntag, 11. September 1530

Die Leichen der Wachsoldaten, die auf dem gepflasterten Boden des Hofes verstreut lagen, waren schweigendes Zeugnis der Tatsache, daß seine eingeschleusten Männer erfolgreich gewesen waren. Das Blut schoß ihm heftig pulsierend durch die Adern, als König Kumara der Mittelreihe seiner Kavallerie folgte, die die Hauptstraße entlangtrabte, welche direkt zu dem Palast auf dem *Kuruné Gala*, dem »unkleinen« Felsen, führte, während die beiden anderen Reihen Kavallerie nach rechts und links auf die Straßen abbogen, die die Stadt am Fuße der sie umgebenden rohen Erdwälle umgürteten. Niemand von den wenigen Passanten schien begriffen zu haben, was geschehen war.

Nach wenigen Minuten hielt König Kumara sein Roß am Fuß des großen Felsens an, der den Palast und damit auch den König von Dhamba von der Stadt absonderte. Im nächsten Moment drang das schrille Trompeten von Elefanten an König Kumaras Ohr. Also war auch sein Haupttruppenkörper in die Stadt eingedrungen.

Er blickte die glatte Felsoberfläche entlang hoch zu den Palastgebäuden, auf deren weißen Mauern und mit roten Ziegeln gedeckten Dächern nun das silbriggraue Licht der Morgendämmerung schimmerte. Nein, ich brauche noch nicht einmal Hand an Euch zu legen, König Vikrama, Nachfahre des Herrschergeschlechts von Dhamba, dachte er. Ihr werdet unversehrt bleiben, denn ich habe Eure Stadt und Euer Königreich.

Während er hinter dem Regenten stehenblieb, stockte Fernao das Blut, und sein Herz setzte einen Schlag aus. Jetzt war es geschehen. König Vidiye würde sie verraten, und er und seine Männer würden umstellt und niedergemetzelt werden. Er spürte, wie Hauptmann Diogo de Mellos Hand sich um den Zunder schloß, und mußte seine ganze Selbstkontrolle aufbringen, um nicht zu seinem Schwert zu greifen.
»Ah, Graf Senaratna, ich sehe, Ihr seid den ganzen Weg von Alutgama, dem neuen Dorf, hergekommen«, bemerkte König Vidiye freundlich. »Ich bedauere, Euch warten lassen zu müssen, doch hat man mich unerwartet in einer Staatsangelegenheit abberufen. Dabei handelt es sich um ein Überraschungsgeschenk von Seiner Exzellenz, dem Vizekönig von Portugal, einen neuen spanischen Zuchthengst. Aber wir werden bald zurück sein.« Er wandte sich mit bestimmtem Blick Fernao zu, dann nahm er sein Schreiten wieder auf.
Fernaos ganzer Körper war in Schweiß gebadet. Indem er sich höflich zu dem großgewachsenen Grafen hin verbeugte, folgte er König Vidiye.
Niemals war ihm das morgendliche Sonnenlicht so angenehm vorgekommen. Die wartenden portugiesischen Wachen führten die Pferde heran. Fernao konnte ihre Erleichterung spüren, als ihn ein besonderer Blick der Freude von Aires streifte. Sie hatten die schwierigere Rolle gehabt, denn sie hatten einfach nur warten können.
Innerhalb kurzer Zeit brachte man Graf Tammittas Pferd herbei. Zahllose Augen aus der Audienzhalle über ihnen folgten ihnen. Eine kühle Brise fegte durch den Innenhof. Sie stiegen auf und fielen in einen langsamen Trab.
König Vidiyes Anwesenheit buchstäblich vor ihren Gewehren sorgte dafür, daß der Rest der Reise ohne Vorkommnisse verlief. Indem sie sich zu einem leichten Galopp steigerten, erreichten sie die Festung in zwei Stunden. Fernao atmete erst auf, als sich die großen Tore hinter ihnen schlossen. Ein paar Soldaten, die auf dem Hof exerzierten, schenkten ihnen kaum mehr als einen neugierigen Blick.

An der Tür zum Turm stiegen sie ab. Fernao dankte Hauptmann de Mello für sein tapferes Verhalten. Er verbeugte sich vor dem König und wies zum Amtszimmer hin. Aires führte Graf Tammitta weg. Der König trat mit steifen Schritten und wackelnden Gliedern auf den Turm zu, bückte sich am Eingang und trat ein. Fernao folgte ihm, während der Rest der Gruppe in alle Himmelsrichtungen davonging.
Der Vizekönig stand hinter seinem Schreibtisch auf, um sie zu begrüßen. Er verneigte sich vor dem König. »Willkommen in meinem bescheidenen Amtszimmer, Euer Majestät«, krächzte er. Er nieste heftig und zog ein Taschentuch aus Kammerstoff aus seinem Ärmel. »Ich bitte um Entschuldigung. Man sollte einen König nicht anniesen, aber ich brüte gerade eine Erkältung aus.«
»Ich bin ebensowenig besorgt um Euren Gesundheitszustand, wie er mich belustigt, Vizekönig«, gab König Vidiye zurück. »Nennt also Euer Begehr, damit ich in meinen Palast und zu meinen Pflichten zurückkehren kann.« Der Regent blieb trotz eines angebotenen Stuhles stehen.
Der Vizekönig wurde weiß vor Ärger. Offensichtlich war er es nicht gewöhnt, daß man auf diese Weise mit ihm sprach. Er war ein grausamer Mann, und Fernao hoffte, der Regent würde es nicht zu weit mit ihm treiben. Seltsamerweise begann er, zum erstenmal ein winziges Etwas von Sympathie für König Vidiye zu verspüren.
»Da Ihr gleich zur Sache kommen wollt, werde ich es auch tun«, stellte der Vizekönig fest. »Ihr habt uns lange genug an der Nase herumgeführt, was die Größe und den Unterbringungsort des Schatzes des Großen Königs angeht. Meine Geduld ist nun am Ende. Ihr werdet so lange hier festgehalten, bis Ihr ihn mir vollständig ausliefert als Tribut an unseren König.«
»Und was ist mit der Bekehrung meines Sohnes, König Dharma Pala? Würdet Ihr auch darauf als Bedingung für meine Freilassung bestehen?«
»Nein.«
»Damit wird das Ganze also auf die Ebene einer handelsmäßi-

gen Übergabe heruntergezogen, so wie man Trockenfisch auf dem Markt kauft.«

»Ich würde Euer Majestät wohl kaum als Trockenfisch bezeichnen«, kommentierte der Vizekönig. »Im Gegenteil, ich würde sagen, daß der Preis für die Freiheit eines Königs notwendigerweise in einem ... äh ... königlichen Lösegeld bestehen müßte.«

»Gut gesagt. Wie kann ich wissen, daß der Schatz auch bei Eurem König ankommt?«

»Ihr werdet es nicht wissen.«

Der Blick des Vizekönigs hatte einen so gnadenlosen Ausdruck angenommen, daß Fernao wußte, daß der Großteil des Schatzes, vielleicht alles davon, niemals in Lissabon ankommen würde. Hatte er mit seinem gewagten Plan dem Vizekönig auch noch in die Hände gespielt? Hatten er und die anderen Männer ihr Leben nur zur persönlichen Bereicherung des Vizekönigs aufs Spiel gesetzt? Das Gefühl, daß man anderen eine gerechte Chance geben mußte, unterbrach ihn in diesen Gedanken. Er wollte den Mann nicht von vornherein verurteilen.

»Wenn ich Euch zu dem Schatz führe, werden dann ich und Graf Tammitta freigelassen?« erkundigte sich König Vidiye steif.

»Ihr werdet dann im Geiste der Bestimmungen des Vertrages gehandelt haben, weshalb wir Euch aus diesem Grund nicht mehr festhalten können, Herr Regent.«

Einen Moment lang war die Bemerkung an Fernao ebenso vorübergezogen wie offensichtlich auch an König Vidiye, doch dann wunderte er sich plötzlich über die Ausdrucksweise des Vizekönigs. Er rief sich die Worte wieder ins Gedächtnis und erkannte mit einem überaus unguten Gefühl ihre verborgene Bedeutung.

»Ihr habt einen Vertrag, Vizekönig.« Fernao hörte König Vidiyes Feststellung nur noch in einem Zustand der Benommenheit. »Ich werde Euch sagen, wo der Schatz untergebracht ist.«

Kapitel 21

Montag, 12. September 1530

Mein Vater, König Maya Dunne, und ich übten uns an jenem Nachmittag in der Arena von Sita Waka im Schwertkampf. Als wir das Geräusch von sich nähernden Hufen hörten, unterbrach mein Vater den Kampf und ging an den Eingang der Arena. Ich folgte ihm, wobei ich mir das Gesicht mit einem Tuch abwischte. Auf der offenen Veranda blieben wir stehen und blickten durch den gleißenden Sonnenschein auf die Tore.

Das Geräusch von im Galopp heranpreschenden Hufen hatte sich zu dem eines langsameren Handgalopps abgeschwächt; der Reiter war von dem grauen Kopfsteinpflaster der Hauptstraße abgebogen und überquerte gerade das trockene, grüne Gras des verlassenen Innenhofes der Mannschaftsunterkünfte. Bei dem gnadenlos grellen Licht der Nachmittagssonne erkannten wir in dem Mann, der in rote Hosen und eine weiße Tunika gekleidet war und auf einem schwarzen Scindhi-Roß saß, einen bärtigen Hauptmann der Armee von Jaya. Ein Bote aus Jaya in so offenkundiger Eile konnte nur der Überbringer schlechter Nachrichten sein. Tatsächlich deuteten die staubfleckige, nasse Uniform des Mannes und das schaumbedeckte Maul des Rosses darauf hin, daß er hart geritten war.

Der Hauptmann stieg ein paar Schritte von uns entfernt ab, warf die Zügel über den Hals des Pferdes und sank huldigend in die Knie.

Mein Vater erwiderte seinen Gruß. »Ihr habt dringende Nachrichten für uns?«

»Die habe ich, Majestät. Ich bin Hauptmann Asoka von König Vidiyes Leibwache. Seine Gemahlin, die Königin, Eure Frau Tochter, befahl mir, Euch um Euren Beistand zu ersuchen. Ihr Gatte König Vidiye ist gestern morgen im Palast von Jaya von einer kleinen Gruppe portugiesischer Soldaten festgenommen worden, welche von General de

Albergaria und Hauptmann Diogo de Mello angeführt wurde. Man hat ihn und den Haushofmeister Graf Tammitta Rala in die Festung von Colombo gebracht.« Er neigte den Kopf. »Ich bitte um Vergebung, Majestät, Euch so schlimme Nachrichten bringen zu müssen.«

Wir waren beide wie vom Donner gerührt, so daß uns zunächst die Worte fehlten. Mein Vater war der erste, der sich von dem Schock erholte. »Die Nachrichten sind, wie sie sind, Hauptmann, und Ihr habt keine Schuld daran. Da Ihr sagtet, das Ganze sei erst gestern morgen geschehen, ist allein schon Euer Ritt hierher in so kurzer Zeit ein schönes Beispiel für Eure Ergebenheit. Bitte kommt nun herein und erzählt uns die ganze Geschichte.«

Hauptmann Asoka folgte uns steifen Schrittes in die Arena. Dort hörte ich mit wachsender Wut der Geschichte zu, die er vor uns ausbreitete. Die Wahrheit war erst entdeckt worden, als der Vizekönig Graf Tammitta am Nachmittag die Rückkehr gestattet hatte, während König Vidiye noch immer festgehalten wurde, um sicherzugehen, daß sich die Armee von Jaya ruhig verhielt. In der Zwischenzeit hatte sich der Vizekönig selbst zum Obersten Beschützer des Großen Königs ernannt und verlangte den versprochenen Tribut.

»Das ist das Empörendste und Beleidigendste, was der singhalesischen Nation jemals angetan worden ist«, meinte König Maya Dunne, als der Hauptmann mit seiner Geschichte fertig war. Er überlegte einen Moment lang. »Es steht nicht in unserer Macht, einzugreifen, ohne König Vidiyes Leben aufs Spiel zu setzen. Hmmm. Hat Graf Tammitta etwas bezüglich der Absichten des Vizekönigs aussagen können? Wird König Vidiye freigelassen, sobald er den Preis in Gold für seine angeblichen Missetaten gegen den Staat Portugal und die katholische Kirche gezahlt hat?«

»Das war Graf Tammittas Eindruck, ja.«

»Wo hält man König Vidiye fest?«

»In der Festung, Majestät.«

»Hmm...« Mein Vater klopfte sich in rascher Abfolge mit einem Zeigefinger auf das Knie.

Ich war schwer in Versuchung, darum zu bitten, diese habgierigen, hochmütigen *parangi* auf der Stelle mit den vereinten Armeen von Jaya und Sita Waka angreifen zu dürfen.
»Wir müssen mit Vorsicht vorgehen«, riet mein Vater. Ich verstand es als direkte Warnung an mich.
»Majestät, diese fremden Eroberer haben schon einmal unser Territorium entweiht und unsere Hauptstadt niedergebrannt«, platzte ich heraus, schließlich doch unfähig, mich zurückzuhalten. »Nun haben sie die Heiligkeit eines herrschenden Regenten entweiht, indem sie ihn festnahmen, als wäre er ein gewöhnlicher Verbrecher.«
»Was sollen wir Eurer Meinung nach tun, Prinz? Der Vizekönig wird beim ersten Zeichen von Gewaltanwendung unsererseits keinen Moment lang zögern, König Vidiye umzubringen. Eure Schwester ersucht uns um Hilfe. Im Palast von Jaya gibt es gewiß schon genug Leute, die hitzköpfig nach Taten schreien. Wir müssen nicht auch noch Öl ins Feuer gießen. Erst einmal müssen wir herausfinden, was der Vizekönig als Gegenleistung für die unversehrte Rückkehr König Vidiyes fordert. Nun wird Hauptmann Asoka aber müde sein. Warum sagt Ihr nicht einem unserer Adjutanten, er möge ein Zimmer für ihn herrichten lassen?« Er wandte sich an den Hauptmann. »Ich werde noch einige Fragen an Euch haben, wenn Ihr gegessen und ein paar Stunden geschlafen habt.« Er nickte und schenkte ihm ein freundliches Lächeln. »Ihr habt großartige Arbeit geleistet, Hauptmann Asoka.«
Als ich zurückkehrte, fand ich meinen Vater auf seiner Ruhebank sitzend vor, wobei er mit dem Oberkörper langsam vor- und zurückschwankte, wie er es stets tat, wenn er einen Plan ausarbeitete. Er zeigte auf meinen Stuhl.
»Hört zu, was wir tun werden«, stellte er fest. Er führte kurz und knapp aus, was er beschlossen hatte. »Es gibt nur eine einzige Person, die diese Sache mit Erfolg zur Durchführung bringen kann«, schloß er. »Ihr müßt auf der Stelle nach Jaya aufbrechen, um Eure Schwester aufzusuchen.«

Montag, 12. September 1530

Es war so ungewöhnlich, daß Fernao während der Woche zur Zeit der nachmittäglichen Ruhestunden nach Hause kam, daß Julietta erst gar nicht in sein Gesicht zu schauen brauchte, um zu wissen, daß etwas nicht in Ordnung war. Sie hatte sich oben im Schlafzimmer hingelegt, als er in ihr Zimmer kam. Wie ein wütender Panther ging er zum Fenster und starrte durch das nachmittägliche Sonnenlicht hinaus auf die Kriegsschiffe, die im fernen Hafen lagen.

Sie ging zu ihm hinüber und legte ihm sanft eine Hand auf die Schulter. »Was ist los, Fernao?«

Er starrte noch immer hinaus, ohne zu antworten.

»Ist es etwas, das ich getan habe?« fragte sie zaghaft.

Da fuhr er herum und nahm sie in die Arme. »O nein, mein Liebling. Wie kommst du nur darauf? Du bist der einzige feine und edle Mensch in meinem Leben.« Er beugte den Kopf zu ihr hinab und küßte sie leidenschaftlich. Sie spürte, wie ihre Lippen wund wurden, doch sie hielt sich trotzdem an ihm fest, da sie spürte, daß er sie brauchte.

Bald darauf ließ er sie los, sah in ihre Augen, schüttelte den Kopf. »Komm, setzten wir uns hierher, und ich werde es dir erzählen.« Er ging auf ihren Lieblingsstuhl zu, setzte sich und klopfte auf seinen Schoß. »Komm, hier.«

Als sie saß, wandte sie ihr Gesicht Fernao zu und berührte mit einem Finger seine Wange. »Was hat dich so wütend gemacht, mein Lieber?«

In seinen Augen blitzte es eisig auf. »Es ist dieser Geier von de Noronha«, stieß er hervor. »Dieser widerwärtige, abscheuliche, geldversessene Gierhals.«

»Was hat er getan?«

»Weißt du noch, gestern abend habe ich dir erzählt, daß mir die Antwort ganz und gar nicht gefiel, die der alte Geier dem Regenten gab, als er fragte, ob sie sich geeinigt hätten?«

Julietta spürte, wie sich ihr Magen in einer bösen Vorahnung zusammenkrampfte. »Er hat dem Abkommen, wie es der König verstand, zuwidergehandelt, nicht wahr?«

»O Gott, wenn es nur das wäre. Er hat den Schatz, der aus Gold und Silber, aus Juwelen, Schmuck und wertvollen Edelsteinen bestand, darunter einem einzigartigen blutroten Rubin, groß wie ein Taubenei, an Bord seines Flaggschiffes bringen lassen. Ich bezweifle, daß unser König jemals etwas davon sehen wird.«
Wie aus heiterem Himmel war sich Julietta darüber im klaren, was sie zu tun hatte. »Ist König Vidiye also nicht freigelassen worden?« fragte sie. Sie wollte ihre Entscheidung nicht preisgeben.
»Das wurde er. Der Vizekönig sagte ihm, daß man ihn aus dem Arrest entlassen würde, da er seinen weltlichen Verpflichtungen zur Wiedergutmachung des Vertragsbruches nachgekommen sei. Sein Sohn Dom Juan Dharma Pala würde zum rechtmäßigen Großen König von Lanka erklärt werden, unter dem göttlichen Schutz unseres Königs. Doch wäre da ja noch jene andere Kleinigkeit der Beleidigungen der heiligen Kirche, die sich König Vidiye zuschulden kommen lassen hätte, weshalb man ihn gleich wieder festnehmen müßte. Oh, dieser widerliche schlaue Hund! Das kommt davon, wenn man einen solchen Dahergelaufenen in eine so hohe Stellung erhebt! Aus einem Putzlappen wird niemals ein seidenes Wams!«
Es gab Julietta einen Stich. Irgendwo tief drinnen zählte für Fernao eben doch noch die Herkunft. »Wie schrecklich!« rief sie der Höflichkeit halber aus.
»Das Schlimmste kommt noch«, stieß Fernao heftig hervor. »Er hat angeordnet, daß König Vidiye in einen Kerker geworfen wird.«
»In einen Kerker?«
»Ja, in einen stockdusteren, dreckigen Kerker mit verbrauchter Luft, in dem es als Gesellschaft einzig Ratten gibt.«
»Aber wo ist dieser Kerker, Fernao? In der Festung gibt es doch keinen.« Dann erinnerte sie sich. »Doch nicht etwa der alte Bergwerksstollen? Gewiß doch nicht der? Dorthin würde man ja nicht einmal den schlimmsten *degredado* schicken, ganz gleich, was er getan hat. Da richtet man jemanden doch besser gleich hin.«

»Genau der ist es«, erwiderte Fernao. »Und nun ist der Vizekönig fest entschlossen, seine Macht um jeden Preis noch weiter auszudehnen. Am Ende des Monats werden wir auf Sita Waka marschieren. Ich glaube, er will Sita Waka einzig und allein deshalb erobern, um sich auch noch den Schatz König Maya Dunnes unter den Nagel zu reißen.«

Kapitel 22

Montag, 12. September 1530

In angenehmer Entfernung vom Fuß des *Kuruné Gala* lag ein großes Haus, das einem Adligen aus Dhamba gehörte und das man am Tag zuvor, bald nach der Machtübernahme in der Stadt, die so bemerkenswert friedlich vonstatten gegangen war, für König Kumara beschlagnahmt hatte. Der Großteil der Armee von Kandy hatte auf der offenen Ebene nördlich der Stadt Lager bezogen, wo man auch gleichzeitig bereits in Stellung lag für die Schlacht gegen die Armee von Dhamba, wenn diese erst einmal zurückkehren würde.

Es war mittlerweile später Abend, beinahe sechsunddreißig Stunden, nachdem sie die Stadt eingenommen hatten, und noch gab es keine Nachricht von König Vikrama.

»Das Schlimmste an einem Feldzug sind seine Unbequemlichkeiten«, bemerkte König Kumara ironisch an den stämmigen General Dunu gerichtet, der sehr aufrecht auf einer Ruhebank ihm gegenübersaß. »Der Krieg ist die Hölle, General«, sagte er, wobei er die Zähne bleckte, »und der Luxus ist ihre finsterste Kammer!« Er stieß einen Seufzer aus, der halb vorgetäuschtes Leiden, halb Zufriedenheit als Ursache hatte, schlug die Beine übereinander und betrachtete die schlanken Schenkel in den engen, dunkelblauen Hosen. »Wenn nur das Essen und der Palmwein so höllisch gut bleiben wie bei dem köstlichen Mahl, das wir gestern abend zu uns genommen haben.«

Der untersetzte General grinste, wobei er unter dem schmukken Schnurrbart hervor weiße Zähne zeigte. »Ich nehme an, auch König Vikrama leidet unter dem höllischen Luxus seines Palasts, Majestät. Warum sonst wäre er noch nicht gekommen, um seine Eroberer zu begrüßen? Ich muß zugeben, ein wenig Mitgefühl mit ihm zu empfinden.«

In diesem Moment ertönte ein zögerliches Klopfen an der Tür. »Das muß das Abendessen sein«, stellte König Kumara fest. »Wird auch Zeit, ich war schon am Verhungern.«

»Herein!« rief der General aus.

Der weißhaarige Oberste Diener öffnete die Tür und sank in die Knie. »Bitte vergebt mir die Störung, Majestät, aber ein Bote, der angibt, wichtige Nachricht für Euch aus Jaya zu bringen, ist in Begleitung eines der Hauptleute der Torwache angekommen. Er sagt, sein Name sei Prema, und daß Ihr ihm sofortige Audienz gewähren werdet.«

»Aus Jaya?« fragte der König. »Wie hat er so schnell erfahren, daß ich in Kuru bin?«

»Er war auf dem Weg zu unserer Hauptstadt, Majestät, auf einem schnellen Pferd, wie er sagt, doch als er in Polgaha ankam, erhielt er die Nachricht von Eurer königlichen Anwesenheit hier.«

»Es scheint, es gibt überhaupt kein sicheres Versteck für mich, nicht einmal im Hinterteil eines Flohs. Führ ihn herein.«

Es war ein Mann von unauffälligem Äußeren und kleiner Statur, der hereingeeilt kam; Tunika und Hosen, die in düsterer Farbe gehalten waren, waren vom Ritt mit Staub bedeckt. Er fiel huldigend auf die Knie, während der Diener rückwärts hinausging und die Tür schloß.

»Sagt uns, was Ihr für Neuigkeiten bringt«, forderte der König den Besucher auf.

»Ich bringe schreckliche Nachrichten, Majestät.« Er berichtete von der Entführung König Vidiyes.

König Kumara verspürte einen Moment lang Begeisterung. Konnte es sein, daß ...? Nein, das war nicht möglich. Er bemerkte, daß General Dunu ihn anschaute und unter seiner gebräunten Haut blaß geworden war. »Wo ist König Vidiye jetzt?«

»In der Festung von Colombo, Majestät.«
»Nun gut, erzählt uns alles, was Ihr wißt.«
König Kumara lauschte Premas Bericht und stellt nur ab und zu Fragen, wenn es galt, Einzelheiten zu erfahren. Als der Mann geendet hatte, war König Kumara völlig im Bilde. Er wußte, daß Vizekönig Alfonso de Noronha für seine Habgier berühmt war. König Vidiye würde freigelassen werden, wenn er das Lösegeld bezahlte ... würde er das wirklich? Wenn er, König Kumara, dafür sorgte, daß König Vidiye unter Arrest blieb, dann würde das geschwächte Königreich von Jaya eine leichtere Beute für ihn sein. Wenn er darüber hinaus die Portugiesen dazu bringen konnte, gegen König Maya Dunne vorzurücken, dann würde die Krone des Großen Königs für ihn bereits in greifbare Nähe gerückt sein. Als Katholik hatte er den größten Anspruch auf die Hilfe der Portugiesen. Nun war die Zeit gekommen, seine Ansprüche auch geltend zu machen. Im selben Moment wußte er, wie er das bewerkstelligen konnte.
Ferner Trompetenschall unterbrach ihn in seinen Überlegungen. Er lauschte angestrengt. »Scheint von der Spitze des Felsens zu kommen«, bemerkte er.
»Ich glaube, es kommt aus dem Palastgelände«, erwiderte General Dunu. »Es ist die Signalhymne des Königs von Dhamba, wenn ich mich recht erinnere.«
König Kumara straffte im Sitzen seine Haltung. »Natürlich. König Vikrama wird sich auf den Weg aus seinem Palast gemacht haben, um uns zu besuchen.« Er gluckste und gab Prema mit einem Winken zu verstehen, daß er entlassen war. »Ihr könnt Euch jetzt zurückziehen«, befahl er dem Mann. Dann stand er auf, der General mit ihm. »Führt den König hierher, stellt ihn vor und laßt uns dann allein«, hieß er den General.
Er stellte sich am anderen Ende des Zimmers dem Eingang gegenüber in Positur und wartete. König Vikrama würde ganze zwanzig Minuten brauchen, bis er den Felsabhang herabgestiegen war, den Fuß des Berges umrundet hatte und bei dem Haus anlangte. Die Hände hinter dem Kopf ver-

schränkt, unruhig auf den Fußballen wippend, verbrachte König Kumara jene Minuten mit Nachdenken und Planen, Planen und Nachdenken, bis er schließlich wußte, wie er vorgehen würde.

Der Trompetenschall, der jetzt von Trommelwirbeln unterlegt war, war lauter und lauter geworden, bis er schließlich in einem letzten ohrenbetäubenden Geräuschgemisch an den Toren innehielt.

Nachdem ihn General Dunu angekündigt hatte, blieb König Vikrama am Eingang zu dem Zimmer stehen. Er sah genauso aus, wie ihn König Kumara von einem früheren Besuch vor einigen Jahren noch in Erinnerung hatte. Er war ein großgewachsener Mann von dürftiger Statur mit einem asketischen bartlosen Gesicht; in seinen schwarzen Augen lag ein seltsam sanfter Ausdruck. Er war einfach gekleidet, in eine weiße Tunika und Hosen aus grobem Leinen. Er trug keinerlei Schmuck. Sein Kopf war gänzlich kahlgeschoren und glänzte im gelben Schein der Wachslichter vor Öl.

»*Ayubowan,* Cousin.« König Vikrama kam König Kumara mit seinem Gruß, der erfolgte, noch bevor sich die Tür hinter dem General geschlossen hatte, knapp zuvor. Der ältere König war stets derjenige, der zuerst sprach. Er durchquerte den Raum mit langsamem, würdevollem Schritt, blieb vor ihm stehen und breitete für seinen Gastgeber die Arme aus. »Ah, ich bin so glücklich, Euch hier zu haben«, stellte er fest. »Solch ein unerwartetes Vergnügen, das aber nichtsdestotrotz höchst willkommen ist.«

Zum erstenmal in seinem Leben war König Kumara sprachlos und um eine Reaktion verlegen. Nachdem er flüchtig anerkennen mußte, daß die jahrhundertealte Geschichte seines Herrschergeschlechts diesem Mann durch und durch ihr königliches Siegel aufgedrückt hatte, kam er rasch zu dem Schluß, daß es besser war, ihren Kampf nach den Regeln dieses zweifellos darin erfahrenen Gegners auszufechten. Er trat nach vorne und umarmte seinen entfernten Verwandten. Der König roch nach Weihrauch.

»Wie schade, daß ich Euch nichts Näheres davon mitteilen

konnte, Cousin«, erklärte König Kumara, indem er sich aus der Umarmung befreite. »Und wie bezaubernd von Euch, mich in dieser bescheidenen Behausung zu besuchen. Bitte setzt Euch doch.« Er zeigte auf den Diwan, den er zuvor frei gemacht hatte.

»Möchtet Ihr einige Erfrischungen?« fragte er, als sie sich gesetzt hatten.

»Nein danke. Ich habe bereits gegessen.«

»Dann vielleicht ein *sara bulath vita?*« Er wies auf die grünen Betelblätter mit braunen, geraspelten Arecanüssen, weißem *chunam*, getrockneten *adathoda*-Blättern und Gewürzen, die auf dem niemals fehlenden goldenen Tablett auf einem niedrigen Atlasholztischchen neben dem Diwan lagen.

König Vikrama hob abwehrend seine zarte Hand. »Nein, ich danke Euch, Cousin. Kann das Zeug nicht ausstehen. Es färbt den Mund rot und die Zähne schwarz. Gut genug für Bauern, nicht für Menschen königlichen Geblüts.«

»Nun gut, Cousin«, erklärte König Kumara, der zu Wortgefechten nicht aufgelegt war. »Wir haben den Regeln des Anstandes genügend unseren Tribut gezollt. Nun wollen wir zum Geschäftlichen übergehen.«

König Vikrama reagierte auf die rüden Worte mit dem Anheben dessen, was man eine einzelne Augenbraue hätte nennen können, wenn der König dergleichen besessen hätte. »Gewiß, Cousin.« Sein Lächeln war etwas höhnisch. »Immerhin seid Ihr ja der Gastgeber.«

König Kumara hielt nur mit Mühe den Fluch zurück, den er schon auf den Lippen gehabt hatte. »Ich freue mich, daß Ihr diesen Tatbestand innerhalb eines Gebietes anerkennt, das einmal Euch gehörte«, erklärte er. »Ich bin der Sieger und werde die Bedingungen stellen.«

»Oh, das war also Euer Ziel.« König Vikrama hielt inne. »Nun, Ihr hättet Euch gar nicht mit diesem ausgeklügelten Trauerspiel, zu dem auch die Ermordung meiner Wachsoldaten am Tor gehörte, abzugeben brauchen, wenn Ihr mich nur von Euren Plänen in Kenntnis gesetzt hättet. Der Großteil meiner Armee befindet sich in der Gegend von Anu. Ihr

hättet mir einfach Eure Wünsche mitteilen können, und ich hätte Euch die Kontrolle über dieses Königreich gewährt.«
»Was?«
»Gewiß. Ein so wenig bedeutsames Königreich wie Dhamba zu regieren wird nach einer Weile etwas mühselig, besonders für jemanden, der mehr an der Lehre Buddhas, des Herrn, interessiert ist. Ich hätte Euch gerne ein Stück vom Kuchen der Macht abgegeben, ja, ihn Euch sogar ganz gewährt.«
»Wollt... Ihr... damit... sagen, daß Euer Königreich jedem zur Verfügung steht, der es haben will und hier einmarschiert?«
»Nicht für jedermann. Nicht gerade für jeden *Bauern!*«
»Aber für jeden, der genügend Truppen hat, das Königreich mit Gewalt einzunehmen?« König Kumara fühlte sich gezwungen, den Seitenhieb nicht zu beachten.
»Nein. Für jeden, der stark genug ist, es auch zu *halten.*« König Vikrama vollführte eine halbe Drehung auf seinem Platz und blickte verträumt zu den Wandbehängen an der gegenüberliegenden Mauer. »Seht Ihr, Cousin, das Herrschen über ein Königreich wie Dhamba ist niemals eine völlig sichere Angelegenheit. Ihr kennt unsere besondere Lage auf der Landkarte. Im Norden haben wir die Tschola von Jaffna, im Westen liegt Jaya, Sita Waka im Süden und Ihr im Osten. Ich bin nur deshalb überhaupt noch an der Herrschaft, weil ich meine Pflichten erfüllen, meine Schuld an der Geschichte einlösen muß. Meine eigene Weltanschauung ist einfach. Laß einen König, der stark genug ist, sich in diesem Unterkönigreich an der Macht zu halten, die Herrschaft übernehmen. Solch ein Mann mag mich absetzen und sich der Opposition meiner Prinzen, Adligen und meines Volkes gegenübersehen, ebenso wie den Bedrohungen durch andere Königreiche – allesamt Elemente, die eine starke Herrschaft nötig machen würden. Wenn er jedoch klug wäre, würde er durch mich regieren lassen, denn was interessiert ihn überhaupt an meinem Königreich? Reichtum und Macht, und die bekäme er auch auf diese Weise.« Er lächelte König Kumara an.
In König Kumaras Kopf ging es drunter und drüber, doch ein

Gedanke gewann schnell die Oberhand. »Ihr werdet also meine Herrschaft als Souverän über das Königreich von Dhamba anerkennen?«
»Gewiß.«
»Werdet Ihr mir ewige Bündnistreue schwören?«
Wieder legte sich ein Lächeln um den festen Mund. »Ewig ist eine lange Zeit. Wie meine Vorfahren, so habe auch ich nicht die Gabe der Unsterblichkeit.« Nun lächelte König Vikrama breit. Er blickte sich in dem Zimmer um. »Wirklich, Cousin, Ihr solltet einen Lebensstil einhalten, der besser zu Eurem Rang und Eurer Position paßt. Dieses Haus hier mag eines Edelmannes würdig sein, doch ist es wohl kaum dem Status eines Großen Königs angemessen, in dem Ihr Euch nun befindet. Bitte, zieht doch auf der Stelle in meinen Palast um. Immerhin ist das Leben doch so vergänglich, und der Wandel ist, im Gegensatz zu einem Treueschwur, so ... nun ... ewig, daß Ihr Eurem Rang gemäß leben solltet, wo immer Ihr könnt, Augenblick für Augenblick.«
Du eingebildeter Affe, dachte König Kumara, eigentlich sollte ich dich mit meinem Schwert durchbohren. Doch er überlegte es sich schnell anders. »Ich muß einen gefallenen König wohl zu seinen eigenen Bedingungen akzeptieren«, erklärte er.
König Vikrama schüttelte den Kopf. Seine dunklen Augen waren nun voller Weisheit. »Wie kann ich ein gefallener König sein, wenn ich niemals einen Thron wollte?« fragte er sanft. »Aber Ihr, Cousin, begreift Ihr nicht, daß jeder Mann, der hoch springt, auch einmal wieder fällt? Eroberer sind wie Frösche. Höher und höher springen sie, bis sie schließlich fallen oder sterben. Vor einigen Jahren, als Ihr die kleinen Königreiche von Pera, Gampola und Hangura erobert habt, dachtet Ihr, Ihr wärt auf dem Weg nach oben. In Wirklichkeit habt Ihr damals bereits die ersten Schritte auf dem Weg abwärts getan. Seid also willkommen in meinem Palast, o Großer König. Eine glanzvolle Stunde lang werdet Ihr im *nadagama*, den Dorfpossen, die wir Herrschaft nennen, die Maske des königlichen Esels tragen.«

Montag, 12. September 1530

Julietta konnte die Züge des Priesters in dem abgedunkelten Beichtstuhl der Kirche von Mutu Vella nicht erkennen, wo sie sich an jenem Abend nach der Messe noch aufhielt, doch die Stimme, die hinter den schweren, burgunderroten Vorhängen hervorkam, war eindeutig die von Pater Juan. Gott hatte ihr gerade diesen Mönch gesandt, damit sie der ewigen Verdammnis, zumindest aber dem Fegefeuer entgegengehen konnte, indem sie das Sakrament der Beichte zu einem weltlichen Zweck mißbrauchte.

Nachdem sie das Ritual der Sündenbekenntnis hinter sich gebracht hatte, näherte sie sich nun ihrem Vorhaben mit einem gewissen bangen Gefühl, doch deshalb nicht mit weniger Entschlossenheit. »Vater, ich habe gesündigt, indem ich der heiligen Kirche und den Autoritäten nicht sofort mein Wissen weitergegeben habe über einen höchst heimtückischen Versuch einer Person in gehobener Position, die heilige Kirche und ihren obersten Beschützer, unseren verehrten König, dessen zu berauben, was ihnen rechtmäßig zusteht.«

Sie brauchte keinerlei Reaktion von dem Priester zu hören, um die auf der Stelle gestiegene Neugier hinter der Trennwand zu spüren. Immerhin waren Sünden, die öffentliches Interesse betrafen, für einen schlauen Mann von größerer Wichtigkeit als die kleinen Sünden aus dem Alltag irgendeiner Ehefrau, dachte sie.

»Und welche Stellung könnte so gehoben sein?« fragte die dröhnende Stimme.

Sie gab sich den Anschein, als müßte sie sich erst dazu entschließen, indem sie hörbar einen tiefen Seufzer der Erleichterung ausstieß. »Niemand Geringeres als Seine Exzellenz, der Vizekönig.« Sie hielt wie furchtsam inne, dann fuhr sie fort: »Er hat von dem Regenten König Vidiye einen Großteil des Schatzes der Herrscher von Jaya erhalten, von dem zumindest ein Teil für die Wiedergutmachung der Zerstörungen von Kircheneigentum durch den Regenten gedacht war. Er hält den Regenten noch immer für Verbrechen an der

heiligen Kirche fest, wahrscheinlich, um zu zeigen, daß er noch nicht den gesamten Schatz erhalten hat, doch ich weiß, daß er offiziell noch keine Rechenschaft abgelegt hat, aber dennoch bereits einiges von dem Erhaltenen auf einem kleinen Schiff zu seinem Palast in Goa geschickt hat. Dagegen hat die heilige Kirche für die Verluste, die sie durch den Regenten hat erleiden müssen, nichts erhalten.«
Bedeutungsgeladenes Schweigen war die erste Reaktion. »Ihr habt gesündigt, mein Kind, indem Ihr mit diesem Geständnis gewartet habt«, stellte der Mönch schließlich fest. »Damit habt Ihr Euch selbst zur Mitschuldigen gemacht. Auf Erden müßt Ihr Buße tun, doch der Lohn im Himmel ist Euch gewiß. Sagt zehn Vaterunser, zehn Ave-Maria und zehn Glaubensbekenntnisse, und das einen Monat lang jeden Tag.«
Ich bete darum, daß es auch einen Lohn auf Erden geben wird, dachte sie, während sie die Worte der Absolution hörte und sich bekreuzigte.

An Seine Exzellenz Admiral Lopo Soarez de Albergaria,
ihren Schwiegervater,
sendet Julietta de Albergaria, geborene de Brito, respektvolle und töchterliche Grüße. Euer Schweigen in all diesen Jahren hat Euer tiefes Mißfallen über die Gattenwahl Eures Sohnes nur bestätigt.
Ich nehme mir nun die Freiheit, Euch zu schreiben, und das einzig wegen des neuen Lebens, das in unsere Welt getreten ist: unserem Sohn, den wir Lopo Soarez de Albergaria genannt haben, nach seinem erlauchten Großvater.
Ihr werdet an dem Gemälde, das ich von Lopo angefertigt habe und das ich als bescheidenes Geschenk an Euch beilege, bemerken, daß sein Gesicht jetzt schon die klassischen Züge der edlen de Albergarias anzunehmen beginnt.
Im Namen des lieben Herrn Jesus und der gesegneten

Jungfrau Maria bitte ich Euch, Euren Enkelsohn ins Herz zu schließen.

Ihr seid nun, durch die Gnade Gottes und aufgrund Eures unbezwingbaren Unternehmungsgeistes, Oberster Admiral der Flotte unseres Königs. Bitte nehmt unsere herzlichste Einladung zu einem Besuch in diesem abgelegenen Vorposten des Reiches entgegen. Es gehen tragische Dinge hier vor, bei denen es von öffentlichem Interesse wäre, wenn Ihr unverzüglich deren Zeuge aus erster Hand werden könntet, um dann zu entscheiden, ob Ihr im Namen Seiner Majestät einschreiten wollt oder nicht.

Ihr seid nun Großvater. Mit allem Respekt möchte ich Euch ersuchen, großmütig gegenüber Eurem Sohn zu sein, auch wenn Ihr nicht anerkennen wollt

Eure ergebene Dienerin
Julietta de Albergaria

Gezeichnet in Colombo, Hauptstadt der Insel Lanka, am heutigen zwölften Tag im September, im Jahre des Herrn fünfzehnhundertunddreißig.

Sie gab das Manuskript und das zusammengerollte Gemälde von ihrem Sohn dem Diener Appu; dieser würde es Prinz Tikiri Raja Sinha übergeben, welcher dafür sorgen würde, daß es mittels des Händlers Abdul Raschid sicher nach Lissabon kommen würde. Ihre Anflüge von Besorgnis, ob es richtig und ehrenhaft von ihr war, Pater Juan und nun Admiral de Albergaria diese Informationen zugespielt zu haben, brachte sie mit dem Bewußtsein zum Schweigen, daß sie die einzige Waffe benutzte, die sie als Frau besaß, nämlich ihr Wissen, und das im Interesse der Öffentlichkeit. Immerhin setzte sie die beiden Mächte in Bewegung, zu denen sie Zugang hatte, die heilige Kirche und den Herrn Obersten Admiral, um der portugiesischen Gerechtigkeit zum Sieg zu verhelfen.

Kapitel 23

Dienstag, 13. September 1530

Auf Anweisung meines Vaters, des Königs Maya Dunne, brach ich noch am selben Abend ohne Begleitung zu dem geheimen Treffen mit meiner Schwester, die nun Königin Padma hieß, in Richtung Jaya auf. Sehr spät in jener Nacht erreichte ich ein Dorf namens Kadu, ein paar Meilen östlich von Jaya, wo mir, wie ich wußte, ein Mann namens Sene, ein untergeordneter Dorfvorsteher, der insgeheim einer »unserer« Leute war, Unterschlupf für die Nacht gewähren würde. Sein Sohn, der ein wichtiger Beamter im Palast von Jaya war, gehörte ebenso zu unseren Kontaktleuten.

Sene und seine ganze Familie, die aus seiner hübschen, silberhaarigen Frau Chandra und drei weiteren erwachsenen Söhnen bestand, hießen mich nicht nur willkommen, sondern schickten auch den ältesten Sohn, der ungefähr mein Alter hatte, noch weit vor Morgengrauen nach Jaya, um eine Botschaft von mir zu seinem Bruder zu bringen; dieser hatte als einer der Hauptadjutanten des Haushofmeisters direkten Zugang zu meiner Schwester. In meinem Brief bat ich sie, mich am selben Morgen zu Beginn der Vormittagswache im Hause eines der Palastgoldschmiede, Mundi, zu treffen, auch er einer unserer geheimen Verbindungsleute, der in der Hauptstadt in der Straße der Goldschmiede wohnte.

In weißen Hosen und einem *kurtha,* einem Überhemd, das aus grobem Leinen gefertigt war, traf ich in Mundis Haus ein, kurz nachdem er die Läden für das Tagesgeschäft geöffnet hatte. Mundi war ein Mann mittleren Alters und von Statur so klein, daß man ihn fast für einen Zwerg halten konnte. Er war von liebenswürdiger Art, trug ewig ein Lächeln auf den Lippen und besaß die scharfen Augen eines Meisterhandwerkers.

Ich blickte zu der Sanduhr, die auf einem Regal neben dem Eingang zum Vorraum stand. Da meine Schwester erst zum Beginn der Vormittagswache, also um zehn Uhr nach den

neuen Zeitmessern der *parangi*, hierhin gelangen würde, hatte ich noch eine Stunde zu warten. »Ich werde einen kurzen Spaziergang machen, damit ich Euch nicht störe«, teilte ich dem Goldschmied mit und verließ das Haus.
Es war die heiße Zeit im Jahr, in der jede Stadt, besonders entlang der Straßen, die man zum Bau von Schutzwällen und Gebäuden ihrer Bäume beraubt hatte, zu einer Art glühendem Ofen werden konnte. Als ich wieder auf die kopfsteingepflasterten Straßen hinaustrat, deutete bereits alles darauf hin, daß man sich auf einen ofenheißen Nachmittag gefaßt machen mußte.
Während ich ziellos durch dahineilende Menschenmassen schlenderte, fand ich mich plötzlich auf dem Weg zu dem ärmeren Viertel der Stadt wieder, das ich nie zuvor besucht hatte. Die Gegend wurde zunehmend verkommener und schmutziger, üble Gerüche schlugen mir entgegen. Bald schon bahnte ich mir schubsend meinen Weg an barbrüstigen Kindern in ungewaschenen Hüfttüchern vorbei, die die Straße als Spielplatz benutzten und deren wilde Schreie und Rufe die faulige Luft erfüllten. Zwei Jungen neckten einen räudigen Straßenköter in einer Gosse, die zur Ablagerung von Abfällen verwandt wurde, andere paddelten in deren schmutzigem Wasser umher. Die meisten von ihnen hätten in der Schule sein sollen, doch die Zeiten schienen sich geändert zu haben seit den Tagen König Dharma Parakramas. Heute kümmerte sich scheinbar niemand mehr darum. Die Behausungen waren unverputzt und heruntergekommen; verfaulendes Gemüse, dessen Gestank überwältigend war, lag in Haufen umher und zog Fliegen an. Ich war entsetzt. Was wußten denn Könige und Prinzen über ihr Volk, wenn sie keine Ahnung davon hatten, wie die Armen lebten? Wie konnten aus dieser Brutstätte der Krankheit und der Unzufriedenheit mutige singhalesische Patrioten erwachsen? Da erkannte ich, daß die Macht, zu der es mich hinzog, nicht zur Schaffung einer geeinten singhalesischen Nation genutzt werden sollte, sondern zur Beendigung von Entbehrungen und Not.
Die beiden fielen mir auf, weil sie sich abseits von den anderen Kindern hielten, fast so, als wären sie Aussätzige.

Ein kleiner Junge von vielleicht vier Jahren, bekleidet nur mit einem schmutzigen Halb-Sarong, der ihm tief über der spindeldürren Taille hing, kniete, die abgezehrten Hinterbacken auf den Fersen, vor einem nackten Würmchen, einem Mädchen. Nicht mehr als zwei Jahre alt, saß es im Schmutz, die Beine ausgestreckt, den Finger in der Rotznase, und weinte herzerweichend in leisen, ruckartigen Schluchzern. Bei beiden Kindern stachen die Rippen unter der dunklen Haut durch, welche mit roten aufgescheuerten Stellen übersät war. Das Gesicht des Jungen war ausgezehrt, die großen dunklen Augen lagen in tiefen Höhlen. »Weine nicht, *chuti*«, tröstete er das Mädchen mit einer dünnen, trockenen Stimme voller Zärtlichkeit. »Sieh mal, *aiya* hat dir etwas zu essen gebracht.« Das »Etwas« bestand aus den Überresten einer verdorbenen Banane, die er offensichtlich aus einem der Abfallhaufen gekramt hatte.

Mitleid und Schrecken würgten mich in der Kehle.

Ich näherte mich den beiden Kindern und blieb stehen. Als mein Schatten auf sie fiel, blickten sie furchtsam zu mir auf. Ich ließ mich vor dem Jungen in die Hocke nieder. »Wo ist euer Zuhause?« fragte ich ihn.

Er duckte sich ängstlich zusammen, wobei er die Überreste der verfaulten Banane schützend vor sich hin hielt, als wollte er einen Schlag abfangen. »Wir ... wir wollten nichts Böses tun, Herr«, war seine Antwort. Das Mädchen begann nun erst richtig zu weinen. »Bitte ... bitte schlagt uns nicht. Schlagt mich, nicht meine Schwester. Sie ist so zart.«

O Götter unserer Väter! Mir schossen Tränen in die Augen. Ich schaute auf seinen flehenden Blick hinab, auf das ausgemergelte Gesicht, in dem schon Resignation geschrieben stand, die nur von dem Wunsch durchbrochen wurde, sein Schwesterchen zu beschützen. »Nein, ich will euch nichts Böses antun oder euch Schmerzen zufügen.« Ich war kaum fähig, die Worte durch meine eng gewordene Kehle zu pressen. »Ich möchte euch helfen.« Ich schluckte, um meine Fassung ringend. »Wo wohnt ihr?«

»Hier, Herr.«

»Habt ihr kein Zuhause?«
»Nein.«
»Wo sind eure Eltern?«
»Meine Mutter starb, damit Buddha, der Herr, *nangi*, der kleinen Schwester, das Leben schenken konnte, doch dann hat uns unser Vater allein gelassen.« Er kratzte sich an einem roten, rosa umrandeten Geschwür an seiner dunklen Brust, verscheuchte die Schmeißfliegen, die sich auf den wunden Stellen seiner Schwester niederließen, strich ihr das verfilzte Haar aus dem Gesicht. »Weine nicht, *nangi*, der Herr hier ist kein *goni billa*, kein Ungeheuer, das uns in den Sack steckt. Er wird uns nichts tun.« Er richtete die Augen flehend auf mich. »Ihr werdet uns doch nichts tun, oder?«
Wieder brannten heiße Tränen in meinen Augen, wollten sich ergießen, doch ich hielt sie verzweifelt zurück. »Nein, ich werde euch nichts tun. Wie heißt du?«
»Bandula.«
»Das ist ein hübscher Name. Und dein Schwesterchen?«
»Sie ist *nangi*.«
»Ich weiß, daß sie deine kleine Schwester ist, aber was ist ihr richtiger Name?«
»Das ist ihr Name.«
Ein krankes, hungriges, heimatloses, namenloses Kind, dessen Leben schon zu Ende war, bevor es begonnen hatte.
Ich wäre am liebsten zusammengebrochen und hätte geweint, geschrien und geschluchzt, auf die Erde getrommelt, meinen Kopf gegen den Boden geschlagen, nicht um dieser mittellosen Waisen, sondern um meiner selbst willen. Wie blind war ich in all diesen Jahren gewesen, mit meinen großen und ehrgeizigen Plänen für die Nation, wenn so viele, die ihr angehörten, in solchem Elend leben mußten.
»Du und deine Schwester, ihr kommt mit mir«, sagte ich entschlossen.
»Wohin?« Er ging sofort in Verteidigungshaltung. Sein Mißtrauen führte dazu, daß sich sein dunkler, schmutziger Körper mit einer Gänsehaut überzog. »Wir haben nichts Schlimmes getan.«

Ich legte einen Ausdruck in meine Augen, der so sanft war wie nie zuvor, weil ich mir in meiner Verzweiflung nichts so sehr wünschte, als ihm ein Gefühl der Sicherheit zu geben. »Ich möchte dir und deiner Schwester ein Heim geben, Essen und Kleider. Du weißt, daß ich euch nichts antun will. Ich möchte euch nur in euer neues Heim mitnehmen.«

Der ganze Konflikt, in den ich ihn gestürzt hatte, spiegelte sich in seinem verhärmten Gesicht und den verwunderten Augen wider. Nur durch Zähigkeit und List hatte er bis dahin in einer grausamen Welt überleben können. Was ich ihm anbot, klang zu einfach, zu leicht. Es mußte einen Haken geben. Ich hatte das Gefühl, als hinge mein ganzes Leben an seiner Antwort. Während die Zeit verstrich, war ich für alles um mich herum blind: Was zählte, war nur mein drängender Wunsch, daß er zustimmte – ein Prinz, der einen Bettlerjungen um sein Leben anflehte.

»Wir werden mitkommen«, sagte er schließlich. Erleichterung durchflutete mich so heftig, daß ich buchstäblich aufatmete. »Aber *nangi* und ich müssen immer zusammenbleiben.«

»Ihr werdet zusammensein, solange ihr wollt, das verspreche ich.« Ich stand auf. »Gehen wir.«

»*Nangi* kann nicht besonders gut gehen.« Er beugte sich nieder, schob die Hände unter ihre Achselhöhlen und mühte sich damit ab, sie hochzuziehen.

Ich hätte derjenige sein sollen, der das kleine Mädchen trug. Zum erstenmal sah ich mir ihren schwächlichen Körper genauer an. Er war mit Schmutz und mit jenen wässernden, eiternden Wundstellen übersät, die aussahen, als wären sie voller Tierchen. Ihr rotzverklebtes Gesicht, ihr verfilztes Haar erfüllten mich mit Ekel. Jetzt erst sah ich mich ihr und ihrem Bruder als körperlichen Wesen gegenüber. Plötzlich wollte ich nur noch davonlaufen.

Irgendein Gefühl tief in mir – ich weiß nicht, was es war, vielleicht der Überlebenstrieb – hielt mich zurück. Ich streckte ihr die Arme entgegen. »Hier, laß mich deine Schwester tragen.«

Meine Entschlossenheit fegte auch den letzten Rest seines Mißtrauens hinweg. Ich hob jenen zarten, schmutzigen Körper auf, um ihn zu tragen. Ich war ungeschickt, denn ich hatte noch nie zuvor ein Kind getragen. Ihre Wundstellen rieben gegen mein weißes *kurtha*.
Mit dieser einen Handlung überschritt ich eine Schwelle in meinem Leben. Eine ganze neue Welt schien sich vor mir auszubreiten. Ihr neuer Pulsschlag an meiner Brust war das pochende Herz eines kleinen Kindes.

Meine Schwester Padma war klein und hellhäutig; Massen schwarzen, lockigen Haares rahmten ihr feinknochiges Gesicht. Sie hatte tiefschwarze Augen, die hinter den faltenlosen Lidern verschwanden, wenn sie lächelte. An diesem Tag lächelte sie nicht, als wir uns in dem kleinen Raum im hinteren Teil von Mundis Haus allein gegenübersaßen.
Wir hatten kaum ein paar formelle Worte miteinander gewechselt, als aus dem Badezimmer auf der anderen Hofseite das Weinen eines Kindes an unsere Ohren drang. »Wer ist das?« erkundigte sich meine Schwester. Ihre Augen schossen mißtrauisch in die Richtung, aus der das Geräusch gekommen war. »Mundi hat keine kleinen Kinder.«
Ein Lächeln huschte über meine Lippen. »Das ist wahrscheinlich *nangi*, die dagegen protestiert, von Mundi gebadet zu werden.«
»Wer ist *nangi?*«
Ich erzählte es ihr kurz. Während ich sprach, bemerkte ich, wie etwas von dem Schmerz und der Wut, die ihr eigener Kummer ihr ins Gesicht geschrieben hatten, daraus entwichen und an ihre Stelle Mitleid und Zustimmung traten. »Also habe ich die beiden Kinder hierhergebracht«, schloß ich. »Wenn er sie gebadet und gefüttert hat, wird Mundi sie zu Bett bringen, und dann wird ein Heilkundiger sie sich ansehen.«
»Was wollt Ihr mit ihnen tun?«
»Ich werde sie an Kindes Statt annehmen und sie in den Palast holen. Bandula ist ein mutiger kleiner Knabe. Er muß zu einem tapferen, edlen Menschen heranwachsen.«

»Ihr werdet nichts dergleichen tun.« Die Stimme meiner Schwester war scharf. Man konnte den befehlsgewohnten Ton der Maya Dunnes heraushören. »Ihr seid schon immer ein törichter Anhänger von Idealen gewesen, der gerne seinen Impulsen folgt, wenn er handelt. Könnt Ihr Euch vorstellen, was es für die beiden bedeutet, in einer solchen Umgebung groß zu werden, besonders, wo Ihr so oft weg seid? Wollt Ihr wilde Blumen in einen Palastgarten verpflanzen?«

Mir drängten sich schon hitzige Worte des Protests auf die Lippen, doch plötzliche Einsicht ließ mich sie herunterschlucken. »Nun gut, was soll ich Eurer Meinung nach mit ihnen anfangen? Mundi kann sie nicht mehr als ein paar Stunden hierbehalten, ohne Verdacht zu wecken.«

»Bringt sie zu Eurem Freund Sene«, erwiderte sie. »Ich kenne ihn nicht, aber er und seine Frau haben ein großes Haus und keine kleinen Kinder. Von dem, was ich aus Gesprächen mit seinem ältesten Sohn im Palast weiß, ist die Mutter eine freundliche ältere Dame. Es wird ein wunderbares Heim für die zwei Kinder sein – zumindest für den Moment.«

»Großartig. Ihr habt ebensoviel Verstand wie Schönheit; Schwächen, die in der Familie liegen, könnte man hinzufügen. Nun, wo wir das erledigt haben, gehen wir zu unseren eigentlichen Aufgaben über.«

Sie lächelte matt. »Habt Ihr gewußt, daß der Vizekönig, möge sein eigener Gott seine Seele in die Hölle der Christen verbannen, meinen Gemahl in einen Kerker geworfen hat?«

»Was? Erzählt mir, was Ihr wißt.«

Es war nicht viel mehr, doch als sie ihren Bericht beendet hatte, wußte ich, um welchen Kerker es sich handelte. »Ich kenne diesen Kerker«, bemerkte ich bedrückt. »Es ist ein tiefer Bergwerksstollen, den man vor über fünfzig Jahren stillgelegt hat, mit einem einzigen Zugang am Nordende der Festung. Unsere einzige Hoffnung liegt darin, diese verfluchten *parangi* in Stücke zu hauen, ihre Festung zu zerstören. Warum, bei allen Dämonen, hat unser *thatha* nicht hören wollen ...«

»Gerade eben habe ich Euch gesagt, daß Ihr zu impulsiv seid«, ermahnte mich meine Schwester ruhig.

Ich sprang auf. *»Devas, devas, devas«*, rief ich und hob in meiner Ohnmacht die geballten Fäuste gen Himmel. »Ihr ...«

»Bitte, ruhig, Prinz«, unterbrach mich meine Schwester wieder. »Meine Diener könnten Euch hören. Beruhigt Euch und hört mir ruhig zu, ja? Setzt Euch und hört mir zu.« Ich ließ mich schmollend auf meine Ruhebank sinken.

»Habt Ihr jemals von einem Bergwerksstollen ohne Bergwerk gehört?«

»N-n-nein ...«, begann ich, dann durchflutete mich Erleuchtung wie Regenwasser, das in eine Mine eindrang. »Bei den *devas!*« Ich klopfte mir auf die Schenkel. »Natürlich. Ich habe in dieser Mine sogar als Junge gespielt. Sie erstreckt sich von unterhalb der Eingangstore der Festung bis zum ...«

»Genau.« Die kleine Dame schien entschlossen zu sein, mich nach wie vor zu unterbrechen, doch dieses Mal beklagte ich mich nicht. Sie beugte sich vor und zog eine alte Pergamentrolle aus ihrem Ränzchen aus Korbgeflecht. Sie öffnete sie und hielt sie mir hin. »Schaut, hier ist eine Karte von der Mine. Der Eingang vom Schacht her ist schon so lange verschüttet, daß die Leute vergessen haben, daß er überhaupt existiert. Und die *parangi* wissen ganz sicher nichts davon. Ich habe schon ein paar treue Männer gefunden, die einen Durchgang durch die Verschüttung graben und meinen Gemahl retten wollen.«

»Bei allem, was mir heilig ist, *Ihr* seid die wahre Maya Dunne von uns zweien!« keuchte ich, wie benebelt von meiner Bewunderung für sie. »Verstand, List, Schnelligkeit, wo auch immer sie gebraucht werden. Wozu braucht Ihr dann noch Vater und mich?«

»Ihr sollt für die nötige Ablenkung sorgen«, erwiderte sie freundlich und leise. »Ihr müßt unverzüglich und in voller Truppenstärke auf Colombo marschieren. Die *parangi* werden dann in gleicher Stärke gegen Sita Waka ziehen. Das wird dazu führen, daß weniger Wachen vorhanden sind, wenn die Rettung stattfindet.«

»Woher wißt Ihr, daß sie nach Sita Waka ziehen werden,

anstatt Colombo zu verteidigen oder sich wenigstens näher der Heimat dem Kampf zu stellen?«

»Weil ich dem geldgierigen Vizekönig das Gerücht zuspielen ließ, daß die Reichtümer von König Maya Dunne diejenigen des verstorbenen Königs Bhuvaneka bei weitem übertreffen! Es gibt nichts Besseres als einen großen Köder, um einen großen, weißhäutigen Hai zu fangen!«

Ich war verblüfft. »Ihr seid eine Teufelin!« Ich schüttelte vor Verwunderung den Kopf. Ihr Gedankengang war einwandfrei. »Wann sollen wir eurem Wunsch nach losmarschieren?«

»Sofort. Jeder weitere Tag könnte für meinen Gemahl den Tod bedeuten ...« Sie unterbrach sich. »Ihr habt wohl schon gehört, daß König Kumara das Königreich von Dhamba erobert hat?«

»Ja, Sene hat es mir heute morgen gesagt. Es überrascht mich nicht, daß König Kumara beschlossen hat, die Unantastbarkeit der Könige von Dhamba zu verletzen. Er ist ein Abenteurer.«

»Es ist wohl besser, Ihr zwingt die *parangi* zum Vorstoß, bevor König Kumara mit ihnen zusammentrifft.«

»Aber die Monsunregenfälle stehen bevor«, meldete ich noch einen schwachen Protest an.

»Der Vizekönig ist so geldgierig, daß er das Risiko auf sich nehmen wird, da er hoffen wird, daß sich die Regenfälle verzögern. Ihr müßt losmarschieren, bevor die *parangi* Colombo verlassen, und Ihr müßt die Route wählen, die am allerwahrscheinlichsten überflutet wird, durch Mulleri zum Beispiel. Warnt sie ausgiebig vor dieser Route. Nach Angaben unserer Sterndeuter wird der Regen in der nächsten Woche einsetzen. Wenn erst einmal ihre Kanonen im Schlamm steckenbleiben und ihr Schießpulver naß wird ...«

Allein der Gedanke daran, daß sie ihr Ziel erreichen würde, ließ sie das Gesicht einen Moment lang freudig verziehen.

Kapitel 24

Samstag, 1. Oktober 1530

Als er erfuhr, daß König Maya Dunne Anstalten machte, auf Jaya oder Colombo zu marschieren, hatte Don Alfonso de Noronha beschlossen, seine eigenen Pläne, gegen Sita Waka vorzustoßen, zu beschleunigen. Fernao überraschte es, daß der König von Sita Waka nicht das Ende des Monsuns abgewartet hatte. Er vermutete irgendeinen verborgenen Grund, verfolgte diesen Gedankengang jedoch nicht weiter, weil der Vizekönig unerbittlich war. Die portugiesische Streitmacht, bestehend aus zwanzig Einheiten Artillerie unter dem Befehl von Major Nantes, wie nun mittlerweile sein Rang lautete, und zehn Infanterieregimentern, hatte Colombo an diesem Morgen verlassen und kam gut voran.

Kurz vor Mittag begannen sich von Südwesten her dunkelgraue Sturmwolken aufzutürmen; dazu bildeten schimmernde Blitze, gefolgt von Donner, der wie das Magengrimmen eines fernen Riesen klang, den Hintergrund. Fernao wandte sich im Sattel seines großen Rosses halb um und lenkte die Aufmerksamkeit des Vizekönigs auf sich, der bucklig neben ihm hertrottete. »Dies sind die klassischen Vorboten des Monsuns, Euer Exzellenz«, bemerkte er. »Strahlend klare Morgen, sich auftürmende Wolken gegen Mittag, schwere Regenfälle am frühen Abend. Es ist noch nicht zu spät für eine Umkehr.«

Don Alfonso warf ihm bloß einen kurzen Blick aus seinen überwulsteten Augen zu, während er den Himmel nicht einmal eines Blickes würdigte. »Poetisch gesagt, General, aber ich kenne die Anzeichen der Regenzeit sehr gut.« Er ließ die Zügel in die linke Hand gleiten, griff nach dem Taschentuch in seinem Ärmel und wischte sich damit die Schweißperlen vom Gesicht. »Aber wir kehren nicht zurück, wenn wir im Namen des Königs unterwegs sind. Wie Ihr wißt, haben unsere Kundschafter berichtet, daß der Feind sich östlich von Mulleri verschanzt hat. Wir werden weitermarschieren und

ihn schon morgen in der Ebene besiegen. Euch ist dies schon einmal gelungen, mit weniger Feuerwaffen und weniger tapferen portugiesischen Soldaten. Ich werde Euer Schauspiel überbieten. Wenn der Monsun losbricht, werden wir als Sieger in Sita Waka einmarschieren.«
Die Starrköpfigkeit des Vizekönigs und die drückende Hitze machten Fernao reizbar. »Irgendwie spüre ich, daß sie uns eine Falle stellen, Euer Exzellenz«, ließ er nicht locker.
»Nun aber, General, Eure schicksalergebene Haltung paßt so gar nicht zu einem Soldaten. Oh, fast hätt ich's vergessen. Ihr seid ja in Wirklichkeit ein Mann der Marine, nicht wahr?«
Fernao wurde rot über der versteckten Beleidigung, verkniff sich aber die hitzige Antwort, die ihm schon auf der Zunge gelegen hatte. Dieser Mann mochte zwar ein hohler Holzkopf sein, aber zufällig war er auch *vice roi*, die Person, die *im Namen des Königs* handelte. Er zwang sich statt dessen zu einem Lächeln. »Jeder gute Befehlshaber, gleichgültig welcher Waffengattung er angehört, muß die Stärke und die Absichten eines Gegners in Betracht ziehen, auf den er in der Schlacht treffen wird, ebenso wie die Beschaffenheit der Umgebung und das Wetter, Euer Exzellenz«, erwiderte er in festem Ton. »Wir werden heute nacht auf der Ebene von Mulleri ankommen. Sie ist uns weniger vertraut als dem Feind, doch nach meiner Erinnerung besteht die Ebene zum größten Teil aus tiefliegendem Sumpfgelände und ...«
»Die Macht Portugals wird über jeden eingeborenen Führer mit seinen veralteten Waffen siegen«, unterbrach ihn der Vizekönig. »Euer König Maya Dunne ist ein Zwerg im Vergleich zu den Riesen, die wir in Indien in die Knie gezwungen haben. Habt keine Angst. Wenn wir heute abend im Westen der Ebene unser Lager aufschlagen, werde ich Spähtrupps aussenden, die die Aufstellung des Feindes erkunden werden. Dann werden wir auch einschätzen können, welche Fallen man uns gestellt hat – wenn überhaupt.«
Schwarze Wolken jagten mittlerweile in unglaublicher Geschwindigkeit an dem blauen Himmel entlang. Die Luft verdunkelte sich und wurde plötzlich von Böen in Aufruhr

gebracht, während sich über die Erde eine tiefe Stille gelegt hatte. Die brachliegenden Felder, durch die sie ritten, waren bar jeden menschlichen Lebens, kein Vogel war am Himmel zu sehen. Alle Einheimischen hatten sich in ihre Häuser zurückgezogen, in Vorahnung der Regenfälle, aber vielleicht auch, um den fremden Truppen aus dem Weg zu gehen. Plötzlich empfand Fernao das Klappern der Pferdehufe, das Knirschen des Leders und das ferne Quietschen und Rattern der von Pferden gezogenen Kanonen hinter sich wie Geräusche, die nicht der Wirklichkeit angehörten. Zehntausend Reiter, Musketiere und unterstützende Artillerie, eine machtvolle Streitmacht aufgrund ihrer Feuerwaffen, und all das war unwirklich. Erst das königliche Banner Portugals, das ein Bannerträger neben ihm hochhielt, brachte die Wirklichkeit zurück; es flatterte wie verrückt an seiner Stange, als der erste Regen fiel – große, einzelne Tropfen aus Kristall, die zur Erde hin strebten und sein Gesicht kühlten.

Sonntag, 2. Oktober 1530

Der Regen hörte während der Nacht auf, doch die Männer waren in ihren Biwakzelten bis auf die Haut naß geworden, ohne daß es eine Möglichkeit zum Feuermachen gegeben hätte, damit sie sich hätten aufwärmen oder trocknen können. Nun dämmerte der Morgen. Alle Befehlshaber hatten ihre Befehle für die Schlacht vom Vizekönig bereits erhalten, bevor sie sich für die Nacht zurückgezogen hatten. Als Fernao von allen Rapport erhalten hatte, daß man kampfbereit war, teilte er dies Don Alfonso mit. Sie bestiegen ihre Pferde und trabten langsam auf die Baumlinie zu, die den westlichen Teil der Ebene säumte. Unter den ausladenden Ästen hielten sie an, um das Terrain zu studieren.
»Dort sind sie!« Der Vizekönig zeigte auf die lange, dunkle Masse am anderen Ende der Ebene, die ähnlich einer Reihe niedriger Bäume in der Ferne Norden und Süden voneinander trennte.

Fernao beugte sich nach vorne und schaute genauer hin. »Sie haben Elefanten in den Angriffsreihen.«
Ein grimmiges Lächeln huschte über das Gesicht des Vizekönigs, in seiner Hakennase zuckte es. »Kein Problem. Haben wir auch schon mitgemacht. Ein paar Salven aus unseren Kanonen, und die Tiere werden sich gegen ihre eigenen Reihen wenden.«
»Soll ich den Artilleriesturm in Reichweite vorrücken lassen, Exzellenz?« Sie würden gegen die massive Stärke des Feindes an Soldaten schwere Artillerieunterstützung nötig haben.
»Ja, gewiß, General«, stimmte der Vizekönig zu. »Laßt die Kanonen herbeifahren.«
Bald darauf kündigte eine mißtönende Mischung aus Quietschen und Rattern, zu der sich das Kreischen aufgeschreckter Vögel über ihnen gesellte, das Näherkommen der Feldgeschütze an, die unter der Aufsicht von Artillerieoffizieren über einen Teppich aus Blättern und schlammige Erde geschoben wurden. Die Offiziere salutierten, als sie an der Gruppe der Befehlshaber vorbeifuhren. Dann kamen die Kanonen. Von Pferden gezogen, die Uniformierte am Zügel hielten, zockelten die Waffen in ausgestreckter Linie auf sie zu, wobei sie ihre häßlichen Schnauzen wie urzeitliche Ungeheuer zwischen den Bäumen durchstreckten. Die Pferde begannen, gegen den Schlamm anzukämpfen.
»Der Boden ist trügerischer, als ich dachte«, murmelte Fernao. Wieder war da in ihm die Furcht vor einer Falle, die sich nun zu einem kalten Knoten in seiner Magengrube zusammenballte. Er wünschte, sie hätten wie in Europa statt Pferden Maultiere gehabt, um die Feldgeschütze zu ziehen. Er blickte nach links. Seine Augen folgten der leichten Aufwärtslinie der Landschaft und blieben am schwachen Schimmer eines breiten Wasserstreifens in der Ferne hängen. Das mußte der Fluß sein. Während es heller wurde, sah er, daß etwas wie ein breiter Kanal von dem Fluß aus in Richtung Ebene floß. Seltsam! Der Fluß hatte an diesem Punkt keinen Zustrom. Als er schlagartig die Wahrheit erkannte, schien der Knoten in seinem Magen zu explodieren.

Sonntag, 2. Oktober 1530

Nachdem er König Vikramas Einladung, in den Palast zu ziehen, abgelehnt hatte – er liebte Pomp und Luxus, hätte aber länger vor Ort bleiben müssen, um sie zu genießen –, musterte König Kumara Pater Juan nun quer durch das Empfangszimmer des Hauses in Dhamba. Abgesehen von den grauen Strähnen in seinem Haar und dem spitzen Bart, war der Mönch mit den Jahren nicht gealtert, nur daß er dank des regelmäßigen Genusses von portugiesischer Küche etwas rundlicher geworden war. Seine olivfarbene Haut war faltenlos, und die gelben Augen funkelten selbst beim blassen Licht des Morgengrauens wie Topase.

Sie hatten bereits einen kleinen Schlagabtausch hinter sich, bevor Pater Juan einen Vorstoß machte. »Ihr sagt, es sei an der Zeit, daß die heilige Kirche die weltliche Macht Portugals dazu veranlaßt, sich mit der stärksten Macht dieses Landes zu verbünden, Majestät«, stellte er fest. Der einst salbungsvolle Mönch sprach nun wie ein Mann, der sich seiner Macht bewußt war. Er legte die langen, grausamen Finger gefächert aneinander. »Ich bin geneigt, Euch zuzustimmen. Doch *wer* ist denn heute der mächtigste der Könige von Lanka: König Maya Dunne, der kleine König von Jaya, der König von Jaffna, oder ... äh ... Ihr?«

König Kumara schluckte seinen Ärger herunter. »Mir sind die Avancen bekannt, die Ihr dem König von Jaffna gemacht habt, damit sich die heilige Kirche in seinem Königreich einrichten kann.« Er lehnte sich zurück und entspannte sich betont in dem hohen Stuhl aus Atlasholz, der ihm als Thron diente. »Aber die Tschola werden niemals wieder irgendeinen Teil der anderen Königreiche erobern, deshalb können sie Euch nur in Funktion eines Dolches dienlich sein, der mit seiner Spitze auf das Kernland der Sinhala zeigt. Unglücklicherweise sind unsere Hauptstädte schon seit Jahrhunderten weit mehr als einen Dolchstoß vom Norden entfernt! Was den kleinen König in Jaya angeht, so hat ihm der Vizekönig die Zähne gezogen, indem er die wahre Macht hinter dem

Thron König Vidiye in die Hände gegeben hat, um ihn dann selbst zu entmachten und in einen Kerker zu werfen – einen Gefallen, für den ich dem Vizekönig danke.« Er hielt inne und beobachtete auf der Suche nach einer Reaktion in scheinbarer Unbekümmertheit die harten schwarzen Pupillen in den Augen des Mönches.

Pater Juan machte mit beiden Händen eine segnende Bewegung. »Sehr wahr, Majestät. Doch was ist mit dem König von Sita Waka?«

»Eure Armee wird ihn sicher in der Schlacht besiegen, die, wie ich hörte, wohl gerade in diesem Moment stattfindet.«

»Es könnte eine kluge Entscheidung sein, König Maya Dunne nach seiner Niederlage in der Schlacht als Marionette zu benutzen.«

»Er wird niemandes Marionette sein.«

»Würdet Ihr es denn, Majestät?«

König Kumara war einen Moment lang verblüfft, zeigte es aber nicht. »Keiner weltlichen Macht gegenüber. Nur für die Kirche. Immerhin bin ich Katholik.«

»Seid ihr das, Majestät?« Die Stimme war plötzlich so hart geworden wie die schwarzen Pupillen seiner scharfen Augen.

»Ihr wißt, daß ich es bin«, erwiderte der König entschieden. »Ich gehe regelmäßig zur Kirche, sage meine Gebete, versuche, unsere Adligen zu bekehren. Ich bin ein ebenso guter Katholik wie jeder andere auch, vielleicht sogar besser als so mancher.«

»Aber wie steht es um Eure innersten Überzeugungen?«

»Meine innersten Überzeugungen mache ich allein mit Gott aus«, erwiderte König Kumara feierlich. Ihm kam es so vor, als hätte er dies schon einmal gesagt.

»Ja, aber ich bin Gottes Vertreter auf Erden.«

»Dann solltet Ihr Gottes Macht besitzen, die Wahrheit meiner Überzeugungen zu erkennen.«

Als Zeichen seiner Anerkennung dieser gelungenen Antwort neigte der Mönch den Kopf. »Wie seht Ihr die politische Situation, die der heutigen Schlacht folgen wird?« fragte er, das Thema wechselnd.

»Eure Truppen werden siegen, vorausgesetzt, daß die Monsunregenfälle nicht einsetzen. König Maya Dunne wird sich dann in die Berge zurückziehen und einen Kleinkrieg beginnen, erneut Truppen aufstellen, bis unsere Streitkräfte Sita Waka verlassen. Ihr könnt es Euch nämlich nicht leisten, ewig dort zu bleiben. Wenn Eure Leute nur vor vier Jahren Wort gehalten und mich als König die Macht in Sita Waka übernehmen lassen hätten, würden wir uns heute nicht diesen Problemen gegenübersehen. So, wie die Dinge stehen, werden die Ereignisse in Europa, die schon immer die Truppenstärke beeinflußt haben, die Ihr in Lanka halten könnt, Euch dazu veranlassen, Euch ab einem gewissen Zeitpunkt zurückzuziehen. Die Küste könnt Ihr dann mit Euren Feuerwaffen unter Kontrolle halten, das Hinterland aber niemals.«
»Seine Königliche Majestät gibt Lanka den Vorrang vor allen anderen Ländern in dieser Region.«
»Ein weiser Entschluß, da wir Seiner Majestät den größten Reichtum schenken. Dennoch wird es sowohl teuer als auch wenig produktiv sein, Truppen allzu lange in Sita Waka zu halten. Ihr braucht als Verbündeten einen König, der es im Hochland mit König Maya Dunne und seinem Sohn Prinz Raja Sinha aufnehmen kann, während Ihr das Flachland unter Kontrolle haltet, wo auch mehr Handelsware zur Verfügung steht. Ich bleibe deshalb Eure einzige Wahl.« Sein Grinsen war wild. »Noch ist es nicht zu spät, Eure früheren Versprechen einzulösen, wißt Ihr.«
Die Augen des Mönches funkelten. »Und wenn der Vizekönig den bevorstehenden Kampf verliert, Majestät?«
»Dann werdet Ihr mich nötiger brauchen als je zuvor.«

Sonntag, 2. Oktober 1530

Die Nachricht von der Festnahme König Vidiyes und seiner darauf folgenden Unterbringung im Kerker hatte einen eindeutigen Rückschlag für Königin Anulas Pläne dargestellt und ihr so manche schlaflose Nacht bereitet. Nun hatte der

Monsun eingesetzt. Schwere Regentropfen trommelten auf das Dach, und auch die böigen Sturmwinde in der vergangenen Nacht hatten den Regen nicht verscheucht.
Wie sollte sie vorgehen? Nachdem sie zufriedenstellende Berichte von ihren Verwandten in Kiri Vella erhalten hatte, mußte sie ihren Gemahl davon überzeugen, ihren Plan anzunehmen. Wo nur lag der Schlüssel dazu? Genau – in seinem neuentdeckten Anstand, der gewiß etwas Gutgläubigkeit in ihm geweckt hatte. Wenn sie nun nur noch die richtige Verbindung finden konnte, würde alles klappen. Doch wo konnte sie sie finden?
Sie fuhr herum, als sich plötzlich die Tür öffnete. Ihre Tochter, mittlerweile fast vier Jahre alt, stand im Eingang. Nona, ihre silberhaarige Oberste Dienerin, rang hinter ihr hilflos die Hände.
»*Aiyo mathini,* Eure kleine Tochter, war nicht zurückzuhalten«, rief die Frau. »Sie wollte Euch sehen, und hier ist sie nun. Sie ist jetzt schon eine Königin.«
Königin Anula blickte auf das hellhäutige Kind hinab, das in herrischer Haltung in der Tür stand, die Arme in die Seiten gestemmt, den dunklen Lockenkopf stolz gereckt. Die braunen Augen, die so sehr denen ihres Vaters ähnelten, blitzten.
»Ich wollte Euch sehen, weil mir mein Bäuchlein weh tut, aber Nona sagte, ich könnte nicht zu Euch«, lispelte das Kind. Sie stampfte mit dem Fuß auf. »Ich bin aber trotzdem gekommen.«
»Ich werde dir ein wenig Medizin holen«, sagte die Königin zu ihrer Tochter. Ihr war eine Idee gekommen. »Bleib draußen im Vorraum.« Sie warf Nona einen Blick zu. »Komm herein und schließ die Tür hinter dir«, befahl sie.
Die Tür schloß sich leise. »Ich vertraue dir, Nona«, sagte sie, freundlich und drohend zugleich. »Ich werde dir nun eine wichtige Aufgabe übertragen. Wenn du mich jemals verrätst, auch dem König gegenüber, werde ich dich foltern lassen.«
Die blassen Augen der alten Frau erwiderten ihren Blick mit sanfter Vergnügtheit. »Wenn Ihr meint, mir drohen zu müssen, meine Dame, dann solltet Ihr mich nicht ins Vertrauen ziehen.«

Die Königin senkte die Stimme. »Ich möchte, daß du persönlich dem katholischen Mönch Pater Perez eine Botschaft überbringst. Ich möchte seinen Mitbruder Pater Juan unverzüglich und unter Geheimhaltung sprechen. Sag Pater Perez auch, daß ich wünsche, daß meine Tochter so bald als möglich getauft wird. Hast du verstanden?«
»Ja, Herrin.«
Die Königin lächelte vor sich hin. Sie war gerade dabei, den ersten Schritt zur Sicherung der Zukunft ihrer kleinen Tochter zu unternehmen, die für sie eine Art Ersatzpfeil in ihrem Köcher war. Ihr gefiel es, für alle Fälle gerüstet zu sein. Nun mußte sie nur noch die richtige Verbindung für ihren entscheidenden Vorstoß finden.

Kapitel 25

Sonntag, 2. Oktober 1530

Kaum hatte er sein Pferd in Richtung der freien Fläche hin angetrieben, wirbelte Fernao auch schon wieder zu den dahinwalzenden Kanonen herum. Er hob warnend eine Hand. »Halt!« befahl er.
»Was, zum Teufel, geht hier vor?« Major Nantes, der ältere Kanonieroffizier an der Spitze seiner Einheit, hatte weder seine Veranlagung noch seine Liebe zum Fluchen abgelegt.
Fernao zeigte in Richtung Ebene. »Sumpfiges Land vor uns. Eure Kanonen werden im Schlamm steckenbleiben, noch bevor sie in Schußweite des Gegners kommen.«
»Scheiße!« Major Nantes wandte sich um, um den Befehl weiterzugeben.
»General!« donnerte der Vizekönig, der herangeprescht kam.
Fernao riß sein Pferd herum. »Euer Exzellenz?«
Don Alfonso senkte die Stimme so weit, daß niemand mehr sonst ihn hören konnte. »Überschreitet nicht Eure Machtbefugnisse. *Ich* gebe die Befehle hier.«

Fernao errötete, zügelte aber seine Wut. »Was sind Eure Befehle?« fragte er ruhig.
»Die tapferen Armeen von Portugal laufen niemals vor ein wenig Wasser davon. Das überlassen wir der Marine. Laßt den Vormarsch fortsetzen.«
»Dann erteilt bitte Ihr den Befehl«, gab Fernao zähneknirschend zur Antwort.
»Major Nantes!« bellte die trockene Stimme des Vizekönigs. »General de Albergaria hat seinen letzten Befehl überdacht. Führt den Vormarsch fort.«
Wut und das Gefühl der Ohnmacht brodelten in Fernao, während er angestrengt auf seine Front starrte, wo die Kanonen langsam, knirschend und quietschend, ratternd und rumpelnd an ihm vorbeiwalzten; die Pferde mußten sich immer mehr abmühen, ihre Last über den weicheren Boden zu ziehen. Sie durchbrachen die Deckung und drangen nun in zwei langen Linien quer über die Ebene vor. Als erste kamen die Kanoniere mit ihren grimmigen, kampfbegierigen Mienen, gefolgt von den Karren, die die Kanonenkugeln transportierten.
Die beiden Linien rückten langsam, aber sicher vorwärts, dunkle Umrisse vor dem ergrauenden Licht. Jetzt erreichte die erste Reihe Artillerie weicheren Boden. Die Pferde mußten ihre letzten Kräfte aufbieten, um überhaupt weiterzukommen. Erdbatzen wurden von durchdrehenden Rädern nach hinten geschleudert, schlammiges Wasser spritzte hoch, doch der Vormarsch ging weiter – allerdings in vermindertem Tempo.
Fernao stockte der Atem. Die Kanoniere hinter ihren Geschützen begannen zu schieben, drei Männer pro Kanone. Würden sie es schaffen?
Plötzlich erfüllte das durchdringende Wiehern von Pferden die Luft. Die Tiere in der ersten Reihe scheuten, zerrten an den Zügeln, an denen sie von Soldaten geführt wurden.
»Halt!« schrie Fernao und trieb sein Pferd voran, dessen Hufe im Schlamm ein glucksendes Geräusch machten.
Doch es war zu spät. Die Pferde hatten gespürt, was die

Männer an den Geschützen im schlammigen Wasser nicht hatten sehen können. Der Boden fiel steil ab zu einem tiefen Kanal, den offensichtlich der Feind gegraben hatte. Tiere und Menschen befanden sich plötzlich in einem unübersehbaren Durcheinander, in dem Rufen, Wiehern und Schnauben einander überdeckten. Die Kanonen begannen langsam nach vorne zu kippen oder im Kanal zu versinken. Major Nantes fluchte lautstark vor sich hin.
Noch bevor er bei den Karren ankam, hörte Fernao Trompetenschall in der Ferne, dem das Kampfgebrüll der feindlichen Soldaten folgte. Er zog die Zügel an und sah, daß die langgestreckte Linie aus Elefanten und Menschen auf sie zukam.
»Attacke!« schrie der Vizekönig wie von Sinnen.
Fernao glaubte, nicht richtig gehört zu haben. »Nein ...!« brach es aus ihm hervor. Doch wieder war es zu spät. Die Offiziere der Musketiere begannen, in knarrendem Ton ihren Einheiten die Befehle zu erteilen. Berittene Musketiere kamen in zwei Rängen herangetrabt. Die erste Reihe brach aus der Deckung, ritt auf die Artillerie zu, die zweite Reihe flutete, geschmeidig wie ein Fluß, an ihm vorbei. Die Männer blickten ernst drein und hatten die Augen aufmerksam auf die Ebene vor ihnen gerichtet.
Don Alfonso de Noronha erhob sich in den Steigbügeln, mit loderndem Blick, das geierhafte Gesicht gerötet. Er zog sein Langschwert. »Männer Portugals, die Zeit ist gekommen, daß ihr, allen Widrigkeiten zum Trotz, für euren König kämpft, für euer Land und euren Glauben!« Er zeigte mit dem Schwert in die Richtung des herannahenden Feindes. »Wir greifen plangemäß an. Vorwärts!«
Das war der schiere Wahnsinn. Fernao hatte gänzlich die Kontrolle über eine Situation verloren, die ihm schon von Anfang an entglitten war. Es blieb ihm nichts anderes übrig, als mit dem Strom zu schwimmen. Er nahm seinen Platz neben dem dahintrabenden Vizekönig ein, welcher ihm anerkennend zunickte. Seine große Hakennase wölbte sich über einem Grinsen, das wild entschlossene Zuversicht ausdrückte.

Der langsam vorrückende Feind war jetzt nur noch ein paar hundert Ellen entfernt. Die erste Reihe von Fernaos berittenen Musketieren war an der Artillerie vorbeigezogen, die Major Nantes wie durch ein Wunder auf der hiesigen Seite des Kanals versammelte. Die Waffen hoch erhoben, begannen die Musketiere, sich auf ihren Pferden einen Weg durch das schlammige Wasser zu bahnen. Der eilig ausgehobene Kanal konnte nicht besonders tief sein, denn schon bald kamen die Männer auf der anderen Seite wieder heraus, wobei die Hinterhufe ihrer Pferde in dem schwarzen Schlamm rutschten und schlidderten. Sie stiegen ab, liefen nach vorn und gingen in ausgestreckter Reihe in die kniende Schußposition. Dann bahnte sich Fernao seinen Weg durch Männer, Pferde, Kanonen, und lehnte sich etwas rückwärts, als er den Abhang hinab in das schlammige Wasser des Kanals ritt.

»Scheißdrecksschlamm!« rief Major Nantes gerade aus, als er an dem Kanonier vorbeiritt. Fernao konnte es ihm nachfühlen, während er sein zögerndes Pferd antrieb, sich vorbeugend, als es wieder aufwärts ging. Dann hatte auch er wieder festeren Grund unter sich.

Die Sonne brach hinter den Wolken hervor. Die feindlichen Trompeter und Trommler begannen, sich nach hinten zurückzuziehen, damit ihre eigenen Truppen an ihnen vorbeimarschieren konnten. Stetig trampelnd rückten die großen, grauen Elefanten voran, die Rüssel aufgestellt, mit denen sie nun voller Angst trompeteten.

»Fertigmachen zum Feuern!« Der Befehl durchdrang knarrend die Marschgeräusche.

»Feuer!«

Musketenfeuer sprotzte und knatterte die ganze Reihe entlang, Rauchwölkchen stiegen hoch. Auf der anderen Seite trompeteten Elefanten schrill auf, einige *mahouts* glitten von den Tieren, manche von ihnen schrien. Der vertraute Gestank von Schießpulver, der Geruch der Macht, stieg Fernao in die Nase.

Weiter und weiter rückten die gegnerischen Elefanten auf sie zu. Offensichtlich hatte man es ihnen beigebracht, Musketenfeuer nicht zu beachten. Ein neuer Gedanke, ähnlich einer Warnung, drängte sich in Fernaos Kopf an die Oberfläche, doch versank er wieder, als das Blut in ihm zu pochen begann, ihm prickelnd durch die Venen schoß. Das war endlich Wirklichkeit, gleißend hell, kühl, heiß, voller Leidenschaft. Das dort war der Feind. Töten oder getötet werden. Ein wildes Vergnügen und die entfesselte Lust auf Gewalt gärten in Fernao und ließen ihn alle Zweifel, alle Furcht beiseite schieben. Er schmeckte sogar frisches Blut in seinem ausgetrockneten Mund.

»Fertigmachen zum Feuern!«

»Feuer!«

Aus der stehenden Reihe von Musketieren ratterte es los, während die knienden Schützen noch neu luden. Wieder erfüllte das schrille Trompeten der Elefanten die Luft; dieses Mal durchbrach eines der Tiere den Rang und schüttelte die *howdah* von seinem Rücken, als handelte es sich dabei nur um eine Feder. Männer schrien, als sie zu Boden geschleudert wurden. Die Linie der Elefanten geriet ins Wanken.

»Fertigmachen zum Feuern!«

»Feuer!«

Die dritte Salve, die über dem Wirrwarr des Vormarschs losknatterte, ließ unter den vorrückenden Elefanten endlich Panik aufkommen. Ihre Reihe brach auf. Mehr *howdahs* mit ihren *mahouts* stürzten zu Boden, einige der Tiere kehrten um und brachten Unordnung in die feindliche Kavallerie.

Fernao erkannte rasch, daß sie ihren Vorteil ausnutzen mußten. Er zog sein Schwert, schwenkte es und zeigte vorwärts.

»Kavallerie, fertigmachen zum Angriff!« donnerte er.

In der singhalesischen Armee reckten sich Lanzen, flatterten Wimpel.

»Greift ... an!« Fernao hieb seinem Roß die Fersen in die Flanken; es schoß durch die Doppelreihe der Musketiere vorwärts. Gellend schrie er seinen Haß hinaus. Noch bevor er die Ränge der feindlichen Kavallerie durchbrochen hatte, hatte er schon vier Männer getötet.

Da – verständnislos starrte er auf die doppelte Reihe von

Musketen, der er sich gegenübersah. Es war eine dreifache Falle gewesen, das begriff er jetzt: der Kanal, der vorgetäuschte Angriff, das Nachgeben – all das, um ihn und seine Männer in die Falle zu locken …

Die Musketen schossen im Gleichklang, Rauch stieg auf. Er hörte das Knattern der Salve und verspürte einen heftigen Schmerz im Arm. Bestürzt starrte er auf die taub gewordene Hand, der das Schwert entglitten war. Warmes Blut begann durch seinen Ärmel zu sickern. Er ballte die Faust, stellte erleichtert fest, daß doch noch Gefühl in ihr war. Aires ritt an ihn heran, warf ihm ein anderes Schwert zu. Er packte es. In seinem Kopf explodierte eine Wolke aus Haß.

Das Schwert nach vorne gerichtet, stieß er ein heiseres Bellen aus und trieb sein Pferd an. Ohne auf die zweite Salve der feindlichen Musketiere zu achten, donnerte er auf ihre Doppelreihe zu.

Schließlich erlahmte der Kampf. Zwölf Männer hatte er getötet oder zu Fall gebracht, ohne daß dies die Flammen in seinem Herzen gelöscht hätte. Der Schmerz in seinem Arm war zu einem raschen Brennen geworden, sein ganzer Körper schmerzte, doch er war ein Mann, der seiner Sinne nicht mehr mächtig war. Schweißüberströmt, blutig, halb verdurstet, drängte es ihn wieder vorwärts, hinter ihm seine Männer, die wahnsinnig waren wie er. Der Feind begann nachzugeben.

Plötzlich hatte er freien Raum um sich, blutbeflecktes Gras, das übersät war mit Waffen, Verwundeten und Toten; über ihm öffnete sich ein blauer Himmel. Jetzt war es an der Zeit, daß sie ihren Sieg vollendeten. Neue Kraft durchströmte ihn. Wo war Prinz Tikiri? Sein mordgieriger Blick hatte schon mehrfach nach dem Banner des Prinzen gesucht, doch vergeblich.

Zuerst dachte er, es sei der Donner des Monsuns. Seine Augen glitten nach Südwesten hoch, bemerkten kurz die dunklen Regenwolken, die sich rasch auf das Schlachtfeld zu aufbauschten. Im nächsten Moment hatte er erkannt, daß es das Trommeln von Pferdehufen zu seiner Rechten gewesen war, was er gehört hatte. Er riß sein Roß herum.

Die Wucht des ersten Angriffs der feindlichen Kavallerie erschütterte die Ränge der *degredados* bis weit nach hinten. Fernao spürte das Beben körperlich, noch bevor sein Blick auf das Banner fiel, das er den ganzen Morgen über gesucht hatte. Ein aufrechter goldener Löwe auf scharlachrotem Untergrund, hoch über der Flanke des singhalesischen Angriffs. In diesem Moment machte der Feind, der einen Rückzug von der Front nur vorgetäuscht hatte, kehrt und nahm seinen Angriff mit betäubender Wucht wieder auf. Dahinter strömten noch mehr singhalesische Truppen den Hügel hinab, um den Gegenangriff zu unterstützen.

Noch eine Falle! Verflucht seien sie, die singhalesischen Hundesöhne, verflucht ihre Hinterlist.

Mit Wutgebrüll spornte Fernao sein Pferd in Richtung auf das verhaßte Löwenbanner an. Alles, was er wollte, war, Prinz Tikiri von Angesicht zu Angesicht gegenüberzustehen und ihn zu töten. Einen Schleier aus Blut vor den Augen, Wahnsinn im Herzen und Mordgier in der Seele, schrie er: »Tötet die singhalesischen Hunde! Männer Portugals, auf zum Sieg!«

Seine Männer faßten neuen Mut, stürmten wieder vorwärts, doch vergeblich, denn nun mußten sie gegen zwei Fronten kämpfen. Sosehr er es auch versuchte, es gelang Fernao noch nicht einmal, durch die ersten Reihen der singhalesischen Reiter vorzudringen. Schwarze Punkte erschienen vor seinen Augen. Er blinzelte, um wieder klar sehen zu können, doch die Punkte wurden nur größer, begannen, sich zu drehen.

Ein Arm hielt ihn auf, ergriff die Zügel seines Pferdes. »Aires!« murmelte er.

Er merkte, wie man ihn in der anderen Richtung wegführte. Der Himmel hatte sich verdunkelt. Donner krachte und grollte über dem Waffengeklirr und dem Schlachtengebrüll. Gleißende Blitze, die den Himmel erhellten, drangen durch Fernaos geschlossene Lider. Es fielen die ersten großen Regentropfen; sie fühlten sich kühl an auf seinem Gesicht. Kristallene Tränen des weinenden Himmels auf meinem Körper, dachte er. Wirst du auch meine Tränen annehmen, o Himmel? Wird dieser Ausdruck meiner Qualen dich trösten?

Sonntag, 2. Oktober 1530

Als er wieder zu sich kam, lag Fernao auf einer Strohpritsche in einem kleinen Zimmer, das von Lampenlicht schwach erhellt war. Wo war er? Die Erinnerung kehrte zurück und mischte sich mit dem bitteren Geschmack der Niederlage, der in seiner Seele geschlummert hatte, während er bewußtlos gewesen war. Seine Augen wanderten zu einem Flechtdach empor, auf das Regen in unerbittlicher Heftigkeit herabtrommelte. Sein ganzer Körper schmerzte, in seinem Arm klopfte es wild. Er trug noch immer seine schweißgetränkte Uniform, doch Helm und Lederrüstung hatte man ihm abgenommen. Als ein Schatten über sein Gesicht fiel, weiteten sich seine Augen. Don Alfonso de Noronha, der Vizekönig, stand neben ihm, hager, erschöpft, einem Raubvogel ähnlicher denn je bei dem ungewissen Licht.

»Sind wir Gefangene, Exzellenz?« Er brachte die Worte nur mit Mühe heraus.

»Nein, Gott sei Dank.«

»Wir haben die Schlacht verloren, nicht wahr?«

»Ja.«

»Wie viele von unseren Männern sind tot?«

»Über dreitausend ... aber wir haben dreimal so viele gegnerische Soldaten getötet.«

O Vater im Himmel! Fernao war so übel, daß er glaubte, sich übergeben zu müssen. Die armen Leute, einige darunter kannte er schon seit Jahren, und erst die Witwen, Eltern, Kinder. Und die Schande all dessen würde die Geschichte verzeichnen. »Wie viele sind ernsthaft verletzt?«

»Mehrere hundert.«

»Wo stehen wir?«

»Wir haben uns drei Meilen vom Schlachtfeld entfernt verschanzt. Übrigens ist Eure Wunde zwar tief, aber nicht ernst, obwohl es natürlich immer Komplikationen geben kann.«

»Was habt Ihr für Pläne?«

»Wir werden vor Morgengrauen nach Colombo zurückkehren. Unsere Verteidigungsanlagen dort sind stark genug, um

jedem Angriff standzuhalten. Ich selbst werde in ein paar Tagen nach Goa zurücksegeln; ich werde zwei *nao* und zwei zusätzliche Regimenter zu Eurem Schutz zurücklassen, aber bald mit Verstärkung zurückkehren, um für diese Niederlage Rache zu nehmen.« Bei dem dämmrigen Licht wirkte der Gesichtsausdruck des Vizekönigs teuflisch. »Wir werden die Sinhala in Grund und Boden schlagen dafür, daß sie es gewagt haben, die Waffen gegen unseren König zu erheben.«
Und weil sie den Schatz König Maya Dunnes nicht herausrücken wollten, dachte Fernao.

Sonntag, 2. Oktober 1530

Wir waren zum Rückzug vor dem zerstörerischen Feuer der *parangi*-Kanonen gezwungen gewesen. Nun, als wir mitten in der Ebene von Mulleri auf unseren Pferden saßen, während der Regen kübelweise auf uns herabfiel und uns in dicken Tropfen übers Gesicht strömte, mußte ich mit Verblüffung hören, daß König Maya Dunne beschlossen hatte, daß wir unseren Sieg nicht zur Vollendung führen würden. Man würde den angeschlagenen Überresten der gegnerischen Armee freien Rückzug nach Colombo gewähren.
»Warum, Majestät?« rief ich aus, um den Regen zu übertönen. »Wenn wir unseren Sieg zur Vollendung führen, können wir den Feind auf dem Rückzug noch weiter dezimieren, bevor er Colombo erreicht. Vielleicht könnten wir sogar einige von seinen zweihundert Kanonen erbeuten!«
»Wenn wir bis zum Äußersten gehen, werden wir wahrscheinlich die beiden Vertreter des Königs von Portugal, den Vizekönig und seinen Gouverneur, töten oder gefangennehmen«, stellte König Maya Dunne nüchtern fest. »Eine solche Kränkung würde sicher zu Vergeltungsmaßnahmen führen.« Dann wechselte er, wie es typisch für ihn war, abrupt das Thema: »Übrigens hat Euer neuer Truppenkommandeur, Aisha Raschid, mit ihren Frauen dem Feind einen echten Schrecken eingejagt. Sie haben durch ihre Wildheit wettge-

macht, was ihnen an Erfahrung fehlte – besonders Aisha Raschid.«

»O ja, Majestät, sie waren furchterregend. Ich werde Aisha Raschid demnächst den Befehl über eine Schwadron geben. Niemand in unserer Armee kann sagen, sie hätte es nicht verdient.«

»Gut!«

Noch immer drängte mich mein Jagdinstinkt, die Beute weiterzuverfolgen. »Warum sollten wir uns bezüglich der unverletzlichen Person des Vizekönigs zurückhalten?« fragte ich. »Gewiß hat er doch vor der Unverletzlichkeit der Person König Vidiyes nicht haltgemacht!«

Unter der Schicht aus Blut, Schweiß und Ruß hervor, die seine feinen Züge überkrustete, lächelte er mir nachsichtig zu. »Der Instinkt verlangt es«, erwiderte er. »Außerdem werden wir uns noch mit einem weitaus wichtigeren Feind schlagen müssen.«

»Mit wem, Majestät?«

»König Kumara. Nachdem er das unantastbare Königreich von Dhamba erobert hat, macht er nun den Tschola von Jaffna Avancen um eine Armee und ersucht gleichzeitig Pater Juan um die Unterstützung der Portugiesen. Solange die Tschola unentschlossen sind und die portugiesischen Streitkräfte in gewisser Unordnung, ist es der absolut richtige Zeitpunkt für uns, gegen Kandy vorzurücken. Niemals wird es verwundbarer sein.«

»Gebt mir Erlaubnis, sofort gegen Kumara ins Feld zu ziehen, Majestät.«

»Ihr seid blutrünstig! Das ist gut. Aber ich habe bereits einen anderen Anführer für den Feldzug ausgewählt.«

Mir sank der Mut vor Enttäuschung. »Habe ich mich heute nicht bewährt?« fragte ich, am Boden zerstört.

Er unterbrach mich, indem er die Hand hob. »Ihr habt mehr getan, als Euch nur zu bewähren, General Prinz Raja Sinha. Ihr habt den Sieg geplant und durchgeführt. Doch die Entscheidung, wer unsere Truppen gen Kandy führt, mußte auch eine politische sein.«

»Wer kann denn unsere Männer besser anführen, Majestät?«
»König Vidiye.« Er unterbrach sich und musterte mich ernst. »In der Hitze des Gefechts hat mich im Hauptquartier die gute Nachricht erreicht, daß er heute morgen aus dem Kerker hat fliehen können, ganz so, wie Eure Schwester und Ihr es geplant habt.«

Montag, 3. Oktober 1530

In der Morgendämmerung war ein Bote im Galopp von der Festung her eingetroffen, um Julietta von dem Massaker an den portugiesischen Streitkräften in Mulleri und dem durchschlagenden Erfolg der Sinhala zu benachrichtigen. Sie war dankbar dafür, daß Fernao lebte, wenn er auch verletzt war. In ihrem Schlafzimmer ging sie vor dem *prie-dieu* in die Knie und bat Gott und die Heilige Jungfrau Maria um seine sichere Heimkehr. Schon lange hatte sie es aufgegeben, ihre Liebe zu ihrem Mann mit ihrer Liebe zu Prinz Tikiri zu vereinbaren. Jede Liebe war mit ihrem Leben verknüpft; beide Lieben trugen den Hauch Gottes, waren vom Himmel geschickt, doch ihre Verantwortlichkeit im täglichen Leben gehörte Fernao.
Sie verbrachte fast den ganzen Morgen im Gebet vor dem Altar mit der bemalten Statue der Muttergottes und dem Jesuskind. Immer wieder hörte sie das Klappern von Hufen auf der Auffahrt draußen, und jedesmal entschuldigte sie sich bei der Heiligen Jungfrau, bekreuzigte sich und eilte ans Fenster, nur um sich enttäuscht wieder davon abzuwenden. Wachen und Händler trafen zu dieser Zeit des Tages besonders häufig im Haus ein.
Wieder hörte sie Hufeklappern, das diesmal vom Knirschen und Quietschen von Rädern begleitet war. Sie beendete ihr Ave-Maria, bekreuzigte sich rasch und lief zum Fenster. Ihr Blick fiel auf Aires, der vor einem kleinen, überdachten Wagen herritt. Ihr Herz begann laut zu klopfen. Sie lief die Treppe hinab, rief nach Appu und veranlaßte, daß die Diener

ein Bad herrichteten und sich die Gouvernante um die Kinder kümmerte.
Eine Mischung aus Liebe, Mitleid und auch aus Schuldbewußtsein ließ ihr die Kehle eng werden, als sie sah, wie man Fernao vom Wagen half. Sein Gesicht war abgemagert und unrasiert, sein Haar verfilzt. Dunkler Ruß hatte sich in die Linien seines Gesichtes gefressen. Man hatte den Ärmel seines Wamses weggeschnitten; ein großer, blutbefleckter Verband schlang sich um seinen rechten Oberarm und hing um Brust und Hals. Er lächelte ihr matt zu. Mit ihrer ganzen Seele sehnte sie sich danach, zu ihm hinzulaufen und ihn in die Arme zu nehmen.
Sie kämpfte den Impuls und die Tränen nieder. Diesmal, mehr als je zuvor in ihrem Leben, mußte sie sich wie eine Dame benehmen. Das war sie ihrem verwundeten Gatten schuldig.
»Es tut gut, wieder zu Hause zu sein«, sagte Fernao. Seine Stimme klang heiser und schwach. Gestützt von Aires, stand er schwankend auf der Treppe.
»Es ist gut, dich wiederzuhaben«, erwiderte sie gefaßt. »Nun die Treppe hoch mit dir. Ein warmes Bad und eine heiße Mahlzeit werden wohl das sein, was du am meisten brauchst.« Sie blickte zu Aires. »Wie schlimm ist die Wunde des Generals?«
»Tief, aber nicht ernst, wenn man sich darum kümmert, meine Dame.«
»Aires hat mir das Leben gerettet«, warf Fernao ein. »Er wird etwas zu essen und Ruhe brauchen.« Er lächelte dem Mann müde zu. »Also los, Aires. Und nimm auch ein Bad. Ich schwöre bei allen Heiligen, daß du riechst wie eine Kloake.«

Während man Fernao badete, umzog und zu Bett brachte, lauschte Julietta der Geschichte der ganzen Schlacht. Dann fragte er nach den beiden Kindern. Sie kamen in sein Schlafzimmer und standen zu beiden Seiten des Bettes. Aufgestützt auf die rosa Kissen, erzählte Fernao ihnen kurz, was geschehen war. Julietta bemerkte, daß er sorgfältig jede Äußerung über Sieg oder Niederlage vermied.

Dann traf des Vizekönigs persönlicher Heilkundiger, Armando Juarez, vom Flaggschiff ein und untersuchte und verband Fernaos Wunde, bevor er gleich darauf in die Festung zurückeilte, um den langen Zug verwundeter Soldaten zu betreuen, die seit Mitternacht eintrafen. Er gab Fernao eine übelriechende Medizin zu trinken. Fernao war eingeschlafen, fast noch bevor der Heilkundige das Haus verlassen hatte.

Er schlief den ganzen Tag hindurch. Julietta saß stets an seinem Bett, wo sie beim hellen Licht von Öllampen nähte, als er in der Nacht aufwachte. Er lächelte sie an, griff nach ihrer Hand und drückte sie zärtlich. »Meine Liebe«, flüsterte er. »Gestern nacht, als ich zu Bewußtsein kam, fand ich mich in einer Lehmhütte mit geflochtenem Dach und dem Gesicht des Vizekönigs über mir wieder. Wie wundervoll ist es doch, heute nacht aufzuwachen und dich in deiner ganzen Schönheit neben mir sitzen zu sehen. Du warst immer schon für mich das Sinnbild weißer Reinheit, besonders aber jetzt, nach den Schrecken der Schlacht.«

Sie spürte, daß sie rot geworden war. Ihre Augen wurden feucht. »Was geschieht nun, Fernao? Wird König Maya Dunne Colombo angreifen?«

»Wenn er das im Sinn hätte, würde er jetzt bereits vor den Toren der Stadt stehen. Gestern abend hätte er seinen Sieg vollenden können, oder zumindest heute morgen. Warum hat er es nicht getan? Wahrscheinlich fürchtet er Repressalien aus Goa und Lissabon. Oder er hat vielleicht anderes vor. Was, das werden wir bald genug wissen. Nun können wir die Stadt mit Leichtigkeit halten, bis der Vizekönig Verstärkung schickt.« Er wurde nachdenklich. »Der Vizekönig reist in ein paar Tagen ab«, fuhr er fort. »Was wird er mit König Vidiye tun? Er kann den Mann nicht töten. Ich werde ihn freilassen, noch bevor Don Alfonsos Flaggschiff den Hafen verläßt, gleichgültig, welche Konsequenzen das hat.«

Julietta hatte Fernao bislang mit der Nachricht verschonen wollen, weil sie fürchtete, diese könnte ihn noch mehr aufregen. Nun erfüllten seine Worte sie mit einem Schwall der

Zuneigung zu ihm. »Du brauchst dir keine Sorgen mehr um deine Verantwortung für die Befreiung König Vidiyes zu machen«, versicherte sie ihm.
Er hob die Augenbrauen und sah sie aus eisblauen Augen fragend an. »Wie das?«
»König Vidiye ist in der Nacht vor der Schlacht entkommen.«
»Entkommen! Wie ist es geschehen?«
»Niemand in der Festung weiß es. Als die Wachen gestern morgen sein Frühstück in den Kerker brachten, war er spurlos verschwunden, ohne jegliches Anzeichen dafür, wie es ihm gelungen war, zu fliehen.«
Sie hatte ihre Worte mit Sorgfalt gewählt. »Niemand in der Festung weiß ...« Sie war versucht gewesen, Fernao von der Mine zu erzählen, von der sie durch Appu erfahren hatte, doch ihr Zugang zum Kerker war von den Sinhala wieder sorgfältig zugeschüttet worden, und irgendein blinder Instinkt hielt sie davor zurück, das Geheimnis preiszugeben.
Fernao schlief auf der Stelle wieder ein, als hätte man ihm eine große Last von der Seele genommen. Sie war dankbar, daß Prinz Tikiris Name während des ganzen Tages niemals gefallen war. Von Appu wußte sie, daß der Prinz unverletzt war.

Kapitel 26

Mittwoch, 5. Oktober 1530

König Kumara erfuhr noch am selben Abend durch einen Schnellboten von der vernichtenden Niederlage der Portugiesen bei Mulleri. Obwohl dies seinen Hoffnungen auf eine militärische Unterstützung durch die Portugiesen einen Schlag versetzte, nahm er es als gutes Omen seines Glückssterns, als in derselben Nacht eine Abordnung aus Anu eintraf, die aus dem Armeekommandeur der Streitkräfte von Dhamba und ihren älteren Offizieren, allesamt Adligen, bestand und ihm ihre Bündnistreue zusicherte. Da er für den Moment von den Portugiesen keine Unterstützung erwarten

konnte und sich der Tschola-König im Norden Lankas noch immer unverbindlich zeigte, beschloß er, abzuwarten und den Dingen ihren Lauf zu lassen, indem er seine Macht über das Unterkönigreich von Dhamba weiter festigte.
Als König Kumara an jenem Abend nach Kandy zurückkehrte, hatte er Königin Anula in solch guter Laune angetroffen – fast schien sie wieder ganz wie früher: brillant, geistreich, zynisch und eine gute Zuhörerin –, daß er beschloß, den Besuch bei seiner Mätresse Sita, den er für den folgenden Tag geplant hatte, aufzuschieben und statt dessen mit Königin Anula zu dinieren. Er brauchte sie sowohl als Resonanzboden für seine zukünftigen Pläne als auch wegen der Unterstützung, die sie von ihrer Sippe in Kiri Vella anfordern konnte und die nun für ihn unabdingbar geworden war.
Nach dem Abendessen saßen sie sich im Gemach der Königin gegenüber, und es war fast wie in alten Zeiten. Noch immer kam Grillenzirpen aus der Dunkelheit vor den gelb und rot lackierten Gittern des offenen Fensters. Hoch oben in den dunklen Zweigen, die die Hügel des Hochwaldes bedeckten, raschelte der Wind. Der blaue Nachthimmel schimmerte verheißungsvoll.
»Ihr besucht heute abend gar nicht Eure junge Dirne, Majestät«, neckte ihn Königin Anula. »Ich bin geschmeichelt. Ich habe Euch vermißt, als Ihr weg wart.«
Daß sie sich auf so angenehme Weise mit der Situation abgefunden zu haben schien, rührte ihn, ja erfüllte ihn mit Dankbarkeit. »Wir haben eine herrliche Zukunft vor uns, geliebtes Weib, wenn wir in Harmonie zusammenarbeiten, denn nun besitze ich die Macht über ein Gebiet, das auf der Landkarte größer ist als alle anderen Königreiche, und das habe ich unserer Allianz mit Jaya zu verdanken, welche durch die Verlobung unserer Tochter mit König Dom Juan Dharma Pala, ein Produkt Eures meisterhaften Intellekts, zustande kam. Wenn unsere Tochter ebenfalls Katholikin wird, ist uns die Unterstützung der Portugiesen noch sicherer, wenn ihre Verstärkung eintrifft; es gibt keinen Grund, warum ich in der Zwischenzeit nicht Königlicher Regent von Jaya werden soll-

te, da König Vidiye es sich mit dem portugiesischen Staat und der Kirche verscherzt hat. Warum begraben wir also nicht auch unsere persönlichen Differenzen und arbeiten als liebende Partner gemeinsam an der Zukunft?«
Sie hatte fast die ganze Zeit mit gesenktem Blick gelauscht. Nun hob sie ihm die Augen entgegen; sie leuchteten. »Partner auch im Bett, Majestät? Nicht nur für die Zukunft, sondern auch heute nacht?« Sie war in der Tat ganz die alte.
»Heute nacht und jede Nacht, für immer«, erklärte er feierlich.
»Ich habe Euch so sehr vermißt, als Ihr unterwegs wart. Ich mußte der Tatsache ins Auge blicken, daß ich, sei es als Frau, sei es als Königin, nichts bin ohne Euch, der Ihr meine Zukunft *seid.* Deshalb habe ich mir die Freiheit genommen, Entwicklungen in die Wege zu leiten, mit denen ich Euch bedingungslos unterstützen konnte, damit Ihr wißt, wie sehr ich Euch liebe und brauche. Ergebnis war, daß mein Cousin, Prinz Ratna von Kiri Vella, bereits dreitausend Mann bewaffnet hat, die auf Eure Befehle warten. Da ich außerdem auch eng verwandt bin mit General Graf Gima, dem Kommandeur der Armee von Dhamba, ist es mir gelungen, auch von seiner Seite aus zweitausend Männer zugesichert zu bekommen, die unter Eurem Kommando stehen werden.«
»All das habt Ihr getan, obwohl Ihr von mir so tief verletzt und enttäuscht worden wart?« fragte er verwundert. »Wie unendlich anständig von Euch!«
Ihr Gesicht verhärtete sich einen Moment lang. »Dies alles tat ich, weil ich Euch liebe.«
»Wie ich Euch schon in jener traurigen Nacht in Hangura sagte, erzeugt wahre Liebe Anstand.«
Sie sprachen noch bis spät in die Nacht hinein über die Zukunft und zogen sich dann in das Gemach der Königin zurück. Es war ein fulminantes Liebesspiel, das folgte, doch vor seinem inneren Auge sah König Kumara dabei nur Sitas unschuldige Schönheit, und er hatte das Gefühl, als übte er Verrat an dem einzigen anständigen menschlichen Wesen, das er in seinem Leben gekannt hatte.

Mittwoch, 5. Oktober 1530

Fernao schlief vierzig Stunden am Stück und setzte sich nur ab und zu im Bett auf, um zu essen und sich von dem Heilkundigen die Wunde verbinden zu lassen, welcher am nächsten Tag nach ihm schaute. Er war gerade wieder, halb auf seine Kissen gestützt, eingedöst, als er das Klappern von Hufen draußen auf dem Zufahrtsweg hörte. Er sah auf die Wanduhr, sein Hochzeitsgeschenk von Admiral Vasco da Gama; darauf war es fünf Minuten vor vier Uhr. Die nachmittägliche Luft draußen war strahlend hell, jedoch bereits erfüllt von jener inneren Ruhe, die das Ende des Tages ankündigte. Um genau vier Uhr meldete Appu ihm den Vizekönig.

Don Alfonso war wie immer üppig herausgeputzt. Er setzte sich auf einen Stuhl neben dem Bett. »Ich freue mich, Euch auf dem Weg der Besserung zu sehen, General.« Er nickte so heftig, daß es den Anschein hatte, als könnte er mit der Nasenspitze an seinen Kehlkopf heranreichen.

»Ich werde schon in Kürze wieder auf den Beinen sein, Exzellenz. Euer Besuch ehrt mich.«

»Es ist mir ein Vergnügen, meinen tapferen General zu besuchen.« War da ein sarkastischer Unterton in seiner trokkenen Stimme?

Der Vizekönig plauderte noch einige Minuten über belanglose Dinge, bevor er zum eigentlichen Grund seines Besuches kam. »Das Ausmaß der Niederlage, die wir erlitten haben, muß in Grenzen gehalten werden«, stellte er fest. »Dies ist nur ein kleiner Rückschlag. Ich und nur ich werde Seiner Majestät und den betroffenen Stellen in Lissabon Depeschen schicken. Von Euch darf es keine geben. Verstanden, General?«

Fernao erstarrte. Tausende von Soldaten des Königs waren tot, und er sprach nur von einem kleinen Rückschlag? »Ich höre, was Ihr sagt, Exzellenz.«

»Und werdet auch meinen Befehl befolgen.« Die pergamentene Stimme war zu einem drohenden Grollen geworden.

»Wollt Ihr mich mit diesem Befehl zu einer Verschwörung anstiften, bei der unserem König und den Staatsabteilungen Informationen vorenthalten werden sollen?«

»Nein.« Der Vizekönig schien deutlich gedämpft. Er betastete sein knochiges Kinn mit den klauenartigen Fingern. »Ich befahl Euch nur, mir allein die nötige Berichterstattung zu überlassen.«

Fernao erwog dies. »Ich nehme an, dagegen kann ich nichts einwenden.«

»Sehr gut, also.« Die trockene Stimme wurde fast freundlich. »Ich habe, mit Pater Juan als Vermittler, eine Bitte um Unterstützung gegen König Maya Dunne erhalten, von jenem Herrscher ... wie heißt er?«

»König Kumara von Kandy?«

»Ja, König Kumara. Ein seltsamer Vogel, aber anscheinend ziemlich schlau. Natürlich sind wir im Moment nicht in der Lage, irgend jemandem zu helfen außer uns selbst, deshalb gab ich ihm ein Versprechen für die Zukunft.« Das Gesicht des Vizekönigs wurde hart und grausam. »Ihr werdet die Festung im wahrsten Sinne des Wortes halten müssen, bis ich zurückkehre, General. Meine Spione und diejenigen der Kirche berichten, daß König Maya Dunne möglicherweise versuchen wird, Jaya einzunehmen, sonst aber von einem Angriff auf uns absehen wird. Ich habe deshalb ein ganzes Regiment dorthin geschickt, um die Hauptstadt zu verteidigen. Der kleine König Dom Juan muß um jeden Preis geschützt werden. Ihr werdet die Verbindungslinie zwischen der Festung und der Stadt ständig offenhalten müssen, ähnlich einem Korridor. In der Zwischenzeit ist übrigens eine formelle Verlobungszeremonie zwischen König Dom Juan und der kleinen Tochter von König Kumara, Prinzessin Dona Margaridha, in unserer Kathedrale anberaumt worden.« Das Lächeln des Vizekönigs war selbstgefällig. »Jene kluge Dame, Königin Anula, bat mich, die Verlobung in die Wege zu leiten, und so habe ich es auch prompt getan.«

»Was?« Fernao war sprachlos. Welcher wahnsinnige Plan konnte hinter dieser Sache stecken?

»Ihr habt es gehört. Pater Perez war der Mittelsmann. Die heilige Kirche ist zu manchem gut zu gebrauchen. Diese Verlobung legt die entscheidenden Grundsteine für die Zukunft. Das wird König Maya Dunne einen Schlag versetzen. Es wird ihm nicht gelingen, die Hauptstadt Jaya zu erobern, wo wir den Jungen als Herrscher über das Königreich einsetzen werden. Lanka wird geteilt bleiben, und wir werden darin herrschen.«

Fernao hatte an dem Plan nichts auszusetzen. Königin Anula wird wohl auch im Grabe noch Verschwörungen aushecken, dachte er. Offensichtlich wollte sie, daß ihr Gemahl Regent von Jaya würde, nachdem König Vidiye eingekerkert worden war. Doch König Vidiye war entkommen. Was würde geschehen? Während er noch nachsann, durchbrach das rauhe Flüstern des Vizekönigs Fernaos Gedanken.

»Aber das ist noch nicht alles.« Die schmalen Augen glitzerten. »Ich werde zurückkehren und an diesem Land Rache nehmen.«

Mittwoch, 19. Oktober 1530

Es hatte König Kumara überrascht, als er erfahren hatte, daß König Vidiye an der Spitze einer Einheit aus König Maya Dunnes Streitmacht stand, die gegen Kandy zog, doch hatte seine Bestürzung nur eine kurze Weile gedauert. Da niemand in Sita Waka von den Truppen wissen konnte, die für ihn in Kiri Vella und Dhamba auf Abruf zur Verfügung standen, beschloß er, den ersten Schritt zu tun. Er sprach mit Königin Anula den Plan durch, den er sich ausgedacht hatte, seinen brillantesten, wie ihn die Königin begeistert genannt hatte, und sie hatte zuverlässige Boten zu Prinz Ratna in Kiri Vella und Graf Gima in Dhamba geschickt, die mit deren Bestätigung zurückkehrten, an diesem Plan teilzunehmen und sich auf seine zeitliche Abstimmung einzulassen.

Noch vor Tagesanbruch war er deshalb am Vortag von Kandy aus aufgebrochen, um abends die Schlucht zu erreichen, die als Kegalla bekannt war, ungefähr dreißig Meilen westlich lag und von ihm zum Ort der Schlacht auserkoren worden war. König Vidiye würde sie auf seinem Weg nach Kandy durchqueren müssen, so daß König Kumara die Gelegenheit hatte, das Gelände zu erkunden, seine Truppen zu verschanzen und die Reichweite seiner Bogenschützen ausprobieren zu lassen, bevor der Kampf begann. Zusammen mit den Truppen aus Kiri Vella und Dhamba war er der Streitmacht König Vidiyes weit überlegen, welche Berichten zufolge fünftausend Mann umfaßte.

Und doch, obwohl er gänzlich zufrieden mit seinem Plan war, warnte irgendein innerer Instinkt König Kumara an diesem Morgen, daß es da ein schwaches Glied in der Kette gab, ohne daß er freilich herausfinden konnte, worum es sich handelte.

Bislang war alles glattgegangen, vielleicht zu glatt.

König Vidiye stand ihm nun am anderen Ende der grünbewachsenen Schlucht gegenüber, auf deren einer Seite ein schlammiger Fluß über die schwarzen Felsen plätscherte. Fest im Sattel seines Lieblingsfuchses sitzend, blickte König Kumara zu den grauen Felsen hoch, die zum Tal hin scharf abfielen. Er konnte keinerlei Anzeichen von Bewegung erkennen. Gut! Seine Verbündeten aus Dhamba waren alle gut versteckt.

König Kumara verspürte einen Schmerz am Halswirbel, seine Wangenknochen taten weh; er wußte, daß dies von der Feuchtigkeit in der Schlucht herrührte. Er wandte sich an seinen General, dessen stämmige Gestalt auf dem Streitroß wie aus einem Stück Granit gemeißelt schien. »Ihr seid sicher, daß die Truppen aus Kiri Vella in Stellung liegen und bereit sind loszuschlagen?«

»Prinz Ratna hat es mir zugesagt, Majestät.«

»Und die Armee von Dhamba?« Konnte sie das schwache Glied in der Kette sein?

Der General blickte zu den Hügeln hoch. »Sie sind schon in Stellung, und unsere Offiziere sind bei ihnen, um dafür zu sorgen, daß sie ihre Pflicht erfüllen und nicht davonlaufen.«

In diesem Moment ertönte in der Ferne der Trompetenschall des Feindes, Trommelschlag erhob sich zu einem langen Wirbel, um sich schließlich zu einem ohrenbetäubenden Rattern zu vervielfältigen. Die Rufe, Schreie und Flüche der Männer waren jetzt zu hören.
Der Feind kam näher und näher. Ledergeschützte Kriegselefanten begannen, in schwerfälligen Schritten, die *howdahs* schwankend auf den Rücken, loszumarschieren. Noch vierhundert Ellen, dreihundert ... Jetzt!
Was war geschehen? Besorgt suchte König Kumara mit den Augen die Hügelkette ab, von der aus die Truppen aus Dhamba Felsbrocken herabrollen lassen sollten, um die Elefanten in wilde Panik zu versetzen.
Hatte er den Zeitplan mißverstanden? Ein Anflug von Übelkeit krallte sich in König Kumaras Magengrube, Schauder rieselten durch seinen Körper.
Dann hörte er von beiden Seiten des Tales ein donnerndes Rollen und stieß erleichtert den Atem aus, während er zum Feind blickte, um sich das Chaos anzusehen, das der Angriff in dessen Reihen auslösen würde.
»O ihr *devas!*« rief General Dunu. Er zeigte auf etwas. »Seht, Majestät!« Seine Stimme brach. »Wir sind verraten worden.« Er zog sein Schwert.
Die Felsbrocken rollten nicht auf den Feind herab, sondern auf ihre eigenen Truppen.
Innerhalb weniger Augenblicke war in den Rängen der Armee aus Kandy das schiere Chaos ausgebrochen, doch in König Kumara wurde es plötzlich so kühl wie Bergluft. Es blieb ihnen nur eine Wahl: anzugreifen und den Feind zurückzutreiben, in die Hände der Armee von Kiri Vella.
Er zog schwungvoll sein Schwert, hob es über den Kopf und zeigte in Richtung Feind. »Ruhm oder Tod, all ihr treuen Männer aus Kandy!« brüllte er. »Greift ... an!«
Er hieb seinem Pferd die Fersen tief in die Flanken. Das Tier schoß vorwärts. In tödlichem Schweigen ritt König Kumara auf die gegnerischen Linien zu.
Er galoppierte zwischen den feindlichen Elefanten hindurch,

wobei er die Wurfpfeile von den Männern in den *howdahs* mit seinem Schild und der Lederrüstung abfing. Dann traf er auf die Linie der Kavallerie, eine Mauer aus verblüfften Gesichtern, und sah im selben Moment die riesige Gestalt von König Vidiye auf einem großen Pferd aufragen. Um sich schlagend begann er, sich einen Weg zu seinem Gegner zu bahnen.

»Laßt etwas Platz frei!« hallte König Vidiyes tiefe, grollende Stimme über dem Rasseln und Tosen der Schlacht wider. »Macht Platz! Dies soll ein Zweikampf auf Leben und Tod zwischen uns Königen werden.«

Die Männer reagierten wie durch Zauber. Innerhalb von Minuten hatte man einen freien Platz geschaffen. Die beiden Könige standen sich zu Pferde gegenüber. Selbst das Donnern der herabfallenden Felsbrocken schien nur noch Hintergrundgeräusch für die Stille zu sein, die sich über die kleine Arena gelegt hatte.

»Wie konnte ein stolzer Mann wie Ihr zu einem Lakai der Maya Dunnes werden?« fragte König Kumara in halb aufrichtig fragendem, halb beleidigendem Ton über die Distanz von einigen Ellen hinweg, die zwischen ihm und König Vidiye lagen.

»Wie konnte ein Mann königlichen Geblüts zum Arschkriecher beim weißen Mann werden?« fragte König Vidiye grollend zurück. »Und bei den Mönchen. Es sind Helden wie Ihr, die unsere Nation spalten. Traut keinem aus Kandy.« Er warf den Kopf in den Nacken, rollte mit seinen großen, blitzenden Augen und schickte ein bitteres Lachen gen Himmel.

»Gut geantwortet, Cousin. Entscheiden wir also jetzt, wer der größere Lakai ist«, konterte König Kumara mit knarrender Stimme. Das Schwert in Kampfhaltung, trieb er sein Roß vorwärts.

Plötzlich erhob sich Geschrei hinter ihm, ein dumpfes Rollen, wie das einer Woge, dann das Rasseln von Metall. Dadurch abgelenkt, hielt König Kumara auf der Stelle an.

König Vidiye nutzte die Gelegenheit und griff an.

König Kumara reagierte zu spät. Er hatte erwartet, sein Gegner würde von links angreifen. Statt dessen beschrieb

König Vidiye im letzten Moment einen Bogen quer vor seiner Brust. Das große, erhobene Schwert krachte auf ihn herab, noch bevor König Kumara seine Waffe hoch genug erheben konnte, um den Hieb zu parieren.
Zuerst schoß ihm ein niederschmetternder Schmerz vom Schädel her abwärts und zwang ihm den Kopf in den Nacken, dann überkam ihn Schwärze, die von Dutzenden von Sternen durchwoben war. Schwert und Schild fielen ihm aus den taub gewordenen Händen. Er schwankte im Sattel, hörte noch General Dunus Schrei aus großer Entfernung: »Auch die Leute aus Kiri Vella haben uns verraten. Sie greifen uns von hinten an. Kämpft um euer Leben, treue Männer aus Kandy!«
Blitzartig hatte König Kumara begriffen. Es war nur der Bruchteil einer Sekunde, in dem er dachte: Anula, du hast gewonnen. Du hast auf das Vertrauen eines Mannes gesetzt, der sich einen Funken Anstand erworben hatte. Das Krächzen, das ihm entfuhr, bevor er auf dem Boden auftraf, hatte ein Lachen sein sollen.

Mittwoch, 19. Oktober 1530

Als König Kumara wieder zu sich kam, gelang es ihm nicht, seine Augenlider zu öffnen. Zuerst wunderte er sich über die Benommenheit, die sein ganzes Wesen umklammert hielt, dann kehrte flutartig die Erinnerung zurück. Er wußte, daß er tödlich verwundet war. Nie wieder würde er den Himmel sehen können, nie wieder Lachen hören, bevor er starb. Konnte er sprechen?
»Ist ... ist jemand da?« Er krächzte nur, hörte selbst kaum seine Worte.
»Hier ist General Dunu, Majestät.« Die Stimme drang nur schwach zu ihm durch, als käme sie aus einer anderen Welt. »Wir sind beide Gefangene und warten auf die Rückkehr von König Vidiye, der noch unsere Truppen verfolgt. Ich habe Euch im Stich gelassen, mein König. Ich werde mich zur Strafe selbst entleiben.«

»Nein!« Irgendein Restchen übermenschlicher Kraft in ihm hatte ihn das eine Wort scharf herausbringen lassen. »Ich werde Euch das Leben zurückgeben.« Er verspürte das Bedürfnis zu reden. In ein paar Worten stieß er murmelnd all das hervor, was ihm gerade geschehen war. »Ihr ... Ihr werdet meine ... meine Tagebücher ... beim Obersten Mönch im Tempel der Zahnreliquie finden ... Vielleicht sind sie von Interesse. Nun ... b... bitte schreibt nieder, was ich Euch sage, und besiegelt es mit meinem Ring.«

In stockenden Sätzen wurde er seine Botschaft los. Schließlich war sie vollendet. »General ... ein Leben für ein L... Leben«, befahl er. »Euer L... Leben dafür, daß Ihr mich von dem meinen erlöst.«

»Niemals, Majestät!« Die Stimme des Generals klang heiser. »Ich bin immer a... anders als andere Männer gewesen. Um einen letzten Beweis b... bitte ich Euch jetzt... damit Ihr der W... Welt sagen könnt: Wo andere auf den Besucher Tod warteten, besuchte ich statt dessen ihn!« Seine Stimme wurde schwächer, ohne zu stocken. »Ihr allein könnt mir Unsterblichkeit geben.«

»Nein, nein, nein ...«

»Es ist eine Sache der Ehre. Ich befehle es Euch.«

Ein langes Schweigen. Zu lang für einen König, für den so viel auf dem Spiel stand. »Meine Zeit geht ... zu Ende.«

Endlich die ersehnten Worte. »Na gut, Majestät. Sie haben mir mein Schwert genommen, mein Messer jedoch übersehen. Mein Stoß wird schnell und sicher durch Euer großes Herz dringen, o Großer König!«

Wie durch ein Wunder entfuhr dem König noch ein höhnisches Lachen. Seine letzten Worte kamen klar und deutlich und hatten sogar den alten zynischen Unterton. »Gleich in den Himmel. Ha! Wißt Ihr, General, ich hätte nicht gedacht, daß das Sterben so ... amüsant sein könnte!«

Im Palast von Kandy wählte Königin Anula einen seidenen Sari in Blaßblau, der zweiten Farbe der Trauer, die Buddhisten außer Weiß tragen durften. Wieder war sie Witwe geworden, und wieder galt es, sich ins rechte Licht zu setzen, traurig und tapfer zu wirken, der Welt und besonders dem Mann gegenüber, der nach ihr schicken würde. Doch schön mußte sie sein, immer schön. Nun war es nach dem Zeitmesser, den Pater Juan König Kumara anläßlich seiner Taufe geschenkt hatte, acht Uhr abends, und sie wartete ruhig auf das Eintreffen des Anführers der sieghaften Truppen aus dem Tiefland. König Vidiye, das wußte sie, hatte ein kurzes Gebet vor dem heiligen Tempel außerhalb des Palastes verrichtet und hielt nun im großen Saal Audienz. Wenn sie vorüber war, würde er sie holen lassen.

Es hatte ein paar Momente der Wehmut gegeben, während sie sich angekleidet hatte. Sie hatte an Prinz Kumara zurückgedacht, wie er früher gewesen war: ein hübscher Knabe mit seidener Haut, funkelnden braunen Augen und einem schlanken Körper, der einzigartige geschlechtliche Kraft und Durchhaltevermögen besessen hatte. Sein Witz und sein Charme hatten ihr Herz betört. Er war der einzige Mann gewesen, der bis in ihr tiefstes Inneres vorgedrungen war, um, wie er es umschrieben hatte, ihr Geheimnis zu erkunden. Doch die Erinnerung an den Schmerz, an die Schande seiner Untreue, war rasch wiederaufgetaucht, und mit dieser Hilfe war es ihr leicht, wie von selbst, gelungen, die schönen Erinnerungen zu verdrängen.

Sie hatte den Verräter verraten, indem sie seine neue Schwäche ausgenutzt hatte: seine wachsende Hingabe an den Anstand und seinen Glauben daran. Den geheimen Plan, nach dem sich die Truppen aus Kiri Vella und die Armee von Dhamba gegen König Kumara kehren würden, hatte sie sich ausgedacht. Sie hatte auch Kontakt mit König Vidiye aufgenommen und ihn des Verrats versichert. Schließlich hätte sie auch nur allzugern an Sita, der Mätresse ihres Gatten, Rache genommen, doch unglücklicherweise hatte die Dirne sich mit Gift das Leben genommen, als sie die Nachricht vom Tod König Kumaras gehört hatte.

Ihr Puls beschleunigte sich, als endlich ein Klopfen an der Tür erfolgte und Nona ihr mitteilte, daß König Vidiye ihre Anwesenheit im Audienzsaal wünsche. Seit sie ihre Tochter Doña Margaridha mit dessen Sohn Dom Juan verlobt hatte, waren sie und König Vidiye sogar familiär aneinander gebunden. Mit den Mitteln der Voraussicht und der List hatte sie sich wieder einmal eine hervorragende Position der Macht verschafft.

Ihr Verstand war völlig klar, als sie den Raum betrat und den riesigen König Vidiye auf dem ihr vertrauten Diwan sitzen sah. Er sah größer und bedrohlicher aus, als sie ihn in Erinnerung hatte. Er erhob sich nicht, um sie zu begrüßen, sondern nahm nur ihre Begrüßung entgegen. Erhitzt und schwitzend von der Schlacht des vergangenen Morgens, verströmte er eine Aura der Macht, die sie anregte. Als sie sich gesetzt hatte, fixierte er sie mit seinen großen, wild dreinblikkenden Augen. »Meine Dame, ich spreche Euch hiermit meinen aufrichtigsten Dank aus«, brummte er. »Die Unterstützung, die Ihr mir heute gewährt habt, hat uns dabei geholfen, einen Sieg, der in jedem Fall der unsere gewesen wäre, unter größerer Bequemlichkeit und mit weniger Blutvergießen zu erlangen.«

»Es war nur meine Pflicht, Majestät«, erwiderte sie mit gesenktem Blick. »So schmerzlich es auch war, folgte ich einer höheren Berufung.« Sie ließ ein kleines Lächeln um ihre Mundwinkel spielen. »Ihr seid der einzige Mann auf Lanka, der stark genug ist, hier ein geeintes Königreich zu schaffen. Ich kann Euch helfen, dieses Ziel zu erreichen.« Sie blickte ihn offen an.

Ihre Blicke versanken ineinander, um eine stumme Schlacht auszutragen. Wie würde sie enden? In jedem Fall hatte sie für den Fall, daß er sie zurückwies, nichts zu verlieren außer der Macht.

Zu ihrer Überraschung grinste er plötzlich, wobei er den

Blick auf große, weiße Zähne freigab. »Ich habe schon immer gewußt, daß Ihr eine bemerkenswerte Dame seid«, stellte er fest. »Doch die Erfahrung hat Euch noch wachsen lassen.« Er hielt nachdenklich inne. »Und warum auch nicht? Immerhin hattet Ihr einen der klügsten Männer überhaupt zum Gemahl, nämlich den verstorbenen König Kumara.« Seine Stimme wurde wieder scharf. »Welche Hilfe könnt Ihr mir gewähren, um die nationale Einheit zu erlangen?«

»Die fortdauernde Unterstützung des gesamten Klans von Kiri Vella, plus die der Armee von Dhamba, plus den vollständigen Rückhalt beim Volk von Kandy. Kurzum, alles, worauf mein verstorbener Gemahl hinarbeitete und was er glaubte zu besitzen.«

»Die Kiri-Vella-Sippe kann ich noch verstehen, aber wie könntet Ihr, eine *pathaya,* eine Frau aus dem Tiefland, auch nur annehmen, Rückhalt beim Volk von Kandy zu besitzen?«

»Es besteht aus zwei Gruppen: denjenigen, die Katholiken geworden und der heiligen Kirche ergeben sind, und den alteingesessenen singhalesisch-buddhistischen Hochlandfamilien, die einen starken Thronfolger unterstützen werden, weil sie damit Fehden untereinander vermeiden können.«

»Und werdet dieser starke Thronfolger Ihr selbst sein, meine Dame?«

Verspottete er sie? »Nein, das werdet *Ihr* sein, Majestät.«

Er rollte mit den großen Augen und lehnte sich in seinem Sitz vor. »Wie könnte das geschehen ohne die Rückendeckung König Maya Dunnes?«

»Indem Ihr Eure gegenwärtige Ehe mit dessen Tochter auflöst und mich heiratet.«

Ihm war im selben Moment die große Kinnlade heruntergefallen. Dann weiteten sich seine Augen, als ihm langsam zu dämmern begann, welche Möglichkeiten eine solche Verbindung in sich bergen würde. »Ihr seid eine Dame nach meinem Geschmack!« erklärte er schließlich. Sein Ton wurde nüchtern. »Nehmen wir an, ich wollte tatsächlich das in Betracht ziehen, was sich im ersten Augenblick wie ein absurder Vorschlag anhört, Madame: Wie könnte es erreicht werden?«

Sie sagte es ihm.

Kapitel 27

Mittwoch, 19. Oktober 1530

Am dritten Tag nach der Schlacht wurde Fernaos Wunde brandig. Rundherum schwoll das Fleisch an, die Haut nahm einen wütend roten Farbton an. Die Wunde begann zu klopfen und nach außen wie nach innen zu schmerzen, als wäre der Knochen in Brand gesetzt.

Zwei Tage später hatte er bereits so hohes Fieber, daß sein Mund ständig trocken, seine Lippen aufgerissen waren; sein Durst wurde unstillbar. Der Heilkundige ordnete an, daß er geschröpft wurde, trug Salben auf, gab ihm üble Mixturen, doch alles vergeblich. Der Entzündungsherd hatte sich in seinem Körper festgesetzt.

Wann immer er die Augen öffnete, saß Julietta da, benetzte seinen Kopf mit einer kühlenden Flüssigkeit, fütterte ihn oder betete auf Knien neben seinem Bett.

Wie konnte er ihr sagen, daß er in der Folge der Schlacht einen Teil seines Lebenswillens verloren hatte? Daß er sich Vorwürfe machte für den Verlust seiner Männer, daß die Bitterkeit der Niederlage ihn schließlich überwältigt hatte und seine Seele verbrannte? Wie konnte er ihr von dem schrecklichen, immer wiederkehrenden Alptraum erzählen, der ihn verfolgte, kaum daß er eingeschlafen war?

Geisterhaft weiße Skelette, die Zähne zu einem teuflischen Grinsen gebleckt, greifen nach mir mit klauenartigen Fingern, packen mich hart an meinem verletzten Arm, ziehen mich an sich heran, damit sie mir das Fleisch von den Knochen reißen können. Hinter ihnen knien menschliche Wesen in schwarzen Gewändern und flehen mich mit ausgestreckten Armen, die nichts anderes mehr sind als gelbliche Knochen, an, etwas zu tun, etwas, ich weiß nicht, was, um sie zu retten, und ich weiß auch nicht, wovor.

Ich wehre mich gegen meine Angreifer, um sie abzuschütteln. Eine riesige Gestalt tritt aus den dunklen, schrecklichen Tiefen des Nirgendwo hervor. Meine schreckenzerfurchte Seele sagt mir, daß es der Teufel ist, denn die Gestalt ist in Schwarz und Rot gekleidet, trägt Hörner auf dem Kopf und hat einen Pferdefuß. Ihr Gesicht ist das des toten Frauenschänders, Feldwebel Correa. Warum ist dann Leben in ihm, warum sind da brennende Kohlen anstelle der Augen, warum wie wahnsinnig geifernde Kiefer? Die Gestalt wird größer und größer, nimmt mich ganz gefangen mit ihrer Anwesenheit, und ich bin unfähig, mich zu bewegen.

Ein Wirbelstrom aus stinkendem Blut zieht mich hinab, immer tiefer und tiefer ...

Stets wachte er dann mit einem Schrei auf, zitternd, erhitzt, schweißgebadet, voller Angst. Und stets war Julietta da, um ihn zu trösten.

Ohne daß er selbst es wußte, hing Fernaos Leben elf Tage lang an einem seidenen Faden. In der elften Nacht öffnete er, aus einem gequälten Schlaf erwachend, die matten Augen und fand Pater Juan neben seinem Bett sitzend vor. Er hielt ein silbernes Kruzifix in beiden Händen. *»Indulgentiam, absolutionem, et remissionem peccatorum tuorum tribuat tibi omnipotens et misericors Dominus ...«*

»Möge der allmächtige und barmherzige Herr dir vergeben, dir Absolution erteilen und den Nachlaß deiner Sünden gewähren ...«

Zuerst begriff er nicht, was der Priester sagte. Das Gebet war ihm fremd, die Bedeutung der lateinischen Worte wollte und wollte seinen umnebelten Verstand nicht durchdringen.

Weiter und weiter sprach die dröhnende Stimme. Er wünschte, das Dröhnen möge ein Ende haben, damit er in Frieden schlafen könnte ... für immer.

»Si vivis, per istam sanctam Unctionem, indulgeat tibi Dominus quidquid delquisti. Amen.«

»Wenn du lebst, möge dir der Herr durch diese heilige Ölung all die Sünden vergeben, die du begangen hast. Amen.«

Die Kühle des Öls auf seiner Stirn schien bis durch seinen Schädel zu gehen und sein Gehirn zu durchdringen. Plötzlich wußte er, daß er die Worte der Absolution hörte und die Letzte Ölung empfing.

Also lag er im Sterben. Und es machte ihm gar nichts aus, denn er war zu Tode erschöpft.
Warum?
Er wußte die Antwort nicht. Alles, was er wollte, war, die Beichte abzulegen und in Frieden zu sterben.
Das Schreien eines Kindes, das eilig zum Schweigen gebracht wurde, drang in sein Bewußtsein vor. Wer war das? Ein Kind, das er kannte, jemand, der ihm nahestand? Ach ja, sein Sohn, der kleine Lopo, Fleisch seines gequälten Fleisches, seines schmerzenden Blutes. Der Junge, den er liebte, dessen Mutter er liebte. Irgendwo in seinem ruhelosen, verwirrten Verstand regte sich ein Gedanke.
Kann ich in Frieden sterben? Lieber Jesus, hilf mir. Gott meiner Väter, gib mir Kraft.
Wie eine Antwort auf seine Gebete erstrahlte mit einemmal in ihm eine Eingebung, ähnlich einem weißen Blitz. »Vater, ich werde sterben«, murmelte er. »In mir ist Gift, doch nicht nur in meinem Körper. Es kann nur durch die Beichte von mir genommen werden.«
Einen Moment lang Schweigen. Wie durch einen Nebel sah er, wie es in den blaßgelben Augen verständnisvoll schimmerte. »Knie nieder in deiner Seele, dann vor Gott und Seinem Sohn, Jesus Christus, und vor dem Heiligen Geist, und zeige ihnen deine Krankheit durch ihren Vertreter auf Erden. Im Namen des Vaters, des Sohnes ...«
Seine geflüsterte Beichte ließ nichts aus: wie er ein Komplott geschmiedet hatte, um Julietta zu einer Heirat zu drängen; wie er seine militärische Macht ausgenutzt hatte, um die schmerzliche Eifersucht in sich zu lindern; wie er hilflose Zivilisten in Galle beschossen, Unschuldige gehängt hatte; wie er die Abdul Raschids verraten hatte; all die Male, in denen er den Kodex des *cavaleiro* gebrochen hatte; sein Mißtrauen, das ihn zu Hause launisch sein ließ; sein Schuldbewußtsein bezüglich der Niederlage von Mulleri.
Als es vorüber war, fühlte sich Fernao wie ausgelaugt und völlig erschöpft, doch zugleich auch gereinigt. Pater Juans abschließende Worte hatten sich in sein Denken eingegraben:

»Ihr schuldet es Eurer Frau, Julietta, zu leben. Lebt also und tut Buße für Eure Sünden, indem Ihr Euer zukünftiges Leben auf christliche Weise Eurer Familie widmet, mit unfehlbarer Liebe und Verständnis.«

Freitag, 28. Oktober 1530

Die Schlacht von Mulleri hatte für Aisha Raschid eine gewaltige Befriedigung dargestellt. Jedesmal, wenn sie einen portugiesischen Soldaten niedergestreckt hatte, wenn sie gesehen hatte, wie sich seine Augen weiteten, wie sich das weiße Gesicht vor Schmerz und Schrecken verzerrte, hatte sie damit einen Schlag für ihren toten Sohn Ali ausgeführt. Es war Rache, Rache, Rache ... der Balsam, den ihre einsame, gequälte Seele brauchte.
Warum aber blieb dann der Schmerz? Selbst die zeitweise Erleichterung, die sie damit ihrem Schmerz hatte verschaffen können, war von kurzer Dauer. Als es offenkundig wurde, daß man einen *Status quo* geschaffen hatte, in dem die Portugiesen die Städte Jaya und Colombo unter ihrer Kontrolle hielten, König Vidiye nach dem Tod König Kumaras die Macht über Kandy und Dhamba besaß, der Tschola-König neutral blieb und somit die Streitkräfte von Sita Waka überall sonst herrschten, brach König Maya Dunne mit dem Großteil seiner Armee nach seiner Heimatstadt auf. Obwohl Prinz Raja Sinha sein Lager in einem großen Bogen nahe Kau, in beträchtlicher Entfernung von der Hauptstadt Jaya, aufschlug, hatten Aisha und ihre Kavallerietruppe den Befehl erhalten, mit König Maya Dunne nach Sita Waka zurückzukehren, wo sie die Ausbildung wiederaufnahm, die durch den Feldzug unterbrochen worden war. Doch die Ausbildung allein würde ihr nicht mehr genügen.
Aisha bemerkte, daß ihr Gatte Abdul in den drei Wochen, die sie unterwegs gewesen war, an Gewicht verloren hatte und gealtert schien. Beim Abendessen war er ihr müde, teil-

nahmslos erschienen. Sie hatte beschlossen, ihn später danach zu fragen. Nun saßen sie in ihrem Wohnzimmer, und es gab andere Dinge zu besprechen.

Abdul, der auf seinem gewohnten Diwan Platz genommen hatte, begann, seine Zähne mit einem elfenbeinernen Zahnstocher zu reinigen. »König Maya Dunnes Sieg hat alles für uns geändert«, bemerkte er. »Durch eine Vereinbarung, die ich habe treffen können, dürfen wir sogar in unser altes Heim in Colombo zurückkehren.«

»Droht uns in Colombo nicht immer noch die Todesstrafe?« fragte Aisha. Sie wollte eigentlich nicht nach Colombo zurückkehren, weil allein Sita Waka ihr die Möglichkeit zu Taten gab, nach denen es ihre Seele dürstete.

»Die Portugiesen wollen, daß wir zurückkehren. Nach dem Tod König Bhuvanekas hat König Maya Dunne von König Vidiye eine volle Begnadigung und die Rückgabe unseres gesamten Besitzes bewirkt.« Er musterte sie voller Hoffnung mit einem fast bittenden Ausdruck in den kleinen Augen.

Sie fühlte sich plötzlich wild entschlossen. »Dies ist nun unser Heim, geliebter Gemahl.«

»Es sollte nichts anderes als eine zeitlich begrenzte Zuflucht sein«, erinnerte er sie ruhig. »Ihr wollt hierbleiben, damit Ihr wieder in die Schlacht ziehen könnt, um Euren Schmerz zu lindern. War dazu nicht schon genug Gelegenheit?«

Sie blickte ihm über den Schleier hinweg offen ins Gesicht. Ihre dunklen Augen glitzerten. »Es war genug für den Moment, doch da ist etwas in mir, ähnlich einem brennenden Schmerz, der niemals gelöscht werden kann.«

»Aber Ihr könntet getötet werden.« Seine Augen hatten nun einen deutlich flehenden Ausdruck angenommen.

»Dann werde ich eben auf der Stelle in den Himmel kommen.«

»Nehmen wir an, Ihr werdet nicht getötet, sondern kämpft weiter, bis es nichts mehr zu kämpfen gibt?«

»Dann werde ich zumindest Kommandeurin eines Regiments sein und als einzigartige Frau in die Geschichte eingehen, ähnlich Pooti in der Wüste von Tharu.«

»Wird das den Schmerz in Euch denn lindern?« fragte er prüfend.
Sie senkte den Blick. Dies war eine Frage, die sie sich auch schon gestellt hatte. In Wirklichkeit wollte sie nicht sterben, sondern nur jene schmerzende Leere in sich füllen. »Vielleicht wird das Wissen, daß ich den Frauen der Welt eine Bresche geschlagen habe, alles wiedergutmachen.«
Im selben Moment, als sie die Worte sagte, wußte sie, daß sie nicht der Wahrheit entsprachen. Nur der Tod würde ihre Wunden heilen. Sie hatte eine Eingebung. »Wir haben uns nicht mehr geliebt, seit wir vom Tod unseres Sohnes erfahren haben«, stellte sie ruhig fest. »Eure Sorge um mich heute abend hat mich von der Angst vor der Liebe befreit, die mich die ganze Zeit zurückgehalten hat. Nun würde ich mich Euch gerne hingeben.«
Sein Blick wurde weich, mitfühlend. »*Mich* hält die Angst, Euch durch andere Ursachen als die der Natur zu verlieren, davon ab, Euch körperlich zu lieben«, erwiderte er sanft. »Außerdem hat mir während Eurer Abwesenheit der Heilkundige gesagt, daß einige meiner Beschwerden, von denen ich Euch niemals etwas mitgeteilt habe, Anzeichen für die Schwindsucht sind. Ich habe nicht mehr lange zu leben.«

Nach seiner Beichte war Fernao in einen tiefen, unbeschwerten Schlaf gefallen, der die ganze Nacht durch gewährt hatte, den ganzen folgenden Tag und die ganze folgende Nacht. Als ihn beim Morgengrauen Vogelzwitschern geweckt hatte und er, noch müde wie ein Kätzchen, die verschlafenen Augen geöffnet hatte, war sein Blick auf Julietta gefallen, die auf dem Teppich neben ihm schlief. Er hatte eine so tiefe Dankbarkeit, eine Woge der Liebe zu ihr empfunden, wie er sie nie zuvor erfahren hatte. Sie liebte ihn ohne Einschränkung, und das war es, was eine Ehe ausmachte. Nichts, was sie getan haben mochte oder noch tun konnte, war wichtig, solange sie ihn liebte. Ihre unsterbliche Seele konnte er nicht besitzen. Sie war Gottes Geschöpf, handelte nach Gottes Willen und war nur ihm Rechenschaft schuldig.

Das Gift in seinem Denken und seiner Seele war verschwunden. Nun konnte er wieder zu seinem alten Ich zurückkehren, wieder er selbst sein.

Sonntag, 30. Oktober 1530

Ich nutzte die Tage der Untätigkeit, die dem Monsun folgten, um Sene und seine Frau Chandra zu besuchen, bei denen meine beiden Waisenkinder, Bandula und seine kleine Schwester Nangi, wohnten. Da ihr Heim in der Gegend lag, wo wir unser Lager aufgeschlagen hatten, schickte ich ihnen eine Nachricht im voraus und ritt an einem Nachmittag alleine zu ihnen. Ein überraschender Regenschauer hatte mich bald von Kopf bis Fuß durchnäßt, als ich von meinem schwarzen Pferd Rama herabglitt und ins Haus eilte, wobei ich mir den Regen von den Kleidern abstreifte.

»Seid willkommen, Prinz«, begrüßte mich das Ehepaar. »Gewiß werdet Ihr Eure Waisen sehen wollen?«

»Wie geht es ihnen?«

»Sehr gut, wie Ihr gleich selbst sehen könnt. Gehen wir ins Wohnzimmer, Herr?« Sene machte eine einladende Bewegung mit der Hand.

Wir saßen kaum in dem geräumigen Wohnzimmer, als die beiden Kinder hereinkamen. Offensichtlich hatte man sie auf den Besuch vorbereitet, denn sie begrüßten mich, indem sie vor mir auf die Knie fielen.

Bandula trug ein blaues *kurtha* und einen weißen *dhoti,* Nangi eine rosa Hüfttuch nebst Jäckchen. Mit frisch gewaschenem, geöltem und gekämmtem Haar und saubergeschrubbten Gesichtern sahen sie wie zwei normale kleine Kinder aus einer ordentlichen Familie aus, ganz anders als die beiden schmuddeligen Waisenkinder, die ich von der Straße aufgelesen hatte. Ich sah mir ihre Gesichter und Arme genauer an, als sie da vor mir standen, Nangi mit Kulleraugen. Ihre wunden Stellen waren fast ganz abgeheilt, und auch die Narben würden mit der Zeit verschwinden, doch sagte mir

ein gewisser Argwohn in den gesenkten Augen des Jungen, daß die Wunden in seiner Seele wohl ein Teil seines Wesens bleiben würden.
In diesem Moment bemerkte ich mit Verwunderung, daß ich gerade eben erst zum Erwachsenen geworden war. Krieg zu führen, Schlachten zu gewinnen, edle Ziele zu haben, das alles machte einen Menschen noch nicht zum Erwachsenen. Erst das Gefühl der persönlichen Verantwortung für ein anderes menschliches Wesen, besonders für ein Kind, machte den Übergang aus. Bis jetzt war ich nicht einmal für eine Pflanze oder einen Hund verantwortlich gewesen, nicht einmal für mein Pferd. Das Bedürfnis, eine Familie zu haben, gärte in mir, und obwohl es gleichbedeutend mit Julietta war, würde sich doch alles, was ich jemals an Familienleben erfahren sollte, auf diese beiden Kinder konzentrieren.
Ich räusperte mich, um die unangenehme Stille zu durchbrechen, die sich über den Raum gesenkt hatte. »Es scheint Euch beiden gutzugehen«, bemerkte ich.
»Seid Ihr ein richtiger Prinz?« fragte Bandula und sah mir dabei zum erstenmal offen ins Gesicht.
»Ja.«
»Meine Schwester lernt gerade sprechen. Sie weiß nicht, was ein Prinz ist, aber ich weiß es. Ihr wohnt in einem Palast, tragt feine Kleider, habt viele Diener und sagt den Leuten, was sie tun sollen.«
»Nicht immer«, lachte ich. »Oft sagt der König mir, was ich tun soll. Und das Volk zeigt ihm den Weg. Manchmal muß ich auch kämpfen und im Regen warten, bis die Schlacht beginnt.
»So wie jetzt«, meinte er schlau. »Eure Kleider sind naß.« Er hielt inne und sah mir in die Augen. Sein Blick wurde plötzlich feucht. »Ich möchte nicht, daß Ihr naß und krank werdet. Wenn ich groß bin, werde ich hart arbeiten, damit Ihr nicht mehr naß werdet.«
Große *devas,* dieses arme Waisenkind von der Straße sorgte sich um mich, wie es nie zuvor jemand getan hatte. Ich mußte meine Rührung verbergen. Die offen zutage tretende Liebe

dieses Kindes entfachte in mir ein neues Bedürfnis, von dem ich ahnte, daß es eines Tages dramatische Auswirkungen auf mich haben würde.

Sonntag, 6. November 1530

Eine Woche später war Fernao soweit gesundet, daß er sich an das Fenster seines Schlafzimmers im ersten Stock setzen und seine Korrespondenz lesen, Berichte aus der Festung entgegennehmen und Befehle ausgeben konnte. Er befand sich an diesem Morgen in einem besonderen Frieden mit sich selbst, doch sein Puls beschleunigte sich sofort, als Julietta den Raum betrat. Sie war ganz in Blaßgelb gekleidet, was ihr kastanienbraunes Haar besonders schön hervorhob. »Ah, der große General hockt schon wieder auf seiner Lieblings-Chaiselongue«, bemerkte sie lächelnd. Im selben Moment wurde sie wieder ernst. »Nun, immerhin besser, als auf den Schwingen der Krankheit oder … oder …« Ihre Stimme wankte. »Ich glaube, es waren meine Gebete zur Jungfrau Maria, die Euch gerettet haben.« Es war das erstemal, daß sie die Tatsache erwähnte, daß er nur knapp dem Tode entronnen war.

Er blickte wieder aus dem Fenster und schien zu der Ferne draußen zu sprechen. »Es könnte sein, Juli, denn der Wendepunkt war ein Schreien unseres Sohnes«, erwiderte er nüchtern. »Da war in der Tat eine schlimme Krankheit in mir. Meine Beichte, die Absolution durch die heilige Kirche und deine Liebe haben mich gerettet. Nun gibt es kein Zurück mehr, denn Gott hat mir noch einmal eine Chance gegeben, die ich nicht verstreichen lassen will.«

Es war der richtige Zeitpunkt. Er sagte ihr alles, ohne etwas zu verschweigen, wobei er noch immer in die Ferne blickte, von der er wußte, daß es die Ferne der Vergangenheit war.

»Die Eifersucht und das Mißtrauen, das Gefühl, erniedrigt zu werden, waren wie die heißen Winde, die sich aus den Flammen der Hauptstadt von Sita Waka erhoben, als sie niedergebrannt wurde«, schloß er leise. »Und sie kehrten

wirbelnd wieder, um die höllischen Flammen der Grausamkeit und des Ehrgeizes zu entfachen. Ich weiß, ich bin nicht mehr der von Idealen träumende Fähnrich zur See, der damals im Hafen von Colombo vor Anker ging. Dennoch ist es nicht zu spät dafür, mich dem zu widmen, was richtig ist.«
Er sah sie zum erstenmal an und bemerkte, daß sie mit den Tränen kämpfte. »Wie willst du deinen Pflichten nachgehen und doch deine Ideale beibehalten?« fragte sie nach einiger Zeit gefaßt.
»Ich habe darüber nachgedacht. Unsere wirklichen Anliegen in Lanka und im Indischen Ozean sind durch persönliche Ziele überlagert worden. Wir kamen hierher, um Handel zu treiben, nicht zur Eroberung. Die heilige Kirche will Eroberung, denn damit wird es für sie leichter, das Evangelium zu verkünden und zugleich die Gier der Kirchenmänner nach Reichtum und Macht zu befriedigen. Ich selbst glaube nicht mehr daran, daß Handel und Religion durch Zwang vorangetrieben werden sollten.«
»Was du sagst, stimmt, Fernao, aber ist es nicht die militärische Macht, mit deren Hilfe es uns gelingt, die günstigsten Bedingungen für den Handel zu schaffen und unsere Religion zu schützen, wenn sie erst einmal Fuß gefaßt hat?«
»Gewiß. Deshalb bauen wir auch Festungen um unsere Manufakturen, doch unser wirkliches Anliegen sollte ein gerechter Wettbewerb sein. Bevor Vasco da Gama nach Indien kam, wurden die lokalen Händler von ihren Herrschern ausgebeutet, die wiederum von den Mauren übers Ohr gehauen wurden. Vasco da Gama hat für gerechte Preise gesorgt, die nach einem Edikt unseres Königs gezahlt werden sollten, welches er mit unserer Seestreitmacht erzwang. Ich habe vor, eine ähnliche Politik zu betreiben.«
»Aber was ist mit dem Vizekönig? Gewiß wird seine Habgier …« Sie blickte ihn ängstlich an.
»… es zu einer großen Auseinandersetzung zwischen uns kommen lassen«, vollendete er ihren Satz mit einem bitteren Lächeln. »Das ist ein Risiko, das ich eingehen muß. Solange ich noch Macht besitze, werde ich jedenfalls jegliche Einmi-

schung in die inneren Angelegenheiten des Landes unterlassen. Die Politik der Vorherrschaft, die ich entwickelt habe, ist gestorben, als mir Gott mein Leben noch einmal schenkte. Du warst sein Werkzeug, Juli, und ich werde dir nicht die Schande antun, dir nur für deine Ergebenheit zu danken. Stattdessen werde ich alles daransetzen, meine Dankbarkeit durch die Art, in der ich lebe, zum Ausdruck zu bringen.«
»O Fernao«, war alles, was sie sagen konnte, nur daß ihr jetzt doch die Tränen aus den schönen Augen flossen.
Um sein Kinn legte sich eine entschlossene Linie. »Vor vielen Jahren habe ich aus Prinzip meine Berufung bei der Marine zurückgegeben, weil mein Vater sonst dich und mich getrennt hätte«, fuhr er fort. »Wenn man nun von mir verlangt, gegen mein Gewissen zu handeln, werde ich auch meine Berufung bei der Armee zurückgeben.«
»Würden sie dir denn erlauben, als Handelsbevollmächtigter zu bleiben, wenn du abdankst?«
»Das könnten sie. Doch selbst wenn sie es verweigerten, hätte ich die Wahl, als Privatmann hierzubleiben oder nach Portugal zurückzukehren, um das Leben eines wohlhabenden Gutsbesitzers zu führen und ...«, sagte er und blickte sie voller Hoffnung an, »... und endlich ein Dichter zu werden, während meine Gattin malen wird.« Er griff nach ihrer Hand. »Würdest du mit einer solchen Entscheidung einverstanden sein?«
Sie zögerte, war offensichtlich bekümmert.
»Mir ist bewußt, daß dies hier deine Heimat ist«, stellte er ruhig fest, nun nicht mehr eifersüchtig und voll eines neuerwachten Verständnisses. »Aber denk auch an unsere Kinder. Sie werden hier keine wirkliche Zukunft haben.«
In diesem Moment hatte sie ihren Entschluß gefaßt. »Wo du hingehst, da will auch ich hingehen.« Ihr Lächeln war tapfer, aber traurig.

Teil III
Der wirkliche Sieg

Kapitel 28

Auszüge aus dem persönlichen Tagebuch von General Fernao Soarez de Albergaria.

Donnerstag, 26. Dezember 1532: Die Zeit der Krankheit nach meiner Verwundung hat mich mit meiner Gewohnheit brechen lassen, dieses persönliche Tagebuch zu führen. Nun, nach drei Jahren und einem wirklich schönen Christfest, bin ich begierig darauf, wieder zu schreiben. Dies ist für uns alle auf Lanka ein höchst ereignisreiches Jahr gewesen ...

Bevor König Vidiye nach seinem Sieg über König Kumara und der Annexion der Königreiche von Kandy nach Jaya zurückkehrte, ernannte er willkürlich Doña Margaridha, die kleine Tochter von König Kumara, zur Königin von Kandy, mit Königin Anula als Regentin. Da die kleine Dame mit seinem Sohn, dem Großen König Dom Juan, verlobt war, gab dieses Vorgehen König Vidiye die Kontrolle über Jaya, die Königreiche von Kandy, Dhamba und Kiri Vella, was König Kumara vor seinem Tode für sich selbst hatte erreichen wollen. Auf diese Weise war Königin Anula in ihren Plänen erfolgreich. König Maya Dunne zögerte, König Vidiyes Entscheidungen zurückzuweisen, da dieser ja immerhin sein Schwiegersohn war, weshalb die verwitwete Königin zu einer Machtposition aus eigenem Recht kam. Sobald meine neue Politik der Nichteinmischung offenkundig wurde, kehrte König Vidiye in den Palast von Jaya zurück. Als er sich dort erst einmal als der wirkliche Herrscher etabliert hatte, zog er gen Süden und eroberte das Königreich von Raigam. Noch immer hielt sich König Maya Dunne aus Loyalität zurück. Schließlich schickte König Vidiye seine Gemahlin Königin Padma, die Tochter König Maya Dunnes, in ihr früheres Zuhause in Anu zurück. Er gab vor, daß dies aus Vorsicht geschehe, um sie gegen die Repressalien zu schützen, die er angeblich von einem portugiesischen Agenten des Vizekönigs befürchtete, welcher, wie er behauptete, entdeckt hatte, daß seine Frau seine Flucht aus dem Kerker ausgeheckt hatte. Die Wahrheit aber kam ans Tageslicht, als er begann, oft nach Kandy zu fahren, um sich mit Königin Anula zu verbinden.

König Maya Dunne erkannte schließlich, daß König Vidiye seine Loyalität nicht erwiderte und eine ernsthafte Bedrohung für ihn darstellte, hielt sich aber, allen Bitten Prinz Raja Sinhas zum Trotz, immer noch zurück.

Schließlich ließ König Vidiye endgültig die Maske fallen, als er sich, auf das Drängen von Anula hin, von seiner Frau Padma scheiden ließ und Königin Anula zur Frau nahm. Nachdem er sich eine Woche seiner schändlichen Verbindung mit der Königin gewidmet hatte, zog er nach Süden, durch Raigam hindurch, offensichtlich mit dem Ziel, das Unterkönigreich Ruhuna zu erobern und somit Sita Waka ganz einzukreisen. Viele der Adligen im Süden scharten sich unter sein Banner.

Ich kam zu der Überzeugung, daß König Vidiye eine solche Bedrohung für unsere Präsenz auf Lanka darstellte, daß es Zeit war, einzugreifen. Unterstützt wurde ich in dieser Ansicht durch den neuen Bischof von Lanka, keinen Geringeren als den früheren Mönch Pater Juan, der König Vidiyes Haß auf die Kirche und seine gotteslästerlichen Taten in der Vergangenheit nicht vergesssen hatte.

Als König Maya Dunne mich um militärische Unterstützung ersuchte, nahm ich aus diesem Grund von meiner Politik der Nichteinmischung Abstand und gewährte sie ihm bereitwillig in Form eines großen Kontingents von Musketieren und Artillerie, die Prinz Raja Sinhas Armee-Einheit aufstocken sollten.

Die gegnerischen Truppen traten nahe dem Dorf Deni im südlichen Hügelland, circa dreißig Meilen südöstlich von Galle, zur Schlacht gegeneinander an.

Prinz Raja Sinha, der wieder einmal seinem Ruf als Meisterstratege gerecht wurde, erlangte in der mehrtägigen Schlacht einen großen Sieg über König Vidiye, der als einer der wenigen Überlebenden fliehen konnte. Somit gelang es dem Prinzen in einer einzigen Schlacht, die Herrschaft des Königs von Sita Waka über den gesamten Süden und Westen der Insel wiederherzustellen.

König Vidiye floh nach Kandy. Wie es nicht anders zu erwarten war, wies ihn Königin Anula zurück und ersuchte König Maya Dunne um Schutz, indem sie behauptete, sie sei zu der Heirat gezwungen worden. König Maya Dunne, der noch immer auf eine Aussöhnung zwischen seiner Tochter und König Vidiye hoffte, verzieh ihr unter der Bedingung, daß sie auf ihre Eherechte verzichtete.

Neben seinem schon mehrmals zum Ausdruck gekommenen familiären Denken war ein weiterer Grundzug in König Maya Dunnes Handeln sein Bemühen, das Land nicht seiner heldenhaften Anführer zu berauben. Tatsächlich sandte er sogar Boten zu König Vidiye aus, welcher bei dem frommen König Vikrama von Dhamba Unterschlupf gefunden hatte, und bat ihn, in den Schoß der Familie zurückzukehren.

Anstatt dieses großzügige Angebot anzunehmen, wandte sich König Vidiye, der sich in Dhamba gut verankert hatte, gegen seinen Gastgeber. Er tötete König Vikrama, ergriff die Macht in dem Königreich und zog dann nach Jaffna, um die Unterstützung des Unterkönigs der Tschola für einen gemeinsamen Angriff auf Sita Waka zu gewinnen.

In Jaffna glaubte man, daß der Besucher im Besitz des sagenumwobenen Familienschatzes sei, den er einst unserem Vizekönig Don Alfonso de Noronha vorenthalten hatte. Eine Gruppe von tamilischen Prinzen und Häuptlingen hatte deshalb beschlossen, sich dieses Schatzes zu bemächtigen, als sie ihn in der Hauptstadt des Landes überfiel. Einer seiner Gefolgsleute, Graf Nadiye, sprang vorwärts, um sich zwischen seinen Anführer und die

Mörder zu werfen, doch obwohl er bei dem Versuch edelmütig sein eigenes Leben opferte, war es umsonst. König Vidiye und sein Begleiter, Prinz Viyaya Pala, wurden niedergemetzelt, der Schatz geraubt.
So wurde der mächtige Krieger und König mit dem riesigen, schlaksigen Körper und den wild rollenden Augen Opfer seiner eigenen Unaufrichtigkeit. In dem Wunsch, ein ganzes Land unter seine Macht zu bringen, anstatt sich damit zu begnügen, der Sache seines Volkes zu dienen, starb er auf fremder Erde, ohne die Hände auch nur um ein Körnchen heimatlichen Sandes schließen zu können. Schließlich hat der Teufel in ihm am Ende triumphiert.
Mit König Vidiyes Tod begann, mit Ausnahme von Jaya, unter König Maya Dunne im ganzen Land Lanka wieder Ruhe einzukehren, da dieser sich eine sehr weise Politik zu eigen machte. Sobald eine Region oder ein Unterkönigreich ihm Bündnistreue anbot, indem man ihm Steuern zahlte, zog er es vor, es nicht zu erobern, verwandte aber den Großteil der Steuern, um das Los des Volkes zu verbessern. Er errichtete oder stiftete buddhistische Tempel, Schulen und Spitäler. Er baute neue Straßen, Staubekken, ließ Bewässerungsanlagen einrichten. Niemals versuchte er, militärisch gegen die Bergfesten von Kandy oder gen Norden vorzustoßen.
Seit ich all meine persönliche Gegnerschaft Prinz Raja Sinha gegenüber mit der Absolution meiner Sünden abgelegt hatte, begann meine Zusammenarbeit mit König Maya Dunne erste Früchte des gegenseitigen Vertrauens und in Form von günstigeren Handelsbedingungen für meinen eigenen König ebenfalls positive Auswirkungen zu zeitigen; letztere wurden wieder einmal durch den nun siechen Abdul Raschid in die Wege geleitet, dem König Maya Dunne viel Dank schuldete.
Es schien, daß Aisha Raschid, die wie ein weiblicher Teufel auf dem Schlachtfeld von Mulleri gewütet hatte, ihr Verlangen nach Rache aufgab, nachdem sie erfuhr, daß ihr Mann nicht mehr lange zu leben hatte. Offensichtlich

entschied sie, daß ein weiterer Toter ihre Toten endgültig begraben würde!
Was Prinz Raja Sinha angeht, so sehe ich meinen einst verhaßten Rivalen und Erzfeind nun mit größerer Distanz. Armer Kerl, ich habe Juli, und er niemanden. Man sagt, er beschäftige sich intensiv mit dem Hinduismus.
Wir alle genießen den einzigartigen Frieden, den nur dieses Eiland schenken kann – Serendib, wie es die alten Araber nannten, Taprobanus in der Bezeichnung der Griechen und Römer, Lanka in seinem ältesten Namen und dem neueren, Ceylon, wie wir Neuankömmlinge aus Europa es getauft haben ...

Kapitel 29

Schon lange war ich der Überzeugung gewesen, unter dem besonderen heiligen Schutz des Gottes von Kataragama zu stehen. Es schien mir bedeutsam, daß dessen Schrein, der in den Dschungeln von Ruhuna lag, schon in seinem Ursprung ein Hindu-Tempel gewesen war und daß die täglichen *poojas*, die dort abgehalten wurden, bis in unsere Tage dem hinduistischen Ritual folgten. Von allen großen Religionen der Welt erkennt allein der Hinduismus keinen Anführer oder Lehrer an, der ihn als Religion erschuf oder aus dem er entsprang. Der Glaube wurde von Urzeiten her weitergegeben, in besonderem Maße seit der vedischen Zeit des Sanskrit-Schrifttums tausend Jahre und mehr vor der Geburt Christi. Ungehindert durch einen Gründer, ein Dogma oder eine Priesterhierarchie besteht dieser Glaube aus den Beiträgen von Weisen aus vielen Jahrhunderten, deren grundlegende Weltanschauungen ein jeder freizügig nach seinem eigenen Gutdünken auslegen kann.
Vor diesem Hintergrund war es deshalb kein Wunder, daß ich mich dem Hinduismus annäherte und bei jeder sich bietenden Gelegenheit nach Kataragama pilgerte.
Die größte Anziehung im hinduistischen Glauben übte auf

mich das *dharma* aus, die Pflicht eines jeden in seiner Lebensstellung, die erfüllt werden mußte, auch wenn dies bedeutete, daß man andere töten mußte. So hatte es der Tschola-König Elara vor siebzehnhundert Jahren getan, als er seinen einzigen Sohn und Thronfolger hingerichtet hatte, nachdem dieser an einem heiligen Tag grundlos ein heiliges weißes Kalb getötet hatte, was einen Bruch von König Elaras Gesetz darstellte. Mich faszinierte ein so ungebeugtes Festhalten an den eigenen Gesetzen und damit die Erfüllung der Pflicht, die ein König in seiner Lebensstellung hatte.

Keine andere Religion gewährte mir ein moralisches Recht, das mich auf meinem Weg zur Erfüllung meines Schicksals unterstützte, auf dem ich notgedrungen Taten begehen mußte, die in anderen Religionen als Sünden oder schlechte Taten angesehen worden wären. Ich brauchte eine Religion, die mir das moralische Recht gab – besser, die mir die moralische Pflicht auferlegte –, die Erfordernisse meiner Lebensstellung zu erfüllen, solange ich mir nur meine persönliche Ehre bewahrte.

Es war mein Vater, der damalige General Prinz Maya Dunne, gewesen, der mir an meinem sechzehnten Geburtstag als erster die Augen darüber geöffnet hatte, wie der Grundcharakter eines Menschen dessen Entscheidung für eine der großen Religionen bestimmt. Ein sehr weiser Mann, mein Vater, auch wenn er selbst militanter singhalesischer Buddhist war.

Donnerstag, 2. Januar 1530

Die berühmten letzten Worte! Fernao konnte nicht umhin, sich die letzte Eintragung in sein Tagebuch in Erinnerung zu rufen, als an einem grauen Januartag Don Alfonso de Noronha, der noch immer Vizekönig von Indien war, mit zwölf großen *nao* und zehn *terco* bei Flut in den Hafen von Colombo einlief. Die Sonne stand schon hoch am Himmel und glitzerte auf den ruhigen, grauen Wassern des Hafens, als

Fernaos Barkasse gegen die Langseiten des Flaggschiffs stieß. Der Vizekönig erwartete Fernao an der Reling des Poopdecks. Mißbilligung umgab ihn förmlich wie eine Wolke, während er Fernaos Gruß entgegennahm.

»Guten Morgen, Euer Exzellenz.« Fernao brachte ein freudiges Lächeln zustande. »Willkommen in Lanka.«

Der Vizekönig gab keine Antwort, bis sie allein in seiner Kabine waren. »Ich habe den Eindruck, daß weder Lanka noch Ihr mich wirklich willkommen heißen«, gab er schließlich in unverhohlener Grobheit zurück. »Ihr und die Eingeborenen hier leben mittlerweile so lieb und nett miteinander, daß meine Gegenwart die Idylle stören wird.«

Die kalte Verachtung eines wohlerzogenen Mannes für einen Rüpel machte sich in Fernao breit. »Nichtsdestotrotz sollten wir vielleicht diese kleinen Freundlichkeiten eines Lebens in der Zivilisation beibehalten, findet Ihr nicht, Euer Exzellenz?«

»Ich bin nicht hierhergekommen, um mich mit Euch über Philosophie zu streiten, junger Mann. Ich bin hier zum Handeln.«

Fernao versteifte sich. »In diesem Fall wäre ich Euch dankbar, wenn Ihr mich meinem Rang entsprechend anreden könntet, Euer Exzellenz. Ich bin nicht Euer junger Mann, sondern ein Offizier in der Armee Seiner Königlichen Majestät, mit einer Berufung Seiner Königlichen Majestät in den Rang eines Generals.«

»Nun gut, General, dann kommen wir also zur Sache«, lenkte der Vizekönig ein. Er setzte sich auf einen geradlehnigen, mit rotem Leder bezogenen Stuhl und räusperte sich. »Ich habe bemerkt, daß Eure Politik seit meiner Abreise aus diesen Gefilden diametral entgegengesetzt zu meinen Wünschen gestanden hat.«

»In welcher Hinsicht?«

»Das wißt Ihr sehr wohl, General, aber ich will es Euch gerne einmal aufzählen. Erstens habt Ihr diesem verräterischen Mauren Abdul Raschid und seiner blutrünstigen Ehefrau nicht nur erlaubt, in ihr Haus auf der Sklaveninsel zurückzukehren und ihre Geschäfte wiederaufzunehmen, sondern Ihr benutzt doch tatsächlich den Mauren wieder als Mittelsmann, der an unseren Gewinnen beteiligt ist. Wieso?« Don Alfonso starrte ihn nun an.

»Meine beste Antwort liegt in den Ergebnissen. Ich habe unser Handelsaufkommen in diesem letzten Jahr um vierzig Prozent verbessert, und unsere Gewinne allein vor Ort betragen mittlerweile zwanzig Prozent. Außerdem sind der Zimt und die anderen Gewürze, die uns nun geliefert werden, durchweg von solch gestiegener Qualität, daß wir in Europa wesentlich mehr Gewinn damit machen können.«

Der Vizekönig hatte offensichtlich nicht erwartet, von den Tatsachen derart wiederlegt zu werden. »Das mag sein, aber das Prinzip ist falsch«, beharrte er. »Ihr hattet kein Recht, nur mit einem Partner Handel zu treiben.«

»Eure Amtsvorgänger haben mir stets Handlungsvollmacht in meinen Pflichten gegeben.« Fernao legte die Wahrheit bewußt großzügig aus.

»Ihr habt gespielt ...«

»Und gewonnen. Was die Tatsache angeht, den Mauren nach Hause entlassen zu haben, so war auch sie Teil des Spiels, das ich, wie gesagt, gewonnen habe.«

»Ihr habt mit unserem Erzfeind König Maya Dunne gemeinsame Sache gemacht, um den Vater des Großen Königs anzugreifen, obwohl der Große König unter unserem Schutz steht.«

»Ich schickte König Maya Dunne eine Truppenverstärkung, um unseren schlimmsten Gegner in diesem Land, König Vidiye, zu schlagen. Das ist der König, den Ihr, Exzellenz, eingekerkert habt. Erinnert Ihr Euch? Er hegte besonderen Groll gegen Euch, mich und die heilige Kirche. Ich hatte bei meinem Vorgehen die volle Unterstützung von Bischof Juan.«

»Die Kränkung, die Seiner Königlichen Majestät und Portugal bei der Schlacht von Mulleri zugefügt worden ist, kann nicht durch Bündnisse ausgelöscht werden, gleichgültig, wie edel ihre Absicht ist. Nur Blut und Asche können das sühnen, was man uns zugefügt hat. Ich bin heute hier, um Rache zu üben. Wir werden diesen barbarischen Heiden eine Lektion erteilen, die sie niemals vergessen werden. Wir werden ihnen zeigen, welche Kraft und welche Macht hinter Portugal stehen, dann das gesamte Land unterjochen und die portugiesische Präsenz in jeder Küstenstadt verankern.«

Fernao erbleichte. Als er, einem Instinkt folgend, aus dem Bullauge blickte, sah er, daß die großen *nao* gestaffelt nebeneinander vor Anker gegangen waren. »Was habt Ihr vor, Exzellenz?«

Das geierhafte Gesicht des Vizekönigs verzog sich zu einem Lächeln, wodurch die große Hakennase noch länger wirkte. Die Augen aber blieben so boshaft wie die eines Teufels. »Ihr werdet sehen, wie Don Alfonso de Noronha mit seinen Feinden umgeht.«

Mittwoch, 8. Januar 1533

Wir kamen auf der Rückkehr von unserer Pilgerfahrt nach Kataragama am frühen Morgen in Sita Waka an. Die Stadt wirkte ganz so wie sonst, bis hin zu den krächzenden Krähen, die den blaßblauen Himmel sprenkelten, und dem würzigen Duft nach feuchtem Staub, in den sich eine Spur Abwassergeruch mischte. Doch sobald unser Ochsenkarren aus der Wagenkolonne ausscherte und in Richtung auf das Regierungsviertel zufuhr, spürte ich, daß etwas nicht stimmte, noch bevor wir die Eingangstore erreichten. Ich befahl dem Wagenlenker, schneller zu fahren.

Es überraschte mich nicht, im Palast eine Ladung meines Vaters vorzufinden, und ich eilte zu ihm.

Mein Vater war nach außen hin ruhig wie immer, doch spürte ich seinen unterdrückten Ärger, noch bevor ich mich aus meiner Huldigung erhoben hatte. Graf Wickrama Sinha stand, das hagere, hübsche Gesicht in ernste Falten gelegt und ein wenig verkniffen, zur Linken des königlichen Schreibtisches aus braunem und gelbem Tamarindenholz. Ich nahm wie üblich auf einem Hocker rechts von ihm Platz.

»Willkommen daheim, Prinz«, eröffnete mein Vater das Gespräch. »Habt Ihr auf Eurer Pilgerreise Frieden gefunden?«

»Ja, Majestät. Es war Balsam für meine Seele, mich ein wenig von der Zivilisation wegzubegeben.« Ich berichtete ihm kurz von der Reise, wobei ich mich nur an die gröbsten Fakten hielt, weil ich es nicht erwarten konnte, den Grund für seine Ladung zu erfahren.

Als es vorüber war, wurde er ernst. »Habt Ihr die Neuigkeit schon erfahren, Prinz?«

»Nein, Majestät.«

»Vizekönig Don Alfonso de Noronha ist an dem Tag nach dem christlichen Neujahrstag mitsamt einer Flotte von zwölf *nao* in Colombo eingetroffen. Am nächsten Tag segelte er südwärts nach Beruwala. Die Stadt ist, wie Ihr wißt, vor allem von Mauren bewohnt. Er hat sie gnadenlos beschossen und danach persönlich eine Truppe angeführt, die an Land ging. Während er die Juweliere ausplünderte, haben seine Männer die Frauen geschändet und die meisten der Gebäude in Brand gesetzt.« Seine dunklen Augen blitzten. »Dann ist der Vizekönig weiter nach Süden, nach Galle, Matara und Tangalla, gesegelt, hat in jeder Stadt dasselbe wiederholt, bevor er nach Colombo zurückkehrte und sich nach Norden auf den Weg machte, zweifellos mit Ziel auf andere Städte am Meer. Man hat uns angekündigt, daß so mit der ganzen Küste verfahren werden soll. Nur die zum Christentum Bekehrten wurden geschont. Den Mann haben seine Gier nach Reichtum und Rache, in welcher Reihenfolge auch immer, an den Rand des Wahnsinns getrieben.«

»Was haben wir unternommen, Majestät, um ihm Einhalt zu gebieten?« brach es aus mir hervor. Ich zitterte vor Wut; mit dem friedfertigen Pilgersmann in mir war es vorbei.

»Nichts. Was hätten wir tun sollen?«

»Die mörderischen Barbaren angreifen. Sie vernichten. Gebt mir Erlaubnis, Majestät ...« Ich wollte gerade meinen Lieblingssatz vollenden, als ich plötzlich erkannte, daß meine Wut umsonst war. Ich ließ hilflos die Schultern hängen. Ich wandte mich an Graf Wickrama Sinha, der nur dastand und verbittert vor sich hin starrte.

»Wir haben keine Flotte«, rief mir mein Vater traurig ins Gedächtnis. »Wir können den Vizekönig nur vom Land aus angreifen, doch selbst dort haben wir keine Ahnung, wohin er sich als nächstes wenden wird.«
Mir war eine Idee gekommen. Ich sah den König mit leuchtenden Augen an. »Wir könnten die Festung von Colombo angreifen.«
Er schüttelte den Kopf. »General de Albergaria hat das Kommando über die Festung. Man sagt, er habe dem Plan des Vizekönigs heftigst wiedersprochen, ihn barbarisch genannt und sich ihm kategorisch widersetzt.« Seine Stimme wurde entschlossen. »Wir können nicht unsere Freunde angreifen, Prinz.«
Mir stieg das Blut ins Gesicht. »Das wußte ich nicht«, gab ich kleinlaut zu verstehen.
»Der Vizekönig hat uns möglicherweise die Mittel verschafft, das ganze Land zu vereinen, um gemeinsam gegen die Portugiesen vorzugehen«, erklärte mein Vater. »Unser Volk brauchte einen fundamentaleren Grund, um für sein Überleben zu kämpfen, als es Rasse, Sprache oder Religion darstellen. Die willkürlichen Zerstörungsakte des Vizekönigs werden die Leute dazu zwingen, um ihr Leben zu kämpfen.«
Mich durchströmte wilde Freude, denn ich wußte, daß er die Wahrheit sprach. Ich blickte zu Graf Wickrama Sinha, dessen Augen zu leuchten begonnen hatten. »Das ist absolut ...«, begann ich, als ich meinen Vater aufstöhnen hörte. Seine Hand krallte sich in den oberen Teil seiner Brust, die Augen starrten vor sich hin, die Kinnlade war ihm herabgefallen. Sein offener Mund schnappte vergebens nach Luft.
»Tha!« Das liebevolle Kosewort meiner Jugend entfuhr mir als Aufschrei. Einen Moment lang war ich wie versteinert vor Furcht, die mich durchbebte wie die Schauder des Schüttelfrostes. Ich sprang auf ihn zu. Er stand auf, schwankte hin und her, noch immer vergeblich um Atem ringend. Schweiß lief ihm das Gesicht herunter. Seine Augenlider sanken herab und schlossen sich.
Ich lief um den Schreibtisch herum und fing ihn auf, bevor er

zu Boden sinken konnte. Als ich mein Gesicht dem seinen näherte, fiel mir ein, wie Prinz Rodana einst König Kakkavan das Leben gerettet hatte. Ich legte meine Lippen auf den Mund meines Vaters und blies ihm meinen Atem ein. O Ihr *devas*, laßt meine Lebenskraft meinem Vater das Leben retten. Graf Wickrama Sinha eilte hinaus, rief nach den Heilkundigen. Bediente kamen aufgeregt ins Zimmer gelaufen.
Nach wenigen Minuten beruhigte sich das mühsame Atmen meines Vaters, doch die schönen Züge waren in sich zusammengefallen. Plötzlich öffneten sich blinzelnd seine Augen. Mich durchströmte Erleichterung. Indem ich etwas von ihm abrückte, blickte ich ihm in die müden Augen.
»Nichts, niemand darf Eurem Schicksal in die Quere kommen«, befahl er heiser. Er erwiderte meinen Blick mit plötzlicher, übermenschlicher Willensanstrengung. »Schwört es!«
Meine angstvollen Augen blickten forschend in sein Gesicht. Voller Verzweiflung wußte ich jetzt, daß nur noch wenig Zeit blieb. »Ich schwöre es, o Großer König, mein Vater.«
Er lächelte matt. Seine Augen schlossen sich. Mit einem Seufzen erschlaffte sein Körper in meinen Armen.
Mein Held und mein einziger Freund, der *Maha Raja*, der Große König Maya Dunne, war tot. Immer hatte ich geglaubt, er wäre unbesiegbar, unzerstörbar.

Kapitel 30

Freitag, 10. Januar 1533

Julietta stand in dem hellen, luftigen Raum mit den hohen Fenstern im ersten Stock ihres Hauses in Mutu Vella vor ihrer Staffelei und summte ein Kirchenlied, während sie die Szene vor dem Fenster genau studierte. Es war wichtig, die Farben genau richtig zu mischen, um die verschiedenen Blautöne der morgendlichen See und des Himmels zu erreichen, das Braun der Zweige und das Grün der Blätter; all diese Farben würden den Hintergrund bilden zu den kleinen Gestalten von Catherina und Lopo, die mit ihrem Privatlehrer auf dem Rasen saßen und ihre Naturkundestunde abhielten. In stiller Freude darüber, daß ihr wieder Lust und Ideen zu Malen gekommen waren, blickte sie zum Himmel empor und dankte Gott in einem stummen Gebet für seine Gnade. Es war Gottes Wille gewesen, daß Fernao dem Tode noch einmal entronnen und wieder zu dem Mann geworden war, den als Gatten zu lieben sie sich so sehr bemüht hatte – bis zu jenem Morgen nach der versuchten Schändung durch Feldwebel Correa. Danach war Fernao von seiner ganzen Art her wie ausgewechselt gewesen. So viel war seit jenem verhängnisvollen Tag geschehen, Gutes, Schlechtes, Häßliches, doch sie zog es vor, sich nur an das Schöne zu erinnern.

Das Leben in diesem vergangenen Jahr war beinahe idyllisch gewesen bis zur Ankunft des Vizekönigs und dessen darauf folgendem barbarischen Vorgehen gegen die Küstenstädte Lankas, das neue dunkle Wolken an ihrem Horizont hatte aufziehen lassen. Als Fernao sich entschieden geweigert hatte, seine Garnison zur Teilnahme an jenen Aktionen zur Verfügung zu stellen, hatte dies Julietta davon überzeugt, daß ihre Ehe endlich auf festen Füßen stand. Sie war niemals stolzer auf ihn gewesen als damals, als er für seine Prinzipien seine ganze Karriere aufs Spiel gesetzt hatte.

Sie hatte gerade begonnen, die Farben auf ihrer Palette zu mischen, als sie das Klipp-Klapp von schnellen Hufen auf der Zufahrt hörte. Wieder blickte sie durch das Fenster und sah, daß Fernao sein Roß in einem leichten Galopp um die Biegung führte. Ungewöhnlicherweise war er allein.

Sie bekam Herzklopfen. Fernao kam während der Arbeitsstunden niemals nach Hause, wenn es sich nicht um schlechte Nachrichten handelte. Als sie sich sein ernstes Gesicht näher betrachtete, bestätigte dies nur ihre Befürchtungen. Er sah zu ihrem Fenster hoch, fing ihren Blick auf und winkte. Dann rief er den Kindern und dem Lehrer einen Gruß zu.

Nur wenige Minuten später stand er vor ihr und nahm sie an der Hand. »Ich habe gute und schlechte Nachrichten«, verkündete er mit ernster Miene und schloß seinen Griff fester um ihre Hand. »Welche willst du zuerst hören?«

Ihr Magen krampfte sich zusammen. »Die schlechten Nachrichten«, antwortete sie.

»Nun gut, also ... König Maya Dunne ist tot.«

Es traf sie wie ein Hammerschlag. »Tot? Heiliger Jesus ... wann ... wie?« Sie gestikulierte hilflos mit ihrer freien Hand.

»Gestern morgen im Palast von Sita Waka. Er starb an einem Herzanfall.«

»O wie traurig, traurig.«

Irgendwie fühlte sie sich so, als hätte sie selbst einen Verlust erlitten. Es war das Bewußtsein, daß eine Ära zu Ende gegangen war, das eisig durch ihren ganzen Körper strömte und sie erschaudern ließ. »Kam es nicht plötzlich?«

»Völlig unerwartet. Einen Moment spricht er in seinem Gemach mit seinem Sohn und Graf Wickrama Sinha, und im nächsten bricht er zusammen und stirbt.«

»Also hat er nicht viel gelitten?«

»Nein.«

»Das ist eine Gnade. Ich habe ihn nicht wirklich gekannt, aber ich glaube, er war ein Mann von angeborenem Mitgefühl, wirklichem Mut und einem Verhalten, in dem Ehre an erster Stelle stand. Er war einer der ganz Großen.«

»Da stimme ich zu. Was wird wohl die Geschichte einst über ihn sagen?«

»Daß er ein brillanter Politiker war, ein erleuchteter Monarch und ein großer Patriot.« Sosehr sie sich auch bemühte, konnte Julietta nicht verhindern, daß ihr Tränen in die Augen stiegen, und sie fragte sich, wieviel von ihrem Schmerz dem Tod des Königs galt, wieviel aber seinem Sohn Tiki-tiki. Mit dem Verständnis einer Frau wußte sie, daß Tiki-tikis einziger Rettungsanker sein Vater gewesen war. Wie würde es ihrem lieben Tiki-tiki nun, wo dieser Rettungsanker abgetrennt worden war, in den dunklen, tiefen Wassern der Einsamkeit wohl ergehen?

»Als ich dir eben sagte, ich hätte schlechte Nachrichten, bezog sich das nicht nur auf die Tatsache, daß der König tot ist, sondern auch auf die Konsequenzen aus diesem Tod«, sagte Fernao nach einem Zögern.

»Du meinst die daraus folgende Ungewißheit der Thronf... Gewiß wird doch Prinz Tik... äh ... Raja Sinha den Thron besteigen und weise und gut regieren? Immerhin kennt er ja doch die christlichen Prinzipien. Außerdem: Wird er nicht die Loyalität seines Vaters uns gegenüber beibehalten, weil wir ihn gegen König Vidiye unterstützt haben? Wir müssen ihm unser Beileid aussprechen.« Insgeheim begann sie sich zu wünschen, dieses eine Mal mit Tiki-tiki allein sein zu können.
»Ich habe bereits einen Kurier mit einem Kondolenzschreiben losgeschickt.« Er ließ ihre Hand los und berührte sie sanft an der Wange. Seine Augen blickten sie besorgt an. »Es gibt immer Unsicherheiten bezüglich einer Thronfolge. Was die Loyalität uns gegenüber angeht, so haben wohl die tapferen Taten unseres Vizekönigs alle früheren Verpflichtungen aufgehoben.« Er hielt inne. »Doch genug davon. Nun zu den guten Nachrichten.«
»O ja, ich vergaß. Sag es mir schnell.«
»Nun, wir werden bald einen edlen Gast aus Übersee hier empfangen dürfen. Ich habe diesbezüglich eine Depesche vom Kommandeur der Heimatflotte Seiner Königlichen Majestät, Großadmiral Lopo Soarez de Albergaria, erhalten.«
Juliettas Herz begann heftig zu pochen. »Dein Vater? O Fernao, das ist wunderbar. Also wurden meine Gebete erhört.« Und meine schriftliche Bitte auch, dachte sie bei sich, erleichtert darüber, daß der Admiral in seiner Depesche ihren privaten Brief offensichtlich nicht erwähnt hatte. »Wie hast du die Nachricht erhalten? Wann kommt er?«
»Er kann jeden Tag eintreffen, denn der Kapitän des Postschiffes sagte, er wollte eine Woche nach der Abfahrt des Postschiffes nach Goa aufbrechen. Der Besuch ist übrigens offizieller Natur; er reist im Auftrag Seiner Majestät.« In seiner Stimme lag grimmige Genugtuung.

Montag, 20. Januar 1533

Zehn Tage später, an einem stürmischen Montagmorgen, stand Fernao, umgeben von seinen Adjutanten, auf dem Kai und sah zu, wie das Flaggschiff seines Vaters, die *Santa Maria*, gefolgt von zwei großen *nao*, langsam in den Hafen von Colombo einsegelte.

Zu Fernaos großer Freude hatte der Vizekönig entschieden, daß er, Fernao, allein an Bord des Flaggschiffes gehen sollte, um seinen Vater zu begrüßen und ihn dann zu Don Alfonsos eigenem Flaggschiff, der *Santa Caterina*, zu begleiten. Protokollgemäß war es der Flottenkommandeur, der sich beim Vertreter des Königs einfinden mußte.

Während seine Barkasse rasch über die dunklen Wasser auf das Flaggschiff zuglitt, machten Fernaos suchende Augen die großgewachsene Gestalt seines Vaters aus, der allein auf dem Poopdeck stand. Etwas von der Wärme, die sich einmal zwischen ihnen entwickelt hatte, stieg wieder in ihm auf, und er mußte ein paar Tränen wegblinzeln. Während er seine Adjutanten auf dem Hauptdeck zurückließ, wo sie mit den Schiffsoffizieren plauderten, ging Fernao schnurstracks auf die Leiter zu, die zum Poopdeck emporführte, wobei er es vermied, nach oben zu sehen. Erst als er schließlich dem Admiral gegenüberstand und salutierte, sah er ihm in die Augen und ins Gesicht.

Admiral Lopo Soarez de Albergaria war inzwischen Mitte Sechzig, doch seltsamerweise sah er, abgesehen von ein paar zusätzlichen weißen Strähnen in dem blonden Haar und Bart, der Vertiefung der Falten auf seinem kantigen Gesicht und der schlafferen Haut des Halses über den weißen Rüschen seines Hemdes, fast genauso aus, wie ihn Fernao in Erinnerung hatte. Unverändert waren seine aufrechte und hochmütige Haltung, die große, rot geäderte Nase und die durchdringenden, eisblauen Augen.

»Es ist schön, Euch zu sehen, General«, verkündete der Admiral in schroffem Ton. Er zog ein Taschentuch aus seinem Ärmel und putzte sich lautstark die Nase. »Verdammtes Tropenklima«, erklärte er.

Fernao, der wußte, daß sein Vater log, um seine Rührung zu verbergen, spürte wieder jene Wärme in sich aufsteigen. »Es ist schön, Euch zu sehen, Herr Admiral. Ich hatte schon die Hoffnung aufgegeben, daß wir uns jemals wiedersehen würden.« Er war dankbar für ihrer beider Erziehung, die sie von jeglicher Bezugnahme auf ihre zurückliegenden Meinungsverschiedenheiten abhalten würde.

»In der Tat. Wir müssen dem Allmächtigen und seinem Vertreter ... hmmhm ... Seiner Exzellenz, dem Vizekönig, dafür danken, es möglich gemacht zu haben.« Er hielt inne. »Wie geht es Eurer Familie?«

»Sehr gut, danke, Herr. Sie freuen sich schon sehr darauf, daß Ihr bei uns wohnen werdet, besonders Euer Enkelsohn.«

Die weißen Augenbrauen hoben sich. »Ich werde bei Euch wohnen?«

»Ja, Herr. Wenn es Euer Wunsch ist, würden wir uns geehrt fühlen. Wie Ihr wißt, hat Seine Exzellenz keine Residenz hier, und da Ihr wahrscheinlich eine Weile bleibt, dachten wir ...«

»Durchaus, durchaus.« Der alte Mann schneuzte sich erneut, noch heftiger als zuvor. »Ihr seid sehr freundlich. Ich werde entzückt sein, wirklich.« Er steckte das Taschentuch mit einer Bewegung weg, die erstaunlich anmutig war für einen so steifen und formellen Mann. »Nun, dann kommt in meine Kabine, damit wir ein wenig reden können. Ich nehme an, Seine Exzellenz erwarten mich?«

»Ich soll Euch sofort an Bord seines Flaggschiffs geleiten, Herr.«

»Oh?« Der Admiral schien überrascht, und in den eisblauen Augen blitzte es gefährlich auf. »Nun, dann dürfen wir den Vertreter Seiner Majestät nicht warten lassen, nicht wahr?«

Die formellen Höflichkeiten, jene notwendigen Heucheleien der Gesellschaft, waren vorüber. Die drei Männer saßen allein in der Kabine des Vizekönigs, und es schien Fernao offenkundig, daß sowohl der Vertreter des Königs als auch sein Beauftragter, zu dem der Admiral durch das besiegelte

Mandat Seiner Majestät geworden war, es eilig hatten, zu den geschäftlichen Punkten überzugehen.

»Der Auftrag Seiner Majestät«, schnarrte der Vizekönig mit Blick auf die Schriftrolle aus weißem Pergament mit roten Bändern, die er nach Lektüre auf seinen Schreibtisch gelegt hatte, »spricht von gewissen Ungehörigkeiten. Darf ich fragen, wer mich dieser Ungehörigkeiten anklagt?«

»Niemand«, antwortete der Admiral verbindlich.

Der Vizekönig runzelte die brauenlose Stirn. Die Haut um die große Schnabelnase verspannte sich. »Was soll dann ...«, begann er.

Der Admiral lächelte, wobei sein Blick ernst blieb. »Euer Exzellenz, wenn es Ankläger gibt, muß es auch Verbrechen geben. Der Auftrag Seiner Majestät spricht dagegen nur von vermeintlichen Ungehörigkeiten.«

Der Vizekönig schien erleichtert. »Dürfte ich erfahren, welcher Natur diese ... äh ... Ungehörigkeiten sind, Admiral?«

»Gewiß. Ich habe hier eine Liste davon angefertigt, die wir zweifellos später privat miteinander durchgehen können. Im Moment mag es genügen, wenn ich sage, daß die wichtigste davon sich auf den Schatz des verstorbenen Großen Königs von Lanka bezieht.«

»Was das angeht, so verwalte ich in Goa treuhänderisch das wenige, was mir von dem verstorbenen Regenten zur Verfügung gestellt wurde ... für Seine Majestät, die so gnädig waren, mir die Ehre ihrer Freundschaft zu gewähren.«

Eine rechtzeitige Gedächtnishilfe, was den persönlichen Einfluß des Vizekönigs angeht, dachte Fernao.

»Seine Majestät sind so gnädig, einigen seiner Untertanen nicht nur seine Schirmherrschaft, sondern auch seine Freundschaft zu gewähren«, konterte der Admiral, offensichtlich unbeeindruckt. »Doch das sind Ergebnisse seiner persönlichen Wertschätzung.«

»Wollt Ihr damit andeuten, Herr, daß ich die Wertschätzung Seiner Majestät verloren habe?« fragte der Vizekönig entrüstet.

»Ich stelle fest, Euer Exzellenz, daß meine Nachforschungen

durchaus zum Verlust der Wertschätzung und des Schutzes Seiner Majestät Euch gegenüber führen könnten.« Die tiefe Stimme des Admirals hatte einen kalten und harten Ton angenommen, der zu seinem frostigen Blick paßte. »Mein Mandat ist sehr weitreichend, weshalb ich auch bezüglich anderer Angelegenheiten nachforschen werde, die mir zu Ohren kamen, während wir in Kalkutta vor Anker lagen.«

»Und was wären diese Angelegenheiten, Herr?« fragte der Vizekönig hochmütig.

»Der grundlose Beschuß der Küstenstädte in diesem Land, Plündern und Schänden, Brandschatzen und Rauben.«

»Die Beschußangriffe waren notwendige Vergeltungsmaßnahmen und dienten in entscheidendem Maße zur Abschrekkung. Doch dies sind Angelegenheiten der königlichen Politik, für die ich allein Seiner Majestät Rede und Antwort stehen werde.«

»In der Tat. Doch während Ihr allein Seiner Majestät verantwortlich seid, bin ich hier, um all diese Angelegenheiten zu untersuchen und darüber Bericht zu erstatten.« Der Admiral beugte sich vor und klopfte sich zur Bestärkung aufs Knie. »Ihr müßt Euch auch bewußtmachen, Euer Exzellenz, daß die heilige Kirche das Urteil Seiner Majestät bezüglich jeglichen Verhaltens seiner Stellvertreter beeinflussen wird, die ihre missionarischen Anstrengungen im Osten zum Scheitern verurteilen.«

»Ich respektiere und verehre die heilige Kirche, Admiral, doch Euch ist sicher bekannt, daß es darunter auch solche gibt, die Soutane und Kutte benutzen, um ihre Gier nach Macht und ihre Habgier zu bemänteln.«

»Gewiß. Ein nicht sehr ungewöhnlicher Grundzug der gesamten menschlichen Rasse, Euer Exzellenz.«

Er würde jenen Nachmittag sein ganzes Leben lang nicht vergessen. Julietta und die beiden Kinder erwarteten seinen Vater in ihrem Speisesaal für besondere Gelegenheiten. Das blaue Kleid, das sich Julietta extra für diesen Tag hatte anfertigen lassen, war eine genaue Kopie dessen, welches sie

bei dem festlichen Abendessen auf des Admirals Flaggschiff getragen hatte, als sie Fernao zum erstenmal begegnet war. Es schloß sich eng um ihre Wespentaille und betonte die vollen Brüste und ausladenden Hüften. Die zwei Schwangerschaften waren spurlos an ihr vorübergegangen, und sie hielt sich mit der Anmut einer Prinzessin.
Catherina, die ein ähnliches blaues Kleidchen trug, war eine Miniaturausgabe ihrer Mutter, wenn man einmal von ihren dunkelbraunen Augen mit den schmalen blauen Ringen um die Iris absah. Jene Augen. Als er sich erst einmal dazu durchgerungen hatte, sie und das Kind zu akzeptieren, hatte er Frieden und eine neue Freude an dem Mädchen gefunden, besonders weil sie sich ihm gegenüber geöffnet hatte, ihn anbetete, ja ihn sogar ein wenig bemutterte.
Was seinen Sohn anging, so war er ein echter de Albergaria, der jetzt schon seinen kleinen Körper mit dem Hochmut der Familie hielt und in den Gesichtszügen wie in den Farben der Haare und Augen ahnen ließ, daß er eines Tages seinem Großvater aufs Haar gleichen würde. Gekleidet in ein rotes Wams mit weißen Rüschen, weiße Kniebundhosen und ebensolche Strümpfe, sah er jeden Zoll aus wie ein junger Aristokrat.
Eine instinktive, undefinierbare Anziehung zwischen Großvater und Enkelsohn hatte bereits die formellen Schranken ihres Beisammenseins durchbrochen, als sie im Wohnzimmer auf den Diwanen Platz nahmen. Der kleine Lopo setzte sich sogar wie selbstverständlich gleich neben den Admiral auf ein S-förmiges Sofa der Haupttür gegenüber, als wäre das nur sein gutes Recht.
Der Admiral sah den kleinen Jungen überrascht an und gab ein zufriedenes und zustimmendes Brummen von sich. »Der junge Mann scheint seinen Platz zu kennen«, stellte er fest. Die eisblauen Augen funkelten. Er wandte sich seinem Enkel zu. »Nun, wo wir schon nebeneinander sitzen, erzähle mir doch etwas von dir, kleiner Mann.«
»Ich möchte Admiral werden wie Ihr«, piepste Klein-Lopo. »Möchtet Ihr mein Schiff sehen? Es schwimmt draußen auf dem Teich.«

»Bevor ich gehe, ja.«
War da eine neue Weichheit in die kalten, eisblauen Augen getreten? Plötzlich begriff Fernao die ganze Wahrheit. Vor ihm saß nicht ein hochmütiger Aristokrat, sondern ein einsamer, alter Mann. Er saß eine Weile in Gedanken versunken da.
»Fernao, dein Vater hat dich etwas gefragt«, unterbrach ihn Juliettas Stimme in seinen Überlegungen.
»Was? Tut mir leid, Herr.«
»Ich fragte Euch, warum Ihr die Übernahme des Schatzes und die tragische Niederlage bei Mulleri dem Außenministerium nicht mitgeteilt habt«, fragte der Admiral.
»Ich hatte Anordnung, es nicht zu tun, Herr.«
»Das dachte ich mir.« Der Admiral sann eine Weile nach, wobei er sich mit den breiten Fingern aufs Knie klopfte. »Nun, alles, was ich tun kann, ist, die Tatsachen weiterzugeben.«
»Was mich daran erinnert, daß ich meinem Gemahl ein Geständnis zu machen habe«, mischte sich Julietta ruhig ein. »Nun aber ab mit euch, Kinder. Euer Tee wartet auf euch.«
»Aber ich will mit meinem Großvater sprechen«, murrte Klein-Lopo.
»Du gehst jetzt hoch. Du kannst mit ihm sprechen, bevor er sich zum Abendessen umzieht.«
Zu Fernaos Überraschung drückte sein Sohn dem Admiral einen Kuß auf die Wange, bevor er mit seiner Schwester davonhuschte. Die Augen des Admirals weiteten sich. »Hmhmm ... hmmhm«, machte er und sah mit liebevollem Blick dem Jungen hinterher.
»Nun also deine schreckliche Beichte«, bat Fernao Julietta. Er hörte mit Erstaunen zu, als Julietta von dem Brief erzählte, den sie seinem Vater geschrieben hatte. Als sie geendet hatte, fiel Schweigen über den Raum. Er blickte seinen Vater an und bemerkte den beifälligen Ausdruck, mit dem dieser Julietta ansah. Dies ließ seinen kurzzeitig aufgestiegenen Ärger dahinschwinden.
Irgendein Kobold in ihm ließ ihn seinen Vater mit strenger

Miene ansehen. »Und Ihr, Herr, habt dies mir gegenüber mit keinem Wort erwähnt?« fragte er.
Ja, der Admiral wich seinem Blick aus. Wie wunderbar. Er hatte seinen Vater in die Verteidigung gedrängt. »Ja, wirklich ... nun ... wißt Ihr ... ich habe mir die Frage nie gestellt ...«
»Ich sehe, ich werde Verbündete brauchen, wenn wir nach Portugal zurückkehren«, stellte Fernao fest.
»Ihr meint, Ihr habt wirklich beschlossen, nach Portugal umzuziehen?« Dem Admiral fielen fast die Augen aus dem Kopf vor Verwunderung und Unglauben.
»Es wird noch dauern, Herr, aber wir haben es gewiß vor.«
»Gott sei Dank. Da ich wohl einen Großteil meiner Zeit damit zubringen werde, meinen Enkelsohn zu einem echten de Albergaria heranzuziehen, werde ich in der Marine meinen Abschied nehmen, sobald Ihr nach Hause gekommen seid.«

Kapitel 31

Montag, 10. Februar 1533

Fernao fand heraus, daß sein Vater, Admiral de Albergaria, zwei Gesichter besaß: eines über Tag, wenn er scharfsinnig und mit einem Verstand hart wie Eisenfesseln seine Untersuchungen durchführte, und eines für die gesellschaftlichen Ereignisse des Abends, wenn der gewandte Aristokrat in ihm zum Durchbruch kam. Zu den gesellschaftlichen Ereignissen gehörte auch eine abendliche Audienz mit Diner bei dem kleinen König in Jaya, Dom Juan Dharma Pala, den der Admiral des Schutzes seines Herrschers, des Königs von Portugal, versicherte.
In stillschweigendem Einvernehmen sprachen Fernao und sein Vater niemals über dessen Nachforschungen, weder auf informeller noch auf privater Ebene. Sie dauerten fast vier Wochen, weil der Admiral auch den Zustand der Festungsgarnisonen, einschließlich Galle, für ihre Tauglichkeit zu

Wasser wie zu Lande untersuchte und die Küstenstädte besuchte, die der Vizekönig beschossen hatte.
An jenem kalten Februarmorgen nahm Fernao schweren Herzens an einem letzten Treffen zwischen dem Admiral und dem Vizekönig an Bord des Flaggschiffs des letzteren, der *Santa Caterina,* teil. Jene Zusammenkunft läutete das Ende des Aufenthalts seines Vaters auf Lanka ein, während dem sie alle fünf zu einer richtigen kleinen Familie zusammengewachsen waren. Fernao hatte die Gegenwart seines Vaters, der sich in der häuslichen Umgebung als ein gänzlich anderer Mensch entpuppt hatte als der frühere Zuchtmeister zur See aus Fernaos Jugendtagen, wirklich zu genießen gelernt. Nachdem sie ihn alle ins Herz geschlossen hatten, würde sein Vater nun am nächsten Tag nach Lissabon zurücksegeln.
Als sie auf den seidigen Polstern des eingebauten Bettes in der Kabine Platz genommen hatten, betrachtete sich Fernao die beiden Gegner – denn nichts anderes würden der Vizekönig und sein Vater heute sein – genauer. Sein Vater in seiner weißen Uniform, ein Riese mit kantigem Gesicht, einer dominanten Nase und stechenden Augen, sah aus wie ein Adler, während der schnabelnäsige Vizekönig wie immer einem Geier ähnelte, den man in Burgundersamt und Goldschmuck herausgeputzt hatte.
Der Vizekönig kam rasch zur Sache. »Ich nehme an, Ihr habt Eure Nachforschungen hier zu Eurer vollsten Zufriedenheit abgeschlossen, Admiral. Gibt es noch etwas, wofür Ihr meine Unterstützung braucht?«
»Durchaus, Euer Exzellenz.« Zu Fernaos Überraschung klang Admiral de Albergaria kurz angebunden. »Ihr könnt den Schatz der Großen Könige von Lanka seinen rechtmäßigen Besitzern zurückgeben.«
Einen Moment lang starrte ihn der Vizekönig verblüfft an, doch er erholte sich rasch; seine kleinen Augen blitzten vor Wut. Er straffte die knochigen Schultern. »Jene Reichtümer, Herr, waren königliches Eigentum, das für die königliche Schatzkammer von Portugal erworben worden war«, erklärte er hochmütig.

»Der Besitzer des königlichen Thronschatzes von Portugal befiehlt Euch, den Schatz zurückzugeben«, konterte der Admiral trocken. »Dies waren meine Anweisungen, bevor ich Lissabon verließ.«

»Kriegsbeute ...«, begann der Vizekönig.

»... ist etwas anderes als die Aneignung von Privatbesitz«, unterbrach ihn der Admiral barsch. »Euer Exzellenz mag sich gerne der Ausführung des Befehls Seiner Majestät widersetzen und den Konsequenzen ins Auge blicken.«

Etwas beschämt, aber mit großem Genuß beobachtete Fernao den Kampf zwischen Stolz und Habgier einerseits und Selbsterhaltungstrieb andererseits, der sich auf dem Gesicht des Vizekönigs widerspiegelte. Schließlich verzogen sich die dünnen Lippen zu einem Lächeln. Er nickte, wobei sich die Nase und der Kehlkopf wie zwei Sichelmonde aufeinander zubewegten. »Der Befehl Seiner Majestät ist mein Lebenshauch«, erklärte er. »Der Schatz ist in meinem ... äh ... im königlichen Gewölbe unter meinem Palast in Goa sicher untergebracht«, fuhr der Vizekönig fort. »Ich habe ihn zur Aufbewahrung dorthin bringen lassen und kann ihn sicher wieder zurückbringen, wie der König es befiehlt. Habt Ihr denn auch königliche Direktiven, was unsere zukünftige Politik in diesem Teil der Welt angeht, Admiral?«

»Die Sturmwolken, die aufgrund der fortdauernden abenteuerlichen Politik Kaiser Karls V. und der Handlungsweise König Heinrichs VIII. von England über Europa aufgezogen sind, machen es uns zum Gebot, alle verfügbaren militärischen Mittel auf die Heimatfront zu konzentrieren. Konsequenz daraus ist, daß alle *nao*, die nicht unbedingt nötig sind, um unseren Handel im indischen Raum aufrechtzuerhalten und unsere Landsleute in Uniform wie in Zivil zu schützen, unverzüglich nach Lissabon abberufen werden.«

Der Vizekönig stöhnte auf, als hätte ihm jemand einen Schlag in den Magen versetzt. »Militärische Schwäche könnte einige unserer Enklaven in diesem Land, besonders Colombo, dem Risiko eines Angriffs aussetzen«, protestierte er mit einem Knattern in der trockenen Stimme. »Ihr kennt die politische

Lage hier. Der neue König von Sita Waka, ein junger Hitzkopf und überzeugter Nationalist, wird versuchen, jede militärische Schwäche unsererseits auszunutzen.«

»Möglich, aber das ist ein Risiko, das wir im Interesse unserer Sicherheit zu Hause eingehen müssen«, erwiderte der Admiral. »Seid jedoch versichert, daß Seine Majestät nicht die Absicht hat, seine Macht in dieser Region zu mindern. Unsere Antwort, die von der Heimatfront aus auf eine Bedrohung hier erfolgen kann, wird schnell und wirkungsvoll sein.«

»Das Leben Eures Sohnes und Eurer Familie würde in Gefahr sein.«

»Wohl kaum eine Erwägung, die die königliche Politik beeinflussen würde.« Der Admiral wurde plötzlich steif und gestelzt. »Ihr mögt allerdings erleichtert sein zu hören, daß jede Gefahr, der General de Albergaria oder seine Familie ausgesetzt sein mögen, von kurzer Dauer sein wird. Der General wird sein Kommando abgeben und nach Hause zurückkehren, sobald ein Nachfolger ernannt ist.«

Fernao starrte seinen Vater verblüfft an. Der alte Mann hatte seine Absichten geschickt in die Tat umgesetzt, denn gegen eine solch entschiedene Feststellung konnte er nicht protestieren, ohne sie alle beide in Verlegenheit zu bringen. Ganz gewiß holen sich die de Albergarias das, was sie wollen, dachte er mit widerwilliger Bewunderung, und allen voran das Oberhaupt der Familie.

Dienstag, 11. Februar 1533

Eine leichte Frische in der Morgenluft kündete von einem warmen, klaren Tag, doch in dem Haus am Mutu-Vella-Hügel herrschte eine eher gedrückte Stimmung. Bereits vor Einbruch der Dunkelheit würde Admiral de Albergaria meilenweit entfernt auf dem Ozean sein. Nach dem Frühstück ging der Admiral in den ersten Stock, um sich die Hände zu waschen, während Fernao und seine Familie in dem Empfangszimmer blieben, wo sie sich von ihm verabschieden würden.

Fernao wandte sich von den französischen Fenstern ab, durch die er eine Weile trübe hinausgeblickt hatte, um den Blick über die kleine, traurige Gruppe schweifen zu lassen, die da vor ihm saß. Julietta trug ein langes Kleid in ihrer Lieblingsfarbe Taubenblau. Sein Sohn, ganz in der Haltung eines kleinen Mannes, trug ein rotes Wams mit langen Hosen, während Catherina in Farbe und Schnitt der Mutter ähnlich gekleidet war.

»Nun, immerhin werden wir schon bald wieder beisammen sein«, durchbrach Fernao das Schweigen. »Bevor das Jahr zu Ende geht.« Er sah sich im Raum um und blickte wieder hinaus. »Wie man das alles hier aufgeben kann, ist ein anderes Problem. Bei der Marine war meine Kajüte mein Zuhause, und all meine Besitztümer paßten in einen Seesack. Dies ist das erste Zuhause, das ich je hatte.«

»Das Zuhause ist überall dort, wo wir vier als Familie zusammensein können«, stellte Julietta entschieden fest. »Wir werden uns wieder ein Heim schaffen, wo auch immer wir sein mögen.«

Unter den gedämpften Geräuschen des Haushalts näherten sich die Schritte seines Vaters auf der Treppe. Die riesige Gestalt in weißer Uniform betrat den Raum mit forschen Bewegungen. »Ah, da seid Ihr ja, General, mit Eurer hübschen Frau und den Kindern, bereit, mich wieder auf die Reise zu schicken. Wie nett von Euch.« Er unterbrach sich. »Nun, da mein Gepäck schon vorausgesandt ist, bleibt mir nur noch, mich ... äh ... von Euch zu verabschieden.« Wieder unterbrach er sich. »Hmhmmm ... Hmmhmm ... äh ... mit Bedauern.«

»Kann ich mit Euch auf das Schiff kommen, Großpapa, ach bitte, ja?« bettelte Klein-Lopo. »Ich möchte so lange wie möglich bei Euch sein und Euch anständig verabschieden.«

»Hmhmm ... hmmmh ...« Der Admiral mußte sich erneut räuspern, um seine Rührung zu verbergen, warf Julietta als der Person, die dem Jungen die Erlaubnis erteilen konnte, einen kurzen Blick zu, rief sich dann aber selbst zur Ordnung. »Nichts würde ich mir mehr wünschen bei dieser ...

äh ... traurigen Gelegenheit, aber glaubst du nicht, das würde zu einer öffentlichen Gefühlsäußerung führen, die wir besser vermeiden sollten?«

Der Junge begriff. »Jawohl, Herr!« stimmte er zu, straffte die kleinen Schultern und stand noch strammer als zuvor.

»Denk daran, wir werden uns noch vor Ende dieses Jahres wiedersehen und uns dann niemals wieder trennen«, erwiderte der Admiral.

»Wie lange ist das noch, Herr?« erkundigte sich der Junge.

»Noch ungefähr neuneinhalb Monate und ... äh ... genau dreihundertundzweiunddreißig Tage bis zum neuen Jahr.«

Also hatte der strenge alte Mann sogar die Tage gezählt! Fernao war tief bewegt.

»Ich werde Euer Schiff von meinem Fenster aus beobachten«, erklärte der Junge. »Schaut also zu uns hoch, wenn Ihr abfahrt.«

»Ich auch«, mischte sich Catherina ein.

»Und ich«, fügte Julietta mit stockender Stimme hinzu.

»Hmmhh ... Hmhm.« Die Augen des Admirals umwölkten sich. Er richtete sich zu seiner vollen Größe auf und legte die linke Hand an den Schwertgriff. »Ich werde mehr tun als aufschauen, wenn wir den Hafen verlassen«, erklärte er. »Ich werde für Euch ... äh ... meine liebe Familie ... vom Poopdeck aus salutieren.«

»Das würde mir gefallen«, erwiderte Klein-Lopo mit fester Stimme.

Der Enkelsohn hatte den Großvater vom ersten Moment an, als sie sich begegnet waren, in Beschlag genommen, und es hatte sich sofort zwischen ihnen eine besondere Zuneigung entwickelt. Was Fernao anging, so hätte er in diesem Moment kein Wort herausgebracht, auch wenn er es gewollt hätte.

»Ich danke Euch für die Gastfreundschaft, die Freundlichkeit und für ... äh ... ja, für die Liebe, mit der Ihr mich überschüttet habt«, stellte der Admiral leise fest, indem er sie einen nach dem anderen anblickte. Dann begann er unvermittelt mit dem formellen Abschied.

Es flossen keine Tränen. Die Familie kam nicht einmal mit

hinaus auf die Vorderveranda, als Fernao seinen Vater zur Kutsche begleitete.
Dann standen sie schließlich auf dem Kai. Es wurde Fernao eng in der Kehle, als sein Vater die Garde abschritt, die man ihm zu Ehren hatte Aufstellung nehmen lassen. Dann war die Zeit des Abschieds gekommen. Der Admiral wandte sich Fernao zu und schüttelte ihm förmlich die Hand. »Ich werde Euch und Eure Familie noch vor Ende des Jahres wiedersehen, General«, erklärte er entschieden, wobei seine Worte fast wie ein Befehl klangen. Sein Blick wanderte zum Hügel von Mutu Vella. Er richtete sich auf. »Seid versichert, daß schon bald ein gutes Schiff eintreffen wird, das Euch alle rasch nach Hause bringen wird, nach Portugal.«

Kapitel 33

Mittwoch, 11. Februar 1534

In den Wochen nach dem Tod meines Vaters fühlte ich mich niedergeschlagen und bedrückt. Obwohl das Gefühl sich mit der Zeit abgeschwächt hatte, brachte ich es nicht fertig, mein persönliches Tagebuch weiterführen, bis zu diesem Tag, meinem zweiten Geburtstag, seit ich König geworden war. Die mühseligen Pflichten eines Herrschers, die auf dem Tagesablauf der arischen Könige beruhten, hatten meine Tage und den größten Teil meiner Nächte angefüllt, doch mein Herz war leer und ich selbst wie ausgehöhlt. Es war schwer, meinen Vater König Maya Dunne nur einen Moment lang zu vergessen, wenn ich doch täglich von neuem mit der Tatsache konfrontiert wurde, auf welch hervorragende Weise er das Land regiert hatte. Die Ordnung und die Disziplin, die wirkungsvolle Verwaltung, die klar durchdachte Steuerpolitik, die dem Herrscher wie auch dem Volk gleichermaßen gerecht wurde, waren mir Quellen sich stets erneuernder Bewunderung für ihn.
Doch am meisten vermißte ich ihn als Menschen; sein Verlust

hatte ein starkes Gefühl des Einsamkeit in meinem Herzen zurückgelassen.
Soviel von meinem Kummer, der eine private Angelegenheit ist.
Das Gebot der Stunde für mich war die Ausweitung und Ausbildung meiner Armee gewesen. Ironischerweise hatte ich vom ersten Moment an, als ich die Zügel in meinem Amt übernommen hatte, erkannt, wie weise meines Vaters Zurückhaltung langfristig gewesen war, und hatte den rasch auftretenden Impuls in mir unterdrückt, im Galopp zu einem ruhmreichen Krieg um die nationale Einheit loszupreschen. Und dies trotz des geschwächten Zustandes der portugiesischen Streitkräfte.
Ich hatte nach meiner Schwester Königin Padma, der Witwe König Vidiyes, geschickt, damit sie mir beim Regieren helfe. Sie kam sofort aus Anu, und bald entdeckte ich, daß sie ebenso scharfsinnig, kraftvoll und treu war, wie ich sie eingeschätzt hatte. Sie brachte auch etwas wie ein Gefühl der Familie in mein Leben zurück. Nur der Versuchung, meine beiden kleinen Zöglinge Bandula und Nangi meinem Gefolge anzuschließen, widerstand ich, weil Königin Padma schon von Anfang an gegen eine Adoption meinerseits gewesen war.
All dies dauerte über ein Jahr. Dann war ich mit den Vorbereitungen meines Heeres fertig und bereit, wieder zuzuschlagen. Konnte ich meinen Geburtstag auf bessere Weise feiern?

Montag, 16. Februar 1534

Ein Jahr war seit der Abreise seines Vaters vergangen, und Fernao war froh, daß in Lanka noch immer Frieden herrschte, nicht zuletzt deshalb, weil er nach der Abreise des Vizekönigs, die kurz nach der seines Vaters erfolgt war, nur mehr zwei große *nao* zu seiner Verfügung im Hafen gehabt hatte, eines zum Schutz Colombos, das andere, um auf eventuelle dringende Hilferufe aus Galle oder einer der anderen Festungen an der Küste reagieren zu können. Der einzige Rückschlag in diesem Jahr war der Befehl des Königs Dom João III. gewesen, daß Fernao seinen Abschied aus der Armee und seine Rückkehr nach Hause aufschieben solle.

Da König Raja Sinha nicht sofort in den Kampf gezogen war, hatte sich sogar bei den Regierungsstellen zu Hause eine gewisse Entspannung bezüglich der Situation in Lanka breitgemacht, und der briefliche Austausch war merklich abgeflaut. Den Berichten nach war der König von Sita Waka dabei, sein Königreich zu konsolidieren und eine machtvolle Streitkraft aufzubauen, doch gab es keine Hinweise darauf, daß ein Angriff in Sicht war. In der Zwischenzeit war der Große König Dom Juan in Jaya schon bald zur Marionette von Fernaos Verwaltung und der Kirche geworden.

Es war noch eine ganze Stunde Zeit bis zu seinem Feierabend, weshalb Fernao froh um die Abwechslung war, als sein Bursche, Aires, an die Tür klopfte und hereinkam, um ihm Bischof Juan zu melden.

Fernao stand auf, um den Kirchenmann zu begrüßen. Die vogelähnliche Gestalt hatte eine neue Würde angenommen, nicht nur, weil der Bischof in die kostbaren scharlachroten Gewänder seines neuen Amtes gehüllt war, mitsamt dem Käppchen auf dem Kopf, sondern auch kraft der Macht, die er in seiner Position innehatte. Das Haar und der Spitzbart hatten mehr silbrige Stellen als zuvor, doch noch immer ähnelten die blaßgelben Augen glatten Kieselsteinen.

»Ah, mein Herr, es ist schön, Euch zu sehen!« rief Fernao aus.

Bischof Juan blickte ernst drein, als er das Zeichen des Kreuzes machte. »Schön, Euch zu sehen, General. Ich wünschte nur, ich könnte der Verkünder besserer Nachrichten sein.«

Eine Vorahnung durchströmte Fernao. Er forschte in dem hageren Gesicht nach einem Hinweis auf die Art der Neuigkeiten. »Bitte nehmt Platz.« Er zeigte auf den Stuhl auf der anderen Seite des Schreibtisches und wartete, bis sich der Bischof gesetzt hatte, um selbst seinen Platz wieder einzunehmen.

»Die Nachrichten sind so ernst, daß ich beschloß, sie Euch selbst zu überbringen«, stellte Bischof Juan tonlos fest. »Vor zwei Tagen ist König Raja Sinha in Kandy einmarschiert und hat dort die Macht übernommen.«
Fernao hielt sich kühlen Kopfes von jeglicher Reaktion zurück, doch in ihm begannen sich die Gedanken schneller und schneller zu drehen. »Der Angriff war zeitlich geschickt angesetzt und ist gut geheimgehalten worden«, bemerkte er.
»Natürlich. Offensichtlich hat der König, bevor er zuschlug, seine Streitkräfte aufgestockt und ein Spionagenetz eingerichtet, das perfekt zu arbeiten scheint.«
»Zweifellos hat sich die Armee von Kandy widersetzt?«
»Man war dort unglücklicherweise völlig unvorbereitet und hat nur schwachen Widerstand geleistet.«
»Wo ist die Königin?« fragte Fernao.
»Man sagt, sie sei im Palast eingeschlossen. Die Frage ist, ob wir nicht eingreifen sollen, General?«
»Warum sollten wir? Dies ist nur eine innere Angelegenheit der Sinhala. Außerdem haben wir nicht mehr die militärische Macht einzugreifen, selbst wenn dies mit der Politik Seiner Majestät übereinstimmen würde.«
Die blaßgelben Augen des Kirchenmannes wurden hart wie die eines Inquisitors. »Ihr seid mit weltlichen Dingen befaßt, General; ich sitze heute hier als Vertreter der heiligen Kirche. Die heilige Kirche ist in Gefahr, und ich verlange Euren Schutz.«
»Was soll ich mit dem geringen Truppenkontingent anfangen, das mir noch zur Verfügung steht?« fragte Fernao ärgerlich. »Abgesehen davon ist König Raja Sinha, im Gegensatz zum verstorbenen König Vidiye, niemals dafür bekannt gewesen, die heilige Kirche angegriffen zu haben. Er ist ein höchst toleranter Mann.«
»Ich werde dafür sorgen, daß Ihr die nötigen Truppen erhaltet«, erklärte der Bischof. Seine Stimme bekam plötzlich einen herrischen Unterton. »Es war auch Gottes Wille, daß wir nach den unfruchtbaren Jahren des Beginns, in denen wir der Verzweiflung nahe waren, nun in diesem Land reiche

Früchte für unsere Bemühungen ernten können, die täglich mehr werden.« Die tiefe Stimme des Bischofs begann vor religiöser Begeisterung zu dröhnen. »Angetrieben von missionarischem Eifer, treffen unsere kirchlichen Brüder scharenweise und in steigender Anzahl im indischen Raum ein, und sie kommen mit dem frommen Anliegen, Licht in die Dunkelheit der heidnischen Religionen zu bringen.«

Ganz zu schweigen von der Hoffnung, Reichtümer aus der Freigebigkeit der bekehrten Barbaren zu ziehen, dachte Fernao zynisch.

»Die missionarischen Anstrengungen sind nun durch die Ankunft der franziskanischen Mönche gekrönt worden«, fuhr Pater Juan fort. »Unser gesegneter Pater Franziskus hat sich einverstanden erklärt, auch in Kandy ein Seminar einzurichten, sobald er aus dem Fernen Osten zurückgekehrt ist. Es ist aus diesem Grund Gebot der Stunde, daß unsere christliche Mission eine solide Grundlage in jener Stadt hat. Ihr müßt deshalb in Kandy eingreifen.«

Fernao machte nicht den Versuch, sein Erstaunen zu verbergen. »Aber warum wollt Ihr das Seminar in Kandy errichten, mein Herr? Warum nicht in Colombo?«

Der Bischof lehnte sich zurück und strich sich selbstgefälig über den silbriggrauen Bart. »Wir haben Kandy aus verschiedenen Gründen erwählt. Erstens hat es innerhalb der königlichen Familie ein starkes katholisches Element, angefangen bei Doña Margaridha, der rechtmäßigen Königin von Lanka, bis hinunter zu den Adligen. Kandy wird uns auch als Enklave innerhalb des Kernlandes der Insel dienen können, welches militärisch praktisch nicht zu durchdringen ist. Und schließlich ist die Bevölkerung von Kandy uns auch vom … äh … mildtätigen Aspekt her zugeneigter, als man es hier im Tiefland ist.«

»Gerade eine religiöse Mission bedarf genauerer Vorüberlegungen als eine nur weltliche Zielsetzung«, erklärte Fernao unverbindlich.

»Der Heilige Vater in Rom hat gnädigerweise von meinen eigenen bescheidenen Bemühungen Notiz genommen und

wünscht sie noch mehr zu unterstützen, als dies bisher der Fall war.« In Bischof Juans Ton war von Bescheidenheit nichts zu merken. »Auf meine Empfehlung hin hat er die Diözesen von Goa und Lanka dem apostolischen Erzbischof von Lissabon unterstellt, der wiederum direkt dem Kardinalsadministrator in Rom verantwortlich ist.«
Fernao sank der Mut. Er wußte, was kommen würde, noch bevor der Bischof die Worte aussprach.
»Unsere Gemeinden in Colombo, Kandy, Galle, Jaffna und den Küstenstädten werden unter einer einzigen Finanzkontrolle zusammengefaßt.« Nun klang Bischof Juan pompös und arrogant. »Pater Perez wird sie als Prokurator verwalten. Somit werden sie nicht nur unabhängig arbeiten, sondern man wird auch von ihnen erwarten, daß sie zu der Arbeit des Erzbistums, des Kardinalats und des Vatikans ihren Tribut leisten. Ein Volk, besonders ein frommes Volk, darf nicht von der Mildtätigkeit der Mutterkirche abhängig sein.«
Somit würde man das ganze korrupte System des Vatikans in Lanka einführen. Stets hatte alles mit dem Idealismus der Männer der Kirche begonnen, doch das System würde den Großteil derer, die es verwalteten, bestechen. Fernao bemerkte, wie es in den blaßgelben Augen des Bischofs aufblitzte, und er erkannte, was er da wahrgenommen hatte. War also auch der Idealismus dieses Mannes irgendwo auf seinem Weg korrumpiert worden? Zumindest durch seinen Wunsch nach Macht?
Bischof Juan mußte gemerkt haben, daß Fernao hinter sein Geheimnis gekommen war, denn ein grausames Glitzern trat in seine Augen. »Ihr dürft nicht vergessen, daß Ihr hofft, diese Gefilde bald verlassen zu dürfen, General. Warum solltet ausgerechnet Ihr unsere Pläne vereiteln?« Die Drohung war indirekt: Wenn Ihr nach Hause wollt, stellt Euch nicht gegen unsere Politik. »Wenn Ihr uns beisteht, winkt Euch die Belohnung sowohl jetzt als auch im Himmel.« Dieses Versprechen war deutlich. Fernao war plötzlich von Abscheu erfüllt.
»Die Taufe hat jetzt schon mit der Verwendung von christli-

chen Namen anstatt derer heidnischen Ursprungs die treuen und loyalen Sinhala und Tamilen als solche gekennzeichnet«, schloß Bischof Juan triumphierend. »Die Menschen in und um die Städte und Großstädte herum nehmen eine neue Lebensart an, nämlich unsere europäische. Sie sprechen unsere Sprache, singen unsere Lieder, imitieren unsere Tänze, folgen unseren Sitten. Es ist faszinierend, dabei zuzusehen, wie Gott mit machtvollen Schritten darangeht, eine ganze Nation zu verändern. Täuscht Euch nicht, General. Das ist es, was wir wollen.« Er hielt inne, um Luft zu holen, und wischte sich mit einem seidenen Taschentuch, das er aus seinem Ärmel zog, ein Speicheltröpfchen aus dem Mundwinkel.

Was wird mit den Singhalesen geschehen, die ihre Rasse, ihre Sprache, Religion und Kultur beibehalten wollen, welche sie jahrhundertelang bewahrt und rein gehalten haben? fragte sich Fernao.

Fast, als hätte er die Frage gehört, gab ihm Bischof Juan Antwort.

»Wir sind nach Lanka gekommen, um sein Volk aus den toten Händen des Hinduismus und Buddhas zu erretten. Selbst diejenigen, deren Bekehrung uns nicht gelingt, werden mit der Zeit ihren eigenen Glauben weniger hochhalten und zu braunhäutigen Europäern werden, die, selbst wenn sie Gott nicht verehren, dem weißen Mann Ehrfurcht entgegenbringen werden.«

Kapitel 33

Montag, 16. Februar 1534

In ihrem kleinen Atelier im ersten Stock war Julietta gerade dabei, die morgendliche Aussicht zu malen, als ein leises Klopfen an der Tür, zweimal lang, einmal kurz, zweimal lang, sie unterbrach. Es war Appus Zeichen. »Herein!« rief sie.

Appu schlüpfte herein und schloß leise die Tür hinter sich. »Gibt es Neuigkeiten?« erkundigte sie sich. Es war zwischen ihnen üblich, gleich zur Sache zu kommen.

»Ja, Herrin. König Raja Sinha ist in das *uda rata* einmarschiert und hat vor zwei Tagen die Hauptstadt Kandy und den königlichen Palast eingenommen. Er hat jetzt die Kontrolle über das ganze Unterkönigreich und ist in der Tat ein Großer König.«

»Wie wunderbar!« Ihr kam ein Gedanke. »Was ist mit der Regentin geschehen, mit Königin Anula?« Unerklärlicherweise dachte sie voller Furcht daran, was diese männermordende Hyäne mit Tiki-tiki tun könnte.

»Soweit ich weiß, ist sie Gefangene in ihren Gemächern.«

»Ich hoffe ...« Als sie merkte, daß es ungehörig war, ihrer Sorge Ausdruck zu verleihen, daß die Königin ihre Klauen nach König Raja Sinha ausstrecken könnte, änderte Julietta die Richtung ihres Satzes: »... der Große König ist gesund und wohlauf.«

In Appus Augen blitzte es verschmitzt auf. Er weiß, daß ich etwas dagegen hätte, wenn sein König mit der Königin ins Bett gehen würde, dachte Julietta und spürte, daß sie errötete.

»Der Große König ist in der Tat gesund und wohlauf«, erwiderte Appu. »Er hält sich im Palast von Kandy auf, nimmt die Schwüre zur Lehnstreue von den Adligen entgegen und beginnt mit der Neuordnung der Verwaltung im *uda rata*. Man sagt, er habe Königin Anula Hausarrest in ihren Gemächern gegeben und ihr noch keine Audienz gewährt, zumindest nicht bis zu dem Zeitpunkt, auf den sich meine letzten Nachrichten beziehen.«

Gott sei gepriesen dafür, dachte Julietta, doch eine unbestimmbare Sorge um Tiki-tikis Wohlergehen blieb.

Montag, 16. Februar 1534

Als starke Frau, wie sie es war, empfand Aisha die Tatsache, daß sie der Krankheit ihres Gatten hilflos gegenüberstand, als gänzlich unbefriedigend und bedrückend. Er war dabei, vor ihren Augen zu verwelken. Die muslimischen Ärzte und die singhalesischen *ayurveden* kannten die Symptome, hatten aber kein Gegenmittel für die Krankheit. Selbst König Raja Sinhas Hofheilkundige und General de Albergarias europäischer Doktor waren hilflos.

In letzter Zeit, seit es mit der Schwäche der Glieder und der eingeschränkten Sehfähigkeit bei ihrem Mann schlimmer geworden war, hatte Aisha gezwungenermaßen einsehen müssen, daß der einzige Mann, den sie jemals geliebt hatte, im Sterben lag und daß ihr unbezwingbarer Wille angesichts seines Leidens nichts ausrichten konnte.

Immer öfter lag Abdul Raschid nun auf dem Diwan in ihrem Empfangszimmer. Es war, als flößte ihm ihre Anwesenheit ein Gefühl der Sicherheit ein, das er brauchte. Deshalb hatte sie in den vergangenen Monaten, ohne daß jemand davon wußte, das gesamte Geschäft selbst von seinem privaten Arbeitszimmer im hinteren Teil ihres Hauses auf der Sklaveninsel geleitet. Der Handel hatte über alle Maßen geblüht, doch sie achtete sehr darauf, daß jeder glaubte, ihr Mann wäre verantwortlich für diesen Erfolg.

Ähnlich einem Geizhals, der seine Schätze zählt, weil er Angst hat, sie sonst zu verlieren, ging sie unter Tag so oft als möglich zu ihrem Mann, saß nur schweigend auf ihrem Sofa, um ihm Gesellschaft zu leisten, oder beobachtete, wie er vor sich hin döste.

An diesem Morgen, als sie vom Büro aus zu ihm eilte, lag Abdul Raschid auf dem Rücken und mit geschlossenen Augen auf dem Diwan. Seine Lider öffneten sich flatternd, als sie leise hereinkam, und er lächelte sie müde an. Sie kniete vor ihm nieder, küßte ihm die Hand und setzte sich auf ihren Diwan ihm gegenüber.

»Was werdet Ihr tun, wenn ich nicht mehr da bin?« Seine Worte waren kaum mehr als ein Flüstern, aber sie hörte ihn.

»Was immer Ihr wünscht, daß ich tun soll, geliebter Gatte.« Die Erwiderung entsprach ganz und gar nicht ihrem Charakter, und doch, warum nicht, überlegte sie grimmig. Meine Liebe zu diesem Mann ist so stark wie mein Charakter und so unerschütterlich wie meine Seele.
»Ihr müßt alles tun, das Euch am Leben erhalten kann«, murmelte Abdul Raschid. »Wie alle wirklich starken führenden Persönlichkeiten werdet Ihr niemals Frieden finden in der Stellung, die Euch das Leben gibt. Hier liegt nicht der Weg zum Glück, doch wenn Euer Leben um ist, werdet Ihr in den Himmel kommen, wo ich Euch treffen werde.«
»Ihr und ich, wir wissen, daß ich das tun werde, was Ihr wünscht, geliebter Gemahl«, stellte sie gefaßt fest. »Ich werde unser Geschäft weiterführen und versuchen, Frieden in mir selbst zu finden.«
»Das ist gut. Dann kann ich in Frieden gehen.«
Aisha hörte kaum seine Worte. Mit Schrecken sah sie zu, wie seine zitternde Hand sich noch einmal nach einem Stück Konfekt ausstreckte, wie sie, ähnlich einem verwundeten Vogel, der nicht weiß, ob er noch landen kann, halb in der Luft hängenblieb, um schließlich hilflos zu einer Seite des Diwans herabzufallen.
Die Totenklage erhob sich aus den Tiefen ihres Wesens, zögerlich flatternd zuerst, als säße jener verwundete Vogel jetzt in ihrer Kehle. Dann befreite sie sich, laut und schrill, und flog auf kummerbeladenen Schwingen davon. Aisha nahm das Geräusch nicht einmal wahr, sondern nur seinen schrecklichen Anlaß.

Mittwoch, 18. Februar 1534

Ich unterließ es absichtlich, Königin Anula eine Audienz zu gewähren, nachdem ich den Palast von Kandy eingenommen hatte. Kühl wie immer, ersuchte sie mich auch nicht um ein Gespräch, sondern wartete einfach ab, wahrscheinlich in dem Bewußtsein, daß ich früher oder später doch nach ihr schikken würde.

Nach meiner erfolgreichen Machtübernahme im Königreich von Kandy bestätigte ich die von Königin Anula kürzlich erst vorgenommene Ernennung des Veteranen General Dunu, des früheren Stabschefs König Kumaras, zum Befehlshaber der Streitkräfte von Kandy und entsandte eine starke Abordnung unter seinem und Graf Wickrama Sinhas Befehl in die Unterkönigreiche von Gampola und Hangura, wo sie die Macht übernehmen sollten. Gampola wurde innerhalb eines Tages, nach einer kurzen Schlacht, erobert. Drei Tage später erhielt ich Nachricht, daß meine Truppen in Hungara einen unblutigen Sieg erzielt hätten.

Danach ließ ich noch einen weiteren Tag verstreichen, ehe ich Königin Anula zu einer Privataudienz in dasselbe Gemach bat, in dem sie zum erstenmal den beiden früheren Königen, ihrem Gemahl, dem damaligen Prinzen Kumara, und König Wira, begegnet war.

Der silberhaarige Diener Kolla kündigte die Königin an. Gekleidet in einen blauen Sari, zu dem sie eine Halskette, Ohrringe, Haarnadeln und Armketten aus dunkelblauen Saphiren trug, die in schweres Gold gefaßt waren, schwebte sie in den Raum. Obwohl alles an ihr glitzerte, funkelte, schimmerte, galten meine ersten Eindrücke von ihr einer angeborenen, gedämpften Würde, der bemerkenswerten Anmut ihres schlanken, wohlgeformten Körpers und einer Eleganz in der Haltung, die einzigartig war. Sie sank nicht vor mir in die Knie, sondern verbeugte sich nur tief, wie es ihrem Rang und ihrer Stellung gebührte. Noch bevor sie sich wieder aufrichtete, stieg mir der Duft ihres Parfüms in die Nase, das ich als Destillat der Tempelblume erkannte.

Dann sah ich ihr Gesicht, dessen makellose, dunkle Schönheit kein Schmuck überdecken konnte, das schöne Oval der zart geformten Gesichtsknochen ein perfekter Rahmen für die dunklen, magnetischen Augen. Das letztemal, als ich ihr begegnet war, war ich nur ein Junge im Palast von Jaya gewesen, der keinem weiblichen Wesen außer Juli seine Aufmerksamkeit geschenkt hatte. Nun war ich ein Mann, der gedankenlos von einer körperlichen Ausstrahlung gefangen-

genommen wurde, die weit über eine rein geschlechtliche Anziehung hinausging.
Sie bemerkte sofort meine Reaktion, denn ein rätselhaftes Lächeln des Wissens, des Wiedererkennens, ein Ausdruck unausgesprochener Intimität leuchtete kurz in ihren Augen auf.
»Bitte, nehmt Platz, werte Dame«, bat ich sie.
Sie ging auf die Ruhebank zu meiner Linken zu, setzte sich und ordnete voller Anmut die Falten ihres Saris.
Wie es sich gehörte, wartete sie darauf, daß ich die Unterhaltung eröffnete, doch da ich niemals zuvor mit Königinnen zu tun gehabt hatte, war ich einen Moment lang in Verlegenheit, wie ich wohl beginnen sollte. Dann kamen meine jahrelange Ausbildung und meine verborgene Willenskraft, mit allen Schwierigkeiten fertig zu werden, zum Durchbruch. »Ich hoffe, mein Stab hat Euch all die Höflichkeit angedeihen lassen, die Eurem Rang und Eurer Stellung gebühren, meine Dame?« Meine Stimme war fest, wohlerwogen.
Ein schelmisches Lächeln zuckte um ihre Mundwinkel und gab kurz den Blick auf perlweiße Zähne frei. »Euer *Stab* hat mich mit großer Rücksicht behandelt, mein Herr.«
Sie hatte eine besondere Betonung auf das Wort »Stab« gelegt, und mir wurde bewußt, daß sie mich auf dezente Weise dafür tadelte, so lange mit der Gewährung dieser Audienz gewartet zu haben.
Ihr Gesichtsausdruck wandelte sich rasch. Sie wurde ernst, aufrichtig. »Der einzige Verlust, den ich erleiden mußte, war der, daß man mir so lange den Genuß Eurer Anwesenheit verweigert hat – der Anwesenheit des einzigen königlichen Löwen in unserem Land, Raja Sinha dem Namen und den Taten nach.«
Sie hatte die Worte in so vollkommener Aufrichtigkeit ausgesprochen, daß sie ihrem vorherigen Tadel jeglichen kränkenden Charakter nahmen und ihre poetischen Sätze von dem Verdacht der Schmeichelei befreiten. Keine Frau hatte jemals zuvor so mit mir gesprochen. Wieder konnte ich nichts anderes tun, als ihr tief in die Augen zu schauen, mich an

ihrem Ausdruck der Vertrautheit zu laben, bis eine ungewollte Galanterie in mir die Oberhand gewann. »Nun, wo ich Euch sehe, Madame, weiß ich, daß der Verlust bei mir liegt, und ich kann nur hoffen, daß Ihr mir gestatten werdet, ihn in den nächsten Tagen wiedergutzumachen.« Die Worte waren mir entglitten, ohne daß ich darüber nachgedacht hätte. Diese Frau hatte die seltene Fähigkeit, sie mir zu entlocken.

Erst nachdem sie mein Kompliment mit einem scheuen Lächeln und rasch niedergeschlagenen Augen entgegengenommen hatte, erkannte ich bruchstückhaft das, was um mich herum vorging. Ich war derjenige, der galant gewesen war, und die Vertrautheit zwischen uns hatte sie bewußt geschaffen. Dies war ihre Macht, die sie bislang über jeden Mann ausgeübt hatte. Nun war ich an der Reihe, und ich hatte kein Verlangen danach, ihr zu widerstehen oder die ungewohnten körperlichen Reaktionen meiner Männlichkeit zu zügeln, die sie auslöste. Ich hatte nur ein einziges Mal in meinem Leben mit einer Frau die Liebe erfahren, mit Juli, unter den dunklen Ästen eines Wäldchens auf dem Hügel von Mutu Vella, mit den verblassenden Sternen des Nachthimmels als unserem Baldachin über uns. Jener Liebesakt war ein spontaner Ausdruck der Liebe, des Liebens, gewesen, etwas, das so natürlich und kristallklar gewesen war wie Tautropfen auf morgendlichem Gras. Königin Anula weckte in mir machtvolle Lust.

Es war schließlich die Königin selbst, die mich in die Wirklichkeit zurückholte. Sie blickte zu der Uhr an der Wand. »Es ist fast Zeit für Eure öffentliche Audienzen in der Halle, Herr. Bitte vergebt mir, daß ich Euch von Euren Untertanen ferngehalten habe. Die Zeit schien stillzustehen in Eurer Anwesenheit.« Ihre langen Wimpern bebten, wurden rasch gesenkt.

»Werte Dame, Eure Schönheit ist zeitlos«, erwiderte ich. »Daß Ihr mich an meine Pflichten erinnert, läßt Euch in meinen Augen nur noch kostbarer erscheinen.«

Ihre Augen verschleierten sich. Sie nickte beipflichtend. »Niemand hat jemals zu mir gesprochen, wie Ihr es tut,

Majestät.« Sie hatte mich zum erstenmal mit meinem Ehrentitel angesprochen. »Die meisten Männer möchten sich einfach nur nehmen, was ihnen begehrenswert erscheint. Im übrigen … vielleicht …« Sie zuckte traurig die Schultern, dann wurde sie forsch: »Nun, genug der Mutmaßungen, denn diese Momente sind Wirklichkeit. *Ihr* seid Wirklichkeit. Euch will ich alles darbringen: die Lehnstreue meiner Königreiche, die Ihr erobert habt, die Macht meiner Sippe in Kiri Vella, die Oberherrschaft über das Königreich von Jaya, in dem meine Tochter designierte Königin ist, und die Unterstützung der katholischen Kirche.«
»All das könnt Ihr mir darbringen?« fragte ich, nun endlich ungläubig.
»Gewiß, Herr.« Sie hielt mit ernster Miene inne. »Mein Einfluß an sich mag klein sein, doch kombiniert mit Eurer militärischen Macht … ja … können wir die gesamte Insel außer dem Norden unter unsere Herrschaft bringen, und wenn die ganze Rasse der Sinhala hinter uns steht, werden auch die Tschola unsere Vorherrschaft akzeptieren.«
Eine verzweifelte Stimme in mir fragte: Ist das der Handel, den Ihr mit König Vidiye abgeschlossen habt? Doch gleich darauf wurde sie erstickt von der gewaltigen Fülle der Möglichkeiten, die ihre Worte eröffnet hatten: ein schnellerer Weg zur Erlangung meiner Ziele und diese schöne Frau als Beigabe, um meine Erfüllung zu vollenden. »Was sind Eure Bedingungen, werte Dame?« fragte ich ernst.
Sie hob stolz den Kopf. »Mein Angebot stellt keine Bedingungen. Es ist eine Geste der Dankbarkeit an jemanden, der mich als Königin, als Dame, anerkannt hat«, sagte sie, wobei sie mich offen musterte, »und als Frau. Es ist auch die demütige Unterwerfung unter Eure ehrfurchtgebietende Erhabenheit.«
Gewiß war dies nur ein Traum. Ich schloß kurz die Augen, und als ich sie öffnete, sah ich sie noch immer vor mir sitzen, die Augen schimmernd vor Verheißung und noch etwas anderem: Verwunderung über sich selbst. Sie gab mir sehr deutlich den Eindruck, ein begehrenswerter Mann zu sein.

»Dann darf ich Euch also wiedersehen.« Erregung brachte ihre Augen zum Funkeln.
»Natürlich.«
Ihre Miene wurde strahlend und fröhlich. »Für diesen Fall, Majestät, möchte ich Euch, da ich weiß, daß Ihr heute und morgen einen anstrengenden Tag habt, für übermorgen abend zum Abendessen in meinen Gemächern einladen. Nur wir zwei, wie es sich gehört, mit meiner vertrauten Hofdame als Anstandsbegleitung.«
Ihre Augen verhießen mir mehr als nur ein Gespräch. Einen Moment lang sah ich mich selbst als einen Hasen, der von einer verführerischen, sich hin und her wiegenden Kobra mit Blicken durchbohrt wird. Doch ihre Anziehungskraft verwischte den Gedanken wieder. Ich *wollte* ja all das, was sie mir bieten konnte. Plötzlich, aus heiterem Himmel, sah ich Juli vor mir, jung, ohne Arg, schöner als mondlichtbeglänzte Luft. Ich sah ihren schlanken Körper, ihr kastanienbraunes Haar, das Weiß der Güte, das auf ihrer Haut schimmerte. Warum sahen mich ihre aquamarinblauen Augen so flehend an? Juli hatte einen Mann und Kinder. Warum sollten die Gefühle, die ich für eine andere Frau hegte, sie bekümmern?
»Dies ist kein Traum aus der Vergangenheit, Herr. Dies ist Gegenwart und Wirklichkeit.«
Wie hatte die Königin nur wissen können, daß mich ein Geist aus der Vergangenheit verfolgt hatte? War sie eine Zauberin? In jedem Fall hatte sie recht. Juli gehörte einem anderen. Bald würde sie Lanka für immer verlassen. Und doch …
»Würdet Ihr mir die Ehre erweisen, Herr?« Die kristallklare Stimme der Königin verwischte das Bild Julis in mir wie Wasser, das den Blick durch eine Glasscheibe trübt.
»Natürlich. Die Ehre liegt ganz bei mir.« Ich wurde kühn. »Ich glaube, Erfüllung ist uns beiden gewiß.«

Mittwoch, 18. Februar 1534

Fernao kam später als sonst zum Abendessen nach Hause, weshalb Juli am Fenster ihres Schlafzimmers stand und auf die Zufahrt unter ihr und auf die Lichter der Stadt hinabblickte. Obwohl sie sich an die Unregelmäßigkeiten in Fernaos Tagesablauf gewöhnt hatte, machte sie sich jedesmal Sorgen, wenn er sich verspätete.

Ihre Aufmerksamkeit wurde plötzlich auf die Schwärze des Wäldchens gelenkt, das unterhalb des Hauses des Gouverneurs lag. Einst hatte dort das Böse auf sie gewartet, gefolgt von Momenten unglaublicher Schönheit, die ihr ganzes Leben verändert hatten. Wo war Tiki-tiki? In Kandy natürlich, im Palast.

Die Erkenntnis, daß irgendwo Böses lauerte, ließ eine so tiefe, blendende Schwärze sich um sie herabsenken, daß ihr ein leiser Aufschrei entfuhr. Sie spürte das Vorhandensein dieses Bösen mit derselben verblüffenden Klarheit, wie sie auch gewußt hatte, daß sie ein Kind von Tiki-tiki empfangen hatte. Ihr ganzes Wesen schrie danach, blindlings dorthin zu laufen, wo Tiki-tiki sich befand, und ihm zu helfen. Aber wie konnte sie das tun?

Konnte sie an Fernao appellieren? Nein. An Appu? Wie?

Nun war das unergründliche Böse, das Tiki-tiki umgab, dabei, ihn einzuhüllen, ihm den Atem zu nehmen. Furcht klammerte sich um Juliettas Brust, packte sie an der Kehle.

O lieber Gott, lieber Herr Jesus, geliebte Mutter Maria, helft Tiki-tiki.

Nur Gott konnte helfen.

Sie lief zu ihrem *prie-dieu*, kniete nieder. Die Flammen der brennenden Kerzen erweckten das Gesicht der Muttergottes zum Leben, doch die Augen des Heilands an dem braunen Kreuz waren verstummt vor Entsetzen. Sie richtete in ihrer Verzweiflung ihre ganze Konzentration entschlossen auf Gott, den Vater.

O Gott, bitte beschütze meinen Tiki-tiki vor dem Bösen, das sich seiner bemächtigen will. Die Liebe zu ihm, die du mir schenktest, hat mich davon wissen lassen.

O heilige Muttergottes, ich bitte dich, hilf gemeinsam mit unserem Vater, dem lieben Gott, meinem unberührten Mann, Tiki-tiki.
O lieber Herr Jesus, Prinz des himmlischen Friedens, ich bitte dich, gib meinem Prinzen auf Erden Frieden und Reinheit und errette ihn ...

Kapitel 35

Freitag, 20. Februar 1534

Königin Anula stand an jenem Nachmittag an den Fenstern ihres Empfangsgemachs und ließ sich voller Genugtuung ihre Situation durch den Kopf gehen. Ihre Schönheit und ihr Verstand hatten sie an die Schwelle einer noch größer Zukunft gebracht, als sie sie jemals vor sich gehabt hatte. König Wijayo war Großer König nur dem Namen nach gewesen, König Kumara und König Vidiye hatten sich gar nur Hoffnungen auf den Titel gemacht. Dieser junge Mann dagegen war, im Alter von neunundzwanzig Jahren, bereits wirklich ein Großer König. Wenn sie richtig mit ihm umging, würde ihr die ganze Nation zu Füßen liegen.
Ihre Gedanken wanderten zu König Kumara zurück, dem einzigen Mann, der fähig gewesen war, in ihr tiefstes Inneres vorzustoßen. Sein eigener Verstand war es gewesen, der seinen Niedergang verursacht hatte. Er war zu klug dafür gewesen, auf die Reflexe des herkömmlichen Moraldenkens zurückzugreifen, doch hatte er es schließlich getan und verloren.
»Du hast mich zurückgewiesen, doch am Schluß werde ich dich besiegen«, rief sie ihm zu, denn irgendwo dort in dem grünen Dschungel des scharf abfallenden Berghanges konnte er sie hören. »Jetzt, wo König Vidiye und du tot sind, wird dein Nachfolger niemals wissen, daß ich auf eine alte Rolle zurückgreife. Ihr Männer! Pah! Ich habe nur Verachtung für euch übrig!«

Ihr leises Lachen hallte durch das offene Fenster und schien den Abhang hochzusteigen.

Freitag, 20. Februar 1534

Nach Beendigung der Mahlzeit zogen sie sich aus Königin Anulas privaten Speisegemächern in ihr Empfangszimmer zurück. König Raja Sinha nahm auf König Kumaras Lieblingsruhebank Platz.
Sie musterte ihren Gast beim goldenen Licht der Fackeln. Er war jünger als König Kumara und in vieler Hinsicht anders als er. Das glänzende schwarze Haar, die dunklen Augen, die feinen Züge mit dem gespaltenen Kinn ließen ihn geschlechtlich begehrenswert aussehen. Dies war nicht ein hübscher Junge aus Kandy im heranwachsenden Alter, sondern ein ruhiger, reservierter Mann von großer innerer Stärke, gänzlich ohne Zynismus, aufrichtig, ehrlich, empfindsam. Er hatte nur wenig von dem üppigen Mahl zu sich genommen, das sie ihm serviert hatte, und sich mit gekochtem Reis, Huhn und dunklen *polos*, Currys aus junger Brotfrucht, zufriedengegeben. Insgesamt war er ein maßvoller junger Mann, mit einer ruhigen inneren königlichen Ausstrahlung, die sie höchst anziehend fand. Sie konnte sich zwei Möglichkeiten denken, um ihn in ihre Macht zu bekommen: indem sie ihn mit ihrem Körper reizte, sich ihm aber verweigerte, bis er so von Leidenschaft verzehrt war, daß er alles tun würde, um sie in sein Bett zu bekommen, oder indem sie den *brachmachariya* derart Geschmack an den Wonnen der körperlichen Liebe finden ließ, daß er ihnen und damit schließlich auch ihr verfallen und zu ihrem Sklaven werden würde.
Wie sollte sie vorgehen? Da er schon bald zur Eroberung von Dhamba und dem Norden aufbrechen würde, war die Zeit knapp.
Sie warf König Raja Sinha einen strahlenden Blick zu, in den sie eine Spur Lüsternheit legte. »Ihr seid so alleine als Mensch, Herr«, begann sie mit sanfter und leiser Stimme.

Aus ihrem Blick ließ sie dabei die Vertrautheit sprechen, die die Einsamen verbindet. »Ihr mögt denken, daß ich nicht einsam bin. Immerhin habe ich zwei Kinder. Und doch – wie können denn die Kleinen die schmerzende Leere im Leben der Erwachsenen auffüllen?«

Er zeigte ein leises und, wie sie befand, schwermütiges Lächeln. »Auch ich habe zwei Kinder«, erwiderte er. »Ich weiß also, was Ihr meint.«

Sie war verblüfft, bestürzt, ohne es zu zeigen. »Ich freue mich so sehr, Herr. Doch wie …? Ihr habt niemals geheiratet. Sind diese Kinder vielleicht von einer Konkubine?«

In seinen Augen glitzerte befriedigte Boshaftigkeit. »O nein, werte Dame. Ich habe vor einigen Jahren zwei Kinder adoptiert. Sie heißen Bandula und Nangi.«

Sie seufzte mit großer Erleichterung. »Bitte erzählt mir von ihnen.«

Er erzählte ihr die Geschichte, wie er die beiden Waisenkinder von der Straße aufgelesen hatte, sprach von seinem Gefühl, daß sie in seinen Augen für das gesamte Volk dieses Landes standen, erzählte ihr, daß ihnen seine ganze Liebe und persönliche Verantwortung in seinem Leben galt. »So leben sie also bei ihren Pflegeeltern in Kadu, bei Sene und seiner Frau«, schloß er. »Ich sehe sie selten, doch … äh … die Liebe bleibt.«

Sie hatte ihm schweigend zugehört und sich insgeheim alles gemerkt. »Gerade so, wie ich dachte: Ihr kümmert Euch um die Hilflosen.« Sie hielt inne und schüttelte mit einem wohldosierten Lächeln den Kopf. »Bevor ich Euch vor drei Tagen zum erstenmal begegnete, hatte ich Angst … solche Angst, einem skrupellosen Eroberer gegenübertreten zu müssen. Nun … nun möchte ich Euch nur auf jede erdenkliche Weise dienen … *auf jede erdenkliche* Weise.« An ihrem Blick war zu erkennen, was sie meinte.

Er antwortete ihr geradeheraus. »Werte Dame, ich habe von meinen frühesten Tagen an das Leben eines *brachmachariya* gelebt. Doch Eure Freundlichkeit hat mich berührt. Nun fragt der *brachmachariya* Euch, wie *er* nun *Euch* am besten dienen kann?«

Sie hatte sofort einen Entschluß gefaßt. »Indem Ihr einer Königin gestattet, Euch die Dienste einer Frau zu gewähren«, wisperte sie heiser. Sie stand auf, kam langsam auf ihn zu und kniete vor ihm nieder. »Damit kann ich dem *brachmachariya* dienen, wie ihm keine andere Frau in seinem Leben gedient hat.« Sie zwang sich Tränen in die Augen.
Sie sah, wie seine Nasenflügel bebten, wie ihm der Atem stockte. Seine Augen wanderten über ihr Gesicht, zu ihren Brüsten hinab, wo sie verweilten, um schließlich zu ihren Augen zurückzukehren. Dann streckte er ganz langsam, zärtlich, die Hand aus, strich mit den Fingern über ihr Gesicht, nahm einen Tränentropfen auf die Fingerspitze und sah sie voller Verwunderung an. Er schüttelte den Kopf. »Ihr weint um mich?« Damit hob er den Finger zum Mund und küßte ihn zärtlich.
»Um mich selbst, Herr«, flüsterte sie.
Er beugte sich nach vorne, streichelte ihr Gesicht mit beiden Händen, so zart, daß es sie erzittern ließ. Seine Hände glitten nach oben, strichen über ihre Stirn, ihr Haar. Er stand auf und sie mit ihm; dabei waren sie sich so nahe, daß er sich der Weichheit ihres Körpers nicht entziehen konnte. Einige Zoll größer als sie, beugte er den Kopf, nahm ihr Gesicht zwischen seine Hände und sah ihr tief in die Augen. »Als ich das Königreich von Kandy erobert habe, hielt das Schicksal vielleicht noch mehr für mich bereit, als ich dachte«, stellte er ruhig fest.
Sie hob ihm die Lippen entgegen. Er streifte sie mit seinem Mund. Dann kamen die aufgestauten Gefühle eines ganzen Lebens in ihm zum Durchbruch. Mit einem Stöhnen riß er sie in seine Arme. Er war sehr stark und roch nach Sandelholz. Sie spürte die Härte seiner Erektion, die sich gegen ihren Unterleib drängte. Jung, männlich und hart, war sein Geschlecht so groß, daß sie unweigerlich vor Begierde erschauderte. Mitgerissen von jenem alten Taumel, mußte sie all ihre Kraft aufbringen, um sich nicht ganz zu verlieren.
Später würde noch Zeit genug sein für solche Hingabe. Heute nacht mußte sie mit Bedacht vorgehen.

Mit weichen Lippen öffnete sie den Mund für ihn, rieb ihren Leib gegen seinen Penis. Sie machte sich an seinem Gürtel zu schaffen, ließ sich von der Heftigkeit seines Atmens erregen ...
Zuerst hörte sie es kaum, so leise war das Klopfen. Doch bald darauf durchstieß es in seiner Dringlichkeit ihre Sinne.
König Raja Sinha trat einen Schritt zurück, schloß seinen Gürtel wieder. Immer noch schwer atmend, mit sich blähenden Nasenflügeln, setzte er sich auf die Ruhebank, doch der Schleier in seinen Augen hatte sich gehoben, und an seine Stelle war plötzlich Kühle getreten. Er lächelte ironisch. »Es scheint, daß die Götter es anders wollen, werte Dame«, bemerkte er ruhig. Glaubte er an ein göttliches Eingreifen?
»Es tut mir leid, daß wir gestört werden, Herr«, flüsterte sie. »Doch was auch immer es ist, es wird vorübergehen. Bitte habt Geduld.«
Sie glättete ihr Haar, ging quer durch das Zimmer und nahm ihren Platz wieder ein. »Herein!« rief sie.
Die Tür öffnete sich. Im Eingang stand Nona, ihre silberhaarige Oberste Dienerin, und huldigte ihr. »Was ist denn?« fragte die Königin scharf. »Ich habe dir gesagt, daß ich nicht gestört werden möchte.«
»Ich bitte meine Herrin um Verzeihung«, erwiderte Nona, indem sie sich aufrichtete. »Hochgestellte Persönlichkeiten wünschen auf der Stelle eine Audienz mit Seiner Majestät.«
»Wer?« König Raja Sinha war offenkundig verärgert.
»Graf Wickrama Sinha und General Dunu, Majestät.«
»Dann muß es dringend sein«, erwiderte der König. »Sag ihnen, daß ich sie ... äh ... bald im Audienzsaal erwarten werde.«
»Sie sind bereits hier, Herr. Im Vorraum ... Sie bitten Euer Majestät um die Erlaubnis einzutreten.«
Der König wechselte einen raschen Blick mit der Königin. Er zögerte, jedoch nur einen Moment lang. »Wenn Majestät erlauben?«
Die Königin hatte das undeutliche Gefühl einer Vorahnung. »Natürlich, Euer Majestät. Euer Wunsch ist mir Befehl.« Ihr

mattes Lächeln versprach ihm mehr als die Erfüllung des Wunsches, den er gerade eben geäußert hatte.
Kurz darauf wurden die beiden Männer hereingeführt.
»Bitte nehmt Platz.« König Raja Sinha zeigte auf die Sitzgelegenheiten neben sich.
»Wenn Euer Majestät belieben – die Angelegenheiten, die sich ergeben haben, sind so dringend, daß wir keine Zeit haben, uns zu setzen.« Graf Wickrama Sinha klang grimmig und angespannt. »Wir bitten Euch, uns zu Euren Gemächern zu begleiten, damit wir sie besprechen können.«
Ein Ausdruck der Verwirrung legte König Raja Sinhas Stirn in Falten. Er sah kurz zu der Königin hinüber und schien einen Entschluß zu fassen. »Bitte nehmt Platz, meine Herren«, wiederholte er in festem Ton. »Königin Anula ist soeben zu meiner Verbündeten geworden, also könnt Ihr in ihrer Anwesenheit frei sprechen.«
Seine Worte erfüllten sie mit großer Freude, und es fiel ihr schwer, einen Ausdruck des Triumphes aus ihrem Gesicht zu verbannen. Sie sah mit klammheimlichem Vergnügen zu, wie die beiden ihre Plätze einnahmen. »Nun also, meine Herren, Eure Neuigkeiten. Es wäre besser, wenn sie von gewaltiger Bedeutung wären, denn Ihr habt uns damit bei unserem privaten Beisammensein gestört.«
»General Dunu und ich sind vor ein paar Minuten von der Eroberung des Königreichs von Hangura zurückgekehrt«, machte Graf Wickrama Sinha den Anfang. »Boten aus dem Norden erwarteten uns mit der Nachricht, daß König Ratnes Waram von Jaffna an der Spitze einer starken Streitmacht, die man auf zwanzigtausend Mann zusätzlich einer Verstärkung von fünfzehntausend Söldnern aus Südindien schätzte, unsere alte Hauptstadt Anu eingenommen hat. Man erwartet, daß die Tschola als nächstes auf Polon marschieren, bevor sie die Hauptstadt von Dhamba angreifen werden.«
»Fünfzehntausend Söldner! Sagtet Ihr *fünfzehntausend?*« König Raja Sinha klang ungläubig.
»Ja, Majestät.«
Es trat ein kurzes Schweigen ein. »Nun, wenn wir all unsere

Truppen zusammenziehen, können wir es mit den Tschola mehr als aufnehmen.« König Raja Sinha hatte offensichtlich eine schnelle Schätzung der relativen Truppenstärken vorgenommen. »Die einzige Frage ist, wo wir uns mit ihnen schlagen.«

Die Königin hatte eine Eingebung. »Würdet Ihr einer törichten Frau gestatten, einen Vorschlag zu machen, Herr?« erkundigte sie sich mit scheinbarer Scheu.

»Ja, werte Dame.«

Der König schien ganz Ohr zu sein, doch sie spürte, wie die beiden anderen Männer sich versteiften. »Nun, warum lokken wir die Tschola nicht hierher und schneiden ihnen dann den Rückweg ab?«

»Wie sollte das gehen?« fragte der König.

»Ich könnte in die Wege leiten, daß die Armeen von Dhamba und die meiner Sippe in Kiri Vella die Offensive übernehmen.« Sie unterbrach sich. »Immerhin habt Ihr mir gerade eben den ehrenvollen Titel einer Verbündeten gegeben.«

»Nun, meine Herren, was haltet Ihr von diesem strategischen Plan?« Der König wandte sich an seine beiden Generäle. »Es hat ganz den Anschein, daß die Königin ihre Schönheit mit Verstand und Loyalität ergänzt.«

General Dunu ließ ein deutliches Schnauben vernehmen. Sein rundes Gesicht wurde rot, der schwarze Schnurrbart schien zu knistern vor Erregung. »Majestät, die Verbündeten, von denen Ihre Majestät spricht, sind im wahrsten Sinne des Wortes eine tödliche Kombination, wovon ich persönlich Zeugnis ablegen kann«, polterte er.

»Eure Worte haben eine versteckte Bedeutung, General«, stellte der König scharf fest. »Bitte um Erklärung.«

Die Atmosphäre in dem Raum war plötzlich kalt und angespannt wie eine Trommel geworden.

»Majestät, auch auf die Gefahr hin, daß ich bei Euch in Ungnade falle, muß ich Euch bei allem Respekt mitteilen, daß ich niemals den militärischen Vorschlägen trauen würde, die die Königin macht.« Der General brachte die Worte langsam, gewichtig hervor, wobei er Anula mit einem so grimmigen

Blick bedachte, daß sogar sie gezwungen war, den ihren zu senken. »Mein früherer Herrscher, König Kumara, starb wegen der sogenannten Verbündeten, die seine Königin beschafft hatte. Ich selbst bin heute nur durch die Gnade der *devas* und aufgrund eines Versprechens am Leben, das ich dem verstorbenen König Vidiye auf meine Ehre geben mußte, als Bedingung für meine Freilassung nach der Schlacht von Kegalla. Er wollte nicht, daß die Welt erführe, wie er zu diesem Sieg gekommen war, und ich hatte gedacht, ich würde das Geheimnis mit in mein Grab nehmen, doch nun sehe ich, daß das Böse noch immer am Gären ist, nicht wahrgenommen von Euch, weil Schönheit es überdeckt, und ich bin gezwungen, mich zu fragen, was das ist – Ehre?«

Die Königin wußte mit schwindelerregendem Entsetzen, was er gleich enthüllen würde. Sie suchte verzweifelt nach etwas, das sie sagen könnte, mit dem sie die Unterhaltung in andere Bahnen lenken könnte. Bevor sie eingreifen konnte, fuhr der General mit unerbittlicher Miene fort. »Wahre Ehre befiehlt es mir, einen aus Feigheit – um mich selbst vor Tod oder Gefangenschaft zu retten – gegebenen Eid zu brechen. Es war ebendiese Königin hier, Majestät, die mit König Vidiye zusammen am Verrat ihres Gemahls und des ganzen Volkes von Kandy gearbeitet hat, damit sie seine Gefährtin würde und ihn heiraten könnte. König Kumara hat mir ebendies in allen Einzelheiten geschildert, kurz bevor er starb.«

»Mir ist bekannt, daß König Kumara verraten wurde, General, aber welchen Beweis habt Ihr dafür, daß die Königin dahintersteckte?« fragte der König. »Es ist wohl besser, wenn Ihr …« Er mußte ihren Gesichtsausdruck bemerkt haben, denn er unterbrach sich plötzlich. Seine Augen weiteten sich. Mit einemmal stieß sein dunkler Blick bis in ihr *atman*, ihre Lebensessenz, vor, und sie erkannte, welche Macht in ihm steckte.

»Majestät, König Kumaras letzter Befehl lautete, daß ich seinen Tod herbeiführen sollte, damit er ohne Schande sterben könnte.« Die tiefe Stimme des Generals brach. »Er gab mir den Beweis für die Treulosigkeit seiner Gemahlin und

befahl mir, ihn zu nutzen, wenn die Zeit reif dafür wäre. Offensichtlich kannte er seine Königin genau.«
»Das ist lange Zeit her, General«, erwiderte der König, halbwegs ungeduldig nun. »Ich verstehe Eure Sorge, doch die Geschichte nimmt ihren Lauf, Bündnisse wechseln, neue Zusammenschlüsse entwickeln sich.«
»Majestät, mit den gebührenden Respekt wiederhole ich, daß der wirkliche Feind mitten unter uns sitzt«, protestierte General Dunu ruhig. »Wie können wir uns mit Leuten zusammenschließen, die bekannt sind für ihre Treulosigkeit, Leuten, denen wir nicht trauen sollten?«
General Dunus verbitterter Blick war auf sie gerichtet. Ihr Magen schmerzte, als sie diesen Blick auffing.
»Ich bitte Euch untertänigst um eine private Unterredung, bevor Ihr in dieser Sache eine Entscheidung trefft.«
»Wozu?«
»Um Euch, meinem Herrscher, eine schriftliche Botschaft zu überreichen, die ich schon zu lange mit mir herumgetragen habe.«
»Und ich habe eine Botschaft von einem alten Freund Eurer Majestät, aus der Zeit, als Ihr noch Prinz Tiki-tiki ... äh ... Tikiri wart.« Es war Graf Wickrama Sinha gewesen, der sich zum erstenmal eingemischt hatte. König Anula spürte, daß er es bewußt zu diesem Zeitpunkt getan und seine Worte mit Sorgfalt gewählt hatte.
Im selben Moment durchtrennte eine schimmernde Schwertklinge die Verbindung zwischen ihr und dem König. Bestürzt sah sie, wie seine Augen sich erneut weiteten, wie ein unsichtbarer Schleier sich über ihnen lüftete. Er war wachsam und wieder unnahbar und blickte sie an, als wäre sie eine Fremde.
»Werte Dame, Ihr werdet mir vergeben, aber mich rufen dringende Staatsangelegenheiten.« Seine Stimme war kalt und formell. »Mit Eurer Erlaubnis werde ich mich verabschieden, um mich ihnen zu widmen.«
»Werdet Ihr heute nacht zurückkehren, Herr?« Sie merkte, daß sie fast flehte, und ärgerte sich darüber.
»Das ist unwahrscheinlich.«

Die Worte sandten ihr einen eisigen Schauder über den Rücken. »Vielleicht ein anderes Mal, Herr?« ließ sie nicht locker.
Der König erhob sich, sie und die Generäle mit ihm. »*Das* wäre unmöglich.« Er verabschiedete sich und schritt durch die Tür, Graf Wickrama Sinha ihm hinterher. General Dunu blieb kurz stehen und musterte sie mit offener Verachtung. »Mein früherer Herrscher ist aus dem Grab zurückgekehrt, um die letzte Schlacht zu gewinnen«, erklärte er leise. »Es hat lange gedauert, aber wie Ihr wißt, *war* er der Klügste seiner Zeit ... und er hat *stets* gesiegt.« Er verbeugte sich höflich und eilte hinaus.
Sie sah ihm nach, wobei sie das Bedürfnis niederkämpfen mußte, ihm hinterherzulaufen und die Zunge aus dem Mund zu reißen. Ihr entfuhr ein Schluchzen. Sie hob eine Hand zum Mund. Als sie sich unvermittelt umdrehte, fiel ihr Blick auf die Ruhebank, auf der König Kumara immer gesessen hatte. Seine beherrschenden Augen tauchten vor ihr auf. Das Zimmer begann sich zu drehen, mitsamt seinen Erinnerungen, der Zärtlichkeit, dem Zynismus, den klugen Worten, der Galanterie, deren Zeuge es geworden war. Plötzlich hielt sie es nicht mehr länger aus. Sie brauchte frische Luft.
Sie lief zum Fenster. Vom dunklen Berghang kam König Kumaras Gesicht auf sie zugerast, hielt vor ihr an. Größer und größer wurden die braunen Augen, die so spöttisch waren wie bei ihrer ersten Begegnung, immer schneller wirbelten sie umher. Sein zynisches Lachen dröhnte in ihren Ohren. Er war aus dem Grab gestiegen, um sich über sie lustig zu machen.
»Ich habe gewonnen.« Seine Stimme war voll nüchternen Triumphs. »Ich gewinne *immer.* Du bist am Ende, Anula. Eine Zukunft hast du nicht mehr. Du bist tot, toter als ich, der ich nur körperlich tot bin, denn du mußt das Leben noch ertragen. Ha! Ha! Ha! ...« Wieder und wieder kehrte sein Gelächter aus den dunklen Berghängen als Echo zurück. Sie hielt sich die Ohren zu, doch das Geräusch blieb.
»Sei verflucht, Kumara!« brach es plötzlich aus ihr hervor.

»Sei verdammt bis in die Hölle! Verdammt sei deine schwarze Seele für immer. Ich verfluche, verfluche, verfluche dich ...« Die Worte wurden zu einem Heulen. Mit Schrecken bemerkte sie, daß es das Heulen einer verlorenen Seele war. Voller Verzweiflung kämpfte sie gegen den Wahnsinn an, der sich in ihrem Gehirn auszubreiten begann.

Kapitel 35

Freitag, 20. Februar 1534

Die Nachtluft draußen auf der Palastveranda war kühl, doch die Schauder, die mich immer wieder durchliefen, als ich mich, gefolgt von Graf Wickrama Sinha und General Dunu, vom Gemach der Königin entfernte, entsprangen meinem Inneren.
Ich war schon so manches Mal den klaffenden Fängen des Todes gerade noch entronnen und wußte deshalb mit verblüffender Klarheit, daß das Schicksal, aus dem man mich gerade eben errettet hatte, schlimmer als der Tod gewesen wäre, denn die geschlechtliche Hörigkeit Königin Anula gegenüber hätte das Ende meiner Ideale bedeutet.
In dem Zustand höherer Wahrnehmungsfähigkeit, in dem ich mich befand, erkannte ich, daß die Treue zweier Menschen, die General Dunus und die Julis, mich vor ihr gerettet hatten. Beide hatten Eide gebrochen, um mich vor dem Bösen zu bewahren: General Dunu den Eid dem toten König Vidiye gegenüber und Juli den Eid, mit dem sie an einen lebenden Ehemann gebunden war. Als Juli mir das Kennwort Tiki-tiki gesandt hatte, hatte ihre Liebe die Grenzen der Ehe und der Familie überschritten und mich vor der Sklaverei bewahrt. Waren es ihre Gebete, also auch ihr Gott, gewesen, die meine Rettung noch rechtzeitig kommen ließen? Plötzlich hatte ich das Gefühl, daß es wichtig ist, daß ein Gott oder Götter unsere Schicksale lenken und daß einzig der Glaube an göttliche Führung uns helfen kann zu überleben.

Als die beiden Generale und ich uns schließlich in meinen Gemächern gegenübersaßen, war ich ruhig geworden, obwohl ich mir in Erinnerung rief, daß hier, in diesem Raum, zwei Tage zuvor meine Verführung ihren Anfang genommen hatte.

»Der Tschola-König Ratnes Waram hat den perfekten Zeitpunkt gewählt«, behauptete ich. »Er hat zugeschlagen, während wir alle Hände voll damit zu tun haben, unsere Truppen zu regruppieren und unsere Macht zu festigen.«

»Nun, da er Anu eingenommen hat, und das einschließlich des angrenzenden Unterkönigreichs von Dhamba, das unter ungewissen Machtverhältnissen existiert, verfügt er über ein großes geographisches Gebiet, zum Teil fast Niemandsland, in dem er sich frei bewegen kann«, stellte Graf Wickrama Sinha betonend fest.

»Dieser Vorstoß hat auch Auswirkungen auf unseren eigenen Schlachtplan«, polterte General Dunu. »Wir müssen vor jedem Versprechen der Unterstützung aus Dhamba auf der Hut sein, wie aus diesem Dokument hervorgeht.« Er stand auf und hielt mir ein *ola* entgegen. »Ihr werdet bemerken, daß es König Kumaras Siegel trägt.« Er schluckte, blinzelte kurz, um seine Rührung zu verbergen. »Ich schrieb die Worte nieder, wie er sie mir diktierte. Es war seine letzte Tat als König, bevor er verschied.« Er setzte sich abrupt wieder hin.

Ich untersuchte das Siegel, öffnete das *ola* und las die Botschaft, die an mich persönlich gerichtet war. Die Worte müssen geheim bleiben, doch war König Kumaras Weitblick unglaublich, ja bizarr gewesen. Wie gut hatte er seine Frau gekannt und durchschaut. Wie gut hatte er die Politik unseres Landes begriffen. Ich steckte das *ola* in die Tasche meiner Tunika, wieder mit einer Gänsehaut, weil sich erneut bestätigt hatte, wie knapp ich Königin Anulas Klauen entgangen war.

Ich blickte zu Graf Wickrama Sinha hinüber. »Ihr erwähntet, daß ein Bote aus Colombo eingetroffen sei?«

»Ja, Majestät. Die Botschaft besagt, daß die Portugiesen, angestiftet von Bischof Juan, König Ratnes Waram jede

mögliche Unterstützung leisten werden. Obwohl es sich dabei militärisch nicht um viel handeln kann, war der Tschola umgekehrt damit einverstanden, Missionarsmönchen den Zutritt zu seiner Stadt zu gewähren, wo sie völlige Freiheit in der Verbreitung ihres Glaubens haben sollen.«
Aus mir brach Wut hervor. »Lanka wird von außen gelenkt«, rief ich voller Leidenschaft. »Wahre Freiheit werden wir erst kennen, wenn wir die verfluchten *parangi* von unseren Küsten vertrieben haben. Sie werden gewiß an der Reihe sein, wenn wir die Tschola besiegt haben.« Noch während ich die Worte aussprach, erinnerte ich mich mit Schrecken daran, daß auch Juli eine *parangi* war.
»Wir sind auf Eurer Seite, Majestät!« rief General Dunu aus.
»Nun aber zu dem, was in der Gegenwart ansteht«, stellte ich fest. »Wir werden nicht zulassen, daß uns die Bedrohung der Tschola zu einem wilden Drauflosschlagen verführt. Wir werden unseren Sieg über die drei Königreiche von Kandy konsolidieren und uns ihre Verwaltung zu eigen machen.«
Wir diskutierten die Einzelheiten bis weit in die Nacht hinein. Am frühen Morgen würde man die Befehlshaber benachrichtigen, damit Schlachtpläne erstellt werden konnten. Ich war gerade dabei, den beiden Männern zu erlauben, sich zurückzuziehen, als mir ein Gedanke kam. »Wir haben die ganze Zeit über die Bedrohung durch die Tschola diskutiert, und was wir in dieser Hinsicht tun können«, erklärte ich. »Dabei haben wir die wichtigste Frage überhaupt außer acht gelassen. Warum haben die Tschola zugeschlagen?«
»Weil der Zeitpunkt richtig war«, erwiderte General Dunu. »Genau, wie Ihr sagtet, Majestät.«
Graf Wickrama Sinha war nachdenklich geworden. »Wir sollten hinter die Zeitpläne von König Ratnes Waram blikken«, meinte er. »Was hat ihn wirklich zu der Entscheidung veranlaßt, nach all diesen Jahren friedlichen Nebeneinanderlebens die singhalesischen Königreiche anzugreifen? Er ist ein frommer Hindu, ein Mann ohne großen Ehrgeiz. An einer Ausweitung seiner Gebiete war er nie interessiert. Warum sollte ein solcher Mann eine ehrgeizige Invasion planen?«

»Die Tschola hat es schon immer nach den fruchtbaren Gebieten südlich ihrer brachen Wüsteneien gelüstet«, versuchte sich General Dunu an einer Erklärung.
»Es muß noch etwas anderes dahinterstecken bei einem Mann wie König Ratnes Waram.« In Graf Wickrama Sinhas zusammengekniffenen Augen leuchtete es auf, als beginne er zu begreifen. »Nur ums Überleben könnte es gehen, Majestät. König Ratnes Waram handelt aus Angst.«
»Angst vor wem?« fragte ich.
»Offensichtlich vor Euch, Majestät.«
»Angst wovor? Sicher weiß er, daß alles, was ich will, die Oberherrschaft ist, und daß er Unterkönig bleiben könnte? Er kann doch nicht im Ernst glauben, daß ich mich wie ein Tyrann betragen würde. Es muß etwas geben, wovor sich König Ratnes Waram fürchtet ... etwas ... etwas ...« Fieberhaft suchte mein Verstand nach anderen Ursachen.
»Könnte es sein, daß er *um etwas* fürchtet?« fragte Graf Wickrama Sinha ruhig.
Meine Gedanken begannen, in jene Richtung zu kreisen, wie die Flammenkegel eines Wurfakrobaten. »Was bedeutete den Tschola am meisten?« überlegte ich laut. »Die hinduistische Religion, der ein Familiensystem, die drawidische Sprache, die Kultur, Sitten und Traditionen aus Jahrhunderten anhängig sind. Doch warum sollten die Tschola jetzt darum fürchten?« Das Wirbeln hörte auf, als eine hellere Erkenntnis endlich Licht in mein Denken brachte. »Ich hab's!« Ich hieb vor Erregung mit einer ausgestreckten Handfläche durch die Luft. »König Maya Dunnes Machtgrundlage, die ich übernommen habe, ist der Zusammenschluß von buddhistischen *bhikkus*, Heilkundigen der *Ayurveda*-Tradition und Dorfschullehrern, die allesamt gewaltigen Einfluß auf das singhalesische Volk haben, besonders über unsere Frauen. Die meisten von ihnen sind fanatische singhalesisch-buddhistische Nationalisten. Hungrig nach persönlicher Macht und nach Einfluß, benutzen diese Extremisten unsere Sache, um ihre Gelüste zu befriedigen. Sie stacheln das Volk dazu an, noch weiter zu gehen und die Rechte anderer

Rassen, Sprachen, Religionen zu zerstören. *Das* ist es, was die Tschola fürchten.«

»Was werdet Ihr in dieser Richtung tun, Majestät?« Graf Wickrama Sinha allein kannte meine insgeheimen Ansichten über das Wesen unserer Nation.

Was ist die Pflicht eines Königs? Ein zufriedenes Volk zu regieren. Ich dachte an meine beiden kleinen Findlinge Bandula und Nangi, an Hunderttausende anderer Kinder, Sinhala, Tamilen, Moslems, Katholiken, die allesamt mehr des Schutzes vor ihren singhalesischen Erziehern bedurften als vor den feindlichen Tschola. Nur ich konnte ihnen jenen Schutz gewähren.

»Ich werde darüber nachdenken«, erwiderte ich lebhaft. »Ansonsten aber sollten wir jetzt alle ein wenig schlafen. General Dunu, morgen früh um sechs Uhr werde ich im Besprechungsraum eine Vollversammlung meines Stabes abhalten.« Ich sah auf die Wanduhr, die ein Uhr vierzig anzeigte. »Vielmehr heute.«

Als die beiden Generäle gegangen waren, zog ich mich in mein Schlafzimmer zurück, nicht um zu schlafen, sondern um in aller Ruhe über die Möglichkeiten nachzudenken, wie man die Ursachen des Tschola-Angriffs beseitigen könnte.

Mittwoch, 24. Februar 1534

Das große Haus war zu einem Ort der Einsamkeit geworden. Aisha war dennoch klug genug zu wissen, daß es nicht das Haus, sondern ihr ganzes Leben war, das einsam geworden war, weil in ihrem Herzen die Einsamkeit regierte.

Während der langen Stunden der Nacht hatte sie stets viel Zeit, um über die Ganzheit eines Menschen nachzudenken. Wir sind wie Nacht und Tag, hatte sie einmal gedacht. Ein paar Stunden lang scheint für uns die Sonne, wenn wir das Beisammensein mit anderen erleben und Glück in unserem Wirken finden. Dann aber senken sich unweigerlich die Schatten des Abends über uns herab. Bald ist es Nacht, und

wir sind allein, selbst wenn da jemand, den wir lieben, neben uns liegt. Das ist der Wille Allahs. Und wie die unweigerlich hereinfallende Nacht ist auch der Tod sein Wille.
Das deutliche Bewußtsein, daß das Licht aus ihren Tagen gewichen war, hatte sich in Aisha Raschids Denken erst dann festgesetzt, als man Abdul Raschids Körper aus ihrem Haus weggetragen hatte. Damals, mehr als je zuvor in ihrem Leben, hatte sie ihre naturgegebene Stärke gebraucht, um zu überleben. Sie hatte ihre geschäftlichen Pflichten peinlich genau verrichtet, hatte das Leben von Tag zu Tag, von Stunde zu Stunde, von Minute zu Minute ertragen, ohne zuzulassen, daß die Verzweiflung sie verändere. Dennoch – all ihr Verlangen zu erobern, zu beherrschen, war mit Abdul Raschid riesigem Körper von ihr gegangen. So angefüllt ihre Tage waren, so schrecklich waren ihre Nächte geworden. Sie hatte begonnen, sie zu fürchten.
Nicht einmal die Nachricht von König Raja Sinhas Einmarsch in Kandy hatte ihre kalte, teilnahmslose Seele erwärmt. Als sie an jenem Morgen erfuhr, daß der König der Tschola Anu eingenommen hatte, regte sich in ihr ihre Loyalität zu König Raja Sinha, doch auf eine seltsam unbeteiligte Weise. Nun war es Mittag, und sie erwartete den angekündigten Boten ihres Bruders Paichi Marcar, der ihr Anweisungen überbringen sollte, wie sie nach dem Tod von Abdul Raschid fortfahren sollte.
Sie blickte weder bei dem leisen Klappern von Sandalen auf der Veranda auf, noch beim Ertönen der hohen Stimme ihres Leibwächters, eines barbrüstigen Eunuchen, der ihr den Neuankömmling als Deen, den Boten des erhabenen Herrn Paichi Marcar aus Kalkutta, vorstellte. Erst als der Eunuch rückwärts hinauszugehen begann, hob sie den Blick über ihrem *yashmak* ohne Neugierde ihrem Besucher entgegen.
Sie erstarrte plötzlich und unterdrückte einen Aufschrei, der ihr beinahe entfahren wäre. Unglaublich – sie sah in die Augen Alis, ihres Sohnes.
Und doch war dies nicht Ali, sondern ein junger Mann, der fast genauso wie Ali aussah, wenn dieser noch am Leben

gewesen wäre. Dieselbe klare, helle Haut, noch betont durch das glänzende schwarze Haar, dasselbe wohlgeformte, ovale Gesicht mit den zarten, fast weiblichen Zügen, derselbe schlanke Körper, nur daß dieser junge Mann größer war als Ali. Er trug sogar Alis Lieblingskleidung, einen cremefarbenen *dhoti* und eine kurze, dunkelbraune Weste.
»Wer seid Ihr?« fragte sie verwirrt.
Die strahlenden Augen wurden schmal, da er zu lächeln begann, das entschlossene Kinn hob sich. »Wie der Diener sagte, ist mein Name Deen. Ich bin der jüngere Sohn Eures Bruders Paichi Marcar, werte Dame.« Der junge Mann hatte eine weiche, melodische Stimme. »Das macht mich zu Eurem Blutsneffen.«
Was auch die Ähnlichkeit erklärte, denn Ali hatte ihrem Bruder sehr ähnlich gesehen.
Impulsiv streckte sie die Hand aus. Er kam auf sie zu, nahm sie in die seine und kniete nieder, um sie zu küssen. Sie spürte, wie ihr Herz schneller klopfte. Hatte Allahs Wille ihr einen Schimmer Tageslicht zurückgebracht?
»Setzt Euch«, bat sie. Irgendein innerer Antrieb ließ sie ihm den Diwan zuweisen, auf dem ihr Gemahl stets gesessen hatte.
Deen ging mit federnden Schritten quer durch den Raum und setzte sich voller Anmut nieder. Jede seiner Bewegungen war geschmeidig und klar wie die eines Geparden.
»Das Mittagsmahl wird bald serviert«, teilte sie ihm mit. »Ihr könnt es mit mir einnehmen. Für wie lange bleibt Ihr hier?«
»Solange Ihr mich braucht. Mein Vater wünscht, daß Ihr das Geschäft so weiterführt wie bisher, indem Ihr weiter Eure Tatkraft und Eure Unternehmungslust einsetzt. Er schickte mich zu Euch, um Euch zu helfen, nun, da Onkel Abdul tot ist.«
Eine große Ruhe hatte sich ihrer bemächtigt. Zeigte ihr Allah hier einen Weg, mit ihrem Bruder Paichi Marcar als seinem Werkzeug? »Dann richtet Euch am besten auf einen langen Aufenthalt ein«, verkündete sie, hinter dem *yashmak* vor sich hin lächelnd.

Er mußte ihr Lächeln gespürt haben, denn er leistete ihr mit einem Grinsen Gesellschaft. »Ich habe keinerlei Bindungen, meine Dame. Meinem Vater im Geschäft zu helfen ist mein ganzes Dasein gewesen.« Die braunen Augen blitzten, wie es auch die von Ali getan hatten, wenn er ungehalten gewesen war. »Wie Ihr Euch jedoch vorstellen könnt, hatte ich dort zu Hause keine wirkliche Zukunft, weil mein Bruder Majid immer den Vorrang haben wird. Und das ist auch richtig so. Er ist nicht nur der älteste Sohn, sondern auch ein besonders fähiger und brillanter Geschäftsmann.«

»Ihr glaubt also, Ihr könnt eines Tages dies alles hier übernehmen?«

»Ja.« Der Ton seiner Stimme war entschieden, sein Blick ruhig. Wie sehr erinnerte er sie an Ali.

»Gut«, erwiderte sie, verwundert darüber, daß sie wieder einmal entdeckt hatte, wo wirkliche Stärke lag. »Ich werde Euch alles beibringen, was ich weiß. Wenn ich überzeugt bin, daß Ihr bereit seid, das hier zu übernehmen, werde ich diesen Platz frei machen und Euch für den Rest meines Lebens nur noch beistehen. Aber das können wir noch besprechen, während wir essen. Bis dahin bedient Euch doch von diesen Leckereien hier. Sie haben immer hier gestanden für das Oberhaupt des Haushalts.«

Er wurde einen Moment lang ernst, blickte sie an, als wollte er sichergehen, daß sie meinte, was sie sagte. Schließlich nickte er und lachte leise auf. Er streckte seine langen, schmalen Finger nach einem Würfel roten Lokums aus und steckte es sich schwungvoll in den Mund.

Dienstag, 24. Februar 1534

Mit Juli an der Hand schlenderte Fernao langsam über den Rasen vor ihrem Haus in Mutu Vella. Die goldene Abendluft trug den Klang der beiden Kinderstimmen von ihrem Studierzimmer im Erdgeschoß zu ihnen herüber; sie sangen ein portugiesisches Volkslied. Die glühende Hitze des Nachmittags hatte einen stechenden Geruch nach verbranntem Gras zurückgelassen. Fernao blieb stehen, um ihn dankbar einzuatmen. Er schlang den Arm um Julis schlanke Taille und blickte zu den fernen Wassern des Hafens hinab, auf denen das Sonnenlicht tanzte. »All dies ist so sehr zum Bestandteil unseres Lebens geworden, Juli«, bemerkte er nüchtern. »Es ist seltsam ... und ziemlich traurig ... daran zu denken, daß man es für immer zurückläßt.«

Sie wandte den Kopf, um ihn anzusehen. Die im Westen versinkende Sonne ließ ihre aquamarinblauen Augen schimmern wie das Meer. »Wir können nur nach vorne blicken«, erwiderte sie. »Wir haben unsere Pläne gemacht und dürfen sie nicht mehr ändern. Wichtig für dich, mich und die Kinder ist einzig das Zusammensein.« Sie zögerte, und ein Seufzen entfuhr ihr. »Etwas sagt mir, daß wir noch ernste Hindernisse überwinden müssen, bevor wir ans Ziel gelangen, sehr ernste Hindernisse sogar.«

»Was denn?«

»Ich weiß nicht, Fernao. Manchmal sehe ich eine schwarze Wolke zwischen uns und unserer Abreise hängen.« Ein mitleiderregender Unterton in ihrer Stimme ließ ihn sie noch enger an sich ziehen. Er wandte sich zu ihr um, nahm sie an den Oberarmen und blickte ihr tief in die Augen. »Wovor hast du Angst?«

»Ich wünschte, ich wüßte es, Fernao.«

Er faßte rasch einen Entschluß, wirbelte herum und zeigte hinab in Richtung Hafen. »Siehst du dort die beiden großen *nao*? Mit ihren Kanonen sind sie die machtvollsten Maschinen auf dieser Erde. Sie können uns überall herausholen, uns hinbringen, wo wir wollen.« Er hielt inne, wurde nüchtern. »Wenn Gott es nicht anders will.«

»Ich wünschte, ich hätte deine Zuversicht, mein Liebling.« Ihre Stimme war besorgt. »Es ist gerade Gottes Wille, der mir Sorgen macht. Was hat er noch für uns auf Lager?«

»Portugal, ein Heim und Schönheit«, verkündete er mit einem leisen Lachen. Plötzlich war er so von Liebe zu ihr erfüllt, daß es fast schmerzte. Er mußte sie aus dieser Laune

befreien. »Du bist niedergeschlagen«, behauptete er. »Es muß an jener Zeit im Monat liegen.«
Mit Vergnügen beobachtete er, wie ein zartes Rot ihre Wangen überzog. So viele Jahre waren sie nun schon verheiratet, und noch immer konnte ihr Erröten poetische Gefühle in ihm wecken.
»Nun aber, General Fernao de Albergaria, ich *möchte* schon bitten«, stellte sie mit neckischem Ernst fest und war tatsächlich in anderer Laune. »Das ist gewiß keine Art für einen Herrn, mit einer Dame zu sprechen. Wenn er sie nicht liebt. Tut Ihr das, mein Herr?«
»O ja, ich tue es wohl.«
Sie lachte leise auf. »Trotz meiner schwarzen Wolken, die ich überall sehe?«
»Um all die schwarzen Wolken und die Drachen zu verscheuchen, die die Dame heimsuchen, der mein Herze gehört.«
»Ihr seid verrückt.«
»Nach Euch.«
Ihr Blick, der voller Liebe war, versenkte sich mit so verwirrender Macht in dem seinen, daß er das Gefühl hatte, die Luft zwischen ihnen würde schimmern. »Heute nacht«, flüsterte sie. »O Fernao, ich liebe dich so sehr.« Sie sank in seine Arme, legte den Kopf an seine Schulter. Ihr kastanienbraunes Haar, das in der Sonne glänzte, duftete nach Moschus. »Sprechen wir nicht mehr über traurige Dinge.« Sie barg ihr Näschen an seiner Brust. »Sag mir, was es Neues gibt.«
Er ließ sie los, seine Miene war ernst geworden. »Es sind keine guten Nachrichten, Juli. König Ratnes Waram hat nach seiner Eroberung von Anu auch Polon eingenommen und marschiert jetzt auf Dhamba. Und am schlimmsten dabei ist, daß die indischen Söldner des Tschola-Königs auf das Land losgelassen werden und überall plündern, rauben, morden und schänden.«
»Was tun *wir* dagegen, Fernao?«
»Nichts«, murmelte er bitter. »Wir sind hilflos aufgrund der Befehle, König Ratnes Waram stillschweigend Unterstützung zu gewähren, wozu die heilige Kirche angestiftet hat.«

»Und was für eine Hilfe kann König Raja Sinha erwarten, wenn nicht von seinem Volk? Ich hoffe, er geht nicht in dieselbe Falle wie damals König Kumara mit dieser schrecklichen Königin Anula.«

Fernao spürte, was Julietta am Herzen lag. Als er vor so vielen Jahren seine Eifersucht auf König Raja Sinha überwunden hatte, war ein Wunder daraus erfolgt. Er hatte sich nicht nur aus den Fängen der Selbstquälerei befreit, sondern sein Handeln hatte Julietta auch immer mehr an ihn gebunden, sie ihm näher gebracht. Aus diesem Grunde ließ heute seine Liebe zu Juli in ihm nur den Wunsch entstehen, ihr Denken von den Vorahnungen zu befreien, die sie möglicherweise bezüglich des Wohlergehens seines Rivalen hegte. Er sagte ihr alles, was er von den Vorgängen zwischen Königin Anula und König Raja Sinha im Palast von Kandy wußte. »Endergebnis war, den Berichten zufolge, daß die Königin scheinbar verrückt geworden ist«, schloß er.

»Verrückt geworden? Warum? ... Wie? Meinst du richtig *verrückt?*«

»Das weiß Gott allein, Juli. Alles, was ich sagen kann, ist, daß ihr Verhalten schon immer etwas Wahnsinniges an sich hatte. Man sagt, ihre Zustände schwankten zwischen geistiger Klarheit, imaginierten Gesprächen mit ihrem verstorbenen Gatten König Kumara und verhüllten Drohungen gegen König Raja Sinha. Sie ist ein armseliges Geschöpf, dessen einzige Zukunft darin liegt, daß sie die Mutter von Doña Margaridha ist, der königlichen Verlobten des Königs von Jaya.«

Julis kleines Kinn schob sich nach vorne. »Sie ist eine böse Frau. Das muß Gottes Strafe gewesen sein.«

Er war überrascht über ihre ungewohnte Heftigkeit.

»Auch die Bösen sind menschliche Wesen«, protestierte er.

»Nein, Fernao. Ähnlich dem bösartigen Elefanten, nein, besser ähnlich der Schlange im Garten Eden sind sie nicht menschlich, sondern Teufel.«

Fernao zuckte die Achseln. »Vielleicht hast du recht. Nun aber müssen wir uns für den Tag rüsten, an dem König Raja Sinha mit den Tschola fertig geworden ist und sich gegen Jaya wendet.«

»Wird er die Tschola besiegen?
»Mit einer so starken singhalesischen Armee ist das nur eine Frage der Zeit.«
»Wie lange, glaubst du, wird es dauern?«
»Mindestens sechs Monate.«
»Werden wir Jaya gegen ihn verteidigen?«
»Mit unserer gegenwärtigen Truppenstärke können wir nur die Stadt selbst verteidigen, nicht aber das ganze Königreich. Aber statt Jaya könnte Colombo sein nächstes Ziel sein, deshalb habe ich dringend Verstärkung aus Goa angefordert.«
»Werden wir sie bekommen?«
»Gewiß. Doch natürlich werden du und die Kinder und ich vorher schon nach Portugal in See gestochen sein.« Fernao blickte nach Westen hin, wo der Himmel rotgolden glühte; dorthin würden sie segeln. Eine schwarze Wolke hing über der Festung. Sie war nur einen Moment zu sehen und dann wieder verschwunden. War es Wirklichkeit gewesen oder nur eine Täuschung, die seine Augen oder das Licht herbeigeführt hatten?

Kapitel 36

Dienstag, 3. März 1534

Die beste Position zum Verhandeln entspringt der Stärke. Nachdem ich beschlossen hatte, nicht gegen den Tschola-König ins Feld zu ziehen, bis ich meine Macht in den Königreichen von Kandy gefestigt haben würde, hatte ich eine Geheimbotschaft an König Ratnes Waram entsandt, in der ich ihm ein privates Treffen zu Friedensverhandlungen auf neutralem Gebiet vorschlug; gleichzeitig ließ ich, wie geplant, einzelne Anschläge auf die Tschola verüben und ihre Versorgungslinien sabotieren.
Mittlerweile schwächte sich der Tschola-König selbst, indem er in Anu blieb und seine Kommandeure von dort aus in

Gruppen in die Region schickte, um diese unter Kontrolle zu bringen. Daraus folgend hatte er auch die Autorität über seine Söldner verloren, deren Schänden, Plündern, Brandschatzen und Morden in der singhalesischen Bevölkerung der Gegend den Haß schürten und sie gegen sie aufbrachte. Die Festigung meiner Macht in Kandy und die Umsetzung meines Planes, entlang der vorgeschlagenen Route meines Vorrückens gegen die Tschola Versorgungspunkte einzurichten, waren so reibungslos vor sich gegangen, daß ich innerhalb von zwei Wochen eine Sondereinheit unter dem Kommando von Graf Wickrama Sinha in kleinen Gruppen zu einem Sammelpunkt an der Ostküste marschieren lassen konnte. Nach ihrem Zusammentreffen sollte die Streitmacht entlang der Küste nach Norden vorrücken, dann unerwartet scharf nach Westen abbiegen, um den Tschola den Rückweg nach Jaffna abzuschneiden. Der Haupttruppenteil meiner Armee sollte sich bereit halten, um zur Ebene von Kahagalla vorzustoßen, die ich zum Austragungsort für den Kampf bestimmt hatte, in dem ich König Ratnes Waram gegenübertreten wollte, weil es dort auch gewesen war, wo unser Held König Abhaya Gamini vor siebzehnhundert Jahren die Tschola endgültig besiegt hatte.
Für die Kontaktaufnahme zu König Ratnes Waram hatte ich einen Hindupriester ausgewählt, der eine kleine Gruppe von Tschola in Kandy, bei denen es sich zumeist um Ladenbesitzer, Juweliere und Geldverleiher handelte, religiös betreute. Mein geheimes Treffen mit dem Tschola-König sollte in einem Hindu-*kovil* in der früheren Felsenstadt von Dambulla stattfinden, die zwischen Kuru und Polon ungefähr vierzig Meilen von Kandy entfernt liegt. Zu jener Zeit war sie Niemandsland.
Es ist für einen König nicht leicht zu bewerkstelligen, allein und ohne Begleitung für zwei Tage und Nächte aus seinem Palast zu verschwinden. Meinen engsten Adjutanten gegenüber gab ich vor, ich machte mich allein zu geheimen Verhandlungen mit dem König von Dhamba auf den Weg, und wies Oberst Wickram, meinen engsten Vertrauten unter ih-

nen, an, meine Abwesenheit damit zu erklären, daß ich mich vierundzwanzig Stunden in Meditation befände.

Ohne Eskorte ritt ich die ganze Nacht durch, wobei ich frische Pferde bei vertrauenswürdigen Dorfvorstehern auf dem Weg eintauschen konnte, schlief nur ein paar Stunden im Haus Graf Alus in Alu Vihara und erreichte Dambulla während der Vor-Mittagswache.

Ich versteckte mein Pferd in einem Wäldchen und wechselte meine Kleider, um schließlich in der Verkleidung eines *sannyasi,* eines frommen Bettlers, in orangefarbenem Gewand wieder herauszutreten. Mein Haar hing lose um die Schultern, auf die Stirn hatte ich mir reichlich heilige Asche aufgetragen und eine gelbe Tasche um die nackten Schultern gehängt. Ich hielt sogar einen Stock aus knorrigem weißem Holz in der Hand.

Wie so oft an heiligen Stätten, so zum Beispiel in Kataragama oder Kandy, lag der *kovil* in friedlichem Nebeneinander in direkter Nachbarschaft zu dem buddhistischen Tempel. Im Gegensatz zu diesen Tempeln, die meist glockenförmig gebaut sind und im Schatten eines ausladenden *bodhi*-Baumes liegen, war der kleine, viereckige *kovil* in einer sandigen Lichtung errichtet worden. In dieser abgesonderten Lage flößte das Gebäude Ehrfurcht ein, wahrscheinlich gerade aus dem Grund, weil sein sandiger Vorhof verlassen war bis auf die unvermeidlichen Bettler, die gegen die Wand gelehnt saßen, die meisten von ihnen dösend, sogar die kleinen Bettelkörbchen aus Flechtwerk ausnahmsweise außer Betrieb.

Am Eingang zu dem *kovil* blieb ich stehen und blickte mit scheinbarer Gleichgültigkeit den Pfad entlang, um mir alles genau einzuprägen. Jeder der Bettler konnte ein Mörder sein, oder Reiter konnten den Pfad entlanggeprescht kommen, wenn König Ratnes Waram mir eine Falle gestellt hatte. Mein Herz klopfte schneller, als ich ungefähr hundert Ellen von mir entfernt eine Bewegung ausmachte; es beruhigte sich wieder, als ich einen anderen *sannyasi,* in der gleichen Kleidung wie ich, erkannte, der näher kam. Es war ein Riese von

Mann, dessen Körperbau mehr zur Rolle eines Meisterkriegers gepaßt hätte als zu der eines asketischen Gläubigen. Sein Gang war langsam und gemessen, wobei er den Stock mehr mit hochmütiger Befehlsgewohnheit schwenkte als zur Stütze heranzog. Ich war dem Tschola-König niemals begegnet, doch hätte ich keine Beschreibungen gebraucht, um in diesem Mann den Herrscher zu erkennen, mit dem ich verabredet war. Ich betrat den Hof, dann das Gebäude.

Ein schreiend buntes Gemälde der Göttin Luckschimi schmückte einen Leinenvorhang vor dem Schrein. Nachdem ich die rituellen *asanas*, die Bewegungen bei den Gebeten an diese Göttin, verrichtet hatte, trat ich wieder nach draußen und dort in den Schatten einer Kokosnußpalme, die im hinteren Teil des Hofes stand. Dort sollte ich mich mit König Ratnes Waram treffen, wobei wir vorgeben wollten, gemeinsam eine Mahlzeit aus Reis und *dhall*-Curry aus unseren Bettelschalen zu verzehren, während wir miteinander sprachen.

Seltsamerweise sah König Ratnes Waram, wenn man einmal von seiner schwarzen Hautfarbe absah, wie ein riesiger Buddha aus, als er im Lotussitz mir gegenüber Platz nahm. Er hatte denselben Gesichtsschnitt, das gleiche runde Gesicht, die breiten Wangenknochen. Nur die Augen waren anders. Fast so schwarz wie seine Haut, waren sie ohne Tiefe und doch durchdringend. Außerdem roch er nach Sesamöl.

Heftig schwitzend trotz des kühlen Schattenmusters, das die Kokosnußzweige auf unsere Körper malten, nahmen wir unser Mahl ein, ohne ein einziges Wort zu sprechen. Obwohl ich im Rang höher stand als er und deshalb das Recht hatte, als erster zu sprechen, wartete ich absichtlich ab, bis er die Unterhaltung eröffnete, da ich hoffte, ihn dadurch aus dem Gleichgewicht zu bringen. Ergebnis war, daß wir schwiegen, bis wir unsere Hände und die Bettelschalen gewaschen hatten und wieder Platz nahmen.

»Ihr wünschtet ein geheimes Treffen, Großer König.« Seine Stimme war volltönend, eher hoch, doch mit einem unüberhörbar kraftvollen Unterton. Daß er die tamilische Sprache

benutzte, sollte zweifellos etwas Besonderes bedeuten, was mich amüsierte. »Ich habe dieses ganze ausgeklügelte Schauspiel hier mitgemacht, um Eurem Wunsch nachzukommen. Ich hoffe, daß das, was auch immer Ihr anzubieten habt, die Sache wert ist.«
Sein Ton war so arrogant, daß ich ihn in seine Schranken verweisen mußte. »Ich bin der Große König und kein Heiratsvermittler«, erklärte ich freundlich in klassischem Tamilisch, das ich von Kindheit an erlernt hatte. »Ich mache keine Angebote.«
Erstaunen über meinen fließenden Gebrauch seiner Sprache überwog jeglichen Unmut, den meine Erwiderung in ihm geweckt haben mochte. »Ihr sprecht unsere Sprache in klassischem Stil. Eure Grammatik kennt mehr Feinheiten als die meine. Wie kommt das?«
»Ich habe mir die Mühe gemacht, mehr zu tun, als nur die Sprache meiner Tschola-Mitbürger zu lernen. Ich habe sie studiert.«
Ich hatte nicht nur König Ratnes Warams vollste Aufmerksamkeit erlangt, sondern auch das Heft in die Hand genommen. Er blickte eine Weile nachdenklich zu Boden, wobei er mehrmals vor sich hin nickte. Dann hob er plötzlich die dunklen Augen den meinen zu. »Gerade eben im *kovil* habt Ihr das hinduistische Ritual vollzogen, als hättet Ihr es gelernt. Habt Ihr es Euch für diesen Anlaß beibringen lassen?«
»Wenn das so wäre, hättet Ihr es bemerkt.«
Die buschigen schwarzen Augen hoben sich vor Erstaunen. »Ihr habt also Unterricht in unserer Religion gehabt?«
Ich nickte nur langsam.
»Ihr sprecht unsere Sprache, kennt unsere Religion. Ich hatte ein anderes Bild von Euch gehabt.«
»Ihr saht in mir den Anführer der fanatischen singhalesischen Buddhisten. Ihr habt befürchtet, mein rascher Aufstieg zur Macht und die Kräfte, die er freisetzen könnte, könnten Euch und Eurem Volk schaden, aufgrund der Intoleranz der Führer unserer Machtbasis bei den Zivilisten. Deshalb habt Ihr all Eure Kräfte zusammengenommen und für viel Geld fünf-

zehntausend Söldner angeheuert, um Euer Volk zu verteidigen.«

Nun war er an der Reihe, ernst zu nicken.

»Wie werdet Ihr Euer Volk gegen Eure Söldner verteidigen?«

Es fiel mir schwer, meine Stimme zu dämpfen, denn das, was die Söldner des Königs meinem Volk antaten, hatte in mir einen leidenschaftlichen Haß geweckt. »Diese indischen Glücksritter haben weniger gemeinsam mit Euch als das singhalesische Volk, mit dem Euch dieses Land hier und lange Jahre des Zusammenlebens verbinden. Euer Volk und meines sind an einem Punkt angekommen, in dem wir angenehm Seite an Seite nebeneinander existieren können, wie Sand und Stein, Baum und Fels. Ihr genießt den Ruf, ein Gelehrter zu sein, *raja*, deshalb müßt Ihr aus der Geschichte wissen, daß ungleiche Gruppierungen, die sich nur zusammenschließen, um einen gemeinsamen Unterdrücker zu beseitigen, im allgemeinen am Ende, wenn sie erst einmal an der Macht sind, größere Konflikte untereinander auszutragen haben als diejenigen, die sie mit dem Unterdrücker hatten.«

»Wahr, sehr wahr. Doch wenn ich mir einen Unterdrücker erwählen könnte, so würde ich einen vorziehen, der mir den Stolz auf meine Sprache läßt und der zumindest dieselbe Religion hat wie ich. Die Sprache ist unser Bindeglied, unser Mittel, mit anderen Menschen zu kommunizieren. Desgleichen ist die Religion unser Bindeglied, unser Mittel, mit unseren besonderen Göttern zu kommunizieren.«

»Eine Nation entsteht nicht aus Sprache, aus Kultur, aus einem Gebiet, sondern aus einer geistigen Einheit«, erwiderte ich leise, aber inbrünstig.

»Religion besteht allein aus Geist«, erwiderte er heftig.

Ich sah ihn mit plötzlich so ruhigen, heiteren Augen an, daß es ihn verwirrte. »Ist es dann vor allem die Religion, nicht die Sprache, die Tschola und Sinhala voneinander trennt?«

Er zögerte. »Ja«, gab er schließlich zu.

»Wenn ich jene Grenze aufhöbe, würdet Ihr dann Eure Truppen auf Euer früheres Gebiet zurücknehmen, Eure Söldner wegschicken und meine Oberherrschaft als Großer

König anerkennen, wobei Ihr ansonsten Eure Sitten, Einrichtungen und Gebräuche beibehalten könnt?«
Sein Blick wurde durchdringend, die dunklen Augen bohrten sich mir in die Seele. Lange Momente vergingen, in denen ich seinem Blick standhielt, zu sehr meiner eigenen Aufrichtigkeit bewußt, als daß ich den Versuch hätte machen müssen, sie zu heucheln.
»Wie ...?« begann er, wählte dann aber einen anderen Weg, diesmal ganz der praktische, schlaue Tschola. »Unsere Söldner werden bezahlt werden müssen«, behauptete er. »Ohne die Kriegsbeute und die Früchte der Besatzung wird es uns unmöglich sein, dafür die Mittel zu finden.«
»Wie hättet Ihr sie denn bezahlt, wenn wir Euch in der Schlacht besiegt hätten?« fragte ich mit sanfter Stärke. »Ihr habt sie angeheuert, also müßt Ihr sie auch auszahlen.«
Er war verblüfft, doch dann blitzte ein breites Lächeln in seinem Gesicht auf, wobei er gerade und dermaßen weiße Zähne entblößte, daß der Kontrast zu seiner schwarzen Haut ihn insgesamt erstrahlen ließ. »Kein Wunder, daß Ihr so weit gekommen seid«, erklärte er. »Unter Eurer Sanftheit seid Ihr ein zäher Herrscher.«
»Ich kann es mir leisten, zäh zu sein, weil ich hier in einer Position der Stärke bin.« Meine Stimme war noch immer so sanft wie das Rauschen der Palmzweige über unseren Köpfen. »Laßt es mich Euch erklären. Ungefähr in diesem Moment hat meine Armee von über fünfzigtausend Mann mit fünfzig Kanonen und zweihundert Musketieren Aufstellung genommen, um gegen Euch vorzurücken. Gleichzeitig hat Euch bereits eine große Sondereinheit unter General Graf Wickrama Sinha den Rückweg abgeschnitten. Ihr und Eure Armee blickt der Vernichtung entgegen.«
»Verrat, während wir hier verhandeln«, stieß er mit blitzenden Augen hervor. Er machte Anstalten aufzustehen. »Ich wußte doch, daß man den Sinhala nicht trauen kann.«
»Setzt Euch«, befahl ich ihm. »Habt Ihr etwa in diesen Tagen Euren Vormarsch gestoppt? Nein? Könnt Ihr mir dann einen Vorwurf daraus machen, daß ich meine eigenen Pläne in die Tat umgesetzt habe?«

Gerecht war er auf alle Fälle. Er grinste ironisch. »Mir scheint, Ihr habt Euch in eine Lage versetzt, in der Ihr Forderungen stellen könnt.«
»Ja.«
»Nun gut, wie lauten sie?«
»Ich habe nur bestätigt, daß ich in der Lage bin, Forderungen zu stellen. Ich habe nicht gesagt, daß ich hier bin, um es auch zu tun.« Ich bemerkte mit Vergnügen seine Verwirrung. »Erstens werden wir, wenn Ihr Euch sofort zurückzieht, Eure Söldner ausbezahlen.«
»Was?« Selbst seine königliche Herkunft hatte nicht verhindern können, daß ihm dieser Ausruf des Staunens entfahren war.
»Ihr habt es gehört.«
»Das ist ... das ist ... sehr großzügig von Euch.«
»Aber das allein wird Euch noch nicht ein bleibendes Gefühl der Sicherheit schenken.« Ich hielt inne. Mein ganzes Wesen glühte jetzt vor innerer Begeisterung. »Wenn Ihr meine Bedingungen also annehmt, verspreche ich Euch auf meine heilige Ehre, und zwar aus Überzeugung und nicht aus politischen Erwägungen heraus, daß ich selbst, sobald ich die fremden *parangi* von unseren Gestaden vertrieben und meine Herrschaft über die ganze Insel Lanka gefestigt habe, an meinem Hof für die tamilisch sprechenden Untertanen deren Sprache verwenden und ich selbst zum hinduistischen Glauben übertreten werde.«

Freitag, 13. März 1534

Fernao hielt sich in seinem Amtszimmer in der Festung auf und ging gerade die Pläne der portugiesischen Gemeinde für das Osterfest durch, als ein drängendes Klopfen an der Tür ihn in dieser angenehmen Pflicht unterbrach. Feldwebel Aires stand salutierend unter der Tür. »Dringender Bote für den Herrn General ... General!«
»Von wem, Feldwebel?«

»Pater Perez in Kandy, Herr General!«
Unruhe durchfuhr Fernao blitzartig, doch nach außen hin blieb er gelassen und stützte die Ellbogen auf seinen Schreibtisch aus Teakholz. »Führ ihn herein!«
Der Sinhala, der eintrat, war klein und vogelartig. Sein langes schwarzes Haar hatte er im Nacken zu einem Knoten zusammengefaßt, wo ein halbkreisförmiger Kamm aus Schildpatt ihn am Kopf festhielt. Er trug blaue Hosen und eine weiße Tunika, die staubbedeckt waren; das braune Gesicht war schweißüberströmt. An einem schwarzen Band trug er ein kleines silbernes Kruzifix um den Hals.
Fernao eröffnete das Gespräch. »Seid Ihr aus Kandy? Ihr scheint einen harten Ritt hinter Euch zu haben.«
Der Mann verbeugte sich tief und führte die aufeinandergelegten Handflächen zur Stirn. »Ich möchte mich vorstellen. Mein Name ist Rana Tunga, Pedro Rana Tunga.« Ein stolzer Unterton färbte seine dünne, trockene Stimme, als er seinen christlichen Vornamen erwähnte. »Ich bin Katholik«, fügte er unnötigerweise hinzu.
»Setzt Euch, *a senhor* Pedro Rana Tunga«, bat ihn Fernao. »Aber zuerst werde ich Euch etwas zu essen bestellen.« Er streckte die Hand aus und zog an einer Klingelschnur, während sich sein Besucher vorsichtig auf der Kante eines Hokkers niederließ.
Feldwebel Aires erschien in der Tür, die sich quietschend geöffnet hatte.
»Einen Teller mit Essen und ein Glas Melonensaft für *a senhor*«, bat Fernao ihn. Er wartete, bis sich die Tür hinter Aires wieder geschlossen hatte. »Nun setzt Euch bequem hin und erzählt mir, was es zu berichten gibt.«
»Ehrwürdiger Herr, Pater Perez befahl mir, Tag und Nacht zu Euch durchzureiten. Vor einigen Tagen hat König Ratnes Waram begonnen, seine Armee nach Jaffna zurückzuziehen. Seine Söldner sind nach Mantota unterwegs, wo Schiffe auf sie warten, die sie auf den Kontinent zurückbringen werden.«
»Wie? Warum?« Fernao versuchte, seine Bestürzung nicht zu zeigen.

Der Bote berichtete von dem vermuteten Treffen zwischen König Raja Sinha und dem König der Tschola und dem darauf folgenden Rückzug des letzeren. »Als die Tschola sich unerwartet zurückzuweichen begannen, hat der Große König zur gleichen Zeit eine Kehrtwendung vollzogen. Er marschierte nach Süden, nahm im Vorübergehen das Königreich von Dhamba ein, ohne daß ein einziger Pfeil abgeschossen wurde, und hat nun nach Westen abgedreht; man sagt, er marschiere gen Jaya. In der Zwischenzeit hat Graf Wickrama begonnen, entlang der Westküste nach Süden zu ziehen. Nach unserem Wissen ist auch noch eine weitere Sondereinheit von Sita Waka aus in Richtung Jaya unterwegs. Somit halten drei verschiedene singhalesische Armeeteile aus unterschiedlichen Richtungen auf dieses Ziel zu.«
Dann konnte Colombo das nächste Ziel sein. Diese Erkenntnis traf Fernao mit der Wucht von Kanonenkugeln. Er hatte damit gerechnet, daß König Raja Sinha mindestens drei Monate mit den Tschola beschäftigt sein würde, und weitere drei Monate damit, seinen Sieg zu festigen, das Heer von neuem zu strukturieren und die Verwaltung der besetzten nördlichen Unterkönigreiche zu regeln, bevor er seine Aufmerksamkeit auf Jaya richten würde. Während dieser Zeit war es gänzlich unmöglich, daß sich die Situation in Europa soweit einrenken konnte, daß man eine starke Flottille von Portugal aus entsenden konnte, der sein Vater auch das Schiff angeschlossen hätte, von dem er und seine Familie nach Hause gebracht werden sollten.
Nun hatten sich diese Hoffnungen zerschlagen. Julis schwarze Wolke war zur Wirklichkeit geworden, ironischerweise am Freitag, dem dreizehnten. Selbst seine Hoffnungen auf ein schönes Osterfest waren dahin.
In diesem Moment, als der kalte Schrecken der Gewißheit ihm Schauder durch den Körper jagte, loderte in ihm erneut die alte Gegnerschaft zwischen ihm und König Raja Sinha auf. Er war zu nachgiebig geworden. Nun mußte wieder der de Albergaria in ihm zum Vorschein kommen: Kein Mann nimmt sich ungestraft das, was mir gehört.

»Herr … Herr …« Pedro war durch die plötzliche Wildheit von Fernaos Blick in Aufregung versetzt worden.
»Es tut mir leid, Euch beunruhigt zu haben«, entschuldigte sich Fernao. »Aber Eure Nachricht hat mich sehr wütend gemacht.«
Er wollte gerade nach dem Klingelzug greifen, als er ein Klopfen an der Tür hörte und Aires wieder im Eingang stehen sah, diesmal mit einem metallenen Tablett, auf dem ein Teller mit kaltem Fleisch, Brot und Käse sowie ein Tonkelch voll Milch standen.
»Das Beste, was ich auftreiben konnte, Herr General!« verkündete Aires fröhlich.
»Gut genug, Feldwebel«, erwiderte Fernao. Er bemerkte, wie Pedros Augen beim Anblick des Essens und dem Geruch nach frischem Brot und abgelagertem Käse aufleuchteten. »Da, stell es vor diesen guten Mann hier auf den Schreibtisch.« Er wartete, bis Aires das Tablett klirrend abgesetzt hatte. »Oberst de Mello und Major Nantes sollen auf der Stelle zu mir kommen.«
»Jawohl, Herr General!« Feldwebel Aires hob salutierend zwei Finger an die Stirn.
Fernao sah zu, wie Pedro sein Essen herunterschlang. Die Pause gab ihm die Gelegenheit nachzudenken. Er erwog seine Möglichkeiten und begann einen Hoffnungsschimmer zu erkennen. Sein Hauptziel sollte die Verteidigung Colombos sein, doch Angriff war die beste Verteidigung. Als die beiden älteren Offiziere eintrafen und sich hinsetzten, hatte Pedro seine Mahlzeit fast beendet, und Fernao hatte sich überlegt, wie er am besten die ihm zur Verfügung stehenden Truppen und Feuerwaffen zum Einsatz bringen konnte.
Pedro erstattete den Offizieren kurz Bericht. Dann war es an der Zeit, den Mann zu entlassen. »Wir werden die entsprechenden Schritte einleiten, *a senhor*«, teilte er Pedro mit. »Ich danke Euch dafür, daß Ihr die Nachricht in so kurzer Zeit gebracht habt. Ihr mögt Euch jetzt zurückziehen – Feldwebel Aires wird sich um Euch kümmern –, doch bitte denkt daran, daß wir die Unterstützung aller loyalen Katholiken brauchen,

besonders derer in den Königreichen von Kandy, in denen ein Usurpator aus dem Tiefland die Macht an sich gerissen hat.«
Als sich die Tür hinter dem Sinhala geschlossen hatte, wandte sich Fernao seinen Offizieren zu. »Nun, meine Herren, das ist die Situation. Hört nun meine Einschätzung. Erstens unser Ziel. Nachdem ich alle Möglichkeiten ernsthaft in Erwägung gezogen habe, bin ich zu dem Schluß gekommen, daß es unser Ziel sein wird, Colombo unter allen Umständen gegenüber dem Feind zu halten.«
»Colombo?« erkundigte sich Major Nantes. »Ich dachte, daß König Raja Sinha gen Jaya zieht?«
»So berichtet man, doch unsere Sorge sollte unserer wichtigsten Verantwortung gelten, nämlich dem Schutz des Lebens und dem Wohlergehen unserer Landsleute sowie der Bewahrung der Besitztümer und Interessen Seiner Königlichen Majestät auf Lanka.«
Als er die Zustimmung in den Augen der beiden Männer sah, lenkte er das Gespräch auf die vergleichsweisen Truppenstärken, das Nachschubwesen, die Zeitplanung und alle anderen Faktoren, die die Erlangung ihres Ziels betrafen, einschließlich der Vorbereitung auf eine lange Belagerung von etwa sechs Monaten.
Als sie alle Aspekte der Situation ausdiskutiert hatten, faßte Fernao zusammen. »Denkt daran, meine Herren, daß die Verteidigungsanlagen Colombos uneinnehmbar sind. Der See fungiert im Süden wie ein Wassergraben und erstreckt sich nach Osten entlang der Schutzwälle. Ohne in Reichweite unserer Kanonen zu geraten, kann ihn der Feind zu einem Angriff nicht nutzen. Zum Fluß hin werden wir die Schutzwälle andauernd voll mit Wachen besetzt halten, wodurch eine weitere wertvolle Verteidigungslinie durch Wasser geschaffen wird, die man von beiden Festungen aus überblicken kann. Wir haben Hunderte von Kanonen. Es wird vorrangig Eure Aufgabe sein, Major Nantes, den Gegner in Schach zu halten.«
Major Nantes grinste kampfeslustig. »Laßt die Hundesöhne nur kommen«, meinte er.

»Nun, meine Herren, kommen wir zum Schutz Jayas.« Fernao richtete seinen Blick auf Oberst de Mello. »Wir werden ihn zu gewährleisten versuchen, indem wir einen Korridor zwischen Colombo und Jaya einrichten, der durch bewegliche Feuerwaffen geschützt wird. Doch macht Euch bitte bewußt, daß wir den Korridor nur eine gewisse Zeit gegen die gewaltigen Truppen, die der Gegner versammelt hat, halten können. Wenn der Druck zu stark wird, werden wir den Durchgang benutzen, um den kleinen König Dom Juan nach Colombo in Sicherheit zu bringen, von wo aus er regieren kann.«
»Als verdammte Marionette«, murmelte Major Nantes.
»Als alles mögliche, solange er dem Titel nach Oberhaupt des Königreichs von Jaya ist«, gab Fernao entschlossen zurück. »Er wird *meinem* Diktat folgend regieren. Ich werde ihn dazu benutzen, das Volk des Königreichs von Jaya unter sein Banner zu scharen. Teile und herrsche, das wird unsere Politik sein. Sinhala gegen Sinhala, Katholiken gegen Buddhisten, jetzt, wo unser Versuch gescheitert ist, die Tschola gegen die Sinhala auszuspielen.«
»Ihr könnt Euch einfach nicht darauf verlassen, daß die verdammten Eingeborenen sich gegenseitig an die Eier gehen«, warnte Major Nantes.
»Nun, meine Herren, das war eine umfassende Einschätzung der Situation«, schloß Fernao. »Ruft sofort Eure Befehlshaber zusammen und macht die endgültigen Verteidigungspläne zur Vorlage an mich bereit. Es ist nötig, daß wir die singhalesischen Truppen in drei Teile aufsplittern. Es ist klar, daß wir es mit dem Haupttruppenteil nicht aufnehmen können, doch die beiden anderen Teile, besonders der, der sich die Westküste entlang bewegt, sind verletzlich. Ich werde Euch davon in Kenntnis setzen, wenn ich meinen Hauptplan unter Dach und Fach habe. In der Zwischenzeit will ich von Kundschaftern genauestens über die einzelnen Truppenbewegungen des Feindes auf dem laufenden gehalten werden.«
Fernaos Lächeln war zuversichtlich, doch plötzlich wurde ihm schlagartig bewußt, welch gewaltiges Heer da auf ihr

kleines portugiesisches Kontingent zumarschiert kam. Zum erstenmal in seinem Leben hatte er das Gefühl, allein gelassen zu sein, allein gelassen als weißer Mann Tausende von Meilen von der Heimat entfernt, an einem fremden Gestade, an dem es von feindseligen braunen Menschen nur so wimmelte.

Kapitel 37

Mittwoch, 18. Närz 1534

Mein Plan für einen ehrenhaften Frieden zwischen den Tschola und den Sinhala hatte funktioniert. Innerhalb von zehn Tagen nach meiner Zusammenkunft mit König Ratnes Waram hatte sich die Tschola-Armee hinter ihre früheren Grenzen des Unterkönigreiches zurückgezogen, und die Söldner, die ihre Heuer bekommen hatten, waren auf Lastschiffen wieder nach Indien unterwegs, welche ein junger Maure namens Deen, der sich dem Haushalt von Aisha Raschid angeschlossen hatte, in erstaunlicher Schnelligkeit zur Verfügung gestellt hatte.
Graf Wickrama Sinha hatte mit seiner Sondereinheit den Vorstoß entlang der Westküste in Richtung Jaya begonnen, während der Haupttruppenkörper unter meinem Oberbefehl nach Westen zur Hauptstadt zog. Als eine Geste der Solidarität gegenüber unseren Verbündeten in Kandy hatte ich General Dunu das Kommando über mein Regiment in Sita Waka gegeben. General Graf Senerat, der Prinz aus Alut Gama, würde sein Stabschef sein. Somit rückten wir aus drei Richtungen gegen Jaya vor.
In der ersten Nacht unseres Vormarsches schlug unser Haupttruppenkörper sein Lager an einem Fluß nahe dem Dorf Rada Wana auf, das so genannt wurde, weil nur Leute der *dhobi,* der Wäscherkaste, dort wohnten. Ich bereitete mich in meinem Zelt gerade darauf vor, zu Bett zu gehen, als mein Adjutant, Oberst Wickram, fast unhöflich bei mir hereinplatzte.

»Was gibt's, Oberst?« erkundigte ich mich.
»Bitte vergebt mir die Störung, Majestät, aber es ist ein ernster Notfall. Ich habe Berichte erhalten, nach denen die Armee von Jaya unter General Graf Tammitta, verstärkt von portugiesischen Kanonen und Musketen, schnell in Richtung Sita Waka vorrückt.«
Ich sprang von meinem Hocker auf. »Ein kühner, schlauer Schachzug, der sich auf unsere wichtigsten Gebiete richtet!« erklärte ich mit grimmiger Miene. Ich dachte eine Weile nach. Die Strategie war ganz gewiß nicht im Kopf des kleinen Königs Dom Juan oder Graf Tammittas entstanden. »Da steckt General de Albergaria dahinter«, erklärte ich.
»Sie können General Senerat allein durch ihre Truppenstärke zurückdrängen.« Oberst Wickram hatte ausgesprochen, was auf der Hand lag. »Dann wird Sita Waka ohne Schutz sein.«
Ich schwieg kommentarlos. Diese Möglichkeit hatte ich vorausgesehen, ebenso wie diejenige, daß auch Graf Wickrama Sinha sich einer portugiesischen Streitkraft gegenübersehen könnte, doch mit keinem Gedanken hatte ich damit gerechnet, daß der General mir Jaya schutzlos überlassen würde. Außerdem mußte ich den möglichen Verrat König Ratnes Warams in Betracht ziehen, wenn er spürte, daß wir in Gefahr waren.
In tiefes Nachdenken versunken, starrte ich in die Dunkelheit jenseits der offenen Zeltklappe, als könnte es Licht in meine Probleme bringen, wenn ich sie durchdrang.

Donnerstag, 19. März 1534

Fernao saß regungslos auf dem Rücken seinen hochbeinigen Rosses und wartete in dem dunklen Hain aus Cashewbäumen auf den ersten Schimmer des Morgengrauens. Hinter ihm gingen seine berittenen Schwadronen leise in Stellung. Er konnte ein Gefühl der Selbstzufriedenheit über seine Strategie nicht unterdrücken. Hier stand er, bereit, Graf Wickrama Sinhas Sondereinheit, die auf einer Landspitze am Meer bei

Negombo ihr Lager aufgeschlagen hatte, einen niederschmetternden Schlag zu versetzen, während Graf Tammitta und die Armee von Jaya sich wahrscheinlich bei dem Dorf Boralu gerade für den Kampf gegen die Armee-Einheit von Sita Waka unter General Dunu vorbereiteten.

Graf Wickrama Sinhas Einheit war, Berichten von Kundschaftern zufolge, ungefähr zwanzigtausend Mann stark. Da er auch ein Kontingent zur Verstärkung der Armee von Jaya gestellt hatte, bestand Fernaos Truppe nur aus eintausend Männern, die jedoch mehr Feuerwaffen und die blutrünstigen *degredados* als Plus auf ihrer Seite zu verbuchen hatte.

Aires tauchte lautlos und zu Fuß neben ihm auf und hob eine Hand, um zu signalisieren, daß alle ihre Truppen in Position waren.

Ich wünschte, die Hähne würden mit ihrem Krähen endlich die Vordämmerung ankündigen, dachte Fernao, denn dann ist unsere Zeit gekommen. Das Warten auf die Schlacht zerrte an seinen Nerven. Für die meisten Soldaten waren dies die schlimmsten Minuten, besonders, wenn man einen Überraschungsangriff landen wollte.

Und in genau diesem Moment folgte einem vermeintlichen Aufhellen am Himmel das schrille Krähen eines Dschungelhahnes ... *Kirikikiiiii!* machte er, und noch einmal. Die Geräusche waren gerade verstummt, als Fernao sah, wie man auf der anderen Seite der Lagune Zunder anrieb. Sekunden später pflanzte sich das Mündungsfeuer der Kanonen durch die Dunkelheit fort, gefolgt von dem Donner, der beinahe im Gleichklang mit dem Gepolter der Kanonenkugeln über die Wasser rollte. Schreie und gellendes Kreischen waren aus dem feindlichen Lager zu hören. Getroffen! Major Nantes hatte die Entfernungen exakt austariert. Bevor der Gegner noch Zeit hatte, in Deckung zu gehen, erschütterte das Krachen der zweiten Salve die Luft. Lautere Schreie und wilde Fluche erhoben sich aus dem Lager.

Dann kam von seiner Linken das tiefe Dröhnen der großen *nao*-Kanonen. Eine Reihe von pfeifenden Geräuschen kündete vom Flug der Kanonenkugeln. »O großer Gott, zerstöre

deine heidnischen Feinde!« betete Fernao. Das dutzendfache krachende Aufprallen der Kanonenkugeln, ein lauter werdendes und sich steigerndes Schreien und Rufen sagten ihm, daß seine Gebete erhört worden waren.
Es vergingen lange Momente, in denen die Landkanonen mit trommelfellzerschmetternder Regelmäßigkeit weiterdröhnten. Fernaos Puls schlug schneller. Jenes vertraute Gefühl der Gier nach Blut prickelte in seinen Venen. Er zog sein Schwert, hob es über den Kopf und zeigte schweigend in Richtung des feindlichen Lagers. Er spürte, wie die Reihe berittener Musketiere hinter ihm sich auf das Kommando hin anspannte.
»Greift ... an!« brüllte er und hieb seinem Roß die Sporen in die Flanken.

Donnerstag, 19. März 1534

Schnelligkeit war das Entscheidenste, wenn ich General Dunus Armee-Einheit noch retten wollte. Nur die Kavallerie konnte diese Schnelligkeit leisten. Ich hatte unserem Haupttruppenkörper befohlen, seinen Vorstoß zur Eroberung Jayas in Richtung Westen fortzusetzen, während ich die zehn Kavallerieregimenter zu unserer Rettungsaktion anführte.
Als der Morgen graute, rückten die fernen blauen Hügel immer näher, wurden ihre Umrisse schärfer. Wir waren ungefähr drei Stunden geritten, als wir von weitem ein Grollen hörten. Mein erster Gedanke war, daß ein Sturm aufkam. Ich blickte besorgt zum klaren, blauen Himmel hoch, doch bevor ich noch eine einzige Wolke erspäht hatte, traf mich die Erkenntnis wie ein Schlag in die Magengrube. Es war nicht Donner gewesen, den ich gehört hatte, sondern das Geräusch von Kanonenfeuer. Die Truppen aus Jaya waren bereits in den Kampf mit meiner Armee-Einheit aus Sita Waka verwikkelt, und letztere hatte keine Kanonen.
Ich wandte mich Oberst Wickram zu und spürte seine Besorgnis. »Sorgt dafür, daß die Regimenter ihre Geschwindig-

keit beibehalten«, befahl ich ihm, wobei ich das Verlangen unterdrücken mußte, wie ein Wahnsinniger selbst zur Rettung loszugaloppieren. »Die Schlacht hat bereits begonnen, auf der Ebene von Boralu jenseits jener Hügel.« Ich zeigte auf die Hügelkette, die nun ungefähr eine Meile entfernt war. »Wir werden vorausreiten, um das Geschehen auszukundschaften. Seht Ihr das Wäldchen dort rechts von dem kahlen Bergrücken zwischen den beiden grünen Hügelzügen? Von dort aus müßten wir einen guten Blick auf das Kampfgeschehen haben. Kommt mit den Kommandeuren dorthin.«
Oberst Wickram salutierte und lenkte sein Pferd seitwärts, um meine Befehle weiterzugeben. Ich spornte Rama II. zu einem schnellen Galopp an. Meine Eskortenschwadron folgte dicht hinter mir.
Als ich das Wäldchen erreichte, entdeckte ich, daß es direkt hinter einem Stück dunklen Nutzwaldes am anderen Ende steil abfiel. Der Hain selbst bestand hauptsächlich aus Bergapfelbäumen, deren saftiges, grünes Blattwerk einen idealen Sichtschutz bot gegenüber dem Tal unter uns. Noch bevor ich mein Pferd anhielt, konnte ich die Schlacht unter mir so klar überblicken, als fände sie auf einem Sandkastenmodell in einer der Militärschulen von Sudaliye oder Maravila statt. Die offene Ebene bestand vor allem aus brachliegenden braunen Reisfeldern, die von den silbrigen Bändern der Bewässerungskanäle durchschnitten und durch grüne Hecken aus *Kanda*-Bäumen und kleine Haine aus Kokospalmen aufgelockert waren. Als großes Becken inmitten der Hügel wäre sie für Armeen gleicher Stärke und Bewaffnung ein ideales Schlachtfeld gewesen, doch sah ich sofort, warum Graf Tammitta oder vielleicht General de Albergaria im fernen Colombo sie ausgewählt hatte. Kanonen, die im silbrigen Morgenlicht matt schimmerten, waren am westlichen Rand des Beckens in zwei Linien schräg diagonal zu General Dunus Truppe versteckt worden. Von hier oben aus waren ihre bösen Schnauzen zu erkennen, während sie von der Front aus völlig unsichtbar waren. Aufblitzende Eisenhelme neben den Kanonen kündeten von der Tatsache, daß portugiesische Soldaten die Kanonen bedienten.

Gerade als ich hinabblickte, schossen Flammen aus den Drachenschnauzen, gefolgt von Rauchwölkchen und dem dumpfen Grollen ihres Donners. Kreischen, Schreie, schrilles Wiehern, die Geräusche der Schlacht drangen an meine Ohren. Unsere vorrückenden Männer fielen wie Bäume unter der Axt.

Mit sinkendem Mut wußte ich, was geschehen war. Die beiden Streitkräfte waren in konventioneller Weise gegeneinander in das Feld gezogen, mit der Kavallerie im Zentrum. Offensichtlich in Unkenntnis des Vorhandenseins der Kanonen hatte General Dunu seine eigene Kavallerie in Form einer Pfeilspitze aufmarschieren lassen, um damit eine Lücke in die feindlichen Linien zu stoßen. Gerade in dieser Form aber paßte sich unsere Kavallerie haarscharf, wie ein Winkelriß in einem Ärmel, in die Zielposition der portugiesischen Kanonen ein. Als wiederholte Salven sie aufgehalten hatten, hatte General Tammittas gegnerische Kavallerie sie in der Mitte durchstoßen und war in zwei Bögen ausgeströmt, um unsere Kavallerie von hinten anzugreifen. Ein klassischer Schlachtplan, den nur General de Albergaria sich ausgedacht haben konnte. Wieder hatte mein Erzrivale von hinter den Kulissen zugeschlagen.

Mein Blick wanderte zu jenen bösen Kanonen zurück. Einige von ihnen wurden gerade in Positionen gerollt, von denen aus sie unsere Flanken beschießen konnten.

Dies waren *meine* Soldaten, die niedergemetzelt wurden.

Meine Hand fuhr zum Schwertgriff, meine Fersen wollten sich gerade in Ramas Flanken bohren, damit ich zur Rettung lospreschen könnte, als mein gesunder Menschenverstand die Oberhand gewann. Ich war Befehlshaber einer Armee, kein Räuberhauptmann. Ich entspannte mich im Sattel, zähneknirschend, aber wieder kühlen Kopfes.

Meine Regimentskommandeure kamen herangeritten. Ich gab ihnen ihre Befehle. Bald darauf, obwohl es mir wie Stunden vorkam, weil ich dabei dem übelkeiterregenden Abschlachten unterhalb von mir zusehen mußte, ritt ich auf den steilen Abhang zu, gefolgt von meiner Elitekavallerie und drei anderen Regimentern. Als wir vorsichtig, mit leise aufgesetzten Hufen, abwärts stiegen, zogen sich die Momente vor Spannung endlos dahin. Wir durften auf gar keinen Fall entdeckt werden.

Die Geräusche der Schlacht – rasselnde Waffen, die Schreie der Verwundeten, das Stöhnen der Sterbenden, das stetige Stimmengewirr – wurden lauter und lauter. Die großen Kanonen hatten aufgehört zu dröhnen, gerade als ich zum erstenmal wieder zwischen den graubraunen Baumstämmen hindurch das Schlachtfeld erblickte. Reihe um Reihe und mit stetem Schritt rückte die feindliche Infanterie vor, die Lanzenträger vorne, die Fußsoldaten mit gezogenen Schwertern dahinter. Flüsterndes Zischen zeugte von einer Salve Pfeilen, die einen Bogen auf unsere Truppen zu beschrieben, wie Falken, die sich auf ihre Beute stürzten.

Endlich traf ich auf flachen Boden. Ich hielt Rama an. Mit brennender Ungeduld wartete ich darauf, daß meine Männer in Stellung gingen. Dabei betete ich leise zu Kataragama, dem Herrn, daß die beiden Regimenter auf meiner rechten Flanke unbemerkt ihre Stellungen erreichten. Sie hatten eine Schlüsselrolle, während die Aufgabe der beiden Regimenter zu meiner Linken nur darin bestand, dem Wiederaufstellen der Truppen aus Sita Waka bei ihrem Rückzug Deckung zu geben.

Die Sonne stand nun schon ein ganzes Stück über den Bäumen. Die Zeit war reif. Ich zog mein Schwert. Wieder jagte mir die Kühle seines Metalls jenes Gefühl der Unbesiegbarkeit durch den ganzen Körper.

»Greift ... an!« schrie ich und hieb Rama II. die Fersen in die Flanken.

Kapitel 38

Donnerstag, 19. März 1534

Die Außenposten der singhalesischen Streitmacht, die das Lager auf der Landspitze umrundeten, hatten sich noch nicht von dem Schock erholt, in den sie der Beschuß durch Artillerie versetzt hatte. Lanzenträger griffen verzweifelt nach ihren Waffen. Während Fernaos Pferd durch das Halbdunkel vorwärts preschte, dachte er einen Moment lang daran zurück, wie er nach der Schlacht von Mulleri knapp dem Tode entronnen war, und Angst durchfuhr ihn. Dann ergriff die Erregung der Schlacht von ihm Besitz, die Furcht fiel von ihm ab, und er schrie seine Begeisterung über den Angriff laut hinaus. Seine Kavallerie donnerte durch die wimmelnden Menschenmassen wie ein gigantischer Rammbock, und alles, was ihr vor die Hufe kam, wurde niedergetrampelt; Männer wurden schreiend zur Seite geschleudert oder unter den Hufen begraben. Das Chaos brach los. Pferde wieherten, Männer brüllten, Waffen trafen klirrend aufeinander.

Sein Pferd begann seinen ersten Schwung zu verlieren. Der Drang, trotzdem weiter vorzurücken, abzusteigen und rechts und links von ihm alles niederzumachen, zehrte an ihm, doch nur einen Moment lang, bis ihm der Rest seines Planes wieder einfiel und die Nebel in ihm sich hoben. Durch die sich aufhellende Finsternis hindurch erkannte er, daß er eine freie Fläche erreicht hatte. Vor ihm baute sich eine solide Mauer aus Menschen auf. Er riß sein Pferd herum, bellte den Befehl: »Rückzug! Rückzug!«

Der Rückweg durch die feindlichen Truppen war leichter, weil der Gegner durch das Manöver verwirrt war. Kurz darauf brachen sie erneut durch die Front, und Fernao grub die Sporen in die Flanken seines Pferdes. Das Pferd schoß los, raste durch die doppelten Ränge der Musketiere, deren vordere Reihe kniete, während die hintere stand. Blutig, schwitzend, um Luft ringend, verlangsamte er zu einem Trab, wendete und stand wieder dem Feind gegenüber.

»Bereit zum Feuern!« brüllte er. Flintstein wurde an Metall angerieben, winzige Flammen loderten die ganze Reihe entlang auf.
»Feuer!«
Das Zünden von zweihundert Musketen knatterte den Zugang zur Landspitze entlang. Graue Rauchwölkchen stiegen von der Linie der Musketiere auf. Nicht einmal ein blutiger Anfänger hätte die gegnerische Masse verfehlen können, die gut innerhalb Schußweite war. Lücken klafften in den ersten Rängen. Ihm stieg der Geruch nach verbranntem Schießpulver in die Nase.
»Feuer!« Wieder die Blitze, der Rauch, das Rattern der Musketen. Die Sinhala kamen näher, doch diesmal hatte die Salve eine noch durchschlagendere Wirkung. Die feindlichen Ränge stockten.
»Bereit zum Feuern!«
»Feuer!«
Die gegnerischen Reihen lösten sich auf, und die Soldaten liefen vor der mörderischen Salve davon.
Von der anderen Seite der Lagune und vom Meer aus, auf dem nun der erste Schimmer des nahenden Tages lag, hub wieder das Donnern der Kanonen an.
»Kavallerie! ... Für König Dom Joao und Portugal ... Greift ... an!« Mit einem Schrei, der dem Singen eines todbringenden Windes ähnelte, führte Fernao seine Männer erneut unter die Masse des Gegners. Nur noch dieser letzte Angriff, bevor dann ein rascher Rückzug nach Colombo, unter dem Schutz ihrer Kanonen, seine gewagte Operation zur Vollendung bringen würde.

Donnerstag, 19. März 1534

Wir brachen aus der Deckung, hoch über uns flatternd das rot-goldene Banner der Sinhala. Den Wind in meinem Gesicht, den Feind vor mir, meine Männern hinter mir, feuerte mich das Gefühl an, unbesiegbar zu sein. Während wir in

Pfeilformation über das offene Feld donnerten, direkt auf Graf Tammittas linke Flanke zu, hörte ich nichts anderes als das Trommeln der Hufe und das Knirschen von Leder, die zum Rhythmus meines Herzschlages den Takt klopften.
Wir hatten sie erreicht, noch bevor sie sich von ihrer Überraschung erholt hatten. Mit einem ausholenden Hieb meines Schwertes stürzte ich mich auf einen grauhaarigen Veteranen. Seine Augen brachen, bevor er zu Boden ging. Dann ein stämmiger Jüngling, dem das Blut aus dem Bauch spritzte, ein Riese von Mann …
Innerhalb einer Stunde hatten wir das Glück der Schlacht gewendet. Die Tatsache, daß kein Kanonenfeuer zu hören war, sagte mir, daß meine beiden Kavallerieregimenter die portugiesische Artillerie überrascht, zum Schweigen gebracht und darauf den Feind von hinten angegriffen hatten, wie ich es geplant hatte. Meine eigene Attacke von der Flanke aus hatte die Reihen des Gegners quer durch die Mitte aufgespalten. Von dem Druck befreit, hatten die Truppen aus Sita Waka ihren Rückzug gestoppt und sich erneut auf die gegnerische Front gestürzt.
Um die Mittagszeit hatte der sich hartnäckig wehrende Feind die Ebene von Boralu zu einem Schlachthaus gemacht. Kurz darauf rissen die letzten sich los und suchten ihr Heil in der Flucht: Sie wurden in wilder Hetzjagd von uns verfolgt.
General Dunu war gefallen. Er war getötet worden, während er seine Truppen anführte, und zwar durch eine feindliche Kanonenkugel, noch bevor er das Schlachtfeld erreichte. Somit war er als tapferer Soldat gestorben, wie er es sich gewünscht hätte.
Der Held des Tages war General Graf Senerat, der das Kommando übernommen und die Truppen von Sita Waka allen Widrigkeiten zum Trotz in den Kampf geführt hatte. Er hatte persönlich jeden Gegenangriff geleitet und sich jeglichem Zurückweichen oder gar einer Kapitulation widersetzt. Als Belohnung empfing ich ihn in jener Nacht in meinem Zelt und ernannte ihn zum zweiten Befehlshaber meiner Armeen, im gleichen Rang wie Graf Wickrama Sinha. Da er auch

königlichen Geblüts war, ernannte ich ihn gleichzeitig zum Herrscher über das Unterkönigreich von Raigam.

So müde ich auch sein mochte, es war mir noch nie gelungen, in einer Nacht, die auf eine Schlacht folgte, auf der Stelle einzuschlafen. Wieder und wieder ging ich mit hellwachem Verstand die Einzelheiten der gegnerischen und meiner eigenen taktischen Pläne durch, klopfte sie auf Mängel und Schwächen ab.

»Majestät! Majestät!« Ich war gerade in einen unruhigen Schlaf weggedöst, als mich Oberst Wickrams aufgeregte Stimme wieder daraus erweckte. Mein Adjutant war in Begleitung eines Dieners, der eine entzündete Fackel in einer Halterung an der Mittelstange des Zeltes befestigte. Bei ihrem rotgoldenen Licht erkannte ich, daß Oberst Wickrams Gesicht schmerzverzerrt war.

»Sprecht!« befahl ich ihm.

»Ich bin tief bestürzt, noch einmal der Überbringer schlimmer Nachrichten sein zu müssen, Majestät, aber dieses Mal sind sie persönlicher Art.«

Ein großer, hagerer Mann mit in tiefe Falten gelegtem Gesicht und ergrauendem Haar, das er zu einem Knoten im Nacken zusammengefaßt trug, trat ein und fiel auf die Knie.

Ich erkannte ihn auf der Stelle und sah, daß ihm die Tränen über das Gesicht hinabströmten. Entsetzen grub sich tief in meinen Magen ein. »Sene, was tut Ihr hier?«

»Mein Herr, mein Herr! Ich komme mit schrecklichen Nachrichten!« Er blieb auf den Knien liegen.

Bandula und Nangi, meine Findelkinder. Alles in mir krampfte sich zusammen. »Los, Mann, sprecht.«

»Majestät, Bandula und Nangi sind gestern nacht aus meinem Haus entführt worden. Wir haben sie heute morgen auf einem meiner Felder entdeckt, mit ... mit ...« Er brach schluchzend zusammen.

Mich packte die Wut. »Mit was?« brüllte ich. »Steht auf, Mann, und sagt mir die schlimme Wahrheit, sonst ...« Ich brachte die Drohung nicht über die Lippen.

»... mit durchgeschnittenen Kehlen.« Er brachte die Worte nur in einem erstickten Flüstern hervor. Sein Gesicht verzerrte sich, und er brach hilflos schluchzend in sich zusammen. Noch immer vor mir kniend, küßte er meine Füße. »Vergebung, Herr ... Vergebung ...«

Ich hatte die Augen geschlossen und sah sie vor mir, meine beiden Kinder, wie sie tot dalagen, mit klaffenden Wunden an ihren kleinen Hälsen. Ich hörte das Brüllen eines verwundeten Tieres im Todeskampf und merkte, daß ich Urheber des Geräusches war. Ich preßte die Lider zusammen, um meine Tränen zurückzuhalten.

»Tötet mich, Herr, denn ich verdiene den Tod. Ich habe versagt. Schlitzt mir die Kehle auf, so wie es jenen armen Kindern widerfahren ist.«

Ich war der Große König, kein Henker. Ich öffnete die Augen, streckte die Hand aus und zog Sene hoch. »Steht auf und sagt mir, wer es getan hat.«

Er wischte sich mit dem Handrücken die Tränen vom Gesicht. »Majestät, wir haben überhaupt keine Hinweise darauf, wer es getan hat, oder warum.«

»Überhaupt keine Hinweise?«

»Gar keine, mein Herr. Die Kinder sind wie gewöhnlich zu Bett gegangen. Am nächsten Morgen waren sie nicht mehr da. Wer auch immer sie entführt hat, er muß unseren Tagesablauf und den Grundriß des Hauses genau gekannt haben.«

Nur eine einzige Person konnte dies alles so genau geplant haben: General Fernao de Albergaria. »Dann ist es geplant und ausgeführt worden, um mich zu treffen«, erklärte ich ruhig. »Es war nicht Euer Fehler, Sene. Dies war ein Akt der Rache und eine Warnung.« Ich unterbrach mich, spürte, wie ein Glitzern in meine Augen trat. »Dafür werde ich zweitausend Portugiesen die Kehlen aufschlitzen.«

Ich blickte Oberst Wickram gefaßt an. »Laßt die Kommandeure sofort bei mir vorsprechen. Morgen bei Sonnenaufgang brechen wir auf.«

»Nach Jaya, Majestät?«

»Nein, nach Colombo.«

Kapitel 39

Sonntag, 22. März 1534

Julietta hatte den ganzen Abend über in der Ferne das Dröhnen der großen Geschütze und das schwächere Knattern der Musketen gehört. Dann war die Nacht gekommen, die sie, unfähig zu schlafen, abwechselnd im Bett liegend verbracht hatte, wo sie sich hin und her gewälzt und in die sternenerleuchtete Nacht hinausgeblickt hatte, oder zum Gebet kniend vor ihrem *prie-dieu,* vor der Statue der Heiligen Jungfrau. Nun, da sie im kühlen Grau des Morgens an ihrem Schlafzimmerfenster stand, hatten ihre Ängste an Intensität verloren, doch noch immer blickte sie furchtsam nach Osten. Wieder hatten die Kanonen mit ihrem Dröhnen begonnen, noch beständiger als am Abend zuvor. Die Sinhala mußten nahe den Stadtmauern sein. Sie wünschte, die grüne Baumlinie hätte ihr nicht den Blick auf die östlichen Schutzwälle versperrt, damit sie sehen könnte, was vorging.

Appu hatte ihr von dem Mord an Tiki-tikis Findelkindern erzählt. Wie schrecklich! War auch das eine Strafe Gottes? Wer konnte es getan haben? Und wenn er nun dafür den Tod seines leiblichen Kindes, Catherina, herbeiführte? Armer Tiki-tiki, sie wünschte, sie hätte ihm Trost spenden können. Alles war so verwirrend. Ihre Augen blickten suchend nach dem Hafen und dem Meer dahinter. Dort lag der Weg zur Flucht, zu einem noch in der Ferne liegenden Entkommen. Doch wenn ihr Körper geflohen war, wo blieben ihr Verstand, ihr Herz, ihre unsterbliche Seele?

Sonntag, 22. März 1534

Königin Anula saß, wie die meiste Zeit in jenen Tagen, in ihrem Gemach im Palast von Kandy auf ihrem Lieblingsdiwan. Es war einer der Tage, an denen ihr Geist nicht verwirrt war.

An diesem Morgen, nachdem sie in aller Frühe ihre Morgenmahlzeit eingenommen hatte, hatte sie die ganze Zeit über in rasender Geschwindigkeit die Möglichkeiten erwogen, die ihr die politische Sitution in Lanka noch bieten konnte. Sie hatte regelmäßige Berichte über alle politischen und militärischen Ereignisse erhalten, und zwar von Pater Perez, dessen Spionagenetz praktisch unfehlbar war. Der Pater hatte sie am vergangenen Abend persönlich aufgesucht, um sie bezüglich des Sieges von General de Albergaria über General Graf Wickrama Sinhas Sondereinheit in Negombo in Kenntnis zu setzen, ebenso wie über den Plan, zur gleichen Zeit General Dunu und die Armee von Sita Waka in die Falle gehen zu lassen. Frohlockend hatte sie überlegt, wie sie sich diese Ereignisse zunutze machen könnte. Ihre Rache an König Raja Sinha für seine Zurückweisung hatte sie bereits in Gang gesetzt. Und was General Dunu und Graf Wickrama Sinha anging, so würde ihr Fluch sie zerstören, wenn der *hooniyam*, der Zauber, den sie durch Kusuma, die Hellseherin, über sie hatte sprechen lassen, keine Wirkung zeigte.
Sie erkannte an dem diskreten Klopfen an der Tür dessen Urheberin, ihre Oberste Dienerin Nona. »Herein!« rief sie. Noch bevor die silberhaarige Frau sich aus ihrer Huldigung erhob, bemerkte die Königin den angstvollen Ausdruck auf ihrem Gesicht. Sie konnte doch wohl kaum schlechte Nachrichten bringen? Nein, schlechte Nachrichten wollte sie keine mehr hören.
»Was ist los?« fragte sie in scharfem Ton.
»*Aiyo*, meine Herrin, so schreckliche Neuigkeiten. Die beiden Findelkinder von König Raja Sinha sind hinterrücks ermordet worden. *Aney*, man hat ihnen die Kehle durchgeschnitten. Was für ein Teufel bringt es nur fertig, unschuldigen Kindern etwas Derartiges anzutun?« Ihr entfuhr ein Schluchzen. Sie begann zu heulen, Tränen strömten ihr die Wangen hinab. »Der Große König glaubt, daß der portugiesische General dahintersteckt. Er ist zur Rache mit seiner ganzen Armee nach Colombo aufgebrochen.«
So war es also geschehen. Das Ränkeschmieden und Beste-

chen hatte sich gelohnt. Die Königin verbarg ihre Begeisterung. Wenn König Raja Sinha den portugiesischen General in Verdacht hatte, um so besser. Dies war *ihre* Rache, nicht die der Portugiesen. »Gibt es noch Neuigkeiten bezüglich der Schlacht zwischen Graf Tammitta und den Truppen aus Sita Waka?« Wenn sich ihre Hoffnungen auch in diesem Punkt erfüllten, waren all ihre Wünsche für den Moment befriedigt.
»Ja, Herrin. Die Leute sagen, daß es König Raja Sinha auf irgendeine Weise gelungen ist, seinen Männern noch rechtzeitig zu Hilfe zu kommen. Der König ist kein menschliches Wesen, er ist ein *deva,* dem der Segen der Gestirne zuteil geworden ist. Nachdem er die Schlacht gewonnen hatte, ist er mit seiner gesamten Armee nach Colombo gezogen. Dies ist ein großer Tag für die gesamte singhalesische Nation.« Sie wischte sich mit dem Rücken einer ihrer schwieligen Hände die Wange ab. »Aber General Dunu wurde in der Schlacht getötet.«
Die Enttäuschung der Königin wurde durch die Nachricht vom Tode des Generals gelindert. Noch ein Feind aus dem Weg geräumt. Wenn nun nur noch ihr Plan klappte, Graf Wickrama Sinha zu töten ... »Hör mit deinem verfluchten Geplappere auf und erzähle die Geschichte zu Ende. Was ist mit dem Großen König geschehen, dem Verlobten meiner königlichen Tochter?«
»Ich bitte meine Herrin um Verzeihung. Es scheint, daß der *parangi*-General König Dom Juan und den Großteil seiner Armee nach Colombo in Sicherheit gebracht hat, als klar wurde, daß König Raja Sinha dorthin zog.«
Sie fragte Nona nach Einzelheiten aus. Als sie schließlich die Frau entließ, begann es in ihrem Verstand wieder zu wüten. Ihr Schuß war nach hinten losgegangen, und nun war sie außerstande, den Verlauf der Dinge aufzuhalten. Der wachsende Druck in ihr wurde so greifbar, daß sie das Gefühl hatte, ihre Schläfen würden platzen. Sie eilte zum Fenster, weil sie glaubte, daß frische Luft ihr Linderung verschaffen könnte. Jener verfluchte, tote Kumara war an alldem schuld. »Ich habe dich im Ränkeschmieden übertroffen, du dreckiger

Bastard«, schrie sie dem grünen Berghang entgegen, den er, wie sie wußte, bewohnte. »König Raja Sinha glaubt, daß es sein Erzfeind, der portugiesische General war, der für die Morde an seinen Findelkindern verantwortlich ist, dabei bin ich es ... ich ...« Sie zeigte mehrmals mit dem Finger auf sich selbst. »Ich bin es, die es getan hat.«

Die spöttische Stimme ihres Gemahls hallte aus den Bergen wider. »Du tötest, ohne an die fernere Zukunft zu denken, Anula. Schau, wohin es dich gebracht hat. Nun hast du auch die letzte Hoffnung auf Macht verloren. Der Verlobte deiner Tochter, der Große König Dom Juan, ist praktisch ein Gefangener ohne jegliche Macht. Du dummes Weib, du bist so klug, daß du dich selber aus dem Rennen wirfst ... Ha! ... Ha! ... Ha!«

Sie schlug die Hände über die Ohren, wie sie es immer tat, wenn sie versuchte, sie vor dem Geräusch seines spöttischen Gelächters, das sie verrückt machte, zu verschließen. »Verflucht seist du, Kumara! Geh zur Hölle!« kreischte sie.

Und wie schon so viele Male versank ihr Verstand wieder im Dunkel des Wahnsinns.

Die Nachricht von dem Beinahe-Massaker an Graf Wickrama Sinhas Streitkraft in Negombo hatte mich in Kadu erwartet, wohin ich nach der Nachricht von der Ermordung meiner beiden Findelkinder geeilt war. Betäubt, wie ich von der Nachricht war, lag das Gefühl des persönlichen Verlustes wie ein kalter Knoten in mir.

Es ist wahr, daß wir Menschen unseren Kummer ganz alleine tragen, besonders in den dunklen Tiefen der Nacht. Selbst wenn es jemanden gibt, mit dem wir ihn teilen können, kann niemand des anderen Trauer oder Schmerz begreifen oder nachvollziehen.

Ich kann nicht beschreiben, was ich bei dem Anblick der toten Körper von Bandula und Nangi empfand, deren kleine Gesichter trotz der Bemühungen der Einbalsamierer entstellt waren. Als ich ganz allein vor den beiden silberbeschlagenen Särgen aus *nadun*-Holz stand, die man in der Halle ihres

Zuhauses aufgestellt hatte, beherrschte mich das schreiende Verlangen, ihnen die geschlossenen Augenlider zu öffnen. Ich hatte Bandula versprochen, daß er und seine Schwester niemals im Leben getrennt werden sollten, und so war es geschehen, auch im Tode.
Von jenem Tag an würde der widerlich süße Geruch der Salben, die man verwandt hatte, um den Todesgeruch zu überdecken, für ewig in meiner Nase bleiben, und das leise Seufzen der Klageweiber würde mich mein Leben lang verfolgen. Rache! schrie es in mir. Nun verstand ich, was Aisha Raschid empfunden hatte. Nur Rache würde mir Erleichterung verschaffen. Wenn ich den Schrecken von Bandula und Nangi in den Augen der *parangi*-Mörder wiedersehen würde, konnte ich auch wieder Frieden finden.
Ich wußte, daß mich mein Haß zu verzehren begann. Ich war König, ein Großer König. Ich konnte es nicht zulassen, daß Empfindungen mich zerstörten. Statt dessen würde ich General de Albergaria vernichten, der meine Kinder ermordet hatte.

Im folgenden nahmen wir kampflos die Hauptstadt Jaya ein und schlugen dann in einem engen Ring unser Lager um die Stadtmauern von Colombo auf. Tagelang versuchten wir uns an den feindlichen Wällen, ohne jedoch eine schwache Stelle entdecken zu können. Ihre Begrenzung durch Wasser machte sie uneinnehmbar und das tödliche Kanonenfeuer zwang uns, außerhalb der Schußweite vor den Schutzmauern zu bleiben. General de Albergaria hatte gute Arbeit geleistet. Mehr noch: Es waren Tausende von singhalesischen Soldaten aus der Armee des Großen Königs Dom Juans, einschließlich Bogenschützen und Infanterie, die die Wälle bemannten. Nur meine natürlichen Instinkte als Soldat und General hielten mich davon ab, den voreiligen Angriff zu wagen, zu dem meine Wut mich anstachelte.
Als die Tage verstrichen, erkannte ich, daß wir die Stadt nur erobern konnten, wenn wir sie aushungerten. Schon jetzt war sie vom Land her von der Versorgung abgeschnitten. Die

Schiffahrtswege von der hohen See aus standen unter Kontrolle von Paichi Marcars Schiffen, die Aisha Raschid und ihr Neffe Deen organisiert hatten; beider Flucht aus der Stadt Colombo in ein Haus, das ich ungefähr neun Meilen südlich an der Küste besaß, hatte ich in die Wege geleitet, bevor ich die Belagerung begonnen hatte. Nur die gelegentlich eintreffende Versorgungsschlup der Portugiesen konnte nun noch unter dem Schutz ihrer beiden lokalen *nao* in den Hafen einfahren, deren Kanonen auch für dessen Verteidigung gebraucht wurden. Die Versorgung, die sie leisten konnten, würde kaum reichen, um die mehreren tausend Menschen zu ernähren, die in der Stadt lebten und deren Zahl sich durch das Hinzukommen des Hofstaates von Jaya und des größten Teils seiner stehenden Armee noch vergrößert hatte. Außerdem hoffte ich, die Bewohner würden sich gegen die *parangi* wenden und danach kapitulieren. Der einzig ungewisse Faktor war der, ob über den Seeweg portugiesische Verstärkungstruppen eintreffen würden oder nicht, doch war dies ein Risiko, das ich eingehen mußte. Für den Moment konnte ich abwarten.

Dienstag, 31. März 1534

Ein loyaler singhalesischer Edelmann hatte mir in einem Vorort, der als Demata bekannt war, eines seiner Häuser zur Verfügung gestellt. Ich benutzte es als militärisches Hauptquartier, doch nur für offizielle Zwecke, denn ich aß dasselbe Essen wie meine Männer und schlief wie sie in einem Zelt.
An jenem Morgen war ich in einem Zimmer im hinteren Trakt des Hauses, das ich als Empfangsraum benutzte, bei der Arbeit, als General Graf Wickrama Sinha angekündigt wurde; er begehrte eine private Audienz. Ich hatte während unserer Planungssitzungen bereits bemerkt, daß er nachdenklich und zurückgezogen war, was ich seinem verletzten Stolz und der Erniedrigung aufgrund seines Scheiterns in Negombo zugeschrieben hatte.

Als er den Raum betrat, war ich über seine äußere Erscheinung überrascht. Sein hageres, hübsches Gesicht sah fast abgezehrt aus, die sonst funkelnden Augen wirkten kleiner und waren von schwarzen Ringen umgeben.
Ich kam ohne die üblichen Banalitäten gleich zur Sache, weil ich wußte, daß das auch in seinem Interesse war. »Bitte setzt Euch, General, und sagt mir, warum Ihr mich um diese Audienz batet.«
Er senkte den Blick und blieb stehen. Schließlich sah er mich an. »Majestät, ich möchte meiner Stellung enthoben werden. Und ich bitte Euch auch um die Erlaubnis, mich auf die Ländereien meiner Familie zurückziehen zu dürfen.«
»Was?« fragte ich mit unverhüllter Erschrockenheit und Bestürzung. »Warum?«
»Sicher wißt Ihr es, Majestät, aber da Ihr mich danach fragt, will ich es Euch mit aller untertänigsten Ergebenheit sagen.« Er hielt inne, um sich zu räuspern, dann kamen die Worte ganz rasch heraus. »Die Niederlage meiner Truppen in Negombo ist ein schwerer Schlag für meinen Stolz und meinen Ruf gewesen.«
»Ist das alles?« Ich lachte erleichtert auf. »Jeder General muß Niederlagen erfahren. Erinnert Ihr Euch nicht mehr an meine eigene Enttäuschung bei Sita Waka, als man mich als Geisel wegschickte? Konnte es eine schlimmere Erniedrigung und einen ernsteren Verlust des Rufes geben? Seid versichert, daß sich an meinem Vertrauen in Euch nichts geändert hat.«
»Sehr wohl, mein Herr und König, doch ich möchte mit Verlaub feststellen, daß die größte Erniedrigung diejenige ist, die mir durch Euer Majestät widerfahren ist.« Wieder zögerte er, reckte schließlich entschlossen das Kinn. »Majestät, es ist nicht an mir, die Ernennungen meines Herrschers in Frage zu stellen, doch Ihr und ich, wir haben einst als Kameraden gemeinsam gefochten, deshalb bin ich Euch die Wahrheit schuldig. Eure Ernennung Graf Senerats zum General meines Ranges hätte ich noch akzeptieren können, auch wenn sie mich verletzte. Doch seiner Ernennung zum Herrn über das Gebiet, das ich und meine Familie seit Jahrhunderten in

unserem Besitz haben, kann ich mich nicht ohne Protest beugen.«
Wie gedankenlos war ich gewesen, wie sehr hatte es mir an Einfühlungsvermögen gemangelt gegenüber den Bedürfnissen meines engsten Freundes und Waffenbruders in seinen schlimmsten Momenten! Doch der Schaden war angerichtet, und es gab keine Möglichkeit, ihn wiedergutzumachen. Graf Senerats Ernennung konnte ich nicht rückgängig machen. Einen Moment lang fragte ich mich, ob ich Graf Wickrama Sinha nicht sonst irgendwo zum Unterkönig ernennen konnte, doch er war zwar Edelmann, aber nicht königlichen Geblütes. In einem Lehenssystem wie dem unseren hätte eine solche Ernennung ein Dutzend Komplikationen geschaffen statt nur der einen.
Mein Gesichtsausdruck mußte ihm von meinem Schuldbewußtsein und dem Schmerz in meinem Herzen gesprochen haben, denn Tränen traten ihm in die Augen. Selbst in diesem Moment eines großen Verlustes kam seine edle Natur zum Vorschein. »Es ist zu spät, um die Sache einzurenken, mein Herr«, versicherte er mir ruhig. »Ich bin froh, daß ich persönlich zu Euch kam, denn nun sehe ich, daß Ihr nicht gehandelt habt, um mich zu strafen. Dennoch wünsche ich Euch alles Gute. Ich bete darum, daß wir vielleicht eines Tages, wenn wir beide unseren Preis gezahlt haben, ich für meine übergroße Zuversicht, und Ihr ...«, fuhr er fort, hielt dann einen Augenblick inne und lächelte ironisch, »dafür, daß sich ein König nicht irren kann, noch einmal gemeinsam in einer Schlacht kämpfen können.«
»Das wünsche ich mir von ganzem Herzen. Ihr seid der großzügigste Mann, den ich je kannte. Ich werde Euch sehr vermissen.«
Aufrecht und stolz ging er rückwärts aus dem Raum. Die Leere des Einsamen bemächtigte sich meines Herzens. Ich wünschte, ich hätte mir mein wundes, schmerzendes Hirn aus dem Schädel reißen können. Etwas sagte mir, daß er und ich niemals wieder Seite an Seite kämpfen würden, daß ich jenes hagere, hübsche Gesicht mit den freundlich funkelnden Augen nie wiedersehen würde.

Graf Wickrama Sinha wurde zwei Tage später ermordet, als er seine Heimat im Süden fast schon erreicht hatte. Auch diesmal glaubte ich, es handele sich um das Werk portugiesischer Agenten. Man hatte auf der Landstraße eine Fallgrube für ihn ausgehoben und sie getarnt, damit er wie ein Tier im Dschungel hineinfalle. Dort hatte man ihn ermordet und danach einfach liegenlassen. In einem fairen Kampf hätte man ihn niemals besiegen können.
Ich hatte einen Grund mehr zur Rache an General de Albergaria.

Kapitel 40

Dienstag, 21. April 1534

Fernao stieg die Treppen zu den Schutzwällen hoch, die dem Festungsturm gegenüberlagen. Oberst de Mello stand dort und starrte über den See, der sich von unterhalb der Schutzwälle aus erstreckte. Diesmal lächelte noch nicht einmal der Oberst, als er sich umwandte und vor ihm salutierte. In den draufgängerischen blauen Augen stand kalte Wut, und der sonst lachende Mund unter dem dünnen schwarzen Schnurrbart bestand nur mehr aus fest aufeinandergepreßten Lippen.
»Gibt es etwas Besonderes, was Euch ärgert?« erkundigte sich Fernao, wobei er die Augenbrauen hob.
»Nein, Herr, doch was würde ich darum geben, zehn weitere *terco*, Infanterieregimenter, und ein paar mehr Artilleriekompanien zu besitzen. Ich würde diese verdammten Eingeborenen dort unten innerhalb von Sekunden hinwegfegen.«
Wie auf Kommando lehnten sich beide gegen die Brüstung. Fernao versuchte, die feindlichen Soldaten – kleine dunkle Gestalten außerhalb der Schußweite ihrer Artillerie, die sich zwischen offenem Gelände und dunklen Hainen frei bewegen konnten – genauer zu erkennen. »Zehn Regimenter dürften nicht reichen«, meinte er. »Wir stehen der gesamten singhalesischen Armee gegenüber. Einhunderttausend Mann, wie

man mir sagte. Wenn ihre Kanonen die Reichweite der unseren hätten, wären wir in ernsten Schwierigkeiten. Wißt Ihr, König Raja Sinha hat dieses Land geeint, wie es keiner vor ihm schaffte außer den wohlbekannten Heldenkönigen der singhalesischen Geschichte. Darüber hinaus aber haben er und sein Vater König Maya Dunne ihren Nachkommen ein einzigartiges Vermächtnis hinterlassen.«

»Und was wäre das?«

»Feuerwaffen! Wie sie die bekommen haben, weiß allein der Himmel, doch solange sie im Besitz von Kanonen und Musketen sind, wird keine fremde Macht sie wirklich erobern können.«

»Ich möchte Euch nicht widersprechen, General, aber sicher ist doch das singhalesische Volk noch immer gespalten. Seht dort jene Männer, die zu Tausenden auf unseren Mauern Wache stehen. Sie sind Soldaten des Sinhala-Königs von Jaya, der von Colombo aus regiert.«

»Ein Großer König mit einem gewaltigen Schatz, aber ohne Land.« Fernao hielt inne. Ihm war eine Idee gekommen. »Es *gibt* noch eine Möglichkeit, wie wir König Raja Sinha seine Macht nehmen können«, fuhr er langsam fort. »Wir müssen einen zweiten Helden finden, der mit ihm in Wettstreit um die Macht tritt.«

»Ihr meint einen anderen Helden, der auch singhalesischer Buddhist ist.« Die Augen des Obersten weiteten sich, als er den Gedanken weiterverfolgte. Er schlug sich mit der flachen Hand auf den Schenkel, seine blauen Augen funkelten vor Erregung. »Was für eine großartige Idee. Wir haben die ganze Zeit den *Status quo* der singhalesischen Thronfolge einfach blind hingenommen. Finden wir also König Raja Sinhas Schwächen heraus und machen sie uns zunutze.«

Fernaos Herz schlug schneller. »Und die Schwächen liegen genau dort«, hakte er ein. »Er hat mit einem Rückhalt bei den singhalesischen Buddhisten begonnen, studiert aber jetzt die hinduistische Religion. Das kann ihn bei den fanatischen Buddhisten nicht beliebt gemacht haben. Er toleriert alle anderen Religionen, ist gegen Kastenunterscheidungen und versucht, den Armen auf Kosten der Reichen zu helfen.« Er stellte die Ellbogen auf die Brüstung, um sich darauf abzustützen. »Aber ... er hat alle in Frage kommenden Opponenten aus dem Weg geräumt. An wen können wir uns wenden?«

»Es gibt niemanden in Lanka«, erwiderte Oberst de Mello, an die Dunkelheit gewandt.

»Vielleicht wäre derjenige, der seine beiden Findelkinder ermorden ließ, schlau und machtvoll genug und ein Gegner mit ausreichender Kraft, um es zu tun.« Fernao kam ein Gedanke. »Großer Gott, das ist es ... das ist der Grund, warum er plötzlich wie ein wütender Löwe nach Colombo gerast kam.«

»Was denn, General?«

»Er glaubt, daß ich verantwortlich für jene Morde war«, erwiderte Fernao finster.

»Sicher könnt Ihr ihm doch mitteilen, daß Ihr damit nichts zu tun hattet?«

Fernao schüttelte zögernd den Kopf. »Ihr von allen solltet doch mit mir übereinstimmen, daß der Stolz mir dies verbietet. Außerdem würde der König mir nie glauben.« Er zuckte die Achseln. »Nun gut, auch nicht weiter wichtig. Möglicherweise wäre er sowieso auf Colombo marschiert. Er ist ein Mann, der sich von seinem Schicksal angetrieben fühlt, und wir stehen ihm dabei im Weg.«

»Aber es muß doch unter den Millionen von Sinhala in diesem Land jemanden geben, den wir gegen ihn aufstacheln können?« nahm der Oberst seinen Gedanken wieder auf.

Fernao schlug sich mit der flachen Hand gegen die Stirn. »Ihr sagtet ›in diesem Land‹, Oberst. Auch hier bin ich sicher blind gewesen! Ich habe innerhalb des Landes gesucht, wo es doch einen solchen Mann im Ausland gibt. Erinnert Ihr Euch noch an jenen Meisterkrieger des Schwertkampfes, der nach Goa floh, als ihn König Maya Dunne wegen irgendeines Verrats unbedingt festnehmen wollte?«

Oberst de Mello nickte. Seine Augen begannen zu glänzen. »Ja, tatsächlich, Graf Kon Appu Bandara. Er ist singhalesischer Buddhist königlichen Geblüts, der freiwillig im Exil in

Indien geblieben ist. Als geübter militärischer Befehlshaber und hervorragender Krieger ist er genau die Art von Held, an den sich die Wunschträume des singhalesischen Volkes klammern werden.«

»Ich werde ihn rufen«, erwiderte Fernao.

Sie blickten sich lächelnd an.

Freitag, 24. Juli 1534

Fast vier Monate waren vergangen, und ich hatte meinen Würgegriff um die Stadt Colombo fester zugezogen. All meine Versuche jedoch, mir Einlaß zu erzwingen, einschließlich zweier Frontalangriffe, einem auf gesamter Mauerlänge, einem nur auf das Haupttor, waren zurückgeschlagen worden, was zu schweren Verlusten auf unserer Seite geführt hatte. Ich hatte auch nächtliche Angriffe und heimliche Überfälle versucht, um innerhalb der Stadt Fuß zu fassen, doch auch sie waren vergebens gewesen.

Mein einziger Ausweg, die Aushungerung der Garnison, stellte sich in der Praxis schwieriger dar als in der Theorie. Als die Wochen vorübergingen, machte sich in meinen Truppen aufgrund der Untätigkeit Nachlässigkeit breit. Außerdem mußten sie ernährt, gekleidet, mit Unterkünften versorgt, trainiert und beschäftigt werden. Als die Monsunregenfälle begannen, verschlimmerten sich ihre Lebensbedingungen, Krankheiten breiteten sich aus; unsere Feldlazarette waren überfüllt.

Es war aus diesen Gründen nicht überraschend, daß ich bei dem Anblick, der sich mir an jenem Nachmittag bei einem Inspektionsritt auf Rama II. zwischen Bäumen hindurch bot, neue Befürchtungen hegte.

Im Südwesten türmten sich dunkle Wolken vor einem sonst fleckenlosen Himmel aus tief eingebranntem Blau auf; sie kamen zweifellos direkt auf uns zu. »Ich hoffe, das sind nur Regenwolken und nicht die Vorboten eines weiteren Monsuns«, rief ich scherzend über die Schulter, wo Graf Senerat,

Oberst Wickram und meine Adjutanten auf ihren Pferden saßen.
»Nicht noch ein Monsun, ich bitte Euch, Majestät«, erwiderte Graf Senerat, Unterkönig von Raigam, heftig. Er war ein schlanker, großer Mann mit breiten Schultern, schmalen Hüften und einer wunderschönen Sprechstimme.
Ich zuckte die Achseln und ritt weiter an unseren Männern vorbei, von denen die meisten barbrüstig waren. Es war ein so heißer Tag, daß Schweiß auf ihren sonnenverbrannten Körpern glitzerte. Selbst die gelegentlichen Vogelrufe klangen klagend, und die Bäume über uns ließen traurig die Äste hängen und schienen vor Trockenheit leise zu knistern.
Wir ritten weiter, bis wir an das Ufer des Sees kamen. Lange Momente starrte ich auf die Wasserfläche hinab. An ihrem anderen Ende erhoben sich die Stadtmauern, erstreckten sich nach Süden hin, bis sie schließlich weiter hinten auf die Schutzwälle der inneren Festung trafen, die letzte Bastion der *parangi.* Ein Versorgungsschiff war längsseits an der Festungsbrücke vertäut. »Wenn wir nur diesen See überqueren könnten«, bemerkte ich, »dann könnten wir durch die Stadt zur inneren Festung vordringen, und kein Schiff wäre mehr in der Lage, sie zu versorgen.«
»Die Feuerkaft des Feindes macht eine Überquerung des Wassers unmöglich, Majestät«, erwiderte Graf Senerat. »Ihr habt das als praktische Alternative aus unseren Schlachtplänen bereits ausgeschlossen. General de Albergaria wußte, was er tat, als er den See anlegen ließ.«
Eine plötzlich aufkommende Brise brachte das Wasser zum Erzittern und schickte kleine Wellen in meine Richtung. General de Albergaria hatte den See anlegen lassen. Die *devas* schickten Wellen in meine Richtung! Blitzartig wußte ich, was zu tun war.

Sonntag, 20. September 1534

Nur eine Stunde, nachdem er die dringende Botschaft von Oberst de Mello erhalten hatte, stieg Fernao die Treppen des Schutzwalles hoch, wobei er den Gruß der Offiziere und Soldaten erwiderte.

Er stand neben Oberst de Mello und blickte über die Brüstung.

Die Morgensonne war über die fernen blauen Berge und die Baumwipfel im Osten gestiegen und warf ihr blaßgoldenes Licht über die Szenerie unter ihnen. Der Anblick, der sich ihm bot, war viel schlimmer, als er erwartet hatte. Das Versorgungsschiff war weggefahren, doch es würde niemals wiederkehren, denn der See schien sich den Schleier seiner Wasser von der Brust gerissen zu haben. Was einmal eine glatte Fläche aus grünbraunem Wasser gewesen war, seine eigene Schöpfung, war nun halb ausgelaufen, zeigte hier und da bereits braune Schlammstellen. Hunderte von kleinen Gestalten waren am anderen Ufer zu erkennen, wie eine Schar Ameisen; einige davon gruben, andere liefen beladen umher. Der Anblick sprach Bände.

Niemals zuvor hatte Fernao einer derartigen Gefahr ins Auge geblickt. »Um Himmels willen, was für ein gerissener Hund!« Er hatte die Worte ungewollt zwischen den Zähnen hervorgestoßen. »Ihr habt recht, Oberst. König Raja Sinha legt den ganzen See trocken. All dieses Gerede, man müsse zur Wiedergutmachung für die Schäden, die die militärischen Operationen angerichtet hätten, der lokalen Bevölkerung bei der Aushebung von Bewässerungkanälen helfen, war nur dazu da, uns in die Irre zu führen.«

Er schlug mit einer geballten Faust auf die Mauer. »Ich hätte wissen müssen, daß man mit Brackwasser aus einem See keine Landkultivierung betreiben kann. Nun können uns jetzt schon keine Versorgungsschiffe mehr erreichen, und innerhalb von zwei oder drei Tagen, wenn der Schlamm getrocknet ist, wird er uns mit seiner Armee angreifen. Wir können unsere Feuerkraft nicht weit genug ausdehnen, um die ganze Stadt zu verteidigen.«

»Die Schiffskanonen«, begann der Oberst, unterbrach sich aber mit einem ironischen Grinsen. »Kaum ausreichend, zumal wir nie wissen, wo er seine Angriffe ansetzen wird.«

Wie immer, wenn die erste Übelkeit des Schocks in ihm vorüber war, konnte Fernao in einer krisenhaften Situation am besten denken, kühlen Kopfes und mit all seinen Fähigkeiten allein auf die Lösung des Problems gerichtet. Er wandte sich an den Oberst. »Wir haben nur eine Wahl«, stellte er fest. »Vergessen wir die Stadt. Ziehen wir uns in die innere Festung zurück, in der wir uns ganz auf unsere Kanonen und unsere Feuerkraft konzentrieren können. Zusammen mit den Kanonen auf dem Schiff wird uns das ermöglichen, jedem Angriff standzuhalten.«

»Aber General, wie können wir die Truppen aus Jaya hier drinnen unterbringen, wenn doch kaum Platz für unsere eigenen Leute ist? Und was ist mit unseren Familien?«

Fernao blickte de Mello offen an. »Oberst, meine erste Pflicht ist der Schutz des Lebens und des Eigentums portugiesischer Staatsbürger«, gab er ruhig zu verstehen. »Alles andere ist zweitrangig. Wir haben einfach keinen Platz für die Verpflegung und andere Versorgungsgüter, die nötig wären, um die Armee von Jaya unterzubringen. Wir werden deshalb die entsprechenden Kapitulationsbedingungen für sie aushandeln müssen. Nur der Große König Dom Juan wird unter unserem Schutz bleiben, als unsere Geisel. Wenn wir all dies hinter uns haben, wird er uns dabei behilflich sein, unsere Position von neuem einzunehmen. In der Zwischenzeit müssen unverzüglich alle zur Verfügung stehenden Lebensmittel in der Stadt in der inneren Festung untergebracht werden.«

Es waren tapfere Worte, doch er sprach sie mit traurigem Herzen. Der Plan bedeutete auch, daß die Portugiesen ihre Häuser und ihren Besitz aufgeben mußten. »Die Kommandeure sollen sich umgehend im Besprechungszimmer versammeln, um ihre Befehle entgegenzunehmen, Oberst. Die Zeit ist knapp, und es gibt viel zu tun in den nächsten vierundzwanzig Stunden.«

Das Leben ist doch sonderbar, dachte Fernao, während er

den Salut Oberst de Mellos erwiderte. Einen Moment noch scheint es dir, als hättest du alles im Griff, und im nächsten ist dir alles entglitten. Es würde Juli und den Kindern so schwerfallen, ihr schönes Heim zu verlassen. Dennoch war es ein Verlust, der ihnen sowieso bevorgestanden hätte, da sie ja geplant hatten, nach Portugal zurückzukehren. Ihm taten die anderen Offiziere und Zivilisten leid, die ihre Häuser aufgeben mußten.

Sonntag, 20. September 1534

Es war ein guter Tag gewesen, einschließlich meiner Annahme der Kapitulation der Armee von Jaya. Ich verstand, warum General de Albergaria König Dom Juan Dharma Pala zurückbehielt. Ich hätte an seiner Stelle genau dasselbe getan. Oberst Wickram, der mir nach dem Scheiden General Wickrama Sinhas zum engsten Vertrauten geworden war, war zu meinem Zelt auf dem Gelände des Hauses in Demata gekommen, um zu sehen, ob ich noch etwas brauchte, bevor ich mich für die Nacht zurückzog. Während wir plaudernd an dem Tisch aus weißem *gini sapu*-Holz saßen, bemerkte ich, daß er mit den Jahren stark ergraut war; die Linien seines Gesichtes waren tiefer eingegraben, was ihm zusätzliche Stärke und Würde verlieh, ohne ihn alt aussehen zu lassen.
Wir hatten über die Trockenlegung des Sees gesprochen. »Die vergangenen zwei Tage sind von großer Bedeutung gewesen«, bemerkte ich. »Wir haben Geschichte gemacht. Und all das nur deshalb, weil Graf Senerat mich daran erinnerte, daß der See von Menschenhand geschaffen war, und die *devas* uns eine plötzliche Brise schickten, die die Wasseroberfläche kräuselte und kleine Wellen von den Mauern aus entstehen ließ, als wenn sie uns die Richtung zeigen wollten, in der die Wasser fließen würden!«
»Die Winde von Sinhala, Majestät, die Eurem Schicksal den Weg zeigen!«
»Ihr sprecht von Schicksal«, stellte ich fest. »Ich hatte immer

andere Ziele als das, Großer König zu werden. Selbst wenn der letzte fremdländische Soldat von unserer Küste vertrieben worden ist, werde ich nicht zufrieden sein, bis alle Menschen in diesem Land, gleich welcher Rasse oder Religion, glücklich darin leben.«

»Das Ende ist in Sicht, Majestät. Da Ihr die Kapitulation der Armee von Jaya heute angenommen habt, bleibt uns nur noch, die Fremden aus der inneren Festung zu vertreiben. Dann können sie ihre Schiffe besteigen und abreisen.«

»Das wird nicht genug sein«, erklärte ich abrupt. »Der portugiesische Befehlshaber, General de Albergaria, ist verantwortlich für die Morde an meinen beiden Findelkindern und an Graf Wickrama Sinha. Er muß verurteilt und hingerichtet werden.«

»Aber, Majestät, nach dem Gesetz des Königs muß ein ausreichender Schuldbeweis vorliegen, bevor ein Mann der Gerechtigkeit übergeben werden kann«, protestierte er milde. »Und da wir heute keinen Beweis dafür haben, wer die Morde verursacht hat, sind Euch durch Eure eigenen Gesetze die Hände gebunden! Man sagt, er wolle sowieso Lanka verlassen, sobald ein Schiff eintrifft, das ihn und seine Familie nach Portugal zurückbringen kann. Warum lassen wir ihn also nicht einfach gehen?«

Das war das erstemal, daß jemand mir gegenüber Juliettas geplante Abreise erwähnte, seit ich davon erfahren hatte. Es war wie ein Schock, der mich in die Wirklichkeit zurückholte. Ich wußte, daß Julietta und ihre Kinder aus ihrem Heim am Hügel von Mutu Vella in die innere Festung umziehen mußten, doch hatte ich diesen Gedanken die ganze Zeit beiseite geschoben, weil ich es mir nicht leisten konnte, politische Entscheidungen von Gefühlen beeinflussen zu lassen. Ich zuckte hilflos die Achseln. »Wir werden sehen. In der Zwischenzeit werden wir wie geplant morgen früh in Stellung gehen und am Tag darauf die innere Festung angreifen.«

Montag, 21. September 1534

Glücklicherweise war die Festung so gebaut worden, daß sie zwei Regimenter fassen konnte. Fernao segnete Hauptmann Oliveira insgeheim für seine Voraussicht und für die Entwicklung des Grundrisses, der es ihnen nun erlauben würde, einer langen Belagerung standzuhalten. Trotzdem waren Lärm und Durcheinander an der Tagesordnung. Abgesehen von dem Trubel, den der Umzug der portugiesischen Familien in die Festung verursachte, mußten die Kanonen hochgeschafft werden und bestückten nun die Mauer in Abständen von sechs Fuß entlang des Sees, wobei sie ihre Schnauzen durch Schießscharten steckten, die Fernaos Leute in Rekordzeit in die Wände gehämmert hatten.

Fernao hatte Julietta und die beiden Kinder mitsamt Appu, der sich um sie kümmerte, in den früheren Gemächern ihres Vaters untergebracht. Es hatte ihm schier das Herz zerrissen, als er die Blicke gesehen hatte, mit denen sich die beiden Kinder immer wieder umgesehen hatten, als man sie in dem Wagen davorgefahren hatte, der auch die wenigen Besitztümer beinhaltet hatte, die sie mitnehmen konnten.

Den ganzen Tag über rückten König Raja Sinhas Truppen, in ordentlichen Reihen marschierend, näher und näher an die Festung heran. Wann immer er auf den Wällen stand, konnte Fernao die einzelnen Regimenter an ihren leuchtenden Bannern voneinander unterscheiden. Es war wie ein buntes Netz, das sich langsam um die Festung schloß, und er war einer der Fische.

Infanterie, Bogenschützen und Artillerie waren schließlich außerhalb der Schußweite der Festungskanonen stehengeblieben und hatten mit der Routine des Tages begonnen, deren Geräusche zur Festung herübergeweht wurden.

Um vier Uhr morgens hatten die Festungstrompeten seinem Befehl gemäß zum Appell geblasen. Geräusche des Umtriebs draußen drangen durch die verrammelten Fenster ihrer Unterkunft. Er wusch sich, zog sich um, sprach beim Licht der Messinglampen, die Appu angezündet hatte, sein Gebet.

Dann saß er allein mit Julietta bei einem Frühstück aus Brot und Käse, während die Kinder mit ihrem gesunden Schlaf trotz des Lärms der Festung noch im Schlummer lagen.
Als sie ihre Mahlzeit beendet hatten, beugte er sich nach vorne und legte eine Hand über ihre langen, blassen Finger. »Weißt du, Juli, du bist immer eine treue Soldatenfrau gewesen, doch ganz besonders in diesen letzten Tagen«, stellte er ruhig fest. »Nicht ein Wort der Klage war von dir zu hören. Ich danke Gott, daß er dich mir geschenkt hat. Die Kinder können froh sein, eine Mutter wie dich zu haben.«
Tränen traten ihr in die Augen. Sie sah ihn lange Momente innig an, ohne etwas zu sagen, doch die Liebe, die aus ihrem Blick sprach, schien auch von einem inneren Schmerz durchwirkt zu sein. Sie stand auf, ging mit unsicheren Schritten auf ihn zu, kniete neben ihm nieder und legte den Kopf in seinen Schoß. »Du bist meine Zuflucht und meine Kraft, geliebter Ehemann«, wisperte sie. Sie schniefte, dann wurde sie still, während er ihr sanft über das Haar strich. Es fühlte sich so seidig an. Mit jeder Faser seines Wesens wünschte er sich, dieser Moment würde niemals enden. Würde er in der heutigen Schlacht fallen? Würde er verwundet werden? Würde die Festung überrannt werden? Seine Liebe zu ihr schenkte ihm Entschlossenheit. Niemals! Er würde den Feind unter allen Umständen aufhalten. Er und seine Männer kämpften um Heim und Herd, selbst wenn es sich dabei nur um Baracken handelte.
Das Schmettern von Trompeten brachte ihn in die bittere Wirklichkeit zurück. Eine wilde Entschlossenheit, seinen Wunsch in die Tat umzusetzen, packte ihn.
Juli bewegte sich, hob den Blick zu ihm empor. »Es ist Zeit, daß du gehst, mein Geliebter«, sagte sie. Wahrlich, eine Soldatenfrau. »Wo auch immer du hingehst, nimmst du mein Herz mit dir. Bei Tag oder Nacht gibt es keinen Moment, in dem ich nicht bei dir bin. Was immer ich tue, denke, sage, immer bist du da, bei mir. Wenn dir etwas geschehen sollte, würde ich gewiß sterben, doch denke in diesem Moment daran, daß meine Gedanken und meine Liebe bei dir sind. Möge die Heilige Jungfrau dich beschützen.«

Seine Augen wurden feucht. Er ließ sie los, stieß seinen Hocker zurück, stand auf und zog sie mit sich hoch, um sie an sich zu drücken. Ihr Haar roch süß und würzig. »So liebt Ihr mich?« flüsterte er ihr ins Ohr.
»Fürwahr, ich liebe Euch.« Sie hielt inne. »Und Ihr liebt mich?«
»Fürwahr, auch ich liebe Euch. Von ganzem Herzen.«
Er spürte, wie sie zitterte. Einen Moment lang glaubte er, sie würde zusammenbrechen und weinen. Doch sie behielt die Fassung. Mit geschlossenen Augen hob sie ihm das Gesicht entgegen, und er küßte sie sehr zärtlich auf die Lippen, indem er einem wilden Verlangen standhielt, sie so fest an sich zu drücken, daß sie auch körperlich für immer ein Teil von ihm sein würde, ein Teil seines Körpers.
Er löste sich von ihr, legte ihr sanft eine Hand auf die weiche Wange, dann drehte er sich um, um seinen Eisenhelm zu holen. »Würdet Ihr mir die Ehre erweisen, heute abend auf den Schutzwällen mit mir spazierenzugehen und dem Sonnenuntergang zuzusehen?« Sie hatten am Tag zuvor ihre alte Gewohnheit wiederaufgenommen.
»Ich wäre entzückt, mein Herr.«
Er schloß die Tür hinter sich und dachte: Wo es Liebe gibt, da gibt es keinen Krieg. Ein struppiger Busch wilden Jasmins wuchs am Eingang zu den Quartieren. In Erinnerung an den ersten Tag, als er zu einem Feldzug aufgebrochen war, noch vor der Heirat mit Juli, bückte er sich und pflückte einen Zweig der weißen Blüten. Er ging zur Tür zurück. Zu seiner Überraschung öffnete sie sich, bevor er noch die Hand auf den Griff legte. Juli stand lächelnd in der Tür. Sie hielt ein weißes, mit Spitze umsäumtes Taschentuch aus Kammerstoff in der Hand, wie sie es damals, vor Jahren, getan hatte. Wie anders war doch alles heute. An jenem Tag hatte er keine Vorahnung einer wirklichen Gefahr gehabt, doch Julis aufrichtige Liebe hatte er nicht besessen. Heute nun, wo sie ihn wirklich und endlich liebte …

Kapitel 41

Montag, 21. September 1534

Als Fernao aus seiner Unterkunft trat, herrschte draußen noch die schwere Dunkelheit, die dem Morgengrauen vorausgeht. In der Finsternis wirkten die Silhouetten der Männer und Kanonen, die auf dem südlichen Wall aufgereiht standen, wie eine akkurat geschnittene Zierhecke mit regelmäßigen Abständen. Er war froh, daß es statt dessen Menschen und Metall waren, die zusammen mit dem Granit, hinter dem sie sich befanden, eine unbezwingbare Kombination ergaben. Feldwebel Aires tauchte aus dem Nichts auf, salutierte, die weißen Zähne bleckend, mit seinem gewohnten »Guten Morgen, Herr General!« und schloß sich ihm an.

Wenige Momente später stand er neben Oberst de Mello auf den Schutzwällen und überblickte den Schauplatz der kommenden Schlacht. Dunkel erstreckte sich das Bett des Sees vor ihm. Seine Augen wanderten rasch zu den Lichtern in mittlerer Distanz: gelb flackernde Fackeln, die rot verglimmenden Reste der Lagerfeuer, goldfarbene Lichtflecken aus offenen Zeltklappen erstreckten sich, so weit das Auge reichte, als ein endloses Fließen nach Norden hin über die gesamte Fläche, die einmal ein See gewesen war. Es war eine ruhige, friedliche Szenerie, deren Schönheit eher noch erhöht als gestört wurde durch die Geräusche, die vom Gegner her zu ihm herübergeweht wurden und das Brüllen der See und das Aufschlagen der Brandung übertönten.

Seine Augen hatten sich schon bald an die Lichtverhältnisse angepaßt. Er konzentrierte sie auf den Vordergrund, schweifte langsam von links nach rechts ... und hielt inne ... bei einem dunkleren Flecken, der nicht hätte dasein sollen. Er schloß die Augen, öffnete rasch wieder die Lider und sah in dem so entstehenden zusätzlichen Lichtblitz etwas, das eine Art Hecke zu sein schien.

Er schwenkte ruckartig den Kopf zu Oberst de Mello hin, der hager und groß zu seiner Linken stand. »Seht Ihr ...?«

begann er. Ein Aufblitzen in der dunklen Masse unterbrach ihn. Bevor er noch seinen Blick zurückgleiten lassen konnte, wurden mehr und mehr Blitze entzündet. Männer neben ihm begannen zu rufen, zu zeigen. Flammen schlugen aus beiden Enden der Hecke hoch und wuchsen aufeinander zu.
»Fürwahr!« stieß Oberst de Mello zwischen zusammengebissenen Zähnen hervor. »Die Hundesöhne haben Unterholz zusammengetragen und es angesteckt.«
»Richtig«, stimmte Fernao knapp zu.
Innerhalb weniger Momente hatte sich das Feuer ausgebreitet und war zu einem breiten Gürtel geworden, der ihren Abschnitt der Befestigungsmauern umgab.
»Aber sie sind über zweihundert Ellen von uns weg«, warf der Oberst ein. »Was, zum Teufel, haben sie davon?«
In dem erschrockenen Schweigen, das die Männer auf der Mauer in seinem Bann hielt, erhielt er die Antwort. Feuergräben schlängelten sich auf sie zu, in dicken Wolken begann Rauch aufzusteigen. Das Brüllen der Flammen wurde lauter, untermalt vom Zischen feuchten Holzes.
In dem Moment erkannte Fernao, welche Taktik der Feind verfolgte. »Sie bilden einen Vorhang aus Rauch!« Er bellte: »Artillerie, bereit zum Feuern! Musketen bereit!«
Hufedonnern näherte sich über den See. Vergebens versuchte Fernao, die Finsternis hinter dem Rauch und dem langen Feuergürtel zu durchdringen, zu sehen, von wo aus die feindliche Kavallerie durchbrechen würde. Er bemerkte die Lücken. »Artillerie, zielt auf die Lücken!« schrie er. Das Quietschen von Rädern, als man verzweifelt versuchte, die Kanonen zu wenden, bohrte sich in seine Ohren. Zu spät. Die Kanonen konnten nicht mehr rechtzeitig auf jene Lücken gerichtet werden.
Das Hufedonnern wurde zu einem gewaltigen Trommeln. Lange Reihen Kavallerie schossen durch die Dunkelheit, jeweils kurz beleuchtet von den Flammen, ein endloser Strom von geisterhaften Reitern aus der Apokalypse. Sie scherten nach den Seiten aus, als sie das Feuer hinter sich gelassen hatten, und rückten in donnernden Formationen zwischen den Lichtgräben voran.

»Artillerie, fertig zum freien Feuern! Feuer!« Es war Major Nantes, der den Befehl bellte. Guter Mann, dachte Fernao begeistert. Es war keine Zeit, noch Ziele aufs Korn zu nehmen. Er hörte das Anreiben eines Flintsteins auf Stahl, bemerkte aus dem Augenwinkel heraus den Funken, die Flammen.
»Feuer! ... Feuer! ... Feuer!«
Ein Kanonendonner nach dem anderen erschütterte die Schutzwälle. Seine Ohren dröhnten. Rauch stieg auf. Er glaubte, das Pfeifen von Kanonenkugeln gehört zu haben. Reiter taumelten in die vom Feuer erleuchtete Dunkelheit hinab, Pferde wieherten schrill. In den angreifenden Linien wurden Lücken sichtbar, doch sie näherten sich, ohne zu stocken. Der Gestank nach verbranntem Schießpulver mischte sich mit einem merkwürdigen Geschmack nach frischem Blut in Fernaos Kehle. Die feindliche Kavallerie mußte jetzt unterhalb des Radius sein, den seine Kanonen noch erreichen konnten. Das war höchste Gefahr. Eisige Schauder liefen Fernao den Rücken herunter.
»Musketiere bereit zum Feuern! ... Feuer! ... Feuer ...!« brüllte er.
Das Rattern der Musketen erfüllte die Luft. Mehr gegnerische Reiter fielen, doch noch immer kamen sie näher. Instinktiv zog Fernao sein Schwert. Der kalte Stahl in seiner Hand jagte ihm ein Gefühl der Entschlossenheit durch die Venen. Rauch und wilde Blitze um ihn her, doch seine Männer blieben ruhig.
Die Reihen der feindlichen Kavallerie waren jetzt fast unterhalb der Schutzmauern angekommen. Sie verlangsamten zu einem leichten Galopp, begannen in perfekter Genauigkeit zu schwenken.
»Musketiere bereit zum Feuern! ... Feuer! ... Feuer!«
Mehr feindliche Soldaten fielen, lautlos. Eine kurze Sekunde lang bewunderte Fernao ihre tödliche Disziplin. Pferde schrien im Todeskampf. Unter ihm Dunkelheit, hinter dem Feind die brüllenden Flammen: es war ein Bild der Hölle.
Ein rauschendes Wusch... sch... über ihren Köpfen, fun-

kelnd, wie ein breites Band von Kometen. Brennende Pfeile regneten auf Rüstungen, trafen klackend auf Metall. Männer fielen, durchbohrt von entflammten Pfeilen, zu Boden, einige schrien in Todesangst. Großer Gott, der Feind hatte seine Bogenschützen in Schußweite gebracht.

Ein Stöhnen neben ihm. Feldwebel Aires brach zusammen, krallte die Hand um einen verirrten Pfeil ...

Er lief zu dem Mann hinüber, der nun zusammengesunken auf dem Rücken lag. Aus seinem Hals ragte ein Pfeil. Es war grausig anzusehen. »Feldwebel!« schrie er. Er steckte sein Schwert in die Scheide und griff mit einer raschen Bewegung nach dem Pfeil. Er hatte schon den Stiefel auf die schwer sich hebende Brust des Mannes gestellt, als er innehielt. Wenn er den Pfeil herauszog, würde das den Tod Aires' nur beschleunigen. Die Augen des Feldwebels öffneten sich weit, verschleierten sich bereits im Todeskampf. Ein bittender Blick lag in ihnen, als er die Hände vergebens um Luft ringend ausstreckte, matt eine Hand hob und auf den Pfeil zeigte.

Fernao verstand. »Gott, vergib mir«, betete er. »Leb wohl, Aires, mein liebster, ergebenster Freund.« Er trat hart auf die schier platzende Brust und zog heftig. Der Pfeil kam schnell und glatt heraus, wobei er knirschend Knorpel und Sehnen durchdrang. Aires ächzte. Seine Augen schlossen sich. Aus dem klaffenden Loch an seinem Hals quoll dunkles Blut. Mit einer gewaltigen Anstrengung hob er den Kopf, öffnete weit die Augen, lächelte ihm einen Dank zu und seufzte leise wie ein Kind. Dann erschlaffte sein Kopf, traf auf dem Pflasterboden auf und sank in groteskem Winkel zur Seite.

Fernao traten Tränen in die Augen. Dieses Mal ließ er ihnen ihren Lauf. Er schloß dem Toten die Augen, faltete ihm die Hände über der Brust. Dann nahm er sein Schwert und sprang auf. Die Geräusche der Schlacht schlugen über ihm zusammen. Noch immer regneten Pfeile auf sie herab. Musketen feuerten rechts und links von ihm ohne Unterlaß. Seine Männer fluchten, schrien Beleidigungen über die Mauer. Sie durchschnitten mit ihren Schwertern die Seilleitern, die der Gegner zwischen die Schießscharten geschleudert hatte,

versuchten, die feindlichen Soldaten abzuschütteln, die mit Kurzschwertern zwischen den Zähnen hochgeklettert kamen. Der ganze Angriff war zeitlich perfekt vorbereitet, und der Feind kannte die Verteidigungsanlagen wie ein Bauer die Furchen seiner Reisfelder.
Jetzt kletterten einzelne Sinhala, wilde Schatten, über die Mauer. Der Nahkampf, in dem die *degredados* besonders gut waren, begann. Fernao verlor den Überblick darüber, wie viele Menschen er tötete.
Die Kämpfe dauerten während der gesamten Morgendämmerung an, unter dem Donnern der Kanonen, dem Rattern der Musketen, dem Schreien der Männer, dem Rasseln der Waffen. Fernao war verwundet, sein Arm brannte wie Feuer. Er nahm kaum wahr, daß die Sonne schon weit über der Baumlinie im Osten stand, spürte aber ihre Wärme auf seiner Rüstung.
Plötzlich drang das Schmettern von Trompeten von dem Bett des Sees aus durch seine umnebelten Sinne und übertönte den Schlachtenlärm. Der Feind brach im selben Moment den Kampf ab, wandte sich zum Rückzug. Seine Männer nutzten die Kampfpause aus, stürzten brüllend, fluchend, schwerterschwingend auf die gegnerischen Soldaten zu. Innerhalb von Minuten waren die Wälle menschenleer.
Fernao lief zu den Mauern nach vorne. Der Feind strömte zurück, die Kavallerie in Kolonnen, Bogenschützen und Infanterie in langen Sätzen durch den Feuergürtel preschend, der zu glimmender Glut heruntergebrannt war. »Gebt es ihnen noch einmal!« bellte er.
Befehle wurden weitergereicht, Musketen ratterten, erneut erhob sich das tiefe Dröhnen seiner Kanonen. Flammen, Rauch, Getöse. Feindliche Soldaten gingen zu Boden, doch noch immer verlief ihr Rückzug in geordneten Reihen.
Dann schließlich war es zu Ende. Eine große Stille legte sich über das Schlachtfeld, wie eine Flamme, die, mit Wasser begossen, zischend ihr Leben aushaucht. Der Geruch nach Blut war geblieben. Männer lagen stöhnend auf den Schutzwällen. Die Mauern und das Bett des Sees waren mit Toten

übersät. Fernao wurde sich seiner schmerzenden Muskeln und seiner Kurzatmigkeit bewußt, des stinkenden Schweißes, der seinen Körper überzog.
Eine Brise kam von Süden her auf und peitschte verbrannte Blätter und graue Ascheflocken über den freien Platz vor sich her. Tote Blätter, tote Asche. Fernao dachte an Feldwebel Aires, der gleich neben ihm gestorben war.

Dienstag, 22. September 1534

Der Angriff wäre beinahe erfolgreich verlaufen. Das einzige, was ich nicht in Betracht gezogen hatte, waren die Entschlossenheit und der verzweifelte Kampfesmut der portugiesischen *degredados.*
Die Niederlage verursachte große Verluste, was sehr bitter für mich war. Nahezu zweitausend meiner Männer waren tot, über eintausend schwer verwundet, Dutzende von Pferden waren getötet oder verstümmelt worden, einunddreißig unserer Kanonen zerstört durch das tödliche Artilleriefeuer von der Festung aus.
Ich sandte meinem verhaßten Feind General de Albergaria eine Abordnung zu Waffenstillstandsverhandlungen, damit wir unsere Toten von der Festung und vom Schlachtfeld holen und ihnen eine anständige Bestattung zukommen lassen könnten. Der General war einverstanden.
Wir brauchten einen ganzen Tag, um unsere Toten einzusammeln. Am nächsten Tag hielten wir buddhistische Feiern ab und verbrannten die Leichen auf großen Scheiterhaufen. Ihr sich auftürmender Rauch ließ den Geruch des Todes aufsteigen und verbreitete ihn in nah und fern.
Es würde lange dauern, bis der Geruch nach verbranntem Fleisch wieder verschwinden würde. Und länger als meine Zeit auf Erden würde es dauern, bis die Wunde in meinem Herzen verheilt sein würde.

Wo gab es in einer Festung, die kaum Platz für die Lebenden hatte, eine Möglichkeit, Tote zu begraben?
Dies war das Problem, das Fernao lösen mußte.
König Raja Sinha hatte Bischof Juan gestattet, in der Stadt Colombo wohnen zu bleiben und seine religiösen Pflichten fortzuführen. Getreu der Politik des Königs, nach der die Religion frei war, hatte der Bischof nun die besondere Erlaubnis bekommen, die Festung zu betreten und die Bestattung der Toten vorzunehmen.
Nach dem Gottesdienst würde es ein Massenbegräbnis für die dreihundertelf Soldaten geben; man würde sie in große Gruben versenken, die Fernao am nördlichen Ende der Festung hatte ausheben lassen und deren Boden mit einer dicken Schicht Löschkalk, gewonnen aus zerstampften Korallen, ausgelegt war, um den Verwesungsprozeß zu beschleunigen.
Es war am frühen Abend nach dem Tag der Schlacht. Die Garnison war auf dem Paradeplatz aufmarschiert und bildete die drei Seiten eines freien Platzes, in dessen Mitte man die Toten in vier engen Reihen nebeneinandergelegt hatte, allesamt in Leintücher gehüllt. Auch Fernaos treuer Feldwebel Aires war unter ihnen.
Als alle Leinensäcke in die Grube versenkt worden waren, sah Fernao zu, wie Bischof Juan in seinen herrlichen Gewändern aus Goldstoff und purpurfarbener Seide, die hohe, glitzernde Mitra auf dem Kopf, Händevoll Erde in jede Grube streute und dabei mit dröhnender Stimme deklamierte:
»Staub zu Staub, Asche zu Asche ...«
Fernaos Mund wurde trocken; bitter stieg Galle in seiner Kehle hoch, seine Brust schmerzte. O Gott, hätte ich dieses Schlachten verhindern können? War ich verantwortlich für den Tod dieser Männer? Sein Kopf war angefüllt mit Schuldgefühlen und Mitleid.
Ein Begräbnis für die toten Portugiesen, während die stetig aus Südosten blasenden Winde den Rauch der buddhistischen

Feuerbestattungen des Feindes über ihren Köpfen vorbeiwehen ließ. Plötzlich, tief in seinem Inneren, begriff und respektierte ein Teil Fernaos, wofür die Sinhala kämpften. Würde er nicht dasselbe tun, wenn eine fremde Macht Portugal besetzte? Endlich befanden sich Sinhala und Portugiesen auf gemeinsamem Boden, wie ihre Toten. Dennoch wußte er auch, voller Traurigkeit, daß die lebenden Portugiesen und Sinhala, der weiße Mann und der braune Mann, Ost und West, sich nur im Tod begegnen würden, niemals im Leben.
Plötzlich, in einem Moment blendender Klarheit, erkannte Fernao, was sein Vater versucht hatte zu erreichen. Die de Albergaria waren nicht weniger ein Teil des Grund und Bodens, der ihnen gehörte, als ihre Pächter und Leibeigenen, die daran gekettet waren. Der nationale Geist Portugals konnte überall sein, doch sein Körper mußte stets zu der Erde Portugals zurückkehren. Er mußte Julietta und die Kinder nach Hause bringen, koste es, was es wolle. Besonders seinen Sohn, die letzte Hoffnung darauf, daß die Linie der de Albergaria zum Ruhme Portugals nicht aussterben würde.
Schon längst hätte er mit seiner Familie nach Portugal aufbrechen sollen.

Kapitel 42

Auszüge aus dem privaten Tagebuch General Fernao de Albergarias.

> Freitag, 16. Oktober 1534: Seit der letzten Schlacht hat es von seiten des Gegners keine Kampfhandlungen mehr gegeben. Eingepfercht in der Festung, können wir nichts anderes tun als warten. Noch immer blockiert die maurische Flotte die Seezugänge nach Colombo, weshalb nur noch manchmal und heimlich eine Schlup in den Hafen einfahren konnte, der früher so voller Leben war und nun faktisch tot ist. Die Schlup brachte uns große Versprechungen vom Vizekönig und viel zu wenig Lebensmittel!

Selbst die beiden *nao* sind praktisch eingeschlossen und können sich kaum selbst versorgen mit dem, was sie an der Küste im Norden und Osten finden können. Man sagt, daß unsere Probleme der Situation in Europa zuzuschreiben sind, wo die Macht von Kaiser Karl V. bedroht ist, weshalb die volle Unterstützung aller Katholiken und Hispanier erforderlich sei.

Nichts von alldem gibt uns Essen und Wasser. Bei beidem haben wir mit Rationierungen begonnen. Sogar die Monsunregenfälle lassen auf sich warten …

Montag, 16. November 1534: Die Monsunregenfälle haben eingesetzt. Während sie unsere Wasserknappheit linderten, hat sich daraus das Problem von Krankheiten ergeben, weil wir unsere Mauern trotz des Regens bemannt halten müssen. Viele unserer Soldaten haben Erkältungen und Husten, einige sogar Bronchitis und Lungenentzündung. Neunundzwanzig sind an Schüttelfrost gestorben. Unsere medizinischen Versorgungsmöglichkeiten sind gering, Materialien sehr rar. Alle unsere Böden sind feucht, weshalb wir noch nicht einmal unsere Kranken trocken und bequem legen können. Durch die Gnade Gottes und der Heiligen Jungfrau sind meine Familie und ich verschont geblieben.

Draußen aber sitzt noch immer der Feind …

Dienstag, 1. Dezember 1534: Die Regenfälle sind schwächer geworden, doch hat uns die Krankheit einen Tribut von sechsundfünfzig Toten abverlangt. Alle haben ein christliches Begräbnis bekommen. Wir sind nun seit fast drei Monaten ohne Unterbrechung innerhalb der Festung unter Belagerung, und unsere Vorräte werden langsam knapp.

Obwohl Julietta und ich den beiden Kindern so manches von unseren Rationen abgeben, beginnen auch sie bereits, so mager und hohläugig auszusehen wie wir alle. Am meisten Sorgen macht mir Julietta. Es gibt Zeiten, da sitzt sie einfach nur tief in Gedanken versunken da und starrt ins Leere, zurückgezogen in eine eigene Welt, die jedoch sehr wirklich sein muß, weil sie offenkundig intensiv nachdenkt. Ich kenne sie so gut. Ich muß abwarten, bis sie mir selbst ihre Gedanken enthüllt, denn sie bleibt gleichzeitig unverändert liebevoll und ergeben mir und den Kindern gegenüber. Es ist wirklich ein Segen, daß wir sie haben.

Samstag, 5. Dezember 1534: Heute hat das Unglück zu einem harten Schlag ausgeholt. Seine Exzellenz, der Vizekönig, hat, übermittelt von einer Versorgungsschlup, der es gelungen war, durch die Meeresblockade zu schlüpfen, Order gegeben, daß die beiden großen *nao* umgehend nach Goa zurückkehren sollen, um ihm bei irgendwelchen Schwierigkeiten mit dem dortigen *raja* beizustehen. Nicht nur, daß die *nao* uns den Schutz ihrer Kanonen gewährt hatten – sie waren auch nützlich gewesen, um uns wenigstens ein paar Lebensmittel zu bringen ...
Die Geschwindigkeit und das Ausmaß der Widrigkeiten, gegen die wir ankämpfen müssen, sind unglaublich, doch ich weiß, daß das Leben so spielt – einmal Freude, einmal Verzweiflung. Heute abend bin ich etwas niedergeschlagen, doch ich bin entschlossen, weiterzumachen, ohne zu zagen oder zu zaudern!!!

Donnerstag, 10. Dezember 1534

Im blassen Licht des frühen Morgens schienen die drei Männer, die stramm vor ihm standen, die Augen starr geradeaus gerichtet, ihre Gesichter ausdruckslos, den kleinen Amtsraum Fernaos im Festungsturm fast zur Gänze auszufüllen. Er fragte sich, was sie wohl im Sinn hatten.
Feldwebel Souza in der Mitte war ein draller, großer Kerl mit einem schweren, bärtigen Gesicht und tief eingesunkenen, schwarzen Augen, einer der zähesten Männer der Garnison.

Zu seiner Rechten stand Kanonier Feldwebel Fonsecka, dessen leichenblasses Totenkopfgesicht einen fast jämmerlichen Zug bekam durch einen langen Schnurrbart mit traurig nach unten hängenden Enden. Der kleine, vogelähnliche Mann zu Feldwebel Souzas Linken war Stabsunteroffizier Diaz, ein sonst fröhlicher Mann mit verschmitzten braunen Augen, der in diesem Moment jedoch todernst dreinblickte. Allen drei Männern waren die Entbehrungen der vergangenen Monate deutlich in die hageren Gesichter geschrieben; sie hatten schwarze Ringe um die eingesunkenen Augen und jenen gräßlichen Geruch ungewaschener, ungesunder Körper an sich.

Fernao lehnte sich in seinem Stuhl zurück und musterte die Männer, wobei er das Schweigen als Mittel einsetzte, um sie nervös zu machen.

Auf der Uhr am anderen Ende des Zimmers verstrichen scharrend die Sekunden. Erst als er dachte, daß die Männer begannen, sich unwohl zu fühlen, hub Fernao zu sprechen an. »Ihr wünschtet ein Gespräch, Feldwebel Souza?«

»Ja, Herr.« Die Antwort klang entschieden, die tiefe Stimme ruhig.

»Was wollt Ihr?«

»Herr, wir alle sitzen in dieser Festung in der Falle und verhungern. In der Truppe ist man der Meinung, daß wir nicht mehr herumsitzen und gar nichts tun sollten.«

»Seit wann habt Ihr die Autorität, für alle Truppen in der Festung zu sprechen, Feldwebel?«

»Herr, Ihr seid der General. Die Männer haben mich dazu bestimmt, mit Euch zu sprechen ... Herr.«

»Ihr wißt, welche Konsequenzen Euer Handeln haben wird, Feldwebel ... für Euch alle drei?« Sein kalter Blick schweifte von einem zum anderen, doch tief in seinem Inneren begann er Unruhe zu verspüren. »Laßt es mich Euch erklären. Es ist jedem inner- oder außerhalb der Streitkräfte Seiner Majestät untersagt, in der Gruppe Beschwerden auszudiskutieren, ohne dafür die Zustimmung eines befehlshabenden Offiziers zu haben, eine solche Gruppe zu organisieren oder als Sprecher einer Gruppe zu fungieren, die nicht unter dem eigenen Befehl steht. Ich habe Euch also gewarnt. Wollt Ihr fortfahren, oder zieht Ihr es vor, daß ich Euch die Erlaubnis gebe abzutreten?«

Die Antwort kam ohne Zögern. »Ich zumindest will sprechen, Herr.«

»Und Ihr, Feldwebel Fonsecka?«

»Ich auch, Herr.«

»Stabsunteroffizier Diaz?«

»Ja, Herr.«

Fernao stieß insgeheim einen Seufzer aus. Er wollte diese Männer nicht bestrafen. Sie hatten wie er so manches erleiden müssen, was sie offensichtlich zu der Verzweiflungstat getrieben hatte. »Bitte fahrt fort, Feldwebel.«

»Herr, wir sind Soldaten, doch in dieser Festung hier sitzen wir wie die Ratten in der Falle. Wir bitten Euch, Herr, holt eines der *nao* zurück und schickt uns auf einen anderen Posten, oder verhandelt mit den Sinhala. Besser in der Schlacht zu sterben oder von unseren Feinden gefangengenommen zu werden, als hier kläglich zu verhungern ... Herr.«

»Das zu entscheiden ist meine Aufgabe. Noch etwas?«

»Ja, Herr. Wir finden, daß wir ansonsten für die Frauen und Kinder eine Kapitulation erreichen müßten, damit das verfügbare Essen länger reicht.«

Ein Gefühl der Verlassenheit machte sich in Fernao breit.

»Habt Ihr sonst noch etwas hinzuzufügen, Feldwebel?«

»Nein, Herr.«

»Dann hört meine Antwort. Ich weise Eure Forderungen zurück.«

Feldwebel Souza zögerte keine Sekunde. »Ich bedauere, Euch mitteilen zu müssen, Herr, daß wir das Kommando über die Festung übernommen haben. Alle Offiziere befinden sich bereits im Kerker.«

Donnerstag, 10. Dezember 1534

Julietta sah den beiden Kindern zu, die an dem Tisch im Wohnzimmer ihrer Unterkunft saßen und mit ihrem morgendlichen Lernpensum beschäftigt waren. Ihre Tochter begann schon erste Zeichen der Ermüdung zu zeigen, während Klein-Lopo sich noch recht gut hielt. Beide Kinder waren bereits traurige Abbilder des Hungers. Auch sie spürte die Schwäche, war leicht zu ermüden und so lustlos, daß sie sich am liebsten hingelegt und ständig geschlafen hätte, doch mußte sie sich um Fernaos und der Kinder willen immer selbst antreiben. Wo würde das alles noch enden?

In diesem Moment hörte sie ein herrisches Klopfen an der Tür. Appu war außer Haus, auf Besuch bei einem kranken Soldaten im Lazarett. Die Kinder blickten zu ihr auf. »Soll ich hingehen, *a mae?*« fragte der Junge.

»Nein, *o filho*«, erwiderte sie und stand auf. »Du machst mit deinen Aufgaben weiter. *A mae* wird öffnen.«

Sie machte die Tür auf und konnte nur mit Mühe einen Aufschrei unterdrücken. Ein grobschlächtiger Soldat in schmutziger Uniform, mit ungekämmtem Haar und einem ungepflegten Bart stand auf der Schwelle, und das silbrige Sonnenlicht glitzerte auf dem bloßen Schwert, das er in der Hand hielt. Hinter ihm drängten sich ungefähr zwanzig Männer mit gezogenen Schwertern auf dem fliesenbelegten Gang.

Instinktiv versuchte sie, die Tür wieder zuzuschlagen, doch ein riesiger, in einem Stiefel steckender Fuß hatte sich bereits dazwischengeschoben. »Nicht so hastig, schöne Dame«, sagte der Soldat mit vom Trinken heiserer Stimme. Sie erinnerte sich an den Mann, der versucht hatte, sie zu vergewaltigen, und wurde von Panik ergriffen.

»Ihr habt kein Recht, hier hereinzukommen«, sagte sie beißend. »Der General wird Euch dafür erschießen.« Sie merkte, daß die Kinder hinter ihr standen.

Klein-Lopo trat nach vorne, hochmütig und aufrecht, und blockierte den Eingang. »Raus hier!« befahl er. Er sah jeden Zoll aus wie ein de Albergaria.

Stolz auf die Furchtlosigkeit und den Edelmut ihres Sohnes durchfuhr Julietta. Dann wurde ihr die schreckliche Wahrheit bewußt. Das waren Meuterer. Sie fürchtete um Fernao. Wo war er? War er in Sicherheit? Hatte man ihn getötet? Tief in ihrem Herzen hätte sie es gewußt, wenn er tot wäre. Sie holte tief Luft und zwang sich zur Entschlossenheit. Sie würde diesen Männern zeigen, wie sich die Frau eines Generals zu betragen hatte.
Der Mann hatte mit geballten Fäusten einen Schritt auf den kleinen Lopo zu gemacht, als ihn ein Mann aus der Begleitungstruppe anrief. »He, Moniz. Laß die Frau und die Kinder in Frieden. Wir sind nur hier, um sie gefangenzunehmen.«

Donnerstag, 10. Dezember 1534

Ich saß nach dem Mittagsmahl in meinem Audienzsaal im Hauptquartier des Hauses in Demata, als mir eine Abordnung gemeldet wurde, die aus der Festung gekommen war, um mit mir zu verhandeln. Meine Augenbrauen hatten sich vor Freude bereits gehoben, doch Oberst Wickram nahm mir meine Illusionen sofort wieder. »Majestät, es ist keine gewöhnliche Abordnung«, stellte er fest. »Sie besteht aus zwei Feldwebeln und einem Stabsunteroffizier.«
»Was?«
»Ich habe den Eindruck, daß es in der Festung eine Meuterei gegeben hat und daß die Männer das Kommando von ihren Offizieren übernommen haben.«
Seltsam, mein erster Gedanke galt Julis Sicherheit. »Haben sie jemanden verletzt?«
Oberst Wickram begriff sofort, wem meine Sorge galt. »Wir wissen es nicht, Majestät. Soll ich die Abordnung hereinführen?«
Ich nickte in Richtung Tür. Mein Herz klopfte heftig gegen die Brust. Unruhe wechselte sich in mir mit bösen Vorahnungen ab.
Die drei Männer, die, mit den Speerspitzen meiner Wachen

im Rücken, eintraten, waren von roher und zäher Statur, besonders der Riese in der Mitte, der offensichtlich ihr Anführer war. Sie alle waren von den Entbehrungen schrecklich gezeichnet und stanken wie Latrinen. Alle drei hatten einen grausamen Zug um den Mund.

»Majestät, erlaubt mir, Euch Feldwebel Souza, Feldwebel Fonsecka und Stabsunteroffizier Diaz vorzustellen.« Oberst Wickram zeigte der Reihe nach auf die Männer. »Man hat sie auf Waffen untersucht.« Er stellte sich mit gezücktem Schwert auf eine Seite.

»Gut.« Mir gefielen diese Männer nicht. Allem Anschein nach waren es meuternde Hunde, die gegen ihre Herren aufbegehrten. »Das ist eine ungewöhnliche Gesandtschaft«, bemerkte ich in kaltem Ton. »Wen vertretet Ihr?«

»Wir sprechen für alle Portugiesen in der Festung«, stellte Feldwebel Souza fest.

»Offensichtlich seid Ihr mit den Sitten und dem Protokoll eines Hofes nicht vertraut. Es ist unverzichtbar, einen Titel zu verwenden, wenn man mit einem König spricht, oder auch nur mit einem seiner Befehlshaber. Wie kommt es, daß General de Albergaria Männer von so gewöhnlicher Herkunft auswählte, um im Namen Seiner Königlichen Majestät vorzusprechen?«

Der Feldwebel errötete. Er zögerte, anscheinend nicht begeistert von der Idee nachzugeben, doch dann sagte ihm seine Klugheit, daß es besser war, einzulenken. »Wir haben jetzt das Kommando über die Festung, Majestät.«

»Kraft welcher Befugnis?«

»Kraft der Befugnis, die uns die höhere Gewalt gegeben hat.«

»Hmm. Ich verstehe.« Das Blut, das mir durch die Adern floß, war eisig. »Ist jemand von den höheren Offizieren verletzt oder getötet worden?«

»Nein, Majestät. Sie stehen im Kerker unter Bewachung.«

»Die Frauen, die Kinder?« Meine ängstliche Neugier mußte befriedigt werden.

»Wir führen keinen Krieg gegen Frauen oder Kinder. Sie sind in ihren Quartieren, nicht bei ihren Männern.«

Ich atmete etwas leichter. »Das zumindest spricht für Euch.« Einen Moment lang war ich versucht, zu fragen, was sie vorschlugen, doch nur daran gedacht zu haben erfüllte mich mit Verachtung mir selbst gegenüber. »Könige verhandeln nur mit Königen oder ihren Generälen«, stellte ich mit grimmiger Miene fest. »Dies ist ein Palast, keine Markthalle, in der menschliches Leben oder Besitztümer vom gemeinen Volk verschachert werden. Ihr seid mit der weißen Fahne des Friedens hierhergekommen, also wird Euch nichts geschehen. Man wird Euch mit jeder gebotenen Höflichkeit behandeln, doch gemäß den Regeln des Krieges, die dies erlauben, werdet Ihr auf unbegrenzte Zeit festgehalten, bis Ihr der Gerechtigkeit Eurer Vorgesetzten ausgeliefert werden könnt.«

Die Männer waren deutlich erstaunt. »Majestät, wie könnt Ihr uns festhalten?« rief Feldwebel Souza.

»Kraft der Befugnis, die die höhere Gewalt mir gegeben hat«, rief ich ihm ins Gedächtnis, wobei ich ihm mit den Zähnen, nicht mit den Augen zulächelte.

»Wir könnten Euch die Festung ausliefern«, mischte sich Stabsunteroffizier Diaz ein.

Ich schnitt ihm rüde das Wort ab. »Wir werden die Festung ohne die Hilfe von verräterischen Hunden einnehmen.«

Seltsam, daß ich mich in jenem Moment so eins fühlte mit meinem Todfeind General de Albergaria.

Donnerstag, 10. Dezember 1534

Oberst Wickram blieb in Erwartung meiner Anweisungen zurück, als man die Männer bereits weggeführt hatte.

»Schickt einen schnellen Reiter mit einer weißen Fahne und einer Botschaft auf *ola* von mir an die Führer der Meuterer zum Haupttor der Festung«, befahl ich. »Er soll das *ola* über die Zugbrücke werfen und wegreiten. In der Botschaft soll stehen, daß wir die Angehörigen der Abordnung als Geiseln für die Sicherheit des Großen Königs Dom Juan hierbehalten.

Und für die Sicherheit aller portugiesischen Frauen und Kinder in der Festung, des Generals und seiner Offiziere. Wenn dem Großen König oder einem der Kinder oder Frauen ein Haar gekrümmt wird, werden wir die Festung, wenn nötig, Ziegel um Ziegel abtragen und den Meuterern die Glieder einzeln aus dem Leib reißen.«
»Majestät, darf ich respektvoll eine Frage stellen?«
»Gewiß.«
»Wir sind am Ende eines langen Feldzuges angelangt, den wir begonnen haben, um Lanka zu einigen und von der Fremdherrschaft zu befreien. Wenn Ihr die Kapitulation der Festung von Colombo angenommen hättet, hätten wir unser Ziel erreicht. Ohne anmaßend sein zu wollen, möchte ich doch einmal sagen, daß Eure Entscheidung unter dem Gesichtspunkt der Ehre getroffen wurde. Ihr seid der Große König, Ihr verhandelt nicht mit Meuterern. Aber habt Ihr den damit zusammenhängenden praktischen Einzelheiten die entsprechende Beachtung geschenkt, nun, da das Leben von vielen Sinhala auf dem Spiel steht?«
»Männer, die ehrlich ihre Meinung sagen, kann ich gut gebrauchen«, stellte ich fest, dann hielt ich inne und musterte ihn ruhig. »Betrachtet einmal drei praktische Faktoren, Oberst. Erstens bindet die Kapitulation dieser Meuterer ihre Herren in Goa oder Lissabon keineswegs an ihre Entscheidung. Im Gegenteil, wenn wir mit ihnen zusammenarbeiten und in der Folge einem ihrer Offiziere etwas zustößt, dann wäre Seine Königliche Majestät gezwungen, die größtmögliche Flotte hierher auf den Weg zu schicken, um uns die Lektion zu erteilen, die Admiral Vasco da Gama vor Jahren den Zamorim gelehrt hat.«
Die Augenbrauen meines Adjutanten hoben sich. Er schien zu begreifen. »Daran habe ich nie gedacht, Majestät. Ein sauberer Sieg über die hiesige Garnison dagegen würde seine Königliche Majestät zum Einhalten zwingen. In diesem Fall wären wohl seine Gefühle verletzt, und er hätte ein Gebiet verloren, nicht aber sein Gesicht.«
»Genau«, stimmte ich zu. »Und denkt außerdem daran, daß

die Kapitulation der Festung in Colombo nicht unweigerlich diejenige der anderen portugiesischen Festungen auf Lanka nach sich ziehen würde. In der Zwischenzeit stellt jede von ihnen einen Brückenkopf für die Portugiesen dar, wenn sie in voller Truppenstärke zurückkehren. Nur wenn wir das mächtige Fort von Colombo mit Waffengewalt einnehmen, können wir damit rechnen, daß sich auch die anderen Festungen ergeben.«
Oberst Wickram nickte nun heftig und voller Zustimmung. Er wartete darauf, daß ich fortfuhr. »Der letzte Grund für meine Entscheidung ist der, daß, wenn wir Meuterer ermutigen, dies einst auf uns zurückfallen könnte. Nur die allerhärteste Zurückweisung kann dafür sorgen, daß etwas Derartiges in den Rängen der Sinhala nicht passiert.«
Oberst Wickram war kein Mann, der zu übertriebenen Lobeshymnen neigte, doch ich konnte an seinem Gesichtsausdruck erkennen, daß ihn meine Überlegungen beeindruckten, was mich freute. »Ihr werdet persönlich dafür sorgen, daß man die drei Geiseln gut behandelt«, schloß ich. »Nun ruft meine Generäle zusammen, denn ich möchte bei Sonnenuntergang eine Planungskonferenz abhalten. Sie werden meine Gäste zum Abendessen sein.«
Die Generäle trafen rechtzeitig ein, und wir zogen uns sofort in den Beratungsraum zurück. Dabei handelte es sich um einen früheren Empfangssaal des Hauses, in dessen Mitte wir einen Konferenztisch aus gelbem Jak-Holz nebst Stühlen aufgestellt hatten; an den Wänden hingen Karten und Pläne von der Festung, und auf einem Beistelltischchen stand ein Modell der inneren Festung und ihrer Verteidigungsanlagen. Als ich ihnen meinen Plan dargelegt hatte, konnte ich feststellen, daß meine Generäle begeistert waren. »Unsere Angriffe müssen systematisch sein, um den Feind immer beschäftigt zu halten«, schloß ich. »Lassen wir sie ihre Energien verbrauchen und ihre Feuerkraft. Nun, wo die *nao* weg sind, werden ihnen ab einem bestimmten Punkt die Kanonenkugeln und das Schießpulver ausgehen. Höhepunkt der Angriffe wird das christliche Weihnachtsfest sein.«

»Ahey! Ahey! ...« Einige klopften sogar auf den Tisch.
»Es wird den Männern guttun, wieder in Aktion zu treten«, bemerkte General Graf Senerat.

In der Dunkelheit des Kerkers gab es weder Tag noch Nacht, geschweige denn Zeit. Das rauhe Kratzen des Tellers mit Essen, das immer weniger wurde, und das Klappern des Wasserkruges, die man ihm einmal am Tag durch die Klappe am unteren Ende der Tür schob, tat fast weh in seinen Ohren, weil jene lauten Geräusche rüde in diejenigen der Stille einbrachen. Dennoch war er dankbar um ein Ereignis, das ihm immerhin ein gewisses Gefühl der Zeit gab. Die Geräusche erfolgten mit Regelmäßigkeit und halfen ihm, anhand der Zwischenräume Zeitspannen zu erkennen. Obwohl er nie wußte, welche Tageszeit es war, konnte er sich aufgrund seiner Kenntnisse vom Ablauf des Festungslebens denken, daß ihm das Essen jeden Tag um die Mittagszeit gebracht wurde.
Er gewöhnte sich langsam an die Dunkelheit, lernte das leise, rutschende Geräusch, das laufende Ratten verursachten, zu erkennen und die Kakerlaken nicht zu beachten. Einmal griff er sogar nach einer der Ratten und tötete sie. Unter Würgen hatte er das rohe Fleisch gegessen und das Blut getrunken; nicht jedoch, um seinen Hunger zu befriedigen, sondern um bei Kräften zu bleiben. Er war angetrieben von einer wilden Entschlossenheit zu überleben. Er lebte hauptsächlich nur noch, um die Meuterer der Justiz zu übergeben und über seinen Erzfeind König Raja Sinha zu triumphieren, den er für seine Qualen verantwortlich machte. Die Rückkehr zu seiner Familie war zweitrangig geworden.
Er blieb bei Verstand, indem er seine Rache plante. Nur manchmal entfloh er der Wirklichkeit in Träume von ihrer Zukunft in Portugal. Dann sah er sich mit seinem Sohn zu Pferde durch die frische Landluft reiten, mit Julietta bei einem Spaziergang im kühlen Mondlicht, beim gesegneten Duft nach Geißblatt und dem Gesang einer Nachtigall.
Immer jedoch mußte er danach in die unerträgliche Hitze und

Stickigkeit der Zelle zurückkehren, zu dem Gestank seiner eigenen Ausscheidungen in dem Eimer und den schrecklichen Geräuschen der Stille. Dann nutzte er jeden Zug seines Charakters, jeden Teil seiner Ausbildung, all seinen schon bei seiner Geburt angelegten Stolz, um die Kontrolle über sich selbst zu behalten, bis sein Kopf ihn schmerzte von der Anstrengung. Er hielt durch sanfte Muskelkontrolle seinen Körper in Bewegung, trainierte seine Stimme durch lautes Sprechen. Und er schaffte es, sich soweit zu disziplinieren, daß er dem unerträglichen Verlangen nicht nachgab, sein Essen hinunterzuschlingen, den Wasserkrug zu packen und in einem Zug herunterzustürzen, sondern ab und zu einen Schluck daraus zu nehmen, nur um sich die aufgesprungenen Lippen zu benetzen. Er kämpfte gegen die überwältigende Müdigkeit an und zwang sich dazu, die Augenlider offenzuhalten, die so oft wie von schweren Gewichten beladen schienen. Das war einer seiner schwierigsten Kämpfe, doch jedesmal siegte er, und aus jedem Sieg ging er gestärkt hervor. Und er überlebte.

Donnerstag, 24. Dezember 1534

Die großen Kanonen der Festung hatten plötzlich laut und in schneller Abfolge zu dröhnen begonnen. Fernao konnte die Geräusche nicht hören, spürte aber ihre Erschütterung und konnte sogar das knallkörperähnliche Rattern der Musketen ausmachen. Seine erste Reaktion war ein Anflug von Interesse gewesen, der Wunsch, mitkämpfen zu können, doch war er schnell wieder in seine Apathie zurückgefallen. Er hatte begonnen, nur noch von Moment zu Moment zu leben. Einzig das eiserne Verlangen nach Rache war in ihm geblieben.

Kapitel 43

Freitag, 25. Dezember 1534

Zuerst war es für Fernaos abgestumpfte Sinne nur ein neues Geräusch, das er kaum wahrnehmen konnte. Dann begriff er, was es war. Die Kerkertür hatte sich geöffnet. Noch von dem Morgen her, an dem man ihn in Gewahrsam genommen hatte, erkannte er den rohen, riesenhaften Feldwebel Moniz mit den schlaksigen Gliedern als einen der Anführer der Meuterer. Der Mann hinter dem Feldwebel war nur ein undeutlicher Schatten.

»General, ich bin gekommen, um Euch begrenzte Freiheit anzubieten.« Die rauhe Stimme von Feldwebel Moniz war das erste menschliche Geräusch, das Fernao seit Wochen gehört hatte. Es schmerzte in seinen Ohren. Der Feldwebel versuchte sich an einem schwachen Grinsen. »Obwohl wir nicht feiern, ist heute Weihnachten, und vielleicht ist dies ein Weihnachtsgeschenk für Euch!«

Also war heute Weihnachten. Fernao mußte sich dazu zwingen, durch die Nebel in seinem Verstand hindurch zu begreifen. »Was heißt begrenzte Freiheit?« Er sprach mit Mühe und einer Stimme, die wie verrostet war.

»Wir sind in harter Bedrängnis durch wiederholte feindliche Angriffe. Wir brauchen Offiziere, die die Verteidigung führen können.«

Fernaos erster Impuls war es, diesen verräterischen Hund bitter und höhnisch auszulachen, auch für sein erbärmliches Angebot eines Weihnachtsgeschenks, doch der stärkere Überlebensinstinkt in ihm siegte. »Was schlagt Ihr vor?«

»Ihr kommt jetzt heraus, seht Euch die Schlachtsituation an und arbeitet uns einen Verteidigungsplan aus. Uns wird die Munition für die Kanonen und Musketen knapp. Nur Ihr werdet wissen, wie wir sie am besten einsetzen.«

»Und dann, wenn Ihr mich benutzt habt, soll ich in diesen Kerker zurückkehren? Ihr müßt verrückt sein.«

»Nein, General.« Der Mann klang fast unterwürfig. »Wir

werden Euch in einem besseren Quartier unterbringen. Jeden Tag wird man Euch für zwei Stunden herauslassen. Wir werden Euch besseres Essen geben, selbst wenn auch von den geschlachteten Pferden nicht mehr viel übrig ist.« Er hielt inne, offensichtlich auf der Suche nach einem weiteren Köder. »Ihr könnt Euch auch waschen und saubere Kleider haben.«

»Und was noch?«

»Ihr dürft Eure Frau und Kinder sehen, doch nur aus der Ferne. Sprechen könnt Ihr mit ihnen nicht.«

Also waren Juli, Catherina und Lopo wohlauf. Gott sei Dank. Innerlich hatte er es immer gewußt. Wenn seiner Geliebten etwas zugestoßen wäre, dann hätte sein Herz es ihm gesagt, bevor es gebrochen wäre. Tränen stiegen Fernao in die Augen, doch er kämpfte sie nieder. Seine wunderbare Familie auch nur aus der Ferne zu sehen war für ihn wie ein kurzer Ausblick auf den Himmel.

Er dachte eine Weile nach und ließ dabei den Mann absichtlich im ungewissen. Dann lehnte er sich vor. »Hört mir zu, Feldwebel«, sagte er schließlich, wobei er seiner Stimme einen so kalten und knappen Ton gab, wie es seine Verfassung erlaubte. »Und hört mir gut zu. Ihr und Eure Kameraden habt gegen den König rebelliert. Dafür werdet Ihr gewiß sterben, sei es von Händen der Sinhala oder auf Befehl Seiner Königlichen Majestät. Aber gut, Feldwebel, ich werde Euch meine Bedingungen stellen. Alle höheren Offiziere werden freigelassen. Ihnen werden die gleiche Freiheiten, das gleiche Essen und andere Privilegien eingeräumt wie diejenigen, die Ihr mir angeboten habt. Die Einzelheiten besprechen wir noch. Doch verstehen wir uns recht, wir beide. Ich verspreche Euch keine Gnade. Wenn ich aus alldem lebend herauskomme, werdet Ihr sterben.«

»Da uns die Möglichkeit der Kapitulation gegenüber den Sinhala nicht mehr offensteht, Herr, würden meine Kameraden und ich lieber in fairem Kampf sterben, oder auch am Ende eines Seils, als hier zu verhungern.«

Freitag, 25. Dezember 1534

Der Ausdruck, den Appu auf dem Gesicht trug, als er langsam in ihr Empfangszimmer kam, weckte Juliettas Interesse, doch ihr Körper war so geschwächt, daß sie nur apathisch sitzenblieb.

»Endlich einmal gute Nachrichten, Herrin«, verkündete er. »Der Herr General wird zwar im Kerker bleiben und darf Euch oder den kleinen Herrn und das Fräulein nicht sehen, aber die Männer brauchen ihn und die anderen Offiziere für die Verteidigung.« Er berichtete ihr in Einzelheiten von der Übereinkunft zwischen Fernao und den Meuterern.

»Gelobt seien Gott, die Heiligen und die Heilige Jungfrau Maria«, sagte Julietta, deren Herz vor Freude bebte. Mittlerweile mußte sie schon all ihre Kräfte aufbieten, um sprechen zu können.

Sie hob die Stimme, damit die Kinder in ihrem Zimmer sie hörten. »Habt ihr das gehört, Kinder?«

Die beiden Kinder kamen langsam herein. Ihr müden Augen glänzten. »Der erste Hoffnungsschimmer«, fuhr Julietta fort. »Knien wir nieder und danken Gott für seine Gnade.«

Freitag, 25. Dezember 1534

Er war so schwach geworden, daß es ihm schwerfiel, sich nicht an den Mauern abzustützen, als er den Kerker verließ. Ein wilder Stolz hielt ihn aufrecht, er ging mit hochgerecktem Kopf, doch selbst so taumelte er einige Male, weil seine Knie schwach waren.

Der Geruch frischerer, wenn auch noch immer schlechter Luft, das endlose Tosen des Meeres, die Stimmen der Männer – das waren gewaltige sinnliche Wahrnehmungen nach der Stille im Kerker. Er hatte sogar das leise Rauschen des Windes gehört, noch bevor er ihn auf seiner schmutzverkrusteten Haut spürte. Der erste Blick in den Sonnenschein, der durch den offenen Eingang des Gefängnisses hereinfiel, war so

überwältigend, daß er glaubte, er träume, doch dann schloß er die Augen, um nach der langen Entwöhnung von hellem Licht nicht seine Sehkraft zu verlieren.
Endlich stand er wieder im Freien. Nicht mehr auf den gefährlichen Sonnenschein achtend, öffnete er die Augen und nahm den vertrauten Anblick in sich auf. Sein Blick wanderte in Richtung seiner Gemächer. Dort waren Julietta und die Kinder. O Gott, gewähre mir nur einen Blick auf sie. Tränen brannten in seinen Augen.
Zwei Soldaten kamen langsam auf ihn zu. Sie trugen einen toten Kameraden. Der Körper, den sie an Kopf und Füßen hielten, hing schlaff herab. Er stank nach altem Schweiß, getrockneten Ausscheidungen und frischem Blut. »Wunderschönen guten Morgen, General«, begrüßte ihn einer der Männer mit einem zaghaften Lächeln.
»Guten Morgen.« Der Geruch des Leichnams erinnerte ihn an die Ratte, die er getötet und verzehrt hatte. Ihm kam ein Verdacht. »Wer ist das?«
»Es ist unser *compadre* Paulo«, erwiderte der Soldat. »Er wurde bei dem gegnerischen Angriff heute morgen getötet.«
»Legt den Körper nieder.«
Die Männer legten den Kadaver folgsam auf den sandigen Boden.
»Was hattet Ihr mit ihm vor?«
Die Männer senkten schuldbewußt den Blick.
»General, wir sind schon seit längerem dazu übergegangen, die Leichname einzusalzen, damit sie sich für die diejenigen frisch halten, die sie essen möchten«, mischte sich Feldwebel Moniz, der hinter ihm stand, ein. »In unserer gegenwärtigen Situation können wir es uns nicht leisten, etwas wegzuwerfen.«
Fernao fuhr zu ihm herum. »Beim heiligen Blut unserer Märtyrer, sind wir denn Wilde und Kannibalen geworden?« Ihm wurde einen Moment lang schwindlig von der Anstrengung, doch er faßte sich wieder. »Damit wird ab sofort aufgehört. Wir sind zivilisierte Christen. Jeder Mann, der so tief gesunken ist, wird gehängt, und man wird seinen Leich-

nam den Fischen verfüttern. So, und jetzt wünsche ich, daß sich auf der Stelle Oberst de Mello und Major Nantes bei mir melden, um mir Bericht zu erstatten.« Er stapfte auf den Turm zu und wandte jedes Quentchen seiner Willenskraft dafür auf, daß die Männer, die vom Paradeplatz und den Mauern herüberblickten, einen unbesiegten General zu sehen bekamen.

Samstag, 26. Dezember 1534

Mein Abendessen war vorüber, und ich saß in meinem Zelt auf einem Hocker an meinem Tisch aus weißem *gini sapu*-Holz. Nachdem ich leise meine Gebete an meine Hindu-Götter verrichtet hatte, wollte ich mich auf meine gelbe *kenaf*-Matte zur Ruhe begeben, auf der ich wie alle meine Soldaten schlief. Ich stand auf, gähnte und streckte mich ausgiebig.

Meine Vorbereitungen zum Zubettgehen wurden durch Oberst Wickram unterbrochen, der mit ernster Miene am Zelteingang stand. »Vergebt mir, Majestät, daß ich Euch noch zu Eurer Ruhestunde störe, doch ich habe einen unerwarteten Besucher für Euch.«

Zuerst erkannte ich den Mann nicht, der das Zelt betrat. In beschmutzte, weiße Hosen und ein *kurtha*, ein Überhemd, gekleidet, huldigte er mir und nahm respektvoll vor mir Aufstellung, indem er mit gesenktem Blick auf die Erlaubnis wartete, zu sprechen. Selbst wenn das Lampenlicht nicht so schummrig gewesen wäre, möchte ich bezweifeln, daß ich ihn sofort erkannt hätte, denn er sah wie ein lebender Leichnam aus, der sich aus einem Beinhaus befreit hatte. Als das Wiedererkennen in mir dämmerte, glaubte ich meinen Augen nicht trauen zu können. Jenes Gesicht auf dem Totenschädel war das Appus.

Eine Botschaft von Julietta oder gar schlechte Nachrichten von ihr. Das war es! Julietta war gestorben. Sonst hätte doch Appu niemals seinen Posten verlassen, um zu mir zu kom-

men. O gute *devas,* was hatte ich angerichtet? Nun war sie tot, und ich war ganz allein, mutterseelenallein.
Die Zeltklappe hatte sich hinter meinem Adjutanten geschlossen. »Ihr mögt sprechen«, befahl ich Appu mit tonloser Stimme und Furcht in der Magengrube.
»Majestät, verzeiht mir, wenn ich Euch Eure kostbare Zeit raube, aber meine Herrin wünscht, daß Ihr mich zu einem Treffen mit ihr begleitet.«
Ein Treffen mit ihr, hatte der Mann gesagt. Meine Juli lebte also. In meinem Kopf begannen Freudenglocken zu läuten.
»Ja, ja, natürlich. Wann? Wo? Wie? Sie hat doch gewiß nicht die Festung verlassen?«
»Nein, Majestät«, erwiderte er traurig. »Sie ist noch immer in der Festung, praktisch als Gefangene.«
»Aber wo können wir uns dann treffen?« Jetzt dämmerte es mir, und ich schnalzte mit den Fingern. »Natürlich! Der geheime Durchgang zur Mine, der Schacht zu dem Kerker, durch den König Vidiye entkommen ist. So seid auch Ihr hierhergekommen, nicht wahr?«
Seit dem Tag, an dem wir die Stadt Colombo eingenommen hatten, hatte ich mich gefragt, wie man diesen geheimen Eingang benutzen könnte, um Männer in die Festung einzuschleusen, damit sie die großen Kanonen außer Betrieb setzen und meinem Haupttruppenkörper die Tore öffnen könnten. Eine solche Operation bedurfte sorgfältigster Planung und Koordination. Ich hatte meine Idee niemandem anvertraut, nicht einmal Oberst Wickram, hatte aber Kontakt zu meiner Schwester aufgenommen, sie solle die beiden Männer aufsuchen, die sie zur Rettung ihres Gatten aus dem Kerker angeheuert hatte. Unglücklicherweise waren sie nicht aufzufinden gewesen, weshalb ich diese Möglichkeit nur im Hinterkopf behalten hatte, unter Umständen als letzten Ausweg.
Appu spürte scheinbar die Richtung, in der meine Gedanken gegangen waren, und schüttelte den Kopf. »Vielleicht wollten es die *devas* so, daß jener Zugang zuerst für eine wichtigere Sache benutzt werden sollte, Herr. Ich weiß nicht, was meine Herrin vorhat, aber ich habe den Verdacht, daß sie aus Verzweiflung handelt.«

Mir wurde plötzlich der körperliche Zustand Appus bewußt. »Ihr müßt schon am Verhungern sein. Ihr sollt Essen, etwas zu trinken, ein Bad und frische Kleider bekommen.«
»Nein danke, Majestät. Ich könnte meine Sauberkeit nicht erklären, wenn ich in die Festung zurückkehre. Und was Essen und Trinken angeht, so kann ich nichts zu mir nehmen, solange meine Herrin und ihre Kinder Hunger leiden.«
Seine Worte trafen mich mit der Wucht einer Ohrfeige. Dieser einfache Mann empfand so viel Loyalität für seine Herrin, während ich dafür verantwortlich war, daß sie und ihre Kinder beinahe verhungert waren.
»Ich respektiere und bewundere Eure Treue, Appu«, erklärte ich mit zitternder Stimme. »Ihr seid ein König unter den Menschen und ich ein Nichts angesichts Eurer Würde.«

Da ich lange vor Morgengrauen wieder zurück sein würde, war es nicht schwer für mich, in Verkleidung aus dem Lager zu schlüpfen. Nur Oberst Wickram wußte, daß ich nicht in meinem Zelt war.
Der Eingang zu der Mine war so sorgfältig verdeckt, daß Appu und ich hineinschlüpfen konnten, ohne gesehen zu werden. Wir tasteten uns im Dunklen entlang bis zur ersten Biegung des Ganges, wo er eine Laterne versteckt hatte. Obwohl der Boden unter unseren Füßen schlüpfrig war, fand ich das Gehen angenehm, wenn auch etwas unheimlich, da es ab und zu tropfte, da Ratten quiekten und einmal sogar das Flattern von Fledermausflügeln zu hören war.
Schließlich kamen wir an eine kreisrunde Aushöhlung inmitten einer Masse Schutt, wo das andere Ende der Mine offensichtlich eingestürzt war. »Ich habe mich durchgewühlt, Majestät«, teilte mir Appu mit leiser Stimme mit. »Bitte vergebt mir, aber ich habe mein Bestes getan. Ihr werdet durchkriechen müssen. Hier entlang, Majestät«, sagte er ruhig und schlängelte sich durch. Ich tat es ihm nach.
Als ich den kleinen Kerkerraum betrat und mich wieder aufrecht stellen konnte, war Appu, die Laterne in der Hand, fast schon in seinem Eingang verschwunden.

Als ich mich aufrichtete, erblickte ich sie. Meine Juli stand auf einer Seite des Eingangs, mir gegenüber. Unter ihrem dunklen Kapuzenumhang trug sie ein abgewetztes, blaues Kleid. Ich erkannte es sofort als Nachbildung desjenigen, das sie vor so langer Zeit im Palast von Jaya getragen hatte, zu einer Zeit unseres Lebens, die noch frei von Sorgen gewesen war.
Sie warf die Kapuze zurück, und mir entfuhr ein Aufschrei. Vor mir stand eine magere Gestalt mit hängenden Schultern, einer Haut, die so knapp über den Knochen saß, daß ihre Wangen hohl wirkten, die Augen tief eingesunken und von dunklen Ringen umgeben. Selbst bei jenem Licht sah ich den Anflug von Grau in ihrem kastanienbraunen Haar, die roten Äderchen im Weiß der aquamarinblauen Augen. Sie hatte ihr Bestes getan, um sich herzurichten, aber es war ein mitleiderregender Anblick.
Und doch, den Umständen und der Situation zum Trotz, war da die Liebe, die uns miteinander verband. Das war meine Juli, die ich allein in eine solch mißliche Lage gebracht hatte. In diesem Moment erkannte ich mit betäubender, trauriger Klarheit, daß die Geschichte gar keinen anderen Lauf hatte nehmen können. Das Schicksal von Millionen Menschen in meinem Land war bedeutsamer als das ihre und das meine. Und ihre Augen sagten mir, daß auch sie das wußte.
Erst da sah ich die kleinere Gestalt, die hinter Juli stand.
Als sie meinen Blick bemerkte, wartete Juli, direkt wie immer, nicht auf die Erlaubnis zu sprechen, sondern kam zur Sache. »Ich freue mich, Euch zu sehen, Majestät, obwohl ich wünschte, ich könnte besser aussehen und Euch unter glücklicheren Umständen wiederbegegnen.«
»Dich wiederzusehen, Juli, ist ein glücklicher Umstand«, erwiderte ich angespannt, ohne weiter auf ihre Begleitung zu achten. »So ist es immer schon gewesen, und ich bin ein armer Teufel, daß ich nur so wenige glückliche Umstände in meinem Dasein erleben durfte. Und was das bessere Aussehen betrifft, so läßt dich die Schönheit deiner Seele erstrahlen. Ich möchte auch, daß du weißt, daß es hier keine Majestät gibt, sondern nur deinen ergebenen, gehorsamen Diener.«

»O Tiki-tiki.« Sie seufzte. Ihre ganze Erscheinung wurde weicher trotz der Zähigkeit, die ihr durch die Entbehrungen anhaftete. »Wie kannst du das von dieser alten Hexe sagen, von diesem Sack Knochen?« Sie schien noch etwas hinzufügen zu wollen, hielt es aber zurück. »Wie du sehen kannst, hast du noch eine andere Besucherin.«
Sie trat zur Seite. Der Lampenschein beleuchtete das Gesicht ihrer Begleiterin.
Das kleine Mädchen näherte sich der Stelle, wo das Licht am hellsten war. Mir wurde übel, als ich begriff, warum sie so schwankend ging, doch dies war nicht der Grund, warum mein Herz schneller zu schlagen begann, mir gegen die Rippen pochte. Ich starrte auf ihre Augen. Unverwechselbar braun, mit kleinen blauen Ringen um die Iris. »Die Augen der Maya Dunnes!« rief ich noch immer verblüfft aus. »Woher hat sie sie?« Ich wandte mich zu Juli hin.
»Majestät, erlaubt mir, daß ich Euch Eure Tochter Catherina Julietta Menika vorstelle, die den Familiennamen der de Albergaria trägt.«
Ihre Worte zerplatzten in meinem Hirn, und die Erschütterung blendete meine Sinne. Der Raum um mich bebte. Um mich herum ging die Welt in Stücke, zwischen denen ich mir in Gedanken einen Weg durch die Jahre bahnte bis hin zu einer verzauberten Nacht in einem dunklen Hain, unter einem blauen, sternenüberglänzten Himmel. So hatten also die Ewigkeit der Erde und die Unendlichkeit des Himmels Leben hervorgebracht? Dieses Geschöpf, das da vor mir stand, war meine Tochter, mein Fleisch und Blut, Frucht der reinsten Liebe, die ein Mann und eine Frau jemals erfahren hatten. Ich war nicht mehr allein. Juli hatte ihr ganzes Leben geopfert, um mir etwas zu schenken, das kostbarer war als der Herzschlag, mit dem ein neues Leben beginnt. Sie hatte mir Unsterblichkeit geschenkt.
Und ich mußte dem Moment mein Bestes geben. »Komm zu mir, *mage dhoo*, meine Tochter.« Ich breitete die Arme für sie aus.
Das Mädchen schmiegte sich mit derselben Natürlichkeit in

meine Arme wie eine Quelle, die in einen Bergstrom mündet. Ich drückte den knochigen Körper meiner Tochter an mich. Es gab nur noch einen Körper, den unseren, und als ich ihren Herzschlag spürte, war er das Echo des meinen. Zum erstenmal in meinem Leben ließ ich meinen Tränen ihren Lauf.

Was in einer Familie in ihren vertrautesten Momenten vorgeht, muß ein Geheimnis bleiben. Alles, was ich sagen möchte, ist, daß ich, als ich mich von meiner Tochter löste, das Gefühl hatte, als entreiße man mir einen Teil meiner selbst. Ihr griff nach ihrer Hand. Weich und trocken bebte sie in der meinen.

»Ich habe unserer Tochter erst heute abend die Wahrheit gesagt«, teilte mir Juli sanft mit. »Sie hat es sofort verstanden. Seltsam, sie hat schon lange gewußt, daß sie anders ist.« Sie hielt inne und sah mich forschend an. »Der Grund, warum ich dich um dieses Treffen bat, war der, daß ich nicht zulassen kann, daß du dein eigenes Kind zugrunde richtest. Bitte nimm sie mit und sorge für sie. Sie wollte uns zuerst nicht verlassen, aus Treue, doch schließlich stimmte sie zu, als ich ihr sagte, daß Gott, der Vater, wollte, daß sie dies für ihren irdischen Vater tut.«

Ich war sprachlos, doch auch froh. »Was wird dein Gemahl dazu sagen?«

»Ich habe die Wahrheit schon zu lange vor ihm verborgen. Er wird es schließlich akzeptieren müssen, doch ich glaube, er weiß es schon. Er ist ein guter Mann.«

»Und was ist mit dir?« fragte ich trotz der Enge in meiner Kehle.

»Ich hoffe, mein Gemahl wird mir gestatten, trotzdem weiter meine Pflicht an ihm und unserem Sohn zu tun.«

»Und was wirst du den Leuten sagen, warum du mir die Kleine anvertraut hast?« Ich drückte die Hand meiner Tochter, die sich noch fester in die meine schloß.

»Daß du in deiner Barmherzigkeit und deinem ritterlichen Großmut einverstanden warst, das Leben einer jungen Dame zu schonen.«

Ich schüttelte den Kopf. »Solche Dinge darf man nicht überstürzen«, sagte ich. »Ich muß darüber nachdenken. Morgen wirst du meine Antwort erhalten. Irgendwie wird es mir gelingen, es dir mitzuteilen. Bis dahin kehre mit deiner Tochter zurück und tue bitte gar nichts.«
»Sehr gut.« Ihr entfuhr ein Schluchzen. Tränen glitzerten in den großen Augen.
Was wir drei uns sonst noch sagten, bleibt unter uns. Auch das, was Juli und ich uns sagten, als wir unsere Tochter gebeten hatten, uns allein zu lassen, soll verschwiegen werden. Es möge genügen zu sagen, daß wir uns über alles aussprachen und daß Juli und ich endlich über die wahre Natur unserer Liebe redeten, die wir erfahren hatten, ohne sie ausleben zu können.
Und ganz und gar schweigen will ich über unseren Abschied. Meinen Kummer möchte ich niemandem enthüllen. Immerhin bin ich der Große König Tikiri Bandara Raja Sinha, der Sohn des Mannes, der General Prinz Maya Dunne war, als meine Liebe zu Julietta erblühte.

Montag, 28. Dezember 1534

Die Nacht war sehr dunkel. Die meisten der Wachen und Späher schliefen allein aus purer Erschöpfung. Wie immer schon stand Fernao mit dem ersten Krähen der Hähne in der Vordämmerung auf. Er hatte etwas mehr Essen im Magen. Ein Bad in Meerwasser, das man mit Eimern zur Festung hochzog, hatte eine klebrige Schicht auf seinem Körper zurückgelassen, der sich dennoch himmlisch sauber anfühlte unter den reinen Kleidern. In sich spürte er die ersten Anzeichen dafür, daß er wieder zu Kräften kam.
Ein zum Skelett abgemagerter, aber unbezwungener Oberst de Mello und Fernao schritten langsam die Schutzwälle ab. »Es war so wundervoll, Julietta und die Kinder selbst aus der Entfernung zu sehen«, bemerkte Fernao. »Offensichtlich haben ihnen die Bedingungen hier schwer zugesetzt, aber Gott sei Dank sind wir alle am Leben und beisammen.«

»Ich empfand dasselbe, als ich meine Frau wiedersah«, erwiderte Oberst de Mello. »Gott sei Dank haben wir keine Kinder.«
Sie blieben an den Mauern stehen und blickten über das trockene Bett des Sees. Die Lagerfeuer der Sinhala waren erloschen, glommen nur noch wie ein rotgoldenes Muster auf einem weiten schwarzen Teppich. Fernao starrte vor sich hin und erinnerte sich an viele Dinge, an die Errichtung der Festung, an Hauptmann Oliveira, Abdul Raschid, an seine Spaziergänge mit Juli auf denselben Mauern in glücklicheren Zeiten. Der Himmel im Osten wurde heller. Ein rosiger Rand erstreckte sich über der Baumlinie, wo er in das Grau des Himmels überging. Ganz langsam wurde die Dunkelheit von blaßsilbrigem Licht aufgesaugt. Ein Hahn krähte in der Ferne. Von irgendwoher war das Pfeifen von Vögeln zu hören, der Ruf der Möwen über der See im Westen, die wie stets ihren feuchten Geruch nach Seetang absonderte.
»Die Erde wird auch noch jeden Morgen zu neuem Leben erwachen, wenn wir schon lange tot sind«, bemerkte Fernao. Er sah, wie Oberst de Mello nickte. »Auch die Feuer des Menschen sind erloschen.« Sein Blick schweifte über die glimmenden Lagerfeuer, über den ausgetrockneten See, ohne dies alles wahrzunehmen, denn er hing bittersüßen Gedanken nach. Etwas drang in sein Bewußtsein vor. Er schüttelte heftig den Kopf, starrte, sah schärfer hin. Er zeigte mit zitternder Hand. »Seht!« rief er, um Luft ringend.
Auf beiden Seiten kam jetzt Leben in die Mauern, Männer riefen, schrien: »Seht! ... Seht doch! ... Seht!«
Der ganze ausgetrocknete See war bar jeden Lebenszeichens. Das Gewimmel aus Zelten, Soldaten und Geschützen war über Nacht verschwunden, und es war nur ein brachliegendes Stück Land übriggeblieben.
»Sie sind geflohen und haben uns Wagenladungen mit Nahrungsmitteln dagelassen!« rief ein Wachposten vom Turm.
Von Westen her kam Wind auf, der unzählige kleine Gestöber aus trockenem Staub aufwirbelte, landeinwärts, wohin der Löwe von Sinhala gezogen war.

Freitag, 1. Januar 1535

Nachdem ich mich mit meinen Truppen nach Jaya zurückgezogen hatte, ließ ich mich im Palast häuslich nieder. Ich hatte eine sichere Eroberung aufgegeben für die Liebe zu einer Frau und zu meiner gerade erst gefundenen und wieder verlorenen Tochter, deren Volk vernichtet worden wäre durch die Macht meiner Armeen, wenn nicht die Zärtlichkeit ihrer Umarmung mich verzehrt hätte!

Am folgenden Tag brachte mir Appu ein Päckchen von Juli. Es enthielt ihr Gemälde von dem Ritter in schimmernder Rüstung, der auf dem Rücken eines weißen Pferdes einen Drachen tötete, um die Dame seines Herzens zu retten. Es war das Geschenk, das sie mir vor so vielen Jahren zu meinem Geburtstag am 11. Februar 1521 gemacht hatte und das ich hatte rahmen lassen, um es ihr als Hochzeitspräsent zurückzusenden. Nun gab sie es mir wieder, mit der schlichten Bemerkung: »Zurück an denjenigen, dem es in Wirklichkeit gehört.«

Ihre Geste rührte mich zutiefst, doch konnte sie meinen Schmerz darüber nicht lindern, daß ich meine Tochter aufgeben mußte, konnte sie die nagende Pein nicht von mir nehmen, die die Trennung von ihr und Juli in mir verursachte.

Samstag, 2. Januar 1535

Eine portugiesische Flotte, bestehend aus zwölf großen *nao*, lief heute in den Hafen von Colombo ein. Ich war so froh, daß ich meine Truppen zurückgezogen hatte, ohne von der bevorstehenden Ankunft der Flotte gewußt zu haben, doch vor allem versorgte dies mich meinen Befehlshabern gegenüber mit einer Rechtfertigung für meine Entscheidung. Mein Ruf als weitblickender Herrscher würde mir in Zukunft vorauseilen!

Admiral de Albergaria, Vater des Generals und Befehlshaber der Flotte, wünschte keine militärische Konfrontation und machte nicht den Versuch, die Stadt von Colombo zurückzuerobern, sondern begnügte sich damit, mit den Meuterern abzurechnen. Die Gerechtigkeit, die er ausübte, war hart und umfassend. Viele der Verschwörer wurden in Fesseln gelegt und für den Rest ihres Lebens zur Kerkerhaft verurteilt. Andere wurden mit einer Buße belegt und ihres Solds und all ihrer Privilegien beraubt. Die Anführer, einschließlich der drei Mann starken Delegation, die auf meinen Befehl hin zur inneren Festung zurückgebracht worden war, wurden öffentlich ausgepeitscht und gehängt.
Im übrigen hatte meine Handlungsweise, die Kapitulation der Meuterer nicht anzunehmen, Admiral de Albergaria als Geste sehr gefallen und uns alle portugiesischen Offiziere wohlgesonnen gemacht.
Nun, da Ordnung und militärische Disziplin wiederhergestellt waren, erhielt ich Nachricht, daß die Portugiesen den Wunsch hatten, ihre Handel zu den Bedingungen wiederaufzunehmen, die sie bei ihrer ersten Landung erhalten hatten. Sie würden all ihre Streitkräfte aus den Festungen zurückziehen, welche sie nur noch als Handelsniederlassungen führen würden. Ich stimmte bereitwillig zu, und so wurde der Frieden wiederhergestellt, und Aisha Raschid samt ihrem neuen Geschäftspartner Deen kehrten in dem Wissen in ihr Haus auf der Sklaveninsel zurück, daß ihnen Tage des Wohlstandes bevorstanden.
Ich ließ sogar wieder Wasser in den See einleiten, damit die Festung ihren alten Schutz zurückerhielt.
Nun hatte ich noch eine Aufgabe zu erfüllen, die von allen meine patriotischste war und mit der ich meine Schuld an meinen beiden toten Findelkindern Bandula und Nangi begleichen wollte – die Sorge um die Armen meines Landes. Mittlerweile sah es so aus, als hätten all der Lärm und die Wut des Krieges, die zahllosen Toten und Verwundeten, zu nichts

anderem gedient, als das Rad der Fortentwicklung wieder dahin zurückzudrehen, wo es kurz nach meinem Geburtstag vor vierzehn Jahren gestanden hatte, als alles begann.
Heute bekam ich durch Appu Nachricht von Juli, daß sie, ihr Gemahl, ihr Sohn und meine Tochter morgen abend endgültig nach Portugal in See stechen.

Donnerstag, 11. Februar 1535

Ich stand allein auf einem Felsvorsprung genau südlich des Sees und sah zu, wie sich das einzelne große *nao* aus dem Hafen entfernte. Stolz unter der Flagge Portugals segelnd, glitt es majestätisch nach Westen. Es gewann schnell an Geschwindigkeit und wurde bald zu einer Silhouette mit Segeln, die aussahen wie große Flecken roten Blutes. Juli hatte mir erzählt, daß sie einmal genau dieses Bild gemalt hatte. Vielleicht hatte sie die Gabe, in die Zukunft zu blicken. Auf jenem Schiff war Juli, und sie wurde für immer von mir davongetragen.
Plötzlich war ich am Boden zerstört, unendlich erschöpft und mutterseelenallein.
Auf den Tag genau vor vierzehn Jahren waren die Portugiesen in den Hafen von Colombo gesegelt. In der Zwischenzeit war es mir gelungen, sie dorthin zurückzudrängen, wo sie begonnen hatten, doch dies war nicht das Ende. Als mir die Worte meines Vaters wieder einfielen: »Unser Kampf wird niemals enden ...«, überwältigte mich wieder jenes alte Gefühl der Sinnlosigkeit.
Heute ist mein Geburtstag. Doch der Teil von mir, der niemals leben durfte, ist gestorben. Ich bin nicht länger unbesiegbar.

Julietta lehnte sich gegen die Reling des Hauptdecks des großen *nao*, als sie aus dem Hafen von Colombo glitten. Es tat gut, sich körperlich wieder als ganzer Mensch zu fühlen und Fernao und die Kinder um sich zu sehen, sauber, adrett,

gepflegt, wenn ihnen auch die Kleider um den Leib schlotterten. Der Rest von ihr aber war leer.
Sie schaute zum Land. In der Ferne sah sie den Umriß einer einzelnen Gestalt, die genau südlich des Sees stand. Es mußte ein Fischer sein.
Wo war wohl ihr Tiki-tiki? Er war der Große König. Gewiß befand er sich im Palast von Jaya. So, wie er sie einmal beiseite geschoben hatte, als er die Segel gesetzt hatte, um zu seinen Horizonten aufzubrechen, so konnte er ihr heute nicht zum Abschied winken. In diesem Leben hatten sie ihn für immer verloren. Dennoch war er es, der ihr das Leben geschenkt hatte, der sie gerettet hatte – einst aus den Klauen des Frauenschänders, nun aus den Krallen seines eigenen Krieges.
Sie erstickte ein Schluchzen. Sie war dabei, ihr ganzes Leben zurückzulassen. Und doch, in der kleinen Catherina würde sie zumindest einen Teil von Tiki-tiki bei sich haben in den Jahren, die noch vor ihr lagen. Und der arme Tiki-tiki, was hatte er? Wieder war nur Einsamkeit der Lohn seines edlen Handelns. Dumpf erkannte sie, daß er zumindest stets den Edelmut haben würde, einen fast greifbaren Besitz.
Plötzlich fügte sich alles mit betäubender Wucht zu einem Bild zusammen. Sie starrte auf die winzige Gestalt am Strand. Sie sah so verloren aus.
O Gott, das ist Tiki-tiki!

Fernao schritt langsam neben seinem Vater das Poopdeck entlang. Wind und Wellen glitten rasch an den Seiten des großen *nao* vorbei, die Planken knirschten. Es ertönte die Stimme des Maats, der seine Befehle gab.
»Ihr und ich, wir sind vor vierzehn Jahren in jenen Hafen eingelaufen«, stellte Admiral de Albergaria fest. »Erinnert Ihr Euch?«
Fernao nickte. Er fühlte sich beklommen vor Rührung, einer Mischung aus Nostalgie und Traurigkeit darüber, all das zurückzulassen, was so lange Zeit sein Zuhause gewesen war. »Gott sei Dank seid Ihr rechtzeitig gekommen«, sagte er.

»Ihr habt den Großen König verscheucht.« Insgeheim jedoch fragte er sich, warum dann die Sinhala die Karren voller Essen zurückgelassen hatten, wenn sie nur geflohen waren.

Das zerklüftete Gesicht des Admirals wurde weich. »In der Tat. Ihr habt viel an Weisheit dazugewonnen, General, seit wir hierher kamen.« Er sprach mit barscher Stimme, um seine Verlegenheit zu überspielen. »Euer Vorschlag, den Handel zu den alten Bedingungen wiederaufzunehmen, bis der singhalesische Meisterkrieger, den wir aus Goa einschiffen, sich als der Gegner des Großen Königs etablieren kann, war eines Staatsmannes würdig. Teile und herrsche.«

»Gebt dem Mann Zeit«, erklärte Fernao. Er blickte zu Juli, die allein an der Reling unter ihm stand und gen Land blickte, und plötzlich überkam ihn eine Woge des Zornes darüber, was sie alles hatten erdulden müssen. »Wenn Kon Appu den Großen König besiegt, werde ich endlich gewonnen haben.« Er bemerkte, wie ein Schauder Julis Körper durchlaufen hatte. Hatte sie seine Worte gehört?

Epilog

Auszug aus einem privaten Tagebuch, das *a senhora* Julietta de Albergaria nach ihrer Rückkehr nach Portugal führte.

11. Februar 1546: Heute ist Tiki-tikis Geburtstag. Elf Jahre sind vergangen, ohne daß wir Nachricht aus Lanka erhielten. Mein Schwiegervater Admiral de Albergaria ist mittlerweile bettlägerig und verbringt seine ganze Zeit in seinen Gemächern. Mein Gemahl Fernao ist Schriftsteller von hohem Ansehen geworden und steht unter dem besonderen Schutz Seiner Königlichen Majestät König Dom Joãos III., der noch immer unser Land regiert. Unser Sohn ist bereits Leutnant der Marine, während unsere Tochter einen Prinzen königlichen Geblüts geheiratet hat, was ich insgeheim als ihr zustehend erachte, da sie selbst königliches Blut in den Adern hat.
Aus heiterem Himmel habe ich soeben einen Brief in Portugiesisch erhalten, von Appu, unserem früheren Majordomus in Lanka und einst meinem einzigen Verbindungsmann zu Tiki-tiki.

Sehr verehrte Dame!
Diesen Brief schreibe ich auf Befehl Seiner Majestät, des Großen Königs Tikiri Bandara Raja Sinha, der mich zu seinem persönlichen Adjutanten ernannte, gleich nachdem Ihr nach Portugal in See gestochen wart.
Vor zwei Wochen besiegte der Große König den angeblichen Anwärter auf den Thron, Graf Kon Appu Bandara, im Hügelland und zwang die feindlichen Truppen zum Rückzug. Dies war seine erste größere Schlacht seit jenen tragischen Kämpfen, die er führte, bevor Ihr unsere Gestade verließt. Eines der geringeren, aber um so bedeutsameren Ergebnisse war die Entdeckung des

Großen Königs mittels eines Informanten, daß es Königin Anula und nicht General de Albergaria gewesen war, die die Morde an seinen beiden Findelkindern Bandula und Nangi verursacht hatte, doch war der Große König irgendwie schon zu kraftlos, um die Königin ihrer Strafe zuzuführen.
Als die Schlacht vorüber war, verletzte sich der Große König den Fuß an einem Bambussplitter. Man sagt, einer der Heilkundigen habe die Wunde vergiftet, was der Grund dafür sei, daß er sehr schwach wurde. Gestern sprach er folgende Worte zu mir: »Ich habe meine erste Schlacht geschlagen, als ich achtzehn war, und habe seither immer gekämpft. Kein König hat es mit mir aufnehmen können. Doch der, der jetzt im Hügelland aufgetaucht ist, ist der neue Günstling des Schicksals. Die Macht meiner Verdienste ist geschwunden. Meine Unbesiegbarkeit ist an ihn übergegangen.«
»Übermittelt derjenigen, die mich unbesiegbar gemacht hat, diese Worte«, befahl er mir schließlich. »Und sagt ihr, daß ich auf der anderen Seite auf sie warten werde.«
Dann seufzte er tief und verstarb.
Verehrte Dame, unser Großer König war der letzte Löwe von Sinhala. Unbesiegt in der Schlacht, hat er unser Land unter einer Krone geeint. Niemals wieder wird es eine solche geeinte Herrschaft über unser schönes Lanka geben.
Es mag Euch nicht überraschen zu erfahren, daß der Große König sich vor einigen Jahren offen zum hinduistischen Glauben bekannt hat, wie er es dem Tschola-König Ratnes Waram versprochen hatte. Das hat die Tschola und Sinhala einander nähergebracht wie niemals zuvor.
Nach dem Tod des Königs übernahm Graf Kon

Appu Bandara seinen Titel und seine Herrschaft unter dem Namen König Vimala Dharma Surya. Möglicherweise ist Euch bekannt, daß seit Eurer Abreise von diesen Gestaden König Dharma Pala in einem Palast in Colombo lebte, den ihm Euer eigener König gnädigerweise zur Verfügung gestellt hatte, wobei er alle äußerlichen Symbole des Königsthrons beibehielt, ohne Macht zu besitzen. Er kleidete sich in portugiesischem Stil, sprach die portugiesische Sprache und praktizierte natürlich die katholische Religion. Er schrieb für den Fall seines Todes sogar ein Testament, in dem er seinen Thron Portugal überließ. Als Eure Truppen vor kurzem nach Colombo zurückkehrten, eroberten sie das Königreich von Sita Waka und übereigneten es ebendiesem Sohn von König Vidiye, der es nur dem Namen nach regiert. Eine Konfrontation zwischen Euren Garnisonen und König Vimala Dharma Surya ist deshalb unvermeidlich.

Unsere Kriege werden niemals ein Ende finden! Maya Dunne, Vidiye, Kumara, schließlich Raja Sinha. Wir haben sie erlebt, die letzten Löwen von Sinhala.

Mögen die Segnungen der Dreifachen Juwelen und des Gottes, dem Ihr so ergeben seid, für immer bei Euch sein.

Euer untertänigster, ergebenster Diener,
Appu.

Als ihr Schwiegersohn Dom Juan, dem Titel nach Großer König, unter mysteriösen Umständen verstarb, hatte er seine Gemahlin, Doña Margaridha, zu seiner Nachfolgerin ernannt. Eine Erbin ohne Erbschaft, dachte Königin Anula zynisch, doch immerhin habe ich den Weg zu einem Königreich geebnet.

Dann traf die Nachricht von König Raja Sinhas Tod ein. Und es dauerte nicht lang bis zu dem Tag, an dem sie in ihrem Gemach saß und den Besuch des neuen Helden, Graf Kon Appu Bandara, erwartete, der den Titel König Vimala Dharma Surya angenommen und sich anmaßenderweise zusätzlich den christlichen Titel Dom Juan von Österreich verliehen hatte. Mit pochendem Herzen bereitete sie sich auf die kommende Schlacht vor …

Julietta saß mit rotgeweinten Augen und geschwollenen Lidern auf dem Landsitz der Familie in ihrem Schlafzimmer, als Fernao an jenem Abend nach Hause kam.
»Was ist los, meine Liebe?« fragte er besorgt.
Sie erzählte ihm vom Tod König Raja Sinhas.
»Also hat er endlich seine Macht verloren, als er dem Mann gegenüberstand, den ich gegen ihn antreten ließ«, erklärte Fernao mit wilder Genugtuung in der Stimme. »Er hat alles nur Mögliche getan, um mich zu vernichten. Ich habe lange Jahre warten müssen, um zu siegen. Ich bedauere nur, daß es nicht von meiner Hand geschah, aber gesiegt habe ich trotzdem.«
Sie schaute ihn voller Entsetzen an. Dies war eine Seite ihres geliebten Mannes, von der sie gehofft hatte, daß sie für immer begraben sein würde. »Fernao, du sprichst davon, daß König Raja Sinha dich vernichten wollte. Er zog sich aber zurück, als er gerade zum tödlichen Schlag ausgeholt hatte.«
»Unsinn. Er zog sich zurück, weil man ihn vorgewarnt hatte, daß unsere Flotte sich näherte, um uns zu retten.«
»Oh, wie sehr du dich täuschst.« Ihr Mund verzog sich, ihre Stimme war leise geworden. Sie schüttelte langsam den Kopf. »So sehr täuschst du dich.«
»Was weißt du schon vom Krieg?« fragte er mit ungewohntem Zorn in der Stimme.
Mußte man ein Mann sein, um etwas vom Krieg zu verstehen? Erlebten ihn nicht die Frauen noch intensiver in ihren Herzen und ihrem Verstand? Da schien er vor ihr zu stehen, der allerletzte Löwe von Sinhala, voll der glühenden Jugend

von damals, in jener Nacht unter den Sternen. Vor die letzte Wahl gestellt, hatte er sich für die Ehre entschieden, hatte der Liebe den Vorrang vor allem Ehrgeiz gegeben. Sie schuldete ihm den letzten Sieg, der nur erreicht werden konnte durch die Wahrheit, die sie allein enthüllen konnte.

Sie brauchte Fernao wie nie zuvor, als sie ihm mit leiser, ruhiger Stimme alles erzählte, von Anfang an. Würden Fernaos Tapferkeit und seine Liebe es am Ende mit denen des toten Löwen von Sinhala aufnehmen können?

Viele der Geschehnisse dieses Romans haben tatsächlich stattgefunden, wenn auch nicht immer genau so, wie ich sie beschreibe. Portugiesische Erinnerungen aus der Zeit sprechen davon, daß König Raja Sinha I. ein so großer Heerführer war wie Hannibal, Alexander der Große oder Julius Cäsar. Nur die buddhistischen und katholischen Geschichtsschreiber Ceylons haben sich geweigert, ihm wahre Größe zuzugestehen.

Wie einige der Charaktere dieser Geschichte voraussahen, tauchten die ersten holländische Schiffe noch vor der Jahrhundertwende im Indischen Ozean auf. Sie eroberten damals die Küstenregionen Lankas, welche die Portugiesen besetzt gehalten hatten, und wurden erst im achtzehnten Jahrhundert von den Briten verdrängt.

Die Namen der Hauptfiguren sind Geschichtsbüchern entnommen, darunter *Portugal* von John Dos Passos; das *Rajavaliya;* das *Chula Vamsa* (in der Übersetzung von William Geiger); und Pater S. G. Pereras *History of Ceylon, Portuguese and Dutch Periods.*

Portugiesische Figuren: König Dom Manuel I.; König Dom João III.; Vasco da Gama; de Albergaria; die Familie de Almeida; de Albuquerque; de Noronha; de Mello; de Souza.

Singhalesische Figuren: König Dharma Parakrama Bahu; König Wijayo; seine Gemahlin, der ich den Namen Königin Anula gegeben habe, und ihr Sohn, Prinz Deva Raja; König Bhuvaneka Bahu; König Jaya Wira Bandara; Prinz Kumara; Prinz Vidiye; König Maya Dunne; König Raja Sinha I.; König Dom Juan Dharma Pala; Königin Doña Margaridha; und Prinz Kon Appu, der König Raja Sinha unter dem Namen Vimala Dharma Surya auf den Thron folgte.

Indische/maurische Figuren: die Zamorim von Kalkutta; Paichi Marcar.

Historische Ereignisse: Vasco da Gamas Entdeckung des Seeweges nach Indien 1498 und seine darauf folgende Ernennung zum Vizekönig; die Errichtung des Steinkreuzes durch Lorenzo de Almeida; der Bau der portugiesischen Festungen in Colombo, Galle und anderen Küstenstädten; die Plünderung von König Wijayos Schatzkammer und seine Ermordung; die Ermordung von König Bhuvaneka durch einen portugiesischen Musketier; die Ankunft der Franziskaner; König Maya Dunnes Triumphe und Niederlagen, einschließlich der Plünderung Sita Wakas, nachdem er den Palast mit weißen Tüchern verhängt und sich zurückgezogen hatte; die Schlacht von Mulleri *(yawa)*; Hauptmann Diogo de Mellos wagemutige Festnahme von König Vidiye, dessen Einkerkerung und seine Rettung durch seine Gemahlin, König Maya Dunnes Tochter; Don Alfonso de Noronhas Habgier; die gnadenlosen Beschußangriffe auf Küstenstädte in Lanka und anderswo durch die Portugiesen; die Seeschlachten zwischen Portugiesen und maurischen Schiffen, einschließlich der Schlacht von Vedalai; die Entwässerung des Sees durch König Raja Sinha und seine Errichtung eines geeinten Königreiches. In Wirklichkeit erstreckten sich die Ereignisse über sechzig Jahre. König Raja Sinha I. war wesentlich älter, als er Großer König wurde. Im Interesse der Lesbarkeit der Erzählung habe ich Zeitabläufe gerafft, Daten einander angenähert, verbürgte Geschehnisse abgewandelt und Charaktere erfunden.

Es war eine Epoche großer Grausamkeit und Skrupellosigkeit. Abgesehen von einigen Methoden, unterscheidet sie sich jedoch nicht von der modernen Welt, außer, daß heute der Begriff der Ehre verpönt und selbst die Bedeutung des Wortes Edelmut vielen unbekannt ist. Ich bete darum, daß dieses Buch diejenigen, die noch immer solche Ideale haben, dazu inspiriert, sie in Ehren zu halten, wie hoch der Preis dafür auch sein möge.

Colin de Silva

Honolulu, Hawaii, 1987